高等学校文科教材

GAO DENG XUE XIAO WEN KE JIAO CAI

中国古代文学作品选

三

袁世硕■主编

人民文学出版社

图书在版编目(CIP)数据

中国古代文学作品选(三)/袁世硕主编. －北京:人民文学出版社

ISBN 978－7－02－003799－5

Ⅰ.中… Ⅱ.袁… Ⅲ.古典文学－作品－中国－高等学校－教材 Ⅳ.I212.1

中国版本图书馆 CIP 数据核字(2002)第 015125 号

责任编辑:冯伟民　刘文忠　周绚隆
装帧设计:柳　泉
责任印制:李　博

中国古代文学作品选(三)
Zhong Guo Gu Dai Wen Xue Zuo Pin Xuan
袁世硕　主编

人民文学出版社出版
http://www.rw-cn.com
北京市朝内大街 166 号　邮编:100705
世纪兴源印刷有限公司印刷　新华书店经销
字数 395 千字　开本 850×1168 毫米　1/32　印张 16.75　插页 2
2002 年 5 月北京第 1 版　2008 年 5 月第 10 次印刷
印数　85001－105000
ISBN　978－7－02－003799－5
定价　21.50 元

目　录

宋代文学

金元文学

明代文学

宋代文学

一 王禹偁

王禹偁(954—1001),字元之,济州钜野(今山东巨野)人,因晚年贬居黄州,故人称“王黄州”。家境贫寒,累代务农。太平兴国八年中进士,历任右拾遗、知制诰、翰林学士等职,因刚直敢谏,屡遭贬谪。在文学上他反对晚唐五代以来华靡颓唐的文风,主张改革。散文提倡学习韩愈、柳宗元,诗歌则学习杜甫、白居易。创作成就亦较为突出,诗文皆卓然可观,风格简淡洗练,平易有味。有《小畜集》、《小畜外集》。

对 雪①

帝乡岁云暮②,衡门昼常闭③。五日免常参④,三馆无公事⑤。读书夜卧迟,多成日高睡。睡起毛骨寒,窗牖琼花坠。披衣出户看,飘飘满天地。岂敢患贫居,聊将贺丰岁。月俸虽无馀,晨炊且相继。薪刍未缺供⑥,酒肴亦能备。数杯奉亲老,一酌均兄弟⑦。妻子不饥寒,相聚歌时瑞⑧。因思河朔民⑨,输挽供边鄙⑩。车重数十斛,路遥几百里。羸蹄冻不行⑪,死辙冰难曳⑫。夜来何处宿,阒寂荒陂里⑬。又思边塞兵,荷戈御胡骑。城上卓旌旗⑭,楼中望烽燧。弓劲添气力,甲寒侵骨髓。今日何处行,牢落穷沙际[15]。自念亦何人,偷安得如是。深为苍生蠹[16],仍尸谏官位[17]。謇谔无一言[18],岂得为直士?褒贬无一词,岂得为良史?不耕一亩田,不持一只矢,多惭富人术[19],且乏安边议。空作对雪吟,勤勤谢知己[20]。

《四部丛刊》本《小畜集》卷四

①此诗作于宋太宗端拱元年(988),值辽军大举南下,宋北部边境形势紧张,军民深受征战之苦。时作者任右拾遗,直史馆,适遇京师降雪,遥念边地,躬自反省,深有愧意,作品表现出一个正直士大夫忧民律己的情怀。诗用语朴素,感情诚挚,句句发自肺腑,故足动人。　②帝乡:指汴京城(今河南开封市)。云:语助词。　③衡门:横木为门,指简陋的房屋。衡,通“横”。　④“五日”句:因大雪免去五日一上朝的礼节。　⑤三馆:宋以史馆、昭文馆、集贤院为三馆,此处指史馆。　⑥薪刍:柴草。　⑦“数杯”二句:描写饮酒情况。　⑧时瑞:当时的祥瑞,指这场冬雪。　⑨河朔:泛指黄河以北地区。　⑩“输挽”句:拉着车给边防将士输送给养。　⑪羸(léi雷)蹄:瘦弱的牲口。　⑫死辙:被冰雪冻住的车辙。　⑬阒(qù去)寂:冷落寂静。荒陂(bēi杯):荒凉的山坡。　⑭卓:竖起。　⑮牢落:辽远空旷。　⑯蠹:蛀虫,引申为祸害。　⑰尸谏官位:居谏官之位而不尽其职。尸,白白地占着。　⑱謇谔(jiǎnè简扼):亦作“謇愕”。正直敢言貌。《后汉书·陈蕃传》:“忠孝之美,德冠本朝,謇愕之操,华首弥固。”　⑲富人术:使人民富裕起来的办法。　⑳“勤勤”句:有愧于朋友们殷勤的期望。

村　　行[①]

马穿山径菊初黄,信马悠悠野兴长[②]。万壑有声含晚籁[③],数峰无语立斜阳。棠梨叶落胭脂色[④],荞麦花开白雪香[⑤]。何事吟馀忽惆怅,村桥原树似吾乡[⑥]。

《四部丛刊》本《小畜集》卷九

①诗作于宋太宗淳化三年(992)秋,作者贬谪商州(今陕西商县)时。作品通过对景物亲切而充满默契的描写,表达去国怀乡的深切感受。

②信:任随,听凭。 ③晚籁:傍晚时分山间的各种声响。 ④棠梨:落叶乔木,果实似梨而小,味酸甜,又称杜梨。叶落:原本误为“落叶”。

⑤白雪:形容荞麦花白成一片,像雪一样。 ⑥原:郊野。

黄州新建小竹楼记①

黄冈之地多竹,大者如椽。竹工破之,刳去其节②,用代陶瓦。比屋皆然③,以其价廉而工省也。

子城西北隅④,雉堞圮毁⑤,蓁莽荒秽⑥。因作小楼二间,与月波楼通⑦。远吞山光,平挹江濑⑧,幽阒辽敻⑨,不可具状。夏宜急雨,有瀑布声;冬宜密雪,有碎玉声;宜鼓琴,琴调虚畅;宜咏诗,诗韵清绝;宜围棋,子声丁丁然;宜投壶⑩,矢声铮铮然,皆竹楼之所助也。

公退之暇,披鹤氅,戴华阳巾⑪,手执《周易》一卷,焚香默坐,消遣世虑。江山之外,第见风帆沙鸟、烟云竹树而已。待其酒力醒,茶烟歇,送夕阳,迎素月,亦谪居之胜概也。

彼齐云、落星⑫,高则高矣,井斡、丽谯⑬,华则华矣,止于贮妓女,藏歌舞,非骚人之事,吾所不取。

吾闻竹工云:“竹之为瓦仅十稔⑭,若重覆之,得二十稔。”噫！吾以至道乙未岁自翰林出滁上⑮,丙申移广陵⑯,丁酉又入西掖⑰,戊戌岁除日,有齐安之命⑱,己亥闰三月到郡⑲。四年之间,奔走不暇,未知明年又在何处,岂惧竹楼之易朽乎！幸后之人与我同志,嗣而葺之⑳,庶斯楼之不朽也！

咸平二年八月十五日记。

《四部丛刊》本《小畜集》卷一七

①宋真宗咸平二年(999),王禹偁被贬为黄州刺史,当年于城隅建了一座小竹楼,因作此文。文章借描写小楼环境的清幽闲旷,表达了超逸高洁的情怀。此作骈散相间,声韵并茂,富有意境之美,读来耐人寻味。 ②刳(kū枯):剔除。 ③比屋:相邻近的房屋。 ④子城:附属于大城的小城,也即城外之城。 ⑤雉堞(dié蝶):城上的矮墙,成凹凸之形。圮(pǐ痞)毁:倒塌毁坏。 ⑥蓁莽:杂草丛生。荒秽:二字原脱,据《宋文鉴》卷七七补。 ⑦月波楼:在黄州城西北,即今汉川门楼。作者有《月波楼咏怀》诗。 ⑧江濑(lài赖):湍急的江水。 ⑨幽阒:深隔。敻:通"迥"。 ⑩投壶:古代宴饮时的一种游戏,众人先后用矢投壶,以投中多少决胜负,负者当饮酒。 ⑪鹤氅:用鸟羽制成的披风。华阳巾:道士戴的头巾。据《神仙传》载,韦节,京兆人。卜居华山,号华阳子,名其巾为华阳巾。 ⑫齐云:齐云楼,一名月华楼。在苏州市旧城内,唐朝恭王所建。落星:落星楼,在今南京市东北。《金陵地记》:"吴嘉禾元年(232),于桂林苑落星山起三重楼,名曰落星楼。" ⑬井幹:井幹楼,在陕西长安。《史记·孝武本纪》:"乃立神明台、井幹楼,度五十馀丈,辇道相属焉。"丽谯:华丽壮大之楼。《白氏六帖事类集》卷三载:"魏武有丽谯楼。" ⑭稔(rèn任):谷熟。一稔即一年。 ⑮至道乙未:宋太宗至道元年(995)。翰林:翰林院。滁上:即滁州。 ⑯丙申:至道二年(996)。广陵:郡名,治所在今江苏扬州市。 ⑰丁酉:至道三年(997)。西掖:中书省的别称。王禹偁曾三次入中书省为知制诰。 ⑱"戊戌"二句:戊戌,宋真宗咸平元年(998)。齐安,即黄州。南齐时置齐安郡,故城在今黄州市西北。 ⑲己亥:咸平二年(999)。 ⑳嗣:接续,继承。葺:修缮。

二 林 逋

林逋(967—1028),字君复,钱塘(今浙江杭州)人。恬淡好古,自甘贫困,终生不求仕进。隐居西湖之孤山,以养鹤种梅自娱,人称"梅妻鹤子"。卒,赐谥和靖先生。以诗著名,多写自然风景与隐逸情趣,有《林和靖先生诗集》。

山园小梅[①](二首选一)

众芳摇落独暄妍[②],占尽风情向小园。疏影横斜水清浅,暗香浮动月黄昏[③]。霜禽欲下先偷眼[④],粉蝶如知合断魂[⑤]。幸有微吟可相狎,不须檀板共金尊[⑥]。

《四部丛刊》本《重刊林和靖先生诗集》卷二

①原诗二首,此为第一首。此作为林逋写梅诗中最著名的一首,作品以清丽雅致的词句,描画出月下梅花幽美动人的姿态,以此寄托作者高洁的情怀。 ②暄妍:明媚鲜丽。 ③"疏影"二句:写月下梅花的身姿和幽芳。此联被人誉为"千古绝调"。 ④霜禽:冬天的鸟。偷眼:不敢正视。说明梅花品格的高洁。 ⑤"粉蝶"句:想像蝴蝶如见了此花当更为之倾倒。⑥"幸有"二句:有梅花作为知己听我吟诵诗句,哪还要俗人来伴唱和饮酒。檀板,檀木制作的拍板。尊,同"樽"。

三 范仲淹

范仲淹(989—1052),字希文,吴县(今江苏苏州)人。北宋著名政治家,积极主张改革,在守卫西北边疆时也有突出业绩。官至枢密副使,参知政事。谥号文正。其文学成就亦可观,散文、词皆有名作传世。有《范文正公集》。

渔 家 傲[①]

塞下秋来风景异,衡阳雁去无留意[②]。四面边声连角起[③],千嶂里[④],长烟落日孤城闭。 浊酒一杯家万里,燕然未勒归无计[⑤]。羌管悠悠霜满地,人不寐,将军白发征夫泪。

《彊村丛书》本《范文正公诗馀》

①此词作于作者任陕西经略副使、镇守西北边关期间(1040—1043),据魏泰《东轩笔录》载:“范文正公守边日,作《渔家傲》乐歌数阕,皆以‘塞下秋来’为首句,颇述边镇之劳苦。”现存仅此一首。作品境界开阔,风格苍凉悲壮,在宋初词坛上别开生面。 ②衡阳雁去:塞下的雁向衡阳飞去。湖南衡阳有回雁峰,传说雁飞至此不再南下。无留意:以雁无留意表现边塞的荒寒。 ③连角起:军中的号角声与边境上的各种声音,如马鸣、笳笛声等连成一片。 ④千嶂:如屏障般重叠的山峰。 ⑤燕然未勒:指功业未建。东汉大将窦宪曾大破匈奴,北上至燕然山刻石记功而还。(见《后汉书·窦宪传》)

岳阳楼记[1]

庆历四年春，滕子京谪守巴陵郡[2]。越明年，政通人和，百废俱兴。乃重修岳阳楼，增其旧制[3]，刻唐贤、今人诗赋于其上[4]。属余作文以记之[5]。

予观夫巴陵胜状[6]，在洞庭一湖[7]。衔远山，吞长江，浩浩汤汤[8]，横无际涯；朝晖夕阴，气象万千。此则岳阳楼之大观也[9]，前人之述备矣[10]。然则北通巫峡[11]，南极潇湘[12]，迁客骚人[13]，多会于此，览物之情，得无异乎？

若夫霪雨霏霏[14]，连月不开，阴风怒吼，浊浪排空，日星隐耀，山岳潜形，商旅不行，樯倾楫摧[15]，薄暮冥冥，虎啸猿啼。登斯楼也，则有去国怀乡[16]，忧谗畏讥，满目萧然，感极而悲者矣。

至若春和景明[17]，波澜不惊，上下天光，一碧万顷；沙鸥翔集，锦鳞游泳[18]，岸芷汀兰[19]，郁郁青青。而或长烟一空，浩月千里，浮光跃金[20]，静影沉璧[21]，渔歌互答，此乐何极！登斯楼也，则有心旷神怡，荣辱偕忘，把酒临风，其喜洋洋者矣。

嗟夫！予尝求古仁人之心，或异二者之为[22]。何哉？不以物喜[23]，不以己悲。居庙堂之高[24]，则忧其民；处江湖之远[25]，则忧其君。是进亦忧，退亦忧，然则何时而乐耶？其必曰“先天下之忧而忧，后天下之乐而乐”乎。噫！微斯人[26]，吾谁与归！

时六年九月十五日。

中华书局影印宋本《范文正公集》卷八

①这篇文章作于宋仁宗庆历六年(1046),作者贬知邓州时。全文通过描写洞庭湖壮美之景色引发感慨,继而托出以天下为己任的志向和抱负,文章层层展开,匠心独运,表现出作者难能可贵的精神境界。文章骈散兼行,铿锵朗炼,精彩纷呈,是难得的名篇。 ②滕子京:名宗谅,字子京,与范仲淹为同年进士,原任庆州知州,被人诬告,贬知岳州。岳州,古称巴陵郡。 ③增其旧制:扩大了原来的规模。 ④"刻唐贤"句:滕宗谅在给范仲淹的求记信中提到:"乃分命僚属,于韩(愈)、柳(宗元)、刘(禹锡)、白(居易)、二张(张说、张九龄)、二杜(杜甫、杜牧)逮诸大人集中,摘出登临寄咏,或古或律,歌咏并赋七十八首,暨本朝大笔如太师吕公(端)、侍郎丁公(谓)、尚书夏公(竦)之众作,榜于梁栋间。"(见《全宋文》卷三九六) ⑤属:同"嘱"。 ⑥胜状:最出色的景致。 ⑦洞庭一湖:即洞庭湖。湖在岳阳城西,中有君山,登岳阳楼,可尽览其胜景。 ⑧浩浩汤(shāng 伤)汤:水势盛大之貌。 ⑨大观:壮阔宏伟的景象。 ⑩前人之述:指上文的唐贤、今人诗赋。 ⑪巫峡:长江三峡之一,在湖北巴东县西南。 ⑫潇湘:潇水和湘江,二水合流后注入洞庭湖。 ⑬迁客:受贬谪的官员。骚人:指失意的诗人,因屈原作《离骚》而得名。 ⑭霪(yín 银)雨:连绵不停的雨。 ⑮樯倾楫摧:指航船被摧毁。樯,桅杆。楫,船桨。 ⑯去国:离开国都,也即离开朝廷。 ⑰景:阳光。 ⑱锦鳞:彩色的鱼鳞,指游鱼。 ⑲岸芷汀兰:岸上的香草和水边的兰花。 ⑳浮光跃金:月光映在波动的水面上泛出金光。 ㉑静影沉璧:月亮映在平静的水面上像圆形的玉璧。 ㉒二者:指上述悲喜两种态度。 ㉓物:指外在的景物、环境。 ㉔庙堂:指朝廷。 ㉕江湖:指贬谪在边远地区,或闲居乡间。 ㉖微:非。斯人:此人,也即古仁人。

四 晏 殊

晏殊(991—1005),字同叔,抚州临川(今江西抚州)人。少年即有文名,以神童召试,赐同进士出身,宋仁宗时官至同中书门下平章事,兼枢密使。好奖拔人才,一时名臣如范仲淹、韩琦、富弼、欧阳修等皆出其门。卒,谥元献。文章赡丽,诗风闲雅,尤工词,风格接近冯延巳,特别善于在离别相思、留连风景中表达对人生的某种感悟和体验。有《珠玉词》。

浣 溪 沙[①]

一曲新词酒一杯,去年天气旧亭台。夕阳西下几时回?

无可奈何花落去,似曾相识燕归来。小园香径独徘徊[②]。

汲古阁《宋六十名家词》本《珠玉词》

①这首小令在惋惜落花的同时,表达了一种因时光流逝而产生的惆怅之感,历来脍炙人口。也有人认为是写相思之愁的,然而人生之体悟当是更为基本的意蕴。　②香径:布满落花的小路。

踏　莎　行[①]

小径红稀[②]，芳郊绿遍。高台树色阴阴见[③]。春风不解禁杨花，濛濛乱扑行人面。　　翠叶藏莺，朱帘隔燕。炉香静逐游丝转[④]。一场愁梦酒醒时，斜阳却照深深院。

汲古阁《宋六十名家词》本《珠玉词》

①此作黄升《花庵词选》题作《春思》。词写暮春时分的闲愁，采用的是闺阁语气，却表达出作者的生活感受。　②红稀：指花渐渐稀少。　③“高台”句：楼台被茂密的树叶遮掩，显出幽暗之色。见，通“现”。　④游丝：空中飘浮的蜘蛛、青虫等所吐的丝。

蝶　恋　花[①]

槛菊愁烟兰泣露[②]，罗幕轻寒[③]，燕子双飞去。明月不谙离恨苦[④]，斜光到晓穿朱户。　　昨夜西风凋碧树，独上高楼，望尽天涯路。欲寄彩笺兼尺素[⑤]，山长水阔知何处。

汲古阁《宋六十名家词》本《珠玉词》

①词牌《蝶恋花》又作《鹊踏枝》。此作以女子的口吻写闺阁的离愁别恨。其中“昨夜”三句，王国维《人间词话》认为与《诗经·蒹葭》一篇意蕴相近，“但一洒落，一悲壮耳”。　②槛菊愁烟：花圃中的秋菊被烟雾笼罩着。槛，栏杆。　③罗幕：丝罗制成的帷幕，借指屋内的环境。　④谙(ān 安)：熟悉，知晓。　⑤彩笺、尺素：都指书信。彩笺，彩色的笺纸。尺素，指供书写用的素绢，通常为一尺。兼，原本缺字，据别本补。

五 柳 永

柳永(987? —1053?),原名三变,字耆卿,崇安(今福建崇安)人。早年留连于酒楼舞馆,为歌妓填词,其作品流布于市井间,致使科举失意。晚年(1034)始中进士,官至屯田员外郎,世称柳七、柳屯田。他的词多写都市繁华景象及市民情事,有一部分作品则抒发自己漂泊江湖的感受。艺术上柳永善制新声,开拓了慢词的创作,尤其擅长于铺叙,语言更多地接近于俚俗,也有典雅之作,受到不同层次读者的广泛喜爱。有《乐章集》。

望 海 潮①

东南形胜②,三吴都会③,钱塘自古繁华。烟柳画桥,风帘翠幕,参差十万人家。云树绕堤沙,怒涛卷霜雪④,天堑无涯⑤。市列珠玑,户盈罗绮,竞豪奢。　　重湖叠巘清嘉⑥,有三秋桂子⑦,十里荷花。羌管弄晴⑧,菱歌泛夜,嬉嬉钓叟莲娃⑨。千骑拥高牙⑩,乘醉听箫鼓,吟赏烟霞。异日图将好景⑪,归去凤池夸⑫。

《彊村丛书》本《乐章集》下卷

①据说这首词是赠给两浙转运使孙何的,约作于宋真宗咸平末年。作品描绘了钱塘江和西湖的别致风光,并以此为背景,渲染出杭州的一派繁华气

象，一时脍炙人口，传唱甚广。　②形胜：山川壮美的地区。　③三吴：指吴兴（在今浙江）、吴郡（今江苏苏州）和会稽（今浙江绍兴）。原本作“江吴”，据别本改。　④怒涛：形容汹涌奔腾的潮水。钱塘江以大潮闻名天下。　⑤天堑：指钱塘江。　⑥重湖：西湖有里湖、外湖之分，故称重湖。叠巘：重叠的山峰。　⑦三秋桂子：杭州灵隐山一带多桂树，传说为月中所种，夜半往往有籽落下。　⑧羌管：羌笛，这里泛指乐器。　⑨嘻嘻：游乐之貌。莲娃：采莲女。　⑩高牙：军前的大旗。牙，牙旗。《文选》张衡《东京赋》薛综注：“兵书曰：‘牙旗者，将军之旌。’谓古者天子出，建大牙旗，杆上以象牙饰之，故云牙旗。”这里借指高级官员的仪仗。　⑪图：描绘。⑫凤池：凤凰池，中书省所在地，这里指朝廷。

雨霖铃[①]

寒蝉凄切，对长亭晚[②]，骤雨初歇。都门帐饮无绪[③]，留恋处[④]，兰舟催发。执手相看泪眼，竟无语凝噎。念去去、千里烟波，暮霭沉沉楚天阔[⑤]。　多情自古伤离别，更哪堪冷落清秋节。今宵酒醒何处？杨柳岸、晓风残月。此去经年[⑥]，应是良辰好景虚设。便纵有千种风情[⑦]，更与何人说[⑧]！

《彊村丛书》本《乐章集》中卷

①这是作者离开汴京、告别情人时所作。全词通过对清秋景物的描写，离别场面的铺叙，以及别后凄凉境遇的想象，创造了一种浓厚的感伤气氛，从而抒发了失去爱情的痛苦和对身世飘零的感慨。　②长亭：古代大路旁供人休息的处所，也是送别之处。　③都门：指汴京城郊。帐饮：在郊外设帐宴饮饯别。无绪：没有兴致。　④留恋处：一作“方留恋处”。　⑤暮霭：傍晚的雾气。楚天：长江中下游一带古为楚地，这里泛指南方。　⑥经年：年复一年。　⑦风情：因爱恋而生的柔情蜜意。　⑧更：一作“待”。

八声甘州[①]

对潇潇、暮雨洒江天[②],一番洗清秋。渐霜风凄紧[③],关河冷落[④],残照当楼。是处红衰翠减,苒苒物华休[⑤]。唯有长江水,无语东流。　　不忍登高临远,望故乡渺邈[⑥],归思难收。叹年来踪迹,何事苦淹留[⑦]?想佳人、妆楼颙望[⑧],误几回、天际识归舟[⑨]?争知我、倚阑干处[⑩],正恁凝愁[⑪]。

《彊村丛书》本《乐章集》下卷

①此词写作者的羁旅乡思。作品情景交融,语言华美、典雅。苏轼认为"霜风"三句,"唐人佳处,不过如此"。它代表了柳词中风格趋雅的一类。　②潇潇:风雨之声。　③紧:原本作"惨",据别本改。　④关河:关山与河川。　⑤"是处"二句:是处,处处。苒苒物华休,景物逐渐凋残零落。苒苒,渐渐。　⑥渺邈:遥远之貌。　⑦淹留:久留他乡。　⑧颙(yóng喁)望:抬头呆望。　⑨"误几回"句:谢朓《之宣城郡出新林浦向板桥》诗有"天际识归舟,云中辨江树",温庭筠《望江南》词有"过尽千帆皆不是",这里为化用。　⑩争知:怎知。　⑪恁(nèn嫩):这样。凝愁:愁思郁结。

凤栖梧[①]

伫依危楼风细细[②],望极春愁,黯黯生天际[③]。草色烟光残照里,无言谁会凭阑意。　　拟把疏狂图一醉,对酒当歌,强乐还无味[④]。衣带渐宽终不悔,为伊消得人憔悴[⑤]。

《彊村丛书》本《乐章集》中卷

①《凤栖梧》词调又作《蝶恋花》。作品描写对远方情人的思念,词意含蓄、深沉,与别作不同。其中最后两句为传诵甚广的名句。 ②伫(zhù 住):久立。危楼:高楼。 ③黯黯:暗淡忧伤的样子。 ④强(qiǎng 抢)乐:勉强的寻欢作乐。 ⑤伊:她,指思念之人。消得:须得,值得。

六 张 先

张先(990—1078),字子野,乌程(今浙江吴兴)人。宋仁宗天圣八年(1030)进士,曾任嘉禾判官,晏殊荐为永兴军通判,又历知渝州、虢州,官至尚书都官郎中。以词著名,兼长小令和慢词,多写闺阁恋情、羁愁乡思。风格蕴藉含蓄。有《安陆集》,词集单行的又有《张子野词》。

天 仙 子①

时为嘉禾小倅②,以病眠不赴府会。

《水调》数声持酒听③,午醉醒来愁未醒。送春春去几时回?临晚镜,伤流景④。往事后期空记省⑤。　沙上并禽池上暝⑥,云破月来花弄影。重重帘幕密遮灯,风不定,人初静。明日落红应满径。

《彊村丛书》本《张子野词》卷二

①这首词写于作者任嘉禾(今浙江嘉兴)判官时,从词的内容看,当是惋惜青春流逝以及怀念意中人的。其中描写景物的句子颇为精采,王国维《人间词话》说:"'云破月来花弄影',著一'弄'字而境界全出矣。"　②小倅(cuì 翠):小官。倅,副职,此指辅助州郡长官的官吏。　③《水调》:曲调名,相传为隋炀帝所制,其音悲苦感伤。唐、宋时颇为流行,大曲有《新水调》,词有《水调歌头》。　④流景:如流水般逝去的光景。　⑤"往事"句:意

谓过去的事与后来的期约都化为空幻，徒然在记忆中留下悔恨。后期，后会之期。　⑥并禽：双双栖息的水禽。

木　兰　花[①]

乙卯吴兴寒食

龙头舴艋吴儿竞[②]，笋柱秋千游女并[③]。芳洲拾翠暮忘归[④]，秀野踏青来不定[⑤]。　行云去后遥山暝，已放笙歌池院静[⑥]。中庭月色正清明，无数杨花过无影。

《彊村丛书》本《张子野词·补遗上》

①这首词作于神宗熙宁八年(1075)，作者八十六岁退居在家时。作品上片描写了家乡寒食节热闹的游乐场面，下片借清明的月景表达了自己澄澈恬淡的心境。　②龙头舴艋(zéměng 则猛)：船头翘起并饰以龙形的小舟。③笋柱秋千：用竹子制成的秋千架。　④拾翠：采拾翠鸟的羽毛。语出曹植《洛神赋》："或采明珠，或拾翠羽。"　⑤来不定：归还时间无定准。⑥已放笙歌：指已遣散歌舞队。当时叫放队。

七 宋 祁

宋祁(998—1061),字子京,安州安陆(今湖北安陆)人。天圣二年(1024)进士,历任大理寺丞、知制诰、工部尚书、翰林学士承旨等职,曾与欧阳修等合修《新唐书》。卒,谥景文。当时与其兄宋庠皆以文学显,人称“大小宋”。文集今已散佚,近人辑有《宋景文长短句》,今存六首。

玉 楼 春①

春 景

东城渐觉风光好,縠皱波纹迎客棹②。绿杨烟外晓寒轻,红杏枝头春意闹。　　浮生长恨欢娱少,肯爱千金轻一笑③。为君持酒劝斜阳,且向花中留晚照。

《四部丛刊》本《唐宋诸贤绝妙词选》卷三

①《玉楼春》词调又作《木兰花》。词写初春泛舟的感受。其中“红杏枝头春意闹”为写景的传神之句,王国维《人间词话》认为“著一‘闹’字而境界全出”。　②縠(hú 胡)皱:有皱纹的纱。此处形容微微起波的春水。③“肯爱”句:谓岂能为吝惜金钱而放弃这欢笑的瞬间呢。肯,怎肯。

八　梅尧臣

梅尧臣(1002—1060),字圣俞,宣城(今安徽宣城)人,世称宛陵先生。曾任建德、襄城等处知县,召试,赐进士出身,累迁尚书都官员外郎。以诗著称于世,其作多贴近现实,针砭时事,受到欧阳修等人的高度赞扬。诗风古淡深远,情感挚厚,也间出奇巧,对宋初诗风的转移影响颇大。文学史上与苏舜钦齐名,世称“苏梅”。有《宛陵先生集》。

田　家　语[①]

庚辰诏书[②]:凡民三丁籍一[③],立校与长[④],号“弓箭手”,用备不虞[⑤]。主司欲以多媚上[⑥],急责郡吏;郡吏畏,不敢辨,遂以属县令[⑦]。互搜民口,虽老幼不得免。上下愁怨[⑧],天雨淫淫,岂助圣上抚育之意耶?因录田家之言,次为文[⑨],以俟采诗者云[⑩]。

谁道田家乐,春税秋未足。里胥扣我门[⑪],日夕苦煎促[⑫]。盛夏流潦多[⑬],白水高于屋。水既害我菽,蝗又食我粟。前月诏书来[⑭],生齿复板录[⑮];三丁籍一壮,恶使操弓韣[⑯]。州符今又严[⑰],老吏持鞭扑[⑱]。搜索稚与艾[⑲],唯存跛无目[⑳]。田闾敢怨嗟[㉑],父子各悲哭。南亩焉可事[㉒],买箭卖牛犊。愁气变久雨,铛缶空无粥[㉓]。盲跛不能耕,死亡在迟速。我闻诚所惭，徒尔叨君禄[24]。却咏《归去来》[25]，刈薪向深谷[26]。

《四部丛刊》本《宛陵先生集》卷七

①田家语，借田家的话语写成此诗。诗作于仁宗康定元年（1040），作者时任河南襄城令。这年朝廷下令征集乡兵，以备西夏之患。地方官吏为了取悦上司，肆意扩大征集规模，时又逢雨灾，农民痛苦不堪。作者站在百姓的立场上，对此事表示了谴责，并反躬自身，写出了内疚之意。诗风质朴、平易，有民歌特色。　②庚辰：即仁宗康定元年。诏书：以皇帝名义下达的文件。③三丁籍一：即三丁抽一。　④校与长：都是军职名。校，将帅手下的统兵官。长，队长。　⑤不虞：意外。指突然发生的战事。　⑥媚上：向上司讨好。　⑦属：交付、命令。　⑧上下愁怨：指天愁人怨。　⑨次：编排、整理。　⑩采诗者：采集各地诗歌的官员，相传周代有这样的官员。⑪里胥：类似地保的小吏。　⑫煎促：逼迫，催促。　⑬流潦（lǎo 老）：大水。潦，积水。　⑭诏书：即庚辰诏书。　⑮生齿：人口。板录：录于板，进行登记。板，通"版"，指册籍。　⑯恶：凶恶。此指强迫。韣（dú 毒）：弓套。　⑰州符：衙门的公文。州也即郡。　⑱扑：鞭打。　⑲稚与艾：年少的和年老的。艾，古代对老年人的尊称。　⑳无目：指瞎子。　㉑敢：岂敢。　㉒南亩：指田亩。《诗经·豳风·七月》有"馌彼南亩"句。　㉓铛（chēng 撑）：锅子。缶：瓦罐。　㉔叨（tāo 滔）：忝受。谦词。　㉕《归去来》：陶渊明的《归去来兮辞》。　㉖刈（yì 易）薪：砍柴。

汝坟贫女[1]

时再点弓手，老幼俱集。大雨甚寒，道死者百馀人，自壤河至昆阳老牛陂[2]，僵尸相继。

汝坟贫家女，行哭音凄怆。自言有老父，孤独无丁壮。郡吏来何暴，县官不敢抗。督遣勿稽留[3]，龙钟去携杖[4]。勤勤嘱四邻[5]，幸愿相依傍。适闻闾里归[6]，问讯疑犹强[7]。果然寒雨中，僵死壤河上。弱质无以托[8]，横尸无以葬。生女不如男，虽存何所当[9]！拊膺呼苍天[10]，生死将奈向[11]？

《四部丛刊》本《宛陵先生集》卷七

①此诗和《田家语》作于同一时间，通过一位田家女的哭述，反映了当时百姓家破人亡的悲惨境遇，其中人物的内心自白写得极为沉痛感人，是作者继承唐代新乐府传统最具代表性的一篇作品。汝坟，汝河岸边。汝河，指河南东南部的北汝河。坟，堤岸。　②壤河：不详。或说即瀼河，流经鲁山县，入沙河。昆阳：古县名，北齐曾改名为汝坟。今为河南叶县。　③稽留：停留，拖延。　④龙钟：衰老不便的样子。　⑤勤勤：殷勤地，反复地。　⑥闾里：乡里人。　⑦"问讯"句：一面疑惧着，一面还勉强去询问。　⑧弱质：指贫女自己。　⑨何所当：有什么用。　⑩拊膺：捶胸。　⑪奈向：奈何，何所向。

鲁山山行[1]

适与野情惬[2]，千山高复低。好峰随处改，幽径独行迷。霜落熊升树，林空鹿饮溪。人家在何许[3]，云外一声鸡。

《四部丛刊》本《宛陵先生集》卷七

①鲁山，又名露山，在鲁山县东北，与襄城县西南境接近。此诗作于康定元年(1040)，作者任襄城知县时。诗中描写了山野宁静、恬然的景象，表达了作者对大自然的喜爱和对某种美好生活的憧憬。当中两联为传诵颇广的名句。　②适与：恰好，正。野情：爱好山野的情趣。惬：快意，满足。　③何许：何处。

东　　溪[1]

行到东溪看水时，坐临孤屿发船迟[2]。野凫眠岸有闲意，老树着花无丑枝。短短蒲茸齐似剪[3]，平平沙石净于筛[4]。情虽不厌住不得[5]，薄暮归来车马疲。

《四部丛刊》本《宛陵先生集》卷四三

①东溪，又名宛溪，在作者故乡宣城。此诗作于仁宗至和二年(1055)，诗人五十四岁在乡里闲居期间。诗描写了家乡熟悉而亲切的景物，以寄寓自己乐观、恬淡的情怀。其中三四两句意味深长，历来脍炙人口。　②屿：水中的小洲。　③蒲茸：蒲草开出的花，又作蒲绒。　④“平平”句：以水中沙石的洁净映衬溪水的澄澈。净于筛，比用筛子筛过的还干净。　⑤住不得：不能够长久停留。

九　苏舜钦

苏舜钦(1008—1048),字子美,梓州铜山(今四川中江)人,生于开封。状貌怪伟,慷慨有大志。仁宗景祐元年(1034)进士,曾任长垣县令,大理评事,以范仲淹荐迁集贤校理,监进奏院。因支持范仲淹改革,触犯权贵,被人借故弹劾除名。退居苏州,筑沧浪亭读书其中。后起复为湖州长史,寻卒。苏舜钦是诗文革新的中坚人物,也是最早写作散文、反对时文的作家之一。其文学成就在诗歌方面表现更突出,风格慷慨磊落,豪迈奔放,多批判现实、抒发爱国情感之作,与梅尧臣齐名。有《苏学士文集》。

庆　州　败[①]

无战王者师[②],有备军之志[③]。天下承平数十年,此语虽存人所弃。今岁西戎背世盟[④],直随秋风寇边城,屠杀熟户烧障堡[⑤],十万驰骋山岳倾[⑥]。国家防塞今有谁?官为承制乳臭儿[⑦]。酣觞大嚼乃事业,何尝识会兵之机[⑧]!符移火急蒐卒乘[⑨],意谓就戮如缚尸[⑩]。未成一军已出战[⑪],驱逐急使缘崄巇[⑫]。马肥甲重士饱喘,虽有弓剑何所施。连颠自欲堕深谷[⑬],虏骑笑指声嘻嘻。一麾发伏雁行出[⑭],山下奄截成重围[⑮]。我军免胄乞死所[⑯],承制面缚交涕洟[⑰]。逡巡下令艺者全,争献小技歌且吹[⑱]。其馀劓馘放之去[⑲],东走矢液皆淋漓[20]。首无耳准若怪兽[21]，不自愧耻犹生归。守者沮气陷者苦[22]，尽由主将之所为。地机不见欲幸胜[23]，羞辱中国堪伤悲！

《四部丛刊》本《苏学士文集》卷一

①仁宗景祐元年(1034)秋，西夏赵元昊进犯庆州(今甘肃庆阳)，宋朝环庆路都监齐宗矩率兵抵御，遭遇伏击，战败被俘，后放归。诗即咏此事。其中对朝廷忽视边防、将帅骄惰无能的状况作了尖锐的批判。诗情调激昂，刻画生动，很大程度上代表了苏诗的主导风格。 ②"无战"句：意谓不战而胜。《荀子·议兵》："王者有诛而无战。"欧阳修《送任处士归太原》诗："自古王者师，有征而无战。" ③军之志：指兵书所载。志，记录，记载。 ④西戎：指西夏。世盟：世代友好的盟约。 ⑤熟户：指被中原习俗同化的西北少数民族居民。障堡：碉堡。 ⑥山岳倾：形容西夏兵马来势之猛。 ⑦承制：内殿承制，武官名。指齐宗矩，齐时以承制出为环庆路都监。 ⑧识会：通晓。 ⑨符移：调兵的公文。蒐(sōu 搜)卒乘：聚集军队。火：原本作"大"，据别本改。 ⑩就戮如缚尸：以为敌人就等着被缚受刑，杀之如同捆绑尸体一样容易。 ⑪已：原本作"之"，据别本改。 ⑫缘崄巇(xiǎnxī 险希)：攀援险峻的山岭。 ⑬连颠：跌跌撞撞。 ⑭麾：同"挥"。发伏：伏兵突发。雁行出：形容敌兵阵型整齐。 ⑮奄截：即掩截，出其不意地堵截住。 ⑯免胄：摘下头盔，表示服罪。乞死所：请求处分。 ⑰面缚：两手缚于后而面向前，表示投降。此句写齐宗矩的狼狈与怯懦。 ⑱"逡巡"二句：宋军士正徘徊惶恐之际，敌军首领下令艺人可以免死，于是士卒争献小技，又歌又吹。逡巡，徘徊，不知所措。 ⑲劓馘(yìguó 义国)：割鼻和截耳，皆属古代的酷刑。 ⑳矢液：指大小便。 ㉑准：鼻子。 ㉒守者：指守关的宋军队。陷者：指被俘的宋兵。 ㉓地机：指地形险阻造成的机宜。幸：侥幸。

淮中晚泊犊头[1]

春阴垂野草青青，时有幽花一树明[2]。晚泊孤舟古祠下，满川风雨看潮生③。

《四部丛刊》本《苏学士文集》卷七

①犊头，即犊头矶，淮河中游的一个渡口。此诗当作于作者罢官南下途中。诗写泊船淮河一渡口所见的景色，在宁静、孤寂的境界里，寓含了强烈的不平和激情。　②幽花：幽静僻暗之处的花。明：明艳夺目。　③"晚泊"二句：当自韦应物"春潮带雨晚来急，野渡无人舟自横"(《滁州西涧》)化出，而陈衍《宋诗精华录》认为"视'春潮带雨晚来急'，气势过之"。古祠，古庙。

一〇 欧阳修

欧阳修(1007—1072),字永叔,号醉翁,晚年又号六一居士,庐陵(今江西吉安)人。仁宗天圣八年(1030)进士,曾任西京推官等地方之职,庆历初年担任谏官,在任正直敢言,支持范仲淹等人的改革,受到政敌忌恨,招致贬谪,但能泰然处之。官至枢密副使,参知政事。卒谥文忠。

在文学上,欧阳修是北宋诗文革新运动的发起者和领袖人物。他大力倡导写作内容充实的古体散文,反对空泛浮艳的骈体时文,又喜好奖拔优秀文学人才,对转移宋初文风起了重大作用。他的散文平易流畅,委曲练达,成就最高,成为继韩柳之后的一大家。其诗一反西昆体的绮靡典缛,风格疏朗豪宕,颇有散文化倾向。其词多写个人情事,富有情韵,与晏殊并称“晏欧”。有《欧阳文忠公集》、《六一词》。

食糟民[①]

田家种糯官酿酒[②],榷利秋毫升与斗[③]。酒沽得钱糟弃物,大屋经年堆欲朽。酒醅瀺灂如沸汤[④],东风来吹酒瓮香。累累罂与瓶[⑤],惟恐不得尝。官沽味酞村酒薄[⑥],日饮官酒诚可乐。不见田中种糯人,釜无糜粥度冬春[⑦]。还来就官买糟食,官吏散糟以为德[⑧]。嗟彼官吏者,其职称长民[⑨],衣食不蚕耕,所学义与仁。仁当养人义适宜[⑩],言可闻达力可施[⑪]。

上不能宽国之利，下不能饱尔之饥；我饮酒，尔食糟，尔虽不我责，我责何由逃。

《四部丛刊》本《欧阳文忠公集·居士集》卷四

①这首诗作于仁宗皇祐(1049—1053)初年。诗中对官府垄断酒榷，对农民残酷剥削，造成官饮酒、民食糟的现象进行了揭露和谴责，同时表达了自己的歉疚之意。全诗通篇议论，有散文化的倾向，已显露出宋诗的特点。②糯(nuǒ 诺)：糯稻，稻的一种，米有粘性。 ③榷(què 却)利：专卖，专利。④醅(pēi 胚)：未经过滤的酒。潺濁(chánzhuó 缠浊)：酒醅发酵时翻起的泡沫声。 ⑤罂(yīng 英)：大腹小口的瓶子。 ⑥酞：酒味厚。 ⑦糜：糊状的食物。 ⑧"还来"二句：农民买糟充饥，官吏却以为做了好事。⑨长民：人民的官长。 ⑩适宜：办事恰当，合乎情理。 ⑪闻达：将下层的情况反映上去。力可施：用权力去实行对国家、人民有利的措施。

雁[1]

来时沙碛已冰霜[2]，飞过江南木叶黄。水阔天低云暗淡，朔风吹起自成行。

《四部丛刊》本《欧阳文忠公集·外集》卷七

①此诗作于嘉祐二年(1057)，作者五十一岁，在京任职时。诗中对秋雁的描写似乎寄托了对人生经历的种种感慨。言短意长，含蓄隽永。 ②沙碛(qì 气)：沙漠。

浪　淘　沙[1]

把酒祝东风，且共从容[2]。垂杨紫陌洛城东[3]。总是当时携手处，游遍芳丛。　聚散苦匆匆，此恨无穷。今年花胜去年红[4]。可惜明年花更好,知与谁同?

商务印书馆《国学基本丛书》本《欧阳永叔集·近体乐府》卷三

①此词作于明道初年,作者在洛阳任西京留守推官时。词中怀念与尹洙、梅尧臣等友人朝夕相处的欢娱,并对他们的纷纷离去表示了惋惜之情。近人评此作"深情如水,行气如虹"(俞陛云《唐五代两宋词选释》)。 ②且共从容:留春之语。 ③紫陌:帝京的道路。洛阳为北宋的西京。 ④花:这里专指牡丹。欧阳修《洛阳牡丹记》:"至牡丹,则不名,直曰花。"

踏　莎　行[1]

候馆梅残[2],溪桥柳细,草薰风暖摇征辔[3]。离愁渐远渐无穷,迢迢不断如春水。　寸寸柔肠,盈盈粉泪[4],楼高莫近危栏倚。平芜尽处是春山,行人更在春山外。

商务印书馆《国学基本丛书》本《欧阳永叔集·近体乐府》卷一

①这首词抒写离别之情。上片述作者在旅途中的感受,下片推想闺中人对自己的怅望。作品借景抒情,意韵绵长,人称"不厌百回读"。 ②候馆:客舍,旅馆。 ③薰:香草名,引申为香气。江淹《别赋》:"闺中风暖,陌上草薰。" ④盈盈:泪水充满的样子。

朝　中　措[1]

送刘仲原甫出守维扬

平山栏槛倚晴空[2],山色有无中[3]。手种堂前垂柳,别来几度春风。　文章太守[4],挥毫万字,一饮千钟。行乐直须年少，樽前看取衰翁[5]。

商务印书馆《国学基本丛书》本《欧阳永叔集·近体乐府》卷一

①刘仲原甫，指刘敞，字原甫（一作父），于嘉祐元年出任扬州知州。欧阳修作此词为其送行。作品抒发了对往事的回忆和怀念，意境开阔，气概豪迈，展现出一种不同以往的新词风。维扬，扬州的别称。　②平山：平山堂，在扬州北郊蜀冈上，作者守扬州时所建，为扬州的名胜。　③“山色”句：用王维《汉江临眺》诗：“江流天地外，山色有无中。”　④文章太守：作者自谓。⑤“行乐”二句：以自己的衰老劝勉刘敞要及时行乐。

五代史伶官传序[1]

呜呼！盛衰之理，虽曰天命，岂非人事哉[2]！原庄宗之所以得天下[3]，与其所以失之者，可以知之矣。

世言晋王之将终也[4]，以三矢赐庄宗，而告之曰：“梁，吾仇也[5]，燕王吾所立[6]，契丹与吾约为兄弟[7]，而皆背晋以归梁。此三者，吾遗恨也。与尔三矢，尔其无忘乃父之志！”庄宗受而藏之于庙。其后用兵，则遣从事以一少牢告庙[8]，请其矢，盛以锦囊，负而前驱，及凯旋而纳之[9]。

方其系燕父子以组[10]，函梁君臣之首[11]，入于太庙，还矢先王，而告以成功，其意气之盛，可谓壮哉！及仇雠已灭[12]，天下已定，一夫夜呼，乱者四应[13]，仓皇东出，未及见贼而士卒离散，君臣相顾，不知所归；至于誓天断发，泣下沾襟，何其衰也[14]！岂得之难而失之易欤？抑本其成败之迹而皆自于人欤？《书》曰：“满招损，谦得益。”[15]忧劳可以兴国，逸豫可以亡身[16]，自然之理也。故方其盛也，举天下之豪杰莫能与之争；及其衰也，数十伶人困之，而身死国灭，为天下笑[17]。

夫祸患常积于忽微，而智勇多困于所溺，岂独伶人也哉！作《伶官传》。

中华书局点校本《新五代史》卷三七

①在二十五史中有两部五代史，一部是宋初薛居正奉诏所编，另一部是欧阳修自撰，为了便于区别，后称薛居正修的为《旧五代史》，欧阳修自撰的为《新五代史》。本文即选自《新五代史·伶官传》，是其中的序文。作者从后唐王朝的盛衰演变中阐明"忧劳可以兴国，逸豫可以亡身"的道理，并强调人事所起到的决定作用，警告当政者不要困于所溺，具有一定的进步意义和启发作用。文章富有气势，抑扬顿挫，情见乎辞，是一篇体短意深的力作。
②天命：天的意志。人事：人自身的行为。此句含有对天命论的否定。
③庄宗：后唐庄宗李存勖（xù序），李克用之子。　④晋王：即李克用，沙陀族人，唐末割据于今陕西一带，因镇压黄巢起义有功，于公元895年受封为晋王。　⑤梁：指后梁太祖朱温，原为黄巢部将，叛变降唐，赐名全忠，封梁王。曾企图谋杀李克用，后篡唐建立后梁。朱李二人结仇很深。　⑥燕王：指刘仁恭、刘守光父子。李克用曾帮助刘仁恭夺得幽州，并请命于唐，拜刘检校司空、卢龙军节度使，后背叛李克用。公元909年，朱全忠封刘守光为燕王，时李克用已死，此为作者追叙之辞。　⑦契丹：辽的前身。李克用曾与契丹主耶律阿保机结为兄弟，期共同击梁。后阿保机背约，与梁通好，反约梁举兵灭晋。　⑧少牢：古代致祭，以一猪一羊为少牢，再增一牛为太牢。
⑨纳之：仍藏之于太庙内。　⑩"方其"句：公元914年李存勖俘虏刘仁恭、刘守光父子，用绳索捆绑，献于太庙。组，组练，丝编成的绳索。　⑪函：匣，这里作动词用。公元923年，称帝后的李存勖率兵攻梁，梁末帝朱友贞命部将皇甫麟杀死自己，皇甫麟从命后随即也自杀，梁亡。　⑫仇雠：仇敌。
⑬"一夫"二句：公元926年，贝州（治今河北清河）军士皇甫晖兴事作乱，用指挥史赵在礼为帅，攻入邺都（今河北大名），其后邢州（今河北邢台）、沧州等驻军亦相继为乱。　⑭"仓皇"七句：皇甫晖叛乱后，被李存勖派去镇压叛军的养子李嗣源自立为皇帝，联合皇甫晖进逼洛阳。李存勖仓皇东走，后又闻李嗣源已占据开封，于是再度西返。一路上士兵逃亡过半，诸将百馀人割发

而誓,君臣相对大哭。 ⑮得:《尚书》原文作“受”。唐孔颖达《尚书正义》云:“自以为满,人必损之;自谦受物,人必益之。” ⑯逸豫:安逸,舒适。⑰“及其”四句:李存勖宠信伶人,纵情声色,结果原系伶人的从马直(皇帝亲军)指挥使郭从谦在宫内发动政变,李存勖中流矢而死,李嗣源入为皇帝。由于李嗣源非李存勖亲生,等于换了王朝,故曰“国灭”。

醉翁亭记①

环滁皆山也②。其西南诸峰,林壑尤美③。望之蔚然而深秀者④,琅邪也⑤。山行六七里,渐闻水声潺潺,而泻出于两峰之间者,酿泉也⑥。峰回路转,有亭翼然临于泉上者,醉翁亭也。作亭者谁?山之僧曰智仙也⑦。名之者谁?太守自谓也⑧。太守与客来饮于此,饮少辄醉,而年又最高,故自号曰醉翁也。醉翁之意不在酒,在乎山水之间也。山水之乐,得之心而寓之酒也。

若夫日出而林霏开⑨,云归而岩穴暝⑩,晦明变化者,山间之朝暮也。野芳发而幽香,佳木秀而繁阴⑪,风霜高洁⑫,水落而石出者,山间之四时也。朝而往,暮而归,四时之景不同,而乐亦无穷也。

至于负者歌于途,行者休于树,前者呼,后者应,伛偻提携⑬,往来而不绝者,滁人游也。临溪而渔,溪深而鱼肥,酿泉为酒,泉香而酒洌⑭,山肴野蔌⑮,杂然而前陈者,太守宴也。宴酣之乐,非丝非竹⑯,射者中⑰,奕者胜,觥筹交错⑱,起坐而喧哗者,众宾欢也。苍颜白发,颓然乎其间者,太守醉也。

已而夕阳在山,人影散乱,太守归而宾客从也。树林阴翳[19]，鸣声上下，游人去而禽鸟乐也。然而禽鸟知山林之乐，而不知人之乐；人知从太守游而乐，而不知太守之乐其乐也[20]。醉能同其乐，醒能述以文者，太守也。太守谓谁？庐陵欧阳修也[21]。

《四部丛刊》本《欧阳文忠公集·居士集》卷三九

①本文作于庆历六年(1046)作者贬知滁州(今安徽滁县)时。欧阳修虽然受到保守派的排挤和打击，但心情还是泰然和乐观的。他一方面为政清廉，造福于民；另一方面寄情山水，与民同乐。以这种方式排解了贬谪带来的压抑和愁怨。此文即表现出这样一种心态。全文叙述从容，寄情于景，文笔精练，声调和谐，是广为传诵的名篇。　②环滁：环绕着滁州。此句据《朱子语录》记载，曾修改多次，原来多达数十字，最后改定仅此五字。　③壑(hè贺)：山谷。　④蔚然：草木茂盛的样子。　⑤琅邪：即琅琊山，在滁县西南十里，因东晋琅琊王司马睿(元帝)南下渡江时曾住此地而得名。⑥酿泉：即琅琊泉，因水清适于酿酒而得名。酿，原本作"让"，据别本改。⑦智仙：琅琊寺的僧人。　⑧太守：汉代一郡长官的称号。宋代有州无郡，长官称知州，二者地位相近。这里是泛称。　⑨林霏：树林里的雾气。⑩云归：古人以为云气出自山中，傍晚又回到山里，故云。　⑪秀：长出新叶。繁阴：变得茂盛浓密。　⑫风霜高洁：天高气爽，露寒霜白。　⑬伛偻：弯腰曲背，指老人。提携：搀扶，指牵带着的孩子。　⑭"泉香"句：一作"泉冽而酒香"。冽，清凉。　⑮山肴：山中猎来的野味。野蔌：野菜。⑯丝、竹：指乐器。　⑰射者中：投壶的人投中了。投壶，古代宴饮时的一种娱乐活动，用箭投壶口，以投中多少决胜负，负者饮酒。　⑱觥(gōng工)筹交错：酒杯和酒筹(计算饮酒数量的筹码)互相错杂。　⑲阴翳：因太阳落山而变得阴暗不明。　⑳而：原本无，据碑文补。乐其乐：乐其所乐。此句谓太守之所乐既有与宾客同游之乐，又有不为众人所知之乐。　㉑庐陵：今江西吉安市。

秋声赋[①]

欧阳子方夜读书[②]，闻有声自西南来者，悚然而听之[③]，曰："异哉！"初淅沥以萧飒[④]，忽奔腾而砰湃[⑤]，如波涛夜惊，风雨骤至。其触于物也，𫔶𫔶铮铮[⑥]，金铁皆鸣，又如赴敌之兵，衔枚疾走[⑦]，不闻号令，但闻人马之行声。余谓童子："此何声也？汝出视之。"童子曰："星月皎洁，明河在天[⑧]，四无人声，声在树间。"余曰："噫嘻悲哉！此秋声也，胡为而来哉？盖夫秋之为状也，其色惨淡[⑨]，烟霏云敛[⑩]；其容清明，天高日晶；其气慄冽[⑪]，砭人肌骨[⑫]；其意萧条，山川寂寥[⑬]。故其为声也，凄凄切切，呼号愤发。丰草绿缛而争茂[⑭]，佳木葱茏而可悦[⑮]；草拂之而色变，木遭之而叶脱；其所以摧败零落者，乃其一气之馀烈[⑯]。夫秋，刑官也[⑰]，于时为阴[⑱]；又兵象也[⑲]，于行用金[⑳]；是谓天地之义气[㉑]，常以肃杀而为心。天之于物，春生秋实，故其在乐也，商声主西方之音[㉒]，夷则为七月之律[㉓]。商，伤也，物既老而悲伤；夷，戮也，物过盛而当杀。嗟乎！草木无情，有时飘零。人为动物，惟物之灵，百忧感其心，万事劳其形，有动于中，必摇其精[㉔]。而况思其力之所不及，忧其智之所不能，宜其渥然丹者为槁木[㉕]，黟然黑者为星星[㉖]。奈何以非金石之质，欲与草木而争荣？念谁为之戕贼[㉗]，亦何恨乎秋声！"童子莫对，垂头而睡。但闻四壁虫声唧唧，如助余之叹息。

《四部丛刊》本《欧阳文忠公集·居士集》卷一五

①这篇赋作于仁宗嘉祐四年(1059),它以优美动人的散文化笔触描述了秋季降临时自然界的种种变化,由此引出作者对人生的诸多感慨。全文写景、抒情、议论有机融为一体,一变旧赋那种呆板、凝滞的格式,显现出散文赋自由挥洒的意态。它是宋代文赋的先声。 ②欧阳子:作者自称。 ③悚(sǒng 耸)然:吃惊的样子。 ④淅沥(xīlì 西力):雨声。萧飒:风声。 ⑤砰湃:通"澎湃",浪涛撞击声。 ⑥鏦(cōng 匆)鏦铮铮:金属相击的声音。 ⑦衔枚:古代行军时为了防止喧哗,教士兵嘴里衔着一根筷子似的小棍,称"衔枚"。 ⑧明河:指银河。 ⑨惨淡:阴暗凄惨。 ⑩霏:烟飞貌。 ⑪慄冽:寒冷。 ⑫砭(biān 边):古代用以治病的石针。这里用作动词,刺的意思。 ⑬寂寥:冷落空旷。 ⑭绿缛:碧绿而繁茂。 ⑮葱茏:树木青翠而茂盛。 ⑯一气:指秋气。馀烈:馀威。 ⑰刑官:周代以天地四季之名命六官(六卿),掌刑狱的司寇为秋官。见《周礼·秋官司寇》。 ⑱于时为阴:古代以阴阳二气配合四时,春夏为阳,秋冬为阴。 ⑲兵象:战争的象征。古代征伐,多在秋季。 ⑳与行用金:古人将五行(木火土金水)分配四季,秋天属金。见《礼记·月令》。 ㉑天地之义气:天地形成的尊严之气。见《礼记·乡饮酒义》。 ㉒"商声"句:古代将宫、商、角、徵、羽五声分配四时,商属秋。西方,秋天的方位。 ㉓"夷则"句:古时以十二音律配十二月,七月与十二律中的夷则相配。《史记·律书》:"夷则,言阴气之贼万物也。" ㉔精:人的精神。 ㉕"渥然"句:言红润的面容忽然变得如同枯木。渥然,湿润的样子。 ㉖"黟(yī 伊)然"句:乌黑的头发很快变白。黟然,黑色的样子。黟,原本作"黝",据墨迹改。星星,形容鬓发花白。 ㉗戕(qiāng 抢)贼:戕害。

一一 苏 洵

苏洵(1009—1066),字明允,眉州眉山(今四川眉山)人。四十岁前应进士、茂才异等试皆不中,于是绝意功名,焚毁旧稿,闭户读书,遂通六经、百家之说,有《几策》、《权书》、《衡论》等著作问世。嘉祐初重游京师,欧阳修向上推荐其所著文章,士大夫争相传阅,一时学者多效其文。因除秘书省校书郎,后为霸州文安县主簿,参与纂修《太常因革礼》,书成而卒。苏洵以散文名家,长于策论,文章风格雄壮多气,纵横博辩,具有威慑人的力量。著有《嘉祐集》。

六 国 论[①]

六国破灭,非兵不利[②],战不善,弊在赂秦[③]。赂秦而力亏,破灭之道也。或曰:"六国互丧,率赂秦耶?"曰:不赂者以赂者丧,盖失强援,不能独完[④]。故曰,弊在赂秦也。

秦以攻取之外,小则获邑,大则得城。较秦之所得[⑤],与战胜而得者,其实百倍;诸侯之所亡[⑥],与战败而亡者,其实亦百倍。则秦之所大欲,诸侯之所大患,固不在战矣。

思厥先祖父[⑦],暴霜露[⑧],斩荆棘,以有尺寸之地。子孙视之不甚惜,举以予人,如弃草芥[⑨]。今日割五城,明日割十城,然后得一夕安寝,起视四境,而秦兵又至矣。然则诸侯之地有限,暴秦之欲无厌,奉之弥繁[⑩],侵之愈急,故不战而强弱胜负已判矣[11]。至于颠覆，理固宜然。古人云："以地事秦，犹抱薪救火，薪不尽，火不灭。"[12]此言得之。

齐人未尝赂秦，终继五国迁灭[13]，何哉？与嬴而不助五国也[14]。五国既丧，齐亦不免矣。燕、赵之君始有远略，能守其土，义不赂秦。是故燕虽小国而后亡，斯用兵之效也。至丹以荆卿为计[15]，始速祸焉。赵尝五战于秦，二败而三胜[16]，后秦击赵者再，李牧连却之[17]，自牧以谗诛[18]，邯郸为郡，惜其用武而不终也。且燕、赵处秦革灭殆尽之际[19]，可谓智力孤危，战败而亡，诚不得已。向使三国各爱其地[20]，齐人勿附于秦，刺客不行，良将犹在[21]，则胜负之数[22]，存亡之理，当与秦相较，或未易量。

呜呼！以赂秦之地，封天下之谋臣，以事秦之心，礼天下之奇才，并力西向，则吾恐秦人食之不得下咽也。悲夫！有如此之势，而为秦人积威之所劫[23]，日削月割，以趋于亡。为国者[24]，无使为积威之所劫哉！

夫六国与秦皆诸侯，其势弱于秦，而犹有可以不赂而胜之之势；苟以天下之大，下而从六国破亡之故事[25]，是又在六国下矣。

《四部丛刊》本《嘉祐集》卷三

①本文为《权书》十篇之一。文章论述六国破灭的原因在于赂秦，以此为鉴，讽喻宋王朝向辽、西夏输送岁币以求安宁的政策。全文层层展开，富有气势，语言斩绝而有力，有人评此作："借古伤今，淋漓深痛。"（储欣《评注苏老泉集》卷一）　②兵：兵器。　③赂秦：指割地奉秦以求自安。　④独完：独自保全。　⑤所得：这里指秦利用威势，敲诈得到的土地。　⑥所亡：指六国因赂秦而失掉的土地。　⑦厥：其，他们。指六国君主。先祖父：祖辈与父辈们。　⑧暴：显露，相当于"冒"。　⑨草芥：小草，比喻轻微而

无价值的东西。 ⑩弥:越,更加。 ⑪判:分。 ⑫“古人云”五句:出自《战国策·魏策》和《史记·魏世家》。 ⑬迁灭:晚遭灭亡。迁,迁延。⑭与嬴:亲附秦国。嬴,秦王的姓。 ⑮丹:指燕太子丹。始皇二十年(前227),太子丹招荆轲行刺秦王,不中,轲被杀。秦遂发兵伐燕,拔燕都,燕杀太子丹献于秦,五年后燕亡。 ⑯“赵尝”二句:语意出自《战国策·燕策》,苏秦说燕文公有云:“秦赵五战,秦再胜而赵三胜。”实际上是泛言,非实指。⑰“后秦”二句:赵王迁三年(前233),秦、赵战于宜安,赵以李牧为大将军,大破秦军。次年,秦攻番吾,李牧再次击败秦军。事见《史记》之《赵世家》和《廉颇蔺相如列传》。 ⑱“洎(jì计)牧”句:赵王迁七年(前229),秦派王翦攻赵,赵使李牧、司马尚御之。秦以重金买通赵王宠臣郭开,使之进谗言,谓李牧等谋反,赵王遂派人捕杀李牧,废司马尚。王翦由此得破赵军,虏赵王迁,赵亡。事见《史记》之《廉颇蔺相如列传》和《赵世家》。洎,到 ⑲革灭殆尽之际:消灭得差不多的时候。邯郸陷落后,赵国大夫又拥立赵公子嘉为王,六年后才与燕国同被灭,此时韩、魏、楚已亡。 ⑳向使:倘使,假使。三国:指韩,魏,楚。㉑良将犹在:指赵国李牧不被杀。 ㉒数:气数,命运。㉓劫:威逼,胁迫。 ㉔为国者:治理国家的人。 ㉕从六国破亡之故事:即重走六国灭亡的老路。故事,旧事。

养 才[①]

夫人之所为,有可勉强者,有不可勉强者。煦煦然而为仁,孑孑然而为义[②],不食片言以为信,不见小利以为廉,虽古之所谓仁与义、与信、与廉者,不止若是[③]。而天下之人亦不曰是非仁人,是非义人,是非信人,是非廉人。此则无诸己而可勉强以到者也[④]。在朝廷而百官肃,在边鄙而四夷惧[⑤],坐之于繁剧纷扰之中而不乱,投之于羽檄奔走之地而不惑[⑥],为吏而为吏,为将而为将,若是者,非天之所与、性之所有,不可勉强而能也。道与德可勉以进也,才不可揠以进也[⑦]。今有二人焉，一人善揖让[8]，一人善骑射，则人未有不以揖让贤于骑射矣。然而揖让者未必善骑射，而骑射者舍其弓以揖让于其间，则未必失容[9]。何哉？才难强而道易勉也。吾观世之用人，好以可勉强之道与德，而加之不可勉强之才之上，而曰我贵贤贱能，是以道与德未足以化人，而才有遗焉[10]。

然而为此者亦有由矣，有才者而不能为众人所勉强者耳。何则？奇杰之士常好自负，疏隽傲诞[11]，不事绳检[12]，往往冒法律[13]，触刑禁，叫号欢呼，以发其一时之乐而不顾其祸；嗜利酗酒，使气傲物，志气一发，则倜然远去[14]，不可羁束以礼法。然及其一旦翻然而悟，折节而不为此，以留意于向所谓道与德可勉强者，则何病不至[15]？奈何以朴樕小道加诸其上哉[16]？

夫其不肯规规以事礼法，而必自纵以为此者，乃上之人之过也。古之养奇杰也，任之以权，尊之以爵，厚之以禄，重之以恩，责之以措置天下之务，而易其平居自纵之心[17]，而声色耳目之欲又已极于外[18]，故不待放恣而后为乐。今则不然，奇杰无尺寸之柄，位一命之爵[19]，食斗升之禄者过半，彼又安得不越法逾礼而自快邪？我又安可急之以法，使不得泰然自纵邪？今我绳之以法亦已急矣，急之而不已，而随之以刑，则彼有北走胡、南走越耳[20]。

噫！无事之时既不能养，及其不幸，一旦有边境之患，繁乱难治之事，而后优诏以招之，丰爵重禄以结之，则彼已憾矣[21]。夫彼固非纯忠者也，又安肯默然于穷困无用之地而已邪？

周公之时，天下号为至治，四夷已臣服，卿大夫士已称职。当是时，虽有奇杰无所复用，而其礼法风俗尤复细密，举朝廷举四海之人无不遵蹈，而其八议之中犹有曰议能者[22]；况当今天下未甚至治，四夷未尽臣服，卿大夫士未皆称职，礼法风俗又非细密如周之盛时，而奇杰之士复有困于簿书米盐间者[23]，则反可不议其能而恕之乎？所宜哀其才而贳其过[24]，无使为刀笔吏所困，则庶乎尽其才矣[25]。

或曰：奇杰之士有过得以免，则天下之人孰不自谓奇杰而欲免其过者？是终亦溃法乱教耳。曰：是则然矣。然而奇杰之所为必挺然出于众人之上。苟指其已成之功以晓天下，俾得以赎其过[26]，而其未有功者，则委之以难治之事，而责其成绩，则天下之人不敢自谓奇杰，而真奇杰者出矣。

《四部丛刊》本《嘉祐集》卷五

①这是《衡论》十篇之一，与另一篇《广士》都是论人才的选拔和使用的。此篇的重点在于主张大胆使用"奇杰之士"，强调道德规范可以靠勉强达到，才能却非勉强可得，因此人才应该得到珍视，且又要恰当地使用他们，使有才者得以才尽其用。文章见解精辟，分析透彻，实际上对封建社会的压抑和摧残人才给予了揭露和批判，茅坤就指出此文"直是刺骨"之作。在今天依然有其积极的意义。　②"煦煦然"二句：煦煦然，和悦的样子。孑孑然，施小惠貌。二句本之于韩愈的《原道》："彼以煦煦为仁，孑孑为义，其小之也则宜。"③不止若是：不止这些。以上一段话对社会上把小恩小惠视为仁义进行了批评，认为古之仁义并非如此。　④无诸己：并非出自本性。此句谓上述行为即使不出于本心，也可以勉强做到，即人人可为。　⑤四夷：指华夏以外的各族，古称东夷、西戎、南蛮和北狄。　⑥羽檄奔走之地：指战场。羽檄，调集军队的文书。　⑦揠：拔。　⑧揖让：宾主相待之礼。指娴于礼仪，讲究礼节。　⑨失容：失礼，也即违背礼仪。　⑩才有遗：人才被埋没，被忽略。　⑪疏隽傲诞：自高自大，傲慢怪诞。　⑫不事绳检：不受礼法规范的约束。　⑬冒：冒犯。　⑭倜(tì 替)然：超然不群的样子。　⑮何病不至：何忧不至。此句意谓奇杰之士一旦有悟何愁其做不到呢？　⑯朴樕

(sù素):小树。朴樕小道,指浅陋平庸的规范、标准。 ⑰易:改变。 ⑱极于外:排除在外。 ⑲命:官阶。爵:爵位。周代官阶由一命到九命,一命为最低阶。见《周礼·地官》。 ⑳胡:北方少数民族居住地。越:南方少数民族居住地。这里指奔向中央朝廷控制不到的边远地区。 ㉑憾:失望,不满。㉒八议:即八辟,周代减刑的八个条件,其中有“议能之辟”。见《周礼·小司寇》。㉓簿书米盐:指掌管财务簿记的小吏。 ㉔贳(shì世):赦免,宽容。 ㉕庶乎:或许可以。表期望的意思。 ㉖俾(bǐ比):使。

一二　曾　巩

曾巩(1019—1083),字子固,建昌南丰(今江西南丰)人,世称南丰先生。宋仁宗嘉祐二年进士,先曾任太平州司法参军、馆阁校勘、集贤校理等职,后又担任越、齐、襄、洪等多处地方官,均有政绩,官至中书舍人。卒后追谥文定。曾巩以文章著称,文学上主张文以明道,散文学习司马迁和韩愈,其文雅正平和,章法谨严,简洁明晰,自成一体。风格略近于欧阳修。有《元丰类稿》、《隆平集》。

墨　池　记[①]

临川之城东[②],有地隐然而高,以临于溪,曰新城。新城之上,有池洼然而方以长[③],曰王羲之之墨池者[④],荀伯子《临川记》云也[⑤]。羲之尝慕张芝[⑥],临池学书,池水尽黑,此为其故迹,岂信然邪[⑦]?

方羲之之不可强以仕[⑧],而尝极东方[⑨],出沧海[⑩],以娱其意于山水之间,岂其徜徉肆恣[⑪],而又尝自休于此邪?

羲之之书晚乃善[⑫],则其所能,盖亦以精力自致者,非天成也。然后世未有能及者,岂其学不如彼邪[⑬]?则学固岂可以少哉!况欲深造道德者邪?

墨池之上,今为州学舍[⑭]。教授王君盛[⑮],恐其不章也[⑯],书"晋王右军墨池"之六字于楹间以揭之[⑰]。又告于巩曰:“愿有记!”推王君之心,岂爱人之善,虽一能不以废[18],而因以及乎其迹邪[19]? 其亦欲推其事,以勉学者邪? 夫人之有一能,而使后人尚之如此,况仁人庄士之遗风馀思[20],被于来世者如何哉!

庆历八年九月十二日曾巩记。

中华书局版陈杏珍、晁继周点校《曾巩集》卷一七

①本文是作者应抚州州学教授王盛之请而写的一篇叙记。文章先由墨池的传闻推出王羲之书法系由苦练造就的结论,然后引申到为学修身要靠后天勤奋深造的普遍道理。全文因小见大,语简意深,多设问句,辞气委婉,体现了作者独特的文风。 ②临川:宋抚州临川郡。即今江西抚州市。 ③洼然:低陷的样子。 ④王羲之:字逸少,东晋著名书法家,世称王右军,后人号为“书圣”。 ⑤荀伯子:南朝宋人,曾任临川内史,有《临川记》。《太平寰宇记》卷一一〇载其记叙王羲之官临川及墨池的事。 ⑥张芝:字伯英,东汉著名书法家,善草书,人称“草圣”。 ⑦岂信然邪:难道是真的吗? ⑧“方羲之”句:王羲之当时与王述齐名,羲之任会稽内史,朝廷又命王述为扬州刺史,会稽属扬州,羲之耻位于王述下,便辞职隐居,誓不再仕。事见《晋书·王羲之传》。 ⑨极:至,达。 ⑩出沧海:泛舟东海。据《晋书·王羲之传》载:“羲之既去官,与东土人士尽山水之游,弋钓为娱。又与道士许迈共修服食,采药石不远千里,遍游东中诸郡,穷诸名山,泛沧海。” ⑪徜徉(chángyáng 常羊)肆恣:纵情遨游。 ⑫“羲之”句:王羲之的书法初不如同时庾翼、郗愔,晚年才臻于精妙之境。见《晋书·王羲之传》。 ⑬彼:指王羲之。 ⑭州学舍:指抚州州府的学舍。 ⑮教授:官名,主管学政和教育所属生员。 ⑯章:同“彰”。 ⑰楹:厅堂前部的柱子。揭之:标明。 ⑱不以废:不肯让它埋没。 ⑲“而因”句:因而爱及到他的遗迹吗? ⑳仁人庄士:有道德修养、为人楷模的人。遗风馀思:留下来的风范,传下来的思想。

一三　王安石

王安石(1021—1086),字介甫,号半山,抚州临川(今江西临川)人。宋仁宗庆历二年(1042)进士,曾任鄞县、舒州、常州、饶州等处地方官,体悉下情,慨然有改革之志。神宗熙宁年间为相,主持变法,推行新政。主要在于抑制地方豪强势力,缓和财政危机,以增强国力。由于朝内保守势力的强烈反对,改革虽有所成效,但未能成功。王安石被迫辞去相位,退居江宁,封荆国公。卒,谥曰文。崇宁间追封舒王。王安石的文学成就卓著,散文长于说理,观点深刻,结构严谨,笔力简劲、奇崛。其诗好为新奇,有散文化倾向,后期一变为婉丽清新,首开宋诗风气。词也有佳作传世。有《临川集》。

登飞来峰①

飞来山上千寻塔②,闻说鸡鸣见日升③。不畏浮云遮望眼④,自缘身在最高层⑤。

上海古籍出版社版《王荆文公诗李壁注》卷四八

①这首绝句作于皇祐三年(1051)作者由鄞县(今属浙江)任改赴舒州(今安徽安庆)任途中。作品描写诗人登高时所见,表达了青年王安石非凡的抱负和胸襟。飞来峰并非杭州灵隐寺前的飞来峰,而是越州(今浙江绍兴)城南的飞来山,山上有应天塔。　②千寻塔:指应天塔。据《宝庆会稽续志》载,

塔高三十三丈。千寻,极言其高。八尺为寻。　　③鸡鸣见日升:孟浩然《越中逢天台太一子》诗有“鸡鸣见日出,每与仙人会”句。按,此所谓“鸡鸣”,指天鸡鸣叫。　　④浮云:古时往往用来比喻朝中佞人。陆贾《新语》:“邪臣蔽贤,犹浮云之障白日也。”李白《登金陵凤凰台》诗:“总为浮云能蔽日,长安不见使人愁。”　　⑤自缘:因为,由于。

河　北　民①

河北民,生长二边长苦辛②。家家养子学耕织,输与官家事夷狄③。今年大旱千里赤,州县仍催给河役④。老小相携来就南⑤,南人丰年自无食。悲愁白日天地昏,路傍过者无颜色。汝生不及贞观中⑥,斗粟数钱无兵戎⑦。

上海古籍出版社版《王荆文公诗李壁注》卷二一

①这首诗明显是仿效杜甫、白居易新题乐府诗的。它反映了河北饥民南下流亡的惨状,并通过黄河南北两地民众的凄惨境遇抨击了政府输币赂敌的政策,同时表达了变法图强的愿望。此诗用韵颇有特色,开首及结尾两句为平声韵,中间八句则为入声韵;其中“家家”四句为每句押,“老小”四句则间句押,声韵跌宕转折,有力地表达出作者激愤、沉痛的感情。　　②二边:指宋跟辽、西夏交界的地区。　　③官家:宋朝人称皇帝为官家。这里指朝廷。夷狄:东方和北方的少数民族,这里指辽和西夏。　　④给河役:征民夫去治河。　　⑤就南:迁移到黄河以南来就食。　　⑥贞观:唐太宗的年号。据史籍记载,它是封建社会的盛世,社会安定,人民富足,国家强大。　　⑦斗粟数钱:言粮食便宜,一斗粟才数文钱。

明　妃　曲①(二首选一)

明妃初嫁与胡儿,毡车百辆皆胡姬。含情欲说独无处[②],传与琵琶心自知[③]。黄金捍拨春风手[④],弹看飞鸿劝胡酒。汉宫侍女暗垂泪,沙上行人却回首。汉恩自浅胡自深,人生乐在相知心。可怜青冢已芜没[⑤],尚有哀弦留至今。

上海古籍出版社版《王荆文公诗李壁注》卷六

①此诗咏王昭君,作于嘉祐四年(1059)。原诗有两首,这里选其第二首。王昭君,名嫱,字昭君,汉元帝时宫妃,入宫数年,未曾见幸。时匈奴呼韩邪单于入朝,求与汉朝联姻,昭君主动请行,遂远嫁匈奴。晋代为避司马昭讳改称明君,后人遂呼为明妃。这首诗以同情的笔调描写了昭君出塞后的生活以及凄苦悲恻的情怀。作者还站在个人的立场对昭君的境遇作了劝慰和开解,其中"汉恩"两句历来有争议,遭到过严厉的批评。今天再观此诗,或能超越政治偏见,对其审美价值予以正确的认识和评价。　②无处:指无人可以倾诉。　③"传与"句:意谓将心中的哀怨寄托在琵琶乐曲中,唯有自己才能理解。　④捍拨:弹奏琵琶的拨子,因质地坚硬得名。春风手:能弹奏出美妙乐曲的高手。　⑤青冢:王昭君的坟墓。相传冢上草色常青。杜甫《咏怀古迹》之三有"独留青冢向黄昏"句。今内蒙古呼和浩特市南尚有昭君墓。

书湖阴先生壁[①](二首选一)

茅檐长扫静无苔[②],花木成畦手自栽[③]。一水护田将绿绕[④],两山排闼送青来[⑤]。

上海古籍出版社版《王荆文公诗李壁注》卷四三

①此诗作于诗人晚年退居江宁期间。原诗两首,这里选其第一首。湖阴先生,杨德逢的号,他是作者在南京钟山居住时的邻居。诗以优美的笔调描写了杨氏园庭洁净清幽的环境,表达了诗人对田园生活的喜爱。　②茅檐:茅屋檐下,这里实指庭院。　③成畦(qí 奇):成垄成行。戴叔伦《女耕

田行》有“疏通畦陇防乱苗，整顿沟塍待时雨”句。 ④“一水”句：渠水围护着绿色的田园。护田，语出《汉书·西域传》，原意为设校尉领护营田，这里乃活用。 ⑤排闼(tà 踏)：推门。闼，门。

江上[①]

江北秋阴一半开，晚云含雨却低徊[②]。青山缭绕疑无路[③]，忽见千帆隐映来[④]。

上海古籍出版社版《王荆文公诗李壁注》卷四四

①这首绝句写于退居江宁期间。诗描绘长江沿岸秋天的景物，在富有情趣的物象变幻当中，似乎寓含着某种哲理。秦观的“菰蒲深处疑无地，忽有人家笑语声”(《秋日》)，陆游的“山重水复疑无路，柳暗花明又一村”(《游山西村》)，或许都由此伸发而来。 ②“江北”二句：深秋的浓云略为散开，露出一片明亮，至傍晚，阴云又低垂下来，徘徊不去。 ③青山缭绕：江水迂回，故两岸显得遮障缭绕。 ④隐映：隐隐约约地自青山丛中浮现出来。

北陂杏花[①]

一陂春水绕花身，身影妖娆各占春[②]。纵被春风吹作雪，绝胜南陌碾成尘[③]。

上海古籍出版社版《王荆文公诗李壁注》卷四二

①此首绝句亦写于退居江宁期间。北陂，北边的池塘，当在诗人居所附近。作品借咏杏花表达了自己的处世态度和不屈人格。《宋诗精华录》认为：“末二语恰是自己身份。” ②身影：指岸上的杏花和水中的倒影。妖娆：娇

美。娆，原本误作“饶”，据别本改。占春：占尽春光。　③碾成尘：指受践踏。

桂 枝 香[①]

登临送目[②]。正故国晚秋[③]，天气初肃[④]。千里澄江似练[⑤]，翠峰如簇[⑥]。征帆去棹残阳里，背西风，酒旗斜矗[⑦]。彩舟云淡，星河鹭起[⑧]，画图难足。　念往昔，繁华竞逐[⑨]，叹门外楼头[⑩]，悲恨相续。千古凭高，对此漫嗟荣辱[⑪]。六朝旧事随流水，但寒烟芳草凝绿。至今商女，时时犹唱，《后庭》遗曲[⑫]。

《四部丛刊》本《乐府雅词》卷上

①这首词作于治平三年(1066)诗人闲居江宁期间。黄升《唐宋诸贤绝妙词选》题作“金陵怀古”。作品描写登高所见的壮丽之景，由此联想到六朝兴亡的史实，发出了深沉的感慨。全作立意高远，气格刚健，多处化用前人诗句，受到后人的普遍推许。　②送目：远望。　③故国：金陵为南朝旧都，故云。　④初肃：开始显出肃杀之意。　⑤“千里”句：化用谢朓《晚登三山还望京邑》诗：“馀霞散成绮，澄江静如练。”　⑥翠峰如簇：苍翠的山峰攒聚在一起。　⑦斜矗：斜插。　⑧星河：本指天河，这里指长江。鹭起：长江中有白鹭洲，此言白鹭洲中时见白鹭飞起。　⑨繁华竞逐：彼此竞相争比繁华。　⑩门外楼头：杜牧《台城曲》有“门外韩擒虎，楼头张丽华”，意即隋朝大将韩擒虎已攻至门外，陈后主尚与宠妃张丽华在楼头行乐。此处为截用。　⑪漫嗟荣辱：空叹兴亡荣辱。　⑫“至今”三句：杜牧《夜泊秦淮》诗：“商女不知亡国恨，隔江犹唱后庭花。”这里化用。

游褒禅山记[①]

褒禅山亦谓之华山,唐浮图慧褒始舍于其址[②],而卒葬之。以故,其后名之曰褒禅。今所谓慧空禅院者[③],褒之庐冢也[④]。距其院东五里,所谓华山洞者,以其乃华山之阳名之也[⑤]。距洞百馀步,有碑仆道[⑥],其文漫灭[⑦],独其为文犹可识,曰"花山"。今言"华"如"华实"之"华"者,盖音谬也[⑧]。

其下平旷[⑨],有泉侧出,而记游者甚众[⑩],所谓前洞也。由山以上五六里,有穴窈然[⑪],入之甚寒,问其深,则其好游者不能穷也,谓之后洞。余与四人,拥火以入[⑫],入之愈深,其进愈难,而其见愈奇。有怠而欲出者[⑬],曰:"不出,火且尽[⑭]。"遂与之俱出。盖予所至,比好游者尚不能十一[⑮],然视其左右,来而记之者已少[⑯]。盖其又深,则其至又加少矣。方是时[⑰],余之力尚足以入,火尚足以明也。既其出[⑱],则或咎其欲出者[⑲],而予亦悔其随之,而不得极夫游之乐也[⑳]。

于是予有叹焉。古人之观于天地、山川、草木、虫鱼、鸟兽,往往有得,以其求思之深而无不在也[㉑]。夫夷以近[㉒],则游者众;险以远,则至者少。而世之奇伟、瑰怪、非常之观[㉓],常在于险远,而人之所罕至焉,故非有志者不能至也。有志矣,不随以止也[㉔],然力不足者,亦不能至也。有志与力,而又不随以怠,至于幽暗昏惑而无物以相之[㉕],亦不能至也。然力足以至焉,于人为可讥,而在己为有悔。尽吾志也[㉖],而不能至者,可以无悔矣,其孰能讥之乎?此予之所得也。

余于仆碑,又以悲夫古书之不存,后世之谬其传而莫能名者[27]，何可胜道也哉！此所以学者不可以不深思而慎取之也。四人者[28]，庐陵萧君圭君玉[29]，长乐王回深父[30]，余弟安国平父[31]，安上纯父[32]。至和元年七月某日[33]，临川王某记。

中华书局上海编辑所点校本《临川先生文集》卷八三

①本文是王安石任舒州（今安徽安庆）通判时所作的一篇游记，重点不在描写山川景物，而在于对游览经历的理性思考。作者指出，世上奇伟非常之观，多在于道途险远，常人难以达到之处，有志者必须具备不畏艰险的意志，充沛旺盛的体力，以及必要的物质条件才能领略。这恰反映了作者锐意进取、勇于探索的精神境界。文章边叙边议，步步深入，前后呼应，结构谨严，表现了王安石散文特有的风格。褒禅山，在今安徽含山县北。　②浮图：梵语音译，又作“浮屠”、“佛图”，指佛、佛徒、佛塔等。这里指僧人。慧褒：唐代的一位僧人。址：指山脚。　③慧空禅院：即华阳寺。　④庐冢：墓旁庐舍。　⑤华山之阳：华山的南面。阳，山南为阳。　⑥仆道：倒在路上。⑦漫灭：因受磨损、侵蚀而变得模糊不清。　⑧音谬：声音读错了。古汉字原无“花”字，“华”读如“花”。后来“花”字出现，二字才分开。碑文上的“花山”是按“华”之古音而写的今字。今人读“华山”为“华实”的“华”是把音读错了。　⑨其：指前洞。　⑩记游者：在洞壁上题字的游人。　⑪窈（yǎo 咬）然：幽深的样子。　⑫拥火：拿着火把。　⑬怠：怠惰，懒于前行。　⑭且：即将。　⑮尚不能十一：还不到十分之一。　⑯来而记之者：来游并题字的人。　⑰方是时：当决定退出时。　⑱既其出：已经出洞之后。其，语助词。　⑲咎：埋怨，责怪。　⑳“而不”句：不能尽兴游玩。　㉑“以其”句：因为他们探求、思考得非常深刻，没有触及不到的地方。　㉒夷以近：平坦而且近的地方。　㉓瑰怪：瑰丽奇异。　㉔不随以止：不跟随别人而停止。　㉕物：外物，外力。相：辅助。　㉖尽吾志：尽到自己最大的努力。　㉗谬其传：以讹传讹。名：正确地指称、说明。㉘四人：指同游的四人。　㉙萧君圭：字君玉。　㉚王回：字深父，宋代理学家。　㉛安国：作者的弟弟，字平父，曾任西京国子监教授，崇文院校书等职。　㉜安上：作者的幼弟，字纯父。　㉝至和元年：公元 1054 年。至和为宋仁宗年号。

答司马谏议书[1]

某启[2]:昨日蒙教[3],窃以为与君实游处相好之日久[4],而议事每不合,所操之术多异故也[5]。虽欲强聒[6],终必不蒙见察[7],故略上报,不复一一自辨[8]。重念蒙君实视遇厚[9],于反复不宜卤莽[10],故今具道所以[11],冀君实或见恕也。

盖儒者所争,尤在于名实[12],名实已明,而天下之理得矣。今君实所以见教者,以为侵官[13]、生事[14]、征利[15]、拒谏[16],以至天下怨谤也。某则以谓受命于人主[17],议法度而修之于朝廷[18],以授之于有司[19],不为侵官;举先王之政[20],以兴利除弊,不为生事;为天下理财,不为征利;辟邪说,难壬人[21],不为拒谏。至于怨诽之多,则固前知其如此也[22]。人习于苟且非一日,士大夫多以不恤国事、同俗自媚于众为善[23]。上乃欲变此[24],而某不量敌之众寡,欲出力助上以抗之,则众何为而不汹汹然[25]?盘庚之迁,胥怨者民也[26],非特朝廷士大夫而已[27]。盘庚不为怨者故改其度[28],度义而后动[29],是而不见可悔故也。

如君实责我以在位久,未能助上大有为,以膏泽斯民,则某知罪矣;如曰今日当一切不事事[30],守前所为而已,则非某之所敢知。

无由会晤,不任区区向往之至[31]。

中华书局上海编辑所点校本《临川先生文集》卷七三

①熙宁三年(1070),正当王安石主持朝政,推行新法之时,担任右谏议大夫的司马光连续地给他写信,对新法提出了种种责难,要求停止变革,恢复旧

制。本文是王安石在接到司马光第二封信后写的复信。信中一一驳斥了司马光对自己推行新法的责难，态度坚决，旗帜鲜明，措辞得体，语言简劲，是一篇非常优秀的驳论文字。 ②某：作者自称。古人在文稿中用以代替作者的名字。启：陈述。 ③蒙教：承蒙来信赐教。 ④君实：司马光的字。游处：交游，相处。 ⑤所操之术：指所持的政治主张。 ⑥强聒(guō郭)：勉强解说。 ⑦见察：被理解。 ⑧“故略”二句：略上报，简单地回复。辨，同“辩”，辩解。以上数句是说明第一封简略的回信的情况。 ⑨视遇：看待，相待。 ⑩反复：指书信往来。卤莽：粗疏，草率，简慢失礼。 ⑪所以：这样做的理由。 ⑫名实：名与实相符合。 ⑬侵官：侵犯原有官吏的职权。王安石设置三司条例司，拟定一整套新的条规，司马光认为是侵官。 ⑭生事：横生事端。司马光认为王安石推行新法是生事扰民。 ⑮征利：夺取财利。司马光认为王安石推行均输、青苗法是与民争利。 ⑯拒谏：拒绝批评和规劝。司马光在书信中说：“介甫拒谏乃尔，无乃不足于恕乎？” ⑰人主：皇帝。这里指神宗。 ⑱“议法度”句：议定法律，然后在朝廷上加以修改、制订。 ⑲“以授”句：交给专职官员去执行。 ⑳举先王之政：效法古代贤君的政治主张。 ㉑“辟邪说”二句：辟，批驳，排除。难壬人，责难巧言惑众的小人。 ㉒前知：事先已料到。 ㉓恤：顾念，关心。同俗自媚于众：迎合世俗，讨好众人。 ㉔上：皇帝。指神宗。 ㉕何为：怎么，怎会。 ㉖“盘庚”二句：商朝君主盘庚因原国都常闹水灾，决定迁都到黄河以南，臣民都表示反对。《尚书·盘庚》：“将治亳殷，民咨胥怨。”胥，齐，皆。 ㉗非特：不仅仅，不只。 ㉘度：计划，主张。 ㉙度(duó夺)：考虑，权衡。义：适宜，适当。 ㉚不事事：不做事。前一“事”做动词用。 ㉛不任：不胜。区区：诚恳貌。

一四 王 令

王令(1032—1059),字逢原,广陵(今江苏扬州)人。生活贫困,以教书为生,却有远大的抱负和超人的才华,尤以诗见长,受到王安石的推崇。其诗雄健伟奇,激情四溢,富有浪漫色彩,在北宋诗坛上别具一格。二十八岁因病卒。有《广陵先生文集》。

暑旱苦热[①]

清风无力屠得热[②],落日着翅飞上山[③]。人固已惧江海竭,天岂不惜河汉干[④]!昆仑之高有积雪,蓬莱之远常遗寒[⑤]。不能手提天下往,何忍身去游其间!

上海古籍出版社版沈文倬点校《王令集》卷七

①这首诗从暑天的酷热写起,展开丰富奇伟的想象,其中表达了要与天下人共苦难的非凡抱负和博大胸襟。作品风格苍劲,富有气势。 ②屠:杀。这里作消除解。 ③“落日”句:落日本是向下移走的,这里却说飞上山去,其意在表现落日依旧有馀威,像老虎添了翅膀一样凶猛。 ④河汉:天上的银河。此句谓:上天难道不怕银河被晒得干枯了吗? ⑤蓬莱:古代传说中的海中仙岛。遗寒:未被酷暑逐尽而留下的清凉。

一五 苏 轼

苏轼(1037—1101),字子瞻,号东坡居士,眉州眉山(今四川眉山)人。自幼便立有报国大志。宋仁宗嘉祐二年(1057)进士。因不赞同王安石的变法主张,先后通判杭州,历知密州、徐州和湖州,在地方任上体恤民情,修堤救灾,广为民众所拥戴。元丰二年,由于作诗讽刺新法,被罗织罪状,逮捕入狱。接着贬为黄州团练副使。哲宗继位,起用旧党,苏轼入朝,升任翰林学士,兼侍读。因主张"校量利害,参用所长",不同意完全废除新法,与执政者发生分歧,自请出知杭州、颍州等地。新党再度执政,又被远谪惠州、儋州。后遇赦北还。次年卒于常州。谥文忠。

苏轼一生积极进取,志向坚定,又乐观旷达,坦荡超迈,把传统的儒、道、释思想与本人的个性融合贯通,构成了独特的人生境界。苏轼最大的成功是在文学方面,是北宋最杰出的文学家,继欧阳修之后成为文坛的领袖。他的散文如行云流水,汪洋恣肆,成就实超过欧阳修。诗则爽利明快,意境灵动,与黄庭坚并称"苏黄"。词又开创了豪放派风格,对后代影响尤为深刻,与辛弃疾并称"苏辛"。苏轼的出现,标志着宋代文学攀上了一个新的高峰。

和子由渑池怀旧①

人生到处知何似,应似飞鸿踏雪泥。泥上偶然留指爪,鸿飞那复计东西②。老僧已死成新塔,坏壁无由见旧题③。

往日崎岖还记否，路长人困蹇驴嘶[④]。

中华书局版孔凡礼点校《苏轼诗集》卷三

①嘉祐六年(1061)苏轼由京赴凤翔签判任，途中将经过河南渑池，弟苏辙作《怀渑池寄子瞻兄》，此为苏轼的和诗。诗中抒发了对人生踪迹无定的感叹和对往事旧迹的深情眷念，含蕴丰富，意味隽永。诗为七律体，前两联却以单行入律，显得动荡明快，挥洒自如，是苏诗中的名篇。 ②"人生"四句：人生的漂泊犹如鸿雁到处飞翔，留下的只是雪泥上的指爪。 ③"老僧"二句：苏辙原诗自注："昔与子瞻应举，过宿县(渑池)中寺舍，题老僧奉闲之壁。"老僧，指和尚奉闲，此时已死，骨灰埋于新筑小塔中。两句意谓，人生于世，诗作于壁，均如雪泥鸿爪，不过或存或亡罢了。 ④"往日"二句：苏轼自注："往岁马死于二陵，骑驴至渑池。"二陵，即河南崤山，分东崤和西崤，又称二崤，在渑池西。蹇(jiǎn 剪)，跛足。蹇驴，当指病驴或疲驴。

游金山寺[①]

我家江水初发源[②]，宦游直送江入海[③]。闻道潮头一丈高，天寒尚有沙痕在。中泠南畔石盘陀[④]，古来出没随涛波。试登绝顶望乡国[⑤]，江南江北青山多。羁愁畏晚寻归楫[⑥]，山僧苦留看落日。微风万顷靴纹细[⑦]，断霞半空鱼尾赤[⑧]。是时江月初生魄[⑨]，二更月落天深黑。江心似有炬火明[⑩]，飞焰照山栖乌惊。怅然归卧心莫识，非鬼非人竟何物？江山如此不归山[⑪]，江神见怪惊我顽[⑫]。我谢江神岂得已，有田不归如江水[⑬]。

中华书局版孔凡礼点校《苏轼诗集》卷七

①神宗熙宁四年(1071)，苏轼赴杭州通判任，途经镇江，诗作于此时。作

品在景物描写中表达了去国怀乡等政治上受挫后的复杂感受。诗的结构具有跌宕开合之妙，于散文化的形式中别具一种意趣，纪昀评为："首尾谨严，笔笔矫健，节短而波澜甚阔。"(《纪评苏诗》卷七)金山寺，镇江市的名刹，在金山上。 ②"我家"句：古人多以为长江发源于岷山，而岷江流经眉山，固有此语。 ③"宦游"句：作者因仕宦而沿江东来，直到距入海口不远的镇江，故云送江入海。李白《渡荆门送别》诗有"仍怜故乡水，万里送行舟"，言江水送人，此处却说人送江水，异曲而同工。 ④中泠(líng零)：泉名，在金山西北。盘陀：山石高大不平貌。 ⑤乡国：家乡。 ⑥羁愁：旅愁。归楫：归船。这里指欲归镇江住所。 ⑦靴纹：形容水波细而密。 ⑧断霞：残霞。鱼尾赤：晚霞鲜艳得像赤色的鱼尾。 ⑨魄：月缺时光线暗淡模糊的部分。《礼记·乡饮酒义》："象月之三日而成魄也。"孔颖达疏："谓月尽之后三日乃成魄。魄为明生，傍有微光也。" ⑩"江心"句：苏轼自注："是夜所见如此。"指浮现于水面上的某种亮光，古人称为"阴火"。 ⑪归山：指辞官归隐。 ⑫"江神"句：将上述异景归之为江神对自己的惊诧和警谕。见，通现。 ⑬"我谢"二句：指江水起誓，有田后必归故乡。谢，回答，告诉。

饮湖上初晴后雨①(二首选一)

水光潋滟晴方好②，山色空濛雨亦奇。欲把西湖比西子③，淡妆浓抹总相宜④。

中华书局版孔凡礼点校《苏轼诗集》卷九

①此诗作于熙宁六年(1073)苏轼在杭州任上时，原作有两首，这里选其第二首。诗中以西湖比西施，以显其阴晴异态、秀丽多姿之美，创意新奇，颇堪玩味。陈衍《宋诗精华录》云："后二句遂成西湖定评。" ②潋滟：水波盈溢闪动的样子。 ③西子：即西施，春秋时越国的美女。 ④"淡妆"句：意谓西湖不管在怎样的气候环境下都是美丽的，且美得恰到好处。此句除评

论西湖的外在形貌外，实际上还借助与西施的比较，点出了西湖有喜忧哀乐的内在情态。

新城道中[①](二首选一)

东风知我欲山行，吹断檐间积雨声。岭上晴云披絮帽[②]，树头初日挂铜钲[③]。野桃含笑竹篱短，溪柳自摇沙水清。西崦人家应最乐[④]，煮芹烧笋饷春耕。

中华书局版孔凡礼点校《苏轼诗集》卷九

①这首诗作于熙宁六年(1073)春，作者在杭州通判任上出巡属县期间，原诗共两首，这里选其第一首。新城，位于杭州西南，今属浙江桐庐。作品描绘乡间秀丽的景色和纯朴的民间风俗，表达了作者愉快的心情。过去有些评论家认为此诗有些譬喻不雅，太俗气，实际上借民间事物比喻乡间风景正是此诗特色所在，意境也因此而显得更亲切，更有风趣。　②絮帽：以絮帽喻晴云，既显云团之轻而白，又把山头写活了。　③铜钲(zhēng 争)：指铜锣。王十朋《苏诗集注》引次公云："铜钲，今所谓锣也。"　④西崦(yān 烟)：即西山。

东栏梨花[①]

梨花淡白柳深青，柳絮飞时花满城。惆怅东栏二株雪，人生看得几清明[②]！

中华书局版孔凡礼点校《苏轼诗集》卷一五

①这首诗为《和孔密州五绝》中的第三首，作于熙宁十年(1077)苏轼由密

州调至徐州任时。孔密州，名宗翰，字周翰，继苏轼之后任密州（今山东诸城）知州。此诗因梨花盛开、春光明媚而感叹青春易逝、人生如寄，言短意长，情韵深挚。　②“惆怅”二句：杜牧《初冬夜饮》诗有“砌下梨花一堆雪，明年谁此凭栏杆”句，与此二句意略同，而苏诗感慨似更深。前者着眼于踪迹不定引发的物是人非之感，后者则感叹人生短促。二株雪，或作“一株雪”。

百　步　洪[1]（二首选一）

长洪斗落生跳波[2]，轻舟南下如投梭。水师绝叫凫雁起[3]，乱石一线争磋磨[4]。有如兔走鹰隼落[5]，骏马下注千丈坡，断弦离柱箭脱手[6]，飞电过隙珠翻荷[7]。四山眩转风掠耳，但见流沫生千涡。崄中得乐虽一快，何意水伯夸秋河[8]。我生乘化日夜逝[9]，坐觉一念逾新罗[10]。纷纷争夺醉梦里，岂信荆棘埋铜驼[11]。觉来俯仰失千劫[12]，回视此水殊委蛇[13]。君看岸边苍石上，古来篙眼如蜂窠[14]。但应此心无所住[15]，造物虽驶如吾何！回船上马各归去，多言譊譊师所呵[16]。

中华书局版孔凡礼点校《苏轼诗集》卷一七

①这首诗作于神宗元丰元年（1078），苏轼在徐州任上时。诗前的小序说，友人王定国（名巩）到徐州来探访，曾与颜复乘小舟游泗水，“北上圣女山，南下百步洪，吹笛饮酒，乘月而归”。那次苏轼有事不得往。王定国离徐州后，苏轼和参寥和尚复放舟百步洪，追怀昔游，慨然成诗。此诗共有两首，第一首赠参寥，第二首寄王定国，这里选的是第一首。作品记叙游览的经过，并由此引发出一番对人生的哲理性感悟。诗中对百步洪的描写运用了一连串的比喻，手法奇特，富有气势。百步洪，又名徐州洪，在今江苏铜山，泗水所流经，中有峭石，水势湍急。　②斗：通“陡”。　③水师：船工，水手。绝叫：大声喊叫。　④“乱石”句：航路狭窄如线，两边乱石像是争着来擦磨船

板。　⑤隼(sǔn 笋):一种凶猛的飞禽。　⑥柱:琴瑟上用以支弦的小柱。　⑦飞电过隙:电光闪过隙缝。珠翻荷:水珠自荷叶上滚落。以上四句连续运用七种形象来描写水的姿态和急湍的势头,是苏诗中博喻的典范。⑧"崄中"二句:崄,通"险"。何意,何曾想到。水伯夸秋河,即河伯至北海望洋而叹的故事,见《庄子·秋水》。二句意谓险中的经历虽然快乐,却不值得夸耀。　⑨乘化:顺应自然而变化。　⑩新罗:古国名,在今韩国境内。此句说一转念之间已过新罗国。　⑪"纷纷"二句:谓世人的一切纷争攘夺如同在醉中和梦里,谁会相信顷刻间繁华竟会埋没于荒草之间。荆棘、铜驼,《晋书·索靖传》:"靖有先识远量,知天下将乱,指洛阳宫门铜驼,叹曰:会见汝在荆棘中耳。"　⑫劫:梵文"劫波"之省,意为极久远的时节。传说世界千万年毁灭一次,为一劫。　⑬委蛇:从容自得的样子。　⑭篙眼:篙痕。指用篙撑船时在岸上留下的孔穴。窠:巢穴。　⑮"但应"句:只要我的心无所留恋。住,停留,执著。　⑯说(náo 挠)说:争辩的声音。师:佛师,指参寥。呵:呵责。

六月二十日夜渡海[①]

参横斗转欲三更[②],苦雨终风也解晴[③]。云散月明谁点缀,天容海色本澄清[④]。空馀鲁叟乘桴意[⑤],粗识轩辕奏乐声[⑥]。九死南荒吾不恨,兹游奇绝冠平生。

中华书局版孔凡礼点校《苏轼诗集》卷四三

①元符三年(1100)苏轼在儋州(今属海南岛)遇赦,此诗即作于渡海北返之时,这年苏轼六十四岁。诗中表现了作者坦荡高远的胸怀和百折不挠的乐观精神。意境开阔,语多双关。　②参(shēn 身)斗:皆星名,属二十八宿。参星横陈,北斗低转,值天将曙时。　③苦雨:久雨。终风:整天刮个不停的风。　④"云散"二句:意谓海天本来澄清,浮云终将散去。这是对自己身世的比喻。点缀,语出《晋书·谢重传》,月夜明净,谢重以为"不如微云点

缀”。这里为活用。　　⑤“空馀”句：意谓形势既好转，浮海之叹已成过去了。鲁叟，指孔子。《论语·公冶长》：“子曰：道不行，乘桴浮于海。”　　⑥轩辕：黄帝。奏乐声：《庄子·天运》记黄帝“张咸池之乐于洞庭之野”。此句由海涛的撞击声联想到黄帝演奏的乐曲，意谓体悟到了某种人生的至理。

江　城　子[①]

乙卯正月二十日夜记梦

十年生死两茫茫[②]，不思量，自难忘。千里孤坟[③]，无处话凄凉。纵使相逢应不识，尘满面，鬓如霜[④]。　　夜来幽梦忽还乡，小轩窗，正梳妆。相顾无言，唯有泪千行。料得年年肠断处，明月夜，短松冈[⑤]。

古典文学出版社影印元本《东坡乐府》卷下

①《江城子》词调一名《江神子》。这首词作于熙宁八年(1075)密州任上，是悼念亡妻王弗的。王弗于治平二年(1065)卒于汴京，次年迁葬回眉山故里，距作者写作此词正好十年。作品情感深挚，语言朴素，如话家常，具有强烈的打动人的力量。　　②两茫茫：双方生死隔绝，互不通消息。　　③千里孤坟：妻子坟在家乡，自己却在千里之外的密州。　　④“纵使”三句：写自己在人世间的坎坷和失意。　　⑤“料得”三句：乃设想亡妻对自己的苦苦思念。短松冈，指王弗的坟地。

江城子①

密州出猎

老夫聊发少年狂，左牵黄，右擎苍②，锦帽貂裘③，千骑卷平冈。为报倾城随太守④，亲射虎，看孙郎⑤。　酒酣胸胆尚开张，鬓微霜，又何妨！持节云中，何日遣冯唐⑥？会挽雕弓如满月，西北望，射天狼⑦。

古典文学出版社影印元本《东坡乐府》卷下

①密州即今山东诸城。熙宁八年(1075)冬，苏轼在密州曾猎于郊外，所获颇多，因作此词。作品描写出猎的盛况，并借此表达了要求保卫边疆、建立功业的雄心壮志，写得气势豪迈，铿锵遒劲，是作者最早的一首豪放词杰作。②"左牵"二句：黄，黄狗。苍，苍鹰。鹰犬皆用来追捕猎物。　③锦帽貂裘：锦蒙帽和貂鼠裘。原为汉羽林军的装束，这里指苏轼的随从。　④为报：为了酬答。倾城：全城的人。这里是夸张之语。　⑤孙郎：这里作者以孙权自比。据《三国志·吴书·吴主传》记载，孙权曾亲乘马射虎于庱亭(今江苏丹阳东)。　⑥"持节"二句：节，符节。云中，古郡名，治所在今内蒙古托克托东北。《汉书·冯唐传》记载，云中太守魏尚因多报了几个杀敌数被削职。冯唐劝谏汉文帝，文帝悦，于是派冯唐持节去赦免魏尚，复其职。这里作者以魏尚自居，希望朝廷起用他守边。　⑦天狼：天狼星，古人认为它主侵略，这里借指西夏。《楚辞·九歌·东君》有"举长矢兮射天狼"句。

水调歌头①

丙辰中秋②，欢饮达旦，大醉，作此篇，兼怀子由③。

明月几时有[④]？把酒问青天。不知天上宫阙[⑤]，今夕是何年？我欲乘风归去，唯恐琼楼玉宇[⑥]，高处不胜寒。起舞弄清影，何似在人间[⑦]？　　转朱阁，低绮户，照无眠[⑧]。不应有恨[⑨]，何事长向别时圆？人有悲欢离合，月有阴晴圆缺，此事古难全。但愿人长久，千里共婵娟[⑩]。

古典文学出版社影印元本《东坡乐府》卷上

①这首流传甚广的中秋词作于熙宁九年(1076)，苏轼知密州期间。词中抒发了超升玉宇、摆脱烦恼的愿望，又表达了眷恋人间、思念亲友的情感，展示出一种心理上的矛盾，而这矛盾最终化作了对未来的美好祝愿。作品风格爽朗，意境清旷。胡仔《苕溪渔隐丛话》说："中秋词自东坡《水调歌头》一出，馀词尽废。"　②丙辰：即熙宁九年。　③子由：苏轼胞弟苏辙字。④"明月"句：李白《把酒问月》诗云："青天有月来几时？我今停杯一问之。"此化用其意。　⑤宫阙：宫殿。　⑥唯恐：一本作"又恐"。琼楼玉宇：指月中的宫殿。　⑦"起舞"二句：与前三句比较，意谓月宫高寒，不如在人间舞于月下，清影随人，更为美妙。何似，意即不如。　⑧"转朱阁"三句：写月亮照人，而人不能寐。　⑨"不应"句：意即月亮跟人之间不应该存在什么怨恨。　⑩婵娟：美好的相貌。这里指月亮。

浣　溪　沙[①]（五首选一）

徐门石潭谢雨[②]，道上作五首。潭在城东二十里，常与泗水增减，清浊相应。

麻叶层层苘叶光[③]，谁家煮茧一村香？隔篱娇语络丝娘[④]。　　垂白杖藜抬醉眼，捋青捣麨软饥肠，问言豆叶几时黄[⑤]。

古典文学出版社影印元本《东坡乐府》卷下

①这首乡村词作于元丰元年(1078)作者知徐州期间。原作共有五首,这里选其第三首。　②徐门:即徐州。此年春旱,苏轼曾祷雨石潭;既雨,又赴石潭谢雨,于道上作此词。作品描绘农村的风物人情,画面清新,语言自然,表现出田家生活的意趣。　③苘(qǐng 请):麻的一种,又叫青麻。《尔雅·翼》:"苘高四五尺,或六七尺,叶似苎而薄,实如大麻子,今人绩为布。"　④络丝娘:昆虫名,即络纬,又称莎鸡,纺织娘。这里实指缫丝的农妇。　⑤"垂白"三句:谓拄着藜杖的老人吃饱新麦,又关心豆子的收成。捋(luō 啰)青,捋下新收的麦子。捣麨(chǎo 吵),将麦粒炒熟后捣成干粮。傅干《注坡词》:"麨,干粮也,以麦为之,野人所食。"软,温饱。

定　风　波[①]

三月七日沙湖道中遇雨[②],雨具先去,同行皆狼狈,余不觉。已而遂晴,故作此。

莫听穿林打叶声,何妨吟啸且徐行。竹杖芒鞋轻胜马[③],谁怕?一蓑烟雨任平生[④]。　料峭春风吹酒醒[⑤],微冷。山头斜照却相迎。回首向来萧瑟处[⑥],归去,也无风雨也无晴。

古典文学出版社影印元本《东坡乐府》卷上

①这首小令作于元丰五年(1082)苏轼贬谪黄州时。词中表现了面对逆境坦然乐观的态度,尤其是抒发人生感悟的句子,写得耐人寻味,含蕴隽永。②沙湖:在黄州东南三十里,又称螺蛳店(见《东坡志林·游沙湖》)。　③芒鞋:草鞋。　④"一蓑"句:意谓就这样披着蓑衣在风雨中度过我的一生。蓑,原本作"莎",据别本改。　⑤料峭:风力寒冷、尖利。　⑥萧瑟处:适才遇雨的地方。

卜　算　子[①]

黄州定惠院寓居作

缺月挂疏桐，漏断人初静[②]。谁见幽人独往来[③]，缥缈孤鸿影[④]。　　惊起却回头，有恨无人省[⑤]。拣尽寒枝不肯栖，寂寞沙洲冷[⑥]。

古典文学出版社影印元本《东坡乐府》卷上

①苏轼初贬黄州，寓居在黄冈县东南的定惠院，此词即作于其时。作者以孤鸿自况，抒发了受打击后不被理解的苦闷，更表达了独立清高，不愿跟时俗同流的态度。作品咏物和抒情结合紧密，语意双关，人称"格奇而语隽"（黄苏《蓼园词选》）。　②漏断：漏壶中的水已滴尽，指深夜。漏，古代的计时器。　③幽人：幽居之人，指作者自己，实际上也指孤鸿。此处人与鸿已彼此相融。　④缥缈：若隐若现的样子。　⑤省（xǐng醒）：理解，领会。⑥"寂寞"句：原本作"枫落吴江冷"，据别本改。

念　奴　娇[①]

赤壁怀古

大江东去，浪淘尽，千古风流人物。故垒西边[②]，人道是，三国周郎赤壁。乱石崩云[③]，惊涛裂岸[④]，卷起千堆雪。江山如画，一时多少豪杰。　　遥想公瑾当年[⑤]，小乔初嫁了[⑥]，雄姿英发[⑦]。羽扇纶巾[⑧]，谈笑间，强虏灰飞烟灭[⑨]。故国神游，多情应笑我[10]，早生华发。人生如梦[11]，一樽还酹江月[12]。

古典文学出版社影印元本《东坡乐府》卷上

①元丰四年(1081)十月贬居黄州的苏轼漫游赤壁，写下了这首名篇。作品对景怀古，钦慕往昔的英雄豪杰，表达了自己功业未成的感慨。全词气势磅礴，苍凉悲壮，被誉为“千古绝唱”。赤壁，在黄冈城外，一名赤壁矶，非三国周瑜击溃曹操大军的赤壁，真正的古战场在今湖北蒲圻县境内。　②故垒：旧时的营垒。　③乱石崩云：乱石高耸，如剑戟刺穿云层。崩云，一作“穿空”。　④裂：一作“拍”。　⑤公瑾：周瑜的字，即前面提到的周郎。周瑜年二十四授建威中郎将，时人呼为周郎。　⑥小乔：一作小桥。《三国志·周瑜传》载，周瑜从孙策攻皖，“得乔公二女，皆国色也。策自纳大桥，瑜纳小桥。”　⑦雄姿英发：身姿威武，英气勃发。　⑧羽扇纶巾：羽毛制成的扇子和系着青丝带的头巾，这是古代儒将的装束。此句描写周瑜的从容闲雅，镇定自若。　⑨强虏：强敌。一作“樯橹”。灰飞烟灭：指曹军战舰被大火烧成灰烬。　⑩多情应笑我：料想人们应笑我多情善感。　⑪人生：原作“人间”，据别本改。　⑫酹(lèi类)：浇酒致奠。

蝶　恋　花[1]

花褪残红青杏小[2]，燕子飞时，绿水人家绕。枝上柳绵吹又少，天涯何处无芳草[3]！　墙里秋千墙外道，墙外行人，墙里佳人笑。笑渐不闻声渐悄，多情却被无情恼[4]。

古典文学出版社影印元本《东坡乐府》卷下

①此词有的本子题作“春景”。它的作期不能确定，或云作于贬官惠州期间。作品写由晚春景色及佳人欢笑引起的感触，看似随意，而实际上表达了

某种人生体悟，被人称之为“奇情四溢”之作（黄苏《蓼园词选》）。 ②花褪残红：花瓣凋落了。 ③“枝上”两句：柳絮飘尽，芳草遍野，显示春意已残。此处既含有惜春之叹，又带有以芳草自慰的意思。 ④“多情”句：多情指行人，无情指佳人。所谓无情，此处是不知、不觉的意思。这句话借墙内外一段巧遇，表达了这样一种意思：外界事物本来都是无情的，愁闷和伤怨皆为多情人的自恼。

前赤壁赋①

壬戌之秋②，七月既望③，苏子与客泛舟，游于赤壁之下。清风徐来，水波不兴。举酒属客④，诵明月之诗⑤，歌窈窕之章⑥。少焉，月出于东山之上，徘徊于斗牛之间⑦。白露横江，水光接天。纵一苇之所如⑧，凌万顷之茫然。浩浩乎如冯虚御风⑨，而不知其所止；飘飘乎如遗世独立⑩，羽化而登仙⑪。

于是饮酒乐甚，扣舷而歌之。歌曰：“桂棹兮兰桨⑫，击空明兮溯流光⑬。渺渺兮予怀，望美人兮天一方⑭。”客有吹洞箫者⑮，倚歌而和之。其声呜呜然，如怨如慕，如泣如诉，馀音袅袅⑯，不绝如缕，舞幽壑之潜蛟，泣孤舟之嫠妇⑰。苏子愀然⑱，正襟危坐⑲，而问客曰：“何为其然也？”

客曰：“‘月明星稀，乌鹊南飞’，此非曹孟德之诗乎？西望夏口⑳，东望武昌㉑，山川相缪㉒，郁乎苍苍㉓，此非孟德之困于周郎者乎㉔？方其破荆州㉕，下江陵，顺流而东也，舳舻千里㉖，旌旗蔽空，酾酒临江㉗，横槊赋诗㉘，固一世之雄也，而今安在哉！况吾与子渔樵于江渚之上㉙，侣鱼虾而友麋鹿，驾一叶之扁舟，举匏樽以相属㉚，寄蜉蝣于天地㉛，渺沧海之一粟。哀吾生之须臾，羡长江之无穷。挟飞仙以遨游，抱明月而长终，知不可乎骤得，托遗想于悲风㉜。”

苏子曰：“客亦知夫水与月乎？逝者如斯㉝，而未尝往也；盈虚者如彼，而卒莫消长也。盖将自其变者而观之，则天地曾不能以一瞬㉞；自其不变者而观之，则物与我皆无尽也㉟，而又何羡乎！且夫天地之间，物各有主，苟非吾之所有，虽一毫而莫取。惟江上之清风，与山间之明月，耳得之而为声，目遇之而成色；取之无禁，用之不竭，是造物者之无尽藏也㊱，而吾与子之所共适㊲。”

客喜而笑，洗盏更酌。肴核既尽㊳，杯盘狼藉。相与枕藉乎舟中㊴，不知东方之既白。

中华书局版孔凡礼点校《苏轼文集》卷一

①苏轼的《赤壁赋》有两篇，分前后，皆作于元丰五年(1082)作者贬谪黄州时，这里选的是《前赤壁赋》。文章记叙月夜泛舟江上的经历和感受，以主客对话的形式表达了内心深沉的苦闷，以及排解这种苦闷，最终达到旷达、解脱境界的过程。全文场面开阔，意境高远，情理相融，悲喜交加，代表了宋代散文赋的最高成就。赤壁，见前《念奴娇·赤壁怀古》注。　②壬戌：即宋神宗元丰五年(1082)。　③既望：阴历十五为望。既望，已过望日，也即十六日。　④属：劝，请。　⑤明月之诗：指曹操的《短歌行》，诗中有“明明如月，何时可掇”之句。　⑥窈窕之章：指《诗经·陈风·月出》，其中第一章有“月出皎兮，佼人僚兮，舒窈纠兮，劳心悄兮”之句。窈纠，即窈窕。　⑦斗牛：星宿名，即斗宿和牛宿。　⑧纵：任，任凭。一苇：苇叶，这里指小船。⑨冯虚御风：冯，同“凭”，凭借，依靠。虚，太虚，天空。御，驾御。此句谓如腾空驾风而行。　⑩遗世：超脱人世。　⑪羽化：道教称成仙为羽化。⑫桂棹(zhào照)、兰桨：指用桂树和木兰制作的划船工具。　⑬空明：指澄明的江水。击空明，船桨击打着澄澈的江水。泝：通“溯”，逆水而上。流光：船向前行，江面上的月光好像向后流去。　⑭美人：指所思慕的人。

⑮“客有”句:指杨世昌,字子京,绵竹道士,善吹箫。见赵翼《陔馀丛考》卷二四。一说为李委。 ⑯袅袅:形容乐声婉转悠扬,缭绕不绝。 ⑰嫠(lí离)妇:寡妇。 ⑱愀然:忧郁不乐的样子。 ⑲正襟:整理衣襟。危坐:端坐。 ⑳夏口:今武汉市。 ㉑武昌:指今湖北鄂城,在黄州对岸。 ㉒缪:通“缭”,环绕的意思。 ㉓郁乎苍苍:形容草木苍翠、茂盛。 ㉔周郎:即周瑜,见《念奴娇·赤壁怀古》注。 ㉕“方其”句:汉献帝建安十三年,曹操南下,荆州牧刘表之子刘琮不战而降。曹操遂占有荆州,然后沿江东进。 ㉖舳舻:指战船。舳,船后把舵的地方。舻,船前置棹的地方。 ㉗酾(shī师)酒:斟酒。 ㉘横槊赋诗:元稹云:“曹氏父子鞍马间为文,往往横槊赋诗。”见《唐故检校工部员外郎杜君(甫)墓系铭并序》。 ㉙江渚:江中的沙洲。 ㉚匏樽:葫芦制成的酒器。 ㉛蜉蝣:一种小昆虫,只能活几个小时。 ㉜“挟飞仙”四句:言成仙与长生均不可得,故借箫声寄托悲哀。 ㉝逝者如斯:《论语·子罕》:“子在川上曰:逝者如斯夫,不舍昼夜。”斯,指水。 ㉞曾:乃。 ㉟“自其”二句:从万物同一的观点看,我和物都是永恒的。 ㊱造物者:指天地,自然界。藏(zàng葬):宝藏。 ㊲共适:共同享受。 ㊳肴核:菜肴和果品。 ㊴相与枕藉:彼此挨靠着睡觉。

石钟山记[1]

《水经》云[2]:“彭蠡之口[3],有石钟山焉。”郦元以为[4]:“下临深潭,微风鼓浪,水石相搏,声如洪钟。”是说也,人常疑之。今以钟磬置水中[5],虽大风浪不能鸣也,而况石乎?至唐李渤[6],始访其遗踪,得双石于潭上,“扣而聆之,南声函胡[7],北音清越[8],桴止响腾[9],馀韵徐歇[10]”,自以为得之矣。然是说也,余尤疑之:石之铿然有声者,所在皆是也,而此独以“钟”名,何哉?

元丰七年六月丁丑[11],余自齐安舟行适临汝[12],而长子迈将赴饶之德兴尉[13],送之至湖口,因得观所谓“石钟”者。寺僧使小童持斧，于乱石间择其一二扣之，硿硿焉[14]，余固笑而不信也。至莫夜月明[15]，独与迈乘小舟至绝壁下。大石侧立千仞，如猛兽奇鬼，森然欲搏人；而山上栖鹘闻人声亦惊起[16]，磔磔云霄间[17]；又有如老人欬且笑于山谷中者[18]，或曰："此鹳鹤也[19]。"余方心动欲还，而大声发于水上，噌吰如钟鼓不绝[20]，舟人大恐[21]。徐而察之，则山下皆石穴罅[22]，不知其浅深，微波入焉，涵澹澎湃而为此也[23]。舟回至两山间[24]，将入港口，有大石当中流，可坐百人，空中而多窍，与风水相吞吐，有窾坎镗鞳之声[25]，与向之噌吰者相应，如乐作焉。因笑谓迈曰："汝识之乎？噌吰者，周景王之无射也[26]；窾坎镗鞳者，魏庄子之歌钟也[27]，古之人不余欺也。"

事不目见耳闻而臆断其有无，可乎？郦元之所见闻，殆与余同，而言之不详；士大夫终不肯以小舟夜泊绝壁之下，故莫能知；而渔工、水师，虽知而不能言[28]。此世所以不传也。而陋者乃以斧斤考击而求之，自以为得其实。余是以记之，盖叹郦元之简，而笑李渤之陋也。

中华书局版孔凡礼点校《苏轼文集》卷一一

①元丰七年(1084)苏轼由黄州赴汝州，途经江西湖口，访游石钟山，于是写下这篇文章。湖口县有两座石钟山：一在城南，称上钟山；一在城北，称下钟山。苏轼游访的是下钟山。文章围绕石钟山山名的由来，以亲访其山的所见所闻，证实、补充了郦道元的观点，驳斥了李渤的说法，实为一篇带考辨性质的游记。尽管后人对石钟山的考察又有了新的发现，但作品提倡目见耳闻，反对主观臆断的主张，在今天仍有着积极的启示意义。文章中关于石钟山夜景的描写也极为生动形象，令人有身临其境之感。　②《水经》：我国第一部记述河道源流的地理著作，相传为汉朝人桑钦所著，或说晋人郭璞著。北魏郦道元为该书作注，称《水经注》。　③彭蠡：即鄱阳湖。　④郦元：

即郦道元。按，作者前引《水经》二句及此处《水经注》四句，今本皆无，系转引自李渤《辨石钟山记》一文。见《全唐文》卷七一二。 ⑤磬(qìng 庆)：古代用玉或石制成的一种打击乐器。 ⑥李渤：洛阳人，唐宪宗元和年间任江州刺史，写过一篇《辨石钟山记》。新旧《唐书》均有传。 ⑦南声函胡：南边的那块石头声音浑厚、模糊。 ⑧北音清越：北边的那块石头声音清脆悠扬。 ⑨桴止响腾：已经停止了敲击，声音仍在震荡。桴，本指鼓槌，此借指用来敲击之物。 ⑩徐歇：慢慢地停止。按，自"扣而聆之"以下五句均引自李渤《辨石钟山记》一文。 ⑪六月丁丑：阴历六月初九。 ⑫齐安：旧郡名，即黄州。临汝：今河南临汝，当时属汝州。 ⑬迈：苏迈，字伯达，苏轼长子。饶之德兴：即饶州的德兴县，今属江西。尉：县尉。 ⑭硿硿：敲击石块发出的声音。 ⑮莫：同"暮"。 ⑯鹘(hú 胡)：一种凶猛的鸟，属鹰类。 ⑰磔(zhé 哲)磔：鹘鸣声。 ⑱欬(kài 忾)：咳嗽。 ⑲鹳(guàn 灌)鹤：一种水鸟，似鹤而头顶不红。 ⑳噌吰(chēnghóng 撑红)：形容声音洪亮。 ㉑舟人：船夫。 ㉒石穴罅(xià 下)：石间的洞穴裂缝。 ㉓涵澹澎湃：水动荡轰击的样子。 ㉔回：转。两山：指南北两座钟山。 ㉕窾坎(kuǎnkǎn 款砍)：击物的声音。镗鞳(tāngtà 汤踏)：钟鼓声。 ㉖无射(yì 义)：钟名。《左传·昭公二十一年》："春，天王(周景王)将铸无射。"孔颖达疏："无射，钟名，其声于律应无射之管，故以律名名钟。" ㉗魏庄子：魏绛，春秋时晋国大夫，谥庄子。歌钟：又叫编钟，用十六口钟按音阶排列而成。据《左传·襄公十一年》记载，郑国送给晋悼公两套编钟，晋悼公"以乐之半赐魏绛"。 ㉘不能言：指不能记载于文。

记承天夜游[①]

元丰六年十月十二日，夜，解衣欲睡，月色入户，欣然起行。念无与为乐者，遂至承天寺寻张怀民[②]。怀民亦未寝，相与步于中庭。庭下如积水空明，水中藻荇交横[③]，盖竹柏影也。

何夜无月？何处无竹柏？但少闲人如吾两人者耳[4]。黄州团练副使苏某书。

中华书局版孔凡礼点校《苏轼文集》卷七一

①这篇小品文写于苏轼贬官黄州期间。承天，即承天寺，在黄州城南。文章很短，不足一百字，却描绘出一个月光笼罩下的澄静世界，作者因受打击而倍感压抑的心灵也在这世界中得到了慰藉和净化。此类小品与长篇大作有所不同，展示了苏轼散文的又一侧面。　②张怀民：一说即张梦得，清河(今河北清河县)人，元丰六年贬黄州，寓居承天寺。　③藻荇(xìng杏)：水藻和荇菜，皆为水中的植物。按，寺院中本无水，因月光的原因，使人感觉如满地积水盈盈，于是竹柏之影也仿佛如水草在摇曳了。　④闲人：本指无所事事之人，因苏轼当时贬官黄州，实近于流放，故自称“闲人”。

一六　苏　辙

苏辙(1039—1112),字子由,眉州眉山(今四川眉山)人,年十九与兄苏轼同岁成进士。因主张革除弊政,擢任制置三司条例司属官,又因与王安石政见不合,出为河南推官等职。苏轼下狱,也受到了牵连。元祐中官至翰林学士、尚书右丞、门下侍郎。新党执政,一贬再贬。晚年居颍川(今河南许昌),自号颍滨遗老。苏辙散文成就卓著,与父苏洵、兄苏轼齐名,号称“三苏”。其文章于汪洋澹泊、委曲波折中透出不凡的个性和才华。苏轼称其“秀杰之气,终不可没”(《答张文潜书》)。有《栾城集》。

黄州快哉亭记[①]

江出西陵[②],始得平地。其流奔放肆大,南合湘、沅[③],北合汉、沔[④],其势益张。至于赤壁之下[⑤],波流浸灌,与海相若。清河张君梦得谪居齐安[⑥],即其庐之西南为亭,以览观江流之胜,而余兄子瞻名之曰“快哉”。

盖亭之所见,南北百里,东西一舍[⑦],涛澜汹涌,风云开阖[⑧]。昼则舟楫出没于其前,夜则鱼龙悲啸于其下,变化倏忽,动心骇目,不可久视。今乃得玩之几席之上[⑨],举目而足。西望武昌诸山[⑩],冈陵起伏,草木行列,烟消日出,渔夫樵父之舍,皆可指数,此其所以为快哉者也。至于长洲之滨[11]，故城之墟[12]，曹孟德、孙仲谋之所睥睨[13]，周瑜、陆逊之所骋骛[14]，其流风遗迹，亦足以称快世俗。

昔楚襄王从宋玉、景差于兰台之宫，有风飒然至者，王披襟当之，曰："快哉此风，寡人所与庶人共者耶？"宋玉曰："此独大王之雄风耳，庶人安得共之[15]！"玉之言盖有讽焉。夫风无雌雄之异，而人有遇不遇之变。楚王之所以为乐，与庶人之所以为忧，此则人之变也，而风何与焉？士生于世，使其中不自得[16]，将何往而非病？使其中坦然，不以物伤性[17]，将何适而非快？今张君不以谪为患，窃会计之馀功[18]，而自放山水之间，此其中宜有以过人者。将蓬户瓮牖无所不快，而况乎濯长江之清流，揖西山之白云[19]，穷耳目之胜以自适也哉？不然，连山绝壑，长林古木，振之以清风，照之以明月，此皆骚人思士之所以悲伤憔悴而不能胜者，乌睹其为快也哉？元丰六年十一月朔日赵郡苏辙记[20]。

中华书局版陈宏天、高秀芳点校《苏辙集》卷二四

①据《黄冈县志·古迹》记载："快哉亭，在城南。"元丰六年(1083)苏辙贬谪筠州(今江西高安)时作此文。文章先描写江水之壮观，造成一个开阔的背景，然后由江到亭，由亭到人，紧扣"快哉"二字，层层深入，表达了超然荣辱、不以得失为怀的思想感情。全文汪洋浩瀚，从容跌宕，是苏辙的代表之作。　②西陵：即西陵峡，长江三峡之一，西起湖北巴东，东至宜昌。　③湘沅：湘江和沅江，皆在湖南境内，北入洞庭湖，与长江相汇合。　④汉沔(miǎn免)：汉水和沔水，实为一水，上游为沔水，至汉中称汉水，在湖北武汉入长江。⑤赤壁：见《念奴娇》词注。　⑥张梦得：一说即张怀民，参见苏轼《记承天夜游》注。齐安：即黄州。　⑦一舍：古代三十里为一舍。　⑧阖：闭合。⑨玩之几席之上：倚在亭中的几席上便可观览壮景。　⑩武昌：指今湖北鄂城，在黄州对岸。　⑪长洲：长江中多沙洲，此为泛指。　⑫故城：指对岸孙权的故都。苏轼《次韵乐著作野步》诗自注："黄州对岸武昌县，有孙权

故宫。”　⑬睥睨(pìnì 僻逆):斜视,此处为窥视、争夺之意。　⑭陆逊:字伯言,三国时吴国的大将,曾经驻守黄州。　⑮“昔楚襄王”九句:见宋玉《风赋》。吕向注:“《史记》云:宋玉,郢人也,为楚大夫。时襄王骄奢,故宋玉作此赋以讽之。”　⑯其中:指心中。　⑰不以物伤性:不以身外之物诸如荣辱得失之类伤害本性。　⑱窃:犹利用。会计:掌管赋税、钱谷等类事物,指张梦得在黄州的职务。馀功:指空馀的时间。　⑲西山:即樊山,在江南鄂城西。《清一统志》:“樊山在武昌县西,一名袁山,一名来山,一名西山,一名寿昌山,一名樊冈,上有九曲岭。”　⑳朔日:阴历每月初一。赵郡:苏辙祖先为赵郡栾城(今河北赵县)人。

一七　晏几道

晏几道，字叔原，号小山，晏殊暮子，生卒年不详。他早年过的是贵公子的豪华生活，性格高傲，不与世合。以后失意落魄，只做过太常寺太祝、颍昌许田镇监之类的小官。晏几道擅长填词，与其父齐名，号称“二晏”。其词善以华美之思写离情别怨，往往于其中投入自已的生活感受，故带有浓厚的感伤色彩，能摇动人心。风格接近花间派。有《小山词》。

临　江　仙[①]

梦后楼台高锁，酒醒帘幕低垂[②]。去年春恨却来时[③]，落花人独立，微雨燕双飞[④]。　记得小蘋初见[⑤]，两重心字罗衣[⑥]。琵琶弦上说相思。当时明月在，曾照彩云归[⑦]。

《彊村丛书》本《小山词》

①这是一首追忆往事的词，将眼前景物与当年的回忆交织在一起，创造出一种梦境般的艺术氛围，词语华美，音韵和谐。　②“梦后”二句：写梦醒后室内的寂寞景象，暗示醉梦中的欢情消失了。　③“去年”句：去年离别时的怨恨随着春天的到来又涌上心头。　④“落花”二句：写庭院中的景象，以双燕反衬人的孤独。五代翁宏《春残》诗有“又是春残也，如何出翠帏？落花人独立，微雨燕双飞”句，这里为借用。　⑤小蘋：一位歌女的名字。⑥心字罗衣：领口曲如心字的罗衣。一说用心字香熏过的罗衣。　⑦“当

时”二句：彩云，指小蘋。二句谓当时映照小蘋归去的明月如今仍在，而人儿却不知何处去了。

阮　郎　归[①]

天边金掌露成霜[②]，云随雁字长[③]。绿杯红袖趁重阳[④]，人情似故乡。　　兰佩紫，菊簪黄，殷勤理旧狂[⑤]。欲将沉醉换悲凉，清歌莫断肠[⑥]。

《彊村丛书》本《小山词》

①这首词借描写京城度重阳节的景况，抒发了失意悲凉的感受，在晏几道词中属于厚重深沉之作。　②金掌：汉武帝曾在长安建章宫前造神明台，台上有铜铸仙人像，手托铜盘以承露水。此句谓汴京城已入深秋。③雁字：雁群飞行时组成的形状像字的行列。　④绿杯：指酒。红袖：指歌女。趁：姑且打发的意思。　⑤理旧狂：拿出过去那股疏狂的劲头。况周颐《蕙风词话》：“狂者，所谓‘一肚皮不合时宜’，发见于外者也。”　⑥清歌：不用乐器伴奏的独唱。《世说新语·任诞》：“桓子野每闻清歌，辄唤‘奈何’。谢公闻之，曰：‘子野可谓一往有深情。’”

一八　黄庭坚

黄庭坚(1045—1105),字鲁直,号山谷道人,又号涪翁,洪洲分宁(今江西修水)人。宋英宗治平四年(1067)进士,曾任叶县、太和县等处地方官,哲宗元祐年间召为校书郎、秘书丞兼国史编修官,为苏门四学士之一。后新党执政,两度被贬,竟卒于宜州(今广西宜山)贬所。黄庭坚在文学上以诗著称,与苏轼齐名,世称“苏黄”。他的创作途径主要是取法杜甫,好在格律、句法上下功夫,务求创新。自立为瘦硬峭拔、奇刻生新之风格,开启诗歌创作的一条新路,风行一时。在他的影响下,有宋一代形成了声势壮大的江西诗派。其后末流一味模拟,走向极端,以文字、学问为诗,在诗坛造成消极的影响。有《山谷集》。

登　快　阁①

痴儿了却公家事②,快阁东西倚晚晴。落木千山天远大,澄江一道月分明。朱弦已为佳人绝③,青眼聊因美酒横④。万里归船弄长笛,此心吾与白鸥盟⑤。

《四部备要》本《山谷外集诗注》卷一一

①此诗作于元丰五年(1082)诗人知太和县(今江西泰和)时。诗中描写了秋季壮美的江山景致,流露出清高傲俗的思想感情。其中写景一联清新明快,抑扬顿挫,历来脍炙人口。快阁,在太和县东,赣江(澄江)之上,“以江山

广远，景物清华得名"（《清一统志·吉安府》）。　②痴儿：《晋书·傅咸传》："生子痴，了官事，官事未易了也，了事正作痴，复为快耳。"这里以痴儿自比。③"朱弦"句：意谓知音不在，无心鼓琴。用伯牙、子期事（见《吕氏春秋·本味》）。朱弦，琴的代称。佳人，指知心朋友。　④青眼：正视状，即眼珠居中，表示有好感。《晋书·阮籍传》记载，阮籍能为青白眼，青眼对人表示爱重，白眼对人表示厌恶。　⑤"此心"句：愿与自由的鸥鸟结盟为朋友。表示隐居之志。

寄黄几复[①]

乙丑年德平镇作

我居北海君南海[②]，寄雁传书谢不能[③]。桃李春风一杯酒，江湖夜雨十年灯[④]。持家但有四立壁[⑤]，治病不蕲三折肱[⑥]。想得读书头已白，隔溪猿哭瘴溪藤[⑦]。

《四部备要》本《山谷诗集注》卷二

①这首诗是元丰八年（1085）诗人在山东德平任上寄给广东四会县友人黄介的。诗中表达了对朋友的思念，以及对人生聚散的感叹。其中第二联意蕴丰富，对仗工整，是传诵甚广的名句。黄几复，名介，江西南昌人，诗人的同乡和好友。　②北海、南海：作者自跋说："几复在黄州四会，予在德州德平镇，皆海滨也。"实际上这是泛指北方和南方的近海之地。　③"寄雁"句：古人有雁足传书之说。另外，又传说雁南飞不过衡阳回雁峰，黄几复所在的四会处衡阳之南，故云"谢不能"。谢，辞谢。　④"桃李"二句：十年前诗人在京城与黄几复相聚，如今一别就是十年。此两句意谓：相聚是美好而短暂的，飘流江湖的岁月却漫长而孤独。　⑤四立壁：即家徒四壁，一无所有。⑥"治病"句：古有"三折肱知为良医"之语（见《左传·定公十三年》），意为黄几复不必经过挫折就能把政事办好。蕲（qí齐），通"祈"，求。　⑦"想得"二

句:想象黄几复满头白发,尚在恶劣环境下读书,以排遣郁闷和寂寞。瘴溪,染有瘴气的溪水。

题落星寺[①]

落星开士深结屋[②],龙阁老翁来赋诗[③]。小雨藏山客坐久,长江接天帆到迟。宴寝清香与世隔[④],画图妙绝无人知[⑤]。蜂房各自开户牖[⑥],处处煮茶藤一枝。

《四部备要》本《山谷外集诗注》卷八

①这首诗一题作“题落星寺岚漪轩”。落星寺在江西南康(今星子县)鄱阳湖畔。传说天上有星坠落于鄱阳湖北的彭蠡湾,化为巨石,因名落星石,落星寺即建于石旁。岚漪轩,作者自注:“寺僧择隆,作宴坐小轩,为落星之胜处。”本诗描写山中幽静的生活,表达了一种超脱尘俗的情趣。艺术上采用拗体,读起来顿挫挺健,别有韵味。其第二联与第四联造语独特,生面独开,历来为人所称道。　②开士:菩萨,亦为和尚的尊称。　③龙阁老翁:即诗人的舅父李常,字公择,元祐三年任龙图阁直学士,曾来此赋诗。　④宴寝:闲居寝息。宴,安闲的意思。　⑤画图:作者自注:“僧隆画甚富,而寒山、拾得画最妙。”寒山和拾得均是唐代的诗僧兼画家。　⑥蜂房:靠山建造的僧人房舍紧挨在一起,像蜂巢一样。

题竹石牧牛[①]

子瞻画丛竹怪石,伯时增前坡牧儿骑牛[②],甚有意态,戏咏。

野次小峥嵘[③],幽篁相倚绿[④]。阿童三尺箠[⑤],御此老觳觫[⑥]。石吾甚爱之，勿遣牛砺角[⑦]。牛砺角尚可，牛斗残我竹。

《四部备要》本《山谷诗集注》卷九

①这是一首题画诗，作于元祐三年(1088)。这年春天苏轼(字子瞻)知贡举，荐黄庭坚和李公麟为其僚属，诗当作于三人共事时。此诗写得新鲜活泼，饶有风趣，其句法与传统格式不同，趋向散化，并体现出鲜明的个性色彩。②伯时：即李公麟，字伯时，号龙眠居士，宋代著名画家。 ③峥嵘：险峻的样子。这里指画中的怪石。 ④篁：丛竹。此句谓深翠的竹子与怪石相偎在一起。 ⑤箠：竹杖。 ⑥觳觫(húsù 胡素)：因害怕而发抖的样子。这里指画中的牛。典出《孟子·梁惠王上》："吾不忍其(指将被宰杀而用其血来衅钟的牛)觳觫，若无罪而就死地。" ⑦砺角：在石头上磨角。

雨中登岳阳楼望君山(二首)[①]

投荒万死鬓毛斑，生出瞿塘滟滪关[②]。未到江南先一笑，岳阳楼上对君山。

①作者于哲宗绍圣二年(1095)贬职四川，六年后方得放还。这两首诗即作于遇赦后归家途中。岳阳楼，岳阳城的西门楼，面临洞庭湖。君山，又名湘山，洞庭山，在洞庭湖中。这两首绝句感情真挚，语言清新，音韵铿锵，是公认的佳作。 ② 生出：终于安然渡过险滩，活着回来了。瞿塘：瞿塘峡，长江三峡之一，峡口有巨石，称滟滪堆，是著名的险滩。联系上句，此处显然为双关语。

满川风雨独凭栏，绾结湘娥十二鬟[①]。可惜不当湖水面，银山堆里看青山[②]。

《四部备要》本《山谷诗集注》卷一六

①“绾(wǎn 晚)结”句:君山的形状宛如湘娥(湘水之神)绾结的十二个发鬟。　②银山:喻指银白色的大浪。

一九　秦　观

秦观(1049—1100),字少游,一字太虚,号淮海居士,扬州高邮(今属江苏)人。宋神宗元丰八年(1085)进士,曾任蔡州教授等职。哲宗元祐间除太学博士、秘书省正字、国史院编修官。后坐党籍,屡贬郴州(今湖南郴县)、雷州(今广东海康)等地,卒于放还途中。秦观以文学受知于苏轼,为苏门四学士之一。能诗文,尤擅长于填词,所作多写柔婉之情,往往于相思别怨中掺入个人的身世之感,故有浓厚的感伤色彩。艺术上善于以景传情,构造意境,风格清新雅丽,是北宋婉约派的代表作家。有《淮海集》。

满　庭　芳[①]

山抹微云[②],天粘衰草[③],画角声断谯门[④]。暂停征棹[⑤],聊共引离尊[⑥]。多少蓬莱旧事[⑦],空回首,烟霭纷纷。斜阳外,寒鸦数点[⑧],流水绕孤村。　　销魂[⑨]!当此际,香囊暗解[⑩],罗带轻分[⑪]。谩赢得、青楼薄幸名存[⑫]。此去何时见也?襟袖上、空惹啼痕。伤情处,高城望断,灯火已黄昏。

《彊村丛书》本《淮海居士长短句》卷上

①这是一首离别词,作于词人三十一岁在会稽(今浙江绍兴)与恋人分手之时,爱情方面的伤感与个人功名上的失意掺合在一起,写得缠绵悲伤。此

词状景尤为出色,着墨不多,便构造出一个凄清的境界,丰富而复杂的感受都融入于这个动人的境界当中。　②抹:涂抹,形容浮云从山峰徐徐飘过。③粘:远处的秋草仿佛与天边粘连着。粘,原本作"连",据别本改。　④谯门:城门上供望远的楼,因下边有门,故称谯门。　⑤征棹:指远行的船。⑥引:原作"饮",据别本改。尊:同"樽"。　⑦蓬莱:蓬莱阁,旧址在今浙江绍兴市龙山下。秦观做客会稽时曾居于此,并有过一段感情经历,"旧事"当指此(见胡仔《苕溪渔隐丛话·后记》卷三三引《艺苑雌黄》语)。　⑧数:原本作"万",据别本改。　⑨销魂:指离别时的黯然情伤。　⑩香囊:盛香料的小袋,是一种佩饰。解下为赠给对方作纪念。　⑪罗带轻分:古人以解罗带喻男女幽欢。以上两句当是回忆离别之前会面的情景。　⑫"谩赢"二句:杜牧《遣怀》诗有"十年一觉扬州梦,赢得青楼薄幸名"句,这是对自己不得已而离别的一种自谴和解释。谩赢得,不经意地得到了这个名声。

鹊　桥　仙[①]

纤云弄巧[②],飞星传恨[③],银汉迢迢暗度[④]。金风玉露一相逢[⑤],便胜却人间无数。　柔情似水,佳期如梦[⑥],忍顾鹊桥归路[⑦]!两情若是久长时,又岂在朝朝暮暮。

《彊村丛书》本《淮海居士长短句》卷中

①这首词一题作"七夕",是咏牛郎织女的。词人另辟新境,提出感情上的忠贞和默契胜过世俗的朝暮厮守,给人耳目一新之感。作品的语言也清新华美,一洗市井之气。　②纤云弄巧:云彩变幻成不同的图像。这是指织女的巧手在天空中织锦。　③飞星:指空中划过的流星,它们似乎在给牛郎织女传递着彼此的离情别恨。　④"银汉"句:指七月七日的鹊桥相会。银汉,即银河。　⑤金风:指秋风。古人以五行与四季相配,秋属金,故曰金风。玉露:即白露。金风和玉露皆用来点明七夕的时间。　⑥"柔情"二句:写相会时分的美妙与短暂。　⑦忍顾:不忍回顾。

浣 溪 沙[①]

漠漠轻寒上小楼[②],晓阴无赖似穷秋[③],淡烟流水画屏幽[④]。 自在飞花轻似梦,无边丝雨细如愁,宝帘闲挂小银钩[⑤]。

《彊村丛书》本《淮海居士长短句》卷中

①这是一首写春愁的词,主人公的心思并未直接说出,而是寄寓在周边景物的描绘当中,显得蕴藉而耐人寻味。 ②轻寒:指春寒。 ③无赖:可憎却又无可奈何的意思。似,原本作"是",据别本改。 ④淡烟流水:画屏上绘制的景物。幽:幽暗,孤寂。 ⑤宝帘:珠帘。

望 海 潮[①]

梅英疏淡[②],冰澌溶泄[③],东风暗换年华[④]。金谷俊游[⑤],铜驼巷陌[⑥],新晴细履平沙[⑦]。长记误随车[⑧]。正絮翻蝶舞,芳思交加[⑨]。柳下桃蹊,乱分春色到人家。 西园夜饮鸣笳[⑩]。有华灯碍月,飞盖妨花[⑪]。兰苑未空[⑫],行人渐老[⑬],重来是事堪嗟[⑭]!烟暝酒旗斜。但倚楼极目,时见栖鸦[⑮]。无奈归心,暗随流水到天涯。

《彊村丛书》本《淮海居士长短句》卷上

①此词一题作"洛阳怀古",实际上内容并非怀古,而是忆旧,地点也不在洛阳,而是在汴京。绍圣元年(1094)秦观坐党籍贬谪,出京前,写下此词。作

品表达了对昔日美好时光的怀念，流露出失意思归的情绪。作品叙事和写景兼融，忆旧与述今交织，显示了秦词长于抒情的特点。 ②疏淡：渐稀少、褪色。 ③冰澌(sī斯)：溶化中的流冰。 ④暗换年华：不知不觉地又换了一个春天。暗寓着今昔境遇的改变，为双关语。 ⑤金谷：金谷园，晋代石崇的别墅，在洛阳城西。俊游：快意的游赏。或解作游览的胜地，与后句相对，也通。 ⑥铜驼巷陌：汉代洛阳有铜驼街，街两旁有铜铸的骆驼相向而立，为宫南之街。古人题咏洛阳常好以金谷、铜驼并举。这里实是托咏洛阳而写汴京的今昔之感。洛阳曾为东周、东汉的首都，宋代称为西京，故可代指京都。 ⑦细履平沙：在绿草尚未长齐的郊野上散步。 ⑧误随车：因贪看佳人，误跟上了别家女眷的车子。韩愈《嘲少年》："只知闲信马，不觉误随车。" ⑨芳思(sì四)：因春色而引起的情思。 ⑩西园：汉末有一个西园，即铜雀园，在河南邺县(今河南临漳)，为曹操所建，建安诗人曾在那里聚会。这里是指汴京王诜的花园，也称西园，秦观曾和苏轼、苏辙、黄庭坚、陈师道、李伯时等应王诜之邀于西园宴集，李伯时还绘有《西园雅集图》。 ⑪"有华灯"二句：通明的灯火令明月减色，往来飞驰的车子妨碍了人们欣赏路旁的花枝。 ⑫兰苑：园林的美称，这里指西园。 ⑬行人：作者自指。因这时他即将离京远行，故称。 ⑭是事：即事事。 ⑮栖鸦：正在归巢的乌鸦。

踏　莎　行[①]

雾失楼台，月迷津渡[②]，桃源望断无寻处[③]。可堪孤馆闭春寒[④]，杜鹃声里斜阳暮[⑤]。　　驿寄梅花，鱼传尺素[⑥]，砌成此恨无重数[⑦]。郴江幸自绕郴山，为谁流下潇湘去[⑧]？

《彊村丛书》本《淮海居士长短句》卷中

①这首词一题作"郴州旅舍"，是作者于哲宗绍圣四年(1097)在郴州贬所作的。作品抒写了遭受打击以后孤独、迷惘和凄凉的心情。词以写景为主，

情见词外，尤其结尾两句，运思奇妙，苏轼曾为之激赏不已。　②“雾失”二句：楼台被大雾隐没，渡口在淡月中迷失。　③“桃源”句：恬静美好的桃花源无处可寻。陶渊明《桃花源记》中描绘的桃源在武陵郡，与郴州同属湖湘一带，因思及之。　④可堪：哪堪。　⑤杜鹃声：杜鹃鸟鸣声悲切，易引起游子的乡愁。　⑥“驿寄”二句：远方朋友寄来了书信和礼物。陆凯《赠范晔》诗：“折梅逢驿使，寄与陇头人。江南无所有，聊赠一枝春。”古乐府《饮马长城窟行》：“客从远方来，遗我双鲤鱼。呼儿烹鲤鱼，中有尺素书。”
⑦“砌成”句：意谓朋友的关怀反而引起了自己无限的愁绪。砌，堆积。
⑧“郴江”二句：郴江本自环绕着郴山，为什么要流向湘江去呢？郴江，发源于湖南章宜县的黄岑山，流经郴州，北入湘江。此处作者是以郴江自比。潇湘，潇水与湘水合流后称潇湘，这里指湘江。

二〇　张　耒

张耒(1054—1114),字文潜,号柯山,江苏淮阴人。宋神宗熙宁六年进士,任过寿安(今河南宜阳)县尉、咸平(今河南陈留)县丞等职,哲宗元祐初迁秘书省正字,官至起居舍人。后坐党籍连续遭贬,尝三至黄州。晚年才退闲陈州。张耒以诗名,青年时即受到苏轼的赏识,为"苏门四学士"之一。他的诗多反映下层人民的生活以及自己的生活感受,风格平易晓畅,不尚雕琢。晁补之称:"君诗容易不着意,忽似春风开百花。"(《题文潜诗册后》)其不足在于锻炼不精,有些作品过于草率。有《柯山集》。

北邻卖饼儿每五鼓未旦即绕街呼卖虽大寒烈风不废而时略不少差也因为作诗且有所警示秬秸[1]

城头月落霜如雪,楼头五更声欲绝[2]。捧盘出户歌一声[3],市楼东西人未行。北风吹衣射我饼,不忧衣单忧饼冷[4]。业无高卑志当坚,男儿有求安得闲[5]!

《四部丛刊》本《张右史文集》卷一三

①作者在这首诗中通过描写邻居卖饼儿的艰辛勤勉,规警自己的儿子,做任何事都要志向坚定,不怕吃苦,并持之以恒。秬、秸都是张耒的儿子。　②声欲绝:指更声将尽。　③"捧盘"句:卖饼儿托着盛饼的盘子出门叫卖。

④“北风”二句:与白居易《卖炭翁》中的“可怜身上衣正单,心忧炭贱愿天寒”用意相同。　⑤有求:有所追求,也即上句所说的“志”。

夜　坐[1]

庭户无人秋月明,夜霜欲落气先清。梧桐真不甘衰谢[2],数叶迎风尚有声[3]。

《四部丛刊》本《张右史文集》卷三一

①此诗作于诗人晚年。诗中借咏叹梧桐树表达了自己屡遭贬谪,却坚守气节、不甘沉沦的精神境界。　②真:原本作“直”,据别本改。　③“数叶”句:意谓梧桐树虽剩了不多的数片叶子,但仍顽强地在秋风中摆动,发出了不屈服的声音。

二一 陈师道

陈师道(1053—1102),字履常,一字无己,号后山居士,彭城(今江苏徐州)人。受业于曾巩。因苏轼等人的推荐入仕,曾任徐州教授、秘书省正字等职。一生贫困,然而耿介自守,不附权贵。陈师道以诗名世,宗法杜甫,受到黄庭坚较大的影响,尤工五言诗,风格朴拙精警,意味隽永,被人归入江西诗派,与黄庭坚并称"黄陈"。其缺点在于构思刻意求深求僻,过分讲究语言技巧,以致一些作品显得艰涩难懂。有《后山集》。

别三子[①]

夫妇死同穴[②],父子贫贱离;天下宁有此[③]?昔闻今见之。母前三子后,熟视不得追。嗟乎胡不仁[④],使我至于斯[⑤]!有女初束发[⑥],已知生离悲;枕我不肯起,畏我从此辞。大儿学语言,拜揖未胜衣[⑦],唤"耶我欲去"[⑧],此语那可思[⑨]!小儿襁褓间,抱负有母慈;汝哭犹在耳,我怀人得知[⑩]?

上海古籍出版社影印宋本《后山居士文集》卷一

①宋神宗元丰七年(1084),陈师道因生活贫困,让妻儿随同岳父入川(时陈的岳父郭概任四川提刑),自己则因母亲年迈,不能同往。这首诗即写夫妇、父子被迫远离的沉痛场面。艺术风格近于杜甫。 ②"夫妇"句:《诗经·王风·大车》:"榖则异室,死则同穴"。榖,生也。此句意谓夫妇被迫生离,

只有死后方能埋在一起。　③宁:岂。　④胡不仁:天为什么这样残酷。⑤至于斯:达到这步田地。　⑥初束发:古代女子十五岁时将头发结束起来,用笄插住。这里指刚成年。　⑦“拜揖”句:指不能穿起成人的衣服行礼。　⑧耶:同“爷”。　⑨那可思:不忍思。　⑩人得知:别人怎能知道。

春怀示邻里[①]

断墙着雨蜗成字[②],老屋无僧燕作家。剩欲出门追语笑[③],却嫌归鬓着尘沙[④]。风翻蛛网开三面[⑤],雷动蜂窠趁两衙[⑥]。屡失南邻春事约,只今容有未开花[⑦]。

上海古籍出版社影印宋本《后山居士文集》卷六

①这是陈师道一首著名的七律,诗中描写了自己破落的居住环境,又刻画了春天富有生趣的物态,表达了作者特有的生活意趣。其中写景三联体现出作者观察细致、状物精微的艺术特色。　②蜗成字:古人常把蜗牛爬行留下的痕迹比作篆书。　③剩:颇,很。　④“却嫌”句:谓又嫌风沙大,怕归来尘沙满面。　⑤“风翻”句:形容风吹得蜘蛛结不成网。蛛,原本作“珠”,据别本改。网开三面,语出商汤故事。《史记·殷本纪》记载:“汤出,见野张网四面,祝曰:‘自天下四方,皆入吾网。’汤曰:‘嘻,尽之矣。’乃去其三面。”　⑥“雷动”句:蜂群轰鸣着归来,在巢前排列成行,好像官府的衙参(古代衙门官吏列队参见长官)一样。据说蜂衙有早晚两次。趁,赶。⑦“只今”句:如今也许还有含苞待放的花吧。容有,或许有。

二二　贺　铸

贺铸(1052—1125),字方回,卫州共城(今河南卫辉市)人,宋孝惠皇后族孙。性格豪爽,好评论是非,尚义有侠气。以门荫入仕,做过几任武官,后转文职。因不媚附权贵,仕途蹭蹬,只任过泗州通判等职,晚年退居苏州,自号庆湖遗老。贺铸工诗文,尤以词著称。其中有爱国忧时之作,更多的则是咏叹男女情事及抒写个人闲愁的作品。风格多样,具备悲壮与婉丽等对立的特色,好融化前人诗句入词,艺术上有独到之处。有《庆湖遗老集》、《东山词》。

六　州　歌　头[①]

少年侠气,交结五都雄[②]。肝胆洞[③],毛发耸,立谈中[④],死生同,一诺千金重[⑤]。推翘勇[⑥],矜豪纵[⑦],轻盖拥[⑧],联飞鞚[⑨],斗城东[⑩]。轰饮酒垆[⑪],春色浮寒瓮[⑫],吸海垂虹[⑬]。闲呼鹰嗾犬[⑭],白羽摘雕弓[⑮],狡穴俄空[⑯]。乐匆匆。　似黄粱梦[⑰],辞丹凤[⑱];明月共,漾孤篷[⑲]。官冗从[⑳],怀倥偬[㉑],落尘笼,簿书丛[㉒]。鹖弁如云众[㉓],供粗用,忽奇功。笳鼓动,渔阳弄[㉔],思悲翁[㉕]。不请长缨[㉖],系取天骄种[㉗],剑吼西风。恨登山临水,手寄七弦桐[㉘],目送归鸿[㉙]。

《彊村丛书》本《东山词补》

①此词作于哲宗元祐三年(1088)词人三十七岁，在和州(今安徽和县)任上时。作品上片追忆青年时代的任侠生涯，下片抒发长期沉迹冗职，不能驰骋疆场、建功立勋的悲慨，体现了作者对外族(当时为西夏)入侵、国家安危的忧虑。全词激情贯注，悲壮沉郁，被人誉为贺铸的压卷之作，实开启了南宋爱国词的先声。　②"少年"二句：作者十七八岁时到京城，担任侍卫武官，有过六、七年豪侠生活的经历，所云即指此。五都，泛指繁盛的大都市。　③肝胆洞：犹言肝胆相照。洞，通，明。　④"毛发"二句：毛发耸，怒发冲冠。立谈中，站立谈话之间。二句表现富有正义感，性格豪爽，决断迅速。　⑤一诺千金重：语出《史记·季布传》："楚人谚曰：'得黄金百斤，不如季布一诺。'"　⑥翘勇：勇敢。翘，特出。　⑦矜豪纵：狂放不羁。　⑧轻盖拥：轻车簇拥。盖，车盖。　⑨鞚(kòng 控)：马勒，这里指马。　⑩斗(dǒu 抖)城：汉代长安的俗称，因其城南为南斗形，城北为北斗形而得名。这里指汴京。　⑪轰饮：大声喧哗地聚饮。　⑫春色：指美酒的颜色。　⑬吸海垂虹：形容豪饮。相传垂虹能饮。刘敬叔《异苑》载："晋义熙初，晋陵薛愿，有虹饮其釜澳，须臾噏响便竭。愿辇酒灌之，随投随涸。"　⑭嗾(sǒu 叟)：唆使犬的声音。　⑮白羽摘雕弓：搭弓射箭。白羽，箭名。　⑯狡穴：狡兔的洞。　⑰似黄粱梦：指京都的时光梦一样地消逝了。　⑱丹凤：指京城，唐时长安有丹凤门。　⑲漾孤篷：就像一条孤独的小船在水中漂泊。篷，船帆。　⑳冗从：低级侍卫官职。　㉑倥偬(kǒngzǒng 孔总)：因匆忙而困苦。　㉒"落尘"二句：被俗务束缚，埋在文书堆里。　㉓鹖(hé 何)弁：武官的帽子，这里代指武官。如云众：多得像天上的云朵。此句谓大量像自己一样的武官不受朝廷重视。　㉔"笳鼓"二句：指北方少数民族政权挑起战事。笳鼓，皆为军乐器。渔阳，鼓曲，属军乐。弄，小曲名。也有当作弄兵解的。　㉕思悲翁：汉乐府曲名。这里借以表达作者因边事危急而生发的悲慨。　㉖请长缨：古代称请求降敌立功为请缨，典出《汉书·终军传》。　㉗天骄种：指入侵的北方少数民族。《汉书·匈奴传》："胡者，天之骄子也。"　㉘七弦桐：即七弦琴，用桐木制成。　㉙目送归鸿：语出嵇康《兄秀才公穆入军赠诗》诗："目送归鸿，手挥五弦。"

青　玉　案[1]

凌波不过横塘路[2]，但目送、芳尘去。锦瑟华年谁与度[3]？月桥花院，琐窗朱户[4]，只有春知处。　碧云冉冉蘅皋暮[5]，彩笔空题断肠句[6]。试问闲愁都几许[7]？一川烟草，满城风絮，梅子黄时雨[8]。

《彊村丛书》本《贺方回词》卷一

①这首词一名“横塘路”，作于词人寓居苏州时。词通过对美人的思慕表达出孤寂生活的幽恨闲愁。末三句以景写情，是传送颇广的名句，时人因此称作者为“贺梅子”。　②凌波：形容女子步履的轻盈。曹植《洛神赋》有“凌波微步，罗袜生尘”句。横塘：在苏州城南十里处。　③锦瑟华年：意谓青春时光。李商隐《锦瑟》诗：“锦瑟无端五十弦，一弦一柱思华年。”　④“月桥”二句：月桥花院，一作“月台花榭”。琐窗，有花纹的窗户。二句写想象中美人的居处。　⑤“碧云”句：写作者身边的实景。蘅皋，长着杜蘅香草的泽边。　⑥彩笔：笔的美称，传说南朝诗人江淹曾梦有五色笔（见《南史·江淹传》）。　⑦都：总共。　⑧“一川”三句：一川，满地。梅子黄时雨，江南四、五月间细雨连绵，时正值梅子成熟时，故俗称梅雨。以上三句化无形为有形，状写愁绪之多。

二三　周邦彦

周邦彦(1056—1121),字美成,号清真居士,钱塘(今浙江杭州)人,宋神宗时因献《汴都赋》擢为太学正,后交替在地方和京都任职。徽宗时因精通音律,提举大晟府。卒,赠宣奉大夫。周邦彦是北宋后期的著名词人,他的作品多写男女情思及羁旅行役,表现了那个时代文人士大夫的压抑和苦闷。艺术上他精通音乐,能自度曲,尤严于格律,平仄之外,又分四声,经他之手,词的声韵变得更为和谐精当。他还发展了柳永开创的铺叙手法,在其改造下,词的章法结构、谋篇布局显得变化多端,跌宕有致,词的表现能力、抒情容量都得到了提高。周邦彦本人的创作风格典雅精丽,颇有传世杰作。因上述缘故,他受到了后代评论家的高度赞赏,并对南宋及后代的创作产生了深远影响。有《片玉集》(又名《清真集》)。

瑞　龙　吟[①]

章台路[②],还见褪粉梅梢,试花桃树[③]。愔愔坊陌人家[④],定巢燕子,归来旧处[⑤]。　黯凝伫[⑥]。因念个人痴小[⑦],乍窥门户[⑧]。侵晨浅约宫黄[⑨],障风映袖,盈盈笑语[⑩]。

前度刘郎重到[⑪],访邻寻里,同时歌舞。惟有旧家秋娘[⑫],声价如故。吟笺赋笔,犹记《燕台》句[⑬]。知谁伴、名园露饮[⑭],东城闲步?事与孤鸿去。探春尽是,伤离意绪。官柳低金缕[15]。归骑晚、纤纤池塘飞雨。断肠院落，一帘风絮。

《彊村丛书》本《片玉集》卷一

①这首词作于绍圣四年(1097)周邦彦离京十年后重返都城之时。作品抒写故地重游和怀念旧日恋人之情，其中还寄寓了政治上的感慨。全作现实与回忆互相穿插，处处寓含今昔的对比和反衬，形象集中而富有表现力，艺术上颇具特色。　②章台：汉朝长安有章台街，为繁华游冶之地，后泛指妓女聚集之处。　③"还见"二句：谓梅花凋零，桃花初放。　④愔(yīn 因)愔：安静无声。坊陌：一作"坊曲"。明杨慎《词品·坊曲》："唐制，妓女所居曰坊曲。"这里指汴京坊曲。　⑤"定巢"二句：以旧燕归来比拟自己的重游。定巢，即安巢。　⑥黯凝伫：黯然伫立沉思。　⑦个人：那个人，即作者旧日的情人，一位妓女。　⑧乍窥门户：在门口看街。这是古代妓女的习惯。　⑨侵晨：即清晨。浅约宫黄：淡淡地化妆。以黄涂额谓之"约黄"。宫黄，宫人所用的黄色脂粉。　⑩"障风"二句：以袖遮风，笑颜掩映在衣袖之间。　⑪"前度"句：据《幽明录》载，东汉时刘晨、阮肇入天台山采药，遇见仙女，居半载方归，后重入天台访仙，杳不可寻。又，刘禹锡自朗州贬所归长安，有《再游玄都观》诗，中有"种桃道士归何处，前度刘郎今又来"句，借以抒发政治感慨。此处二典合用。　⑫秋娘：唐贞元、元和时期在长安负有盛名的一位妓女。这里指作者昔日的情人。　⑬"犹记"句：语出李商隐《柳枝》诗序。当时洛阳有一位姑娘，名叫柳枝，因听人吟咏李商隐的《燕台》诗而产生了爱慕之情，后两人因故未能结合。这里借此典故追述作者与昔日情人赋诗吟诵的往事。　⑭露饮：在露天饮酒。　⑮官柳：大道两旁的柳树。

苏　幕　遮[1]

燎沉香[2]，消溽暑[3]。鸟雀呼晴，侵晓窥檐语[4]。叶上初阳干宿雨[5]。水面清圆[6]，一一风荷举[7]。　故乡遥，何日去？家住吴门[⑧]，久作长安旅[⑨]。五月渔郎相忆否，小楫轻舟，梦入芙蓉浦[⑩]。

《彊村丛书》本《片玉集》卷四

①这首词是作者在京任职时所作。上片描写夏季雨后的晨景，下片抒发对故乡的思念。其中写荷叶的三句被王国维《人间词话》评为“真能得荷之神理者”。　②沉香：一种名贵的香料，又名沉水。　③溽（rù 入）暑：潮湿而闷热。　④侵晓：天刚亮，破晓。侵，渐近。窥檐语：在屋檐下窥伺着，互作鸣答。　⑤宿雨：经夜之雨。　⑥清圆：指团团的荷叶。　⑦举：舒展挺立起来。　⑧吴门：作者是钱塘人，钱塘古属吴郡，故云。　⑨长安旅：京城的旅客。长安，此处指汴京。　⑩芙蓉浦：即荷花塘。

六　丑[①]

落　花

正单衣试酒[②]，恨客里，光阴虚掷。愿春暂留，春归如过翼[③]，一去无迹。为问家何在[④]？夜来风雨，葬楚宫倾国[⑤]。钗钿堕处遗香泽[⑥]，乱点桃蹊，轻翻柳陌[⑦]。多情为谁追惜[⑧]？但蜂媒蝶使[⑨]，时叩窗隔[⑩]。　东园岑寂，渐蒙笼暗碧[⑪]。静绕珍丛底[⑫]，成叹息。长条故惹行客，似牵衣待话，别情无极[⑬]。残英小，强簪巾帻[⑭]。终不似、一朵钗头颤袅，向人欹侧[⑮]。漂流处，莫趁潮汐[⑯]，恐断红、尚有相思字[⑰]，何由见得！

《彊村丛书》本《片玉集》卷七

①此作一名“蔷薇谢后作”。它是一首著名的咏物词,当作于词人晚年在南方任职时。词上片写春暮落花的景况,下片写人与花之间的互相怜惜,于惜花的感情中抒发了光阴虚度、青春不再的慨叹。作品回环曲折,兴味多端,人与花互为比兴,艺术上达到了很高的水平。 ②试酒:宋代风俗,农历三、四月间,初尝新酒(见《武林旧事》卷三、卷一〇)。 ③过翼:指飞鸟。④家:原本作“花”,据别本改。 ⑤楚宫倾国:以南方美人喻蔷薇花。韩偓《哭花》诗有“夜来风雨葬西施”句,此处用其意。 ⑥钗钿:将落花的花瓣比作美人坠落的钗钿。 ⑦“乱点”二句:描写落花缤纷、四处飞散的样子。⑧为谁:有谁。 ⑨蜂媒蝶使:蜜蜂和蝴蝶在花丛中飞来飞去,像媒人和使者似的。这里用以反衬无人追惜残花。 ⑩窗隔:指作者的窗子。隔,一作“槅”。此句意谓蜂蝶催促词人去看蔷薇花。 ⑪蒙笼暗碧:树叶成荫,一片深绿。 ⑫珍丛:即蔷薇花丛。 ⑬“长条”三句:带刺的花枝勾住词人的衣裳,似有深情要表达。 ⑭强簪巾帻(zé 责):勉强把残花插在头巾上。 ⑮“终不似”二句:总不如盛开的花朵戴在头上摇曳多姿。攲侧,这里指媚人、悦人的样子。 ⑯“漂流处”二句:劝落花不要随流水而去。⑰“恐断红”句:引用红叶题诗的故事。卢渥应举,偶临御沟,见一红叶,上有题诗:“水流何太急,深宫尽日闲。殷勤谢红叶,好去到人间。”后宫中放出宫女择配,其中那位归卢渥者竟是题叶之人。见范摅《云溪友议》卷下。红,原本作“鸿”,据别本改。

蝶　恋　花①

秋　思

月皎惊乌栖不定②,更漏将残,轳辘牵金井③。唤起两眸清炯炯④,泪花落枕红绵冷⑤。　执手霜风吹鬓影,去意徊徨⑥,别语愁难听。楼上栏干横斗柄⑦,露寒人远鸡相应。

《彊村丛书》本《片玉集》卷九

①这是一首离别词，一题作“早行”。上片写清晨的秋景和行人的被唤醒，下片写相别及远去，抓住了最具表现力的几个细节，创造出一个凄冷动人的境界，颇耐人寻味。　②“月皎”句：以乌鸦的不安、翻动，暗示室中人的不眠。如果说乌鸦的不眠是由于月光明亮的话，那么人则是因为即将分别。③轳辘（lìlù 力鹿）：即辘轳，井上汲水用的绞轮式器具。此句是说，井台上汲水的声响传进屋来。　④“唤起”句：因彻夜未眠，故唤起时两眼炯炯有光。否则该是睡眼惺松的样子。　⑤红绵冷：泪水湿透了枕头。红绵，指作枕心的红色丝绵。　⑥徊徨：彷徨不决的样子。　⑦栏干：同“阑干”，横斜貌。横斗柄：北斗星的柄横斜下垂，兆示着天将拂晓。斗柄，北斗七星中形似斗柄的三颗星。

二四　朱敦儒

朱敦儒(1081—1159),字希真,号岩壑老人,洛阳(今属河南)人。早年隐居不仕,以布衣负重名。南渡后,应征召出任秘书省正字、兵部郎官等职。因与主战派大臣交结,遭弹劾罢官。晚年在秦桧的笼络下曾出任鸿胪少卿,秦桧死即致仕。朱敦儒以词著称,追求清旷超逸的境界,实际上作品以闲适疏放、清新晓畅为主。南渡后一部分词转向悲愤苍凉,反映了那个时代的精神。有《樵歌》(一名《太平樵唱》)。

相　见　欢①

金陵城上西楼,倚清秋。万里夕阳垂地、大江流。
中原乱,簪缨散②,几时收?试倩悲风吹泪、过扬州③。

《彊村丛书》本《樵歌》卷下

①这首词作于南下避乱、途径金陵(今南京)时。词中抒发了对国家丧乱的感伤,风格悲壮苍凉。　②簪缨:官员的冠饰。此处指宋朝的官僚阶层,他们是国家政权的代表。　③过扬州:预想由金陵过扬州时的悲痛。扬州处南宋的前方,曾多次遭受金兵的侵扰。

二十五　李清照

李清照(1084—1155?),号易安居士,济南章丘人。父亲李格非是著名散文家,苏(轼)门后四学士之一,丈夫赵明诚为金石学家。李清照前期生活安适,夫妇志趣相投,共同从事学术研究和文学创作。后金兵南下,中原沦陷,生活发生了重大变化。丈夫在金陵病逝,大量金石图籍散失。在经历了国破家亡、颠沛流离的重重磨难后,李清照晚年孤独凄凉,寓居杭州。

李清照多才多艺,能文善诗,敢于评论时事,尤以词著称于世。前期所作多以闺情相思为主,后期则转为深沉的身世之叹、故国之思。词风清新婉俊,活泼自然,造语奇警,一一自胸臆流出,富有一种特殊的魅力,人称“易安体”。有《漱玉集》。

如梦令[1]

昨夜雨疏风骤,浓睡不消残酒[2]。试问卷帘人[3],却道海棠依旧[4]。知否、知否!应是绿肥红瘦[5]。

人民文学出版社版王仲闻《李清照集校注》卷一

①此词一题作“暮春”或“春晓”,抒写惜花之情,实际上是主人公的自怜自惜。花与人之间存在一种潜在的对应,卷帘人的漠然又从反面映衬了这一点。末句造语新奇,历来为人叹赏。　②“浓睡”句:睡得很沉,醒来却依然有酒意。　③试问:问关于花的消息。卷帘人:指侍女。　④却:反而、

竟然。表示对答话的不相信、不满意。　⑤绿肥红瘦：即花残叶茂。

一剪梅[①]

红藕香残玉簟秋[②]，轻解罗裳，独上兰舟。云中谁寄锦书来[③]？雁字回时，月满西楼[④]。　花自飘零水自流，一种相思，两处闲愁。此情无计可消除，才下眉头，却上心头[⑤]。

人民文学出版社版王仲闻《李清照集校注》卷一

①这首词一题作“秋别”或“闺思”。伊士珍《琅嬛记》卷中载：“易安结褵（婚）未久，明诚即负笈远游。易安殊不忍别，觅锦帕书《一剪梅》词以送之。”全篇写离别之情，景物随情感的变化而转换。其中写心理活动的句子尤为奇警。　②红藕：荷花。玉簟（diàn 垫）：光洁的竹席。　③锦书：书信的美称。　④“雁字”二句：大雁飞行时排列成队，形状似字，故云“雁字”。古人相信雁能传书，而此时却徒见月下的雁阵，未见书信。　⑤“才下”二句：范仲淹《御街行》：“都来此事，眉间心上，无计相回避。”此处本范词而拓展之，遂成名句。

醉花阴[①]

薄雾浓云愁永昼[②]，瑞脑销金兽[③]。佳节又重阳，玉枕纱厨[④]，半夜凉初透。　东篱把酒黄昏后[⑤]，有暗香盈袖。莫道不销魂[⑥]，帘卷西风，人比黄花瘦[⑦]。

人民文学出版社版王仲闻《李清照集校注》卷一

①这首词一题作“重阳”，写重阳日的秋闺之思，当作于南下之前。因为

夫妇间只是小别，故苦涩中常带有甜美，叹息中又怀着期待。末句被人誉为“妙语”。　②“薄雾”句：写白日的无聊和漫长。　③瑞脑：一种香料，又称龙脑。金兽：兽形的铜香炉。　④玉枕纱厨：即瓷枕和纱帐。　⑤东篱：院中的花圃。陶渊明《饮酒》诗：“采菊东篱下，悠然见南山。”这里以东篱点出菊花。　⑥销魂：灵魂离开肉体。这里用以形容极度的忧愁。⑦比：原本作“似”，据别本改。

声　声　慢[①]

寻寻觅觅，冷冷清清，凄凄惨惨戚戚[②]。乍暖还寒时候[③]，最难将息[④]。三杯两盏淡酒，怎敌他、晚来风急。雁过也，正伤心，却是旧时相识[⑤]。　满地黄花堆积，憔悴损[⑥]，如今有谁堪摘。守着窗儿，独自怎生得黑？梧桐更兼细雨，到黄昏、点点滴滴。这次第，怎一个愁字了得[⑦]！

人民文学出版社版王仲闻《李清照集校注》卷一

①这是李清照晚年的名作之一，一题作“秋情”，表现饱经磨难后作者凄凉和孤苦无依的情怀。开首十四个叠字为作者独创，极为新警、妥帖。②“寻寻”三句：实际上这三句展示了一个心理活动的过程。起先是若有所失，尚在寻觅和期待；接下来变得失望，感到寂寞和冷清；最后则是越来越伤心，以至于悲悲切切了。　③“乍暖”句：季节转换，冷暖变化不定的时节。还，通“旋”，如言立即、马上。　④将息：调养、保养。　⑤“雁过也”三句：过雁勾起了昔日的回忆。作者早期写给丈夫赵明诚的《一剪梅》词中有“云中谁寄锦书来，雁字回时，月满西楼”句。　⑥损：破败、损坏。⑦“这次第”二句：这期间哪里是一个“愁”字就能说尽的。

永遇乐[①]

元宵

落日熔金[②]，暮云合璧[③]，人在何处[④]？染柳烟浓，吹梅笛怨[⑤]，春意知几许！元宵佳节，融和天气，次第岂无风雨[⑥]？来相召，香车宝马，谢他酒朋诗侣[⑦]。　　中州盛日[⑧]，闺门多暇，记得偏重三五[⑨]。铺翠冠儿[⑩]，捻金雪柳[⑪]，簇带争济楚[⑫]。如今憔悴，风鬟雾鬓[⑬]，怕见夜间出去。不如向帘儿底下，听人笑语。

人民文学出版社版王仲闻《李清照集校注》卷一

①这首词亦是李清照晚年的代表作之一。它通过对“中州盛日”的追忆，表达了词人对故国的深切怀念。作品采用今昔对照的手法，具有很强的感染力。宋末词人刘辰翁说：“诵李易安《永遇乐》，为之涕下。”（见《须溪词·永遇乐》题序）　②熔金：形容落日收起了刺人的光芒，如同一团正在熔化的黄金。　③暮云合璧：傍晚，行云连成一片，如白玉相合。　④人在何处：感叹人在异乡，孤苦无依。一说“人”指亲人、友朋。　⑤吹梅笛怨：即笛吹梅怨。笛有《梅花落》曲，幽怨而哀伤。　⑥次第：接着、不久。此句意谓难道转眼间就不会起风下雨吗？　⑦“谢他”句：辞谢朋友们的邀请。　⑧中州：指汴京。　⑨三五：即正月十五元宵节。　⑩铺翠冠儿：镶有翡翠珠子的帽子。　⑪捻金雪柳：宋朝妇女元宵节插戴的装饰品，用纸或绢做成，捻以金线。　⑫簇带：宋朝方言，意为插满、戴满。带，通“戴”。济楚：齐整、美丽。　⑬风鬟雾鬓：头发蓬松散乱的样子。雾，原本做“霜”，据别本改。

武 陵 春[①]

风住尘香花已尽[②]，日晚倦梳头。物是人非事事休，欲语泪先流。　　闻说双溪春尚好[③]，也拟泛轻舟。只恐双溪舴艋舟[④]，载不动、许多愁[⑤]。

人民文学出版社版王仲闻《李清照集校注》卷一

①这首词是词人晚年寓居金华时所作，一题作“春暮”，描写自己失去了一切希望之后的凄苦悲哀的心境。语言自然如流水，却又极耐品味。　②风住尘香：风停之后，满地落花香。　③双溪：江名，在今浙江金华。原为两条溪，至金华合而为一，故名。　④舴艋（zéměng 泽猛）舟：像蚱蜢一样的小船。　⑤许多愁：如此之多的愁。

二六　陈与义

陈与义(1090—1138),字去非,号简斋,洛阳人。宋徽宗政和三年(1113)以太学上舍甲科入仕,任开德府教授、太学博士等职。南渡后辗转到达临安,历吏部侍郎、翰林学士等职,官至参知政事。文学上以诗著名,前期创作受到黄庭坚和陈师道较深的影响,讲究锻炼辞句,追求奇警瘦硬的艺术趣尚,被后人归为江西诗派三宗之一。后期受到国家巨变的影响,创作转为悲慨沉郁,并注入了爱国的激情,风格上更加接近杜甫。有《简斋集》。

伤　春①

庙堂无策可平戎②,坐使甘泉照夕峰③。初怪上都闻战马④,岂知穷海看飞龙⑤!孤臣霜发三千丈,每岁烟花一万重⑥。稍喜长沙向延阁,疲兵敢犯犬羊锋⑦。

上海古籍出版社版白敦仁《陈与义集校笺》卷二六

①诗作于宋高宗建炎四年(1130)春诗人由湘南入桂途中。自去年秋天起,金兵大举南下,长江东西沿线都受到金兵攻掠,形势危急。诗人此作表达了对国家命运的深重忧患。诗仿杜甫同题之作,是陈与义的七律代表作。　②庙堂:指宋朝廷。　③甘泉:宫名,汉朝行宫之一,在今陕西淳化县西北甘泉山上。汉文帝时,匈奴入侵,烽火连起,映红了甘泉宫(见《汉书·匈奴传》)。李白《塞下曲》:“烽火动沙漠,连照甘泉云。”　④上都:指北宋都城

汴京。此句谓汴京的沦陷。 ⑤“岂知”句:怎么会料到皇帝竟逃至海上。建炎三年十二月金兵入越,宋高宗由明州入海。飞龙,喻指皇帝。《周易·乾》:“飞龙在天。”孔颖达疏:“谓有圣德之人得居王位。” ⑥“孤臣”二句:李白《秋浦歌》:“白发三千丈,缘愁似个长。”杜甫《伤春》诗:“西京疲百战,北阙任群凶。关塞三千里,烟花一万重。”烟花,指绚丽的春花。 ⑦“稍喜”二句:这年二月潭州太守向子諲在长沙率军民抗击金兵,曾坚守八日,城陷后退出。延阁,汉代皇家藏书处。向子諲曾直秘阁,故称向延阁。犬羊:当时对金兵的蔑称。犬羊锋,喻指金兵的嚣张气焰。

牡　　丹[①]

一自胡尘入汉关,十年伊洛路漫漫[②]。青墩溪畔龙钟客,独立东风看牡丹[③]。

上海古籍出版社版白敦仁《陈与义集校笺》卷三〇

①这首七言绝句作于绍兴六年(1136),时诗人因养病寓居浙江桐乡北的青墩镇。诗抒写因看牡丹勾起的怀念故土之情。表面上似乎很平淡,实际上感情丰富而深厚,意在言外。 ②“一自”二句:从靖康元年(1126)金兵攻陷汴京,至作诗的当年(1136),恰好十年。伊洛,伊水和洛水,流经洛阳后入黄河。 ③“青墩”二句:洛阳的牡丹是闻名天下的,而作者又是洛阳人,值此迟暮之年,面对他乡牡丹,故心中的感慨是可以想见的。

二七 张元幹

张元幹(1091—1161),字仲宗,号真隐山人、芦川居士,福建永福(今福建永泰)人。北宋末曾任李纲行营属官,参加过东京保卫战。南渡后,官至将作监丞。因不愿与秦桧同朝,致仕还乡。绍兴中,坐以词送抗战派人士胡铨得罪除名。张元幹以词著称,早年创作多为流连光景、相思怨别之类,风格清丽婉约;南渡以后一变为悲壮慷慨,风节凛然,开启了南宋爱国词人的创作道路。有《芦州归来集》、《芦州词》。

贺新郎[①]

送胡邦衡待制谪新州

梦绕神州路[②]。怅秋风,连营画角,故宫离黍[③]。底事昆仑倾砥柱,九地黄流乱注[④],聚万落千村狐兔[⑤]?天意从来高难问,况人情、老易悲难诉[⑥]。更南浦[⑦],送君去。　凉生岸柳催残暑,耿斜河[⑧],疏星淡月,断云微度。万里江山知何处[⑨],回首对床夜语[⑩]。雁不到[⑪],书成谁与。目尽青天怀今古,肯儿曹、恩怨相尔汝[⑫]?举大白[⑬],听《金缕》[⑭]。

上海古籍出版社点校本《芦川归来集》卷五

①胡邦衡即胡铨，高宗绍兴八年(1138)因上书反对宋金和议，请斩王伦、秦桧而遭贬，绍兴十二年(1142)又被除名，送新州(今广东新兴)编管。张元幹时在福州，作此词为他送行。待制，皇帝备以顾问的侍从官。据《宋史·胡铨传》载，孝宗乾道七年(1171)胡铨“除宝谟阁待制”，晚于此时近三十年，故“待制”二字可能为后人追加。这首《贺新郎》是张元幹的代表作，写得慷慨激愤，声韵铿锵。《四库全书总目提要》称其“慷慨悲凉，数百年后，尚想其抑塞磊落之气”。　②神州：这里指中原沦陷地区。　③故宫离黍：《诗经·王风》有《黍离》篇，诗中哀叹西周故都遍地都是禾黍，一片废弃的景象。这里指汴京城已经荒芜。　④“底事”二句：相传昆仑山上有铜柱，上顶于天，称天柱(见《神异经·中荒经》)；又传说共工与颛顼争为帝，共工怒，触不周山，天柱折(见《淮南子·天文训》)；还有大禹治水，破山通河，河水包山而过，一山在水中如柱，因名砥柱(见《水经注·河水》)的说法。此处三个传说合用，以山崩河决比喻北宋王朝的覆灭。九地，九州之地，犹言遍地。　⑤狐兔：此处为双关语，既指中原荒败，野兽遍地，也指金兵的横行。　⑥“天意”二句：这两句出自杜甫的《暮春江陵送马大卿公恩命追赴阙下》诗：“天意高难问，人情老易悲。”天意乃影射皇帝的态度捉摸不透，人情则是指世人改变了从前恢复中原的积极态度。易，变易。难诉，原本做“如许”，据别本改。　⑦南浦：送别的码头。　⑧耿斜河：明亮的银河。　⑨“万里”句：路途遥远，不知贬所在哪里。　⑩“回首”句：回想起过去相对夜语的情景。　⑪雁不到：相传大雁不过衡阳，而贬所在岭南，故云。　⑫恩怨相尔汝：指你我间缠绵悲戚。韩愈《听颖师弹琴》诗：“昵昵儿女语，恩怨相尔汝。”　⑬大白：酒杯名。　⑭《金缕》：《金缕曲》，《贺新郎》的别名。

二八 岳 飞

岳飞(1103—1141),字鹏举,相州汤阴(今属河南)人。南宋名将。与金兵作战屡建奇功,时人呼其部队为岳家军,金兵称"撼山易,撼岳家军难"。历官河南、北诸路招讨使等职。因坚持抗敌复国,反对和议,被秦桧以"莫须有"罪名杀害。孝宗时追谥"武穆",宁宗时追封鄂王。岳飞留下的文学作品不多,却充满爱国激情,为人千古传诵。有《岳武穆集》。

满 江 红[①]

写 怀

怒发冲冠[②],凭栏处,潇潇雨歇[③]。抬望眼,仰天长啸,壮怀激烈。三十功名尘与土[④],八千里路云和月[⑤]。莫等闲,白了少年头,空悲切[⑥]。 靖康耻[⑦],犹未雪;臣子恨,何时灭。驾长车踏破,贺兰山缺[⑧]。壮志饥餐胡虏肉,笑谈渴饮匈奴血。待从头、收拾旧山河[⑨],朝天阙[⑩]。

清黄邦宁校刊本《岳忠武王文集》卷八

①这首词当作于宋高宗绍兴初年,以直抒胸臆的形式表达刚强不屈的民族气节和灭敌复国的必胜信心,"千载下读之,凛凛有生气焉"(陈廷焯《白雨

斋词话》)。　②怒发冲冠:语出《史记·蔺相如列传》:"相如因持璧却立,倚柱,怒发上冲冠。"形容极度愤怒之状。　③潇潇:雨声。　④"三十"句:谓年逾三十,功名有所建立,却不足论道。　⑤"八千"句:将来的征途尚遥远而艰巨。据《宋史·岳飞传》,作者曾对部下云:"直抵黄龙府,与诸君痛饮耳!"此作下片也有类似语。　⑥"莫等闲"三句:是基于上述两句感慨之上的自勉,兼勉人。　⑦靖康耻:钦宗靖康元年,金兵陷汴京,次年掳徽、钦二帝北去,北宋亡。　⑧贺兰山:在今宁夏回族自治区境内。这里乃泛指北方的山岭。缺:即山缺,山与山之间的空缺处。　⑨从头收拾:犹言重新修整、修复。　⑩朝天阙:朝见皇帝。天阙,宫门。

二九　张孝祥

张孝祥(1132—1169),字安国,号于湖居士,历阳乌江(今安徽和县)人。宋高宗绍兴二十四年(1154)举进士第一,历官中书舍人、建康留守、广南西路经略安抚使、荆南、荆湖北路安抚使等职。积极主张抗金北伐,曾因此被免职。张孝祥工诗文,尤以词著称,风格雄丽清旷,悲壮慷慨,上承苏轼,下启辛弃疾,在当时有着很高的声誉。有《于湖词》、《于湖居士文集》。

六州歌头[①]

长淮望断[②],关塞莽然平[③]。征尘暗,霜风劲,悄边声[④]。黯销凝[⑤]。追想当年事[⑥],殆天数,非人力。洙泗上,弦歌地,亦膻腥[⑦]。隔水毡乡[⑧],落日牛羊下,区脱纵横[⑨]。看名王宵猎[⑩],骑火一川明。笳鼓悲鸣,遣人惊。　念腰间箭,匣中剑,空埃蠹[⑪],竟何成。时易失,心徒壮,岁将零,渺神京[⑫]。干羽方怀远[⑬],静烽燧[⑭],且休兵。冠盖使[⑮],纷驰骛,若为情[⑯]?闻道中原遗老,常南望,翠葆霓旌[⑰]。使行人到此,忠愤气填膺,有泪如倾。

《四部丛刊》本《于湖居士文集》卷三一

①宋孝宗隆兴元年(1163),宋军北伐失败,朝内主和派得势,通使与金议

和。次年冬，和议成。这首词当作于议和期间。张孝祥时任建康(今南京)留守。词的上片写北方沦陷区的凄凉景况及敌军的骄横行径，下片感慨壮志难酬，并对朝廷的议和之举表示了极大悲愤。全词激昂慷慨，一气贯注，富有强烈的感染力，据说当时主战派大将张浚读后深受震撼，竟连饭也吃不下去了(见《说郛·朝野遗记》)。 ②长淮：即淮河，当时为宋金的分界线。此句为总领，直贯上片末。 ③莽然：苍莽，广远貌。 ④"征尘暗"三句：描写边境地区一片凄零，悄然无声，暗示着已放弃了抗击。 ⑤黯销凝：伤感出神。 ⑥当年事：指中原沦陷。 ⑦"洙泗上"三句：感慨礼乐之邦陷于敌手。洙泗，洙水和泗水，流经山东曲阜，孔子曾在这里授徒讲学，倡导以礼、乐治国。膻腥，牛羊的腥臊气。喻指金人已占领洙泗之地。 ⑧毡乡：指金人占领区。北方民族居住在毡帐里，故称。 ⑨区(ōu 欧)脱：土堡，供警戒用。 ⑩名王：指金兵的将领。宵猎：夜间打猎。 ⑪空埃蠹：白白地积满灰尘，生出蛀虫。 ⑫神京：指汴京城。 ⑬干羽：古代乐舞使用的舞具，干为盾牌，羽即雉鸡毛。怀远：对边远少数民族实行怀柔政策。《尚书·大禹谟》记载，虞舜"舞干羽于两阶"，不久有苗(古部族名)便来归顺。此处用以指宋朝廷与金讲和，带讽刺意。 ⑭烽燧：边塞上用以报警的烟火。 ⑮冠盖使：议和的使臣。 ⑯若为情：何以为情。 ⑰翠葆霓旌：指皇帝的车驾。翠葆，用翡翠鸟羽毛装饰的车盖。霓旌，彩色的旌旗。

念 奴 娇[①]

过洞庭

洞庭青草[②]，近中秋，更无一点风色。玉鉴琼田三万顷[③]，着我扁舟一叶。素月分辉，明河共影[④]，表里俱澄澈[⑤]。悠然心会[⑥]，妙处难与君说。　　应念岭表经年[⑦]，孤光自照[⑧]，肝肺皆冰雪[⑨]。短发萧骚襟袖冷[⑩]，稳泛沧浪空阔。尽挹西江[⑪]，细斟北斗[⑫]，万象为宾客[⑬]。扣舷独啸[⑭]，不知今夕何夕。

《四部丛刊》本《于湖居士文集》卷三一

①宋孝宗乾道二年(1166),张孝祥在静江府(今广西桂林)任上遭谗言罢官,北归过洞庭湖时,作此词。词描写洞庭月色,同时又是词人心灵世界的真诚剖白,在湖光月色与作者的心境之间存在一种对应和默契的关系。风格接近苏轼。　②青草:青草湖,与洞庭湖相通,总称为洞庭湖。　③玉鉴琼田:形容湖水莹澈,在月光下如同镜面和玉石一样。　④明河共影:明河即银河。此句是说天上的银河与水中的银河彼此辉映。　⑤表里:内外、上下。　⑥悠然心会:在心中油然地得到一种领悟。　⑦岭表经年:在岭南度过了一年。岭表,岭外,广西在五岭南面,故云。表,原本作"海",据别本改。　⑧孤光自照:孤月独照。　⑨肝肺皆冰雪:形容自己光明磊落,心怀坦荡。　⑩萧骚:一作"萧疏",指头发减少了。　⑪尽挹(yì 义)西江:把长江的水当作酒来喝。挹,原本作"吸",据别本改。西江,长江来自西边,故称西江。　⑫细斟北斗:把北斗星当作舀酒勺子。　⑬万象:这里指天上的星辰。　⑭啸:原本作"笑",据别本改。

三〇　范成大

范成大(1126—1193),字致能,号石湖居士,吴郡(今江苏苏州)人。宋高宗绍兴二十四年(1154)进士。曾奉命使金,冒死守节,不辱使命。先后在静江(今桂林)、成都、明州(今宁波)、金陵(今南京)等处任职,官至参知政事。晚年归隐苏州的石湖。范成大为南宋著名诗人,其诗题材广泛、内容丰富,最突出的是抒发爱国情感和描写乡村生活的作品。艺术上取法唐宋诸名家,而为己所用,风格清新婉峭。与陆游、杨万里、尤袤并称“中兴四大家”。有《石湖居士诗集》。

后催租行[①]

老父田荒秋雨里,旧时高岸今江水[②]。佣耕犹自抱长饥[③],的知无力输租米[④]。自从乡官新上来,黄纸放尽白纸催[⑤]。卖衣得钱都纳却[⑥],病骨虽寒聊免缚[⑦]。去年衣尽到家口[⑧],大女临岐两分首[⑨];今年次女已行媒[⑩],亦复驱将换升斗。室中更有第三女,明年不怕催租苦!

《四部丛刊》本《石湖居士诗集》卷五

①此诗作于诗人在徽州任司户参军期间。在这之前作者已写过一首《催

租行》,故这首题为《后催租行》。诗采用老农的语气,控诉租赋剥削的残酷,描写农民生活的悲惨,着语不多却极为沉痛。 ②"旧时"句:原来田地在岸堤之上,现在已被江水淹没。 ③佣耕:给地主当长工。 ④的知:确知。 ⑤黄纸:指皇帝免租的诏书。白纸:指地方官吏催租的公文。⑥纳却:缴完,纳了。 ⑦免缚:免于被绑缚到衙门里去受鞭罚。 ⑧衣尽到家口:衣物典尽,只得卖家口。 ⑨岐:通"歧",岔路口。 ⑩行媒:说合婚姻。

州 桥①

南望朱雀门②,北望宣德楼③,皆旧御路也。

州桥南北是天街④,父老年年等驾回。忍泪失声询使者:"几时真有六军来⑤?"

《四部丛刊》本《石湖居士诗集》卷一二

①作者于乾道六年(1170)出使金朝,所到皆有题咏,得纪行诗七十二首,皆为七言绝句形式。这是其中的一首,乃过汴京时所作。诗中以记述的方式表达中原人民渴望恢复的心情。州桥,正名天汉桥,在汴京宫城南,架于汴河上。 ②朱雀门:汴京的正南门。 ③宣德楼:宫城正南的门楼,金改称承天门。由宣德楼向南,经州桥至朱雀门,这条路通称为御路。 ④天街:也即御路。 ⑤六军:古代天子有六军,这里指宋朝的军队。

四时田园杂兴①(六十首选四)

淳熙丙午②,沉疴少纾③,复至石湖旧隐。野外即事,辄书一绝,终岁得六十篇,号《四时田园杂兴》。

土膏欲动雨频催[④],万草千花一饷开[⑤]。舍后荒畦犹绿秀,邻家鞭笋过墙来[⑥]。

①这组诗作于淳熙十三年(1186),作者在家乡养病期间。诗共六十首,按节候分为春日、晚春、夏日、秋日、冬日五组,每组十二首,都取七言绝句的形式,从各个侧面生动地反映出农民全年的劳作和日常生活,表达他们心中的喜乐哀愁,像一幅长卷的农村风俗图画,在反映农村生活的深度和广度上都突破了前人,成为古代田园诗的一块里程碑。 ②淳熙丙午:即淳熙十三年(1186)。 ③沉疴少纾:重病稍解。纾,缓和,解除。 ④土膏欲动:指泥土中的温润之气开始蒸发。这首诗属"春日"。 ⑤一饷:同"一晌",指短暂的时间。 ⑥"邻家"句:邻居家的竹笋从地下伸到墙这边冒出头来。鞭笋,竹根叫鞭,横向生长,笋自鞭生,故称鞭笋。赞宁《笋谱》云:"谚云:'东家种竹,西家理地。'谓其滋蔓而来生也。"

昼出耘田夜绩麻[①],村庄儿女各当家[②]。童孙未解供耕织[③],也傍桑阴学种瓜。

①绩麻:捻麻线或麻绳。这首诗属"夏日"。 ②各当家:各当一面、各占一行的意思。 ③供:从事,参加。

采菱辛苦废犁锄[①],血指流丹鬼质枯[②]。无力买田聊种水[③],近来湖面亦收租。

①菱:水中植物,果实外壳有角,肉可食,称菱角。这首诗属"夏日"。 ②鬼质:形容颜貌憔悴枯瘦,不像人形。 ③种水:在水面种植,如前句言种菱。

新筑场泥镜面平,家家打稻趁霜晴。笑歌声里轻雷动[1]，一夜连枷响到明[2]。

《四部丛刊》本《石湖居士诗集》卷二七

①轻雷：形容打稻子的声音。这首诗属于“秋日”。　②连枷：又作“连耞”，打稻脱粒的农具，有一长柄，以轴联枷板，举而翻枷击稻，使粒脱穗。

三一　杨万里

杨万里(1127—1206),字廷秀,号诚斋,吉州吉水(今江西吉水)人。宋高宗绍兴二十四年(1154)进士,历任太常博士、秘书监、江东转运副使等职。坚决主张抗金,为人刚直不阿,因触忤权相,退职家居十五年,以忧愤国事而卒。杨万里一生作诗甚富,创作道路曲折多变,初学江西派,再学王安石及晚唐作家,最后一切摒弃,转向师法自然,随兴而发,形成了新鲜活泼、通俗自然的“诚斋体”,在南宋诗坛上别树一帜。作品多以描写自然景物为主,也有表达爱国情感和关心农民疾苦的篇章。有《诚斋集》。

插　秧　歌[①]

田夫抛秧田妇接,小儿拔秧大儿插。笠是兜鍪蓑是甲[②],雨从头上湿到胛[③]。唤渠朝餐歇半霎[④],低头折腰只不答。秧根未牢莳未匝,照管鹅儿与雏鸭[⑤]。

《四部丛刊》本《诚斋集》卷一三

①宋孝宗淳熙六年(1179)春,作者离常州任,返家途中经过衢州(今属浙江),作此诗。诗中描写当地农民一家四口在雨中插秧的情景,语言通俗而风趣,表现了南方乡村的民情民风。　②兜鍪:作战用的头盔。　③胛(jiǎ 甲):肩胛。　④渠:他。半霎:片刻。　⑤“秧根”二句:莳(shì 事),移植(稻秧)。匝(zā 扎),周遍,完毕。二句当为田夫嘱咐家人之语。

初入淮河四绝句[①](选二)

船离洪泽岸头沙[②],人到淮河意不佳。何必桑乾方是远[③],中流以北即天涯。

①淳熙十六年(1189)冬,杨万里奉命北上迎接金朝使者,行到作为宋金分界的淮河时,诗人心潮起伏,难以平静,于是写下了这组诗。原作四首,这里选录第一首和第四首。　②洪泽:湖名,在今江苏与安徽之间,与淮河相通。　③桑乾:河名,又名永定河,源出山西朔县,东经内蒙古、河北,入运河。过去那里才是边防前线。

中原父老莫空谈[①],逢着王人诉不堪[②]。却是归鸿不能语,一年一度到江南[③]。

《四部丛刊》本《诚斋集》卷二七

①"中原"句:此句为反话,意谓中原父老不要向宋朝使臣诉说盼望恢复之类的话,因为南宋朝廷并无北上抗金的决心,这些诉说只能成为空谈。②王人:皇帝的使臣,这里包括作者本人在内。　③"却是"二句:以鸿雁的自由来去反衬南北两地人民的失望和怨恨。

桑茶坑道中[①]

清明风日雨干时,草满花堤水满溪。童子柳荫眠正着,一牛吃过柳阴西[②]。

《四部丛刊》本《诚斋集》卷三四

①这首诗作于诗人任职江东期间,原作有八首,这里选其第七首。诗以生动、诙谐的笔触写出了乡村生活那种恬然、纯朴的情趣。桑茶坑,在安徽泾县境内。 ②“一牛”句:此句的妙处在于牛和柳荫都在移动,牛由东向西吃草,而柳荫却是由西向东转移,显示日头已经偏西。只有牧童全然不觉,他也许正做着美梦。

三二　陆　游

陆游(1125—1210),字务观,号放翁,越州山阴(今浙江绍兴)人。二十九岁(1153)参加进士考试,名列前茅,因遭秦桧忌恨,被除名。秦桧死后才出仕,先后任枢密院编修、镇江通判等职。四十六岁(1170)入蜀任夔州通判,在蜀中八年,先后于蜀州、嘉州、荣州、成都等地任职,曾一度亲临西北前线。这段生活对其诗歌创作产生巨大影响,使他真正领略到了"诗家三昧"。东归后担任过福建、江西等处的地方官,因开仓赈济灾民和写诗倡言恢复,两度被罢官。晚年退居家乡。

陆游是南宋伟大的爱国诗人,他的作品贯穿始终的主题和灵魂是爱国。在强烈的现实主义精神和深沉的忧患情结方面,他接近于杜甫;而澎湃的热情、瑰丽的想象方面,又与李白相似。陆游一生创作诗篇近万首,风格丰富多样,前期以豪迈为主,后期多写乡村生活,趋向于平淡,主导风格则是雄丽奔放。散文和词也取得了很高的成就。有《渭南文集》、《剑南诗稿》。

游山西村①

莫笑农家腊酒浑②,丰年留客足鸡豚③。山重水复疑无路,柳暗花明又一村。箫鼓追随春社近④,衣冠简朴古风存。从今若许闲乘月⑤,拄杖无时夜叩门⑥。

汲古阁本《剑南诗稿》卷一

①乾道二年(1166),陆游因支持抗战、鼓吹北伐,在隆兴通判任上被罢官,返回故乡山阴。此诗作于次年春。诗中赞美乡村优美的风景、古朴的习俗及村民的淳厚热诚,在赞美中作者也表达了对生活的反省和体悟,暗寓着对前途的乐观和信心。其中第二联是被人传诵不绝的名句。 ②腊酒:去年腊月里酿制的酒。浑:浑浊,表示酒的质地不纯。 ③"丰年"句:以菜肴的丰足表现村民的热诚。豚,小猪。 ④春社:古代以立春以后第五个戊日为春社日,在这天祭祀土地神以祈丰年。此句谓人们在箫鼓乐声中来来往往,忙着迎接社日。 ⑤闲乘月:晚上乘着月光出外闲游, ⑥无时:即随时,无定时。

剑门道中遇微雨[①]

衣上征尘杂酒痕,远游无处不消魂[②]。此身合是诗人未?细雨骑驴入剑门[③]。

汲古阁本《剑南诗稿》卷三

①诗作于宋孝宗乾道八年(1172)冬,陆游离开南郑前线,在成都府赴任途中。辞句很通畅,并不难懂,却耐人寻味。作者当时的心情是复杂的,一切复杂的感受都被作者诗意化地表达出来。有人认为这首作品是陆游七绝诗中"最上峰者"(陈衍《石遗室诗话》卷二七)。剑门,亦名剑阁、剑门关,在今四川剑阁县北,处于大剑山和小剑山之间,形势险要。 ②消魂:黯然神伤。 ③"此身"二句:唐代流传有不少诗人骑驴的故事,如李白、杜甫、孟浩然、李贺、贾岛等,诗人郑綮说"诗思在灞桥风雪中驴子背上"(见计有功《唐诗纪事》卷六五引)。陆游自己在雨中骑驴,便自然而然地联想起了这些故事,于是向自己发问。一个本来以英雄自许的人发现自己只能写写诗发点牢骚,其感受当然是很复杂的。

长　歌　行[①]

人生不作安期生[②]，醉入东海骑长鲸；犹当出作李西平[③]，手枭逆贼清旧京[④]。金印煌煌未入手[⑤]，白发种种来无情[⑥]。成都古寺卧秋晚[⑦]，落日偏傍僧窗明。岂其马上破贼手，哦诗长作寒螀鸣[⑧]？兴来买尽市桥酒，大车磊落堆长瓶[⑨]。哀丝豪竹助剧饮[⑩]，如巨野受黄河倾[⑪]。平时一滴不入口，意气顿使千人惊。国仇未报壮士老，匣中宝剑夜有声。何当凯还宴将士，三更雪压飞狐城[⑫]。

汲古阁本《剑南诗稿》卷五

①这首诗的题目原是古乐府的篇名。诗作于淳熙元年(1174)，诗人在成都任上。当时调离南郑前线已有两年，杀敌报国理想不能实现，诗人内心充满了悲愤，此诗即表达了这种情绪。作品借酒发兴，一气奔泻，意象飞驰，悲而能壮，是作者七言古体的代表作。　②安期生：古代传说中的仙人，秦始皇东游时曾与他交谈，自称住在蓬莱仙山上(见《列仙传》)。　③李西平：唐代名将李晟，德宗时平定朱泚叛乱，收复长安，被封为西平王。　④枭(xiāo肖)：斩首悬挂以示众。逆贼，指朱泚。旧京：指唐都长安。　⑤煌煌：光辉闪闪貌。　⑥种种：头发短少的样子。《左传·昭公三年》卢蒲嫳云："余发如此种种"。杜预注曰："种种，短也。"　⑦古寺：指成都多福院，时陆游寓居于此。　⑧寒螀：寒蝉，临秋之蝉。　⑨磊落：错落堆积貌。⑩哀丝豪竹：指悲壮的乐曲。丝、竹，泛指弦管乐器。　⑪巨野：古大泽名，在今山东巨野县东北。据《史记·河渠书》载，汉武帝元光年间，黄河决口，河水东南注入巨野。　⑫飞狐城：古代的关隘，是河北平原与北方边郡间的交通咽喉，在今河北涞源县北、蔚县南。也称飞狐口、飞狐关。

关　山　月[①]

和戎诏下十五年[②]，将军不战空临边。朱门沉沉按歌舞[③]，厩马肥死弓断弦。戍楼刁斗催落月[④]，三十从军今白发。笛里谁知壮士心[⑤]，沙头空照征人骨。中原干戈古亦闻，岂有逆胡传子孙[⑥]！遗民忍死望恢复[⑦]，几处今宵垂泪痕。

汲古阁本《剑南诗稿》卷八

①这首诗的题目属汉乐府《横吹曲》篇名。诗作于淳熙四年(1177)，陆游在成都任上时。全诗借一位守边老军士的口吻，控诉和戎政策的恶果，抒发了战士蹉跎岁月的悲愤，以及中原父老盼望恢复的心情，内容深广，语语沉痛，音韵铿锵有力，具有极强的感染力。　②"和戎"句：隆兴二年(1164)，宋金签订"隆兴和议"，至写此诗时的淳熙四年(1177)，相距十四年。"十五年"是举其整数。　③朱门：指后方朝中显贵。沉沉：深邃貌。按：打拍子。④刁斗：军中的用具，白天可以做饭，夜里则用以打更。　⑤"笛里"句：《关山月》本为笛曲，意谓在这支曲调中寄托着战士报国无路的悲愤，可是又有谁能理解？　⑥"岂有"句：慨叹金人占有中原时间之久。　⑦遗民：指金政权统治下的汉族人民。

小　　园[①]（四首选一）

小园烟草接邻家，桑柘阴阴一径斜[②]。卧读陶诗未终卷，又乘微雨去锄瓜[③]。

汲古阁本《剑南诗稿》卷一三

①淳熙七年(1180),陆游在江西抚州任上因擅自开仓赈灾,被罢官回乡。此诗即作于次年春天。作品描写在故乡自寻其乐的耕读生活,饶有陶渊明诗之意趣,音韵上又具唐诗圆润和谐之美。原作四首,这里选其第一首。②桑柘(zhè 这):桑树和柘树,其叶均可喂蚕。 ③"卧读"二句:陆游《读陶诗》有"我诗慕渊明,恨不造其微。雨馀锄瓜垄,月上坐钓矶"句。

临安春雨初霁[①]

世味年来薄似纱[②],谁令骑马客京华?小楼一夜听春雨,深巷明朝卖杏花。矮纸斜行闲作草[③],晴窗细乳戏分茶[④]。素衣莫起风尘叹,犹及清明可到家[⑤]。

汲古阁本《剑南诗稿》卷一七

①淳熙十三年(1186)作者六十二岁时,奉召至临安,授命权知严州(今浙江建德),此诗即作于逗留京师期间。诗中表达了厌倦官场生活和急于归乡的心情。其中"小楼"一联享有盛名,它包含一种带着怀旧意绪的伤春之情,跟"年来"之"世味"形成对比。临安,即南宋的都城,今浙江杭州。 ②世味:社会上的人情世态。 ③矮纸:短纸。斜行(xíng 形):指笔在纸上运走的情形。作者《作字》诗云:"整整复斜斜,翩如风际鸦。书成半行草,眼倦正昏花。"作草:作草书。陆游善长草书。 ④细乳:沏茶时水面浮起的白色细沫。分茶:宋朝人流行的茶道,此处可理解为品茶。 ⑤"素衣"二句:陆机《为顾彦先赠妇》诗有"京洛多风尘,素衣化作缁"之句,又陈与义《和张矩臣水墨梅》诗有"相逢京洛浑依旧,惟恨缁尘染素衣"之句,这里陆游借用其意,表示不愿在京师污染的空气中多住,打算清明节前赶回家去。

书　　愤[①]

早岁那知世事艰[②],中原北望气如山[③]。楼船夜雪瓜洲渡[4]，铁马秋风大散关[5]。塞上长城空自许[6]，镜中衰鬓已先斑。《出师》一表真名世，千载谁堪伯仲间[7]！

汲古阁本《剑南诗稿》卷一七

①这首诗作于诗人六十二岁（1186）闲居故乡山阴时。诗中对自己的一生作了回顾，抒发了因壮志未酬鬓发已斑而生的悲愤之情。全诗沉郁顿挫，起伏转折，浑然一气，被称为陆游七律诗的压卷之作。 ②世事艰：指抗金复国的事业不断受到投降派的阻挠和破坏。 ③气：指收复中原的志气。如山：喻其壮伟坚定。 ④“楼船”句：指当年在镇江任通判时的经历。作者本人在《焦山题名》中写道：“烽火未息，望风樯战舰在烟霭间，慨然尽醉。”瓜洲渡，在镇江北岸，运河入长江处。 ⑤“铁马”句：指在南郑前线的经历。大散关，在今宝鸡市西南大散岭上。 ⑥塞上长城：南朝时刘宋名将檀道济伐北魏有功，自称“万里长城”。这里作者引以自表心迹。 ⑦“出师”二句：赞颂诸葛亮的知难而进，坚持北伐，千载之下，无人能与他相比。蜀汉后主建兴五年（227），诸葛亮率军伐魏，临行，上《出师表》给刘禅，表明心迹，中有“北定中原”、“兴复汉室”等话语。作者这里是借赞颂诸葛亮来表达自己不甘衰老、依然渴望为国立功的心情；同时，也是借古讽今，讥刺朝中无人主持北伐，致使英雄无用武之地。名世，名传后世。伯仲，兄弟间的长幼次序。长为伯，次为仲，后引申为衡量人物的等次。杜甫《咏怀古迹》：“伯仲之间见伊吕。”

秋夜将晓出篱门迎凉有感[1]（二首选一）

三万里河东入海[2]，五千仞岳上摩天[3]。遗民泪尽胡尘里[4]，南望王师又一年[5]！

汲古阁本《剑南诗稿》卷二五

①此诗作于绍熙三年（1192）作者退居家乡时，表现了诗人魂系中原，时

刻不忘北方人民的拳拳爱国之心。原诗二首,这里选其第二首。 ②三万里河:夸张地描写黄河之长。 ③五千仞岳:夸张地形容中原泰、恒、华、嵩诸山之高。 ④遗民:指金政权统治下的汉族人民。胡尘:金人占领区的烟尘。 ⑤王师:帝王派出的军队。这里指宋朝的军队。

十一月四日风雨大作[①](二首选一)

僵卧孤村不自哀,尚思为国戍轮台[②]。夜阑卧听风吹雨,铁马冰河入梦来[③]。

汲古阁本《剑南诗稿》卷二六

①这首诗亦作于绍熙三年(1192),时作者已六十八岁,虽闲居荒村,报国之心却依旧炽热。原诗二首,这里选其第二首。 ②轮台:今新疆维吾尔自治区轮台县,自汉以来便成为边防重镇。这里乃泛指边疆。 ③“夜阑”二句:作者另一首诗《秋雨渐凉有怀兴元》之三中有“忽闻雨掠蓬窗过,犹作当时铁马看”句,与此处同意。夜阑,夜深。

沈　园[①](二首选一)

城上斜阳画角哀[②],沈园非复旧池台。伤心桥下春波绿,曾是惊鸿照影来[③]。

汲古阁本《剑南诗稿》卷三八

①这是悼念前妻唐琬之作。陆游与唐琬婚后十分恩爱,因陆母的反对和胁逼被迫离异。后二人偶遇于沈园,陆游当时在园壁上题了《钗头凤》一词,唐琬因此忧愤而死。庆元五年(1199),陆游七十五岁时重游故地,写下此诗。

原作二首，这里选其第一首。沈园，山阴（今浙江绍兴市）城西南的一处园林。②画角：饰有花纹和彩绘的号角。　　③惊鸿：比喻女子体态的轻盈。曹植《洛神赋》中形容洛水女神，有“翩若惊鸿，婉若游龙”之句。

示　　儿①

死去元知万事空②，但悲不见九州同③。王师北定中原日，家祭无忘告乃翁④。

汲古阁本《剑南诗稿》卷八五

①这首诗是诗人的绝笔，作于嘉定二年（1210）。在离开这个忧患的世界之前，陆游留下了自己无穷的希望。　　②元知：原知。　　③九州同：指全国统一。古代中国分为冀、兖、青、徐、扬、荆、豫、梁、雍九州，故常以九州代指中国。　　④乃翁：你的父亲。

钗　头　凤①

红酥手，黄縢酒②，满城春色宫墙柳③。东风恶④，欢情薄，一怀愁绪，几年离索⑤。错，错，错！　　春如旧，人空瘦，泪痕红浥鲛绡透⑥。桃花落，闲池阁。山盟虽在，锦书难托。莫，莫，莫⑦！

《宋六十名家词》本《放翁词》

①这首词包含着一个悲剧性的爱情故事。据周密《齐东野语》卷一载：“陆务观初娶唐氏，闳之女也，于其母夫人为姑侄。伉俪相得，而弗获于其姑。既出，而未忍绝之，则为别馆，时时往焉。姑知而掩之，虽先知挈去，然事不得

隐，竟绝之，亦人伦之变也。唐后改适同郡子（赵）士程。尝以春日出游，相遇于禹迹寺南之沈氏园。唐以语赵，遣致酒肴。翁怅然久之，为赋《钗头凤》一词，题园壁间。实绍兴乙亥岁（1155）也。”这首词在极尽感伤的同时，对破坏美满婚姻的封建家长制度，表示了极度的愤慨和抗议。　②“红酥手”二句：叙写唐琬以酒肴款待陆游。红酥手，红润而白嫩的手。黄滕（téng 腾）酒，又名黄封酒，一种官酿的米酒。　③宫墙柳：绍兴原为古代越国的都城，宋高宗时也一度以此为行都，故称当地柳树为宫墙柳。　④东风恶：喻指其母对美好姻缘的破坏。　⑤离索：离散索居。　⑥“泪痕”句：泪水湿透了手帕。红，指血泪。浥（yì 义），润湿。鲛绡，神话传说中鲛人（即美人鱼）所织的丝绢。后人用以指丝织的手帕。　⑦莫莫莫：罢了，不再说下去了。表示极度的伤心和绝望。

诉衷情[①]

当年万里觅封侯[②]，匹马戍梁州[③]。关河梦断何处[④]，尘暗旧貂裘[⑤]。　胡未灭，鬓先秋[⑥]，泪空流。此生谁料，心在天山[⑦]，身老沧洲[⑧]。

《宋六十名家词》本《放翁词》

①这首词是作者晚年家居时所作。上片回顾当年从军南郑的往事，下片抒发身老田园的悲愤，短短几句写尽了自己爱国的一生。　②觅封侯：寻求建立功勋的机会。　③梁州：今陕西汉中一带，因梁山而得名。以上二句回忆自己四十八岁时在汉中南郑前线的一段战斗生活。　④关河：关塞、河防。　⑤尘暗旧貂裘：貂裘因主人长期闲居南方而成为无用之物，积满了灰尘。　⑥鬓先秋：鬓发早白，如染秋霜。　⑦天山：在今新疆维吾尔自治区境内，为汉唐时的边疆。这里指南宋西北前线。　⑧沧洲：水边之地，古人常用以指隐居的处所。这里借指诗人家乡的镜湖。

卜 算 子[①]

咏 梅

驿外断桥边[②]，寂寞开无主。已是黄昏独自愁，更着风和雨[③]。　无意苦争春，一任群芳妒。零落成泥碾作尘[④]，只有香如故。

《宋六十名家词》本《放翁词》

①这是一首咏物词，通过描写孤高、芳洁的梅花来象征作者自己坚持信仰、不屈从于逆境的节操。　②驿：古代设在大道边供旅人休息、住宿的地方。　③着：这里是添、加的意思。　④碾：压碎。

三三 辛弃疾

辛弃疾(1140—1207),字幼安,号稼轩,历城(今山东济南)人。宋高宗绍兴三十一年,中原掀起抗金高潮,辛弃疾聚集二千人,参加耿京领导的抗金起义军,任掌书记之职。不久军中叛徒张安国杀耿京降金,辛弃疾星夜急驰,率众闯入金营,生擒张安国归宋。南归后,历任湖北、湖南、江西安抚使等职,力主北上抗金,反对投降、妥协。于湖南任上组建过飞虎军,“雄镇一方,为江上诸军之冠”(《宋史·辛弃疾传》),为当政者忌恨,被劾罢职,退居江西上饶、铅山近二十年。其间曾两度被起用,但时间都不长,最后带着一腔悲恨,抑郁而终。

辛弃疾是南宋伟大的爱国词人,他继承和发展了苏轼的豪放词风,使之成为南宋词坛的主流。辛词题材广泛、内容丰富,充溢着满腔的爱国激情和壮志难酬的悲愤,风格纵横慷慨,沉郁顿挫,富有充沛的气势。艺术上敢于突破前人,借鉴诗、文等艺术手法,大大拓宽了词抒情、写意和状物的能力。在以豪放风格为主的同时,也兼有清新平淡、委婉隽永之作,部分作品刚、柔互融相济,艺术上蔚为大观。有一些作品存在过于散文化的偏向。现存词六百馀首,有《稼轩长短句》和《稼轩词》,邓广铭作有《稼轩词编年笺注》。

水　龙　吟[①]

登建康赏心亭

楚天千里清秋[②]，水随天去秋无际。遥岑远目[③]，献愁供恨，玉簪螺髻[④]。落日楼头，断鸿声里[⑤]，江南游子。把吴钩看了[⑥]，栏干拍遍，无人会、登临意。　休说鲈鱼堪鲙，尽西风，季鹰归未[⑦]？求田问舍，怕应羞见，刘郎才气[⑧]。可惜流年，忧愁风雨，树犹如此[⑨]。倩何人、唤取红巾翠袖[⑩]，揾英雄泪。

古典文学出版社影印元本《稼轩长短句》卷五

①此词作于淳熙元年(1174)，作者在建康(今南京)担任江东安抚司参议官时。一说作于乾道五年(1169)。南归十年，辛弃疾一直没有施展宏图、复国立功的机会，他的一腔忠愤无人知晓。词人登高眺远，在这首作品中表达了英雄失意的悲慨之情。赏心亭，在建康下水门城楼上，下临秦淮河，是一处观览胜地。　②楚天：长江中下游一带古时属楚国，故云。　③遥岑：远山。　④“献愁”二句：远处的山峦如美人头上的碧玉簪和螺状发髻，尽管妩媚娇好，却只能惹起人的满腹愁恨。　⑤断鸿声：失群孤雁的鸣叫声。⑥吴钩：古代吴国铸造的一种弯形的刀，极锋利。这里借指词人所带的佩剑。⑦“休说”三句：表示不愿弃官归隐，享受清闲。季鹰，晋张翰字，他在洛阳做官，见秋风起，思念吴中鲈鱼的美味，于是弃官而归(见《晋书·张翰传》)。鲙，通“脍”，细切鱼肉。　⑧“求田”三句：意谓在国难当头时购置田产，经营安乐窝，当为天下英雄耻笑。刘郎，指刘备。《三国志·魏书·陈登传》记载，刘备批评许汜说：“君有国士之名，今天下大乱，帝王失所，望君忧国忘家，有救世之意，而君求田问舍，言无可采。”　⑨“可惜”三句：感叹时光流逝，青春不

在，而功业尚未成就。树犹如此，晋桓温北伐，途经金城，见当年手植柳树已长至十围，感慨地说："木犹如此，人何以堪！"（见《世说新语·言语》）。⑩"倩何人"句：再次回应"无人会"的悲慨。红巾翠袖，指歌女。宋时酒席上多用歌妓劝酒，故云。

菩　萨　蛮[①]

书江西造口壁

郁孤台下清江水[②]，中间多少行人泪[③]！西北望长安[④]，可怜无数山[⑤]。　　青山遮不住，毕竟东流去[⑥]。江晚正愁余，山深闻鹧鸪[⑦]。

古典文学出版社影印元本《稼轩长短句》卷一一

①造口，在今江西万安县西南六十里，皂口溪入赣江处。此词作于淳熙二、三年（1175—1176）间，辛弃疾任江西提点刑狱，驻节赣州时。上片追忆四十多年前金兵南下追踪隆祐太后（哲宗皇后，高宗伯母）至造口，大肆侵扰赣西一带的往事，下片表达恢复中原的坚定信心以及壮志未酬、不受重用的苦闷。作品运用了比兴手法，借水怨山，含蓄蕴藉，又悲壮郁勃，艺术上别具一种魅力。　②郁孤台：在今江西赣州市西南，是一座郁然独峙的小山，下临赣江，唐宋时为当地名胜之一。清江：赣江与袁江合流处旧称清江，这里指赣江。　③行人：当年在金兵追赶下奔走流亡的人群。　④长安：指北宋故都汴京。　⑤可怜：可惜、可叹。此句既是实景描写，同时又暗喻抗敌复国的事业阻碍重重。　⑥"青山"二句：意谓青山虽然构成了重重屏障，遮住了人们瞻望故都的视线，但却遮不住江水奔腾向东并最终汇入鄱阳湖的势头。东，原作"江"，据别本改。　⑦"江晚"二句：传说鹧鸪声类"但南不北"，且声调悲凉而凄切，故作者闻而生思乡之愁。北宋张咏《闻鹧鸪》诗云："北客南来心未稳，数声相对在前村。"

摸 鱼 儿

淳熙己亥，自湖北漕移湖南，同官王正之置酒小山亭，为赋①。

更能消、几番风雨②，匆匆春又归去。惜春长怕花开早，何况落红无数。春且住③，见说道，天涯芳草无归路④。怨春不语⑤。算只有殷勤，画檐蛛网，尽日惹飞絮⑥。　长门事，准拟佳期又误。蛾眉曾有人妒。千金纵买相如赋，脉脉此情谁诉⑦？君莫舞。君不见，玉环飞燕皆尘土⑧。闲愁最苦⑨。休去倚危栏，斜阳正在、烟柳断肠处⑩。

古典文学出版社影印元本《稼轩长短句》卷五

①此词一题作“暮春”，或“春晚”。淳熙六年(1179)春，辛弃疾奉命由湖北转运副使改调湖南转运副使，他的同僚和友人王正之在鄂州(今武汉)官署内的小山亭为其治酒饯行，辛弃疾于是写下此词。全篇采用了屈原《离骚》香草美人的比兴手法，上片通过抒写对春意阑珊的惋惜之情表达了对南宋国势的忧虑，下片以宫怨的形式对朝内得势的小人们进行了斥责。作者在同年所写的《论盗贼札子》中说：“臣孤危一身久矣”，“生平刚拙自信，年来不为众人所容，顾恐言未脱口而祸不旋踵。”可见词中所言受人忌恨之辞乃为实况。据罗大经《鹤林玉露》甲编卷一说，孝宗见此词“颇不悦，然终不加罪”。此词风格外柔内刚，沉郁顿挫，颇有回肠荡气之效，是辛词的代表作之一。漕，漕司，宋时称主管漕运的转运使为漕司。　②消：经受。　③且住：暂时留下来。　④“见说”二句：听说芳草生长到了天边，遮断了春天的归路。见说道，听说，据说。　⑤怨春不语：惋惜春在无言中消失。　⑥“算只有”三句：以蛛网沾惹柳絮的无奈举动表示自己的绝望。这里柳絮象征着飘逝的春天。一说为小人装点门面，故作媚春状。　⑦“长门事”五句：据《文选·长

门赋序》,陈皇后失宠于汉武帝,幽居长门宫,闻司马相如善文,以千金请作《长门赋》。武帝读后感悟,于是陈皇后再度受宠。事实上《长门赋》非司马相如作,陈皇后也未再度受宠。这里作者只是借以抒怀。蛾眉,借指美人。《离骚》:"众女嫉余之蛾眉兮,谣诼谓余以善淫。" ⑧玉环:杨贵妃的小名,唐玄宗宠幸的妃子,后死于马嵬坡兵变中。飞燕:赵飞燕,汉成帝宠爱的皇后,失宠后废为庶人,自杀身亡。以上三句乃警告朝廷中当权得势的小人。⑨闲愁:受人冷落、不被重用的苦恼。 ⑩"斜阳"句:喻指南宋国势的衰微。

青玉案[①]

元夕

东风夜放花千树[②],更吹落、星如雨[③]。宝马雕车香满路[④]。凤箫声动[⑤],玉壶光转[⑥],一夜鱼龙舞[⑦]。 蛾儿雪柳黄金缕[⑧],笑语盈盈暗香去[⑨]。众里寻他千百度,蓦然回首,那人却在,灯光阑珊处[⑩]。

古典文学出版社影印元本《稼轩长短句》卷七

①词写元宵节夜晚繁华热闹的景况,但用意却不在繁华本身,而在于反衬作者心境的孤独,以及为寻找知音而生发的超脱世俗的爱情。此作极可能是一首情词,但决不仅仅在写恋情。梁启超认为此词"自怜幽独,伤心人别有怀抱"(梁令娴《艺蘅馆词选》丙卷引语),是深有见地的。 ②花千树:指树上扎满了彩灯,如鲜花盛开。一说为燃放的焰火。可能二者兼有。 ③星如雨:指焰火落下时有如满天星雨。 ④宝马雕车:装饰华丽的车马。⑤凤箫:箫的美称,因排箫的形状像凤翼而得名。这里泛指各种乐器。⑥玉壶:华灯的一种。据周密《武林旧事·元夕》载:"福州所进,纯用白玉,晃耀夺目,如清冰玉壶,爽彻心目。" ⑦鱼龙舞:指舞龙灯、鱼灯之类的民间

娱乐活动。　⑧蛾儿雪柳：皆为女子头上的装饰。《武林旧事·元夕》载："元夕节物，妇人皆戴珠翠、闹蛾、玉梅、雪柳。"黄金缕：以金为饰的雪柳，即李清照《永遇乐》词中的"捻金雪柳"。　⑨暗香：女子身上散发的幽香，这里喻指美人。以上两句系描写结伴上街观灯的一群群打扮入时的妇女。⑩阑珊：零落、稀少。以上二句描写作者寻找的那位美人独自一人在冷落、昏暗的地方伫立，与那些喧笑嘻闹、结伴而去的人们截然不同。

清　平　乐[①]

茅檐低小，溪上青青草[②]。醉里吴音相媚好[③]，白发谁家翁媪[④]？　大儿锄豆溪东，中儿正织鸡笼。最喜小儿亡赖[⑤]，溪头卧剥莲蓬[⑥]。

古典文学出版社影印元本《稼轩长短句》卷一〇

①此词一名"村居"，作于词人退居江西上饶时。作品以朴素、自然的语言描绘了一幅南方乡村的生活图画，意境清新，饶有风趣。　②溪上青青草：这是描写茅屋门前的景况。　③吴音：吴地口音，作者居住的信州旧属吴地，故称。相媚好：指互相打趣。　④媪（ǎo 袄）：老年妇女。　⑤亡赖：调皮、任性。亡，通"无"。　⑥卧：原本作"看"，据别本改。

破　阵　子[①]

为陈同甫赋壮词以寄之

醉里挑灯看剑，梦回吹角连营。八百里分麾下炙[②]，五十弦翻塞外声[③]。沙场秋点兵[④]。　马作的卢飞快[⑤]，弓如霹雳弦惊[⑥]。了却君王天下事[⑦],赢得生前身后名。可怜白发生!

古典文学出版社影印元本《稼轩长短句》卷八

①陈同甫即陈亮,作者的挚友。这首词作于淳熙十五年(1188)陈、辛二人在上饶相会之后。词中抒发了英雄迟暮、壮志难酬的悲愤之情。作者采用的是虚实对比的手法,由现实进入梦境,再由梦境跌回现实,反差强烈,郁气回转,艺术上极有特色。　②八百里:牛名。《世说新语·汰侈》载,晋朝王恺有一头心爱的牛,名八百里驳(bó 驳),王济与他比射,用此牛作赌。结果王济获胜,遂杀牛作炙。此句是说梦见让部队分食牛肉。八百里也兼指当年军营分布之广,声势之壮大。　③五十弦:即瑟,有五十根弦。这里泛指军中的乐器。翻:演奏。　④沙场秋点兵:秋天在战场上检阅军队。⑤的卢:一种烈性的快马。相传刘备在荆州遭遇危难时,所骑的卢马一跃三丈,带他脱离了险境。　⑥霹雳:雷声,这里用以比喻弓弦的响声。⑦天下事:指统一江山的大业。

西　江　月[①]

夜行黄沙道中

明月别枝惊鹊[②],清风半夜鸣蝉。稻花香里说丰年,听取蛙声一片。　七八个星天外,两三点雨山前。旧时茆店社林边,路转溪桥忽见[③]。

古典文学出版社影印元本《稼轩长短句》卷一〇

①这首词作于退居上饶期间。黄沙岭,在江西上饶的西面。词描写当地农村夏夜的景象,语言活泼而自然,充满着对乡间生活的喜爱。　②"明

月”句：指乌鹊因月光明亮而栖止不安。苏轼《次韵蒋颖叔》诗有“月明惊鹊未安枝”句。　③“旧时”二句：转过溪桥之后，原来熟悉的茅店突然出现在眼前。茆，通“茅”。社林，靠近土地庙的树林。见，通“现”。

水　龙　吟[①]

过南剑双溪楼

举头西北浮云[②]，倚天万里须长剑[③]。人言此地，夜深长见，斗牛光焰[④]。我觉山高，潭空水冷，月明星淡。待燃犀下看，凭栏却怕，风雷怒、鱼龙惨[⑤]。　峡束苍江对起，过危楼，欲飞还敛[⑥]。元龙老矣，不妨高卧，冰壶凉簟[⑦]。千古兴亡，百年悲笑，一时登览[⑧]。问何人又卸，片帆沙岸，系斜阳缆[⑨]。

古典文学出版社影印元本《稼轩长短句》卷五

①南剑为宋时州名，州治在南平（今福建南平）。双溪楼在南平城东，楼下有澄潭，是游览胜地。王象之《舆地纪胜·南剑州》载：“剑溪环其左，樵川带其右，二水交通，汇为澄潭，是为宝剑化龙之津。”这首词作于辛弃疾在福建任安抚使期间。作品借宝剑化龙的传说表达了驱敌复国的壮志以及年岁渐老、志不获伸的悲愤。它的特色在于想象奇异，借助神话构造意境；沉雄悲壮，却又步步顿挫，造成了辛词特有的艺术风格。　②西北浮云：语意双关，既是写景，也暗喻中原地区为金人所占领。　③“倚天”句：要用倚天长剑来扫除西北的浮云。宋玉《大言赋》：“长剑耿耿倚天外。”　④“人言”三句：传说这里深夜常常看到直冲天空的宝剑光焰。据《晋书·张华传》及《拾遗记》载，晋人张华见斗、牛二星座间常有紫气，得知为剑光，于是命雷焕任丰城令，去当地寻找，果然从地下掘得两剑，一为龙泉，一为太阿。两人各佩一把。张华

死后，其剑也随之消失。后雷焕子带剑过剑溪，宝剑忽然发出鸣叫，从腰间跃出，飞入水中。及入水寻找，只见双龙盘于潭下，目光如电，于是不敢再前去拿取。　⑤“待燃犀”三句：意谓打算点燃犀角下寻宝剑，又怕惊起鱼龙，兴风作浪。古人以为点燃犀角可以照见水中妖怪。《晋书·温峤传》记江州刺史温峤路过牛渚矶，闻说其中多妖，于是燃犀下照，须臾见水中诸怪皆来灭火，个个奇形异状。惨，凶狠。　⑥“峡束”三句：写剑溪、樵川二水汇合后，水势益壮，但又受到峡谷的约束，不得不有所收敛。　⑦“元龙”三句：以陈登自比，表示要退隐不问时事。元龙，即陈登，字元龙，汉末人。少有扶世济民之志，遭逢天下大乱。一次陈汜去见他，陈登见其无忧国之心，言无可采，便不再与他交谈，“自上大床卧，使客卧下床”（见《三国志·魏书·陈登传》）。冰壶凉簟（diàn 店），一壶冷酒，一领凉席，比喻过闲适自在的生活。　⑧“千古”三句：因登览高楼而引起兴亡之叹。　⑨“问何人”三句：意谓又有人解帆系缆，准备来此登临。暗含打算归隐之意。

鹧　鸪　天[①]

有客慨然谈功名，因追念少年时事，戏作。

壮岁旌旗拥万夫，锦襜突骑渡江初[②]。燕兵夜娖银胡䩮[③]，汉箭朝飞金仆姑[④]。　追往事，叹今吾。春风不染白髭须[⑤]。却将万字平戎策[⑥]，换得东家种树书[⑦]。

古典文学出版社影印元本《稼轩长短句》卷九

①据刘祁《归潜志》卷八载，此词作于辛弃疾后期“退闲”期间。作品上片追忆二十三岁时夜闯金营，活捉叛将张安国，突骑渡江的战斗经历，下片抒发壮志难酬，英雄迟暮的感慨。所谓“戏作”，其实是以自嘲的方式对自身的处境表示不满。　②“壮岁”二句：回忆当年率众起义以及带军渡江的情景。锦襜（chān 搀）突骑（jì 记），精锐的锦衣骑兵。锦襜，锦衣，即织有锦绣的短上衣。　③燕兵：指金兵。娖（chuò 辍）：整理。一说捉、握的意思。银胡䩮

(lù 录):镶银的箭筒。胡簶,又作胡簶。《玉篇·竹部》:"胡簶,箭室。" ④金仆姑:一种良箭名。唐卢纶《和张仆射〈塞下曲〉》之一:"鹫翎金仆姑,燕尾绣蝥弧。"以上两句描写当年南归途中与金兵激战的情形。 ⑤"春风"句:意谓春风能使万物恢复青春,却无法使我的须发变黑。欧阳修《圣无忧》词有"春风不染髭须"句。 ⑥平戎策:抗金复国的良策。作者南归后,曾上《美芹十论》与《九议》,陈述抗金谋略,但未受重视。 ⑦"换得"句:意谓一腔报国激情、才略,竟换来种树、种田这样的下场。东家,指东邻的农家。

南乡子[①]

登京口北固亭有怀

何处望神州[②]?满眼风光北固楼。千古兴亡多少事,悠悠,不尽长江滚滚流[③]。 年少万兜鍪[④],坐断东南战未休。天下英雄谁敌手?曹刘[⑤]。生子当如孙仲谋[⑥]。

古典文学出版社影印元本《稼轩长短句》卷八

①这首词作于宋宁宗开禧元年(1205),时辛弃疾六十六岁,久废后再起,任镇江知府。词写登高所见所感,抒发了胸中久久积蓄的一腔豪气。此作多借用古人诗、文中原句,而浑然一体,不见痕迹,倍见艺术功力。京口,即今江苏镇江市,三国时孙权曾在此建都。北固亭,在京口城北的北固山上,下临长江。 ②神州:指北方中原地区。 ③"不尽"句:杜甫《登高》诗:"无边落木萧萧下,不尽长江滚滚来。"此句以江水写历史上的兴亡变迁。 ④年少:指孙权。孙权十九岁为吴主,开始统率大军,赤壁之战时,才二十七岁。兜鍪(móu 谋):头盔,此处代指士兵。 ⑤"天下"二句:意谓只有曹操和刘备才堪称孙权的敌手。《三国志·蜀书·蜀先主传》载:"曹公从容谓先主曰:'今天下英雄,唯使君与操耳。'" ⑥"生子"句:《三国志·吴书·吴主传》引《吴历》载,曹操与孙权对垒,曹操见吴军装备齐全,军容整肃,喟然叹云:"生

子当如孙仲谋，刘景升（表）儿子（刘琮）若豚犬耳。”仲谋，孙权的字。

永 遇 乐[①]

京口北固亭怀古

千古江山，英雄无觅，孙仲谋处[②]。舞榭歌台，风流总被，雨打风吹去[③]。斜阳草树，寻常巷陌，人道寄奴曾住[④]。想当年，金戈铁马，气吞万里如虎[⑤]。　元嘉草草，封狼居胥，赢得仓皇北顾[⑥]。四十三年，望中犹记，烽火扬州路[⑦]。可堪回首，佛狸祠下，一片神鸦社鼓[⑧]。凭谁问：廉颇老矣，尚能饭否[⑨]？

古典文学出版社影印元本《稼轩长短句》卷五

①此词与上一首《南乡子》作于同时、同地，情怀也相似。作者采用层层铺叙的手法，广泛引用典故，借古喻今，除了抒发老当益壮的英雄情怀之外，还对当权者的轻率冒进表示忧虑。此作内涵深厚，气魄非凡，风格悲壮、沉郁，被人誉为辛词的压卷之作。　②“千古”三句：意谓江山依旧，英雄孙仲谋（孙权）却无处寻觅。　③“舞榭”三句：当年的繁华气象以及英雄的流风馀韵都被历史的风雨冲刷掉了。　④寄奴：南朝宋武帝刘裕的小名。刘裕早年在这里起兵北伐，曾一度收复中原大片国土，后推翻东晋，建立刘宋政权。　⑤“想当年”三句：刘裕当年曾两度北伐，先后灭南燕、后秦，并收复洛阳、长安等地。　⑥“元嘉”三句：元嘉，宋文帝刘义隆年号。刘义隆好大喜功，自称有“封狼居胥意”，命王玄谟仓促北伐，结果大败而归，文帝登楼北望，深感后悔（参看《南史·宋文帝纪》）。这里是借古喻今，警告当权者韩侂胄。狼居胥，山名，在内蒙古自治区西北部，汉代大将霍去病曾追击匈奴，至狼居胥，封山而还。　⑦“四十三年”三句：辛弃疾于绍兴三十二年（1162）

南归，至写作此词时的开禧元年(1205)，正是四十三年。四十三年前，金兵大举南侵，扬州一带烽火不断。　⑧佛狸(bìlí 毕离)祠：北魏太武帝拓拔焘(小字佛狸)的庙。王玄谟北伐失败，拓拔焘曾率兵追赶至长江北岸的瓜步山(今江苏六合东南)，并于山上建立行宫，后改为太武庙，即佛狸祠。神鸦：庙里吃祭品的乌鸦。此句暗喻北方大片地区已长期不属于我所有。　⑨"凭谁问"三句：作者以廉颇自比，谓年岁虽老，雄心犹在，却得不到朝廷的重视。廉颇为赵国名将，后遭人谗害，出奔魏国。秦攻赵，赵王欲起用廉颇，使人前去探问。廉颇一饭斗米、肉十斤，并披甲上马，以示能战。但使者受到仇家贿赂，还报赵王："廉将军虽老，尚善饭，然与臣坐，顷之，三遗矢(屎)矣。"赵王以为老，遂不召。事见《史记·廉颇蔺相如列传》。

三四　陈　亮

陈亮(1143—1194),字同甫,号龙川,婺州永康(今属浙江)人。才气超迈,喜谈兵。曾三度上书,力主抗战,反对和议。虽屡遭嫉恨陷害,志气不衰。他是南宋中期著名的哲学家兼政治家,倡导事功之学,反对空谈性命。光宗时登进士第,未赴官而卒。陈亮与辛弃疾为挚友,词风也相近,尤好作议论,而文采略嫌不足。有《龙川文集》、《龙川词》。

水调歌头①

送章德茂大卿使虏

不见南师久②,漫说北群空③。当场只手,毕竟还我万夫雄④。自笑堂堂汉使,得似洋洋河水,依旧只流东⑤。且复穹庐拜,会向藁街逢⑥。　　尧之都,舜之壤,禹之封,于中应有,一个半个耻臣戎⑦!万里腥膻如许⑧,千古英灵安在,磅礴几时通⑨?胡运何须问⑩,赫日自当中⑪!

上海古籍出版社版夏承焘《龙川词校笺》上卷

①孝宗淳熙十二年(1185)冬,宋朝遣章德茂出使金国,贺金主生辰,陈亮作此词为之送行。词中充溢着强烈的民族自豪感和自信心。冯煦《蒿庵论

词》评曰:“忠愤之气,随笔涌出,并足以唤醒当时聋聩,正不必论词之工拙也。”章德茂,即章森,时任户部尚书,相当于秦汉时的九卿,故称大卿。使虏,指出使金国。 ②南师:南宋的北伐之军。 ③漫说:别说,休说。北群空:语出韩愈《送温处士赴河阳军序》:“伯乐一过冀北之野,而马群遂空。”此处喻指宋朝无人才。陈亮《上教宗皇帝第一书》云:“南师之不出,于今几年矣!河洛腥膻,而天地之正气郁而不得泄。岂以堂堂中国,而五十年之间无一豪杰之能自奋哉!其势必有时而发泄矣。”可与此处语意相生发。
④“当场”二句:颂扬章森有胆有略,能独当一面。只手,独自出手,单枪匹马。指章森出使。穹庐,北方民族居住的圆形帐篷,此处指金廷。 ⑤“自笑”三句:意谓堂堂汉使岂能像河水东朝于海那样永远向金屈服呢。得似,哪得似。或认为喻指章森必不屈使命,全节而归,如河水依旧东流,也通。
⑥藁(gǎo搞)街:汉时的长安街名,是外来使节居住之处。《汉书·陈汤传》载,陈汤出使西域,假托朝廷命令发兵斩匈奴郅至单于,并奏请“悬头藁街蛮夷邸间,以示万里,明犯强汉者虽远必诛”。此两句为劝慰章森语,姑且向金主低头,总有一天会复仇雪耻。 ⑦“尧之都”五句:意谓中原地区是华夏始祖所居之地,其中一定会有耻于向金人称臣的志士。封,封疆。 ⑧腥膻如许:指中原被金人长期占领,受到了玷污。 ⑨“千古”二句:谓英烈们的磅礴之气何时才能得到伸张。千古英灵,指千百年先圣忠烈们的英魂。磅礴,指浩然的正气。 ⑩“胡运”句:金朝的命运用不着问,必将灭亡。
⑪“赫日”句:以中天之日象征南宋朝廷的强大和不可战胜。

三五　刘　过

刘过(1154—1206),字改之,号龙洲道人,吉州太和(今属江西)人。平生以功业自许,力主抗战,曾数次上书陈述恢复方略,不用。应举,亦不中,遂流落江湖间。晚年依友人客居昆山。能诗词,受到陆游、辛弃疾、陈亮的推重。其词尤著名,豪迈奔放,境界阔大,后人归其为辛派作家。有《龙洲集》、《龙洲词》。

贺　新　郎[①]

弹铗西来路[②],记匆匆、经行数日,几番风雨。梦里寻秋秋不见,秋在平芜远渚[③]。想雁信、家山何处[④]?万里西风吹客鬓,把菱花、自笑人憔悴[⑤]。留不住,少年去。　男儿事业无凭据[⑥],记当年、击筑悲歌[⑦],酒酣箕踞[⑧]。腰下光铓三尺剑,时解挑灯夜语[⑨]。更忍对、灯花弹泪?唤起杜陵风雨手[⑩],写江东、渭北相思句[⑪]。歌此恨,慰羁旅。

《彊村丛书》本《龙洲词》卷下

①此词作于作者流转江湖期间,抒发功业未酬、漂泊孤寂的悲愤,风格悲凉跌宕,回荡吞吐,为刘过词之代表作。　②弹铗(jiá 夹):战国时冯谖为孟尝君门客,因未受主人重视,遂弹剑而歌"归来"。这里作者是慨叹自己的奔走旅途,求依于人。铗,剑。　③"梦里"二句:谓一直想观赏高远的秋景,这回在西来的旅途当中真正地领略到了。　④"想雁信"句:希望大雁

传信，可是家乡遥远，音信全无。 ⑤“万里”二句：意谓异地飘流，容颜憔悴，年岁已老。菱花，铜镜，因背面有菱花纹而得名。 ⑥凭据：把握，依据。 ⑦击筑悲歌：战国末荆轲赴秦，众人为之送行，高渐离击筑，荆轲和而歌(参看《史记·刺客列传》)。这里作者以抗秦英雄荆轲、高渐离自比。筑，一种古乐器。 ⑧“酒酣”句：当写荆轲、高渐离的狂放不羁。《史记·刺客列传》：“荆轲嗜酒，日与狗屠及高渐离饮于燕市。酒酣以往，高渐离击筑，荆轲和而歌于市中，相乐也。已而相泣，旁若无人者。”又有认为写阮籍者。《世说新语·简傲》云，曹魏诗人阮籍在大将军司马昭的宴会上，“箕踞啸歌，酣放自若”。箕踞，一种简傲不恭敬的坐姿，两腿前伸，形状如箕。 ⑨“时解”句：夜间常解下佩剑，在灯下与它谈话。 ⑩杜陵风雨手：指杜甫。杜《寄李十二白二十韵》诗有“笔落惊风雨，诗成泣鬼神”句。 ⑪江东、渭北：杜甫《春日忆李白》诗有“渭北春天树，江东日暮云”句，抒写与李白的相思之情。这里用以怀念友人，自慰寂寥。

三六 姜 夔

姜夔(1155? —1209?),字尧章,号白石道人,饶州鄱阳(今江西波阳)人。终生布衣,未入仕途。早年随父寓居湖北。结识诗人萧德藻后,随萧移居浙江湖州。以后又往来于苏、皖一带,结交名公巨卿、诗人词客,依人周济为生。虽常困窘,却闲适洒脱,自得其趣。晚年卒于杭州,贫不能葬。姜夔具有多方面的艺术才华,诗、词、书法皆擅长,词的成就最高。其词多写个人情事,间有家国身世之感,风格趋向清空、幽冷。艺术上讲究声律,韵调协美,又受到辛弃疾以及江西诗派的影响,运健笔写柔情,一定程度上融合了刚柔两种词风,在南宋后期影响较大。有《白石道人诗集》、《白石道人歌曲》。

扬 州 慢①

淳熙丙申至日②,予过维扬③。夜雪初霁,荠麦弥望④。入其城则四顾萧条,寒水自碧。暮色渐起,戍角悲吟。予怀怆然,感慨今昔,因自度此曲。千岩老人以为有《黍离》之悲也⑤。

淮左名都⑥,竹西佳处⑦,解鞍少驻初程⑧。过春风十里⑨,尽荠麦青青。自胡马窥江去后⑩,废池乔木,犹厌言兵⑪。渐黄昏,清角吹寒⑫,都在空城。　杜郎俊赏⑬,算而今、重到须惊。纵豆蔻词工,青楼梦好,难赋深情[14]。二十四桥仍在[15],波心荡、冷月无声。念桥边红药[16],年年知为谁生。

上海古籍出版社版夏承焘《姜白石词编年笺校》卷一

①这是一首姜夔的自度曲,描写路经扬州看到的金兵劫掠后的残破、荒败景象,抒发感乱伤时的情怀。此作是姜夔词中现实性较强、艺术造诣较高的名篇。　②淳熙丙申至日:宋孝宗淳熙三年(1176)的冬至日。　③维扬:扬州的别称。　④荠麦:荠菜和麦子。一说为野生麦子。弥望:满眼。⑤千岩老人:萧德藻,字东夫,晚年自号千岩老人。南宋著名诗人。姜夔是他的侄婿。《黍离》之悲:故国荒废的悲叹。参见前张元干《贺新郎》注。⑥淮左名都:扬州在宋朝属淮南东路,又称淮左。　⑦竹西佳处:扬州城东禅智寺附近有竹西亭。杜牧《题扬州禅智寺》:"谁知竹西路,歌吹是扬州。"⑧初程:旅程的最初阶段。　⑨春风十里:形容昔日扬州的繁华。杜牧《赠别》诗有"春风十里扬州路,卷上珠帘总不如"句。　⑩胡马窥江:宋高宗建炎三年(1129),金兵占领扬州,焚劫一空;绍兴三十一年(1161),二次攻占扬州,城池再度被毁坏。此处所指当是第二次,时隔也已有十五年。　⑪"废池"二句:写园林荒芜,池台废败,古木残立,仿佛都还在表达对战争的厌恶和恐惧。　⑫清角:声调凄凉的号角。　⑬杜郎:即杜牧。俊赏:精于鉴赏、品评。　⑭"纵豆蔻"三句:意谓杜牧虽有出众的诗才,却难以表达今天的悲怆之情。豆蔻词工,杜牧《赠别》诗:"娉娉袅袅十三馀,豆蔻梢头二月初。"乃题咏扬州的艳情诗。青楼梦好,杜牧《遣怀》诗:"十年一觉扬州梦,赢得青楼薄幸名。"　⑮二十四桥:唐时扬州本有二十四座桥,传说曾有二十四美人吹箫于此,故名。又一说谓二十四桥(一作廿四桥)即吴家砖桥,一名红药桥,横跨扬州西门街东西两岸。参见沈括《梦溪笔谈·补笔谈》卷三和李斗《扬州画舫录》卷一五。此处所指,与后说相吻合。杜牧《寄扬州韩绰判官》诗有"二十四桥明月夜,玉人何处教吹箫"句。　⑯红药:即芍药花,花大而美,类似牡丹。扬州盛产芍药,曾被称为天下奇花(参看刘攽《芍药谱序》)。

点　绛　唇[①]

丁未冬过吴松作

燕雁无心[②]，太湖西畔随云去。数峰清苦，商略黄昏雨[③]。　第四桥边[④]，拟共天随住[⑤]。今何许，凭栏怀古，残柳参差舞。

上海古籍出版社版夏承焘《姜白石词编年笺校》卷二

①孝宗淳熙十四年(1187)冬，也即丁未冬，作者自湖州往苏州见范成大，道经吴松时，作此词。吴松即吴淞江，俗名苏州河，是太湖的支流，经吴江、苏州等地，至上海入黄浦江。词中表达了厌倦漂泊、干求，欲隐居而不得的苦闷心情。词以写景为主，旨意含蓄。陈廷焯《白雨斋词话》卷二云："无穷哀感，都在虚处。"　②燕雁无心：羡慕飞鸟的无忧无虑，自由自在。燕雁，犹说北雁，"燕"是地名词。　③"数峰"二句：凄清的山峰相对而立，似乎在暮霭中酝酿下雨。　④第四桥：在吴江城外，又名甘泉桥。据《苏州府志》卷三四载，甘泉桥一名第四桥，"以泉品居第四也"。　⑤天随：唐末诗人陆龟蒙，字鲁望，号天随子，隐居松江甫里，常放舟游于江湖间。姜夔十分羡慕他。

暗　　香[①]

辛亥之冬[②]，予载雪诣石湖[③]。止既月[④]，授简索句[⑤]，且征新声[⑥]，作此两曲。石湖把玩不已，使工妓隶习之[⑦]，音节谐婉，乃名之曰《暗香》、《疏影》。

旧时月色，算几番照我，梅边吹笛。唤起玉人，不管清寒与攀摘[8]。何逊而今渐老，都忘却、春风词笔[9]。但怪得、竹外疏花，香冷入瑶席[10]。　　江国[11]，正寂寂。叹寄与路遥[12]，夜雪初积。翠尊易泣，红萼无言耿相忆[13]。长记曾携手处，千树压、西湖寒碧[14]。又片片、吹尽也，几时见得[15]？

上海古籍出版社版夏承焘《姜白石词编年笺校》卷三

①《暗香》与《疏影》是作者最有代表性的两首自度曲，二作皆咏梅花，调名取自林逋的《山园小梅》诗："疏影横斜水清浅，暗香浮动月黄昏。"所选的这首《暗香》借咏梅表达了一种怀旧情绪，其中包含对往日恋人的怀念，对逝去美好岁月的怀想，也包含了对流失的青春的惋惜。词中回忆和现实交织在一起，梅花和月色互融为一体，境界凄清幽美，弥漫着一股感伤情调，颇为动人。②辛亥：宋光宗绍熙二年(1191)。　③载雪：犹冒雪。石湖：范成大晚年居住在苏州西南的石湖，自号石湖居士。　④止既月：在范成大家住了一个月。　⑤授简：授予纸笔。　⑥且征新声：征求新的词调。　⑦隶(yì译)习：学习。隶，通"肄"。学习。　⑧"唤起"二句：在月色清寒、笛声悠扬的深夜里，唤起恋人，一起于美好的月光下攀摘梅花。此一番情景的回忆，与开首两句形成呼应。玉人，美人。指作者以前的恋人。　⑨"何逊"二句：何逊，南朝梁代诗人，在扬州任职时有《咏早梅》诗。杜甫《和裴迪登蜀州东亭送客逢早梅相忆见寄》诗有"东阁官梅动诗兴，还如何逊在扬州"句。这里作者以何逊自比，表示年岁渐老，往日的游赏兴致减退，面对梅花，再也写不出那么美妙的诗句来了。此两句与前两句一盛一衰，形成对比。　⑩香冷入瑶席：梅花的香气侵入室内坐席间。瑶席，坐席的美称。以上两句写竹外梅花，点出引人幽思的所在。　⑪江国：江畔之乡。　⑫叹寄与路遥：想把梅花寄给远方的爱人，却又感叹路途遥远。　⑬"翠尊"二句：意谓面对绿酒红梅，苦苦思念远方的爱人。　⑭"千树压"句：成片的花枝压在碧绿的湖水上。这里再次引入回忆，将繁花与人之欢会融在一起。　⑮"又片片"二句：以今天梅花的吹落暗喻与情人的分离。结语双关。

三七　史达祖

史达祖，字邦卿，号梅溪，河南开封人，生卒年不详。宋宁宗开禧年间为权相韩侂胄的堂吏，深受信任，文书皆出其手。北伐失败后，韩侂胄被诛杀，史达祖也被黥面流放。史达祖以词著称，长于咏物，风格奇秀清逸。有《梅溪词》。

双　双　燕[①]

咏　燕

过春社了[②]，度帘幕中间[③]，去年尘冷[④]。差池欲住[⑤]，试入旧巢相并。还相雕梁藻井[⑥]，又软语、商量不定[⑦]。飘然快拂花梢，翠尾分开红影。　　芳径。芹泥雨润[⑧]。爱贴地争飞，竞夸轻俊。红楼归晚[⑨]，看足柳昏花暝[⑩]。应自栖香正稳，便忘了天涯芳信[⑪]。愁损翠黛双蛾，日日画栏独凭[⑫]。

汲古阁本《梅溪词》卷二

①这是一首作者的自度曲，描写春天里的燕子，刻画入微，贴切逼真，达到了很高的艺术境地。或以为此作有寄托："讥不思恢复、宴安鸩毒之非，喻中原父老望眼欲穿之苦。"（陈匪石《宋词举》）可备一说。　②春社：古代乡村祭祀土地神的日子。在春分前后。　③度帘幕中间：燕子飞入垂下帘幕的屋子里去。　④去年尘冷：去年的旧巢布满灰尘，十分冷清。　⑤差

(cī 疵)池：燕子飞翔时羽翼参差不齐的样子。《诗经·邶风·燕燕》："燕燕于飞，差池其羽。" ⑥相(xiàng 象)：仔细地看。藻井：指宫室亭阁等的天花板上所装的绘有彩色图案的方格形装饰。 ⑦软语：形容燕子之间呢喃的对话。以上两句写燕子在旧巢前徘徊辨认，拿不定主意。 ⑧芹泥：燕子筑巢所用的泥。杜甫《徐步》："芹泥随燕嘴，花蕊上蜂须。" ⑨红楼：指富贵人家，也即燕子巢居之处。 ⑩柳昏花暝：春天里黄昏的景色。此句为前五句的总结，备受后人的称赏。 ⑪"应自"二句：意谓燕子在巢中睡得香甜，忘了给相思的人们传达讯息。 ⑫"愁损"二句：写闺中人因得不到音讯而愁苦自伤。

三八　刘克庄

刘克庄(1187—1269),字潜夫,号后村居士,莆田(今属福建)人。以世家子弟入仕。关心国事,直言敢谏,故屡遭挫折,曾四进四退。历官枢密院编修、广东提举、秘书少监、起居舍人、兵部侍郎,以龙图阁学士致仕。其诗初学晚唐,后学陆游,属江湖派作家;词则以豪放为主,是辛派词人中的佼佼者。作品最突出的特点是忧国伤时,充满爱国激情,颇多慷慨激昂、愤世嫉俗之作。词的成就超过诗,风格刚健,气势豪纵,不受格律束缚。艺术上进一步散文化,喜好用典,有自由晓畅的特长,亦不免流入粗疏。有《后村先生大全集》。

贺　新　郎[①]

送陈真州子华

北望神州路[②],试平章、这场公事[③],怎生分付[④]?记得太行山百万,曾入宗爷驾驭[⑤],今把作握蛇骑虎[⑥]。君去京东豪杰喜[⑦],想投戈下拜真吾父[⑧],谈笑里,定齐鲁[⑨]。　　两河萧瑟惟狐兔[⑩],问当年、祖生去后[⑪],有人来否?多少新亭挥泪客,谁梦中原块土[⑫]?算事业须由人做。应笑书生心胆怯，向车中、闭置如新妇[13]。空目送，塞鸿去[14]。

《彊村丛书》本《后村长短句》卷四

①这首词别本题作“送陈子华赴真州”，当作于理宗宝庆三年(1227)。陈子华即陈韡，有将帅才，曾知真州，主张联合义军抗金。真州即今江苏仪征，在长江北岸，当时为边防前线。词中对陈韡寄以厚望，希望他能北征立功，恢复失地；同时讽刺南宋当权者害怕民众，怯懦无能。词写得语壮气豪，杨慎《词品》卷五称“壮语亦可起懦”。　②神州：指中原地区。　③平章：评论、策划。这场公事：指抗金复国的大业。　④分付：处置。　⑤“记得”二句：《宣和遗事·后集》：“建炎三年，宗泽招降河南群盗，又募义士，合百馀万。”宗爷，即宗泽，曾任汴京留守。《宋史·宗泽传》：“泽威名旧著，北方闻其名，常尊惮之，对南人言必曰‘宗爷爷’。”又熊克《中兴小纪》卷一九载：“自靖康以来，中原之民不从金者，于太行山相保聚。”　⑥“今把”句：谓当今朝廷将联合义军共同抗金当作冒险的事情。握蛇骑虎，比喻做险事。　⑦京东：京东路，包括今河南东部、山东黄河以南及江苏北部地区。　⑧真吾父：南宋初，张用在江西造反，岳飞以书信晓喻利害，张得书叹服曰：“果吾父也！”(参见《宋史·岳飞传》)此句谓陈韡定会受到中原豪杰的拥戴。

⑨“谈笑里”二句：预言陈子华将会一举收复山东地区。陈子华此前曾提出过平定山东的规划(参见《宋史·陈韡传》)。齐鲁，春秋时山东分属齐鲁等国，故称。　⑩两河：两河路，即河北东路与河北西路，也即中原地区。惟狐兔：双关语，既指中原荒芜，野兽出没，也指金兵横行施虐。　⑪祖生：祖逖，晋元帝时统兵北伐，击败石勒，收复黄河以南地区。这里喻指南宋抗金名将宗泽、岳飞等人。　⑫“多少”二句：指责朝中士大夫们只会痛哭感叹，并无真正收复中原的壮志。新亭，在今南京市南面，东晋初过江名士常到此游宴，感叹时事，相对流泪(参见《世说新语·言语》)。　⑬“应笑”二句：自嘲不能上前线抗敌，并对对方表示羡慕和勉励。书生，作者自称。闭置如新妇，《梁书·曹景宗传》中曹景宗对亲近者说：“今来扬州做贵人，动转不得。路行开车幔，小人辄言不可。闭置车中，如三日新妇。”　⑭塞鸿：鸿雁生长北方边塞地区，故称。这里喻指陈子华北行。

清　平　乐[1]

五月十五夜玩月

风高浪快，万里骑蟾背[2]。曾识姮娥真体态[3]，素面元无粉黛[4]。　　身游银阙珠宫[5]，俯看积气濛濛[6]。醉里偶摇桂树[7]，人间唤作凉风。

《彊村丛书》本《后村长短句》卷五

①此题下原作有两首，这是第二首。作为咏月词，它的特色是驰骋想象，幻设出一个月中的世界，给人以美好的遐想。风格接近苏轼。　②"风高"二句：意谓骑在蟾蜍背上，于万里太空中遨游。蟾，蟾蜍，传说月中有蟾蜍。③姮娥：即嫦娥。《淮南子·览冥训》："羿请不死之药于西王母，姮娥窃以奔月。"高诱注曰："姮娥，羿妻。羿请不死之药于西王母，未及服之，姮娥盗食之，得仙，奔入月中，为月精也。"　④"素面"句：形容月光的素洁。李商隐《秋月》诗："姮娥无粉黛，只是逞婵娟。"姮娥又称素娥。　⑤银阙、珠宫：皆指月宫。苏轼《中秋见月和子由》诗："明月未出群山高，瑞光万丈生白毫。一杯未尽银阙涌，乱云脱坏如崩涛。"唐殷尧恭《府试中元观道流步虚》诗："玉洞花长发，珠宫月最明。"　⑥积气：指天空。颜之推《颜氏家训·归心》："天为积气，地为积块。"　⑦桂树：段成式《酉阳杂俎·前集》卷一云："旧言月中有桂，有蟾蜍。故异书言'月桂高五百丈'。"

三九　吴文英

吴文英(1207？—1269？),字君特,号梦窗,晚号觉翁,四明(今浙江宁波)人。一生未入科举。青年时曾在苏州做过仓台幕僚,以后一直以游士、清客的身份与官僚权贵交游,往来于苏州、杭州、绍兴等地。晚年困踬以死。其词注重形式美的追求,音律和协,词采秾丽,意象缜密,章法曲折,往往造成一种雕缋满眼又朦胧凄迷的艺术境界。内容除赠答之类外,多写个人私情,兼有伤时忧国之作。有《梦窗词》。

八声甘州[①]

灵岩陪庾幕诸公游

渺空烟四远[②],是何年、青天坠长星[③]？幻苍崖云树,名娃金屋,残霸宫城[④]。箭径酸风射眼[⑤],腻水染花腥[⑥]。时靸双鸳响,廊叶秋声[⑦]。　　宫里吴王沉醉[⑧],倩五湖倦客,独钓醒醒[⑨]。问苍天无语[⑩],华发奈山青[⑪]！水涵空[⑫],栏干高处,送乱鸦斜日落渔汀[⑬]。连呼酒,上琴台去[⑭],秋与云平。

《彊村丛书》本《梦窗词集》

①宋理宗绍定(1228—1233)年间,吴文英在苏州任仓台幕僚,这首词即

作于此时。灵岩为山名，在今苏州市西南，上有吴王宫遗址。这首词通过咏叹吴国古迹，曲折地表达了对南宋时局的忧虞之情。全作构想奇特，意境高远，寄托深沉，在吴文英集中堪称压卷之作。庾幕，即仓台幕府。庾，粮仓。②"渺空烟"句：极目远望，天空烟云一扫，渺无边际。 ③"是何年"句：什么时候天上落下这样一颗巨星。长星，指灵岩山。 ④"幻苍崖"三句：谓长星落地，幻化出青山丛林，以及吴国的一段兴衰历史。名娃，出名的美女，这里指西施。金屋，吴王夫差曾在灵岩山上为西施建馆娃宫。用《汉武故事》"金屋藏娇"的典故。残霸，春秋末期，吴王夫差曾一度北上，与晋国争霸中原，后为越国所败，霸业半途而废，故云。 ⑤箭径：即采香径（一作泾），在灵岩山前，香山傍，是一条小溪。吴王曾种香于香山，命宫人于溪中泛舟采香。溪笔直如箭，故名箭径。酸风：使人双眼酸痛的冷风。李贺《金铜仙人辞汉歌》："东关酸风射眸子"。 ⑥腻水：带有脂粉的水。染花腥：花也因腻水而沾染上了脂粉气味。杜牧《阿房宫赋》："渭流涨腻，弃脂水也。"
⑦"时靸（tā 他）"二句：意谓长廊上秋叶的坠地声使人联想起西施步履的声响。灵岩山上有响屧（xiè 谢）廊，上铺木板，廊下空虚，相传西施步屧绕廊，曾发出动听的声响（见《吴郡志》卷八《古迹》）。靸，拖鞋，这里用作动词。双鸳，指女子的绣鞋。 ⑧"宫里"句：指吴王夫差沉溺酒色，不修国政。
⑨"倩五湖"二句：谓只有范蠡一个人是清醒的，所以他能够独保其身。倩（qìng 庆），原意为请，用在这里有讽刺意，暗示吴国被越国所灭，是夫差自己招致的。五湖即太湖。五湖倦客，指范蠡，他助越灭吴后，乘扁舟泛五湖而去。独钓，借指隐居生活。醒醒，清醒的样子。 ⑩"问苍天"句：承起句而发问：为何会有这一段幻化的历史？苍天不答。 ⑪"华发"句：伤时且自伤之语。人不能长存世间，而历史却像青山，依旧一幕一幕地重复。
⑫水涵空：天空倒映在水中。灵岩山上有涵空阁，下临太湖。 ⑬"送乱鸦"句：既是写实景，又是对南宋局势的一种隐括。 ⑭琴台：吴国遗迹，在灵岩山西北绝顶。

风　入　松[①]

听风听雨过清明，愁草《瘗花铭》[②]。楼前绿暗分携路[③]，一丝柳、一寸柔情。料峭春寒中酒[④],交加晓梦啼莺[⑤]。

西园日日扫林亭,依旧赏新晴[⑥]。黄蜂频扑秋千索,有当时、纤手香凝[⑦]。惆怅双鸳不到,幽阶一夜苔生[⑧]。

《彊村丛书》本《梦窗词集》

①这首词一题作“春晚感怀”,抒发对一位离去的恋人的思念。词将回忆、幻觉与现实交织在一起,构成了一种情痴神迷的境界。 ②草:书写。瘗花:葬花。南朝庾信作有《瘗花铭》。此句以葬花、悼花的描写来暗寓与恋人分离的痛苦。 ③分携路:当年分手之路。 ④料峭:寒风尖利、刺骨。中酒:因饮酒过多而成病,又称“病酒”。 ⑤“交加”句:黄莺的啼声相互交杂,使人从晨梦中惊醒。 ⑥“依旧”句:赏春景还和往年一样。暗喻人事已发生了变化。 ⑦“黄蜂”二句:蜂儿不断扑向摇荡的秋千索,只因绳索上还留有当年恋人纤手留下的清香。 ⑧“惆怅”二句:盼望恋人的脚步,却总也不到,青苔又在一夜之中长满,遮盖了往日的踪迹。

唐 多 令[①]

何处合成愁?离人心上秋[②]。纵芭蕉不雨也飕飕[③]。都道晚凉天气好,有明月,怕登楼。 年事梦中休[④],花空烟水流。燕辞归,客尚淹留[⑤]。垂柳不萦裙带住,漫长是,系行舟[⑥]。

《彊村丛书》本《梦窗词集补遗》

①这首词一题为“惜别”,是作者于客中的送别之作。词写得疏朗、明快,与其他作品不同,可谓别具一格。 ②心上秋:将“愁”字拆为上下两个字来加以解说。此既是对前句的回应,又是为后面的秋景描写埋下伏笔。 ③飕飕:芭蕉叶发出的凄凉声音。 ④年事:年岁。 ⑤“燕辞归”二句:

“燕”在此处喻指相别之人。客，作者自称。淹留，久留。 ⑥“垂柳”三句：意谓柳枝不去拉住行人，却老是系住行舟不让行人返回。萦，缠绕。裙带，指行人。

四〇 文天祥

文天祥(1236—1282),字履善,又字宋瑞,号文山,庐陵(今江西吉安)人。宋理宗宝祐四年(1256)状元,官至右丞相,封信国公。曾出使元军谈判,被拘留,不久冒险脱身南归,在国势危殆的形势下,继续组织军队抗元,转战于赣、闽、岭南一带。后兵败被俘,坚贞不屈,于燕京从容就义。他的文学成就主要在诗歌方面。其诗分前后两期,以临安陷落为界。后期创作充满了炽热的爱国情感,慷慨激昂,悲凉沉痛,字字血泪写就,具有震撼人心的感染力。有《文山先生全集》。

过零丁洋①

辛苦遭逢起一经,干戈落落四周星②。山河破碎风抛絮,身世飘摇雨打萍③。惶恐滩头说惶恐④,零丁洋里叹零丁⑤。人生自古谁无死,留取丹心照汗青⑥。

《四部丛刊》本《文山先生全集》卷一四

①宋帝赵昺(bǐng丙)祥兴元年(1278)末,文天祥在海丰五坡岭被俘,被押解过零丁洋时,作此诗。次年(1279)春,元军都元帅汉奸张弘范挟文天祥攻厓山(在今广东新会县南大海中,为南宋最后据点),逼迫文天祥招降坚守厓山的张世杰。文天祥抄录了这首诗给他,作为对敌人逼降的回答。此诗写得大义凛然,深沉从容,最后两句笔力千钧,气薄云霄,是留传千古的名句。

零丁洋,亦作伶仃洋。广东中山市南有零丁山,山下的海面即零丁洋。②“辛苦”二句:追述自己的经历。遭逢,遭遇朝廷的选拔。此指作者以进士第一人起家。起一经,依靠精通儒家经书而登第。干戈,代指战争。落落,一作“寥落”,荒凉冷落。此指战争造成的破坏,也指自己的孤军奋战。四周星,一年为一周星,也有以十二年为一周星的,此用前者,意即四年。文天祥从德祐元年(1275)起兵勤王,至景炎三年(1278)即祥兴元年被俘,适为四年。③“山河”二句:国家的局势与个人的处境,恰如风吹柳絮,雨打浮萍,已难以挽救。　　④惶恐滩:又名黄公滩,在今江西万安县,水流险急,为赣江十八滩之一。端宗景炎二年(1277),文天祥在江西吉水附近兵败,经由惶恐滩,退往福建。此句是对当年往事的回忆。　　⑤零丁:孤苦无依的样子。此句是对当前被拘囚状况的感叹。　　⑥“人生”二句:表示将以死报国。汗青,史册的代称。上古无纸,记事用竹简。制作竹简时,须用火烤去竹片中的水分,也即竹汗,故称。

正　气　歌①

余囚北庭②,坐一土室③。室广八尺,深可四寻④。单扉低小,白间短窄⑤,污下而幽暗⑥。当此夏日⑦,诸气萃然⑧:雨潦四集⑨,浮动床几,时则为水气⑩。涂泥半朝⑪,蒸沤历澜⑫,时则为土气。乍晴暴热,风道四塞,时则为日气。檐阴薪爨⑬,助长炎虐,时则为火气。仓腐寄顿⑭,陈陈逼人⑮,时则为米气。骈肩杂沓⑯,腥臊汗垢,时则为人气。或圊溷⑰,或毁尸,或腐鼠,恶气杂出,时则为秽气。叠是数气,当侵沴,鲜不为厉⑱,而予以孱弱⑲,俯仰其间⑳,于兹二年矣㉑,无恙。是殆有养致然㉒,然尔亦安知所养何哉㉓?孟子曰:“我善养吾浩然之气㉔。”彼气有七,吾气有一,以一敌七,吾何患焉!况浩然者,乃天地之正气也。作《正气歌》一首。

天地有正气，杂然赋流形[25]；下则为河岳，上则为日星。于人曰浩然，沛乎塞苍冥[26]。皇路当清夷，含和吐明庭[27]。时穷节乃见，一一垂丹青[28]。在齐太史简[29]，在晋董狐笔[30]，在秦张良椎[31]，在汉苏武节[32]；为严将军头[33]，为嵇侍中血[34]，为张睢阳齿[35]，为颜常山舌[36]；或为辽东帽[37]，清操厉冰雪；或为《出师表》[38]，鬼神泣壮烈；或为渡江楫，慷慨吞胡羯[39]；或为击贼笏[40]，逆竖头破裂。是气所磅礴[41]，凛烈万古存[42]。当其贯日月，生死安足论。地维赖以立，天柱赖以尊[43]。三纲实系命[44]，道义为之根[45]。嗟予遘阳九[46]，隶也实不力[47]。楚囚缨其冠[48]，传车送穷北。鼎镬甘如饴[49]，求之不可得。阴房阒鬼火[50]，春院闷天黑[51]。牛骥同一皂[52]，鸡栖凤凰食[53]。一朝蒙雾露[54]，分作沟中瘠[55]。如此再寒暑[56]，百沴自辟易[57]。哀哉沮洳场[58]，为我安乐国。岂有他谬巧[59]，阴阳不能贼[60]！顾此耿耿在[61]，仰视浮云白[62]。悠悠我心悲，苍天曷有极[63]！哲人日已远[64]，典刑在夙昔[65]。风檐展书读，古道照颜色[66]！

《四部丛刊》本《文山先生全集》卷一四

①这首著名的长诗作于元世祖至元十八年(1281)，文天祥被押解到燕京(今北京)二年后。诗中热情颂扬了中华民族上下贯穿的那种博大刚正的精神，誉之为天地间的浩然正气，并列数了古代为正义而斗争、献身的人们，激励自己坚守民族气节，经受住任何严酷的考验。作品大义凛然，精光四射，具有震撼人心的力量。　②北庭：汉代以匈奴居住之地为北庭。这里指元都燕京。　③坐：意为居住。　④寻：八尺为一寻。　⑤白间：指窗。古时窗侧涂白，故名。　⑥污下：肮脏、低洼。　⑦夏日：指至元十七、十八年两年的夏季。　⑧萃(cuì 脆)然：聚集在一起。　⑨潦(lǎo 老)：雨水大貌。⑩时：通“是”。此，这。　⑪半朝：半个屋子。朝，本指官府的大堂，这里泛指屋子。或解为“潮”，也通。　⑫蒸沤：指污泥浸水而发酵，发出恶臭气味。历澜：指泥墙表面高低不平，如波澜起伏。　⑬爨(cuàn 窜)：烧火做饭。

⑭仓腐:仓中腐烂的粮食。寄顿:存放。 ⑮陈陈:指积压陈久而生的霉烂之气。语本《史记·平准书》:“太仓之粟,陈陈相因。” ⑯骈肩杂沓:多人杂居、拥挤貌。 ⑰圊溷(qīnghùn青混):厕所。 ⑱“当侵沴(lì厉)”二句:侵沴,相害,相伤。《汉书·五行志》:“气相伤,谓之沴。”厉,疾病。⑲孱(chán蝉)弱:身体瘦弱。 ⑳俯仰:抬头和低头,这里指生活。㉑二年:自至元十六年(1279)到至元十八年(1281)。 ㉒殆:大概。养:修养。此句谓这大概是修养所使然。 ㉓然尔:然而。 ㉔“我善养”句:语出《孟子·公孙丑上》。 ㉕赋:给予、授。流形:各种品类、形体,指宇宙间的万物。 ㉖沛乎:盛大的样子。苍冥:天空。 ㉗“皇路”二句:言国家政治清明时,正气能得到和谐的发扬,在朝廷上发挥作用。皇路,犹言国运。清夷,清平,太平。明庭,明王之庭。 ㉘“时穷”二句:时穷,国家遇到危难。见,通“现”。垂丹青,指垂名史册。丹青,原指功臣画像,这里代指史书。 ㉙在齐太史简:春秋时,齐崔杼杀齐君,太史书“崔杼弑其君”,崔杼杀了他。太史的两个弟弟继续这样写,崔杼又将他们杀死。太史的第三个弟弟依旧这样做,崔杼无法,只得由他写去(见《左传·襄公二十五年》)。㉚在晋董狐笔:春秋时,晋灵公欲杀大夫赵盾,赵出逃,未离国境。赵盾族侄赵穿杀晋灵公,赵盾闻讯而返,未加处置,太史董狐遂在史册上写“赵盾弑其君”(参见《左传·宣公二年》)。 ㉛在秦张良椎:张良祖上累代相韩,韩国为秦所灭,张良誓欲报仇,遣力士于博浪沙用铁椎击秦始皇,误中副车(参见《史记·留侯世家》)。 ㉜在汉苏武节:汉武帝时苏武出使匈奴,被扣留。匈奴为逼他投降,将他流放到北海边牧羊。苏武始终不屈,日日手执汉朝授给他的符节。回汉时,须发皓白(参见《汉书·苏武传》)。 ㉝为严将军头:东汉末,刘璋部将严颜守巴郡。张飞攻破巴郡,俘严颜,要其降,严说:“我州但有断头将军,无有降将军”(参见《三国志·蜀志·张飞传》)。 ㉞为嵇侍中血:晋惠帝时,皇室内讧,侍中嵇绍随惠帝战于荡阴,以身遮蔽惠帝,被乱箭射死,血溅惠帝衣。事后,有人要洗血衣,惠帝说:“此嵇侍中血,勿去!”(参见《晋书·嵇绍传》) ㉟为张睢阳齿:安禄山叛变,张巡为睢阳太守,竭尽全力抵御叛军,每督促必大呼,嚼齿皆碎。后城破被俘,从容就义(参见《旧唐书·张巡传》)。 ㊱为颜常山舌:安禄山叛乱时,颜杲卿为常山太守,起兵讨贼,战败被俘,骂不绝口,被敌断舌而死(参见《新唐书·颜杲卿传》)。㊲或为辽东帽:三国时,管宁品行高洁,避乱辽东,拒绝征聘,终身不仕,“常著

皂帽"(参见《三国志·魏志·管宁传》)。 ㊳或为《出师表》:诸葛亮率兵北伐时,上表蜀后主刘禅,表明北定中原,兴复汉室的决心(参见《三国志·蜀志·诸葛亮传》)。 ㊴"或为渡江楫"二句:东晋祖逖北伐,于江中击楫而誓云:"不能清中原而复济者,有如大江!"词气慷慨(参见《晋书·祖逖传》)。胡羯,指当时据有中原的西北诸民族。 ㊵或为击贼笏:唐德宗时,朱 泚据长安谋反,段秀实为司农卿,用笏猛击朱 泚额部,并唾面大骂,遂被害(参见《旧唐书·段秀实传》)。笏,古代大臣朝见时所持的手板,作记事和指画用。

㊶是气所磅礴:正气所充塞、遍及的地方。指上述的英烈人物。气,原作"随",据别本改。 ㊷凛烈:威严壮烈。 ㊸"地维"二句:地维,古代神话中所言拴住大地的绳子。天柱,古人以为天有八山为柱支撑。(参见《列子·汤问》、《神异经·中荒经》) ㊹三纲:封建时代用以维护社会与家庭秩序的三种伦理规范,即君为臣纲,父为子纲,夫为妻纲。 ㊺之:指具有正气的人。

㊻遘(gòu 够)阳九:意谓遭逢厄运。遘,遭逢。阳九,道家以天厄为阳九。

㊼"隶也"句:自谓未能挽救国家的败亡。隶,仆役,这里是作者自我谦称。或认为亦兼指部下,也可通。 ㊽楚囚:言身为俘虏。春秋时,楚人钟仪为郑国俘虏,被送往晋国,晋侯看见他,问:"南冠而絷者谁也?"别人答云:"郑人所献楚囚也。"(参见《左传·成公九年》)缨:帽带,用作动词。 ㊾"鼎镬"句:意谓惟求一死。鼎镬,大型的烹饪器具,用鼎镬将人烹死是古代的酷刑之一。饴,糖浆。 ㊿阴房:指囚室。阒(qù 去):寂静。鬼火:磷火。杜甫《玉华宫》诗:"阴房鬼火青。" 51閟(bì 闭):关闭,锁闭。此句语出杜甫《大云寺赞公房》其三:"天黑闭春院。" 52皂:通"槽",牲口槽。。 53鸡栖凤凰食:凤凰在鸡窝里饮食。此句和上句均谓自己在牢狱中与各种囚徒杂处。

54蒙雾露:指感染疾病。 55分(fèn 奋):料定。瘠:尸骨。 56再寒暑:度过了两年。 57辟易:退避。 58沮洳(jùrú 矩如)场:低阴潮湿的地方。 59谬巧:智谋诈术。 60阴阳:寒暑之气。贼:伤害。 61耿耿:指忠心、正气。 62浮云:喻指兴亡成败的变化飘忽不定。 63"悠悠"二句:意谓天无尽,而悲亦无极。《诗经·唐风·鸨羽》:"悠悠苍天,曷其有极!" 64哲人:指上面列举的古人。 65典刑:楷模、典范。夙昔:同"宿昔",一夕之前,极言其近。此句谓古人留下的模范事迹仍近在眼前。

66古道:古人留下的美德。照颜色:照耀在面前,意即令人鼓舞。

四一　谢枋得

谢枋得(1226—1289),字君直,号叠山,信州弋阳(今属江西)人。文天祥同榜进士,以忠义自任。宋末以江东提刑、江西招谕使知信州,元兵东下,力抗元军,兵败后改换姓名,隐居福建一带。元朝多次征聘,不就。后被胁迫至燕京,绝食而死。诗风朴素端直,有时也饶有韵致。有《叠山集》。

武夷山中①

十年无梦得还家②,独立青峰野水涯。天地寂寥山雨歇③,几生修得到梅花④。

《四库全书》本《叠山集》卷一

①此诗约作于元世祖至元二十一年(1284)前后。武夷山在福建崇安西南,是福建第一名胜。诗借称赏梅花,颂扬了高尚的气节,韵味清远。②“十年”句:宋恭帝德祐元年(1275),作者抗元失败,弃家入山。次年,妻与二子被元兵所俘,至作此诗时,将近十年。此句谓十年以来已无家可回。③“天地”句:空山雨过,天地间一片沉寂。暗喻宋室已亡,反抗势力均趋于消沉。　④“几生”句:问人生什么时候能修炼到梅花的境界。梅花独立世外,不求扬名,却又能耐严寒、抗风雪,永远给人间带来美和希望。

四二　刘辰翁

刘辰翁(1232—1298),字会孟,号须溪,庐陵(今江西吉安)人。宋理宗景定三年(1262)进士,做过濂溪书院山长。文天祥起兵勤王,曾入其幕府。宋亡不仕。刘辰翁以词著称,所作多悼念亡宋,抒写故国之思,沉痛悲咽,直抒胸臆,风格豪放雄健,又时饶跌宕之姿。况周颐《蕙风词话》卷二云:"须溪词风格遒上似稼轩,情辞跌宕似遗山,有时意笔俱化,纯任天倪,竟能略似坡公。往往独到之处,能以中锋达意,以中声赴节。"有《须溪词》。

兰陵王[1]

丙子送春

送春去,春去人间无路。鞦韆外,芳草连天,谁遣风沙暗南浦[2]?依依甚意绪,漫忆海门飞絮[3]。乱鸦过,斗转城荒[4],不见来时试灯处[5]。　春去,最谁苦?但箭雁沉边[6],梁燕无主[7],杜鹃声里长门暮[8]。想玉树凋土[9],泪盘如露[10]。咸阳送客屡回顾[11],斜日未能度[12]。　春去,尚来否?正江令恨别,庾信愁赋[13],苏堤尽日风和雨[14]。叹神游故国,花记前度[15]。人生流落,顾孺子[16],共夜语。

《彊村丛书》本《须溪词》卷二

①丙子岁，即宋恭宗德祐二年(1276)。该年二月，元军攻破南宋首都临安，将投降了的宋君臣押送到北方去。作者时正在虎溪(今江西吉水)避难，至暮春时方得知此消息，遂以“送春”为题写下了这首词。词共有三叠，皆以“春去”起句，哀婉悲恻，反复咏叹。陈廷焯在《白雨斋词话》中评论说：“题是送春，词是悲宋，曲折说来，有多少眼泪。” ②风沙暗南浦：暗喻国土沦陷后的凄凉景象。风沙，喻元军。南浦，送别的水边，也喻指江南国土。 ③海门飞絮：暗喻临安沦陷时，宋宗室及其军队纷纷从海上逃亡，如飞絮一样飘泊无定。 ④“乱鸦”二句：乱鸦，喻元军。斗转城荒，星移斗转，时代已变迁，京城由繁华沦为荒凉。 ⑤试灯：旧时风俗，正月十五为元宵节，要张灯结彩，十四日为试灯日。陆游《初春》：“元日人日来联翩，转头又见试灯天。” ⑥箭雁：中箭之雁。此句喻精神上遭受重创而又被掳去北方的南宋君臣。 ⑦梁燕无主：燕子失去了所栖房屋的主人。此句喻指留在临安的南宋士大夫。 ⑧长门：汉武帝时陈皇后被贬居在长门宫，后人遂以长门喻指冷宫。这里指南宋故宫。 ⑨玉树凋土：《晋书·庾亮传》载，庾亮死，何充叹云：“埋玉树于土中，使人情何能已！”这里指为国捐躯的人们。 ⑩泪盘如露：汉武帝时，于宫前立铜铸捧盘仙人。汉亡，魏明帝命人用车移载铜像至洛阳宫前，据说临载，铜人潸然泪下。唐诗人李贺有《金铜仙人辞汉歌》。这里比喻国破家亡的悲慨。 ⑪“咸阳”句：语出李贺《金铜仙人辞汉歌》：“衰兰送客咸阳道。”此处写被迫北行的人们对故国的眷眷顾恋。 ⑫“斜日”句：黄昏时分最难度过。 ⑬“江令”二句：原注：“二人皆北去。”江令即江淹，南朝诗人，作有《恨赋》、《别赋》。庾信，原为南朝作家，出使西魏，被扣留，后仕北周，曾作《哀江南赋》、《愁赋》等。《愁赋》已佚，有残句存在《海录碎事》中。这里喻指被掳去北方的人们思念故国的情怀。 ⑭苏堤：在杭州西湖，宋哲宗元祐年间苏轼知杭州时所筑，用以开湖蓄水。堤横贯西湖，将湖水分为内外两部分，堤畔植有柳树。风和雨：暗喻临安沦陷后受到蒙元统治者蹂躏的状况。 ⑮花记前度：回想临安过去繁华似锦的气象。 ⑯孺子：指作者的儿子。

永　遇　乐[①]

余自乙亥上元诵李易安《永遇乐》[②]，为之涕下，今三年矣。每闻此词，辄不自堪，遂依其声，又托之易安自喻。虽辞情不及，而悲苦过之。

璧月初晴，黛云远淡[③]，春事谁主？禁苑娇寒[④]，湖堤倦暖，前度遽如许[⑤]！香尘暗陌，华灯明昼[⑥]，长是懒携手去。谁知道、断烟禁夜，满城似愁风雨[⑦]。　宣和旧日[⑧]，临安南渡[⑨]，芳景犹自如故[⑩]。缃帙流离[⑪]，风鬟三五[⑫]，能赋词最苦。江南无路[⑬]，鄜州今夜，此苦又谁知否[⑭]？空相对，残釭无寐[⑮]，满村社鼓[⑯]。

《彊村丛书》本《须溪词》卷二

①这首词作于元世祖至元十五年(1278)作者重返临安时，当时除广东一隅之外，南宋大部分地区已为元军占领。词依李清照《永遇乐·元宵》声律而作，而时局又非李清照的时代可比，故曰“悲苦过之”。艺术上此词仿李清照口吻，但比原作要直露。　②乙亥：宋恭帝德祐元年(1275)。上元：正月十五，即元宵节。　③黛云：青黑色的云。李清照《永遇乐》词开首作“落日镕金，暮云合璧”。　④禁苑：皇帝的花园。娇寒：微寒。　⑤“前度”句：意谓再次来临安，一切都变化得这么快！前度，用刘禹锡《重游玄都观绝句》中“前度刘郎今又来”句意。遽，仓猝。　⑥“香尘”二句：描写往日临安元宵节的盛况。香尘暗陌，街道上车马络绎不绝，尘土飞扬。　⑦“谁知道”二句：谁料想如今的元宵节远不如当年，禁止点灯，且夜间戒严，一点节日气氛也没有。禁夜，实行宵禁。满城似愁风雨，满城愁苦，仿佛风雨随时都会来临。李清照原词：“元宵佳节，融和天气，次第岂无风雨？”　⑧宣和旧日：指北宋宣和年间汴京的繁华盛况。　⑨临安南渡：指宋室南渡后临安一度繁

荣的景况。　⑩“芳景”句:意谓汴京和临安的自然景物依然如旧,而人间的形势则完全变了。这里暗用东晋周颉“风景不殊,正自有山河之异”的语意(见《世说新语·言语》)。　⑪缃帙(xiāngzhì 厢秩):浅黄色的书套,指书册。此句谓李清照夫妇收藏的古籍图书在南下避乱途中散失。　⑫风鬟:风鬟雾鬓的省称,形容妇女头发蓬乱不整的样子。李清照原词:“如今憔悴,风鬟雾鬓,怕见夜间出去。”三五:正月十五。李清照原词:“中州盛日,闺门多暇,记得偏重三五。”　⑬江南无路:江南目前已沦陷,故云。言下之意,如今形势比李清照当年更惨。　⑭“鄜州”二句:杜甫《月夜》诗:“今夜鄜州夜,闺中只独看。”当时杜甫身陷安禄山占领的长安,妻子却在鄜州。这里作者以杜甫自比,他当时身处元人占据的杭州,妻子亦不在身边。　⑮残钰(gāng 刚):残灯。　⑯社鼓:祭社神时打的鼓。此句意谓天已将晓。

四三 周 密

周密(1232—1298?),字公谨,号草窗,又号四水潜夫等。祖籍山东济南,曾祖辈南渡,流寓浙江吴兴。南宋末任过临安府幕属、奉礼郎、义乌令等职,宋亡不仕。生平著述丰富,尤以词著称于世。其作品格律谨严,风格秀雅,字句精美,与吴文英并称"二窗"。为人传诵的主要是抒写故国之思的作品。有《蘋洲渔笛谱》(又名《草窗词》)。

一 萼 红[①]

登蓬莱阁有感

步深幽,正云黄天淡,雪意未全休。鉴曲寒沙[②],茂林烟草[③],俛仰千古悠悠[④]。岁华晚,飘零渐远,谁念我,同载五湖舟[⑤]?磴古松斜[⑥],崖阴苔老,一片清愁。　　回首天涯归梦,几魂飞西浦,泪洒东州[⑦]!故国山川,故园心眼,还似王粲登楼[⑧]。最负他,秦鬟妆镜[⑨],好江山,何事此时游!为唤狂吟老监[⑩],共赋消忧。

《彊村丛书》本《蘋洲渔笛谱·集外词》

①词作于宋恭帝德祐二年(1276)冬。该年二月,元兵攻陷南宋首都临

安，掳太后、幼帝及文物图册等北去。作者于此时登高游览，百感交集，在词中抒发了国破家亡的悲痛。陈廷焯《白雨斋词话》卷二认为，此作“苍茫感慨，情见乎词，当为草窗集中压卷”。蓬莱阁，在今浙江绍兴秦望山上。　②鉴曲：鉴湖之滨。鉴湖，又名镜湖，在绍兴市南。唐代诗人贺知章告老回乡，曾隐居于此。　③茂林：东晋王羲之《兰亭集序》中描写这一带景致，有“此地有崇山峻岭，茂林修竹”之句。　④俛：同“俯”。王羲之《兰亭集序》中有“俯仰之间已为陈迹”。此句为化用，意谓眼前景物唤起了伤今怀古的感叹。⑤“谁念我”二句：谓谁愿伴我隐居远游呢？五湖舟，相传春秋时范蠡助越王灭吴后，泛舟游五湖，莫知所终。五湖，即太湖。　⑥磴：石级。　⑦“回首”三句：意谓在外漂零的日子里，曾多次怀念绍兴，梦想归来。西浦、东州，作者自注：“阁在绍兴，西浦、东州皆其地。”几，几回。　⑧王粲登楼：汉末王粲避乱荆州，写过《登楼赋》，抒发故园之思。　⑨秦鬟妆镜：秦望山形似美人的发鬟，鉴湖好像梳妆的明镜。　⑩狂吟老监：指诗人贺知章。贺性格狂放，自号狂客，曾任秘书监。

四四　汪元量

汪元量(1241？—?),字大有,号水云,钱塘(今浙江杭州)人。南宋末为宫廷琴师。元军攻陷临安,胁迫宋君臣北徙燕京,他随同前往,羁留北方十馀年,曾访文天祥于狱中。后为道士南归,漫游以终。其诗记录了南宋覆亡前后的史实,叙述周详生动,感情沉痛悲凉,人目为“诗史”。有《湖山类稿》、《水云集》。

钱塘歌[①](二首选一)

西塞山边日落处[②],北关门外雨来天[③]。南人堕泪北人笑,臣甫低头拜杜鹃[④]。

《四库全书存目丛书》影印本《汪水云诗钞》

①此诗题下原作有两首,这里选其第二首。诗写宋恭帝德祐二年(1276)临安陷落后的惨状,采用了借景物写人事的手法,颇耐嚼味。　②西塞山:位于湖州(今浙江吴兴)西南二十五里。这里代指湖州。元伯颜丞相率军自皋亭山进驻湖州,派人南下到临安受降。这里是借地点记录史实。　③北关门:临安城门之一,元军由此入城。　④“臣甫”句:作者以杜甫自比,表示不忘故国。杜甫《杜鹃》诗:“杜鹃暮春至,哀哀叫其间。我见常再拜,重是古帝魂。”

湖　州　歌[①]（九十八首选一）

太湖风卷浪头高，锦柁摇摇坐不牢[②]。靠着篷窗垂两目[③]，船头船尾烂弓刀[④]。

《四库全书存目丛书》影印本《汪水云诗钞》

①《湖州歌》为一组七绝诗，共九十八首，以联章体的形式记述了德祐二年(1276)三月随同三宫北上时的见闻。因行程是由湖州入太湖北上，故题名为《湖州歌》。所选这首诗为第十首，描写押解途中俘虏的惊恐情状。

②柁：同“舵”。　③垂两目：不愿看，不敢看。　④烂：兵器闪闪发光。

四五 王沂孙

王沂孙(？—1290?),字圣与,号碧山,又号中仙,会稽(今浙江绍兴)人。元至元年间曾做过庆元路学正,与周密、张炎、陈允平等均有来往。其词长于咏物,多写亡国之痛和故国之思,能将体物和情思完美地结合起来,风格凄婉清丽。有《花外集》(又名《碧山乐府》、《玉笥山人词集》)。

眉妩①

新月

渐新痕悬柳②,淡彩穿花③,依约破初暝④。便有团圆意⑤,深深拜⑥,相逢谁在香径⑦?画眉未稳,料素娥、犹带离恨⑧。最堪爱、一曲银钩小,宝帘挂秋冷⑨。　千古盈亏休问⑩。叹慢磨玉斧,难补金镜⑪。太液池犹在,凄凉处、何人重赋清景⑫?故山夜永,试待他、窥户端正⑬。看云外山河,还老尽、桂花影⑭。

《四部备要》本《花外集》

①词摹写新月初升时的情景,其中寄托了对故国的深沉怀念,以及盼望恢复团圆的希望。　②新痕:指刚露出淡痕的新月。　③淡彩:指皎洁

的月光。 ④破初暝:冲开初夜的昏暗。 ⑤团圆意:团圆的趋势、意向。 ⑥深深拜:即拜月。古代有拜月的习俗。吴自牧《梦粱录·七夕》:"于广庭中设香案及酒果,遂令女郎望月瞻斗列拜。"另唐诗、敦煌词中亦有以拜月为题的作品,元明戏曲中也有拜月的情节。 ⑦"相逢"句:因拜月时无人为伴而感到惆怅。 ⑧"画眉"二句:将新月比作嫦娥尚未画好的蛾眉,由此联想到嫦娥也带有人间的离恨。 ⑨"最堪爱"二句:将新月比作银色的帘钩,纤细地挂在清秋的夜空中。 ⑩千古盈亏:指月亮的圆缺,也暗喻人世的盛衰兴亡。 ⑪"叹慢磨"二句:古代传说月亮由七宝合成,日受侵损,有人常年用斧凿修理之(见《酉阳杂俎·天咫》)。慢,通"漫",即徒然之意。金镜,指月亮。此句意谓缺月难补,暗喻山河残破,难以收复。⑫"太液池"二句:太液池为汉、唐宫中的池名,这里指宋朝宫廷中的池苑。北宋初,宋太祖于宫中赏月,宰相卢多逊赋《咏月》诗,中有"太液池头月上时,晚风吹动万年枝"之句。此二句意谓,池苑尚在,但现在还有谁来赋写清景呢?⑬窥户:月光照临窗户。端正:指月圆。 ⑭"看云外"二句:意谓国土久丧,时光虚掷。桂花影,指月影。相传月中有桂树,故以桂花影指代月影。

四六　蒋　捷

蒋捷(1245？—1310?),字胜欲,号竹山,阳羡(今江苏宜兴)人。宋度宗咸淳十年(1274)进士。宋亡,隐居太湖中竹山,坚不出仕。他在宋末词人中与众不同,词风兼有豪放、清空、秾艳等多种特色,部分词有民歌的风味。内容则多抒写漂泊中触物伤情之细微感受,表达了遗民的孤苦、悲哀。有《竹山词》。

贺　新　郎[①]

兵后寓吴

深阁帘垂绣,记家人、软语灯边,笑涡红透[②]。万叠城头哀怨角[③],吹落霜花满袖。影厮伴、东奔西走[④]。望断乡关知何处?羡寒鸦、到着黄昏后,一点点,归杨柳。　　相看只有山如旧,叹浮云、本是无心,也成苍狗[⑤]。明日枯荷包冷饭,又过前头小阜[⑥]。趁未发,且尝村酒。醉探枵囊毛锥在[⑦],问邻翁、要写牛经否[⑧]?翁不应,但摇手。

《彊村丛书》本《竹山词》

①这首词是作者在宋亡以后流寓苏州时所作。词中描写自己四处漂流的艰难处境,回忆家人团聚时的欢乐,两相对比,感慨很深,其中还流露了作

者高尚的处世态度。吴,指苏州。　②"深阁"三句:回忆过去家人团聚时的情景。帘垂绣,即垂绣帘。软语,充满亲情的对话。笑涡,笑时两颊现出的酒涡。　③万叠:反复吹奏同一支曲子。乐曲演奏一遍称一叠。哀怨角:城头上驻防军吹奏出哀怨的号角声。　④厮伴:相伴。　⑤"叹浮云"二句:感叹时局变化得不可思议。杜甫《可叹》诗:"天上浮云似白衣,斯须改变如苍狗。"后人常以"浮云"、"苍狗"喻世事的变化。　⑥阜:土山。⑦枵(xiāo 消)囊:空囊。毛锥:毛笔。　⑧牛经:有关牛的知识的书。此句谓想代人抄书混口饭吃。

一　剪　梅①

舟过吴江

一片春愁待酒浇。江上舟摇,楼上帘招②。秋娘渡与泰娘桥③。风又飘飘,雨又萧萧。　何日归家洗客袍?银字笙调④,心字香烧⑤。流光容易把人抛,红了樱桃,绿了芭蕉。

《彊村丛书》本《竹山词》

①这首词也作于宋亡之后。前首以哀景写哀愁,此作则是以佳景写忧伤,相形之下,别有一番滋味。吴江,在苏州之南,西滨太湖。　②楼上帘招:酒楼的旗子在招引着。　③秋娘渡:吴江地名。秋娘为唐德宗时镇海军节度使李锜侍女,曾入宫,经历曲折,后归故乡。杜牧为作《杜秋娘》诗,诗中有"却唤吴江渡,舟人哪得知"之句。秋娘渡当即吴江渡。泰娘桥:吴江地名。泰娘,吴郡人,唐贞元、元和年间的歌妓,有声名于贵游间,晚景凄凉。刘禹锡为之作《泰娘诗》,开头云:"泰娘家本阊门西,门前绿水环金堤。有时妆成好天气,走上皋桥折花戏。"泰娘桥当指苏州门前之皋桥。此句乃是描写苏州一带特有的秀美景色。由此而引起下片的归家团圆之思以及岁月流逝之叹。渡,原本作"度",据别本改。桥,原本作"娇",据别本改。又,"渡与"一作

“容与”。　　④银字笙：乐器名，笙管的一种。调（tiáo 条）：调弄乐器。⑤心字香：一种香的名称。杨慎《词品》卷二：“所谓心字香者，以香末萦篆成心字也。”

四七　张　炎

张炎(1248—1323?),字叔夏,号玉田,又号乐笑翁,临安(今浙江杭州)人。南宋名将张俊后裔,早年生活优裕。宋亡后,家产丧失,落魄纵饮。元世祖至元末一度北游大都,失意而归。晚年流落江浙一带,生活贫困,抑郁以终。张炎论词尚清空,重格律,所作多追怀往昔,抒发身世兴衰之感,风格婉丽清疏,凄怆缠绵。有《山中白云词》,另有词学论著《词源》。

高　阳　台①

西湖春感

接叶巢莺②,平波卷絮,断桥斜日归船③。能几番游?看花又是明年。东风且伴蔷薇住,到蔷薇、春已堪怜④。更凄然,万绿西泠⑤,一抹荒烟。　　当年燕子知何处⑥?但苔深韦曲,草暗斜川⑦。见说新愁,如今也到鸥边⑧。无心再续笙歌梦⑨,掩重门、浅醉闲眠。莫开帘,怕见飞花⑩,怕听啼鹃⑪。

《彊村丛书》本《山中白云词》卷一

①这首词作于宋亡之后,写作者暮春季节重游西湖的感受,于中抒发了

对家国、身世巨变的哀伤和痛惜。　②接叶巢莺：树叶茂密，遮住了巢居的莺儿。杜甫《陪郑广文游何将军山林》诗有“接叶暗巢莺”句，这里化用。　③断桥：在西湖白堤东，里湖和外湖之间。　④“到蔷薇”句：蔷薇于春夏之交开花，故云。　⑤西泠：桥名，在孤山下，白堤西，又名西陵桥。　⑥“当年”句：用刘禹锡《乌衣巷》诗意：“旧时王谢堂前燕，飞入寻常百姓家。”　⑦“但苔深”二句：写过去繁华之地已荒芜无人。韦曲，在长安明德门外，外戚韦氏世居于此，故名。斜川，在江西星子与都昌二县之间的湖泊中，陶渊明有《游斜川》诗。这里以韦曲、斜川喻指西湖的风景名胜之地。　⑧“见说”二句：听说自由、快乐的沙鸥如今也有愁了。辛弃疾《菩萨蛮》词：“拍手笑沙鸥，一身都是愁。”　⑨笙歌梦：指过去贵公子作乐寻欢的生活。　⑩飞花：指落花。　⑪啼鹃：即杜鹃鸟，其鸣声悲切，易触人哀思。

解　连　环[①]

孤　雁

楚江空晚，怅离群万里，怳然惊散[②]。自顾影、欲下寒塘[③]，正沙净草枯，水平天远。写不成书，只寄得、相思一点[④]。料因循误了，残毡拥雪，故人心眼[⑤]。　谁怜旅愁荏苒[⑥]？谩长门夜悄，锦筝弹怨[⑦]。想伴侣、犹宿芦花，也曾念春前，去程应转[⑧]。暮雨相呼，怕蓦地、玉关重见[⑨]。未羞他、双燕归来，画帘半卷[⑩]。

《彊村丛书》本《山中白云词》卷一

①这首词是张炎咏物词的代表作。词中借咏叹离群的孤雁，抒发作者亡国后虽流落不偶，却不愿归附新朝的种种复杂感受。词中的雁与人浑化无迹，达到了高度合一的艺术境界，堪称咏物词的绝唱。　②怳然：即恍然，

惆怅若失貌。 ③自顾影：自怜、自惜之意。欲下寒塘：化用唐崔涂《孤雁》诗："暮雨相呼失，寒塘欲下迟。" ④"写不成书"二句：雁群飞行时排成的队形，宛如字样，古人有鸿雁传书的说法。孤雁排不成字，故云"只寄得相思一点"。 ⑤"料因循"三句：意谓自己因循误事，愧对那些在北方坚守操节的故人。《汉书·苏武传》载，匈奴将汉使臣苏武扣留，将其置大窖中，不予饮食。苏武嚼毡毛并雪，竟不死。这里引用苏武的故事，比喻那些被迫北行、守节不屈的南宋人士。 ⑥荏苒（rěnrǎn 忍染）：推移，指时光流逝。
⑦"谩长门"二句：长门，汉宫名。汉武帝时，陈皇后失宠，住在长门宫。锦筝：筝的美称。其声调凄清而怨。《晋书·桓伊传》载，桓伊曾为忧国事"抚筝而歌怨诗"。此两句用人世间孤独、哀怨的故事来渲染孤雁的凄苦处境。
⑧"也曾念"二句：意谓孤雁也曾想到春前飞回北方去，与伙伴们团聚。
⑨"暮雨"二句：设想与伙伴重逢时又惊又喜的心情。玉关，玉门关。
⑩"未羞他"二句：意谓孤雁的生活虽然艰辛，但决不羡慕附在贵人堂前成双的燕子。

四八　谢　翱

谢翱(1249—1295),字皋羽,一字皋父,长溪(今福建福安)人,后徙居浦城(今属福建)。性耿介,有大节。文天祥在福建聚兵抗元,他率乡兵百人归附,任咨议参军。宋亡不仕,漫游江海以终。谢翱诗文在宋末卓然成家,诗辞采浓烈,沉郁奇特,文则长于记叙,风格近柳宗元,为纪念文天祥所作诗文尤为沉痛感人。有《晞发集》。

登西台恸哭记[①]

始,故人唐宰相鲁公[②],开府南服[③],余以布衣从戎。明年,别公漳水湄[④]。后明年[⑤],公以事过张睢阳及颜杲卿所尝往来处[⑥],悲歌慷慨,卒不负其言而从之游[⑦]。今其诗具在,可考也。

余恨死无以藉手见公[⑧],而独记别时语,每一动念,即于梦中寻之。或山水池榭,云岚草木,与所别处及其时适相类,则徘徊顾盼,悲不敢泣。又后三年,过姑苏[⑨]。姑苏,公初开府旧治也,望夫差之台[⑩],而始哭公焉。又后四年[⑪],而哭之于越台[⑫]。又后五年及今[⑬],而哭于子陵之台。

先是一日,与友人甲、乙若丙约[⑭],越宿而集。午,雨未止,买榜江涘[⑮]。登岸谒子陵祠,憩祠旁僧舍,毁垣枯甃[⑯],如入墟墓[17]。还，与榜人治祭具。须臾雨止，登西台，设主于荒亭隅[18]，再拜跪伏；祝毕，号而恸者三，复再拜，起。又念余弱冠时[19]，往来必谒拜祠下。其始至也，侍先君焉。今余且老，江山人物，睠焉若失[20]。复东望，泣拜不已。有云从西南来，渰浥浡郁[21]，气薄林木，若相助以悲者。乃以竹如意击石[22]，作楚歌[23]，招之曰："魂朝往兮何极！暮归来兮关水黑[24]。化为朱鸟兮有咮焉食[25]？"歌阕，竹石俱碎，于是相向感唶[26]。复登东台，抚苍石，还憩于榜中。榜人始惊余哭，云："适有逻舟之过也[27]，盍移诸[28]？"遂移榜中流，举酒相属，各为诗以寄所思[29]。薄暮，雪作风凛，不可留。登岸宿乙家。夜复赋诗怀古。明日，益风雪，别甲于江，余与丙独归。行三十里，又越宿乃至。其后，甲以书及别诗来，言："是日风帆怒驶，逾久而后济。既济，疑有神阴相[30]，以著兹游之伟。"余曰："呜呼！阮步兵死，空山无哭声且千年矣[31]！若神之助，固不可知；然兹游亦良伟，其为文词因以达意，亦诚可悲已。"

余尝欲仿太史公，著《季汉月表》，如《秦楚之际》[32]。今人不有知余心，后之人必有知余者。于此宜得书[33]，故纪之，以附季汉事后。时，先君登台后二十六年也[34]。先君讳某，字某。登台之岁在乙丑云[35]。

《四库全书》本《晞发集》卷一〇

①西台在浙江桐庐西面的富春山中，下临富春江，与东台对峙。相传此处为东汉严子陵隐居、垂钓之处，范仲淹曾建严祠于台下。元世祖至元二十八年(1291)，谢翱与友人登西台，悼念壮烈殉国的故丞相文天祥，作此记。为了避免元朝统治者的文网，记中词语多隐晦，然而依然能让人真切地感受到他那沉痛悲愤的情感。文章以记事为主，实际上处处写情，可谓无一字虚设。文章不作修饰，却达到了很高的境界。　②始：指宋端宗景炎元年(1276)

七月。唐宰相鲁公:即颜真卿。颜于安禄山叛乱时曾起兵抵抗,后封鲁郡公,世称颜鲁公。颜还曾做过太子太师,地位相当于宰相,又是唐朝忠烈名臣,故以隐喻文天祥。 ③开府南服:在南方建立府署。当时文天祥在南剑州(今福建南平)开府聚兵。南服,南方。服,古时指王畿以外的地方。孙星衍疏《尚书·皋陶谟》"弼成五服"句曰:"服者,《释诂》云:采、服,事也,反复相训,即采地之名。" ④漳水:在今福建漳州市境内。湄:水边。按,据《宋史·瀛国公纪》载,景炎二年正月"文天祥走漳州",三月"取梅州",故知作者与文天祥分别当在三月之前。 ⑤后明年:宋端宗景炎三年(即帝昺祥兴元年),也即元世祖至元十五年(1278)。 ⑥张睢阳:唐张巡,安史之乱中坚守睢阳(今河南商丘),城破被杀。睢阳有合祀张巡、许远的庙。颜杲(gǎo 稿)卿:颜真卿从兄,安史之乱中死守常山(今河北正定),城陷殉国。宋祥兴元年十二月,文天祥兵败被俘,次年(1279)元兵将其迁转燕京,途经睢阳、常山时,曾作诗凭吊古迹,抒发悲慨。以事:隐指其被俘。 ⑦"卒不"句:意谓文天祥终于实践了诺言,追随张、颜英灵,壮烈殉国。文天祥追怀颜杲卿诗有"人世谁不死,公死千万年"句(《颜杲卿》),追怀与张巡同时殉难的许远诗有"起师哭玄元,义气震天地。……睢阳水东流,双庙垂百世"(《许远》)句。 ⑧藉手:凭藉。此句谓对故国无所贡献,死后无颜见文天祥。 ⑨"又后"二句:又后三年,元世祖至元十九年(1282),即文天祥殉国之年。姑苏,今江苏苏州市。 ⑩"公初"二句:开府旧治,宋恭帝德祐元年(1275),文天祥曾以浙西、江东制置使兼知平江府,平江府治所在姑苏。夫差之台,即姑苏台,春秋时吴王夫差所建,在今苏州西南姑苏山上。 ⑪又后四年:元世祖至元二十三年(1286),为文天祥殉国第四周年。 ⑫越台:指禹陵,在今浙江绍兴东南稽山上。 ⑬又后五年及今:元世祖至元二十八年(1291)。即写作此记的时候。 ⑭甲、乙若丙:据清黄宗羲《谢皋羽年谱游录注序》考证,甲为吴思齐,字子善,流寓桐庐,故下文云"别甲于江";乙为严侣,字君友,家在江岸,故下文云"登岸宿乙家";丙为冯桂芳,家睦(今浙江建德),故下文云"与丙独归"。用甲乙丙代替友人名字,是为了避免元统治者的迫害。若,和。 ⑮买榜:雇船。榜,舟船。江涘(sì 四):江岸。 ⑯枯甃(zhòu 宙):枯井。 ⑰墟墓:坟墓。黄宗羲注:"祠在台下。" ⑱主:神主,牌位。 ⑲弱冠:古人二十岁起加冠,体犹未壮,故曰弱冠。后用以称二十岁左右的男子(参见《礼记·曲礼上》)。 ⑳睠:同"眷",怀念,顾念之意。若失:如有所失。

㉑滃(yān 烟)浡 浡(bó 勃)郁:云气蒸腾的样子。 ㉒如意:供指划或玩赏用的器物,头呈灵芝形或云形,柄微曲。 ㉓楚歌:楚地的歌调。 ㉔"魂朝往"二句:杜甫《梦李白》诗有"魂来枫林青,魂返关塞黑"句,这里化用来表招魂之意。极,至,到达。 ㉕"化为"句 :意谓文天祥的魂灵化为朱鸟归来,无处觅食。暗示宋已亡国,不能为忠魂立庙祭祀。朱鸟,传说中的鸾鸟。一说火星名。咮(zhoù 宙),鸟嘴。 ㉖感喟(jiè 介):感叹。 ㉗逻舟:元兵巡查的船。 ㉘盍(hé 和):何不。诸:之乎的合音。 ㉙"各为"句:谢翱有著名的《西台哭所思》诗:"残年哭知己,白日下荒台。泪落吴江水,随潮到海回。故衣犹染碧,后土不怜才。未老山中客,唯应赋《八哀》。"吴思齐也有诗,见黄宗羲为此文所作注(《南雷文案》卷一〇)。 ㉚阴相(xiàng 向):暗中帮助。 ㉛"阮步兵"二句:阮步兵,阮籍。《晋书·阮籍传》载,阮籍曾率意驾车而行,不择道路,遇路尽途穷,辄恸哭而返。 ㉜"余尝"三句:太史公,司马迁。《史记》有《秦楚之际月表》,记秦与楚之间的史事,该表只记月,不记年,意谓当时天下没有"帝王正统"。这里作者说著月表,意欲显示宋亡,天下无正统。黄宗羲注云:"不曰季宋,而曰季汉者,亦犹唐宰相之托于前代也。"季汉,指季宋。 ㉝宜得书:应该记录下来。 ㉞先君:谢翱的父亲,名钥,字草堂。 ㉟乙丑:宋度宗咸淳元年(1265)。时谢翱十七岁,曾跟随父亲登西台。

金元文学

一　董解元

董解元，名已佚。解元是金元时对读书人的敬称。元代钟嗣成《录鬼簿》和陶宗仪《辍耕录》都称他是金章宗(1190—1208)时人。明代朱权《太和正音谱》有"仕于金"的说法，未必可靠。《西厢记诸宫调》卷首，作者自称"俺平生情性好疏狂，疏狂的情性难拘束"；又说："一回家想么？诗魔多，爱选多情曲，比前贤乐府不中听，在诸宫调里却著数。"可以推知，他是一个不拘礼法，擅长通俗文艺创作的文人。仅有《西厢记诸宫调》传于世。

西厢记诸宫调[①]

送　别

后数日，生行[②]，夫人暨莺送于道[③]，法聪与焉[④]。经于蒲西十里小亭置酒[⑤]。悲欢离合一樽酒，南北东西十里程。

[大石调][玉翼蝉]蟾宫客[⑥]，赴帝阙，相送临郊野。恰俺与莺莺，鸳帏暂相守，被功名使人离缺。好缘业[⑦]！空悒怏，频嗟叹，不忍轻离别。早是恁凄凄凉凉[⑧]，受烦恼，那堪值暮秋时节！　　雨儿乍歇，向晚风如漂洌[⑨]，那闻得衰柳蝉鸣凄

切！未知今日别后，何时重见也。衫袖上盈盈，揾泪不绝。幽恨眉峰暗结，好难割舍[10]，纵有千种风情，何处说？

[尾]莫道男儿心如铁，君不见，满川红叶，尽是离人眼中血！

[越调][上平西缠令]景萧萧，风淅淅，雨霏霏，对此景怎忍分离？仆人催促，雨停风息日平西。断肠何处唱《阳关》？执手临岐[11]。　　蝉声切，蛩声细，角声韵，雁声悲，望去程依约天涯。且休上马，若无多泪与君垂。此际情绪你争知，更说甚湘妃[12]！

[斗鹌鹑]嘱咐情郎："若到帝里[13]，帝里酒酽花秾[14]，万般景媚，休取次[15]，共别人便学连理。少饮酒，省游戏，记取奴言语，必登高第。　　专听着伊家好消好息。专等着伊家宝冠霞帔[16]。妾守空闺，把门儿紧闭。不拈丝管，罢了梳洗。你咱是必[17]，把音书频寄。"

[雪里梅]"莫烦恼，莫烦恼！放心地，放心地！是必，是必，休恁做病做气[18]。"　　"俺也不似别的，你情性俺都识。临去也，临去也，且休去，听俺劝伊[19]。"

[错煞]"我郎休怪强牵衣，问你西行几日归？着路里小心呵[20]，且须在意。省可里晚眠早起[21]，冷茶饭莫吃，好将息。我专倚着门儿专望你！"

生与莺难别。夫人劝曰："送君千里，终有一别。"

[仙吕调][恋香衾]冉冉征尘动行陌[22]，杯盘取次安排[23]。三口儿连法聪，外更无别客。鱼水似夫妻正美满，被功名等闲离拆[24]。然终须相见，奈时下难捱。　　君瑞啼痕污了衫袖，莺莺粉泪盈腮。一个止不定长吁，一个顿不开眉黛。君瑞道："闺房里保重！"莺莺道："途路上宁耐[25]！"两边的心绪，一样的愁怀。

[尾]仆人催促，怕晚了天色，柳堤儿上把瘦马儿连忙解。夫人好毒害[26]，道："孩儿每回取个坐车儿来[27]。"

生辞。夫人及聪皆曰："好行！"夫人登车，生与莺别。

[大石调][蓦山溪]离筵已散，再留恋应无计。烦恼的是莺莺，受苦的是清河君瑞。头西下，控着马，东向驭坐车儿。辞了法聪，别了夫人，把樽俎收拾起。　　临上马，还把征鞍倚，低语使红娘："更告一盏以为别礼。"莺莺君瑞，彼此不胜愁，厮觑者[28]，总无言，未饮心先醉。

[尾]满酌离杯长出口儿气，比及道得个[29]："我儿将息！"一盏酒里，白泠泠的滴够半盏来泪。

夫人道："教郎上路，日色晚矣。"莺啼哭，又赋诗一首赠郎。诗曰："弃置今何道，当时且自亲。还将旧来意，怜取眼前人[30]。"

[黄钟宫][出队子]最苦是离别，彼此心头难弃舍。莺莺哭得似痴呆，脸上啼痕都是血，有千种恩情何处说？　　夫人道："天晚教郎疾去。"怎奈红娘心似铁，把莺莺扶上七香车[31]。君瑞攀鞍空自撷[32]，道得个"冤家宁耐些！"

[尾] 马儿登程，坐车儿归舍，马儿往西行，坐车儿往东拽，两口儿一步儿离得远如一步也！

上海古籍出版社影印明刊本《古本董解元西厢记》卷六

①诸宫调是流行于宋、金、元时期的一种讲唱文学形式，串联多种宫调的曲子演唱长篇故事，故名。《西厢记诸宫调》是保存最完整且艺术成就最高的作品，又称《西厢掐弹词》、《弦索西厢》或《董西厢》。故事源出于唐代元稹的《会真记》，作者对其进行了较大的改动，突出反抗封建礼教、追求爱情自由的主题，赋予"西厢"故事以新的生命。作品结构恢宏，人物形象鲜明丰满，语言质朴中兼含文采，艺术上别具一格。本节选自卷六，标题是另加的。王实甫《西厢记》杂剧"长亭送别"一折受此影响明显，可参看。　②生：即张生，名

珙,字君瑞。 ③夫人:崔夫人,已故崔相国的遗孀,崔莺莺的母亲。莺:指崔莺莺。 ④法聪:普救寺的僧人。与(yù 玉):参与。 ⑤蒲:蒲州(今山西运城)。城东有普救寺。 ⑥蟾宫客:蟾宫,指月宫。古人把科举得中比作蟾宫折桂,因而赴考的人也就被称作蟾宫客。这里指张生。 ⑦缘业:前生注定的缘分。这里指崔张的姻缘。 ⑧早是:本来已是。 ⑨漂冽:当作"凛冽",寒气刺骨。 ⑩舍:原本作"拾",据六幻本《西厢记》改。 ⑪临岐:分别的路口。岐,同"歧",岔路口。 ⑫湘妃:古代神话中的湘水之神。《湘川记》:"娥皇、女英,舜之二妃。舜南巡殂于苍梧之野,二妃追之至于洞庭,泪下染竹,竹为之斑。死为湘水神。" ⑬帝里:指京城。 ⑭酒酽(yàn 燕)花秾:酽,形容饮料的浓、厚。秾,形容花开得茂盛。此处比喻繁华世界酒色迷人。 ⑮取次:随便,轻易。 ⑯宝冠霞帔(pèi 佩):即凤冠霞帔,指受皇帝封号的命妇的冠服。帔,一种披在肩背上无袖的服饰。 ⑰你咱:即你。咱,人称代词词尾,无义。 ⑱做病做气:惹病惹气。以上七句为张生劝慰莺莺。 ⑲"俺也"六句:为莺莺回应张生语。 ⑳着(zhuó 茁)路里:在路上。着,表示命令、吩咐。 ㉑省可里:休要,勿要。 ㉒冉冉:形容尘土渐渐飞扬起来。 ㉓盘:原本作"拌",据六幻本改。 ㉔等闲:轻易,无端。 ㉕宁耐:忍耐。这里引申为保重、当心。 ㉖毒害:狠心。 ㉗孩儿:对仆人的称呼。每:们。坐车儿:车子。 ㉘厮觑者:互相注视着。者,通"着"。 ㉙比及:等到。㉚"弃置"四句:移用元稹《会真记》中原诗,表送别之意。这里"眼前人"当为莺莺自指。 ㉛七香车:古代妇女乘坐的华贵彩车。 ㉜攧(diān 颠):这里为顿足的意思。

二　元好问

元好问(1190—1257),字裕之,号遗山,太原秀容(今山西省忻县)人,鲜卑拓跋氏后裔。金宣宗兴定五年(1221)进士,曾任内乡、南阳县令,哀宗正大八年(1231)入朝,任左司都事、行尚书省左司员外郎。金亡不仕,居家筑野史亭,收集金源一代文献,于金代文化遗产的保存,功绩卓著。他是金元之交的杰出诗人。生长于北方,禀性豪健,又值蒙古铁骑南侵、金朝灭亡的历史关头,亲历流亡和战乱,故所作诗苍莽悲壮,跌宕多气。七言律诗为其擅长,笔力雄劲,意象深邃,情感真挚沉痛。清赵翼称:"唐以来律诗之可歌可泣者,少陵十数联外,绝无嗣响,遗山则往往有之。"(《瓯北诗话》卷八)兼擅词与散文。有《遗山集》。

岐阳三首[①](选一)

百二关河草不横[②],十年戎马暗秦京[③]。岐阳西望无来信[④],陇水东流闻哭声[⑤]。野蔓有情萦战骨[⑥],残阳何意照空城。从谁细向苍苍问[⑦],争遣蚩尤作五兵[⑧]?

清刻本《元遗山诗集笺注》卷八

①岐阳,今陕西凤翔。杜甫安史之乱期间所作《喜达行在所》诗中有"西忆岐阳信",作者因以岐阳为题。金正大八年(1231)正月,蒙古军攻凤翔,四月城破。《岐阳三首》即咏此事。时作者在南阳县任所。此为第二首。诗中

表达对国事艰危、人民受戮的焦虑,以及对战争的极度愤慨。②“百二关河”句:慨叹金兵防备松懈,有险不能守。百二关河,形容秦地险固。《史记·高祖本纪》:“秦,形胜之国,带河山之险,悬隔千里,持戟百万,秦得百二焉。”裴骃《集解》引苏林注云:“秦地险固,二万人足当诸侯百万人也。”草不横,《汉书·终军传》:“军无横草之功。”颜师古注云:“言行草中使草偃卧。”即军队在草中行走,使草横倒。这里喻指金兵缺少防备。③“十年”句:蒙古军队自兴定五年(1221)进攻金关中地区,至凤翔陷落,恰为十年。秦京,原指秦国都城咸阳,这里是泛指关中地区,这一带古时为秦国之地。此句化用杜甫《愁》诗“十年戎马暗万国”句。④“岐阳”句:化用杜甫《喜达行在所》之一诗句“西忆岐阳信,无人遂却回”,意谓凤翔已陷落,消息断绝。⑤“陇水”句:写秦地难民东迁逃难,哭声满路。汉乐府《陇头歌》有“陇头流水,鸣声呜咽”,此用其意。⑥“野蔓”句:想象凤翔被元兵攻占后的惨象。江淹《恨赋》有“试望平原,蔓草萦骨,拱木敛魂”句。⑦苍苍:指苍天。⑧蚩尤:古代传说中的凶神。五兵:五种兵器,即戈、殳、戟、酋矛、夷矛。这里代指战争。

壬辰十二月车驾东狩后即事五首[①](选一)

惨淡龙蛇日斗争[②],干戈直欲尽生灵[③]。高原水出山河改[④],战地风来草木腥。精卫有冤填瀚海[⑤],包胥无泪哭秦庭[⑥]。并州豪杰知谁在,莫拟分军下井陉[⑦]。

清刻本《元遗山诗集笺注》卷八

①壬辰,金哀宗天兴元年(1232)。这年初,蒙古军队围金南京(今开封),城中粮绝。刘祁《归潜志》记载:“百姓食尽,无以自生,米升直银二两,贫民往往食人殍,死者相望。”同年十二月,金哀宗被迫东走,行至黄河北岸,被元军追击,退到归德(今河南商丘南)。“车驾东狩”即指此。当时元好问任左司都事,正在城内。原诗五首,此为第二首。诗中表达对生民涂炭的悲愤和濒临

绝境的痛苦。　②惨淡：天地昏暗貌。龙蛇：喻金元。《阴符经》："天发杀机，龙蛇起陆。"《周易·坤卦》上六爻辞："龙战于野，其血玄黄。"此句言金元之间战争频繁、激烈。　③直欲：犹言简直要。生灵：生民。　④高原水出：天兴元年，金曾遣民丁万人决黄河以护京城(参见《金史·哀宗本纪》)。⑤精卫：古代神话中的鸟，一名冤禽。传说炎帝的女儿溺死东海后化作精卫，常衔西山木石，欲填平东海(参见《山海经·北山经》)。这里比喻无数生民被杀，却无处申冤。　⑥包胥：春秋时楚国大夫。吴伐楚，攻破郢都，申包胥入秦求救，依庭墙哭七个昼夜，终得秦师救楚(事见《史记·伍子胥列传》)。这里比喻金国无处求援。　⑦"并州"二句：指责驻守北方的诸帅坐视不救。并州，包括今山西全境及河北、陕西的部分地区。莫拟，不打算。井陉，在今河北西南部，地形险阻，为军事要地。《资治通鉴》卷二八六载，刘知远"闻晋主(少帝)北迁(被契丹所掳)，声言欲出兵井陉，迎归晋阳"。这里借用此典故慨叹当今豪杰已空。

癸巳五月三日北渡三首[①](选一)

道旁僵卧满累囚[②]，过去旃车似水流[③]。红粉哭随回鹘马[④]，为谁一步一回头！

清刻本《元遗山诗集笺注》卷八

①癸巳，金哀宗天兴二年(1233)。这年正月，汴京陷落。四月，元兵将金太后、皇后及其宗室押往北方。五月，元好问作为亡金旧臣被羁管，北渡黄河到聊城(今属山东省)。此组诗即作于押送途中，此为第一首。诗中控诉元兵残暴的掳掠行径。　②累(léi雷)：捆绑的意思。累囚，即囚徒。③旃：通"毡"。毡车，挂着毡毯的车子，这里指蒙古军的车队。　④红粉：被蒙古军掳掠来的妇女。回鹘(hú胡)：古代西北地区的一个少数民族，这里代指蒙古民族。

三 关汉卿

关汉卿,号已斋,大都(今北京)人。生卒年代不可确考。元钟嗣成《录鬼簿》列为"前辈已死名公才人有所编传奇行于世者"之首,当为由金入元之杂剧作家;又称其为太医院官。元熊自得《析津志·名宦传》称其"生而倜傥,博学能文,滑稽多智,蕴藉风流,为一时之冠"。其[南吕·一枝花]《不伏老》散套,自述平生多才艺,寄迹娱乐场中,十分风光,矢志不移。是则由文人而走向瓦舍勾栏,终成为"驱梨园领袖"、"捻杂剧班头",被推为元曲四大家之首。所作杂剧有六十馀种,今存十八种。题材多样,曲词亦俗亦雅,富有时代生活气息。亦工散曲,风格率直泼辣。

感天动地窦娥冤[1]

第三折

(外扮监斩官上[2],云)下官监斩官是也,今日处决犯人,着做公的把住巷口[3],休放往来人闲走。(净扮公人[4],鼓三通,锣三下科。刽子磨旗、提刀[5],押正旦带枷上[6],刽子云)行动些,行动些。监斩官去法场上多时了。(正旦唱)

[正宫端正好]没来由犯王法[7],不提防遭刑宪,叫声屈动地惊天,顷刻间游魂先赴森罗殿[8],怎不将天地也生埋怨。

[滚绣球]有日月朝暮悬,有鬼神掌著生死权。天地也,只合把清浊分辨,可怎生糊突了盗跖、颜渊[9]? 为善的受贫穷更命短,造恶的享富贵又寿延。天地也,做得个怕硬欺软,却元来也这般顺水推船。地也,你不分好歹何为地? 天也,你错勘贤愚枉做天! 哎,只落得两泪涟涟。

(刽子云)快行动些,误了时辰也。(正旦唱)

[倘秀才]则被这枷纽的我左侧右偏,人拥得我前合后偃。我窦娥向哥哥行有句言[10]。(刽子云)你有什么话说? (正旦唱)前街里去心怀恨,后街里去死无冤[11],休推辞路远。

(刽子云)你如今到法场上面,有什么亲眷要见的,可教他过来,见你一面也好。(正旦唱)

[叨叨令]可怜我孤身只影无亲眷,则落的吞声忍气空嗟怨。(刽子云)难道你爷娘家也没的? (正旦云)止有个爹爹,十三年前上朝取应去了,至今杳无音信。(唱)蚤已是十年多不睹爹爹面。(刽子云)你适才要我往后街里去,是什么主意? (正旦唱)怕则怕前街里被我婆婆见。(刽子云)你的性命也顾不得,怕他见怎的? (正旦云)俺婆婆若见我披枷带锁,赴法场餐刀去呵[12],(唱)枉将他气杀也么哥[13]! 枉将他气杀也么哥! 告哥哥,临危好与人行方便。

(卜儿哭上科[14],云)天哪,兀的不是我媳妇儿[15]! (刽子云)婆子,靠后! (正旦云)既是俺婆婆来了,叫他来,待我嘱咐他几句话咱。(刽子云)那婆子近前来,你媳妇要嘱咐你话哩。(卜儿云)孩儿,痛杀我也! (正旦云)婆婆,那张驴儿把毒药放在羊肚儿汤里,实指望药死了你,要霸占我为妻,不想婆婆让与他老子吃,倒把他老子药死了。我怕连累婆婆,屈招了药死公公,今日赴法场典刑。婆婆,此后遇着冬时年节,月一十五,有瀽不了的浆水饭[16],瀽半碗儿与我吃,烧不了的纸钱,

与窦娥烧一陌儿[17]，则是看你死的孩儿面上。(唱)

[快活三]念窦娥葫芦提当罪愆[18]，念窦娥身首不完全，念窦娥从前已往干家缘[19]，婆婆也，你只看窦娥少爷无娘面。

[鲍老儿]念窦娥伏侍婆婆这几年，遇时节将碗凉浆奠，你去那受刑法尸骸上烈些纸钱，只当把你亡化的孩儿荐[20]。(卜儿哭科，云)孩儿放心，这个老身都记得。天哪，兀的不痛杀我也！(正旦唱)婆婆也，再也不要啼啼哭哭，烦烦恼恼，怨气冲天。这都是我做窦娥的没时没运，不明不暗，负屈衔冤。

[刽子做喝科，云]兀那婆子靠后，时辰到了也。(正旦跪科)[刽子开枷科](正旦云)窦娥告监斩大人，有一事肯依，窦娥便死而无怨。(监斩官云)你有什么事？你说。(正旦云)要一领净席，等我窦娥站立；又要丈二白练，挂在旗枪上[21]。若是我窦娥委实冤枉，刀过处头落，一腔热血休半点儿沾在地下，都飞在白练上者。(监斩官云)这个就依你，打什么不紧。(刽子做取席站科，又取白练挂旗上科)(正旦唱)

[耍孩儿]不是我窦娥罚下这等无头愿，委实的冤情不浅，若没些儿灵圣与世人传，也不见得湛湛青天！我不要半星热血红尘洒，都只在八尺旗枪素练悬，等他四下里皆瞧见，这就是咱苌弘化碧[22]，望帝啼鹃[23]。

(刽子云)你还有甚的说话，此时不对监斩大人说，几时说那？(正旦再跪科，云)大人，如今是三伏天道，若窦娥委实冤枉，身死之后，天降三尺瑞雪，遮掩了窦娥尸首。(监斩官云)这等三伏天道，你便有冲天的怨气，也召不得一片雪来，可不胡说！(正旦唱)

[二煞]你道是暑气暄，不是那下雪天，岂不闻飞霜六月因邹衍[24]？若果有一腔怨气喷如火，定要感的六出冰花滚似绵[25]，免着我尸骸现。要什么素车白马[26]，断送出古陌荒阡！

(正旦再跪科，云)大人，我窦娥死的委实冤枉，从今以后，着这楚州亢旱三年[27]。(监斩官云)打嘴！那有这等说话！(正旦唱)

[一煞]你道是天公不可期，人心不可怜，不知皇天也肯从人愿。做什么三年不见甘霖降？也只为东海曾经孝妇冤[28]。如今轮到你山阳县[29]。这都是官吏每无心正法，使百姓有口难言。

(刽子做磨旗科，云)怎么这一会儿天色阴了也？(内做风科，刽子云)好冷风也！(正旦唱)

[煞尾]浮云为我阴，悲风为我旋，三桩儿誓愿明题遍。(做哭科，云)婆婆也，直等待雪飞六月，亢旱三年呵，(唱)那其间才把你个屈死的冤魂这窦娥显！

(刽子手做开刀，正旦倒科)(监斩官惊云)呀，真个下雪了，有这等异事！(刽子云)我也道平日杀人，满地都是鲜血，这个窦娥的血，都飞在那丈二白练上，并无半点落地，委实奇怪。(监斩官云)这死罪必有冤枉。早两桩儿应验了，不知亢旱三年的说话，准也不准？且看后来如何。左右，也不必等待雪晴，便与我抬他尸首，还了那蔡婆婆去吧。(众应科，抬尸下)

涵芬楼影印明刊本《元曲选》壬集下

①《窦娥冤》为关汉卿的悲剧代表作。全剧敷演贫女窦娥为抵债做童养媳，婚后守寡受无赖欺侮，被诬陷投毒杀人，官府判处斩首种种不幸，反映出元代社会之混乱、黑暗。情节紧凑，悲剧冲突愈演愈烈，扣人心弦。王国维评之曰："列之于世界大悲剧中，亦无愧色。"(《宋元戏曲史》)所选为第三折，窦娥赴刑场途中愤诉世无天理，声情激越，传达出普天下受压迫者之心声。

②外：元杂剧角色名，外末的省称，扮演老年男人。　③做公的：即公人，衙役。　④净：元杂剧角色名，专扮演反面人物或滑稽人物。　⑤磨旗：摇动旗子。　⑥正旦：元杂剧中扮演女主人公的角色，这里指窦娥。

⑦没来由:无缘无故。　⑧森罗殿:即传说中的阎罗殿。　⑨盗跖(zhí直)、颜渊:跖,春秋时期一个以造反闻名的"大盗",常被人们当作坏人的典型。颜渊,名回,孔子的学生,安贫乐道,古人将他视作贤人的典型。
⑩哥哥行(háng杭):即哥哥那里。行,用在人称名词或代词后面,表示方位。
⑪冤:这里为怨恨意。　⑫餐刀:即挨刀。　⑬也么哥:语助词,用在叠句结尾,起加强语气的作用。在"叨叨令"中,此处这样用是一种格式。
⑭卜儿:元杂剧角色名,扮演老年妇女。　⑮兀的不:兀的,这,这个。兀的不,这岂不,怎不。　⑯瀽(jiǎn简):泼,倒。这里指浇奠酒浆。　⑰一陌儿:陌,通"百"。一陌儿,一百张,这里泛指一沓、一叠。　⑱葫芦提:糊里糊涂,不明不白。罪愆(qiān千):罪过。　⑲干家缘:意为操持家务。
⑳荐:祭奠。　㉑旗枪:旗杆顶端的金属部分。　㉒苌弘化碧:古代传说,周朝的大夫苌弘无辜被杀,其血化为碧玉。事见《左传·哀公三年》。又《庄子·外物》云:"苌弘死于蜀,藏其血三年,而化为碧。"后人遂用以借指屈死者的形象。　㉓望帝啼鹃:古代传说,蜀王杜宇,号望帝,被迫传位给臣子,死后化为杜鹃鸟,常在山中悲啼。事见《华阳国志·蜀志》。又左思《蜀都赋》:"碧出苌弘之血,鸟生杜宇之魂。"李善注引《蜀记》:"蜀人闻子规鸟鸣,皆曰望帝也。"　㉔邹衍:战国时齐人,在燕国为臣,相传他受人陷害,被逮下狱,曾经仰天大哭,竟使六月天飞起霜来。后人便以这个故事代表冤狱。事见《太平御览》卷一四引《淮南子》。又唐张说《狱箴》云:"匹夫结愤,六月飞霜。"
㉕六出冰花:指雪花,以其形为六角状的结晶体,故曰"六出"。出,花分瓣。《太平御览》卷一二引《韩诗外传》:"凡草木花多五出,雪花独六出。"　㉖素车白马:指吊丧送葬。　㉗亢(kàng抗)旱:大旱。　㉘东海孝妇:传说汉代东海郡有一寡妇周青,对婆婆十分孝顺,婆婆怕连累媳妇,自缢而死。其小姑告官,诬嫂以杀人之罪,郡守竟判周青死刑。临刑前,周青指身边竹竿说:我若无罪,血当沿竿向上倒流。行刑后,血果然逆流而上。东海郡接着又大旱三年,后有于公者为其昭雪,天才降下大雨。事见《汉书·于定国传》。
㉙山阳县:今江苏淮安。

关大王独赴单刀会[1]

第四折

(鲁肃上,云)欢来不似今朝,喜来那逢今日。小官鲁子敬是也。我使黄文持书去请关公[2],欣喜许今日赴会,荆襄地合归还俺江东。英雄甲士已暗藏壁衣之后,令江上相候,见舡到便来报我知道。

(正末关公引周仓上,云)周仓,将到那里也?(周云)来到大江中流也。(正云)看了这大江,是一派好水呵!(唱)

[双调新水令]大江东去浪千叠,引着这数十人,驾着这小舟一叶。又不比九重龙凤阙[3],可正是千丈虎狼穴。大丈夫心烈[4],我觑这单刀会似赛村社[5]。

(云)好一派江景也呵!(唱)

[驻马听]水涌山叠,年少周郎何处也?不觉的灰飞烟灭。可怜黄盖转伤嗟。破曹的樯橹一时绝,鏖兵的江水由然热[6],好教我情惨切!(云)这也不是江水,(唱)二十年流不尽的英雄血!

(云)却早来到也,报伏去[7]。(卒报科,做相见科)(鲁云)江下小会,酒非洞里之长春[8],乐乃尘中之菲艺[9]。猥劳君侯屈高就下[10],降尊临卑,实乃鲁肃之万幸也!(正云)量某有何德能,着大夫置酒张筵?既请必至。(鲁云)黄文,将酒来。二公子满饮一杯。(正云)大夫饮此杯。(把盏科)(正云)想古今咱这人过日月好疾也呵!(鲁云)过日月是好疾也,光阴似骏马加鞭,浮世似落花流水。(正唱)

[胡十八]想古今立勋业,那里也舜五人、汉三杰[11]?两朝相隔数年别,不付能见者[12],却又早老也!开怀的饮数杯。(云)将酒来。(唱)尽心儿待醉一夜。

(把盏科)(正云)你知"以德报德,以直报怨"么[13]?(鲁云)既然将军言"以德报德,以直报怨",借物不还者为之"怨"。想君侯文武全才,通练兵书,习《春秋》、《左传》,济拔颠危,匡扶社稷,可不谓之仁乎?待玄德如骨肉,觑曹操若仇雠,可不谓之义乎?辞曹归汉,弃印封金,可不谓之礼乎?坐服于禁,水淹七军,可不谓之智乎?且将军仁义礼智俱足,惜乎止少个"信"字,欠缺未完。再若得全个"信"字,无出君侯之右也。(正云)我怎生失信?(鲁云)非将军失信,皆因令兄玄德公失信。(正云)我哥哥怎生失信来?(鲁云)想昔日玄德公败于当阳之上,身无所归,因鲁肃之故,屯军三江夏口。鲁肃又与孔明同见我主公,即日兴师拜将,破曹兵于赤壁之间。江东所费巨万,又折了首将黄盖。因将军贤昆玉无尺寸地[14],暂借荆州,以为养军之资。数年不还。今日鲁肃低情曲意,暂取荆州,以为救民之急;待仓廪丰盈,然后再献与将军掌领。鲁肃不敢自专,君侯台鉴不错[15]。(正云)你请我吃筵席来那,是索荆州来?(鲁云)没,没,没,我则这般道:孙刘结亲,以为唇齿,两国正好和谐。(正唱)

[庆东原]你把我真心儿待,将筵宴设,你这般攀今览古,分甚枝叶[16]?我根前使不着你"之乎者也"、"诗云子曰",早该豁口截舌[17]。有意说孙、刘,你休目下番成吴越[18]。

(鲁云)将军原来傲物轻信!(正云)我怎么傲物轻信?(鲁云)当日孔明亲言:"破曹之后,荆州即还江东。"鲁肃亲为代保。不思旧日之恩,今日恩变为仇,犹自说"以德报德,以直报怨"。圣人道:"信近于义,言可复也[19]。"去食去兵,不可去信。“大车无輗，小车无軏，其何以行之哉[20]？”今将军全无仁义之心，枉作英雄之辈。荆州久借不还，却不道“人无信不立”！（正云）鲁子敬，你听的这剑戒么[21]？（鲁云）剑戒怎么？（正云）我这剑戒，头一遭诛了文丑，第二遭斩了蔡阳，鲁肃呵，莫不第三遭到你也？（鲁云）没，没，我则这般道来。（正云）这荆州是谁的？（鲁云）这荆州是俺的。（正云）你不知，听我说。（唱）

［沉醉东风］想着俺汉高皇图王霸业，汉光武秉正除邪，汉献帝将董卓诛，汉皇叔把温侯灭[22]。俺哥哥合情受汉家基业。则你这东吴国的孙权，和俺刘家却是甚枝叶？请你个不克己先生自说[23]！

（鲁云）那里什么响？（正云）这剑戒二次也。（鲁云）却怎么说？（正云）这剑按天地之灵，金火之精，阴阳之气，日月之形；藏之则鬼神遁迹，出之则魑魅潜踪；喜则恋鞘沉沉而不动，怒则跃匣铮铮而有声。今朝席上，倘有争锋，恐君不信，拔剑施呈。吾当摄剑[24]，鲁肃休惊。这剑果有神威不可当，庙堂之器岂寻常。今朝索取荆州事，一剑先交鲁肃亡！（唱）

［雁儿落］则为你三寸不烂舌，恼犯我三尺无情铁。这剑饥餐上将头，渴饮仇人血。

［得胜令］则是条龙向鞘中蛰[25]，唬得人向坐间呆[26]。今日故友每才相见，休着俺弟兄每相间别。鲁子敬听者，你心内休乔怯，畅好是随邪[27]，吾当酒醉也。

（鲁云）臧宫动乐[28]。（臧宫上，云）天有五星，地攒五岳，人有五德，乐按五音。五星者，金、木、水、火、土。五岳者，常、恒、泰、华、嵩[29]。五德者，温、良、恭、俭、让。五音者，宫、商、角、徵、羽。（甲士拥上科）（鲁云）埋伏了者。（正击案，怒云）有埋伏也无埋伏？（鲁云）并无埋伏。（正云）若有埋伏，一剑挥

之两断！(做击案科)(鲁云)你击碎菱花[30]。(正云)我特来破镜！(唱)

[搅筝琶]却怎生闹炒炒军兵列，休把我当拦者！(云)当着我的，呵呵！(唱)我着他剑下身亡，目前流血。便有那张仪口，蒯通舌，休那里躲闪藏遮。好生的送我到船上者，我和你慢慢的相别。

(鲁云)你去了，倒是一场伶俐[31]。(黄文云)将军，有埋伏里！(鲁云)迟了我的也！(关平领众将上，云)请父亲上舡，孩儿每来迎接里。(正云)鲁肃，休惜殿后。(唱)

[离亭宴带歇拍煞]我则见紫袍银带公人列，晚天凉，风冷芦花谢，我心中喜悦。昏惨惨晚霞收，冷飕飕江风起，急飐飐帆招惹[32]。承管待，承管待，多承谢，多承谢。唤梢公慢者，缆解开岸边龙，舡分开波中浪，棹搅醉江心月。正欢娱有甚进退，且谈笑不分明夜[33]。说与你两件事先生记者，百忙里趁不了老兄心[34]，急且里倒不了俺汉家节[35]。

题目　孙仲谋独占江东地　请乔公言定三条计

正名[36]　鲁子敬设宴索荆州　关大王独赴单刀会

《古本戏曲丛刊四集》影印本《脉望馆抄校古今杂剧》

①《单刀会》演三国故事：东吴鲁肃为索取荆州，埋伏甲兵，请关羽赴宴。关羽横渡大江，仗胆孤行，单刀震敌，全节而归。剧本结构较特别：前两折分别由乔玄和司马徽对关羽的威风和功绩做渲染，第三折关羽才出场，而真正的冲突是在第四折方展开的。这里选的是第四折，为全剧的高潮，其中《新水令》、《驻马听》二曲历来脍炙人口。　②黄文：吴国的将领，为作者虚拟的人物。　③九重龙凤阙：封建帝王居住的地方。　④大丈夫心烈：原本作"大丈夫心别"，据王季烈校刊《孤本元明杂剧》改。　⑤赛村社：古代农村于节日举行的迎神的赛会。　⑥由然：同"犹然"。　⑦报伏：同"报复"。　⑧长春：一种好酒的名称。　⑨菲艺：菲薄的技艺。　⑩猥

劳:有辱大驾之意。猥,卑下,谦词。　⑪舜五人:传说中帝舜的五位贤臣,即禹、弃、契、皋陶和后夔。汉三杰:辅佐汉高祖刘邦平定天下的张良、萧何与韩信。　⑫不付能:即不甫能,意为刚能够,好不容易。　⑬以德报德,以直报怨:语出《论语·宪问》,意谓拿恩惠来酬答恩惠,拿公平正直来回答怨恨。　⑭昆玉:对人兄弟的敬称。　⑮台鉴:您的审察、裁夺。台,称对方的敬词。鉴,审察。　⑯分甚枝叶:这里以枝叶比吴蜀的关系,意谓两国不应该因计较利益得失而造成对立。　⑰豁口截舌:割嘴、断舌,意谓因那些不好的话语该受到惩罚。　⑱吴、越:春秋时吴国和越国是敌对的国家。⑲"信近"二句:语出《论语·学而》,意思是讲信誉的人说过的话,可以由行动来证实。　⑳"大车"三句:语出《论语·为政》。輗(ní 泥)、軏(yuè 月)都是车辕前面与套牲口横木连接的关键,孔子用以比喻人离开了信义将寸步难行。　㉑剑戒:原本作"剑界",据王起主编《中国戏曲选》(人民文学出版社)之《单刀会》注改。下同。意谓剑器发出了警告的声音。　㉒温侯:吕布。字奉先,官奋威将军,封温侯。据《三国志·吕布传》记载,吕布为曹操所杀。　㉓不克己:不能克制和约束自己的不良欲望。　㉔摄剑:拔剑。㉕蛰:潜伏。　㉖"唬得"句:原本作"虎在坐间踅",据元刊本改。　㉗畅好是:真正是。随邪:入了邪道。　㉘臧宫:人名,作者虚拟的人物。动乐:奏乐。　㉙常、恒、泰、华、嵩:五岳名。常山,本名恒山,汉代避文帝刘恒讳改,为北岳　。恒,应为"衡",衡山,南岳。泰,泰山,东岳。华,华山,西岳。嵩,嵩山,中岳。　㉚菱花:古代铜镜背面的图案、花纹,这里用来代指镜子。　㉛伶俐:这里为利索、干净之意。　㉜急飐(zhǎn 展)飐:风吹动船帆振颤的样子。　㉝不分明夜:原本作"分明夜",据王季烈校刊《孤本元明杂剧》改。　㉞趁:同"称"。　㉟急且里:急迫之中,匆忙里。
㊱题目、正名:元杂剧体制中的一个部分,一般置于结尾处,用两句或四句对文总结全剧的内容,并以末句作为剧名。

南吕·一枝花[1]

不伏老

[一枝花]攀出墙朵朵花[2],折临路枝枝柳。花攀红蕊嫩,柳折翠条柔。浪子风流。凭着我折柳攀花手,直煞得花残柳败休[3]。半生来折柳攀花,一世里眠花卧柳。

[梁州]我是个普天下郎君领袖[4],盖世界浪子班头[5]。愿朱颜不改常依旧,花中消遣,酒内忘忧。分茶攧竹[6],打马藏阄[7],通五音六律滑熟[8],甚闲愁到我心头!伴的是银筝女,银台前,理银筝,笑倚银屏;伴的是玉天仙,携玉手,并玉肩,同登玉楼;伴的是金钗客,歌金缕,捧金樽,满泛金瓯[9]。你道我老也,暂休?占排场风月功名首[10],更玲珑又剔透。我是个锦阵花营都帅头[11],曾玩府游州。

[隔尾]子弟每是个茅草岗,沙土窝,初生的兔羔儿,乍向围场上走[12],我是个经笼罩,受索网,苍翎毛老野鸡,蹅踏的阵马儿熟[13]。经了些窝弓冷箭蜡枪头[14],不曾落人后。恰不道人到中年万事休,我怎肯虚度了春秋?

[尾]我是个蒸不烂、煮不熟、捶不匾、炒不爆、响珰珰一粒铜豌豆[15],恁子弟每谁教你钻入他锄不断、斫不下、解不开、顿不脱、慢腾腾千层锦套头[16]。我玩的是梁园月[17],饮的是东京酒[18],赏的是洛阳花[19],攀的是章台柳[20]。我也会围棋、会蹴踘[21]、会打围[22]、会插科[23]、会歌舞、会吹弹、会咽作[24]、会吟诗、会双陆[25]。你便是落了我牙,歪了我嘴,瘸了我腿,折了我

手，天赐与我这几般儿歹症候[26]，尚兀自不肯休[27]。则除是阎王亲自唤，神鬼自来勾，三魂归地府，七魄丧冥幽[28]，天哪，那其间才不向烟花路儿上走[29]！

《四部丛刊》本《雍熙乐府》卷一〇

①这是关汉卿带自述性质的一套散曲，某种程度上可以看作离经叛道的一篇"浪子宣言"。它对了解这位艺术巨匠的生平及其性格特点具有重要价值，历来为人们所重视。　②"攀出"句：出墙花与下句的临路柳均指妓女。　③煞：同"杀"，引伸为较量、战斗。　④郎君：这里指浪荡公子。　⑤盖世界：即全世界。班头：江湖各色人的头领。　⑥分茶攧竹：当时勾栏中的两种技艺。分茶，指泡茶的一种技巧。攧竹，一说为画竹，《百花亭》杂剧有"撇兰攧竹，写字吟诗"语。或谓是赌博性质的抽签。也有认为是吹奏管乐器。　⑦打马藏阄(jiū 纠)：古代的两种游戏。打马，一种棋艺，因棋子称作马而得名。可参看李清照《打马图序》、《打马赋》。藏阄，又名藏钩，一种猜别人手中藏物决定胜负的游戏。　⑧五音六律：五音即宫、商、角、徵(zhǐ 止)、羽，古代的五个音阶。六律，即黄钟、太簇、姑洗、蕤宾、夷则、无射，属十二律中的阳律。　⑨金缕：唐曲调名，即《金缕衣》。又词调《贺新郎》亦名《金缕曲》。金瓯(ōu 欧)：金杯。　⑩占排场：宋元时称戏剧或其他技艺表演为"做场"或"做排场"。风月功名首：在勾栏、妓院的种种活动中成为首领。⑪锦阵花营：指妓女优伶集中的处所。　⑫子弟每：指妓院中年轻的狎客。每，通"们"。围场：事先围好的打猎场所。　⑬蹅(chǎ)踏：踩踏。阵马儿熟：战场经验丰富。　⑭窝弓：猎人安置在草丛中的伏弩，踏上即发。蜡枪头：喻中看不中用。　⑮铜豌豆：元代市井语，指花柳营中精于门槛的风流浪子。　⑯恁：你们。锦套头：锦做成的圈套。　⑰梁园：汉代梁孝王的园林，在河南开封附近。这里指汴京。　⑱东京：指宋代汴京。　⑲洛阳花：洛阳多花，尤以牡丹著名。　⑳章台柳：章台，汉代长安街名，娼妓所居。唐代以章台柳喻妓女，参见许尧佐《柳氏传》。　㉑蹴踘(cùjú 促菊)：即踢球，古代的一种游戏。　㉒打围：即打猎。　㉓插科：插科打诨、诙谐滑稽的即兴式表演，杂剧演出中常用之。　㉔咽作：即歌唱。《雍熙乐府》载汤式《醉花阴·离思》："言谈处嘤玉喷珠舌上挑，咽作处换气偷声使褙

巧。”　㉕双陆：即“打马”，一种棋艺，又称打双陆。　㉖歹症候：恶疾，坏毛病。这里指上面提到的爱好及技艺。　㉗尚兀自：尚且，仍然。　㉘冥幽：阴间。　㉙烟花路儿：指通往勾栏妓院的道路。

四 白 朴

白朴(1226—1306后),字太素,一字仁甫,号兰谷。祖籍陕州(今山西曲沃),生于汴梁(今河南开封)。金天兴元年(1232),蒙古军围攻汴梁,父白华随金哀宗出奔。城破,母死于难,被元好问携之归真定(今河北正定),并受其教养。及长,长期依人,飘泊南北。晚居金陵,放浪形骸,寄情词曲。词有《天籁集》。以杂剧著称,悲喜剧皆擅长,为元曲四大家之一。所作有十六种,今存《梧桐雨》等三种。

唐明皇秋夜梧桐雨[1]

第四折

(高力士上,云)自家高力士是也。自幼供奉内官,蒙主上抬举,加为六宫提督太监。往年主上悦杨氏容貌,命某取入宫中,宠爱无比,封为贵妃,赐号太真。后来逆胡称兵[2],伪诛杨国忠为名,逼的主上幸蜀[3]。行至中途,六军不进。右龙武将军陈玄礼奏过,杀了国忠,祸连贵妃。主上无可奈何,只得从之,缢死马嵬驿中。今日贼平无事,主上还国,太子做了皇帝;主上养老,退居西宫,昼夜只是想贵妃娘娘。今日教某挂起真容[4],朝夕哭奠。不免收拾停当,在此伺候咱。(正末上,云)寡人自幸蜀还京,太子破了逆贼,即了帝位,寡人退居西宫养

老，每日只是思量妃子。教画工画了一轴真容供养着，每日相对，越增烦恼也呵！（做哭科，唱）

[正宫端正好]自从幸西川还京兆[5]，甚的是月夜花朝[6]！这半年来白发添多少，怎打叠愁容貌[7]！

[幺篇]瘦岩岩不避群臣笑，玉叉儿将画轴高挑；荔枝花果香檀卓[8]，目觑了伤怀抱。

（做看真容科，唱）

[滚绣球]险些把我气冲倒，身谩靠，把太真妃放声高叫，叫不应雨泪嚎咷。这待诏手段高[9]，画的来没半星儿差错。虽然是快染能描，画不出沉香亭畔回鸾舞[10]，花萼楼前上马娇[11]，一段儿妖娆。

[倘秀才]妃子呵，常记得千秋节华清宫宴乐[12]，七夕会长生殿乞巧，誓愿学连理枝比翼鸟，谁想你乘彩凤，返丹霄，命夭！

（带云）寡人越看越添伤感，怎生是好？（唱）

[呆骨朵]寡人有心待盖一座杨妃庙，争奈无权柄谢位辞朝。则俺这孤辰限难熬[13]，更打着离恨天最高[14]。在生时同衾枕，不能勾死后也同棺椁。谁承望马嵬坡尘土中，可惜把一朵海棠花零落了。

（带云）一会儿身子困乏，且下这亭子，去闲行一会咱。（唱）

[白鹤子]那身离殿宇[15]，信步下亭皋。见杨柳袅翠蓝丝[16]，芙蓉拆胭脂萼[17]。

[幺]见芙蓉怀媚脸，遇杨柳忆纤腰。依旧的两般儿点缀上阳宫，他管一灵儿潇洒长安道[18]。

[幺]常记得碧梧桐阴下立，红牙筯手中敲[19]；他笑整缕金衣，舞按霓裳乐。

[幺]到如今翠盘中荒草满[20]，芳树下暗香消。空对井梧阴，不见倾城貌。

(做叹科,云)寡人也怕闲行,不如回去来。(唱)

[倘秀才]本待闲散心追欢取乐,倒惹的感旧恨天荒地老。快快归来凤帏悄,甚法儿捱今宵,懊恼!

(带云)回到这寝殿中,一弄儿助人愁也[21]。(唱)

[芙蓉花]淡氤氲串烟袅,昏惨剌银灯照,玉漏迢迢,才是初更报。暗觑清霄,盼梦里他来到。却不道口是心苗[22],不住的频频叫。

(带云)不觉一阵昏迷上来,寡人试睡些儿。(唱)

[伴读书]一会家心焦躁,四壁厢秋虫闹;忽见掀帘西风恶,遥观满地阴云罩。俺这里披衣闷把帏屏靠,业眼难交[23]。

[笑和尚]原来是滴溜溜绕闲阶败叶飘,疏剌剌刷落叶被西风扫,忽鲁鲁风闪得银灯爆。厮琅琅鸣殿铎[24],扑簌簌动朱箔[25],吉丁当玉马儿向檐间闹[26]。(做睡科,唱)

[倘秀才]闷打颏和衣卧倒[27],软兀剌方才睡着[28]。(旦上,云)妾身贵妃是也。今日殿中设宴,宫娥,请主上赴席咱。(正末唱)忽见青衣走来报,道太真妃将寡人邀、宴乐。

(正末见旦科,云)妃子,你在那里来?(旦云)今日长生殿排宴,请主上赴席。(正末云)分付梨园子弟齐备着。(旦下)(正末做惊醒科,云)呀,元来是一梦。分明梦见妃子,却又不见了。(唱)

[双鸳鸯]斜軃翠鸾翘[29],浑一似出浴的旧风标,映着云屏一半儿娇。好梦将成还惊觉,半襟情泪湿鲛绡[30]。

[蛮姑儿]懊恼,窨约[31]。惊我来的又不是楼头过雁,砌下寒蛩,檐前玉马,架上金鸡,是兀那窗儿外梧桐上雨潇潇。一声声洒残叶,一点点滴寒梢,会把愁人定虐[32]。

[滚绣球]这雨呵,又不是救旱苗,润枯草,洒开花萼,谁望道秋雨如膏。向青翠条,碧玉梢,碎声儿刮剌,增百十倍歇和芭

蕉[33]。子管里珠连玉散飘千颗[34]，平白地瀽瓮番盆下一宵[35]，惹的人心焦。

[叨叨令]一会价紧呵，似玉盘中万颗珍珠落；一会价响呵，似玳筵前几簇笙歌闹；一会价清呵，似翠岩头一派寒泉瀑；一会价猛呵，似绣旗下数面征鼙操[36]。兀的不恼杀人也么哥，兀的不恼杀人也么哥！则被他诸般儿雨声相聒噪。

[倘秀才]这雨一阵阵打梧桐叶凋，一点点滴人心碎了。枉着金井银床紧围绕[37]，只好把泼枝叶做柴烧，锯倒。

(带云)当初妃子舞翠盘时，在此树下；寡人与妃子盟誓时，亦对此树；今日梦境相寻，又被他惊觉了。(唱)

[滚绣球]长生殿那一宵，转回廊，说誓约，不合对梧桐并肩斜靠，尽言词絮絮叨叨。沉香亭那一朝，按霓裳，舞六幺[38]，红牙筯击成腔调，乱宫商闹闹炒炒。是兀那当时欢会栽排下，今日凄凉厮辏着[39]，暗地量度。

(高力士云)主上，这诸样草木，皆有雨声，岂独梧桐？(正末云)你那里知道，我说与你听者。(唱)

[三煞]润濛濛杨柳雨，凄凄院宇侵帘幕；细丝丝梅子雨，妆点江干满楼阁；杏花雨红湿阑干，梨花雨玉容寂寞；荷花雨翠盖翩翻，豆花雨绿叶潇条，都不似你惊魂破梦，助恨添愁，彻夜连宵。莫不是水仙弄娇[40]，蘸杨柳洒风飘。

[二煞]味味似喷泉瑞兽临双沼[41]，刷刷似食叶春蚕散满箔。乱洒琼阶，水传宫漏；飞上雕檐，酒滴新槽。直下的更残漏断，枕冷衾寒，烛灭香消。可知道？夏天不觉，把高凤麦来漂[42]。

[黄钟煞]顺西风低把纱窗哨，送寒气频将绣户敲。莫不是天故将人愁闷搅，度铃声响栈道[43]，似花奴羯鼓调[44]，如伯牙水

仙操[45]。洗黄花，润篱落；渍苍苔，倒墙角；渲湖山，漱石窍；浸枯荷，溢池沼。沾残蝶粉渐消，洒流萤焰不着，绿窗前促织叫，声相近雁影高。催邻砧处处捣，助新凉分外早。斟量来这一宵，雨和人紧厮熬，伴铜壶点点敲，雨更多泪不少，雨湿寒梢，泪染龙袍，不肯相饶，共隔着一树梧桐直滴到晓。

题目　安禄山反叛兵戈举　陈玄礼拆散鸾凰侣

正名　杨贵妃晓日荔枝香　唐明皇秋夜梧桐雨。

涵芬楼影印明刊本《元曲选》丙集上

①《梧桐雨》演天宝遗事，即唐玄宗与杨玉环的爱情故事。剧作重在通过乱后唐玄宗在深宫独自怀念死去的杨贵妃，浓墨重彩地表达了一种荒寂凄凉、乐极哀来的悲痛，个中寓含作者本人在国破家亡后的思想感情。全剧唱辞优美、缠绵，意境动人，具有强烈的抒情气氛。这里选的是第四折。

②逆胡称兵：指安禄山举兵叛乱。　③幸蜀：指唐玄宗避乱奔蜀。古代将帝王到某处称为“幸”。　④真容：画像。　⑤京兆：京兆府，长安周围的地区。这里指京都长安。　⑥甚的是：意谓何曾度过。　⑦打叠：收拾、除去。　⑧卓：通“桌”。　⑨待诏：唐代翰林院设有待诏所，蓄备词学、经术、僧道、医卜、艺术等人材，称翰林待诏，这里指画工。　⑩沉香亭：在长安兴庆宫御花园内。回鸾舞：六朝舞曲名，这里代指《霓裳羽衣舞》。

⑪花萼楼：即花萼相辉楼，亦在兴庆宫内。上马娇：宋元时有《杨妃上马娇图》，这里以图名与舞名相对，形容杨贵妃娇美的身姿。　⑫千秋节：唐玄宗八月五日的诞辰，开元十七年由百官上表奏定为“千秋节”。华清宫：唐宫名，在今陕西临潼骊山上，其地有温泉。唐玄宗与杨贵妃常游乐于此。天宝十五载，宫殿毁于兵火。　⑬孤辰限：孤寡不吉的岁月。孤辰，星相说指不吉之星，主孤寡。　⑭离恨天：根据佛教的传说，天有三十三层，离恨天为最高一层。这里借以表现爱人之间不得相见的痛苦。　⑮那：通“挪”。

⑯袅（niǎo 鸟）：轻柔地摆动。　⑰拆：绽开。　⑱管：包管、准是。一灵儿：指魂灵。潇洒：凄凉、冷落之意。　⑲红牙筯（zhù 住）：红檀木做的形似筷子、用来调节乐曲节拍的打击乐器。　⑳翠盘：宋元时期表演伎艺用

的场地称盘子，翠盘可能是用碧玉砌成的舞盘。　㉑一弄儿：所有的，一切。　㉒口是心苗：言为心声之意。　㉓业眼：罪孽之眼。"业"本为佛教用语。　㉔殿铎：殿中的铃铎。　㉕朱箔（bó 博）：珍珠串成的帘子。㉖玉马儿：又称"铁马"，殿角檐间悬挂的风铃，以玉片或铁片制成，风吹互相撞击出声。　㉗打颏（hái 孩）：语助词。闷打颏，闷厌厌地。　㉘兀剌：语助词。软兀剌，软搭搭地。　㉙亸（duǒ 朵）：下垂。翠鸾翘：妇女的首饰。　㉚鲛（jiāo 交）绡：丝织的手帕。鲛，鲛人，神话中的人鱼，传说能织绡。　㉛窨（yìn 印）约：思量、忖度。　㉜定虐：又作"定害"，打搅、扰乱。㉝歇和：聚合、协合。此四句意为，雨打在柳梢、芭蕉以及梧桐叶上的声音交织在一起，使原有的雨声增大了许多倍。　㉞子管里：只管、一味地。㉟瀽（jiǎn 简）瓮番盆：倾罐倒盆。　㊱征鼙（pí 皮）：军鼓。　㊲金井银床：宫庭园林中有雕饰的井架及其井栏，又称玉栏金井。　㊳六幺：唐代舞曲名，又作绿腰。　㊴厮辏（còu 凑）：相凑、交集。　㊵水仙：天上司掌降雨的神仙。　㊶啋（chuáng 床）啋：雨声。瑞兽：用石雕刻成兽形的喷泉口。　㊷高凤：东汉时隐士，读书十分专心，大雨把他家曝晒的麦子漂走了也不知道。事见《后汉书·逸民传》。　㊸"度铃"句：玄宗在蜀中避难时，雨中闻栈道铃声，勾起悼念贵妃之情，因采其声为《雨霖铃》曲。　㊹花奴：唐汝阳王李琎小名，擅长击羯鼓。　㊺伯牙水仙操：伯牙，周代音乐家，善鼓琴。水仙操，琴曲名。传说伯牙在东海蓬莱山，闻海水、山林之声，因制此曲。事见《琴苑要录》。又《列子·汤问》："伯牙游于泰山之阴，卒逢暴雨，止于岩下，心悲，及援琴而鼓之，初为《霖雨》之操，更造崩山之音。"与本折情事颇切近。

五 王实甫

王实甫，名德信，大都人，生平事迹不详。《录鬼簿》归入“前辈已死名公才人有所编传奇行于世者”之列。有[商调集贤宾]《退隐》散套，自述曾为官，后归隐林下，悠然自乐。元苏天爵《滋溪文稿》载《元故资政大夫中书左丞知经筵事王公行状》，记王德信生平仕履，与《退隐》颇相合，或即为曲家王实甫。实甫作有杂剧十四种，以儿女风情题材居多。今存三种，以《西厢记》一剧擅曲坛，名存史册。剧作风格秀丽婉约，明朱权评其曲词“如花间美人，铺叙委婉，深得骚人之趣”。

西厢记[①]

第三本 第二折

(旦上，云)红娘伏侍老夫人，不得空，偌早晚敢待来也[②]。起得早了些儿，困思上来，我再睡些儿咱[③]。(睡科)(红上，云)奉小姐言语，去看张生，因伏侍老夫人，未曾回小姐话去。不听得声音，敢又睡哩。我入去看一遭。(红唱)

[中吕粉蝶儿]风静帘闲，透纱窗麝兰香散，启朱扉摇响双环。绛台高，金荷小，银釭犹灿[④]。比及将暖帐轻弹，先揭起这梅红罗软帘偷看[⑤]。

[醉春风]则见他钗亸玉横斜⑥,髻偏云乱挽。日高犹自不明眸,畅好是懒、懒⑦。(旦做起身长叹科)(红唱)半晌抬身,几回搔耳,一声长叹。

(红云)我待便将帖儿与他,恐俺小姐有许多假处哩。我则将这简帖儿放在妆盒儿上,看他见了说甚么。(旦做照镜科,见帖看科)(红唱)

[普天乐]晚妆残,乌云亸,轻匀了粉脸,乱挽起云鬟。将简帖儿拈,把妆盒儿按,开拆封皮孜孜看⑧,颠来倒去不害心烦。(旦怒叫)红娘!(红做意云)呀,决撒了也⑨!(红唱)厌的早扢皱了黛眉⑩。(旦云)小贱人,不来怎么!(红唱)忽的波低垂了粉颈,氲的呵改变了朱颜⑪。

(旦云)小贱人,这东西那里将来的?我是相国的小姐,谁敢将这简帖来戏弄我?我几曾惯看这等东西?告过夫人,打下你个小贱人下截来。(红云)小姐使将我去,他著我将来,我不识字,知他写著甚么?(红唱)

[快活三]分明是你过犯,没来由把我摧残;使别人颠倒恶心烦⑫。你不"惯",谁曾"惯"?

(红云)姐姐休闹,比及你对夫人说呵,我将这简帖儿,去夫人行出首去来!(旦做揪住科,云)我逗你耍来。(红云)放手,看打下下截来!(旦云)张生两日如何?(红云)我则不说。(旦云)好姐姐,你说与我听咱!(红唱)

[朝天子]张生近间,面颜,瘦得来实难看。不思量茶饭,怕见动弹,晓夜将佳期盼,废寝忘餐。黄昏清旦,望东墙淹泪眼。(旦云)请个好太医看他证候咱⑬。(红云)他证候吃药不济。(红唱)病患、要安,则除是出几点风流汗。

(旦云)红娘,不看你面时,我将与老夫人看,看他有何面目见夫人!虽然我家亏他,只是兄妹之情,焉有外事。红娘,早是

你口稳哩，若别人知呵，甚么模样！（红云）你哄著谁哩！你把这个饿鬼弄的他七死八活，却要怎么？（红唱）

［四边静］怕人家调犯[14]，"早共晚夫人见些破绽，你我何安"。问甚么他遭危难？撺断得上竿，掇了梯儿看[15]。

（旦云）将描笔儿过来[16]，我写将去回他，著他下次休是这般。（旦做写科）（起身科，云）红娘，你将去说："小姐看望先生，相待兄妹之礼如此，非有他意。再一遭儿是这般呵，必告夫人知道。"和你个小贱人都有说话！（旦掷书下）（红唱）

［脱布衫］小孩儿家口没遮拦，一迷的将言语摧残[17]。把似你使性子[18]，休思量秀才，做多少好人家风范。（红做拾书科）

［小梁州］他为你梦里成双觉后单，废寝忘餐。罗衣不奈五更寒，愁无限，寂寞泪阑干[19]。

［幺篇］似这等辰勾空把佳期盼[20]，我将这角门儿世不曾牢拴[21]，则愿你做夫妻无危难。我向这筵席头上整扮[22]，做一个缝了口的撮合山[23]。

（红云）我若不去来，道我违拗他，那生又等我回报，我须索走一遭。（下）（末上，云）那书倩红娘将去，未见回话。我这封书去，必定成事。这早晚敢待来也。（红上，云）须索回张生话去。小姐，你性儿忒惯得娇了！有前日的心，那得今日的心来？（唱）

［石榴花］当日个晚妆楼上杏花残[24]，兀自怯衣单；那一片听琴心清露月明间。昨日个向晚，不怕春寒，几乎险被先生馔[25]。那其间岂不胡颜[26]？为一个不酸不醋风魔汉，隔墙儿险化做了望夫山。

［斗鹌鹑］你用心儿拨雨撩云，我好意儿传书寄简。不肯搜自己狂为，则待要觅别人破绽。受艾焙权时忍这番[27]，畅好是奸。（云）"张生是兄妹之礼，焉敢如此！"（唱）对人前巧语花言；

没人处便想张生,背地里愁眉泪眼。

(红见末科)(末云)小娘子来了,擎天柱,大事如何了也?(红云)不济事了,先生休傻。(末云)小生简帖儿是一道会亲的符箓[28],则是小娘子不用心,故意如此。(红云)我不用心?有天哩,你那简帖儿好听!(唱)

[上小楼]这的是先生命悭[29],须不是红娘违慢。那简帖儿倒做了你的招状,他的勾头[30],我的公案。若不是觑面颜,厮顾盼,担饶轻慢[31]。(云)先生受罪,礼之当然。贱妾何辜?(唱)争些儿把你娘拖犯[32]!

[幺篇]从今后相会少,见面难。月暗西厢,凤去秦楼[33],云敛巫山[34]。你也赸[35],我也赸,请先生休讪[36],早寻个酒阑人散。

(红云)只此,再不必申诉足下肺腑,怕夫人寻,我回去也。(末云)小娘子此一遭去,再著谁与小生分剖?必索做一个道理,方可救得小生一命。(末跪下,揪住红科)(红云)张先生是读书人,岂不知此意,其事可知矣。(唱)

[满庭芳]你休要呆里撒奸[37]。你待要恩情美满,却教我骨肉摧残。老夫人手执著棍儿摩娑看[38],粗麻线怎透得针关?直待我拄著拐帮闲钻懒[39],缝合唇送暖偷寒。待去呵,小姐性儿撮盐入火[40],消息儿踏著泛[41];待不去呵,(末跪哭云)小生这一个性命,都在小娘子身上。(红唱)禁不得你甜话儿热趱[42],好著我两下里做人难。

(红云)我没来由分说,小姐回与你的书,你自看者。(末接科,开读科,云)呀,有这场喜事!撮土焚香,三拜礼毕。早知小姐简至,理合远接,接待不及,勿令见罪。小娘子,和你也欢喜。(红云)怎么?(末云)小姐骂我都是假,书中之意,著我今夜花园里来,和他"哩也波,哩也啰"哩[43]!(红云)你读书我听。(末云)"待月西厢下,迎风户半开。隔墙花影动,疑是玉人来。”(红云)怎见得他著你来？你解与我听咱。(末云)“待月西厢下”,著我月上来；“迎风户半开”,他开门待我；“隔墙花影动,疑是玉人来”,著我跳过墙来。(红笑云)他著你跳过墙来,你做下来[44]。端的有此说么？(末云)俺是个猜诗谜的社家[45],风流隋何,浪子陆贾[46]。我那里有差的勾当？(红云)你看我姐姐,在我行也使这般道儿。(唱)

[耍孩儿]几曾见寄书的颠倒瞒著鱼雁[47],小则小心肠儿转关。写著道“西厢待月”等得更阑,著你跳东墙“女”字边“干”[48]。元来那诗句儿里包笼著三更枣,简帖儿里埋伏著九里山[49],他著紧处将人慢。恁会云雨闹中取静,我寄音书忙里偷闲。

[四煞]纸光明玉板[50],字香喷麝兰,行儿边湮透非春汗？一缄情泪红犹湿[51],满纸春愁墨未干。从今后休疑难,放心波玉堂学士[52],稳情取金雀鸦鬟[53]。

[三煞]他人行别样的亲,俺根前取次看[54],更做道孟光接了梁鸿案[55]。别人行甜言美语三冬暖,我根前恶语伤人六月寒。我为头儿看[56],看你个离魂倩女[57],怎发付掷果潘安[58]。

(末云)小生读书人,怎跳得那花园过也？(红唱)

[二煞]隔墙花又低,迎风户半拴,偷香手段今番按[59]。怕墙高怎把龙门跳？嫌花密难将仙桂攀。放心去,休辞惮。你若不去呵,(唱)望穿他盈盈秋水[60],蹙损了淡淡春山[61]。

(末云)小生曾到那花园里,已经两遭,不见那好处。这一遭,知他又怎么？(红云)如今不比往常。(唱)

[煞尾]你虽是去了两遭,我敢道不如这番。你那隔墙酬和都胡侃[62],证果的是今番这一简[63]。(红下)

(末云)万事自有分定,谁想小姐有此一场好处。小生是猜诗谜的社家,风流隋何,浪子陆贾,到那里扢扎帮便倒地[64]。今日颓天百般的难得晚[65],天,你有万物于人,何故争此一日?疾下去波!读书继晷怕黄昏,不觉西沉强掩门。欲赴海棠花下约,太阳何苦又生根?(看天云)呀,才晌午也,再等一等。(又看科)今日万般的难得下去也呵!碧天万里无云,空劳倦客身心。恨杀鲁阳贪战[66],不教红日西沉。呀,却早倒西也,再等一等咱。无端三足乌[67],团团光烁烁。安得后羿弓[68],射此一轮落!谢天地,却早日下去也。呀,却早发擂也[69]!呀,却早撞钟也!拽上书房门,到得那里,手挽著垂杨,滴流扑跳过墙去[70]。(下)

①《西厢记》杂剧是据董解元《西厢记诸宫调》改编而成,表现男女主人公张生与莺莺冲破礼教、家规的束缚,终结连理的故事。剧本在突出严守家规的崔夫人与年轻人之间的矛盾的同时,也展现出莺莺、张生和红娘之间的微妙冲突,从而写活了这三个人物。该剧构思精巧,语言华美而活泼,既富有抒情性,又具有喜剧气氛,成为这一题材最高成就的代表。全剧五本二十一折,这里所选的第三本第二折,又题作《赖柬》,表现莺莺与张生之间由传递信柬引起的一段感情纠葛,其中维妙维肖地刻画了莺莺的内心矛盾、红娘的热情与聪慧。此折主唱者是红娘。　②偌早晚:这时候。　③"起得"三句:"起得早了些儿"及"我"字原本无,据弘治本增。　④"绛台"三句:绛台,红色的烛台。金荷,烛台上承蜡油的铜盘,状如荷叶。银釭(gāng 刚),烛灯。　⑤梅红罗软帘:紫红色的罗帐,即前句的"暖帐"。　⑥亸(duǒ 朵):下垂。下文"乌云亸"句,"亸"读 dǎn(胆),指下垂貌。元杂剧中有此读法。玉:指玉钗。　⑦畅好是:真正是。　⑧孜孜:注视的样子。　⑨决撒了:犹言坏事了。　⑩扢(gē 哥)皱:即皱起。　⑪氲(yūn 晕)的:脸色变红的样子。　⑫别人:红娘自指。恶心烦:烦恼的意思。　⑬证候:通"症候"。⑭调犯:嘲弄。　⑮"撺(cuān 氽)断"二句:为当时成语,意谓诱骗他人上当,使其出丑。撺断,怂恿,撺掇。掇(duō 多),拿,搬走。　⑯描笔儿:妇女描图刺绣用的笔。　⑰一迷的:一味地。　⑱把似:这里作若是、与其解。　⑲阑干:纵横的样子。　⑳辰勾:即水星。因为肉眼很难见到,故古人往往把盼佳期比作盼辰勾。　㉑角门儿:旁门。世不曾:从来不曾。

㉒整扮：装扮。《智勇定齐》第四折："正旦整扮领侍女上。" ㉓撮合山：媒人之谓。 ㉔"当日个"句：与下面"昨日个"句同指本剧第二本中莺莺夜听张生弹琴的情节。 ㉕先生馔：借用《论语·为政》"有酒食，先生馔"语，表调侃。 ㉖胡颜：无颜，丢脸之意。 ㉗受艾焙（bèi 倍）：用微燃的艾草烤人体的患部。本为中医的一种治疗方法，这里红娘借以形容莺莺假意训斥张生之语。 ㉘符箓：道教的符咒。这是喻指其所授之简很有效力。 ㉙命悭（qiān 谦）：命运不佳。悭，欠缺，不圆满。 ㉚勾头：拘捕犯人的文书。 ㉛"若不是"三句：意谓如果不是看面子，相照顾，宽恕轻率简慢，差点把我也连累了。担饶，饶恕。 ㉜争些儿：险些儿。你娘：红娘自指，调侃语。 ㉝凤去秦楼：传说秦穆公女儿弄玉嫁给了萧史，萧史善吹箫，教弄玉吹作凤鸣，凤凰纷纷来集，后两人骑凤凰飞上天去了。见刘向《列仙传·萧史》。 ㉞云敛巫山：宋玉《高唐赋序》中说，楚王曾梦与巫山神女相会，神女自称："妾在巫山之阳，高丘之阻，旦为朝云，暮为行雨。"云敛巫山与上句"凤去秦楼"句均谓相会无望。 ㉟赸（shàn 扇）：走开，散伙之意。 ㊱讪（shàn 扇）：这里作埋怨解。 ㊲呆里撒奸：表面卖傻，心怀奸诈。 ㊳摩娑：抚摸。 ㊴拄著拐帮闲钻懒：意谓挨了打我还要帮你们去传递信息。拄着拐帮，意谓被打得跛了腿。 ㊵撮盐入火：盐入火即爆，这里比喻性情急躁。 ㊶消息儿：又名转关儿、泛子，一种能够转动的机关，误踏上便会被暗器所伤。这里比喻莺莺要计谋捉弄人。 ㊷热趱（zǎn 攒）：一味地央求、催逼。 ㊸哩也波，哩也啰：用歌曲腔调指代男女交合之意，犹如说"如此这般"。 ㊹做下来：指男女幽会。 ㊺社家：宋元时代从事各种伎艺活动的人组成的团体称社会或商社，猜谜为其中的一种。社家即行家的意思。 ㊻"风流"二句：隋何、陆贾都是汉初的机敏善辩之士，"风流"、"浪子"为张生自谓。㊼鱼雁：这里代指传递书信的人。 ㊽女字边干（gān 竿）：属拆字格，即"奸"字。 ㊾"元来"二句：三更枣，又作三粳枣，为三更早来的暗语，出自《传灯录》。禅宗五祖弘忍传法于六祖慧能，给他三粒粳米、一枚枣，慧能即悟："师令我三更早来也。"九里山，在彭城（今江苏徐州市），传说韩信于此设下埋伏，把项羽打败了。 ㊿玉板：一种宣纸名，光洁而匀厚，又作"玉版"。(51)情泪：原本作"满泪"，据弘治本改。 (52)玉堂学士：即翰林学士，翰林院又称"玉堂"。此指张生，调侃语。 (53)金雀鸦鬟：指莺莺，李绅《莺莺歌》有"金雀鸦鬟年十七"句。 (54)取次：等闲、随便之意。

⑤孟光接了梁鸿案：梁鸿、孟光是汉代相敬如宾的一对恩爱夫妻，《后汉书·逸民传·梁鸿》记载："（鸿）每归，妻为具食，不敢于鸿前仰视，举案齐眉。"这里用以取笑崔、张二人瞒过了别人，自结良缘。　⑥为头儿看：从头看，从此开始看着你。　⑦离魂倩女：唐代陈玄祐的传奇小说《离魂记》中云，倩娘与王宙相爱至深，王宙赴京，倩娘的魂魄竟然追随王宙而去，二人在外同居两年。后归家，倩娘魂与身才合为一体。元代郑光祖据此改编为杂剧《倩女离魂》。这里以倩女喻指莺莺。　⑧掷果潘安：晋代的诗人潘岳英俊风雅，每外出，妇女们都以果掷之。见《晋书·潘岳传》。这里指张生。　⑨按：实行。
⑩秋水：喻女子明亮的眼睛。　⑪春山：喻女子细弯而长的眉毛。
⑫胡侃：胡闹、调笑之意。　⑬证果：佛家语，意谓苦心修行必能成佛、成菩萨，位登圣果。这里比喻达到目的，取得成功。　⑭扢（gē 哥）扎帮：形容动作快捷、利落。　⑮颓：骂人语，指男子生殖器。　⑯鲁阳贪战：传说楚国人鲁阳公与韩国人酣战，会日暮，鲁阳公举戈挥日，太阳倒退九十里。事见《淮南子·览冥训》。这里嫌太阳下落太慢。鲁阳，原本作"太阳"，据王季思注本改。　⑰三足乌：古代传说太阳中有三只脚的乌鸦，这里代指太阳。
⑱后羿（yì 议）：上古神话中射落九个太阳的英雄，见《淮南子·本经训》。
⑲发擂（lèi 累）：击鼓起更。　⑳滴流扑：物体落地的声音。

第四本　第三折[①]

（夫人，长老上，云）今日送张生赴京，十里长亭安排下筵席。我和长老先行，不见张生、小姐来到。（旦、末、红同上）（旦云）今日送张生上朝取应，早是离人伤感，况值那暮秋天气，好烦恼人也呵！悲欢聚散一杯酒，南北东西万里程。（旦唱）

[正宫端正好]碧云天，黄花地，西风紧，北雁南飞。晓来谁染霜林醉？总是离人泪。

[滚绣球]恨相见得迟，怨归去得疾。柳丝长玉骢难系[②]，恨不得倩疏林挂住斜晖。马儿迍迍的行[③]，车儿快快的随。却告了相思回避，破题儿又早别离[④]。听得一声"去也"，松了

金钏；遥望见十里长亭，减了玉肌。此恨谁知！

(红云)姐姐今日怎么不打扮？(旦云)你那知我的心里呵！(旦唱)

[叨叨令]见安排着车儿、马儿，不由人熬熬煎煎的气；有甚么心情花儿、靥儿[5]，打扮得娇娇滴滴的媚；准备著被儿、枕儿，则索昏昏沉沉的睡；从今后衫儿、袖儿，都揾做重重叠叠的泪。兀的不闷杀人也么哥，兀的不闷杀人也么哥！久已后书儿、信儿，索与我恓恓惶惶的寄[6]。

(做到见夫人科)(夫人云)张生和长老坐，小姐这壁坐，红娘将酒来。张生，你向前来，是自家亲眷，不要回避。俺今日将莺莺与你，到京师休辱末了俺孩儿，挣揣一个状元回来者[7]。(末云)小生托夫人馀荫[8]，凭着胸中之才，视得官如拾芥耳。(洁云)[9]夫人主见不差，张生不是落后的人。(把酒了，坐)(旦长吁科)(唱)

[脱布衫]下西风黄叶纷飞，染寒烟衰草萋迷。酒席上斜签着坐的[10]，蹙愁眉死临侵地[11]。

[小梁州]我见他阁泪汪汪不敢垂[12]，恐怕人知；猛然见了把头低，长吁气，推整素罗衣。

[幺篇]虽然久后成佳配，奈时间怎不悲啼[13]。意似痴，心如醉，昨宵今日，清减了小腰围。

(夫人云)小姐把盏者。(红递酒，旦把盏长吁科，云)请吃酒。(唱)

[上小楼]合欢未已，离愁相继。想着俺前暮私情，昨夜成亲，今日别离。我谂知这几日相思滋味[14]，却元来此别离情更增十倍。

[幺篇]年少呵轻远别，情薄呵易弃掷。全不想腿儿相挨，脸儿相偎，手儿相携。你与俺崔相国做女婿，妻荣夫贵[15]，但得

一个并头莲，煞强如状元及第。

(红云)姐姐不曾吃早饭，饮一口儿汤水。(旦云)红娘，甚么汤水咽得下⑯。(唱)

[满庭芳]供食太急，须臾对面，顷刻别离。若不是酒席间子母每当回避，有心待与他举案齐眉。虽然是厮守得一时半刻，也合着俺夫妻每共桌而食。眼底空留意，寻思起就里，险化做望夫石。

(夫人云)红娘把盏者。(红把酒科)(旦唱)

[快活三]将来的酒共食，尝着似土和泥；假若便是土和泥，也有些土气息，泥滋味。

[朝天子]暖溶溶玉醅⑰，白泠泠似水，多半是相思泪。眼面前茶饭怕不待要吃⑱，恨塞满愁肠胃。蜗角虚名⑲，蝇头微利，拆鸳鸯在两下里。一个这壁，一个那壁，一递一声长吁气⑳。

(夫人云)辆起车儿㉑，俺先回去，小姐随后和红娘来。(下)(末辞洁科)(洁云)此一行别无话儿，贫僧准备买登科录看㉒，做亲的茶饭少不得贫僧的。先生在意，鞍马上保重者。"从今经忏无心礼㉓，专听春雷第一声。"(下)(旦唱)

[四边静]霎时间杯盘狼藉，车儿投东，马儿向西。两意徘徊，落日山横翠。知他今宵宿在那里？有梦也难寻觅。

(旦云)张生，此一行得官不得官，疾早便回来。(末云)小生这一去，白夺一个状元。正是："青霄有路终须到，金榜无名誓不归。"(旦云)君行别无所赠，口占一绝，为君送行："弃掷今何道，当时且自亲。还将旧来意，怜取眼前人㉔。"(末云)小姐之意差矣，张珙更敢怜谁？谨赓一绝㉕，以剖寸心："人生长远别，孰与最关情？不遇知音者，谁怜长叹人？"(旦唱)

[耍孩儿]淋漓襟袖啼红泪，比司马青衫更湿。伯劳东去燕西飞㉖，未登程先问归期。虽然眼底人千里，且尽生前酒一杯。

未饮心先醉，眼中流血，心里成灰。

[五煞]到京师服水土，趁程途节饮食，顺时自保揣身体[27]。荒村雨露宜眠早，野店风霜要起迟。鞍马秋风里，最难调护，最要扶持。

[四煞]这忧愁诉与谁？相思只自知，老天不管人憔悴。泪添九曲黄河溢，恨压三峰华岳低[28]。到晚来闷把西楼倚，见了些夕阳古道，衰柳长堤。

[三煞]笑吟吟一处来，哭啼啼独自归。归家若到罗帏里，昨宵个绣衾香暖留春住，今夜个翠被生寒有梦知。留恋你应无计[29]，见据鞍上马，阁不住泪眼愁眉。

(末云)有甚言语，嘱咐小生咱？(旦唱)

[二煞]你休忧文齐福不齐[30]，我则怕你停妻再娶妻。休要一春鱼雁无消息，我这里青鸾有信频须寄[31]，你却休金榜无名誓不归。此一节君须记：若见了那异乡花草，再休似此处栖迟。

(末云)再谁似小姐，小生又生此念？(旦唱)

[一煞]青山隔送行，疏林不做美，淡烟暮霭相遮蔽。夕阳古道无人语，禾黍秋风听马嘶。我为甚么懒上车儿内？来时甚急，去后何迟！

(红云)夫人去好一会，姐姐，咱家去。(旦唱)

[收尾]四围山色中，一鞭残照里。遍人间烦恼填胸臆，量这些大小车儿如何载得起？

(旦、红下)(末云)仆童，赶早行一程儿，早寻个宿处。泪随流水急，愁逐野云飞。(下)

《暖红室汇刻传奇》本《西厢记》

①这折戏又题作“长亭送别”，敷演在崔夫人的催迫下，张生上京赶考，与莺莺挥泪相别的一幕。作者沿袭《西厢记诸宫调》关于这段情节的描写，将场

景安排在深秋的长亭古道边，以整套优美感伤的曲辞表现这对恋人离别时的痛苦和悲伤，抒情气氛浓厚，充满诗情画意。此折主唱者为莺莺。 ②玉骢(cōng 匆)：毛色青白相杂的马。 ③迍(tún 屯)迍的：行动迟缓的样子。 ④破题儿：唐宋人诗赋的起首称破题，引申为事情的开头。此二句谓相思才了，别离又起。 ⑤靥(yè 夜)儿：古代妇女面部的一种装饰。南朝简文帝萧纲《艳歌篇》："分妆间浅靥，绕脸傅斜红。" ⑥恓(xī 西)惶惶：悲伤不安的样子。 ⑦挣(zhèng 正)揣：又作挣阐，努力谋取的意思。 ⑧馀荫：前辈惠及后代的恩泽。 ⑨洁：元代民间呼和尚为洁郎，简称洁。这里指普救寺长老法本。 ⑩斜签着坐的：斜插着坐，为古代晚辈侍坐的一种姿态。 ⑪死临侵地：没精打采的样子。 ⑫阁泪：含泪。阁通"搁"，停住的意思。 ⑬时间：这里作时下、目前解。 ⑭谂(shěn 审)知：深深了解。 ⑮妻荣夫贵：社会上以夫荣妻贵为常理，这里反其意而用之，意谓妻出相门本已贵，张生不必再入京求取功名。 ⑯"红云"数句：原本在《满庭芳》曲后，《满庭芳》曲白原在这里，据弘沼本对调。 ⑰玉醅(pēi 胚)：美酒。 ⑱怕不待：反问词，意谓岂不，怎么不。 ⑲蜗角虚名：指细微的名誉。《庄子·则阳篇》说蜗牛的两条触角上有两个国家，为争夺地盘而互相厮杀，"争地而战，伏尸百万"。 ⑳一递一声：两人互相轮替着发声。 ㉑辆：这里作动词用，驾、套的意思。 ㉒登科录：科举考试后录取的姓名簿。 ㉓经忏：泛指佛经。 ㉔"弃置"四句：原出元稹《会真记》，这里借以表达莺莺离别时复杂的心情。道，原本作"在"，据王季思注本改。 ㉕赓(gēng 庚)：继续，这里是续作的意思。 ㉖伯劳：鸟名，又名鹀或䴗，略大于雀，善鸣。乐府诗《东飞伯劳歌》有"东飞伯劳西飞燕"之句，后人因以"劳燕分飞"喻人的离散。 ㉗保揣：保重。揣，估量，意谓根据自己身体的情况，适时地保重自己。 ㉘三峰：指华山的三座高峰：莲花峰、毛女峰、松桧峰。 ㉙应无计：原本作"别无意"，据王季思注本改。 ㉚文齐福不齐：当时成语，意谓文才完美而命运不佳。此句是针对前面张生"金榜无名誓不归"之语而发的。 ㉛青鸾：古代传说中的神鸟，曾为西王母传信。

六 马致远

马致远，号东篱，大都人，生卒年不详，属元代前期作家。早年有过二十年漂泊生涯，中年时任过江浙行省务官，晚年归隐田园。马致远在大都时参加过元贞书会，与民间艺人一起写过杂剧，当时已“姓名香贯满梨园”（贾仲明语），为元曲四大家之一。所作剧本有十五种，今存七种。最著名的是《汉宫秋》。散曲成就亦很高，有“曲状元”的美称。今人辑有《东篱乐府》一卷。

破幽梦孤雁汉宫秋[①]

第三折

（番使拥旦上，奏胡乐科，旦云）妾身王昭君，自从选入宫中，被毛延寿将美人图点破，送入冷宫。甫能得蒙恩幸，又被他献与番王形像。今拥兵来索，待不去，又怕江山有失；没奈何将妾身出塞和番。这一去，胡地风霜，怎生消受也！自古道：“红颜胜人多薄命，莫怨春风当自嗟[②]。”（驾引文武内官上云）[③]今日灞桥饯送明妃，却早来到也。（唱）

[双调新水令]锦貂裘生改尽汉宫妆，我则索看昭君画图模样[④]。旧恩金勒短，新恨玉鞭长，本是对金殿鸳鸯，分飞翼，怎承望！

（云）您文武百官，计议怎生退了番兵，免明妃和番者。（唱）

[驻马听]宰相们商量,大国使还朝多赐赏。早是俺夫妻悒怏[5],小家儿出外也摇装[6]。尚兀自渭城衰柳助凄凉,共那灞桥流水添惆怅。偏您不断肠。想娘娘那一天愁都撮在琵琶上。

(做下马科)(与旦打悲科)[7](驾云)左右慢慢唱者,我与明妃饯一杯酒。(唱)

[步步娇]您将那一曲阳关休轻放,俺咫尺如天样[8]。慢慢的捧玉觞,朕本意待尊前捱些时光。且休问劣了宫商,您则与我半句儿俄延着唱。

(番使云)请娘娘早行,天色晚了也。(驾唱)

[落梅风]可怜俺别离重,你好是归去的忙。寡人心先到他李陵台上[9]。回头儿却才魂梦里想,便休题贵人多忘。

(旦云)妾这一去,再何时得见陛下?把我汉家衣服都留下者。(诗云)正是:今日汉宫人,明朝胡地妾。忍着主衣裳,为人作春色[10]!(留衣服科)(驾唱)

[殿前欢]则甚么留下舞衣裳,被西风吹散旧时香。我委实怕宫车再过青苔巷,猛到椒房[11],那一会想菱花镜里妆,风流相,兜的又横心上。看今日昭君出塞,几时似苏武还乡?

(番使云)请娘娘行罢,臣等来多时了也。(驾云)罢罢罢,明妃,你这一去休怨朕躬也。(做别科。驾云)我那里是大汉皇帝!(唱)

[雁儿落]我做了别虞姬楚霸王,全不见守玉关征西将。那里取保亲的李左车,送女客的萧丞相[12]?

(尚书云)陛下不必挂念。(驾唱)

[得胜令]那里也架海紫金梁[13],枉养着那边庭上铁衣郎。您也要左右人扶侍,俺可甚糟糠妻下堂[14]?您但提起刀枪,却早小鹿儿心头撞。今日央及煞娘娘,怎做的男儿当自强!

（尚书云）陛下，咱回朝去罢。（驾唱）

［川拨棹］怕不待放丝缰，咱可甚鞭敲金镫响。你管燮理阴阳[15]，掌握朝纲，治国安邦，展土开疆。假若俺高皇[16]，差你个梅香[17]，背井离乡，卧雪眠霜，若是他不恋恁春风画堂，我便官封你一字王[18]。

（尚书云）陛下，不必苦死留他，着他去了罢。（驾唱）

［七弟兄］说甚么大王，不当恋王嫱，兀良[19]，怎禁他临去也回头望！那堪这散风雪旌节影悠扬，动关山鼓角声悲壮。

［梅花酒］呀！俺向着这迥野悲凉，草已添黄，兔早迎霜[20]，犬褪得毛苍，人搠起缨枪，马负着行装，车运着糇粮[21]，打猎起围场。他、他、他，伤心辞汉主，我、我、我，携手上河梁[22]。他部从入穷荒，我銮舆返咸阳。返咸阳，过宫墙；过宫墙，绕回廊；绕回廊，近椒房；近椒房，月昏黄；月昏黄，夜生凉；夜生凉，泣寒螀；泣寒螀，绿纱窗；绿纱窗，不思量！

［收江南］呀！不思量，除是铁心肠，铁心肠也愁泪滴千行！美人图今夜挂昭阳，我那里供养，便是我高烧银烛照红妆。

（尚书云）陛下，回銮罢，娘娘去远了也。（驾唱）

［鸳鸯煞］我只索大臣行说一个推辞谎，又则怕笔尖儿那火编修讲[23]。不见他花朵儿精神，怎趁那草地里风光[24]？唱道伫立多时[25]，徘徊半晌，猛听的塞雁南翔，呀呀的声嘹亮，却原来满目牛羊，是兀那载离恨的毡车半坡里响。（下）

（番王引部落拥昭君上，云）今日汉朝不弃旧盟，将王昭君与俺番家和亲。我将昭君封为宁胡阏氏[26]，坐我正宫。两国息兵，多少是好。众将士，传下号令，大众起行，望北而去。（做行科）（旦问云）这里甚地面了？（番使云）这是黑龙江，番汉交界去处，南边属汉家，北边属我番国。（旦云）大王，借一杯酒，望南浇奠，辞了汉家，长行去罢。（做奠酒科，云）汉朝皇帝，妾身今生已矣，尚待来生也。（做跳江科）（番王惊救不及，叹科，云）嗨！可惜，可惜！昭君不肯入番，投江而死。罢、罢、罢，就葬在此江边，号为青冢者。我想来，人也死了，枉与汉朝结下这般仇隙，都是毛延寿那厮搬弄出来的。把都儿㉗，将毛延寿拿下，解送汉朝处治。我依旧与汉朝结和，永为甥舅，却不是好？（诗云）则为他丹青画误了昭君，背汉主暗地私奔，将美人图又来哄我，要索取出塞和亲。岂知道投江而死，空落的一见消魂。似这等奸邪逆贼，留着他终是祸根。不如送他去汉朝哈喇㉘，依还的甥舅礼两国长存。（下）

涵芬楼影印明刊本《元曲选》甲集上

①《汉宫秋》敷演汉代王昭君出塞和亲的故事。王昭君本事载《汉书》中《元帝纪》和《匈奴传》，经后世传说、歌咏而故事化，至唐代基本定型。此剧以汉元帝为主角，表现他在匈奴之武力威胁下，送出心爱的昭君时之无奈，以及失去昭君后之悲哀。剧中汉元帝除显得软弱、无能之外，亦十分多愁善感，笃于感情，某种程度上已被作者平民化了。此剧的抒情气氛浓厚，曲辞优美动人。这里选的是第三折，叙写汉元帝送别昭君，以及昭君的投江殉国。剧中爱国情感与两人依依的惜别之意交织在一起，唱辞委婉曲折，历来为人们所激赏。此剧主唱者为汉元帝。　②“红颜”二句：出欧阳修《明妃曲》诗中。③驾：元杂剧称扮演帝王的角色为“驾”。　④则索：意为只得，只好。⑤早是：本是。悒（yì义）怏：忧愁不安。　⑥摇装：或作“遥装”，古代的一种习俗：出远门之前，亲友选择吉日，到江边设宴送行，远行者登舟即返，另日再正式出发。　⑦打悲科：做出极悲伤的样子。打，装。　⑧咫尺如天样：形容离情难忍，移动一步都极困难。　⑨李陵台：李陵的坟墓。《旧唐书·地理志》载，云中都护府燕然山有李陵台。李陵，汉武帝时名将，后战败投降匈奴。　⑩“今日”四句：前二句出于李白《王昭君》诗，后二句出于宋陈师道《妾薄命》诗。　⑪“我委实”二句：青苔巷，当是昭君以前所住的冷宫清巷。椒房，皇后居住的地方，据说以香椒和泥涂壁，故称。　⑫“那里取”二句：李左车，汉初著名谋士。萧何，汉初名相。这里是汉元帝借以讽刺朝臣

们无计驱除强虏、安邦定国,却只会干保媒送亲的勾当。 ⑬那里也:原本作“他去也不沙”,据《古今名剧合选》本改。架海紫金梁:比喻国家栋梁之臣。 ⑭可甚:算什么,为什么。糟糠妻:贫贱时患难与共的妻子。汉代宋弘有“贫贱之交不可忘,糟糠之妻不下堂”之说,见《后汉书·宋弘传》。 ⑮燮(xiè)理阴阳:指治理协调国家大事。燮理,调和的意思。 ⑯高皇:指汉高祖刘邦。 ⑰梅香:宋元戏曲、话本中对婢女的通称,这里汉元帝借以指大臣们的侍妾。 ⑱一字王:辽代封爵的规则,以一字王为地位最尊,如赵王、魏王。汉代并无此制度,这里为借用。 ⑲兀良:语气词,这里表感叹,犹言“天哪”。 ⑳兔:原本作“色”,据《雍熙乐府》、《词林摘艳》所引曲文改。兔早迎霜,指兔褪去了黄灰色的毛,换上了又白又厚的毛。元人惯称白兔为迎霜兔。 ㉑糇(hóu 侯)粮:干粮。 ㉒河梁:河上的桥梁,古人多以指分别之处。《文选·李少卿与苏武诗》:“携手上河梁,游子暮何之。徘徊蹊路侧,恨恨不得辞。” ㉓“我只索”二句:意谓我只要在大臣们面前说句推托的话,又怕那伙掌笔头儿的编修唠叨。只索,只要。原本作“煞”,据《古今名剧合选》本改。 ㉔趁:追随。 ㉕唱道:又作“畅道”,犹言正是。 ㉖阏氏(yānzhī 烟支):匈奴王正妻的称号。 ㉗把都儿:蒙古语,又译为巴都儿、拔都,意为勇士。 ㉘哈喇:蒙古语,杀头的意思。

越调·天净沙①

秋　思

枯藤老树昏鸦,小桥流水人家,古道西风瘦马。夕阳西下,断肠人在天涯②。

《散曲丛刊》本《东篱乐府》

①这是马致远最为人称道的一首小令,在萧瑟凄凉的秋景描写中抒发了天涯游子的漂泊感受,语言简洁洗炼,全以意象叠加而成,含有丰富的人生意

蕴和广阔的联想空间。元周德清誉之为“秋思之祖”。　②断肠:形容极度思念或悲伤。曹丕《燕歌行》:“念君客游思断肠,慊慊思归恋故乡。”

双调·寿阳曲[①]

远浦归帆

夕阳下,酒旆闲[②],两三航未曾着岸[③]。落花水香茅舍晚,断桥头卖鱼人散。

《散曲丛刊》本《东篱乐府》

①这支小令是马致远所写“潇湘八景”组曲中的第二首,寥寥几笔,似不经意,却绘出一幅宁静、恬然的渔村晚景图,表达了作者对纯朴的乡间生活的由衷赞美。　②酒旆(pèi配):酒店门前悬挂的旗帘。　③航:指归来的船。

七 纪君祥

纪君祥，大都人，生平事迹不详。《录鬼簿》列于“前辈已死名公才人”，谓与李素卿、郑廷玉同时。所撰杂剧剧目六种，今只存《赵氏孤儿》一种，已足不朽。

赵氏孤儿大报仇[①]

第三折

(屠岸贾领卒子上[②]，云)兀的不走了赵氏孤儿也。某已曾张挂榜文，限三日之内，不将孤儿出首，即将普国内小儿但是半岁以下，一月以上，都拘刷到我帅府中[③]，尽行诛戮。令人，门首觑者，若有首告之人[④]，报复某家知道。(程婴上，云)自家程婴是也，昨日将我的孩儿送与公孙杵臼去了，我今日到屠岸贾根前首告去来。令人，报复去，道有了赵氏孤儿也。(卒子云)你则在这里，等我报复去。(报科，云)报的元帅得知，有人来报赵氏孤儿有了也。(屠岸贾云)在那里？(卒子云)现在门首哩。(屠岸贾云)着他过来。(卒子云)着过来。(做见科。屠岸贾云)兀那厮，你是何人？(程婴云)小人是个草泽医士程婴。(屠岸贾云)赵氏孤儿今在何处？(程婴云)在吕吕太平庄上，公孙杵臼家藏着哩。(屠岸贾云)你怎生知道来？(程婴云)小生与公孙杵臼曾有一面之交，我去探望他，谁想卧房中锦绷绣褥上，躺着一个小孩儿。我想公孙杵臼年纪七十，从来没儿没女，这个是那里来的？我说道：这小的莫非是赵氏孤儿么？只见他登时变色，不能答应。以此知孤儿在公孙杵臼家里。(屠岸贾云)咄！你这匹夫，你怎瞒的过我。你和公孙杵臼往日无仇，近日无冤，你因何告他藏着赵氏孤儿？你敢是知情么！说的是，万事全休；说的不是，令人，磨的剑快，先杀了这个匹夫者！(程婴云)告元帅暂息雷霆之怒，略罢虎狼之威，听小人诉说一遍咱。我小人与公孙杵臼原无仇隙，只因元帅传下榜文，要将普国内小儿拘刷到帅府，尽行杀坏。我一来为救普国内小儿之命，二来小人四旬有五，近生一子，尚未满月，元帅军令，不敢不献出来，可不小人也绝后了？我想有了赵氏孤儿，便不损坏一国生灵，连小人的孩儿也得无事，所以出首。(诗云)告大人暂停嗔怒，这便是首告缘故。虽然救普国生灵，其实怕程家绝户。(屠岸贾笑科，云)哦，是了。公孙杵臼元与赵盾一殿之臣，可知有这事来⑤。令人，则今日点就本部下人马，同程婴到太平庄上，拿公孙杵臼走一遭去。(同下)(正末公孙杵臼上，云)老夫公孙杵臼是也。想昨日与程婴商议救赵氏孤儿一事，今日他到屠岸贾府中首告去了，这早晚屠岸贾这厮必然来也呵！(唱)

[双调新水令]我则见荡征尘飞过小溪桥，多管是损忠良贼徒来到。齐臻臻摆着士卒，明晃晃列着枪刀。眼见的我死在今朝，更避甚痛笞掠。

(屠岸贾同程婴领卒子上，云)来到这吕吕太平庄上也。令人，与我围了太平庄者。程婴，那里是公孙杵臼宅院？(程婴云)则这个便是。(屠岸贾云)拿过那老匹夫来！公孙杵臼，你知罪么？(正末云)我不知罪。(屠岸贾云)我知你个老匹夫和赵盾是一殿之臣，你怎敢掩藏着赵氏孤儿！(正末云)老元帅，我有熊心豹胆？怎敢掩藏着赵氏孤儿！(屠岸贾云)不

打不招。令人,与我拣大棒子,着实打者!(卒子做打科)(正末唱)

[驻马听]想着我罢职辞朝,曾与赵盾名为刎颈交。(云)这事是谁见来?(屠岸贾云)现有程婴首告着你哩。(正末唱)是那个埋情出告⑥,元来这程婴舌是斩身刀。(云)你杀了赵家满门良贱三百馀口,则剩下这孩儿,你又要伤他性命。(唱)你正是狂风偏纵扑天雕,严霜故打枯根草。不争把孤儿又杀坏了⑦,可着他三百口冤仇甚人来报。

(屠岸贾云)老匹夫,你把孤儿藏在那里?快招出来,免受刑法。(正末云)我有甚么孤儿藏在那里?谁见来?(屠岸贾云)你不招?令人,与我采下去,着实打者。(做打科)(屠岸贾云)这老匹夫赖肉顽皮,不肯招承,可恼,可恼!程婴,这原是你出首的,就着你替我行杖者。(程婴云)元帅,小人是个草泽医士,撮药尚然腕弱,怎生行的杖?(屠岸贾云)程婴,你不行杖,敢怕指攀出你么?(程婴云)元帅,小人行杖便了。(做拿杖子科)(屠岸贾云)程婴,我见你把棍子拣了又拣,只拣着那细棍子,敢怕打的他疼了,要指攀下你来。(程婴云)我就拿大棍子打者。(屠岸贾云)住者。你头里只拣着那细棍子打,如今你却拿起大棍子来,三两下打死了呵,你就做的个死无招对。(程婴云)着我拿细棍子又不是,拿大棍子又不是,好教我两下做人难也。(屠岸贾云)程婴,你只拿着那中等棍子打。公孙杵臼老匹夫,你可知道行杖的就是程婴么?(程婴行杖科,云)快招了者!(三科了⑧)(正末云)哎哟!打了这一日,不似这几棍子打的我疼,是谁打我来?(屠岸贾云)是程婴打你来。(正末云)程婴,你刬的打我那⑨?(程婴云)元帅,打的这老头儿兀的不胡说哩。(正末唱)

[雁儿落]是那一个实丕丕将着粗棍敲⑩?打的来痛杀杀精

皮掉。我和你狠程婴有甚的仇，却教我老公孙受这般虐。

(程婴云)快招了者！(正末云)我招，我招。(唱)

[得胜令]打的我无缝可能逃，有口屈成招。莫不是那孤儿他知道，故意的把咱家指定了？(程婴做慌科)(正末唱)我委实的难熬，尚兀自强着牙根儿闹。暗地里偷瞧，只见他早谑得腿脡儿摇[11]。

(程婴云)你快招罢。省得打杀你。(正末云)有，有，有。(唱)

[水仙子]俺二人商议要救这小儿曹。(屠岸贾云)可知道指攀下来也。你说二人，一个是你了，那一个是谁？你实说将出来，我饶你的性命。(正末云)你要我说那一个，我说，我说。(唱)哎！一句话来到我舌尖上却咽了。(屠岸贾云)程婴，这桩事敢有你么？(程婴云)兀那老头儿，你休妄指平人。(正末云)程婴，你慌怎么？(唱)我怎生把你程婴道，似这般有上梢无下梢[12]。(屠岸贾云)你头里说两个，你怎生这一会儿可说无了？(正末唱)只被你打的来不知一个颠倒。(屠岸贾云)你还不说，我就打死你个老匹夫！(正末唱)遮莫便打的我皮都绽[13]，肉尽销，休想我有半字儿攀着。

(卒子抱俫儿上科，云)元帅爷贺喜，土洞中搜出个赵氏孤儿来了也。(屠岸贾笑科，云)将那小的拿近前来，我亲自下手，剁做三段。兀那老匹夫，你道无有赵氏孤儿，这个是谁？(正末唱)

[川拨棹]你当日演神獒[14]，把忠臣来扑咬，逼的他走死荒郊，刎死钢刀[15]，缢死裙腰[16]，将三百口全家老小尽行诛剿。并没那半个儿剩落，还不厌你心苗[17]。

(屠岸贾云)我见了这孤儿，就不由我不恼也。(正末唱)

[七弟兄]我只见他左瞧，右瞧，怒咆哮，火不腾改变了狰狞

貌[18],按狮蛮拽札起锦征袍[19],把龙泉扯离出沙鱼鞘[20]。

(屠岸贾怒云)我拔出这剑来,一剑,两剑,三剑。(程婴做惊疼科。屠岸贾云)把这一个小业种剁了三剑,兀的不称了我平生所愿也。(正末唱)

[梅花酒]呀!见孩儿卧血泊,那一个哭哭号号,这一个怨怨焦焦,连我也战战摇摇。直恁般歹做作,只除是没天道。呀!想孩儿离褥草[21],到今日恰十朝,刀下处怎耽饶,空生长,枉劬劳,还说甚要防老。

[收江南]呀!兀的不是家富小儿骄。(程婴掩泪科)(正末唱)见程婴心似热油浇,泪珠儿不敢对人抛,背地里揾了。没来由割舍的亲生骨肉吃三刀。

(云)屠岸贾那贼,你试觑者,上有天哩,怎肯饶过的你?我死打甚么不紧,(唱)

[鸳鸯煞]我七旬死后偏何老,这孩儿一岁死后偏何小[22]。俺两个一处身亡,落的个万代名标。我嘱咐你个后死的程婴,休别了横亡的赵朔[23],畅道是光阴过去的疾,冤仇报复的早。将那厮万剐千刀,切莫要轻轻的素放了。

(正末撞科,云)我撞阶基,觅了死处。(下)(卒子报科,云)公孙杵臼撞阶基身死了也。(屠岸贾笑科,云)那老匹夫既然撞死,可也罢了。(做笑科,云)程婴,这一桩里多亏了你,若不是你呵,如何杀的赵氏孤儿!(程婴云)元帅,小人原与赵氏无仇,一来救普国内众生,二来小人根前也有个孩儿,未曾满月,若不搜的那赵氏孤儿出来,我这孩儿也无活的人也。(屠岸贾云)程婴,你是我心腹的人,不如只在我家中做个门客,抬举你那孩儿成人长大,在你根前习文,送在我根前演武。我也年近五旬,尚无子嗣,就将你的孩儿与我做个义儿。我偌大年纪了,后来我的官位,也等你的孩儿讨个应袭,你意下如何？（程婴云）多谢元帅抬举。（屠岸贾诗云）则为朝纲中独显赵盾，不由我心中生忿，如今削除了这点萌芽，方才是永无后衅。（同下）

涵芬楼影印明刊本《元曲选》壬集上

①《赵氏孤儿》是一部历史剧，取材于春秋时晋国的史实，以救孤、复仇为主线，展现出一场正义与邪恶之间的生死大搏斗，从而塑造了韩厥、公孙杵臼、程婴等见义勇为、前仆后继的英雄形象。剧中充满勇于献身、慷慨无畏的悲剧精神，王国维称之为“最具有悲剧性质者”。此剧有两种传本，一为《元刊杂剧三十种》本，一为《元曲选》本。这里选的是《元曲选》本，共有五折，此为第三折。由公孙杵臼主唱，演程婴假告发，亲施刑于公孙杵臼，最为撼人心扉。　②屠岸贾：晋国大将，因与赵盾文武不和，遂设计陷害，杀赵家三百馀口，仅剩下一个未满月的赵氏孤儿，也不肯放过。　③拘刷：拘捕、拘查。④首告：出首告发。　⑤可知：难怪，可以想象。　⑥埋情：即昧情，灭情。　⑦不争：倘若，一旦。　⑧三科了：戏剧动作重复了三次。⑨刬(chǎn 产)的：怎的，怎么，为反诘语。　⑩实丕丕：实实在在。⑪谑：吓。腿脡(tǐng 挺)儿：腿肚子。　⑫有上梢无下梢：有头无尾，有始无终。　⑬遮莫：即便，任凭。　⑭神獒(áo 遨)：屠岸贾曾训练一只神獒，让其扑咬赵盾，赵盾因此“走死荒郊”。事见本剧楔子。獒，高大凶猛的犬。　⑮刎死钢刀：指屠岸贾诈传晋灵公命令，逼赵盾之子赵朔饮刃自杀。事见本剧楔子。　⑯缢死裙腰：指赵朔妻晋公主生下赵氏孤儿，将其托付给程婴后，自缢而死。事见本剧第一折。　⑰厌：满足。心苗：心意。⑱火不腾：因发怒而面红耳赤的样子。　⑲狮蛮：古代武将使用的带子，因其用狮子蛮王作图案，故称狮蛮带。　⑳龙泉：宝剑名，这里代指剑。㉑褥草：产妇的垫褥垫席。　㉒“我七旬”二句：两句中的“后”均作语气词用，与“呵”字相近。下句的“何”字原作“知”，据上句改。　㉓休别了：休撇了，休忘记。

八　康进之

康进之，棣州（今山东惠民）人，元代前期杂剧作家，生平事迹不详。贾仲明为其所作挽词云："编集《鬼簿》治安时，收得贤人康进之，偕朋携友莺花市。编《老收心》李黑厮，《负荆》是小斧头儿。行于世，写上纸，费骚人，和曲填词。"所作杂剧两种，《黑旋风老收心》已佚，今存《梁山泊李逵负荆》一种。

梁山泊李逵负荆[①]

第一折

（冲末扮宋江，同外扮吴学究，净扮鲁智深领卒子上[②]。宋江诗云）涧水潺潺绕寨门，野花斜插渗青巾[③]。杏黄旗上七个字，替天行道救生民。某，姓宋名江，字公明，绰号顺天呼保义者是也。曾为郓州郓城县把笔司吏，因带酒杀了阎婆惜，迭配江州牢城[④]，路经这梁山过，遇见晁盖哥哥，救某上山。后来哥哥三打祝家庄身亡，众兄弟推某为头领。某聚三十六大夥，七十二小夥，半垓来的小偻㑩[⑤]，威镇山东，令行河北。某喜的是两个节令：清明三月三，重阳九月九。如今遇这清明三月三，放众弟兄下山上坟祭扫。三日已了，都要上山，若违令者，必当斩首。（诗云）俺威令谁人不怕，只放你三日严假。若违了半个时辰，上山来决无干罢。（下）

(老王林上云)曲律竿头悬草稕[6],绿杨影里拨琵琶。高阳公子休空过[7],不比寻常卖酒家。老汉姓王名林,在这杏花庄居住,开着一个小酒务儿[8],做些生意。嫡亲的三口儿家属。婆婆早年亡化过了,止有一个女孩儿,年长十八岁,唤做满堂娇,未曾许聘他人。俺这里靠着这梁山较近,但是山上头领,都在俺家买酒吃。今日烧的镟锅儿热着[9],看有什么人来。(净扮宋刚,丑扮鲁智恩上)(宋刚云)柴又不贵,米又不贵,两个油嘴,正是一对。某乃宋刚,这个兄弟叫做鲁智恩。俺与这梁山泊较近,俺两个则是假名托姓,我便认做宋江,兄弟便认做鲁智深,来到这杏花庄老王林家买一钟酒吃。(见王林科,云)老王林,有酒么?(王林云)哥哥,有酒有酒,家里请坐。(宋刚云)打五百长钱酒来[10]。老王林,你认得我两人么?(王林云)我老汉眼花,不认的哥哥们。(宋刚云)俺便是宋江,这个兄弟便是鲁智深。俺那山上头领,多有来你这里打搅,若有欺负你的,你上梁山来告我,我与你做主。(王林云)你山上头领,都是替天行道的好汉,并没有这事。只是老汉不认的太仆[11],休怪休怪。早知太仆来到,只合远接,接待不及,勿令见罪。老汉在这里多亏了头领哥哥照顾老汉。(做递酒科,云)太仆请满饮此杯。(宋刚饮科)(王林云)再将酒来。(鲁智恩饮酒科,云)哥哥,好酒。(宋刚云)老王,你家里还有什么人?(王林云)老汉家中并无什么人,有个女孩儿,唤做满堂娇,年长一十八岁,未曾许聘他人。老汉别无什么孝顺,着孩儿出来与太仆递钟酒儿,也表老汉一点心。(宋刚云)既是闺女,不要他出来罢。(鲁智恩云)哥哥怕什么,着他出来。(王林云)满堂娇孩儿,你出来。(旦儿扮满堂娇上,云)父亲唤我做什么?(王林云)孩儿,你不知道,如今有梁山上宋公明亲身在此,你出来递他一钟儿酒。(旦儿云)父亲,则怕不中么!(王林云)不妨事。(旦儿做见科)(宋刚云)我一生怕闻脂粉气,靠后些。(王林云)孩儿,与二位太仆递一钟儿酒。(旦做递酒科)(宋刚云)我也递老王一钟酒。(做与王林酒科)(宋刚云)你这老人家,这衣服怎么破了?把我这红绢褡膊与你[12],补这破处。(老王接衣科)(鲁智恩云)你还不知道,才此这杯酒是肯酒[13],这褡膊是红定[14],把你这女孩儿与俺宋公明哥哥做压寨夫人。只借你女孩儿去三日,第四日便送来还你,俺回山去也。(领旦下)(王林云)老汉眼睛一对,臂膊一双,只看着这个女孩儿,似这般可怎么了也?(做哭科)(正末扮李逵做带醉上,云)吃酒不醉,不如醒也。俺梁山泊上山儿李逵的便是,人见我生得黑,起个绰号叫俺做黑旋风。奉宋公明哥哥将令,放俺三日假限,踏青赏玩。不免下山去老王林家再买几壶酒,吃个烂醉也呵。(唱)

[仙吕点绛唇]饮兴难酬,醉魂依旧,寻村酒,恰问罢王留[15]。(云)俺问王留道:那里有酒?那厮不说便走。俺喝道:走那里去?被俺赶上,一把揪住张口毛[16],恰待要打,那王留道:休打休打,爹爹,有。(唱)王留道兀那里人家有。

[混江龙]可正是清明时候,却言风雨替花愁。和风渐起,暮雨初收,俺则见杨柳半藏沽酒市,桃花深映钓鱼舟。更和这碧粼粼春水波纹绉,有往来社燕,远近沙鸥。

(云)人道我梁山泊无有景致,俺打那厮的嘴!(唱)

[醉中天]俺这里雾锁着青山秀,烟罩定绿杨洲。(云)那桃树上一个黄莺儿,将那桃花瓣儿啖呵啖呵[17],啖的下来,落在水中,是好看也!我曾听的谁说来?我试想咱,哦!想起来了也,俺学究哥哥道来。(唱)他道是轻薄桃花逐水流[18]。(云)俺绰起这桃花瓣儿来,我试看咱,好红红的桃花瓣儿。(做笑科,云)你看我好黑指头也。(唱)恰便是粉衬的这胭脂透。(云)可惜了你这瓣儿,俺放你趁那一般的瓣儿去。我与你赶,与你赶,贪赶桃花瓣儿,(唱)

早来到这草桥店垂杨的渡口。(云)不中,则怕误了俺哥哥的将令,我索回去也。(唱)待不吃呵,又被这酒旗儿将我来相迤逗[19],他,他,他,舞东风在曲律竿头。

(云)兀那王林,有酒么?不则这般白吃你的,与你一抄碎金子[20],与你做酒钱。(王林做采泪科,云)要他那碎金子做什么!(正末笑科,云)他口里说不要,可揣在怀里。老王将酒来。(王林云)有酒,有酒。(做筛酒科)(正末云)我吃这酒在肚里,则是翻也翻的,不吃更待干罢!(唱)

[油葫芦]往常时酒债寻常行处有,十欠着九。(带云)老王也,(唱)则你这杏花庄压尽他谢家楼[21]。你与我便熟油般造下春醅酒,你与我花羔般煮下肥羊肉。一壁厢肉又熟,一壁厢酒正笃[22],抵多少锦封未拆香先透,我则待乘兴饮两三瓯。

[天下乐]可正是一盏能消万种愁。(云)老王也,咱吃了这酒呵,(唱)把烦恼都也波丢,都丢在脑背后,这些时吃一个没了休。(带云)我醉了呵,(唱)遮莫我倒在路边,遮莫我卧在瓮头。(做吐科,云)老王倈,(唱)直醉的来在这搭里呕。

(云)老王,这酒寒,快镟热酒来。(王林云)老汉知道。(做换酒科,哭云)我那满堂娇儿也!(正末云)快酾热酒来[23]。(王林又哭云)我那满堂娇儿也。(正末云)老王,我不曾与你酒钱来?你怎么这般烦恼?(王林云)哥哥,不干你事。我自有撇不下的烦恼哩,你则吃酒。(正末唱)

[赏花时]咱两个每日尊前语话投,今日呵为甚将咱佯不瞅?(王林云)你不知道,我自嫁我的女孩儿,为此着恼。(正末唱)哎!你个呆老子畅好是忒掐搜[24]。(云)比似你这般烦恼,休嫁他不的。(王林哭科,云)哎哟!我那满堂娇儿也。(正末唱)你何不养着他到苍颜皓首?(云)你晓的世上有三不留么?(王林云)哥,是那三不留?(正末云)蚕老不中留,人老不中留,(唱)呆老子,常

言道:“女大不中留。”

(云)我问你,那女孩儿嫁了个什么人?(王林云)哥,我那女孩儿嫁人,我怎么烦恼?则是悔气[25],被一个贼汉夺将去了!(正末做打科,云)你道是贼汉,是我夺了你女孩儿来?(唱)

[金盏儿]我这里猛睁眸,他那里巧舌头,是非只为多开口。但半星儿虚谬,恼翻我,怎干休。一把火将您那草团瓢烧成为腐炭[26],盛酒瓮摔做碎瓷瓯。(带云)绰起俺两把板斧来,(唱)砍折你那蟠根桑枣树,活杀您那阔角水黄牛。

(云)兀那老王,你说的是,万事皆休;说的不是,我不道的饶你哩!(王林云)太仆停嗔息怒,听老汉漫漫的说与你听。有两个人来吃酒,他说我一个是宋江,一个是鲁智深。老汉便道,正是梁山泊上太仆,我无甚孝顺,我只一个十八岁女孩儿,叫做满堂娇,着他出来拜见,与太仆递一杯儿酒,也表老汉的一点心。我叫出我那女孩儿来,与那宋江、鲁智深递了三杯酒。那宋江也回递了我三钟酒,他又把红褡膊揣在我怀里。那鲁智深说:这三钟酒是肯酒,这红褡膊是红定,俺宋江哥哥有一百八个头领,单只少一个人哩。你将这十八岁的满堂娇与俺哥哥做个压寨夫人,则今日好日辰,俺两个便上梁山泊去也。许我三日之后,便送女孩儿来家。他两个说罢,就将女孩儿领去了。老汉偌大年纪,眼睛一对,臂膊一双,则觑着我那女孩儿。他平白地把我女孩儿强抢将去,哥,教我怎么不烦恼!(正末云)有什么见证?(王林云)有红绢褡膊便是见证。(正末云)我待不信来,那个士大夫有这东西!老王,你做下一瓮好酒,宰下一个好牛犊儿,只等三日之后,我轻轻的把着手儿,送将你那满堂娇孩儿来家,你意下如何?(王林云)哥,你若送将我那女孩儿来家,老汉莫要说一瓮酒,一个牛犊儿,便杀身也报答大恩不尽!(正末唱)

[赚煞]管着你目下见仇人,则不要口似无梁斗[27],一句句言如劈竹。(带云)宋江倈,(唱)不争你这一度风流,倒出了一度丑。暂今番泼水难收,到那里问缘由,怎敢便信口胡㖒[28]!则要你肚囊里揣着状本熟,不要你将无来作有,则要你依前来依后[29]。(云)我如今回去,见俺宋公明,数说他这罪过,就着他辞了三十六大夥,七十二小夥,半垓来小偻㑩,同鲁智深一径离了山寨,到你庄上。那时节我若叫你出来,你可休似乌龟一般,缩了头再也不肯出来。(王林云)老汉若不见他,万事休论;我若见了他,我认的他两个,恨不的咬掉他一块肉来,我怎么肯不出见他?(正末云)老王,兀的不是俺宋江哥哥,他道没也。老儿,俺逗你要哩。(唱)你可也休翻做了镴枪头[30]!(下)

(王林云)李逵哥哥去了,我也收拾过铺面,专等三日之后,送满堂娇孩儿来家。满堂娇孩儿,则被你痛杀我也!(下)

涵芬楼影印明刊本《元曲选》壬集下

①《李逵负荆》敷演梁山泊李逵误信宋江、鲁智深抢夺民女,大闹忠义堂,待弄明真相后又负荆请罪的故事。后出之《水浒传》第三十三回叙此事,即以此剧为蓝本。剧作者构思独特,以一场误会显示出李逵憨厚、鲁莽的性格,以及善善恶恶的正义基质,开创了借否定以肯定的喜剧类型。这里选的是第一折。　②冲末:元杂剧角色名,扮演剧中最先出场的男性次要人物。外:即外末,元杂剧角色名,扮演剧中次要的男性人物,地位不及冲末。净:元杂剧角色名,扮演性格粗犷,具有一定喜剧色彩的男性人物,或者扮演反面人物。③渗青巾:一种青色的头巾。　④迭配:即充军。　⑤半垓(gāi 该):古代数目名,指五千万。《太平御览》卷七五〇引汉代应劭《风俗通》云:"十万谓之亿,十亿谓之兆,十兆谓之经,十经谓之垓。"这里是夸张的说法,用以显示声势壮大。　⑥曲律:弯曲的样子。草稕(zhùn 准去声):用草绑缚成的草把或草圈儿,系在竿上,挂在店门口,作为酒店的标志。⑦高阳公子:即高阳酒徒。汉初郦食其自称"高阳酒徒",受到刘邦重用。以后人们以此作为好酒

者的代称。　⑧酒务：宋代掌酒税的官称酒务官，人们因称酒店为酒务。⑨镟锅儿：烫酒用的锅子。　⑩长钱：古代有长钱、短钱之分：以不足百文而当百文使用的钱为短陌，又称短钱；十足的一百文为足陌，又称长钱。⑪太仆：古代官名，元杂剧中多用作对绿林好汉的敬称。　⑫褡（dā 搭）膊：长方形的布袋，可系在腰间，也可搭在肩上，里面可放钱物。　⑬肯酒：即定婚酒，此是宋元时定婚的一种仪式。　⑭红定：订婚时所下的聘礼，多为红色的绸缎。　⑮王留：元代通俗文学中对乡巴佬的通称。　⑯张口毛：指胡须。　⑰啖（dàn 旦）：吃，咬。　⑱轻薄桃花逐水流：出自杜甫《绝句漫兴九首》："颠狂柳絮随风去，轻薄桃花逐水流。"　⑲迤（yǐ 以）逗：即挑逗、招惹意。　⑳抄：古量器名。《孙子·算经》："十撮为一抄，十抄为一勺，十勺为一合，十合为一升。"　㉑谢家楼：指谢朓楼。李白《宣城谢朓楼饯别校书叔云》诗中有"长风万里送秋雁，对此可以酣高楼"之句。后用来代指酒楼。　㉒篘（chōu 抽）：滤酒的器具，这里作动词用。　㉓酾（shāi 筛）：斟、倒。　㉔㨨（chōu 抽）搜：固执、呆板的意思。　㉕悔气：即晦气。㉖草团瓢：顶似圆形的茅草屋。　㉗口似无梁斗：斗是古代盛酒的器具，上有提梁供持拿用。无梁斗，比喻说话没有凭据。　㉘胡啗：即胡诌，胡说。㉙依前来依后：指说话前后一致。　㉚镴枪头：比喻表面上好看，实际上不中用。铅与锡的合金称镴，质地不坚硬。

九 郑光祖

郑光祖，字德辉，平阳(今山西临汾)人。钟嗣成《录鬼簿》列为“方今已死名公才人余相识者”。曾“以儒补杭州路吏”，秉性方直，不妄与人交往。为元后期著名杂剧作家，被推为元曲四大家之一。作有杂剧十八种，今存《倩女离魂》、《王粲登楼》等八种。

迷青琐倩女离魂[1]

第二折

(夫人慌上，云)欢喜未尽，烦恼又来。自从倩女孩儿在折柳亭与王秀才送路，辞别回家，得其疾病，一卧不起。请的医人看治，不得痊可，十分沉重，如之奈何？则怕孩儿思想汤水吃，老身亲自去绣房中探望一遭去来。(下)(正末上，云)小生王文举，自与小姐在折柳亭相别，使小生切切于怀，放心不下。今舣舟江岸[2]，小生横琴于膝，操一曲以适闷咱。(做抚琴科)(正旦别扮离魂上，云)妾身倩女，自与王生相别，思想的无奈，不如跟他同去。背着母亲，一径的赶来。王生也，你只管去了，争知我如何过遣也呵[3]！(唱)

[越调斗鹌鹑]人去阳台，云归楚峡[4]，不争他江渚停舟，几时得门庭过马。悄悄冥冥，潇潇洒洒，我这里踏岸沙，步月华。我觑这万水千山，都只在一时半霎[5]。

[紫花儿序]想倩女心间离恨,赶王生柳外兰舟,似盼张骞天上浮槎[⑥]。汗溶溶琼珠莹脸,乱松松云髻堆鸦,走的我筋力疲乏。你莫不夜泊秦淮卖酒家,向断桥西下,疏剌剌秋水菰蒲[⑦],冷清清明月芦花。

(云)走了半日,来到江边,听的人语喧闹,我试觑咱。(唱)

[小桃红]我蓦听得马嘶人语闹喧哗,掩映在垂杨下。唬的我心头丕丕那惊怕,原来是响珰珰鸣榔板捕鱼虾[⑧]。我这里顺西风悄悄听沉罢,趁着这厌厌露华[⑨],对着这澄澄月下,惊的那呀呀呀寒雁起平沙。

[调笑令]向沙堤款踏,莎草带霜滑。掠湿湘裙翡翠纱,抵多少苍苔露冷凌波袜[⑩]。看江上晚来堪画,玩冰壶潋滟天上下[⑪],似一片碧玉无瑕。

[秃厮儿]我觑远浦孤鹜落霞,枯藤老树昏鸦。听长笛一声何处发。歌欸乃[⑫],橹咿哑。

(云)兀那船头上琴声响,敢是王生。我试听咱。(唱)

[圣药王]近蓼洼[⑬],缆钓槎,有折蒲衰柳老蒹葭。傍水凹,折藕芽,见烟笼寒水月笼沙,茅舍两三家。

(正末云)这等夜深,只听得岸上女人音声,好似我倩女小姐。我试问一声波。(做问科,云)那壁不是倩女小姐么?这早晚来此怎的?(魂旦相见科,云)王生也,我背着母亲,一径的赶将你来。咱同上京去罢。(正末云)小姐,你怎生直赶到这里来?(魂旦唱)

[麻郎儿]你好是舒心的伯牙[⑭],我做了没路的浑家。你道我为甚么私离绣榻,待和伊同走天涯。

(正末云)小姐是车儿来,是马儿来?(魂旦唱)

[幺]险把咱家、走乏。比及你远赴京华,薄命妾为伊牵挂,思量心儿时撇下!

[络丝娘]你抛闪咱,比及见咱,我不瘦杀,多应害杀[15]。(正末云)若老夫人知道怎了也?(魂旦唱)他若是赶上咱,待怎么?常言道:做着不怕!

(正末做怒科,云)古人云:聘则为妻,奔则为妾。老夫人许了亲事,待小生得官回来,谐两姓之好,却不名正言顺?你今私自赶来,有玷风化,是何道理?(魂旦云)王生!(唱)

[雪里梅]你振色怒增加,我凝睇不归家。我本真情,非为相唬,已主定心猿意马[16]。

(正末云)小姐,你快回去罢。(魂旦唱)

[紫花儿序]只道你急煎煎趱登程路[17],元来是闷沉沉困倚琴书,怎不教我痛煞煞泪湿琵琶。有甚心着雾鬓轻笼蝉翅,双眉淡扫宫鸦[18]。情愿似落絮飞花[19],谁待问出外争如只在家。更无多话,愿秋风驾百尺高帆,尽春光付一树铅华[20]。

(云)王秀才,赶你不为别,我只防你一件。(正末云)小姐防我那一件来?(魂旦唱)

[东原乐]你若是赴御宴琼林罢[21],媒人每拦住马,高挑起染渲佳人丹青画,卖弄他生长在王侯宰相家。您恋着那奢华,你敢新婚燕尔在他门下。

(正末云)小生此行,一举及第,怎敢忘了小姐。(魂旦云)你若得登第呵,(唱)

[绵搭絮]你做了贵门娇客,一样矜夸。那相府荣华,锦绣堆压,你还想飞入寻常百姓家?那时节似鱼跃龙门播海涯[22],饮御酒,插宫花,那其间占鳌头,占鳌头登上甲。

(正末云)小生倘不中呵,却是怎生?(魂旦云)你若不中呵,妾身荆钗裙布,愿同甘苦。(唱)

[拙鲁速]你若是似贾谊困在长沙[23],我敢似孟光般显贤达。休想我半星儿意差,一分儿抹搭[24],我情愿举案齐眉傍书榻。

任粗粝淡薄生涯，遮莫戴荆钗[25]，穿布麻。

（正末云）小姐既如此真诚志意，就与小生同上京去如何？（魂旦云）秀才肯带妾身去呵，（唱）

[幺篇]把稍公快唤咱，恐家中厮捉拿。只见远树寒鸦，岸草汀沙，满目黄花，几缕残霞。快先把云帆高挂，月明直下。便东风刮，莫消停，疾进发。

（正末云）小姐，则今日同我上京应举去来。我若得了官，你便是夫人县君也。（魂旦唱）

[收尾]各剌剌向长安道上把车儿驾，但愿得文苑客当时奋发[26]。则我这临邛市沽酒卓文君，甘伏侍你濯锦江题桥汉司马[27]。（同下）

涵芬楼影印明刊本《元曲选》戊集上

①《倩女离魂》取材于唐陈玄祐传奇《离魂记》。张倩女和王文举自幼订婚，但张母嫌王生没有功名，不承认二人的婚姻关系。王生赴京赶考，倩女不胜思念，其魂竟脱离躯壳，追上王生，与之同行；躯体却在家，似染病卧床。直待王生一举中第，带倩女灵魂归来，倩女之魂才与躯体合而为一。此剧浪漫气氛浓厚，人物心理刻画精微，唱辞清丽优美。这里选的是第二折，叙述倩女魂魄夜赶王生。青琐，原指宫门，这里代指家门。　②舣（yǐ 椅）舟：停船靠岸。　③争知：即怎知。过遣：过活，打发时光。　④"人去阳台"二句：意谓相爱的人离去了。阳台，传说中楚怀王在高唐和巫山神女相会之处。见宋玉《高唐赋序》。　⑤"我覷"二句：和上面的两句都是表现倩女魂魄之步伐轻盈、飘忽，来去迅捷。　⑥张骞天上浮槎：传说汉朝的张骞乘木筏寻找黄河源，漂流经月，竟到了天河。见《荆楚岁时记》。　⑦菰（gū 孤）蒲：菰与蒲都是水边生长的草本植物，菰的嫩茎又称茭白，蒲的叶子可制成扇子。⑧鸣榔板：一种捕鱼方式，渔民用长条木敲击船帮或船板出声，使鱼群受惊入网。　⑨厌厌：浓重的。　⑩凌波袜：出自曹植《洛神赋》："凌波微步，罗袜生尘。"后专门用来形容女子步态轻盈。　⑪"玩冰壶"句：鲍照《白头吟》有"清如玉壶冰"之句，这里形容月光水色交相辉映，上下澄澈。　⑫欸（ǎi

矮)乃:本为摇橹声,后成为船夫的棹歌名,唐代元结有《欸乃曲》。⑬蓼(liǎo 了)洼:长满水草的池塘。⑭伯牙:春秋时人,以精于琴艺著名。因王生弹琴解闷,故此处借以调侃。⑮害杀:指害相思病。杀,同“煞”,极的意思。⑯唬(xià 下):欺骗。主定:打定主意。心猿意马:佛教语,意谓人的心神如猿马般难以控制。这里是说决定任情而为。⑰趱(zǎn 攒):快走,急走。⑱“有甚心”二句:意谓在家无心梳洗妆扮。蝉鬓,古代妇女的一种发式,望之缥缈如蝉翼。宫鸦,宫中女子的一种眉式,以青黑色描就。⑲“情愿”句:此句“情愿”二字原缺,据孟称舜《柳枝集》本补。⑳“愿秋风”二句:前一句指王生,祝愿其一帆风顺;后一句说自己任凭青春逝尽。铅华,原指妇女化妆用的铅粉,这里比喻美丽的花朵。㉑琼林:琼林苑,宋代皇帝赐宴新科进士的地方。㉒鱼跃龙门播海涯:意为考中后将远走高飞。鱼跃龙门,比喻科举及第。播,迁徙。㉓贾谊:汉代的政治家兼文学家。因受人排挤,被贬为长沙王太傅。㉔抹搭:懒散,怠慢。㉕遮莫:任凭,豁出去。㉖当时:正当时运。㉗“则我”二句:卓文君曾在临邛当垆卖酒,司马相如曾在升仙桥柱上题字。这里以卓文君和司马相如比喻自己和王文举。

一〇　张 养 浩

张养浩(1270—1329),字希孟,号云庄,山东济南人。历官监察御史、礼部尚书,曾因直言敢谏而屡遭风险。后罢官家居。著有散曲集《云庄休居自适小乐府》,多写山林隐居之趣,而忧民之心终不能忘。晚年接受征召,入关中赈灾,因积劳成疾,死于任所。

中吕·山坡羊[①]

潼关怀古

峰峦如聚,波涛如怒,山河表里潼关路[②]。望西都[③],意踟蹰。伤心秦汉经行处[④],宫阙万间都做了土。兴,百姓苦;亡,百姓苦。

清顺治刻本《张文忠公乐府》

①这首小令是作者入关中赈灾途中所作。它以高度概括的语言,对古代王朝的兴衰史作了全面、深刻的反省,气势雄伟,感叹深沉,为元散曲中所少见。潼关,古关名,在今陕西潼关县北,地势险要,历来为军事要地。
②“山河”句:潼关外有黄河,内有华山,故称表里山河。　③西都:指故都长安,也称西京。　④“伤心”句:一路行经秦汉故地,满目凄凉,令人伤感。

一一　睢景臣

睢景臣，一作舜臣，字景贤，又作嘉贤，扬州人，生卒年不详。元成宗大德七年(1303)移居杭州，与《录鬼簿》作者钟嗣成相识。心性聪明，酷嗜音律，而仕途不得志。著有杂剧《屈原投江》等三种，今不传。散曲尚存三套，其中《高祖还乡》制作新奇，被人推为绝唱。

般涉调·哨遍[①]

高祖还乡

[哨遍]社长排门告示[②]，但有的差使无推故[③]。这差使不寻俗[④]，一壁厢纳草除根[⑤]，一边又要差夫，索应付。又言是车驾，都说是銮舆[⑥]，今日还乡故。王乡老执定瓦台盘[⑦]，赵忙郎抱着酒葫芦[⑧]，新刷来的头巾[⑨]，恰糨来的绸衫[⑩]，畅好是妆幺大户[⑪]。

[耍孩儿]瞎王留引定火乔男女[⑫]，胡踢蹬吹笛擂鼓[⑬]。见一彪人马到庄门，匹头里几面旗舒：一面旗白胡阑套住个迎霜兔[⑭]，一面旗红曲连打着个毕月乌[⑮]，一面旗鸡学舞[⑯]，一面旗狗生双翅[⑰]，一面旗蛇缠葫芦[⑱]。

[五煞]红漆了叉[⑲]，银铮了斧[⑳]，甜瓜苦瓜黄金镀[㉑]。明晃晃

马蹬枪尖上挑[22]，白雪雪鹅毛扇上铺[23]。这几个乔人物，拿着些不曾见的器仗，穿着些大作怪衣服[24]。

[四]辕条上都是马[25]，套顶上不见驴。黄罗伞柄天生曲[26]。车前八个天曹判[27]，车后若干递送夫。更几个多娇女，一般穿着，一样妆梳。

[三]那大汉下的车，众人施礼数。那大汉觑得人如无物。众乡老屈脚舒腰拜，那大汉挪身着手扶。猛可里抬头觑，觑多时认得，险气破我胸脯。

[二]你须身姓刘，你妻须姓吕[28]。把你两家儿根脚从头数[29]：你本身做亭长耽几盏酒[30]，你丈人教村学读几卷书。曾在俺庄东住，也曾与我喂牛切草，拽坝扶锄[31]。

[一]春采了桑，冬借了俺粟，零支了米麦无重数。换田契强秤了麻三秤，还酒债偷量了豆几斛。有甚胡突处？明标着册历，见放着文书。

[尾]少我的钱，差发内旋拨还[32]；欠我的粟，税粮中私准除[33]。只道刘三，谁肯把你揪捽住[34]，白甚么改了姓[35]，更了名，唤作汉高祖！

《四部丛刊》本《太平乐府》

①这篇散套选取汉高祖刘邦返乡的史实，假愚陋的村民口吻，辛辣嘲讽至尊无上的封建帝王，还刘邦一个乡里无赖的本来面目。作者将散曲泼辣、诙谐的艺术特性挥发到了极致，鲜明地表现出元代带叛逆倾向的时代精神。
②社长：元代乡村组织以五十家为一社，选乡绅为社长。排门告示：挨户挨家地告知。　③无推故：不得推托。　④不寻俗：不同寻常。　⑤一壁厢：一边，一面。纳草除根：原本为“纳草也根”，此从《雍熙乐府》改。
⑥“又言”二句：车驾、銮舆，都是皇帝所坐的车子，常被用作皇帝的代称。
⑦乡老：有地位而又年长的乡绅。　⑧忙郎：对年青乡民的称呼。

⑨新刷来的:刚洗刷过的。　⑩糨来的:用米汁或面汤给洗净的衣服上浆,使之晾干捶捣后显得平整。糨,同“浆”。　⑪妆幺大户:装模作样地冒充大户人家。　⑫王留:元曲中常见的乡佬名。火:指若干人结合的一群。乔男女:不三不四的人。　⑬胡踢蹬:瞎闹腾。一说为乡民的诨名。⑭胡阑:“环”的复音,指月亮。迎霜兔:传说月中有白兔捣药。此句写月旗。⑮曲连:“圈”的复音,指太阳。毕月乌:传说日中有三只脚的金乌。此句指日旗。　⑯鸡学舞:指凤凰旗。　⑰狗生双翅:指飞虎旗。　⑱蛇缠葫芦:指龙戏珠旗。以上均为乡民眼中看到的皇家仪仗旌旗图形。　⑲红漆了叉:指画戟。　⑳银铮了斧:指钺斧。　㉑“甜瓜”句:指金瓜锤。㉒“明晃晃”句:指仪仗中的朝天镫。　㉓“白雪雪”句:指鹅毛制的宫扇,也叫障扇。　㉔大作怪:非常奇特。　㉕辕条:车前驾牲口的木杆。都是马:与下句“不见驴”均表示不寻常,因乡间少马。　㉖黄罗伞:即曲盖,是皇帝乘舆的车盖,其形状像一把弯柄大伞。　㉗天曹判:天廷上的判官。此处比喻威严的侍从人员。　㉘你妻须姓吕:刘邦的妻子叫吕雉,即吕后。㉙根脚:根底。　㉚“你本身”句:秦时十里为一亭,设有亭长。刘邦在秦末曾为泗水亭长,爱喝酒。见《史记·高祖本纪》。　㉛坝:通“耙”,一种碎土的农具。　㉜差发:即官差,当时可以出钱代替,故云。旋:快,立即。㉝私准除:私下里允许扣除。　㉞捽(zuó 昨):捉。　㉟白:平白,无缘无故地。

一二 刘时中

刘时中,古洪(今江西南昌)人,生平不详,约生活于元代的后期,《录鬼簿续编》著录有他的名字。他的散曲保留下来的只有杨朝英《阳春白雪》所收的两篇套曲。根据作品的语气看,他应是一个潦倒的下层文人,与元散曲作家中另一个名刘致、号逋斋,做过翰林待制的刘时中当不是一人。

正宫·端正好[1]

上高监司·前套

[端正好]众生灵,遭磨障[2],正值着时岁饥荒。谢恩光拯济皆无恙,编做本词儿唱。

[滚绣球]去年时正插秧,天反常,那里取及时雨降[3]?旱魃生四野炎伤[4]。谷不登,麦不长,因此万民失望,一日日物价高涨。十分料钞加三倒[5],一斗粗粮折四量[6]。煞是凄凉!

[倘秀才]殷实户欺心不良,停塌户瞒天不当[7],吞象心肠歹伎俩。谷中添秕屑[8],米内插粗糠,怎指望他儿孙久长!

[滚绣球]甑生尘老弱饥[9],米如珠少壮荒。有金银那里每典当[10],尽枵腹高卧斜阳[11]。剥榆树餐,挑野菜尝,吃黄不老胜如熊掌[12],蕨根粉以代糇粮[13]。鹅肠、苦菜连根煮[14],荻笋、芦

蔄带叶哇[15],只留下杞柳株樟[16]。

[倘秀才]或是捶麻柘稠调豆浆[17],或是煮麦麸稀和细糠,他每早合掌擎拳谢上苍。一个个黄如经纸[18],一个个瘦似豺狼,填街卧巷。

[滚绣球]偷宰了些阔角牛,盗斫了些大叶桑,遭时疫无棺活葬,贱卖了些家业田庄。嫡亲儿共女,等闲参与商[19],痛分离是何情况!乳哺儿没人要撇入长江。那里取厨中剩饭杯中酒,看了些河里孩儿岸上娘,不由我不哽咽悲伤!

[倘秀才]私牙子舡湾外港[20],打过河中宵月朗,则发迹了些无徒米麦行[21],牙钱加倍解[22],卖面处两般装[23]。昏钞早先除了四两[24]。

[滚绣球]江乡前,有义仓[25],积年系税户掌[26]。借贷数补搭得十分停当,都侵用过将官府行唐[27]。那近日劝粜到江乡[28],按户口给月粮。富户都用钱买放,无实惠尽是虚桩[29]。充饥画饼诚堪笑,印信凭由却是谎[30],快活了些社长、知房[31]。

[伴读书]磨灭尽诸豪壮,断送了些闲浮浪。抱子携男扶筇杖[32],尪羸伛偻如虾样[33],一丝好气沿途创[34],阁泪汪汪!

[货郎]见饿莩成行街上[35],乞丐拦门斗抢[36],便财主每也怀金鹄立待其亡[37]。感谢这监司主张,似汲黯开仓[38]。披星戴月热中肠,济与粜亲临发放。见孤孀疾病无皈向[39],差医煮粥分厢巷。更把赃输钱、分例米[40],多般儿区处的最优长[41]。众饥民共仰,似枯木逢春,萌芽再长。

[叨叨令]有钱的贩米谷、置田庄、添生放[42],无钱的少过活、分骨肉、无承望;有钱的纳宠妾、买人口、偏兴旺,无钱的受饥馁、填沟壑、遭灾障。小民好苦也么哥,小民好苦也么哥!便秋收鬻妻卖子家私丧。

[三煞]这相公爱民忧国无偏党[43],发政施仁有激昂。恤老怜贫,视民如子,起死回生,扶弱摧强。万万人感恩知德,刻骨铭心,恨不得展草垂缰[44]。覆盆之下,同受太阳光[45]。

[二]天生社稷真卿相,才称朝廷作栋梁。这相公主见宏深,秉心仁恕,治政公平,莅事慈祥[46]。可与萧曹比并[47],伊傅齐肩[48],周召班行[49]。紫泥宣诏,花衬马蹄忙[50]。

[一]愿得早居玉笋朝班上[51],伫看金瓯姓字香[52]。入阙朝京,攀龙附凤,和鼎调羹[53],论道兴邦。受用取貂蝉济楚[54],衮绣峥嵘[55],珂珮丁当[56]。普天下万民乐业,都知是前任绣衣郎[57]。

[尾声]相门出相前人奖,官上加官后代昌[58]。活彼生灵恩不忘,粒我烝民德怎偿[59]!父老儿童细较量,樵叟渔夫曹论讲[60]。共说东湖柳岸旁,那里清幽更舒畅。靠着云卿苏圃场[61],与徐孺子流芳挹清况[62]。盖一座祠堂人供养,立一统碑碣字数行[63]。将德政因由都载上,使万万代官民见时节想。

《散曲丛刊》本《阳春白雪》后集卷三

①刘时中的《上高监司》共有两套,此为前套,当作于1330年。元天历二年(1329),江西等多处遭受严重旱灾,时任江西道廉访使的高纳麟开仓赈民,减轻灾情。这套散曲当是写给他的。作品真实而详尽地描述了灾民悲惨绝望的生存境遇,以及奸商富豪令人发指的欺诈行为,两相对照,写得触目惊心。作者原意是为了引起当政者对这些社会问题的注意,并加以解决。这套曲子情感强烈,叙述、议论结合,语言质朴生动,具有强烈的感人力量。监司,监察官吏的机构或长官。元代廉访使掌监察地方政务,称监司。　②磨障:一作魔障,本佛家语,这里指灾难。　③及时雨:一作“若时雨”。　④旱魃(bá 拔):传说中的旱魔,出现在哪里,哪里便大旱无雨。　⑤“十分”句:料钞,元代发行的一种纸币,因掺有丝料,故称料钞。加三倒,指货币贬值,在购买商品时必须加三成计算。　⑥折四量:打四折量出,即一斗扣

去四升。　⑦停塌户：囤积粮食的人家。　⑧秕(bǐ 比)：不饱满的谷粒。⑨甑(zèng 赠)：古代煮饭用的炊具。　⑩那里每：即哪里，"每"为语气词，无实义。　⑪枵(xiāo 萧)腹：空着肚子。　⑫黄不老：即黄柏，又作黄檗，一种落叶乔木，开黄绿色小花，树皮与果实都是药材，味苦涩，亦可食。⑬蕨(jué 掘)根粉：蕨为一种草本植物，其叶可食，称蕨菜。其根茎含有淀粉，将其磨成粉，俗称蕨根粉或蕨粉，可供食用。糇粮：干粮，粮，原本作"粱"，据隋树森校九卷本《阳春白雪》改。　⑭鹅肠：一种野菜，又称繁缕。李时珍《本草纲目·菜二》云："此草茎蔓甚繁，中有一缕，故名。俗呼鹅儿肠菜，象形也。"　⑮荻笋、芦莴(wō 窝)：荻的嫩芽，芦苇的嫩茎。哇(zhuāng 庄)：吃。连根煮、带叶哇说明原来不吃的部分现在也吃了。　⑯杞(qǐ 起)柳：一种落叶的灌木，枝条可用来编器物。株樟：为数不多的数株樟树。　⑰捶麻柘(zhè 这)稠调豆浆：把麻籽和柘树的果实捣碎了调在豆浆里，使之稠厚。⑱经纸：抄印佛经所用的纸，俗称黄表纸。经纸，原本作"婬姙"，据隋树森校九卷本《阳春白雪》改。　⑲参(shēn 身)与商：参星在西方，商星在东方，两星出入时间不一，古人常用来比喻亲人和朋友不得相会。　⑳私牙子：做投机买卖的人，这里指粮食贩子。湾：作动词用，停泊。　㉑无徒：无赖。㉒牙钱：指私牙子在卖主和买主之间抽取的佣金。解：送交。　㉓卖面处两般装：卖面的过秤时暗地捣鬼。两般装，谓表里不一。　㉔昏钞：破烂的钞票。除了四两：对一斤(十六两)而言，扣除四分之一。　㉕"江乡"二句：江乡，江边的乡村。义仓，备荒年用的粮仓。　㉖"积年"句：历年都由纳税的大户掌管。　㉗"借贷数"二句：指掌管义仓的人侵吞了积粮，却又假造了借贷帐目，蒙蔽官府。补答，填补。侵用过，侵吞、挪用过。行唐，蒙蔽、搪塞之意。　㉘劝粜(tiào 跳)：官吏到乡下来开仓平价卖粮。粜，卖粮食。㉙"无实惠"句：穷人得不到实惠，开义仓不过是虚装样子。　㉚印信凭由：官府盖有图章的文书。　㉛社长：即村长。知房：负责仓房的人。一说为族长。　㉜筇(qióng 穷)杖：筇竹做的手杖，这里泛指拄杖。　㉝尪羸(wānglέi 汪雷)：身体瘦弱。　㉞"一丝"句，只剩下一口气还要挣扎着去逃荒。创，同"闯"。　㉟饿莩(piǎo 漂)：饿死的人。　㊱"乞丐"句：乞民有时为一点食物拦门互相斗抢。　㊲鹄立：像天鹅一样伸长脖子呆立着。㊳汲黯(jí àn 级暗)：汉武帝时的名臣，曾在巡视河内时见到灾情严重，不等皇帝诏令便开仓济民。　㊴皈(guī 归)向：归依、依靠。　㊵赃输钱：对贪污、盗窃者的罚款。分例米:饥民按规定每份应得的粮食。 ㊶多般儿区处:用多种方式和手段处理。 ㊷生放:放债。 ㊸无偏党:无偏向,公正无私。 ㊹展草垂缰:意谓效犬马之劳。展草,相传三国时李信纯养一犬,一天李醉卧草地中,恰逢草地着火,其犬跳入水中,将身湿透,然后跑向草地,把主人周围的烈火滚灭,李因此得救。事见《搜神记》。垂缰,传说前秦苻坚被慕容冲打败,逃奔时跌入涧中,其马垂缰入涧,导苻坚援缰登岸,得以脱险。事见《异苑》。草,原作"革",据隋树森校九卷本《阳春白雪》改。 ㊺"覆盆"句:元代有"覆盆不照太阳辉"的成语,这里用以赞扬高监司的恩德如同阳光一样照亮了黑暗的角落。 ㊻莅(lì)事:临事。 ㊼萧曹:萧何、曹参,汉初的名相。 ㊽伊傅:伊尹、傅说,均为商代名相。 ㊾周召:周公旦与召公奭,均为周初的名臣。班行:此指同列、并列。 ㊿"紫泥"二句:紫泥宣诏,皇帝的文告用紫泥封缄,故称。二句是说高监司将被召回朝,受到升赏。 (51)玉笋朝班:即玉笋班,指英才济济的朝班。 (52)金瓯姓字香:意指高的名字业绩将刻在铜制礼器上流芳百世。 (53)和鼎调羹:以厨师在炊具中烹调美味佳肴比喻宰相处理政事咸得其宜。 (54)貂蝉:汉代高级官员的冠饰。《后汉书·舆服志》:"武冠一曰武弁大冠,诸武官冠之。侍中、中常侍加黄金铛,附蝉为文,貂尾为饰。"济楚:整齐、华丽。 (55)衮(gǔn滚)绣:绣着龙纹的朝服。峥嵘:这里指华贵,有气派。 (56)珂珮:古代官员礼服及所乘马车上佩挂的玉饰。《旧唐书·职官志二》:"凡百僚冠笏、缴帐、珂珮,各有差。" (57)"都知"句:众人都知道这位列于朝班的臣宰就是前任的绣衣郎官。监司是肃政廉访使,职务与汉代的绣衣直指相类。 (58)"相门"两句:"将门必有将,相门必有相"是古代的成语,这里用来颂祷高的后代荣贵昌盛。(59)粒我烝(zhēng争)民:粒,粮食,这里用作动词,意为使百姓吃上饭。烝民,人民。 (60)曹论讲:共同讨论。曹,群,引伸为共同。《国语·周语》:"民所曹好。" (61)云卿:即宋代被人称为苏翁的隐士苏云卿,曾在豫章(南昌)东湖开辟了一处菜园居住,被称为苏圃。 (62)徐孺子:东汉的徐稺,字孺子,汉代豫章的高士,屡征不就,甘于清贫。挹:引,接。原本作"那",据隋树森校九卷本《阳春白雪》改。清况:清幽的景况。 (63)一统:一块,一座。

一三 乔 吉

乔吉(1280—1345),一名乔吉甫,字梦符,号笙鹤翁,又号惺惺道人,山西太原人,流寓杭州。有《正宫·绿幺遍》小令,自述生平诗酒作生涯,漂泊江湖四十年。作有杂剧十一种,今存三种。散曲尤著名,风格清丽,雅俗交融,与张可久并称。有《惺惺道人乐府》、《乔梦符小令》等。

越调·凭阑人[①]

金陵道中

瘦马驮诗天一涯,倦鸟呼愁村数家。扑头飞柳花,与人添鬓华[②]。

《散曲丛刊》本《梦符散曲·摭遗》

①此曲作于暮春时节往赴金陵的路上。作者的漂泊感受和无边的哀愁都在寥寥数笔景物描画中传出,语言接近白话,而情思绵长不绝。　②"扑头"二句:借柳絮飘飞的描写巧妙地表达因春暮触发的忧愁。鬓华,两鬓的白发。

双调·折桂令[①]

荆溪即事

问荆溪溪上人家:为甚人家,不种梅花?老树支门,荒蒲绕岸,苦竹圈笆。庙不灵狐狸漾瓦[②],官无事乌鼠当衙[③]。白水黄沙,倚遍阑干,数尽啼鸦。

《散曲丛刊》本《梦符散曲·惺惺道人乐府》

①此曲写游览途中所见,采用责问语气,骂里带讽,表达作者对荒败现实的愤慨和不满。荆溪,在江苏宜兴市南,因近荆南山而得名,水注入太湖。②漾(yàng 样)瓦:抛瓦,摔瓦。漾,抛掷。　③乌鼠:指衙门中的吏役们。乌,一作"鸟"。

一四　张可久

张可久（1280—1348以后），一名久可，号小山，庆元（浙江鄞县）人。做过路吏、典史、幕宾，一生沉迹下僚。致力于散曲创作，传世作品之多，为元代散曲作家之冠。内容多是描绘自然风光，以及抒写个人怀抱，风格秀丽典雅，格律工整谨严，明清以来受到曲家推崇。有《小山乐府》。

南吕·金字经①

春晚

惜花人何处？落红春又残②。倚遍危楼十二阑③。弹，泪痕罗袖斑。江南岸，夕阳山外山。

《散曲丛刊》本《小山乐府·前集》

①此曲写暮春时分的忧愁，既是怀人，也是自伤。作品音韵谐美，意境清佳，将人的思绪带得很远。　②春又残：春天将尽。　③阑：栏杆。

南吕·一枝花[①]

湖上晚归

[一枝花]长天落彩霞,远水涵秋镜。花如人面红,山似佛头青[②]。生色围屏[③],翠冷松云径,嫣然眉黛横[④]。但携将旖旎浓香[⑤],何必赋横斜瘦影[⑥]。

[梁州]挽玉手留连锦裀[⑦],据胡床指点银瓶[⑧]。素娥不嫁伤孤零[⑨]。想当年小小[⑩],问何处卿卿[⑪]?东坡才调,西子娉婷,总相宜千古留名[⑫]。吾二人此地私行。六一泉亭上诗成[⑬],三五夜花前月明[⑭],十四弦指下风生[⑮]。可憎[⑯],有情,捧红牙合和《伊州令》[⑰]。万籁寂,四山静,幽咽泉流水下声[⑱]。鹤怨猿惊。

[尾]岩阿禅窟鸣金磬[⑲],波底龙宫漾水精[⑳]。夜气清,酒力醒。宝篆销[㉑],玉漏鸣[㉒]。笑归来仿佛二更,煞强似踏雪寻梅灞桥冷[㉓]。

《散曲丛刊》本《小山乐府·补集》

①这首套曲叙述与恋人携手游西湖的情景,风雅的举动、愉悦的心情和清幽恬静的景色和谐地结合在一起,语言精炼,佳句叠出,被人誉之为“古今绝唱”。 ②佛头青:一种颜料名,即石青,为深青色。林逋《西湖》诗:“春水净于僧眼碧,晚山浓似佛头青。” ③生色围屏:指景色好似彩色的屏风。生色,生动鲜明的色彩。 ④嫣然:形容女性美好的样子。眉黛:用女子画就的黛色的眉形容远山的形状。 ⑤旖旎(yǐnǐ 已你)浓香:代指同行的美人。旖旎,娇柔的样子。 ⑥横斜瘦影:林逋《梅花》诗有“疏影横斜水清

浅，暗香浮动月黄昏”，这里借以指梅。 ⑦锦裀：如锦褥般鲜艳的花丛。 ⑧胡床：即交椅，又称交床，可以折叠。指点银瓶：意即索要酒喝。杜甫《少年行》：“指点银瓶索酒尝。” ⑨“素娥”句：写月。素娥，即嫦娥。 ⑩小小：即苏小小，南齐时钱塘的名妓。《春渚纪闻》记录她的《蝶恋花》词一首，中有“妾本钱塘江上住，花落花开，不管流年度”的句子。 ⑪卿卿：通常指相互爱昵之称，语本《世说新语·惑溺》。以上三句用孤月和苏小小反衬主人公自己的美满。 ⑫“东坡才调”三句：化用苏轼诗句，指出才子美人合当相配，并千古留名。苏轼《饮湖上初晴后雨》有“欲把西湖比西子，淡妆浓抹总相宜”句。 ⑬六一泉：在杭州孤山南，是苏轼为纪念欧阳修而命名的。欧阳修号六一居士。 ⑭三五夜：即农历十五的晚上。 ⑮十四弦：古代的一种弦乐器。宋孟珙《蒙鞑备录》：“国王出师，亦以女乐随行，率十七八美女，极慧黠，多以十四弦等弹大官乐。” ⑯可憎：可爱的意思。 ⑰红牙：檀木制的拍板。《伊州令》：曲牌名，这里泛指乐曲。 ⑱“幽咽”句：形容乐曲声如泉水在山石间流动发出的声响。白居易《琵琶行》有“幽咽泉流水下滩”句。 ⑲“岩阿”句：山寺响起了钟磬之声。岩阿，山岩丛中。禅窟，指佛寺。 ⑳“波底”句：月光下，湖上的景物倒映在水中，如水晶龙宫在波底荡漾。 ㉑宝篆（zhuàn 转）：篆字形的熏香。 ㉒玉漏：古代计时的工具，以滴水的方式计算时间。 ㉓踏雪寻梅灞桥冷：唐代诗人孟浩然曾在大雪天骑着驴到灞桥赏梅，寻找诗兴。

一五　贯云石

贯云石(1286—1324),维吾尔族,原名小云石海涯,因父名贯只哥,即以贯为姓。号酸斋,又号芦花道人。曾任两淮万户府达鲁花赤、翰林侍读学士。后辞官南下,隐居杭州。散曲多写恋情和隐逸,风格豪放清俊,甚为时人所赏,与徐再思(甜斋)齐名。后人辑有《酸甜乐府》。

双调·殿前欢①

畅幽哉,春风无处不楼台。一时怀抱俱无奈,总对天开②。就渊明归去来,怕鹤怨山禽怪,问甚功名在?酸斋是我,我是酸斋。

《散曲丛刊》本《酸甜乐府》卷一

①此曲表达厌倦仕途,向往归隐,以及维护独立人格的意愿和情怀。作者爽朗的性格在潇洒自得的语气中显示得比较充分。　②"一时"二句:官场中的种种烦恼无法驱除,只有到大自然里才能得到消解。

双调·清江引

惜　别

若还与他相见时，道个真传示：不是不修书，不是无才思，绕清江买不得天样纸[2]！

《散曲丛刊》本《酸甜乐府》卷一

①这支小令以自述口吻抒写别后的相思之情，构思俊巧，语调诙谐，富有清新朴素的民间气息。　②"绕清江"句：谓相思之情无纸可以抒写得尽。天样纸，如天一样大的纸。

一六 刘 因

刘因(1249—1293),字梦吉,号静修,保定容城(今属河北)人。元世祖至元十九年(1282)征为右赞善大夫,不久以母病告归。至元二十八年(1291),再召为集贤学士,坚辞不就。平生以讲学授徒为业,四十五岁时卒于家。他是元初较有影响的北方诗人,论诗讲究风骨,诗风接近元好问,晚年风格又转向平淡闲雅,描写自然景物的小诗写得饶有情韵。有《静修集》。

山寺早起[①]

松窗一夜远潮生[②],断送幽人睡失明[③]。梦觉不知春已去,半帘红雨落无声[④]。

《四部丛刊》本《静修先生文集》卷一四

①这是描写隐居生活的一首七绝诗,就内容来说,似近于孟浩然的五言绝句《春晓》,却映透着一种孤寂和悲凉的感受。　②松窗:松树掩映的窗户。　③幽人:隐居不仕的人,诗人自指。睡失明:未能睡到天明。　④红雨:喻落花。李贺《将进酒》:"桃花乱落如红雨。"

一七　赵孟頫

赵孟頫(1254—1322),字子昂,号松雪道人,湖州(今属浙江)人。宋太祖赵匡胤的十一世孙,南宋末官真州司户参军。入元,经人荐举入朝,官至翰林学士承旨。以宋宗室的身份仕元,受到社会的非议,惭悔而无从解脱,于是将精力投入到艺术创作中。他具有多种艺术才能,书法和绘画均"冠绝当时",诗也享有较高声誉,真正有审美价值的作品是那些抒写内心痛苦的诗篇。有《松雪斋集》。

纪旧游[①]

二月江南莺乱飞[②],百花开树柳依依[③]。落红无数迷歌扇,嫩绿多情妒舞衣[④]。金鸭焚香川上暝[⑤],画船挝鼓月中归[⑥]。如今寂寞东风里,把酒无言对夕晖。

《四部丛刊》本《松雪斋文集》卷四

①这首诗是诗人在北方为宦期间追忆当年南方春游之乐而作的,美好的回忆中寄托了深深的故国之思,以及屈节仕元的苦涩之情。此作采用"齐"、"微"二韵,与传统律诗有所不同,然历代评选家均将其视作一首七律。　②"二月"句:语出丘迟《与陈伯之书》:"暮春三月,江南草长,杂花生树,群莺乱飞。"　③依依:柳条随风摇摆,似向人传情貌。　④"落红"二句:歌女

和舞女们在明媚的春光中尽兴表演，以至红花、绿草均为之失色。　⑤金鸭：铜制鸭形香炉。暝：日暮。　⑥挝（zhuā 抓）：敲打。

一八 虞 集

虞集(1272—1348),字伯生,号道园,人称邵庵先生。宋丞相虞允文五世孙,祖籍仁寿(今属四川),宋亡侨居临川崇仁(今属江西)。大德初,以荐授大都路儒学教授,累官集贤修撰、奎章阁侍书学士。以诗称名于世,风格典雅老沉,被推为“元诗四大家”之首。有《道园学古录》、《道园遗稿》。

挽文山丞相[①]

徒把金戈挽落晖[②],南冠无奈北风吹[③]。子房本为韩仇出[④],诸葛宁知汉祚移[⑤]。云暗鼎湖龙去远[⑥],月明华表鹤归迟[⑦]。不须更上新亭望,大不如前洒泪时[⑧]。

《元诗选》本《道园遗稿》甲集

①这首诗是悼念南宋爱国志士文天祥的。文曾任右丞相,于宋末组织抗元斗争而被捕,后遭杀害。诗歌颂英雄,并流露出缅怀宋朝的情绪。②金戈挽落晖:《淮南子·览冥》载:“鲁阳公与韩构难,战酣,日暮援戈而㧑之,日为之反三舍。”这里指文天祥已无力挽回南宋败局。 ③南冠:春秋时楚人戴的帽子。《左传·成公九年》:“晋侯观于军府,见钟仪,问之曰:‘南冠而絷者,谁也?’有司对曰:‘郑人所献楚囚也。’”这里喻指文天祥,他曾两次被元军拘囚。北风:喻指元军。 ④子房:即张良,字子房,他的上辈是韩国丞相。秦灭韩,张良力图为韩复仇,曾募壮士行刺秦始皇于博浪沙,误中副车。后辅

佐刘邦取得天下。 ⑤诸葛:指诸葛亮。宁知:岂知、怎知。汉祚(zuò作):汉朝的国运。杜甫《咏怀古迹五首》之五咏诸葛亮:“运移汉祚终难复,志决身歼军务劳。”以上两句以张良、诸葛亮喻指文天祥,既是称颂,又含惋惜。⑥鼎湖:传说黄帝铸鼎于荆山之下,鼎成,有龙下垂接他上天,后人便名其地为鼎湖。见《史记·封禅书》。古代诗文中多以“鼎湖龙去”比皇帝之死,这里兼指南宋末代皇帝之死及南宋政权的灭亡。 ⑦华表鹤归:据《搜神后记》载,汉代辽东人丁令威学仙于灵虚山,后化鹤归还,立于城门华表柱上。这里借喻文天祥之魂,谓其迟迟不归。 ⑧“不须”二句:《世说新语·言语》载,西晋灭亡后,南下的北方诸臣常聚会于江宁的新亭饮酒。一次,周𫖮于座中叹息云:“风景不殊,正自有山河之异。”一座皆流泪。东晋丞相王导厉声说:“共当戮力王室,克复神州,何至作楚囚相对!”此二句是说宋亡之后,还不如东晋当时的局面,连半壁江山都没有了。

腊日偶题[①](二首选一)

旧时燕子尾毵毵[②],重觅新巢冷未堪。为报道人归去也[③],杏花春雨在江南[④]。

《四部丛刊》本《道园学古录》卷四

①诗作于诗人在翰林院任职期间,原作两首,这是第二首。作品以燕子起兴,表达渴望回归江南故乡的心情。结句摹写想象中的江南春景,意境甚美。作者另有一首《风入松》词,结句与此略同,被人织成罗帕,广为流传。腊日,农历十二月初八,又称腊八。 ②毵(sān三)毵:羽翅细长的样子。③道人:诗人自指。 ④“杏花”句:陆游《临安春雨初霁》诗:“小楼一夜听春雨,深巷明朝卖杏花。”虞诗即由之化出。

一九 杨 载

杨载(1271—1323),字仲弘,建宁浦城(今属福建)人,后徙居杭州。受荐为国史院编修,延祐二年(1315)进士,官至宁国路总管府推官。因受到赵孟頫的赞赏而名扬文坛。做诗讲究法度。与虞集、范梈、揭傒斯并称“四大家”。有《杨仲弘诗集》。

宿浚仪公湖亭[①](四首选一)

两两三三白鸟飞[②],背人斜去落渔矶[③]。雨馀不遣浓云散,犹向前山拥翠微[④]。

《四部丛刊》本《杨仲弘诗集》卷八

①此题原作有四首,这里选录第二首。浚仪公,南宋大臣兼学者王应麟(1223—1296),世居浚仪(今河南开封),自称浚仪遗民。这首诗描写雨后的湖山风光,饶有情趣。赞美湖山即赞美湖亭主人之高节。 ②白鸟:指湖中的白鹭。 ③渔矶:可供垂钓的水边大石。 ④翠微:苍翠的山色。

二〇 揭傒斯

揭傒斯(1274—1344),字曼硕,龙兴富州(今江西丰城)人。延祐初受荐任国史院编修,前后三入翰林,官至翰林侍讲学士。以诗著名,风格清丽婉约,虞集评其诗“如美女簪花”。有《揭文安公全集》。

寒夜作[①]

疏星冻霜空,流月湿林薄[②]。虚馆人不眠[③],时闻一叶落。

《四部丛刊》本《揭文安公全集》卷二

①这首五言绝句描写秋夜景色,以霜露喻月光,以有声写无声,颇饶韵外之致。 ②林薄:草木丛生的树林。《楚辞·九章·涉江》:“露申辛夷,死林薄兮。”王逸注:“丛林曰林,草木交错曰薄。” ③虚馆:寂静的馆舍。谢灵运《斋中读书》:“虚馆绝诤讼,空庭来鸟雀。”

二一 萨都剌

萨都剌(1272—1355),字天锡,号直斋,回族,祖父镇守云、代,遂定居雁门(今山西代县)。曾官江南御史台掾、闽海廉访知事,游历甚广。所作诗多记游,及状写山川风物之美,也有宫词和艳情乐府。风格多样,以清丽俊逸为主。有《雁门集》。

上京即事[①](十首选二)

牛羊散漫落日下,野草生香乳酪甜。卷地朔风沙似雪,家家行帐下毡帘[②]。

①此组诗共十首,作于元顺帝元统年间,以生动、真切的笔触描绘漠北的草原风光以及蒙族人民的生活景况。这里选其第一、第二首。上京,即元朝上都,在今内蒙古自治区正蓝旗境内,闪电河北岸。　②行(xíng 形)帐:可以迁移的帐篷,也即俗称的蒙古包。

紫塞风高弓力强[①],王孙走马猎沙场[②]。呼鹰腰箭归来晚[③],马上倒悬双白狼[④]。

《四部丛刊》本《萨天锡诗集》前集

①紫塞:原指长城。晋崔豹《古今注·都邑》:"秦筑长城,土色皆紫,汉塞亦然,故称紫塞焉。"这里泛指塞北地区。　②王孙:指蒙古族的贵族子弟。

③呼鹰:呼鹰逐兽,指打猎。《新唐书·姚崇传》:"帝曰:'公知猎乎?'对曰:'少所习也。臣年二十,居广成泽,以呼鹰逐兽为乐。'" ④白狼:象征祥瑞的猎物。梁孙柔之《瑞应图》:"白狼,王者仁德明哲则见。"唐欧阳詹《珍祥论》:"殷汤上感,实获白狼。"

二二 杨维桢

杨维桢(1296—1370),字廉夫,号铁崖,又号铁笛道人、东维子,诸暨(今属浙江)人。泰定四年(1327)进士,官江西儒学提举,元亡不仕。作诗追求新异,风格诡奇,自成一格,人称“铁崖体”。以古乐府和竹枝词为最著名,其中不乏暴露社会黑暗的篇什。有《东维子集》、《铁崖古乐府》。

海乡竹枝歌[①](四首选一)

潮来潮退白洋沙[②],白洋女儿把锄耙[③]。苦海熬干是何日,免得侬来爬雪沙[④]。

《四部丛刊》本《铁崖先生古乐府》卷一〇

①这一组诗共四首,描写浙江沿海地区劳动妇女艰辛的生活,生动感人,富有民歌风味。这里选的是第一首。 ②白洋沙:海边上泛白光的沙滩。③把锄耙:指晒盐劳动。 ④苦海:双关语,既指大海,也指艰苦的生活。侬:即“我”。雪沙:指盐。

二三　王　冕

王冕(？—1359),字元章,号煮石山农,又号梅花屋主,诸暨(今属浙江)人。家境贫寒,童年为人牧牛,苦学成才,终身未仕。擅长于绘画,尤工墨梅。其诗质朴劲健,颇多慷慨愤世之作,一些题画诗标示了自己清高的人格。有《竹斋集》。

墨　梅①(四首选一)

我家洗研池头树②,朵朵花开澹墨痕。不要人夸好颜色,只留清气满乾坤③。

民国邵武徐氏本《竹斋诗集》卷四

①这是一首题画诗,原作四首,此其第三首。诗既为咏梅,也是自我性格的表白,韵味隽永。　②洗研池:即洗砚池。研,通“砚”。相传晋代大书法家王羲之宅旁有洗砚池,“临池学书,池水尽黑”。墨池的遗迹,相传有浙江会稽(绍兴)等数处。王冕家绍兴,又与王羲之同姓,故称“我家”。墨梅本是作者的艺术创作,题诗却说为“我家洗研池头树”的写生,饶有风趣。头,一作“边”。　③清气:梅花的清香之气。这里暗喻作者高尚的人格精神。

二四　高　明

高明(1307？—1359)，字则诚，号菜根道人，温州瑞安(今属浙江)人。元至正五年(1345)进士，历任处州录事、江浙行省丞相掾、福建行省都事。元末弃官，隐居明州(今浙江宁波)栎社，潜心词曲创作。朱元璋即位，征其出山，佯狂不出。有《柔克斋集》，今已散佚。最负盛名的作品是晚年创作的南戏《琵琶记》，后人将其与王实甫的《西厢记》并提。另有一剧《闵子骞单衣记》，今已失传。

琵　琶　记[1]

五娘吃糠

(旦上唱)[山坡羊]乱荒荒不丰稔的年岁[2]，远迢迢不回来的夫婿。急煎煎不耐烦的二亲，软怯怯不济事的孤身己[3]。衣尽典，寸丝不挂体。几番要卖了奴身已，争奈没主公婆教谁管取？(合)思之，虚飘飘命怎期？难捱，实丕丕灾共危[4]。

[前腔]滴溜溜难穷尽的珠泪，乱纷纷难宽解的愁绪。骨崖崖难扶持的病体[5]，战钦钦难捱过的时和岁[6]。这糠呵，我待不吃你，教奴怎忍饥？我待吃呵，怎吃得？(吃介)苦，思量起来不如奴先死，图得不知他亲死时。(合前)

(白)奴家早上安排些饭与公婆，非不欲买些鲑菜[7]，争奈无钱可买。不想婆婆抵死埋冤，只道奴家背地吃了甚么。不知奴家吃的却是细米皮糠，吃时不敢教他知道，只得回避。便埋冤杀了，也不敢分说。苦！真实这糠怎的吃得。（吃介）（唱）

［孝顺歌］呕得我肝肠痛，珠泪垂，喉咙尚兀自牢嗄住[8]。糠，遭砻被舂杵[9]，筛你簸扬你，吃尽控持[10]。悄似奴家身狼狈[11]，千辛万苦皆经历。苦人吃着苦味，两苦相逢，可知道欲吞不去。（吃吐介）（唱）

［前腔］糠和米，本是两倚依，谁人簸扬你作两处飞？一贱与一贵，好似奴家共夫婿，终无见期。丈夫，你便是米么，米在他方没寻处。奴便是糠么，怎的把糠救得人饥馁？好似儿夫出去，怎的教奴，供给得公婆甘旨？（不吃放碗介）（唱）

［前腔］思量我生无益，死又值甚的！不如忍饥为怨鬼。公婆年纪老，靠着奴家相依倚，只得苟活片时。片时苟活虽容易，到底日久也难相聚。谩把糠来相比，这糠尚兀自有人吃，奴家骨头，知他埋在何处？

（外、净上探[12]，白）媳妇，你在这里说甚么？（旦遮糠介）（净搜出，打旦介）（白）公公，你看么，真个背后自逼逻东西吃[13]，这贱人好打！（外白）你把他吃了，看是什么物事？（净慌吃介）（吐介）（外白）媳妇，你逼逻的是甚么东西？（旦介）（唱）

［前腔］这是谷中膜，米上皮，将来逼逻堪疗饥。（外、净白）这是糠，你却怎的吃得？（旦唱）尝闻古贤书，狗彘食人食[14]，公公，婆婆，须强如草根树皮。（外、净白）这的不嗄杀了你？（旦唱）嚼雪餐毡，苏卿犹健[15]，餐松食柏到做得神仙侣[16]，纵然吃些何虑？（白）公公，婆婆，别人吃不得，奴家须是吃得。（外，净白）胡说！偏你如何吃得？（旦唱）爹妈休疑，奴须是你孩儿的糟糠妻室[17]！

（外、净哭介，白）原来错埋冤了人，兀的不痛杀了我！（倒介）

(旦叫介,唱)

[雁过沙]他沉沉向迷途,空教我耳边呼。公公,婆婆,我不能尽心相奉事,番教你为我归黄土。公公,婆婆,人道你死缘何故?公公,婆婆,你怎生割舍抛弃了奴?

(白)公公,婆婆。(外醒介,唱)

[前腔]媳妇,你耽饥事公姑[18]。媳妇,你耽饥怎生度?错埋冤你也不肯辞,我如今始信有糟糠妇。媳妇,我料应不久归阴府。媳妇,你休便为我死的把生的受苦。(旦叫婆婆介,唱)

[前腔]婆婆,你还死,教奴家怎支吾[19]?你若死教我怎生度?我千辛万苦回护丈夫[20],如今到此难回护。我只愁母死难留父,况衣衫尽解,囊箧又无。(外叫净介,唱)

[前腔]婆婆,我当初不寻思,教孩儿往皇都。把媳妇闪得苦又孤,把婆婆送入黄泉路,只怨是我相耽误。我骨头未知埋在何处所。

(旦白)婆婆都不省人事了,且扶入里面去。正是:青龙共白虎同行[21],吉凶事全然未保。(并下)(末上白[22])福无双至犹难信,祸不单行却是真。自家为甚说这两句?为邻家蔡伯喈妻房,名唤作赵氏五娘子,嫁得伯喈秀才,方才两月,丈夫便出去赴选。自去之后,连年饥荒,家里只有公婆两口,年纪八十之上,甘旨之奉,亏杀这赵五娘子,把些衣服首饰之类尽皆典卖,籴些粮米做饭与公婆吃,他却背地里把些细米皮糠逼逻充饥。唧唧[23],这般荒年饥岁,少什么有三五个孩儿的人家,供膳不得爹娘。这个小娘子,真个今人中少有,古人中难得。那公婆不知道,颠倒把他埋怨。今来听得他公婆知道,却又痛心,都害了病[24]。俺如今去他家里探取消息则个。(看介)这个来的却是蔡小娘子,怎生恁地走得慌?(旦慌走上介,白)天有不测风云,人有旦夕祸福。(见末介)公公,我的婆婆死了。(末介)

我却要来[25]。(旦白)公公,我衣衫首饰尽行典卖,今日婆婆又死,教我如何区处?公公可怜见,相济则个。(末白)不妨,婆婆衣衾棺椁之费皆出于我,你但尽心承值公公便了[26]。(旦哭介,唱)

[玉包肚]千般生受[27],教奴家如何措手?终不然把他骸骨,没棺椁送在荒丘?(合)相看到此,不由人不珠泪流,正是不是冤家不聚头[28]。(末唱)

[前腔]不须多忧,送婆婆是我身上有。你但小心承值公公,莫教又成不救。(合前)(旦白)如此,谢得公公!只为无钱送老娘,(末白)娘子放心,须知此事有商量。(合)正是:归家不敢高声哭,只恐人闻也断肠。(并下)

《古本戏曲丛刊初集》本《琵琶记》

①《琵琶记》一剧为改编南戏早期作品《赵贞女蔡二郎》而成,敷演的是赵五娘和蔡伯喈的故事。这一故事在宋元时期广泛流传于民间。作品改变了原来蔡伯喈"弃亲背妇"、赵五娘遭马踹踏的情节,以"三不从"(即蔡不愿赴考,父亲不从;辞去官职,皇帝不从;京城辞婚,牛丞相不从)的安排,开脱了蔡二郎不孝不义的罪名,并制造了一个大团圆的结局。作者的原意是通过此剧宣扬封建孝道,但客观上却揭露了封建伦理道德的荒谬。剧中最成功的是赵五娘形象的塑造,她身上集中了中国劳动妇女善良坚韧、忍辱负重以及自我牺牲的精神,其遭遇和行为给人留下了难以磨灭的印象。全剧一共四十二出,这里选的是第二十出,叙写赵五娘私吞皮糠的事,其中对赵五娘的心理刻画特别精彩,乃为全剧最动人的一幕。标题参钱南扬校注本而加。 ②不丰稔(rěn 忍):庄稼欠收。 ③身己:即身体。南戏《宦门子弟错立身》第四出:"我身己不快,去不得。" ④实丕丕:实实在在。 ⑤骨崖崖:瘦骨嶙峋的样子。 ⑥战钦钦:即战战兢兢的样子。 ⑦鲑(xié 斜)菜:鱼类菜肴。 ⑧尚兀自:还,还是。牢嗄(shà 霎)住:紧紧地噎塞着。 ⑨砻(lóng 龙):磨去稻壳。舂杵:用杵臼捣碎谷物。 ⑩控持:折磨、磨难。 ⑪俏:恰似。 ⑫外:外末,角色名,此处扮演蔡公。净:角色名,此处扮演

蔡婆。　⑬逼逻:安排、搜罗的意思。　⑭狗彘(zhì 志)食人食:语出《孟子·梁惠王》,原意是猪狗吃人的食物,这里反其意而用之,指猪和狗吃的东西人却在吃。　⑮苏卿:即汉代的苏武,字子卿。武帝时出使匈奴,匈奴逼降不成,将其囚禁大窖中,嚼雪餐毡,得不死。十九年后全节而归。　⑯"餐松食柏"句:古代传说山中神仙不食人间烟火,以松柏籽为食,而得长寿。参见《列仙传》。　⑰糟糠妻室:贫困时患难与共的妻子。语见《后汉书·宋弘传》。　⑱耽饥:即担饥、忍饥。　⑲支吾:撑持、应付的意思。　⑳回护:袒护、为之辩解的意思。　㉑青龙共白虎同行:青龙与白虎皆为星宿名,星相家以青龙为吉星,白虎为凶星。　㉒末:角色名,此处扮邻居张大公。　㉓唧唧:赞叹声,犹啧啧。　㉔"却又"二句:痛心,原本作"用心",又原本无"病"字,义不可通。据明改本补正。　㉕却要来:正要来。　㉖承值:承侍、照应。　㉗生受:这里作困难、困苦解。　㉘不是冤家不聚头:一般指夫妻关系而言,此处泛指一家骨肉,意谓今世能成为一家人,乃是前世里的缘分。冤家,给自己带来苦恼而又舍不得的人。

二五　元话本

简帖和尚[1]

入话　《鹧鸪天》:

白苎千袍入嫩凉[2],春蚕食叶响长廊。禹门已准桃花浪[3],月殿先收桂子香。　鹏北海,凤朝阳,又携书剑路茫茫。明年此日青云去,却笑人间举子忙。

大国长安一座县[4],唤做咸阳县,离长安四十五里。一个官人,复姓宇文,名绶,离了咸阳县,来长安赴试,一连三番试不过。有个浑家王氏[5],见丈夫试不中归来,把复姓为题,做个词儿,专说丈夫试不中,名唤做《望江南》。词道是:

公孙恨,端木笔俱收。枉念歌馆经数载,寻思徒记万馀秋,拓跋泪交流。　村仆固,闷独驾孤舟。不望手勾龙虎榜,慕容颜老一齐休,甘分守闾丘[6]。

那王氏意不尽,看着丈夫,又做四句诗儿:

良人得得负奇才,何事年年被放回?
君面从今羞妾面,此番归后夜间来。

宇文解元从此发忿道:"试不中,定是不归!"到得来年,一举成名了,只在长安住,不归去。浑家王氏,见这丈夫不归,理会得,道:"我曾做诗嘲他,可知道不归。"修一封书,叫当直王吉来:"你与我将这封书去四十五里,把与官人。"书中前面略叙寒暄,后面做只词儿,名做《南柯子》。词道是:

鹊喜噪晨树，灯开半夜花。果然音信到天涯，报道玉郎登第出京华。　旧恨消眉黛，新欢上脸霞。从前都是误疑他，将谓经年狂荡不归家。

去这词后面，又写四句诗道：

长安此去无多地，郁郁葱葱佳气浮。

良人得意正年少，今夜醉眠何处楼？

宇文绶接得书，展开看，读了词，看罢诗，道："你前回做诗，教我从今归后夜间来；我今试过了，却要我回！"就旅邸中取出文房四宝，做了只曲儿，唤做《踏莎行》：

足蹑云梯，手攀仙桂，姓名高挂登科记⑦。马前喝道状元来，金鞍玉勒成行缀。　宴罢归来，恣游花市，此时方显平生志。修书速报凤楼人⑧，这回好个风流婿。

做毕这词，取张花笺，折叠成书，待要写了付与浑家。正研墨，觉得手重，惹翻砚，水滴儿打湿了纸。再把一张纸折叠了，写成封家书，付与当直王吉，教分付家中孺人⑨："我今在长安试过了，到夜了归来。急去传语孺人，不到夜，我不归来！"王吉接得书，唱了喏，四十五里田地，直到家中。

话里且说宇文绶发了这封家书，当日天色晚，客店中无甚底事，便去睡。方才朦胧睡着，梦见归去，到咸阳县家中，见当直王吉在门前，一壁脱下草鞋洗脚⑩。宇文绶问道："王吉，你早归了？"再四问他不应。宇文绶焦躁，抬起头来看时，见浑家王氏，把着蜡烛入去房里。宇文绶赶上来，叫："孺人，我归了。"浑家不睬。他又说两声，浑家又不睬。宇文绶不知身是梦里，随浑家入房去。看这王氏时，放烛灯在桌子上，取早间一封书，头上取下金篦儿一剔⑪，剔开封皮看时，却是一幅白纸。浑家底笑⑫，就灯烛下把起笔来，就白纸上写了四句诗：

碧纱窗下启缄封，一纸从头彻底空。

知尔欲归情意切，相思尽在不言中。

写毕，换个封皮，再来封了。那妇女把金篦儿去剔那蜡烛灯，一剔剔在宇文绶敛上[13]，吃一惊，撒然睡觉，却在客店里床上睡，灯犹未灭。桌子上看时，果然错封了一幅白纸归去，着一幅纸写这四句诗。到得明日早饭后，王吉把那封书来，拆开看时，里面写着四句诗，便是夜来梦里见那浑家做底一般。当便安排行李，即时归家去。这便唤做"错封书"。下来说底便是"错下书"。

有个官人，夫妻两口儿，正在家坐地，一个人送封简帖儿来，与他浑家。只因这封简帖儿，变出一本跷蹊作怪底小说来[14]。正是：

尘随马足何年尽？事系人心早晚休。

淡画眉儿斜插梳，不忺拈弄绣工夫[15]。云窗雾阁深深处，静拂云笺学草书。　　多艳丽，更清姝，神仙标格世间无。当时只说梅花似，细看梅花却不如。

东京汴州开封府枣槊巷里[16]，有个官人，复姓皇甫，单名松，本身是左班殿直[17]，年二十六岁。有个妻子杨氏，年二十四岁。一个十三岁的丫环，名唤迎儿。只这三口，别无亲戚。当时皇甫殿直官差去押衣袄上边[18]，回来是年节第二节[19]。

去枣槊巷口一个小小底茶坊，开茶坊人唤做王二。当日茶市方罢，相是日中，只见一个官人入来。那官人生得：

浓眉毛，大眼睛，蹶鼻子，略绰口[20]。头上裹一顶高样大桶子头巾，着一领大宽袖斜襟褶子，下面衬贴衣裳，甜鞋净袜。

入来茶坊里坐下。开茶坊的王二，拿着茶盏，进前唱喏奉茶。那官人接茶吃罢，看着王二，道："少借这里等个人。"王二道：

"不妨。"等多时,只见一个男女[21],托个盘儿,口中叫卖鹌鹑馉饳儿[22]。官人把手打招,叫:"买馉饳儿。"僧儿见叫,托盘儿入茶坊内,放在桌上,将条篾篁穿那馉饳儿[23],捏些盐放在官人面前,道:"官人,吃馉饳儿。"官人道:"我吃。先烦你一件事。"僧儿道:"不知要做什么?"那官人指着枣槊巷里第四家,问僧儿:"认得这人家么?"僧儿道:"认得,那里是皇甫殿直家里。殿直押衣袄上边,方才回家。"官人问道:"他家有几口?"僧儿道:"只是殿直,一个小娘子,一个小养娘。"官人道:"你认得那小娘子也不?"僧儿道:"小娘子寻常不出帘儿外面,有时叫僧儿买馉饳儿,常去,认得。问他做甚么?"官人去腰里取下版金线篋儿[24],抖下五十来钱,安在僧儿盘子里。僧儿见了,可煞喜欢,叉手不离方寸:"告官人,有何使令?"官人道:"我相烦你则个。"袖中取出一张白纸,包着一对落索环儿[25],两只短金钗子,一个简帖儿,付与僧儿,道:"这三件物事,烦你送去适间问的小娘子。你见殿直,不要送与他。见小娘子时,你只道官人再三传语,将这三件物来与小娘子,万望笑留。你便去,我只在这里等你回报。"

那僧儿接了三件物事,把盘子寄在王二茶坊柜上。僧儿托着三件物事入枣槊巷来,到皇甫殿直门前,把青竹帘掀起,探一探。当时皇甫殿直正在前面校椅上坐地[26],只见卖馉饳的小厮儿掀起帘子[27],猖猖狂狂,探一探了便走。皇甫殿直看着那厮,震威一喝,便是:

当阳桥上张飞勇,一喝曹公百万兵。

喝那厮一声,问道:"做什么?"那厮不顾便走。皇甫殿直拽开脚,两步赶上,捽那厮回来[28],问道:"甚意思,看我一看了便走?"那厮道:"一个官人,教我把三件物事与小娘子,不教把来与你。”殿直问道：“什么物事？”那厮道：“你莫问，不教把与你。”皇甫殿直掿得拳头没缝[29]，去顶门上屑那厮一搡[30]，道：“好好的把出来教我看！”那厮吃了一搡，只得怀里取出一个纸裹儿，口里兀自道：“教我把与小娘子，又不教把与你。”皇甫殿直劈手夺了纸包儿，打开看，里面一对落索环儿，一双短金钗，一个简帖儿。皇甫殿直接得三件物事，拆开简子看时：

某皇恐再拜，上启小娘子妆前：即日孟春谨时[31]，恭惟懿候起居万福。某外日荷蒙持杯之款，深切仰思，未尝少替。某偶以薄干，不及亲诣，聊有小词，名《诉衷情》，以代面禀，伏乞懿览。

词道是：

知伊夫婿上边回，懊恼碎情怀。络索环儿一对，简子与金钗。　　伊收取，莫疑猜，且开怀。自后别后[32]，孤帏冷落，独守书斋。

皇甫殿直看了简贴儿，劈开眉下眼，咬碎口中牙，问僧儿道：“谁交你把来？”僧儿用手指着巷口王二哥茶坊里道：“有个粗眉毛、大眼睛、蹶鼻子、略绰口的官人，教我把来与小娘子，不教我把与你。”皇甫殿直一只手捽住僧儿狗毛，出这枣槊巷，径奔王二哥茶坊前来。僧儿指着茶坊道：“恰才在这楼里面打底床铺上坐地的官人[33]，教我把来与小娘子，又不交把与你，你却打我！”皇甫殿直再捽僧儿回来，不由开茶坊的王二分说。

当时到家里，殿直焦躁，把门来关上，摝来摝了[34]，谎得僧儿战做一团。殿直从里面叫出二十四岁花枝也似浑家出来，道：“你且看这件物事！”那小娘子又不知上件因依，去交椅上坐地。殿直把那简帖儿和两件物事度与浑家看[35]，那妇人看着简帖儿上言语，也没理会处。殿直道：“你见我三个月日押衣袄上边，不知和甚人在家中吃酒！”小娘子道：“我和你从小夫妻，你去后，何曾有人和我吃酒？”殿直道：“既没人，这三件物从那里来？”小娘子道：“我怎知？”殿直左手指，右手举，一个漏风掌打将去。小娘子则叫得一声，掩着面，哭将入去。皇甫殿直叫将十三岁迎儿出来，去壁上取下一把箭簝子竹来[36]，放在地上，叫过迎儿来。看着迎儿，生得：

短胳膊，琵琶腿。劈得柴，打得水。会吃饭，能屙屎。

皇甫松去衣架上取下一条绦来，把妮子缚了两只手，掉过屋梁去，直下打一抽，吊将妮子起去。拿起箭簝子竹来，问那妮子道：“我出去三个月，小娘子在家中和甚人吃酒？”妮子道：“不曾有人。”皇甫殿直拿起箭簝子竹，去妮子腿下便摔，摔得妮子杀猪也似叫。又问又打，那妮子吃不得打，口中道出一句来：“三个月殿直出去，小娘子夜夜和个人睡。”皇甫殿直道：“好也！”放下妮子来，解了绦，道：“你且来，我问你，是和兀谁睡[37]？”那妮子揩着眼泪，道，“告殿直，实不敢相瞒，自从殿直出去后，小娘子夜夜和个人睡，不是别人，却是和迎儿睡。”皇甫殿直道：“这妮子，却不弄我！”喝将过去。带一管锁，走出门去，拽上那门，把锁锁了。

走去转弯巷口，叫将四个人来，是本地方所由[38]，如今叫做“连手”，又叫做“巡军”，张千、李万、董霸、薛超四人。来到闩前[39]，用钥匙开了锁，推开门，从里面扯出卖馉饳的僧儿来，道：“烦上名收领这厮[40]。”四人道：“父母官使令，领台旨。”殿直道：“未要去，还有人哩。”从里面叫出十三岁的迎儿和二十四岁花枝的浑家，道：“和他都领去。”薛超唱喏道：“父母官，不敢收领孺人。”殿直道：“你漶不敢领他[41]，这件事干人命。”諕得四个所由，则得领小娘子和迎儿并卖馉饳儿的僧儿三个同去。

解到开封钱大尹厅下，皇甫殿直就厅下唱了大尹喏，把那简帖儿呈复了。钱大尹看见，即时教押下一个所属去处，叫将山前行山定来[42]。当时山定承了这件文字，叫僧儿问时，应道："则是茶坊里见个粗眉毛、大眼睛、蹶鼻子、略绰口的官人，交把这封简子来与小娘子，打杀后也只是恁地供！"问这迎儿，迎儿道："即不曾有人来同小娘子吃酒，亦不知付简帖儿来的是何人，打死也只是恁么供招！"却待问小娘子，小娘子道："自从小年夫妻，都无一个亲戚来去，只有夫妻二人，亦不知把简帖儿来的是何等人。"山前行山定看着小娘子，生得怎地瘦弱[43]，怎禁得打勘[44]？怎地讯问他？从里面交拐将过来两个狱子，押出一个罪人来。看这罪人时：

面长皴轮骨[45]，胲生渗癞腮[46]。

有如行病鬼，到处降人灾。

小娘子见这罪人后，两只手掩着面，那里敢开眼。山前行看着静山大王，道声与狱子："把枷梢一纽！"枷梢在上，道士头向下[47]，拿起把荆子来，打得杀猪也似叫。山前行问道："你曾杀人也不曾？"静山大王应道："曾杀人！"又问："曾放火不曾？"应道："曾放火！"教两个狱子把静山大王押入牢里去。山前行回转头来，看着小娘子道："你见静山大王，吃不得几杖子，杀人放火都认了。小娘子，你有事，只好供招了。你却如何吃得这般杖子？"小娘簌地两行泪下，道："告前行，到这里隐讳不得。觅幅纸和笔，只得与他供招。"小娘子供道："自从小年夫妻，都无一个亲戚来往，即不知把简帖儿来的是甚色样人。如今看要教侍儿吃甚罪名[48]，皆出赐大尹笔下。"见恁么说，五回三次问他，供说得一同。

似此三日,山前行正在州衙门前立,倒断不下。猛抬头看时,却见皇甫殿直在面前相揖,问及这件事:"如何三日理会这件事不下?莫是接了寄简帖的人钱物,故意不予决这件公事?"山前行听得,道:"殿直,如今台意要如何?"皇甫松道:"只是要休离了。"当日山前行入州衙里,到晚衙,把这件文字呈了钱大尹。大尹叫将皇甫殿直来,当厅问道:"捉贼见赃,捉奸见双,又无证佐,如何断得他罪?"皇甫松告钱大尹:"松如今不愿同妻子归去,情愿当官休了。"大尹台判:"听从夫便。"殿直自归。僧儿、迎儿喝出,各自归去。

只有小娘子见丈夫不要他,把他休了,哭出州衙门来,口中自道:"丈夫又不要我,又没一个亲戚投奔,教我那里安身?不若我自寻死后休!"上天汉州桥[49],看着金水银堤汴河,恰待要跳将下去,则见后面一个人,把小娘子衣裳一捽捽住。回转头来看时,恰是一个婆婆,生得:

> 眉分两道雪,髻挽一窝丝。眼昏一似秋水微浑,发白不若楚山云淡。

婆婆道:"孩儿 ,你却没事寻死做甚么?你认得我也不?"小娘子道:"不识婆婆。"婆婆道:"我是你姑姑。自从你嫁了老公,我家寒,攀陪你不着,到今不来往。我前日听得你与丈夫官司,我日逐在这里伺候。今日听得道休离了,你要投水做甚么?"小娘子道:"我上无片瓦,下无卓锥,老公又不要我,又无亲戚投奔,不死更待何时?"婆婆道:"如今且同你去姑姑家里后如何?"妇女自思量道:"这婆子,知他是我姑姑也不是。我如今没投奔处,且只得随他去了,却理会。"当时随这姑姑家去看时,家里没甚么活计,却好一个房舍,也有粉青帐儿,有交椅、桌凳之类。

在这姑姑家里过了三两日，当日方才吃罢饭，则听得外面一个官人高声大气叫道："婆子，你把我物事去卖了，如何不把钱来还？"那婆子听得叫，失张失志[50]，出去迎接来叫的官人，请入来坐地。小娘子着眼看时，见入来的人：

粗眉毛，大眼睛，蹶鼻子，略绰口。抹眉裹顶高装大带头巾，阔上领皂褙儿[51]，下面甜鞋净袜。

小娘子见了，口喻心，心喻口，道："好似那僧儿说的寄简贴儿官人。"只见官人入来，便坐在凳子上，大惊小怪道："婆子，你把我三百贯钱物事去卖了，经一个月日，不把钱来还。"婆子道："物事自卖在人头，未得钱。支得时，即便付还官人。"官人道："寻常交关钱物东西[52]，何尝推许多日？讨得时，千万送来。"官人说了自去。婆子入来，看着小娘子，簌地两行泪下，道："却是怎好？"小娘子问道："有什么事？"婆子道："这官人元是蔡州通判，姓洪。如今不做官，却卖些珠翠头面[53]。前日一件物事教我把去卖，吃人交加了[54]，到如今没这钱还他，怪他焦燥不得。他前日央我一件事，我又不曾与他干得。"小娘子问道："却是甚么事？"婆子道："交我讨个细人[55]，要生得好的。若得一个似小娘子模样去嫁与他，那官人必喜欢。小娘子，你如今在这里，老公又不要你，终不为了，不若姑姑说合，你去嫁官人，不知你意如何？"小娘子沉吟半晌，不得已，只得依姑姑口，去这官人家里来。

逡巡过了一年[56]，当年是正月初一日。皇甫殿直自从休了浑家，在家中无好况。正是：

时间风火性，烧了岁寒心。

自思量道："每年正月初一日，夫妻两人双双地上本州大相国寺里烧香。我今年却独自一个，不知我浑家那里去？"簌地两行泪下，闷闷不已。只得勉强着一领紫罗衫，手里把着银香盒，来大相国寺里烧香。到寺中烧香了，恰待出寺门，只见一个官人领着一个妇女。看那官人时，粗眉毛，大眼睛，蹶鼻子，略绰口，领着的妇女却便是他浑家。当时丈夫看着浑家，浑家又觑着丈夫，两个四目相视，只是不敢言语。那官人同妇女两个入大相国寺里去。

皇甫松在这山门头正恁沉吟，见一个打香油钱的行者[57]，正在那里打香油钱。看见这两人入去，口里道："你害得我苦！你这汉如今却在这里！"大踏步赶入寺来。皇甫殿直见行者赶这两人，当时叫住行者道："五戒[58]，你莫待要赶这两个人上去？"那行者道："便是。说不得，我受这汉苦，到今日抬头不起，只是为他。"皇甫殿直道："你认得这个妇女？"行者道："不识。"殿直道："便是我的浑家。"行者问："如何却随着他？"皇甫殿直把送简帖儿和休离的上件事，对行者说了一遍。行者道："却是怎地[59]！"行者却问皇甫殿直："官人认得这个人？"殿直道："不认得。"行者道："这汉元是州东墦台寺里一个和尚，苦行便是墦台寺里行者[60]。我这本师，却是墦台寺监院[61]，手头有百十钱，剃度这厮做小师[62]。一年已前时，这厮偷了本师二百两银器，不见了，吃了些个情拷[63]。如今赶出寺来，讨饭吃处。罪过！这大相国寺里知寺厮认[64]，留苦行在此间打化香油钱。今日撞见这厮，却怎地休得！"方才说罢，只见这和尚将着他浑家从寺廊下出来。行者牵衣带步，却待去捽这厮。皇甫殿直扯住行者，闪那身已在山门一壁[65]，道："且不得捽他。我和你尾这厮去，看那里着落，却与他官司。"两个后地尾将来。

话分两头。且说那妇人见了丈夫，眼泪汪汪，入去大相国寺里烧香了出来。这汉一路上却问这妇女道:“小娘子,你如何见了你丈夫便眼泪出?我不容易得你来!我当初从你门前过,见你在帘子下立地,见你生得好,有心在你处。今日得你做夫妻,也不通容易。”两个说来说去,恰到家中门前。入门去,那妇人问道:“当初这个简帖儿,却是兀谁把来?”这汉道:“好交你得知,便是我交卖馉饳儿的僧儿把来。你的丈夫中我计,真个便把你休了。”妇人听得说,捽住那汉,叫声屈,不知高低。那汉见那妇人叫将起来,却荒,就把只手去克着他脖项,指望坏他性命。外面皇甫殿直和行者尾着他两人,来到门首,见他㨿入去,听得里面大惊小怪,跄将入去看时,见克着他浑家,阁囹性命[66]。皇甫殿直和这行者两个,即时把这汉来捉了,解到开封府钱大尹厅下。[67]

出则壮士携鞭,入则佳人捧臂。世世靴踪不断,子孙出入金门[68]。

他是:

两浙钱王子,吴越国王孙。

大尹升厅,把这件事解到厅下。皇甫殿直和这浑家,把前面说过的话,对钱大尹历历从头说了一遍。钱大尹大怒,交左右索长枷把和尚枷了,当厅讯一百腿花,押下左司理院,交尽情根勘这件公事。勘正了,皇甫松责领浑家归去,再成夫妻。行者当厅给赏。和尚大情小节,一一都认了:不合设谋奸骗,后来又不合谋害这妇人性命。准“杂犯”断[69],合重杖处死。这婆子不合假妆姑姑,同谋不首,亦合编管邻州[70]。当日推出这和尚来。一个书会先生看见[71],就法场上做了一只曲儿,唤做《南乡子》:

怎见一僧人,犯滥铺模受典刑[72]。案款已成招状了,遭刑，棒杀髡囚示万民。　　沿路众人听，尤念高王观世音。护法喜神齐合掌，低声，果谓金刚不坏身。

话本说彻，且作散场。

文学古籍刊行社影印本《清平山堂话本》

①《简帖和尚》载《清平山堂话本》，一名《胡姑姑》，又名《错下书》，冯梦龙辑入《古今小说》，删去篇末"话本说彻，且作散场"八字，题目改作《简帖僧巧骗皇甫妻》。篇首的"头回"《错封书》本之于宋罗烨《醉翁谈录》乙集卷二"王氏诗回吴上舍"，可断此话本小说写定于元代。正话所叙和尚骗占人妻故事，框架与洪迈《夷坚志·再补》"义妇复仇"条相类，表明此类故事宋代流传较多。此篇值得注意处是其叙事与一般话本迥异，采用控制视角，投帖离间人家夫妻之和尚及其用心直到结局处方才由自己和另一和尚揭出，叙事者未做任何解说，可说是话本向小说转化的征兆。简帖，书信。　②白苎（zhù 住）：细白的麻布。嫩凉：微凉，初凉。　③禹门：在山西河津县西北，又称龙门，相传为夏禹所凿。　④大国：指国都。　⑤浑家：妻子。　⑥《望江南》词：这首词每句中都含着一个复姓：公孙、端木、哥舒（歌馆经数载）、司徒（思徒）、拓拔、仆固、独孤（闷独驾孤舟）、勾龙、慕容、闾丘。　⑦登科记：新科进士的名册。　⑧凤楼：指妇女的居处。　⑨孺人：古代大夫的妻子称孺人，此处是对对方妻子的尊称。　⑩一壁：一边，一旁。　⑪金篦（bì 币）儿：妇女掠发用的一种饰物。　⑫底笑："底"字疑误，《古今小说》作"含"。⑬敛：当为"脸"之形误。　⑭跷蹊：奇怪，可疑。　⑮忺（xiān 鲜）：喜欢，愿意。　⑯东京：北宋建都在汴梁（今河南开封），称东京。陪都河南府（今河南洛阳），称西京；应天府（河南商邱），称南京；大名府（河北大名），称北京。⑰左班殿直：宋代宫廷里供役使的武职官。　⑱押衣袄上边：押送军装往边境，供给边防军士。　⑲年节第二节：即正月十五，元宵节。正月初一为年节。　⑳略绰口：阔口。　㉑男女：古代对社会地位低下的人的称呼。㉒馉饳儿（gǔtuǒ 古妥）：即饺子。　㉓篾篁：竹签。　㉔箧（qiè 怯）儿：小盒子。　㉕落索环：手镯。　㉖校椅：交椅。　㉗小厮儿：小男孩。㉘捽（zuó 昨）：抓住。　㉙搦（nuò 懦）：紧握。　㉚屑：即捎。㩧（bào 暴）：用食指弯起敲击人的头顶。　㉛孟春：即初春。旧时每个季节的三个

月依次称为孟、仲、季,孟春也即正月。谨时:《古今小说》作“初时”。孟春谨时指正月初。　㉜自后:《古今小说》作“自从”。　㉝桚(zā 匝):这里当指木栅栏。　㉞搌(shuān 栓):前一个“搌”作名词用,同“栓”;后一个“搌”作动词用,同“拴”。　㉟度与:递给。㊱箭簝(liáo 僚)子竹:竹子的一种,干细,坚韧,可用来制箭杆。　㊲兀谁:即“谁”,“兀”是发语的词头。㊳所由:指有关官吏。此处指负责巡查、捕盗的吏卒,即下文之连手、巡军。㊴闩:《古今小说》作“门”。　㊵上名:对吏卒的尊称。　㊶你懑:你们。㊷前行:掌审案的官员。　㊸怎地:即恁地,如此地。　㊹打勘:刑讯。㊺皴(cūn 村):皮肤皴裂。㊻胲(gāi 该):颊上肉。渗癞:凹凸不平,丑陋难看。㊼道士头:唐宋时的枷一头宽,另一头有窄长的枷梢,宽的一头叫做“道士头”。　㊽侍儿:婢女。这里是妇女的自称。　㊾天汉州桥:又称天汉桥、州桥,位于开封城内汴河上。　㊿失张失志:惊慌失措的样子。
⑤①皂褙(bèi)儿:黑色的上衣。　⑤②交关:交易,此处为介绍的意思。
⑤③头面:首饰。　⑤④交加:诓骗去了。　⑤⑤细人:姬妾。　⑤⑥逡巡:勉强捱过去。　⑤⑦行者:此指在寺院中服杂役而未剃发出家的人。　⑤⑧五戒:本指佛教在家男女教徒所应遵守的五条戒律。此指未剃发出家的佛教徒,与“行者”所指相同。　⑤⑨怎地:即恁地的意思。　⑥⓪苦行:此指在寺院中专事劳作的净人(即未出家)。为行者的自称。　⑥①监院:寺院的主持。⑥②剃度:佛家语,即剃发为僧而得到超度的意思。这里指和尚收徒弟。小师:受戒不满十年的和尚。　⑥③情拷:拷问。　⑥④知寺:寺院里的一种职务名,专司对外应接,招待施主。　⑥⑤身己:身体。　⑥⑥闸阌:同“挣挫”,挣扎的意思。　⑥⑦“解到”句:此句后,《古今小说》有“这钱大尹是谁?”句。⑥⑧金门:汉代未央宫门前有铜马,称金马门,简称金门。后泛指官门。⑥⑨杂犯:古代法典的一篇,也叫杂纪律,杂律。　⑦⓪编管邻州:把犯人送到邻近的州县里管制。　⑦①书会先生:宋元时代通俗文艺作家自发组成的行会称书会。书会先生,书会里的成员。　⑦②犯滥铺模:作奸犯科。

明代文学

一 宋濂

宋濂(1310—1381),字景濂,号潜溪,浙江金华人。早年受学于元末名儒吴莱、柳贯、黄溍,以学问文章闻名于时。元顺帝至正年间,辟为翰林院编修,以亲老固辞,入龙门山,为道士,闭门著书十年。朱元璋取婺州(今金华市),征为郡学五经师,明年召至南京,作为儒学提举。洪武二年(1369)修《元史》,任总裁,仕至翰林学士承旨兼太子赞善大夫。洪武十三年(1380)因长孙宋慎坐胡惟庸党,贬茂州(今四川茂县),病卒于途。宋濂以文章受知于明太祖,明初典章制诰多出其手,号称开国文臣之首。生平以古文名世,所作今存千馀篇,其中写人记事摹景的文章,宗法唐宋古文,笔法生动,有较高的文学性。有《宋文宪公全集》。

送东阳马生序①

余幼时即嗜学,家贫,无从致书以观,每假借于藏书之家,手自笔录,计日以还。天大寒,砚冰坚,手指不可屈伸,弗之怠。录毕,走送之,不敢稍逾约。以是人多以书假余,余因得遍观群书。

既加冠②,益慕圣贤之道,又患无硕师名人与游③,尝趋百里外，从乡之先达执经叩问[④]。先达德隆望尊[⑤]，门人弟子填其室，未尝稍降辞色[⑥]。余立侍左右，援疑质理[⑦]，俯身倾耳以请。或遇其叱咄[⑧]，色愈恭，礼愈至，不敢出一言以复。俟其欣悦，则又请焉。故余虽愚，卒获有所闻。

当余之从师也，负箧曳屣[⑨]，行深山巨谷中，穷冬烈风，大雪深数尺，足肤皲裂而不知[⑩]；至舍，四肢僵劲不能动，媵人持汤沃灌[⑪]，以衾拥覆，久而乃和。寓逆旅[⑫]，主人日再食[⑬]，无鲜肥滋味之享。同舍生皆被绮绣[⑭]，戴朱缨宝饰之帽[⑮]，腰白玉之环，左佩刀，右佩容臭[⑯]，烨然若神人。余则缊袍敝衣处其间[⑰]，略无慕艳意[⑱]，以中有足乐者，不知口体之奉不若人也[⑲]。盖余之勤且艰若此。今虽耄老[⑳]，未有所成，犹幸预君子之列[㉑]，而承天子之宠光[㉒]，缀公卿之后[㉓]，日侍坐备顾问，四海亦谬称其氏名[㉔]，况才之过于余者乎！

今诸生学于太学[㉕]，县官日有廪稍之供[㉖]，父母岁有裘葛之遗[㉗]，无冻馁之患矣[㉘]；坐大厦之下而诵诗书，无奔走之劳矣；有司业、博士为之师[㉙]，未有问而不告，求而不得者也；凡所宜有之书，皆集于此，不必若余之手录，假诸人而后见也。其业有不精，德有不成者，非天质之卑，则心不若余之专耳，岂他人之过哉！

东阳马生君则，在太学已二年，流辈甚称其贤[㉚]。余朝京师[㉛]，生以乡人子谒余[㉜]，撰长书以为贽[㉝]，辞甚畅达；与之论辨，言和而色夷[㉞]。自谓少时用心于学甚劳，是可谓善学者矣。其将归见其亲也，余故道为学之难以告之[㉟]。谓余勉乡人以学者，余之志也；诋我夸际遇之盛而骄乡人者，岂知余者哉[㊱]！

《四部备要》本《宋文宪公全集》卷三二

①古文体裁中，序有书序和赠序两种，此篇属于后者。文章以自己早年学习之艰苦勤奋，勉励同乡太学生马君则专心向学，期以有成。记事简当，措词委婉，情真意挚，如话家常，具有说服力。东阳，今属浙江。马生，字君则，事迹不详。 ②加冠：古代男子年二十行加冠礼，表示成年。 ③硕师：学问渊博的老师。硕，大。 ④先达：有学问有声望的前辈。《南史·褚玠传》："玠早有令誉，先达多以才器许之。"执经叩问：带着经书去请教。 ⑤德隆望尊：德高望重。隆，高大。 ⑥未尝稍降辞色：指言辞和面色严肃一点不缓和。降，谦抑。 ⑦援疑质理：提出疑难，询问义理。 ⑧叱咄（chìduō 斥多）：斥责，呵斥。 ⑨负箧（qiè 怯）曳屣（xǐ 洗）：背着书箱，拖着行李。屣，鞋子，代指行囊。 ⑩皲（jūn 军）裂：皮肤被冻裂。 ⑪媵（yìng 硬）人：本指随嫁的婢女，此指婢仆。汤：热水。沃灌：即沃盥，洗浴之意。 ⑫逆旅：客舍。 ⑬日再食（sì 四）：每天供给两餐。食，动词，吃饭。 ⑭同舍生：同学。被绮绣：穿着华丽的丝绸衣服。 ⑮朱缨：红色的帽带。 ⑯容臭（xiù 秀）：香囊。《礼记·内则》："总角衿缨皆佩容臭。"孔颖达疏："容臭香物也，以缨佩之。"孙希旦集解："容臭，谓为小香囊以容受香物也。" ⑰缊（yùn 运）袍：以粗麻布做的袍子。《论语·子罕》："衣敝缊袍，与衣狐貉者立，而不耻者，其由来也与？" ⑱慕艳：羡慕。 ⑲口体之奉：食品衣着之供给。 ⑳耄（mào 帽）老：年老。《礼记·曲礼》："八十、九十曰耄。" ㉑"犹幸"句：仍侥幸列入有道德有学问的人的行列。 ㉒宠光：恩宠光耀。 ㉓缀公卿之后：追随于朝廷大臣之后。缀，连缀，引申为追随。 ㉔谬称：不应称而称，自谦的说法。氏名：姓名。 ㉕诸生：入学的学生，也称生员，这里指太学生。太学：本为汉代由国家设立的最高学府，明清时代指国子监。 ㉖县官：指朝廷。晁错《论贵粟疏》："今募天下入粟县官，得以拜爵，得以除罪。"廪（lǐn 凛）稍：廪食。朝廷供给的膳食。 ㉗裘葛：冬天穿的毛皮衣服和夏天穿的葛布衣服。遗，给予。 ㉘冻馁（něi 内上声）：受冻挨饿。 ㉙司业、博士：均为学官名。明清国子监以祭酒为总负责，下设司业、博士、助教等各级学官，担任教学工作。 ㉚流辈：同辈。 ㉛朝京师：入京朝见皇帝。 ㉜乡人子：同乡晚辈。东阳与浦江为邻县，同属金华府。谒（yè 业）：进见。 ㉝撰长书以为贽：写了很长

的信作为进见之礼。贽,初次见面的礼物。　㉞言和而色夷:言语、脸色都平和。夷,平和。　㉟道:讲述。　㊱"谓余"四句:说我鼓励同乡勤奋学习,正是本意;诋毁我以受到皇帝的重用而向同乡夸耀,则哪里是知道我的用意呢!

秦士录[1]

邓弼,字伯翊,秦人也。身长七尺,双目有紫棱[2],开合闪闪如电。能以力雄人,邻牛方斗不可擘[3],拳其脊,折仆地;市门石鼓,十人舁[4],弗能举,两手持之行。然好使酒[5],怒视人,人见辄避,曰:"狂生不可近,近则必得奇辱。"

一日,独饮娼楼,萧、冯两书生过其下,急牵入共饮。两生素贱其人,力拒之。弼怒曰:"君终不我从[6],必杀君,亡命走山泽耳,不能忍君苦也[7]!"两生不得已,从之。弼自据中筵,指左右,揖两生坐,呼酒歌啸以为乐。酒酣,解衣箕踞[8],拔刀置案上,铿然鸣。两生雅闻其酒狂,欲起走,弼止之曰:"勿走也!弼亦粗知书,君何至相视如涕唾?今日非速君饮,欲少吐胸中不平气耳。四库书从君问[9],即不能答,当血是刃。"两生曰:"有是哉?"遽摘七经数十义扣之[10],弼历举传疏[11],不遗一言。复询历代史,上下三千年,缅缅如贯珠[12]。弼笑曰:"君等伏乎未也?"两生相顾惨沮,不敢再有问。弼索酒,被发跳叫曰:"吾今日压倒老生矣!古者学在养气,今人一服儒衣,反奄奄欲绝,徒欲驰骋文墨,儿抚一世豪杰[13]。此何可哉!此何可哉!君等休矣[14]。"两生素负多才艺,闻弼言,大愧,下楼,足不得成步。归,询其所与游,亦未尝见其挟册呻吟也[15]。

泰定末[16]，德王执法西御史台[17]，弼造书数千言，袖谒之。阍卒不为通[18]，弼曰："若不知关中有邓伯翊耶？"连击踣数人[19]，声闻于王。王令隶人捽入[20]，欲鞭之。弼盛气曰："公奈何不礼壮士？今天下虽号无事，东海岛彝[21]，尚未臣顺，间者驾海舰，互市于鄞[22]，即不满所欲，出火刀斫柱[23]，杀伤我中国民。诸将军控弦引矢[24]，追至大洋，且战且却，其亏国体为已甚。西南诸蛮[25]，虽曰称臣奉贡，乘黄屋左纛[26]，称制与中国等[27]，尤志士所同愤。诚得如弼者一二辈，驱十万横磨剑伐之[28]，则东西止日所出入，莫非王土矣。公奈何不礼壮士！"庭中人闻之，皆缩颈吐舌，舌久不能收。王曰："尔自号壮士，解持矛鼓噪，前登坚城乎？"曰："能。""百万军中，可刺大将乎？"曰："能。""突围溃阵，得保首领乎？"曰："能。"王顾左右曰："姑试之。"问所须，曰："铁铠良马各一，雌雄剑二。"王即命给与，阴戒善槊者五十人[29]，驰马出东门外，然后遣弼往。王自临观，空一府随之[30]。暨弼至，众槊进进；弼虎吼而奔，人马辟易五十步[31]，面目无色。已而烟尘涨天，但见双剑飞舞云雾中，连斫马首堕地，血涔涔滴[32]。王抚髀欢曰[33]："诚壮士！诚壮士！"命勺酒劳弼，弼立饮不拜。由是狂名振一时，至比之王铁枪云[34]。

王上章荐诸天子，会丞相与王有隙[35]，格其事不下[36]。弼环视四体，叹曰："天生一具铜筋铁肋，不使立勋万里外，乃槁死三尺蒿下[37]，命也，亦时也。尚何言！"遂入王屋山为道士，后十年终。

史官曰：弼死未二十年，天下大乱，中原数千里，人影殆绝。玄鸟来降[38]，失家，竟栖林木间。使弼在，必当有以自见。惜哉！弼鬼不灵则已，若有灵，吾知其怒发上冲也。

《四部备要》本《宋文宪公全集》卷三八

①此文重点截取邓弼饮娼楼强与儒生较文艺,闯王府陈识见、比武艺等片断,笔力遒劲,虎虎有生气,使其超俗之性情,文武才能,以及不为时所用之愤懑心态,并现于纸上,结末唱叹有情,令人遐思。 ②双目有紫棱:形容眼光锐利有神。紫棱,唐刘恂《岭表录异》:"陇川山中多紫石英,其色淡紫,其质莹彻,随其大小皆五棱,两头如箭镞。"紫石英,即紫水晶。 ③擘(bò檗):分开。 ④舁(yú余):抬。 ⑤使酒:借酒使性。 ⑥不我从:不从我。 ⑦忍君苦:忍受你们的轻视。 ⑧箕踞:两腿前伸岔开,手据膝,形如箕状。傲慢不敬之姿。 ⑨四库书:指经、史、子、集四部。《新唐书·艺文志》:"两都(长安、洛阳)各聚书四部,以甲、乙、丙、丁为次,列经、史、子、集四库。"后称四部书为四库书。 ⑩七经:汉代以来推崇的七种儒家经典。东汉《一字石经》以《易》、《诗》、《书》、《仪礼》、《春秋》、《公羊》、《论语》为七经;宋刘敞《七经小传》以《书》、《诗》、《三礼》、《公羊》、《论语》为七经;王应麟《小学绀珠》有《易》、《书》、《诗》、《三礼》、《春秋》和《诗》、《书》、《春秋》、《三礼》、《论语》两说。文中泛指儒家经典。 ⑪传疏:注释经文的叫"传",解释传文的叫"疏"。 ⑫缅(sǎ洒)缅:洋洋洒洒,次序井然。《韩非子·难言》:"言顺比滑泽,洋洋缅缅然。"宋郭彖《睽车志》卷一:"书辞数百言,缅缅有条理。"注:"缅缅,有编次也。" ⑬儿抚一世豪杰:把一世豪杰当小儿一样看待。 ⑭休矣:罢了,算了。 ⑮挟册呻吟:拿着书籍吟咏诵读。 ⑯泰定:元泰定帝年号(1324—1328)。 ⑰德王:即马札儿台,泰定四年(1327)拜陕西行台治书侍御史。至元六年(1340)封忠王,死后改封德王。 ⑱阍(hūn昏)卒:守门的兵士。 ⑲击踣(bó泊):击倒。踣,仆倒。 ⑳捽(zuó昨):揪。 ㉑东海岛彝:指日本人。彝,通"夷"。 ㉒鄞(yín银):鄞县,属宁波。 ㉓火刀:一种兵器。 ㉔控弦引矢:拉弓射箭。 ㉕诸蛮:各种少数民族。蛮,古代对南方少数民族的泛称。 ㉖黄屋左纛(dào道):古代帝王所乘的车上以黄缯为里的车盖,名黄屋。帝王车上立在车衡左边的大旗,名左纛。 ㉗称制:行使皇帝的权利。 ㉘横磨剑:喻精锐善战的士卒。《旧五代史·景延广传》:"告戎王曰:'……晋朝有十万口横磨剑,翁若要战则早来。'" ㉙阴戒:暗中命令。槊(shuò朔):长矛。 ㉚空一府:一府的人全部出动。 ㉛辟易:惊退。《史记·项羽本纪》:"是时赤泉侯为

骑将，追项王，项王嗔目叱之，赤泉侯人马俱惊，辟易数里。”张守节《正义》：“言人马俱惊，开张易旧处，乃至数里。” ㉜血涔涔滴：血不断流下。㉝抚髀（bì 必）：拍着大腿。 ㉞王铁枪：王彦章，字子明，五代梁人。骁勇有力，持铁枪，驰骋如飞，军中号王铁枪。 ㉟丞相：其时左丞相为倒剌沙，右丞相为塔失贴木儿。 ㊱格：阻遏。《史记·梁孝王世家》：“窦太后议格。”司马贞《索引》引张晏语：“格，止也。” ㊲槁死：指无为而死。槁，干枯。 ㊳玄鸟：燕子。《诗经·商颂·玄鸟》：“天命玄鸟，降而生商。”毛传：“玄鸟，鳦也。”《尔雅·释鸟》：“燕燕，鳦。”

二 刘 基

刘基(1311—1375),字伯温,处州青田(今属浙江)人。元至顺间进士,任高安县丞、江浙儒学副提举、浙江元帅府都事,因反对招安方国珍,与朝廷大臣意见不合,一度被羁管于绍兴,后隐居于青田山中著书立说。元至正二十年(1360)为朱元璋所招致,辅佐其成就统一大业,朱元璋称之为"吾之子房也"。入明历任太史令、御史中丞兼太史令、弘文馆学士,封诚意伯。其文闳深朴茂,识见俊卓;诗亦古朴雄放,沉郁磊落。有《诚意伯文集》。

卖柑者言①

杭有卖果者,善藏柑,涉寒暑不溃②,出之烨然③,玉质而金色④。置于市,贾十倍⑤,人争鬻之⑥。予贸得其一⑦,剖之,如有烟扑口鼻;视其中,则干若败絮⑧。予怪而问之曰:"若所市于人者⑨,将以实笾豆⑩,奉祭祀,供宾客乎?将衒外以惑愚瞽也⑪?甚矣哉为欺也!"

卖者笑曰:"吾业是有年矣⑫,吾赖是以食吾躯⑬。吾售之,人取之,未尝有言,而独不足子所乎⑭?世之为欺者不寡矣,而独我也乎?吾子未之思也⑮。今夫佩虎符、坐皋比者⑯,洸洸乎干城之具也⑰,果能授孙、吴之略耶⑱?峨大冠、拖长绅者⑲,昂昂乎庙堂之器也⑳,果能建伊、皋之业耶㉑?

盗起而不知御，民困而不知救，吏奸而不知禁，法斁而不知理[22]，坐縻廪粟而不知耻[23]。观其坐高堂，骑大马，醉醇醴而饫肥鲜者[24]，孰不巍巍乎可畏，赫赫乎可象也[25]？又何往而不金玉其外、败絮其中也哉！今子是之不察，而以察吾柑！"

予默然无以应。退而思其言，类东方生滑稽之流[26]。岂其愤世嫉邪者耶？而托于柑以讽耶[27]？

《四部丛刊》本《诚意伯文集》卷七

①本文以寓言讽世，取喻贴切，议论犀利。"金玉其外，败絮其中"，已成经典话语。 ②涉：经过。溃：腐烂。 ③烨然：色彩新鲜的样子。 ④玉质而金色：柑子的表皮滋润如玉，色泽黄亮。 ⑤贾：同"价"，即价钱。 ⑥鬻(yù玉)：购买。 ⑦贸：买。 ⑧败絮：破旧的棉絮。 ⑨若：代词，你。市：卖。 ⑩实笾(biān边)豆：盛在祭祀或宴会时用的容器里。笾豆，古代祭祀或宴会用的礼器。笾用竹制，盛果脯等。豆用木制，也有铜制或陶制的，盛齑酱等。 ⑪衒：同"炫"，炫耀。 ⑫业是：以这个为职业，即做这样的买卖。 ⑬食(sì饲)吾躯：养活我自己。 ⑭不足子所：不能满足你的要求。所，意愿。《汉书·周亚夫传》："此非不足君所乎？"杨树达《古书疑义举例续补》卷二："所者，意也。不足君所者，于君意有不足也。" ⑮吾子：对对方的尊称。 ⑯虎符：古代调兵遣将的凭证，虎形。皋比(pí皮)：披在椅子上的虎皮，这里指武将的座席。 ⑰洸(guāng光)洸：威武的样子。《诗经·大雅·江汉》："江汉汤汤，武夫洸洸。"干城之具：保卫国家的将才。《诗经·周南·兔罝》："纠纠武夫，公侯干城。"具，才具。 ⑱孙、吴：指春秋时的孙武和战国时的吴起。孙武，字长卿，齐国人，曾辅吴王阖闾西破强楚，北威齐晋，著有《孙子兵法》。吴起，卫国左氏(今山东曹县北)人。曾为鲁将，大破齐军；后为魏将，"击秦，拔五城"，封西河守；复奔楚，实行变法，使楚国富兵强，北胜魏国，南收扬越，取得苍梧。二人事迹见《史记·孙子吴起列传》。 ⑲峨大冠：戴着高耸的帽子。峨，高耸。拖长绅：垂挂着长长的衣带。绅，古代士大夫在衣外束的带子。大冠、长绅均是文官的装束。 ⑳昂昂：轩昂自负的样子。庙堂之器：朝廷中善于理政的人才。

㉑伊、皋:伊尹和皋陶(yáo 摇)。伊尹,名挚,商朝名臣。皋陶,虞舜时贤臣。业:功业。　㉒法斁(dù 妒):法律、法令败坏。理:整顿。　㉓坐糜廪粟:白白地耗费国家的俸禄。糜,耗费。廪粟,官府给大臣的薪俸。㉔醇醴:味道醇厚的美酒。饫(yù 欲)肥鲜:饱食肥美鲜香的食品。饫,饱食。㉕巍巍:高大的样子。赫赫:显耀的样子。象:法式、楷模。《楚辞·九章·桔颂》:"行此伯夷,置以为象兮。"　㉖类:类似。东方生:即东方朔,字曼倩,汉武帝时为金马门侍中,常以滑稽的言谈讽谏皇帝,褚少孙把他的事迹补入《史记·滑稽列传》。滑(gǔ 古)稽:风趣多智。　㉗"岂其"二句:莫非他是个不满现实、痛恨邪恶的人,在假借柑子进行讽谕吧?

郁离子[①](二则)

楚有养狙以为生者[②],楚人谓之狙公。旦日[③],必部分众狙于庭[④],使老狙率以之山中[⑤],求草木之实,赋什一以自奉[⑥];或不给,则加鞭箠焉[⑦]。群狙皆畏苦之,弗敢违也。

一日,有小狙谓众狙曰:"山之果,公所树与[⑧]?"曰:"否也,天生也。"曰:"非公不得而取与?"曰:"否也,皆得而取也。"曰:"然则吾何假于彼而为之役乎[⑨]?"言未既,众狙皆寤[⑩]。其夕,相与伺狙公之寝,破栅毁柙[⑪],取其积,相携而入于林中,不复归。狙公卒馁而死[⑫]。

郁离子曰:世有以术使民而无道揆者[⑬],其如狙公乎?惟其昏而未觉也,一旦有开之[⑭],其术穷矣!

①《郁离子》为刘基元末隐居于青田山中时所写的寓言性杂文集。全书共十八章一百九十五则。郁离子是书中多数杂文里发表议论者,实际是作者的化身。作者友人徐一夔为此书所作之序云:"离为火,文明之象;用之其文,郁郁然为盛世文明之治,故曰郁离子。"全书以寓言故事的形式讽刺是非颠

倒、愚昧腐朽的现实，或表述某种立身处世的哲理，或审时度势，指陈政术。②狙(jū居)：一种猴子。《庄子·齐物论》有"朝三暮四"的故事："狙公赋芧，曰：'朝三而暮四。'众狙皆怒。曰：'然则朝四而暮三。'众狙皆悦。"本文改写为狙公养狙自奉，众狙皆悟而逸去，狙公饿死，讽刺统治者以术役使民众而无法度，必将败亡。 ③旦日：早晨。 ④部分：部署分配任务。 ⑤之：去，往。 ⑥赋什一以自奉：征收十分之一的果实供养自己。什一，十分之一。 ⑦鞭箠(chuí垂)：鞭打杖击。箠，同"棰"，杖。 ⑧树：种植。 ⑨假：假借、依靠。为之役：供他役使。 ⑩寤(wù物)：明白，觉悟。 ⑪柙(xiá柙)：关兽的木笼。 ⑫卒馁而死：最终饿死了。卒，终于。馁，饥饿。 ⑬以术使民而无道揆者：用权术去役使人民，却没有一定的法度限制。无道揆者，语本《孟子·离娄上》："上无道揆也，下无法守也。"揆，度量。 ⑭开之：启发他们，使他们开悟。

东陵侯既废[①]，过司马季主而卜焉[②]。季主曰："君侯何卜也？"东陵侯曰："久卧者思起，久蛰者思启[③]，久懑者思嚏[④]。吾闻之，蓄极则泄，闷极则达[⑤]，热极则风，壅极则通[⑥]。一冬一春，靡屈不伸[⑦]；一起一伏，无往不复。仆窃有疑，愿受教焉。"季主曰："若是则君侯已喻之矣[⑧]，又何卜为？"东陵侯曰："仆未究其奥也[⑨]，愿先生卒教之[⑩]。"季主乃言曰："呜呼！天道何亲？惟德之亲[⑪]；鬼神何灵？因人而灵。夫蓍[⑫]，枯草也；龟[⑬]，枯骨也，物也。人，灵于物者也，何不自听而听于物乎？且君侯何不思昔者也？有昔者，必有今日[⑭]。是故碎瓦颓垣，昔日之歌楼舞馆也；荒榛断梗[⑮]，昔日之琼蕤玉树也[⑯]；露蚕风蝉[⑰]，昔日之凤笙龙笛也[⑱]；鬼磷萤火，昔日之金缸华烛也[⑲]；秋荼春荠[⑳]，昔日之象白驼峰也[㉑]；丹枫白荻[㉒]，昔日之蜀锦齐纨也[㉓]。昔日之所无，今日有之不为过；昔日之所有，今日无之不为不足。是故一昼一夜，华开者谢[㉔]；一秋一春，物故者新。激湍之下[㉕]，必有深潭；高丘之下，必有浚谷[26]。君侯亦知之矣，何以卜为？”

《四部丛刊》本《诚意伯文集》卷三

①东陵侯，即召(shào 邵)平，秦时为东陵侯，秦灭归汉，为布衣，在长安城东种瓜，瓜美，称为东陵瓜。事见《史记·萧相国世家》。此段假汉初司马季主答召平之问卜，以博喻法说明人事之盛衰变化是历史的常规。废，指召平秦亡后失去侯爵。　②司马季主：战国末年楚大夫，汉初卖卜于长安。事见《史记·日者列传》。　③蛰(zhé 折)：昆虫伏藏。启：即启蛰。虫类冬日蛰伏，至春复出，叫启蛰。　④懑：郁闷。嚏：打喷嚏。　⑤阏(bì 闭)：闭。达：通达，通畅。　⑥壅：堵塞。　⑦靡：没有。　⑧喻：明白，知道。⑨未究：没有彻底了解。奥：奥妙。　⑩卒：尽。　⑪“天道”二句：天道只亲近有道德的人。　⑫蓍(shī 施)：多年生草本植物，古人取其茎作卜筮之用。　⑬龟：指龟甲。古人用龟的腹甲来占卜。　⑭“有昔者”二句：昔，指为官之日。今，指被废之日。　⑮荒榛：指灌木丛生。断梗：草木的断枝。　⑯琼蕤玉树：名贵的花草树木。琼蕤，美如琼玉的花。玉树，传说中的仙树，指名贵的树。　⑰露蛬(gǒng 巩)风蝉：秋风寒露中的蟋蟀和蝉。形容凄凉萧飒。蛬，蟋蟀。　⑱凤笙：形状像凤的笙。笙，管乐器。龙笛：首端饰有龙形的笛管。　⑲金釭(gāng 缸)：华贵的灯。　⑳荼：苦菜。荠：荠菜。　㉑象白驼峰：指大象的脂肪和骆驼的肉峰，二者都是名贵食品。　㉒丹枫白荻：入秋后变为红色和白色的枫与荻。荻，芦苇。㉓蜀锦：四川产的彩锦，色彩鲜艳，质地坚韧。齐纨：齐地产的白细绢，洁净名贵。　㉔华：花。　㉕激湍：冲激的流水。　㉖浚谷：深谷。

梁甫吟[1]

谁谓秋月明？蔽之不必一尺翳[2]。谁谓江水清？淆之不必一斗泥[3]。人情旦暮有翻覆，平地倏忽成山溪[4]。君不见桓公相仲父，竖刁终乱齐[5]。秦穆信逢孙，遂违百里奚[6]。

赤符天子明见万里外[⑦]，乃以薏苡为文犀[⑧]。停婚仆碑何震怒[⑨]，青天白日生虹霓[⑩]。明良际会有如此，而况童角不辨粟与稊[⑪]。外间皇父中艳妻，马角突兀连牝鸡[⑫]。以聪为聋狂作圣，颠倒衣裳行蒺藜[⑬]。屈原怀沙子胥弃[⑭]，魑魅叫啸风凄凄[⑮]。梁甫吟，悲以凄。岐山竹实日稀少，凤凰憔悴将安栖[⑯]？

《四部丛刊》本《诚意伯文集》卷一〇

①梁甫吟，乐府曲调名，也作“梁父吟”。古辞相传为诸葛亮所作。这首诗由现实联想到历史，又用历史阐明现实，感慨遇合之难。沈德潜评曰：“拉杂成文，极烦冤瞶乱之致，此《离骚》之意也。”（《明诗别裁集》） ②翳（yì义）：云雾。 ③淆：搅乱，搞混。 ④倏（shū书）忽：疾速，指极短的时间。山溪：山峰和溪谷，形容高低之差异。 ⑤“君不见”二句：齐桓公以管仲为相并尊为仲父，成就霸业，后来他宠信侍从竖刁等奸人，导致齐国大乱。（参见《史记·管晏列传》） ⑥“秦穆”二句：秦穆公因听信逢孙，而拒听百里奚的意见。逢孙，本秦将，秦郑结盟，留郑助守卫。百里奚，原为虞大夫，晋灭虞，秦穆公闻其贤，委以国政，助秦穆公成就霸业。僖公三十二年，逢孙等潜邀秦国袭郑，穆公咨询百里奚、蹇叔，二人均表示反对，穆公不听，大败而返。事见《左传·僖公三十三年》、《史记·秦本纪》。 ⑦赤符天子：汉光武帝刘秀。赤符，即赤伏符，新莽末年流行的一种谶语，谓刘秀上应天命，当继汉统为帝。事见《后汉书·光武帝纪上》。 ⑧以薏苡（yìyǐ亿已）为文犀：把薏苡草看成是犀角。薏苡，植物名，多年生草本，其果实仁即薏米，可食。《后汉书·马援传》：马援征交阯，尝饵薏苡实，用能轻身省欲，以胜瘴气。南方薏苡实大，援欲以为种，军还，载之一车。及卒后，有上书谮之者，以为前所载还，皆明珠文犀。刘秀大怒，致使“援妻孥惶惧，不敢以丧还旧茔”。文犀，有文理的犀角。 ⑨停婚仆碑：魏征以直谏深得唐太宗敬重。魏征临终时，太宗将公主许魏征子叔玉；魏征死，太宗亲撰碑文。贞观十七年罢婚，还推倒魏征的墓碑。事见《资治通鉴》唐纪十二、十三。 ⑩虹霓（ní泥）：相传虹有雌雄之别，色鲜亮者为雄，色暗淡者为雌；雄曰虹，雌为霓。《史记·邹阳列传》：

"昔者荆轲慕燕丹之义,白虹贯日,太子畏之。"此处说荆轲的诚信感动天地,白虹为之贯日,而燕丹却疑其不去刺秦。 ⑪"明良"二句:明君与良臣的遇合尚且如此,更何况遇到那些童昏无识的君主?明良,指上文提到的齐桓、秦穆、汉光武、唐太宗、燕丹和管仲、百里奚、马援、魏征、荆轲。际会,遇合。童角,指少儿、儿童。古代未成年者头顶两侧束发为髻,形如牛角,也称总角。稊(tí 提),草名,此处泛指草。 ⑫"外间"二句:唐肃宗时,飞龙厩供役使李辅国与肃宗宠爱的张良娣内外勾结,把持朝政,人称马生角母鸡鸣。皇父,指李辅国。唐肃宗尊称其为"皇父"。艳妻,指张良娣。马角突兀,马生角原本指不可能之事,故曰突兀。王充《论衡·感虚》:"传书言燕太子丹朝于秦,不得去,从秦王求归。秦王执留之,与之誓曰:'使日再中,天雨粟;令乌白头,马生角,厨门木象生肉足,乃得归。'"牝(pìn 聘)鸡,母鸡。古代称女性掌权为牝鸡司晨。《尚书·牧誓》:"牝鸡无晨,牝鸡之晨,惟家之索。" ⑬"以聪"二句:唐代宗时,李辅国更被尊为尚父,政无巨细,皆委参决。这时是非颠倒,有听觉的倒成了聋子,狂徒反成了圣人。终于导致广德六年(763 年)吐番攻陷长安,代宗仓皇逃至陕州。颠倒衣裳,本指手忙脚乱,仓皇无章。《诗经·齐风·东方未明》:"东方未明,颠倒衣裳。"郑笺:"挈壶氏失漏刻之节,东方未明而以为明,故群臣促遽,颠倒衣裳。"蒺藜,草名,生长于沙地。诗中代指陕州。⑭怀沙:《楚辞·九章》中的篇名,屈原作。相传是屈原的绝命词。此处指怀抱石头自沉。子胥:伍子胥,原楚大夫伍奢次子,因伍奢被杀,逃至吴,辅佐阖闾夺取王位,富国强兵,破楚复仇。夫差时,因劝夫差拒绝接受越国求和并停止伐齐而触怒夫差。被赐剑命自尽。 ⑮魑魅(chīmèi 吃媚):传说中山林里害人的鬼怪。 ⑯"岐山"二句:岐山竹实日渐稀少,凤凰们将去哪里安身呢?岐山,在陕西岐山县东北,山状如柱,故又称天柱山。相传周古公亶父自豳迁此。《国语·周语》:"周之兴也,鸑鷟(yuèzhuó 月捉)鸣于岐山。"韦昭注:"鸑鷟,凤之别名也。"因此岐山又称凤凰堆。竹实,又称竹米,竹子所结的子实。相传凤凰以之为食。

三 高启

高启(1336—1374),字季迪,长洲(今江苏苏州)人。元末张士诚据吴称王,高启曾为淮南行省参政饶介所物色,出入其幕,不久依外家居于吴淞江之青丘,自号青丘子。洪武二年(1369),召修《元史》,授翰林院国史编修。翌年史成,擢为户部侍郎,以"年少不敢当重任"固辞,赐白金放还,仍居青丘,授书自给。洪武七年(1374),苏州知府魏观因修复张士诚旧宫作府衙获罪,他曾为作《郡治上梁文》,坐罪被腰斩。

其诗出入汉魏盛唐宋元诸家,天才高逸,为明初诗人中创作成就最高者,与杨基、张羽、徐贲并称"吴中四杰"。著有《吹台集》、《江馆集》、《凤台集》、《娄江吟辞》、《姑苏杂咏》等诗集,凡二千馀首。自选得《缶鸣集》,九百馀首。清人金檀辑注《高青丘诗集注》,并附文集《凫藻集》和词集《扣舷集》。

青丘子歌[①]

江上有青丘,予徙家其南,因自号青丘子。闲居无事,终日苦吟,间作《青丘子歌》言其意,以解诗淫之嘲[②]。

青丘子,臞而清[③],本是五云阁下之仙卿[④]。何年降谪在世间[⑤],向人不道姓与名。蹑屩厌远游[⑥],荷锄懒躬耕。有剑任锈涩,有书任纵横。不肯折腰为五斗米[⑦],不肯掉舌下七十城[8]。但好觅诗句[9]，自吟自酬赓[10]。

田间曳杖复带索[11]，旁人不识笑且轻。谓是鲁迂儒、楚狂生[12]。青丘子，闻之不介意，吟声出吻不绝咿咿鸣。朝吟忘其饥，暮吟散不平。当其苦吟时，兀兀如被酲[13]。头发不暇栉[14]，家事不及营。儿啼不知怜，客至不果迎[15]。不忧回也空[16]，不慕猗氏盈[17]。不惭被宽褐[18]，不羡垂华缨[19]。不问龙虎苦战斗[20]，不管乌兔忙奔倾[21]。向水际独坐，林中独行。

斫元气，搜元精[22]，造化万物难隐情，冥茫八极游心兵[23]，坐令无象作有声[24]。微如破悬虱[25]，壮若屠长鲸[26]，清同吸沆瀣[27]，险比排峥嵘[28]。霭霭晴云披，轧轧冻草萌[29]。高攀天根探月窟[30]，犀照牛渚万怪呈[31]。妙意俄同鬼神会[32]，佳景每与江山争。星虹助光气，烟露滋华英。听音谐《韶》乐[33]，咀味得大羹[34]。世间无物为我娱，自出金石相轰铿[35]。

江边茅屋风雨晴，闭门睡足诗初成。叩壶自高歌[36]，不顾俗耳惊。欲呼君山老父携诸仙所弄之长笛，和我此歌吹月明[37]。但愁欻忽波浪起[38]，鸟兽骇叫山摇崩。天帝闻之怒，下遣白鹤迎[39]。不容在世作狡狯[40]，复结飞珮还瑶京[41]。

《四部丛刊》本《高太史大全集》卷一一

①诗人以诗自状其耽于吟咏之狂态，心与物游之妙趣，运笔矫健奔放，游止自如，表露出一种炽烈的豪情。　②诗淫：诗迷，深嗜诗者。淫，沉溺。③臞(qú渠)而清：清瘦貌。臞，清瘦。　④五云阁：神仙居住的宫殿楼阁，有五色瑞云缭绕。仙卿：仙官。白居易《长恨歌》："忽闻海上有仙山，山在虚无缥缈间。楼阁玲珑五云起，其中绰约多仙子。"　⑤降谪：谴罚贬降。⑥蹑屩(nièjuē聂决平声)：谓远行。蹑，踩。屩，用麻、草做的鞋。《史记·范雎列传》："夫虞卿蹑屩檐簦，一见赵王，赐白璧一双，黄金百镒。"　⑦"不肯"

句:不肯为微薄的俸禄而趋奉于官场。五斗米,低级官吏的薪俸。《晋书·陶潜传》载,(潜)为彭泽令,郡遣督邮至县,吏白应束带见之,潜叹曰:“吾不能为五斗米折腰,拳拳事乡里小人!” ⑧掉舌:卖弄口才,摇唇鼓舌,指游说。《史记·淮阴侯列传》载,蒯通尝谓韩信曰:“郦生(郦食其)一士,伏轼掉三寸舌,下齐七十馀城。” ⑨但好:只喜欢。觅诗句:苦吟,寻找诗句。杜甫《又示宗武》:“觅句新知律,摊书解满床。” ⑩酬赓:以诗词酬唱应和。

⑪“田间”句:在田野里拄着拐杖,垂着衣带边走边吟。《列子·天瑞》载,孔子游于泰山,见荣启期“鹿裘带索,鼓琴而歌”。 ⑫鲁迂儒:鲁地迂腐的儒生。《汉书·叔孙通传》载,汉王并天下,叔孙通征鲁诸生三十馀人制定朝仪,鲁有两生不肯行,曰:“礼乐所由起,百年积德而后可兴也。吾不忍为公所为。公所为不合古,吾不行。公往矣,毋污我!”通笑曰:“若真鄙儒,不知时变。”楚狂生:指佯狂避世的隐者。《论语·微子》:“楚狂接舆歌而过孔子,曰:‘凤兮凤兮,何德之衰!’”邢昺疏:“接舆,楚人,姓陆名通。昭王时政令无常,乃披发佯狂不仕,时人谓之楚狂。”后常用来通指狂士。李白《庐山谣寄卢侍御虚舟》:“我本楚狂人,凤歌笑孔丘。” ⑬兀兀如被酲(chéng 澄):昏昏沉沉如同醉酒。兀兀,昏沉貌。酲,病酒。 ⑭栉(zhì 治):梳理。 ⑮果:竟然。

⑯不忧回也空:不会因像颜回那样贫穷而忧。《论语·先进》:“子曰:‘回也其庶乎,屡空。’”屡空,经常贫穷。《史记·仲尼弟子列传》:“孔子曰:‘贤哉回也!一箪食,一瓢饮,在陋巷,人不堪其忧,回也不改其乐。” ⑰不慕猗氏盈:不羡慕猗顿那样的巨富。猗氏,猗顿。《史记·货殖列传》:“猗顿用盬盐起。”裴骃集解:《孔丛子》曰:“猗顿,鲁之穷士也。耕则常饥,桑则常寒。闻朱公富,往而问术焉。朱公告之曰:‘子欲速富,当畜五牸。’于是乃适西河,大畜牛羊于猗氏之南,十年之间其息不可计,赀拟王公,驰名天下。以兴富于猗氏,故曰猗顿。” ⑱不惭被宽褐:不因为穿着宽大的粗布衣服而羞惭。褐,古代卑贱之人所穿衣服,也用来代指卑贱的人。《孟子·公孙丑上》:“不受于褐宽博,亦不受于万乘之君。” ⑲不羡垂华缨:不羡慕仕宦者华美的衣冠。华缨,彩色的冠缨,古代仕宦者的冠带。 ⑳龙虎:喻乱世的英雄豪杰。

㉑乌兔:指日月。古代神话传说日中有乌,月中有兔。左思《吴都赋》:“笼乌兔于日月,穷飞走之栖宿。” ㉒“斫元气”二句:元气、元精,指天地间的精气。王充《论衡·超奇》:“天禀元气,人受元精。” ㉓“冥茫”句:谓作者的神思驰骋于苍茫无际之间。冥茫、八极,均指极远无际。心兵,为文为诗的神

思。心感物而动，如应外敌，故曰心兵。韩愈《秋怀》：“诘屈避语穽，冥茫触心兵。” ㉔“坐令”句：使难以形容的情景有声有色。坐令，致使。 ㉕破悬虱：击中空中悬挂的微如虱样的东西。典出《列子·汤问》：纪昌学射于飞卫，飞卫曰：“学视而后可。”昌以氂悬虱于牖，南面望之。“三年之后，如车轮焉”。“乃以燕角之弧，朔蓬之簳射之，贯虱之心而悬不绝”。 ㉖长鲸：鲸鱼。 ㉗沆瀣（hàngxiè 行去声泄）：夜间的露气。屈原《远游》：“飡六气而饮沆瀣兮，漱正阳而含朝霞。” ㉘峥嵘：高峻的山峰。 ㉙轧轧：生机始发貌。 ㉚天根：星名，即氐宿。月窟：传说中月的归宿处。扬雄《长杨赋》：“西厌月窟，东震日域。”刘良注：“月窟，月出穴也，在西。” ㉛“犀照”句：《晋书·温峤传》：“至牛渚矶，水深不可测，世云其多怪物，峤遂燬犀角而照之。须臾，见水族覆火，奇形异状，或乘马车著赤衣者。峤其夜梦人谓己曰：‘与君幽明道别，何意相照也？’意甚恶之。”犀照，燃烧犀牛角照明。牛渚，山名，在安徽当涂县西北，山脚突入长江部分为采石矶，也称牛矶。 ㉜俄：瞬间。 ㉝听音谐《韶》乐：诗歌的音韵犹如《韶》乐一样和谐优美。《韶》，相传为虞舜时的乐曲名。《论语·述而》：“子在齐闻《韶》，三月不知肉味。”
㉞大羹：古代祭祀时所用的肉汁。 ㉟金石：钟磬类乐器。轰铿：发出轰鸣铿锵的声音。 ㊱叩壶自高歌：《晋书·王敦传》：“每酒后辄咏魏武帝乐府歌曰：‘老骥伏枥，志在千里。烈士暮年，壮心不已。’以如意打唾壶为节，壶边尽缺。”叩，击打。 ㊲“欲呼”四句：据《博异志》载，贾客吕乡筠善吹笛，月夜泊君山侧，命酒吹笛。忽有老父挐舟而来，袖出笛三管，其一大如合拱，次如常，其一绝小，如细笔管。乡筠请老父一吹，老父曰：“大者合上天之乐，次合仙乐，小者老身与朋侪所乐者，庶类杂而听之，未知可终曲否？”言毕，抽笛吹三声，湖上风动，波涛沆瀁，鱼鳖跳喷。五声、六声，君山上鸟兽叫噪，月色昏暗。舟人大恐，老父遂止。引满数杯，棹舟而去，隐隐没于波间。”诗即用此典。 ㊳欻（xū 虚）忽：忽然，形容迅急。 ㊴白鹤：传说中的仙鸟。
㊵狡狯（kuài 快）：嬉戏，变化。《神仙传》说麻姑掷米成珠，王远笑曰：“姑故年少。吾老矣，了不喜复作此狡狯变化也。” ㊶瑶京：传说中天帝的京城，为神仙世界。

明皇秉烛夜游图①

华萼楼头日初堕②，紫衣催上宫门锁③。大家今夕燕西园④，高爇银盘百枝火⑤。海棠欲睡不得成⑥，红妆照见殊分明。满庭紫焰作春雾，不知有月空中行。新谱霓裳试初按⑦，内使频呼烧烛换。知更宫女报铜签⑧，歌舞休催夜方半。共言醉饮终此宵⑨，明日且免群臣朝。只忧风露渐欲冷，妃子衣薄愁成娇⑩。琵琶羯鼓相追续⑪，白日君心欢不足。此时何暇化光明，去照逃亡小家屋⑫。姑苏台上长夜歌⑬，江都宫里飞萤多⑭。一般行乐未知极⑮，烽火忽至将如何⑯？可怜蜀道归来客⑰，南内凄凉头尽白⑱。孤灯不照返魂人⑲，梧桐夜雨秋萧瑟⑳。

《四部丛刊》本《高太史大全集》卷八

①明皇，唐玄宗李隆基。诗就图画所绘，极写唐玄宗沉溺女色宴乐情景，最后以其晚景凄凉作结，生出讽谕题旨。婉而多讽，意境和谐，叙写明快而转折自然，为其艺术特色。　②花萼楼：唐玄宗于兴庆宫西置，名花萼相辉，简称花萼楼。"玄宗时登楼，闻诸王音乐之声，咸召登楼，同榻宴谑。"见《旧唐书·让皇帝宪传》。　③紫衣：指宦官。《新唐书·车服志》："以紫为三品之服。"《宦者列传序》："开元天宝中，宦官黄衣以上三千员，衣朱紫千馀人。"　④大家：蔡邕《独断》："亲近侍从官称(皇帝)曰大家。"　⑤爇(ruò 若)：燃烧。　⑥海棠：指杨贵妃。《太真外传》："明皇登沉香亭，召太真妃。于时卯酒未醒，侍儿扶掖而至，妃子醉韵残妆，钗横鬓乱，不能再拜。明皇笑曰：'海棠春睡未足耶？'"　⑦霓裳：即《霓裳羽衣曲》。《乐府诗集》引《唐逸史》云：罗公远多秘术，尝与玄宗至月宫，仙女数百，皆素练霓衣，舞于广庭，名曰"霓裳羽衣"。帝默记其音调而还。明日召乐工，依其音调作《霓裳羽衣曲》。

又《太真外传》说《霓裳羽衣曲》是唐玄宗登三乡驿望女几山所作。 ⑧知更宫女:宫中专管更漏,报告时间的宫女。铜签:铜铸的更签。《陈书·世祖本纪》:"每鸡人伺漏,传更签于殿中。乃敕送者必投签于阶石之上,令锵然有声,云'吾虽眠,亦令惊觉也'。" ⑨共言:唐明皇说。共,敬词,以示恭敬或荣幸。 ⑩愁成娇:害怕杨妃受寒而现出令人爱怜的娇姿。 ⑪羯(jié杰)鼓:古代的一种打击乐器。相追续:续,一作"逐"。指各种乐器竞相演奏。《太真外传》:"上尝梦十仙子,乃制《紫云回》,并梦龙女,又制《凌波曲》。二曲既成,遂赐宜春院及梨园弟子并诸王。时新丰初进女伶阿蛮善舞,上与妃子钟念,因而授焉。就按于清元小殿,宁王吹玉笛,上羯鼓,妃琵琶,马仙期方响,李龟年觱篥,张野狐箜篌,贺怀智拍,自旦至午,欢洽异常。" ⑫"此时"二句:化用聂夷中《田家》诗:"我愿君王心,化作光明烛。不照绮罗筵,只照逃亡屋。" ⑬姑苏台:在苏州城外姑苏山上。《述异记》:"吴王夫差筑姑苏之台,三年乃成。周旋诘曲,横亘五里。崇饰土木,殚耗人力。官妓千人,上别立春宵宫,为长夜之饮。" ⑭江都宫:隋炀帝在江都郡(今扬州市)的行宫。《隋书·炀帝纪》:炀帝曾征萤火数斛,"夜出游山放之,光遍岩谷"。唐宋人多以放萤为江都事。《唐诗鼓吹》载李商隐《隋宫》诗注引《广陵志》:"扬州有炀帝放萤苑。"今扬州古迹仍有隋萤苑。 ⑮一般:一样。《唐摭言》载,刘虚白举进士,帘前献诗曰:"二十年前此夜中,一般灯火一般风。"诗中说唐玄宗与前代因荒淫亡国的夫差、隋炀帝一样。 ⑯烽火:本指古代报警的信号,后指战乱。《太真外传》:"天宝十四载十一月,安禄山反幽州。……十五载六月,潼关失守,上幸巴蜀。" ⑰蜀道归来客:指唐玄宗。长安收复后,玄宗自蜀中回京,故称。 ⑱南内:即兴庆宫,以其在蓬莱宫之南,故名。明皇自蜀归后居于此。《太真外传》:"上皇既居南内……至德中,复幸华清宫,从官嫔御,多非旧人。上于望京楼下,命张野狐奏《雨淋铃》曲,曲卒,上四顾凄凉,不觉流涕,左右亦为感伤。" ⑲返魂人:指杨贵妃。杜甫《哀江头》诗云:"明眸皓齿今何在,血污游魂归不得。"白居易《长恨歌》:"悠悠生死别经年,魂魄不曾来入梦。" ⑳梧桐夜雨秋萧瑟:用白居易《长恨歌》"秋雨梧桐叶落时"句意。

登金陵雨花台望大江[1]

大江来从万山中，山势尽与江流东。钟山如龙独西上，欲破巨浪乘长风[2]。江山相雄不相让，形胜争夸天下壮。秦皇空此瘗黄金，佳气葱葱至今王[3]。我怀郁塞何由开，酒酣走上城南台[4]。坐觉苍茫万古意，远自荒烟落日之中来。石头城下涛声怒[5]，武骑千群谁敢渡[6]？黄旗入洛竟何祥[7]，铁锁横江未为固[8]。前三国[9]，后六朝[10]，草生宫阙何萧萧！英雄乘时务割据，几度战血流寒潮。我生幸逢圣人起南国[11]，祸乱初平事休息[12]。从今四海永为家[13]，不用长江限南北。

《四部丛刊》本《高太史大全集》卷一一

①诗作于明洪武二年(1369)，时作者应诏入京修《元史》。诗首段赞颂南京形胜；中段发怀古幽思，感叹建都于此的六朝之覆亡；末段颂扬明之初兴，讽谕之意，蕴而不露。雨花台，在南京聚宝门外，据冈阜最高处，相传梁武帝时，云光法师讲经于此。凡讲经，天雨花如雪片，故以名其台。　②“钟山”二句：钟山，一名紫金山，在南京市中山门外。这两句说沿江的山势都是向东的，只有钟山由东向西，好像逆江流而上。破巨浪乘长风，用《南史·宗悫传》“愿乘长风破万里浪”语。　③“秦皇”二句：秦始皇曾用埋金之法镇压此地的王气，但此地仍是佳气葱葱，为龙盘虎踞之地。《丹阳记》：“秦始皇埋金玉杂宝以压天子气，故曰金陵。”《后汉书·光武帝纪论》：“后望气者苏伯阿为王莽使至南阳，遥望见春陵郭，唶曰：‘气佳哉！郁郁葱葱然！’”瘗(yì 义)，掩埋。④城南台：即雨花台。　⑤石头城：故址在今南京市清凉山。初为楚金陵邑，孙权重筑改名。六朝时负山面江，为攻守必争之地。　⑥“武骑”句：南朝陈末，贺若弼、韩擒虎率领数十万大军准备渡江，佞臣孔范却对陈后主说：长江天堑，古来限隔，虏军岂能飞渡？事见《南史·孔范传》。　⑦“黄旗”

句:《三国志·吴书·孙皓传》裴松之注引《江表传》云:“初,丹阳刁玄使蜀,得司马徽与刘廙论运命历数事。玄诈增其文诳国人曰:‘黄旗紫盖见于东南,终有天下者,荆、扬之君乎!’又得中国降人,言寿春有童谣曰:‘吴天子当上。’皓闻之,喜曰:‘此天命也。’即载其母、妻、子及后宫数千人,从牛渚陆道西上,云青盖入洛阳,以顺天命。行遇大雪,道途陷坏,兵士被甲持杖,百人共引一车,寒冻殆死。兵人不堪,皆曰:‘若遇敌,便当倒戈耳。’皓闻之,乃还。”祥,吉凶的征兆。 ⑧“铁锁”句:《晋书·王濬传》:“吴人于江险碛要害之处,并以铁锁横截之。又作铁锥长丈馀,暗置江中,以逆距船。……濬乃作大筏数十,亦方百馀步,缚草为人,被甲持杖,令善水者以筏先行。筏遇铁锥,锥辄著筏去。又作火炬,长十馀丈,大数十围,灌以麻油,在船前。遇锁,燃炬烧之,须臾,融液断绝,于是船无所碍。” ⑨三国:本指魏、蜀、吴,诗中专指吴。 ⑩六朝:本指吴、东晋、宋、齐、梁、陈六个朝代,这六个朝代都以金陵为都。诗中专指南朝宋、齐、梁、陈四代,与吴对举。 ⑪圣人起南国:指朱元璋于江南起事,终成大业。圣人,指朱元璋,安徽凤阳人,初从郭子兴起兵于濠州,后夺取天下,建立了明朝。 ⑫休息:休养生息。 ⑬“从今”句:用刘禹锡《西塞山怀古》诗“从今四海为家日”句意。

四 袁凯

袁凯(约 1316—?),字景文,号海叟,华亭(今上海松江)人。元末做过府吏,洪武三年(1370)荐授监察御史,后为朱元璋所厌,佯狂得免。归乡后,常背戴乌巾,倒骑黑牛,游行于峰泖之间,好事者绘为图画。幼贫力学,有才辩,年青时以《白燕诗》得名,人呼为“袁白燕”。有《海叟集》。

白 燕[①]

故国飘零事已非,旧时王谢见应稀[②]。月明汉水初无影,雪满梁园尚未归[③]。柳絮池塘香入梦,梨花庭院冷侵衣[④]。赵家姐妹多相忌[⑤],莫向昭阳殿里飞[⑥]。

《四库全书》本《海叟集》卷三

①本诗是袁凯最负盛名的作品。据杨仪《骊珠杂录》载,常熟时大本赋《白燕》诗云:“春社年年带雪归,海棠庭院月争辉。珠帘十二中间卷,玉剪一双高下飞。天下公侯夸紫颔,国中俦侣尚乌衣。江湖多少闲鸥鹭,宜与国盟伴钓矶。”录呈杨铁崖,铁崖亟称“珠帘”“玉剪”之句。袁景文在坐,曰:“诗虽佳,未尽体物之妙。”廉夫不以为然。景文归作诗,翌日呈之,铁崖击节叹赏,连书数纸,尽散坐客,一时呼为袁白燕。”全诗紧扣白燕写来,征典引事,摹写形容,略形传神。 ②“故国”二句:化用刘禹锡《乌衣巷》诗:“旧时王谢堂前燕,飞入寻常百姓家。”飘零,飘失,零落。王谢,六朝时王、谢世为望族,后

以代指高门世族。 ③“月明”二句:化用谢庄《月赋》和谢惠连《雪赋》的意境,描写燕之洁白。《月赋》假托陈王曹植因逝友忧伤,在“白露暖空,素月流天”之时,命王粲赋月。《雪赋》假托西汉梁孝王招邹阳、枚乘、司马相如在兔园赏雪,铺陈典故,赋雪抒情。“雪满梁园”即指此境。 ④“柳絮”二句:用晏殊《寓意》“梨花院落溶溶月,柳絮池塘淡淡风”的诗句。 ⑤赵家姐妹:即赵飞燕姐妹俩,汉成帝专宠十馀年。《汉书·外戚传》:“赵氏姊弟骄妒。” ⑥昭阳殿:赵飞燕姐妹居住的宫殿,汉成帝立赵飞燕为后,居昭阳舍,装饰极尽豪奢。事见《汉书·外戚传》。

五 瞿 佑

瞿佑(1347—1433),字宗吉,钱塘(今杭州)人。少才思敏捷,曾被杨维桢称赞为“千里驹”,元末以善作艳体诗、风月词而闻名。洪武年间,被荐出任仁和、临安、宜阳等县训导,后为开封周王府长史。永乐十三年(1415),因诗祸被充军陕西保安十年。生平秉承家学,博极群书,著述很多,其文言短篇小说集《剪灯新话》共四卷二十篇,附录一篇,多写元末动乱背景下的幽冥灵怪故事,有意模仿唐人传奇,故事中穿插诗词文赋,逞才炫采。其后仿作者有明永乐时李昌祺之《剪灯馀话》、万历时邵景詹之《觅灯因话》。《剪灯新话》于十五世纪中叶传入韩国,金时习仿作《金鳌新话》,为韩国小说之始祖。十六世纪又传入日本、越南,影响了两国的小说创作。

翠 翠 传[①]

翠翠,姓刘氏,淮安民家女也[②]。生而颖悟,能通诗书,父母不夺其志,就令入学。同学有金氏子者,名定,与之同岁,亦聪明俊雅。诸生戏之曰:“同岁者当为夫妇。”二人亦私以此自许。金生赠翠翠诗曰:

十二阑干七宝台,春风到处艳阳开。东园桃树西园柳,何不移教一处栽?

翠翠和曰:

平生每恨祝英台[3]，凄抱何为不肯开？我愿东君勤用意，早移花树向阳栽。

已而，翠翠年长，不复至学。年及十六，父母为其议亲，辄悲泣不食。以情问之，初不肯言，久乃曰："必西家金定。妾已许之矣，若不相从，有死而已，誓不登他门也。"父母不得已，听焉。然而刘富而金贫，其子虽聪俊，门户甚不敌[4]。及媒氏至其家，果以贫辞，惭愧不敢当。媒氏曰："刘家小娘子，必欲得金生，父母亦许之矣，若以贫辞，是负其诚志，而失此一好因缘也。今当语之曰：'寒家有子，粗知诗礼，贵宅见求，敢不从命。但生自蓬荜[5]，安于贫贱久矣，若责其聘问之仪，婚娶之礼，终恐无从而致。'彼以爱女之故，当不较也。"其家从之。媒氏复命，父母果曰："婚姻论财，夷虏之道[6]，吾知择婿而已，不计其他。但彼不足而我有馀，我女到彼，必不能堪，莫若赘之入门可矣。"媒氏传命再往，其家幸甚。遂涓日结亲[7]，凡币帛之类，羔雁之属[8]，皆女家自备。过门交拜，二人相见，喜可知矣！是夕，翠翠于枕上作《临江仙》一阕赠生曰：

曾向书斋同笔砚，故人今作新人。洞房花烛十分春！汗沾蝴蝶粉，身惹麝香尘。　　殢雨尤云浑未惯[9]，枕边眉黛羞颦。轻怜痛惜莫嫌频。愿郎从此始，日近日相亲。

邀生继和。生遂次韵曰：

记得书斋同讲习，新人不是他人。扁舟来访武陵春[10]：仙居邻紫府[11]，人世隔红尘。　　誓海盟山心已许，几番浅笑轻颦。向人犹自语频频。意中无别意，亲后有谁亲？

二人相得之乐，虽孔翠之在赤霄[12]，鸳鸯之游绿水，未足喻也。

未及一载，张士诚兄弟起兵高邮，尽陷沿淮诸郡，女为其部将李将军者所掳。至正末，士诚辟土益广，跨江南北，奄有浙西，乃通款元朝[13]，愿奉正朔[14]，道途始通，行旅无阻。生于是辞别内、外父母，求访其妻，誓不见则不复还。行至平江，则闻李将军见为绍兴守御[15]；及至绍兴，则又调屯兵安丰矣[16]；复至安丰，则回湖州驻扎矣。生来往江淮，备经险阻，星霜屡移，囊橐又竭，然此心终不少懈。草行露宿，丐乞于人，仅而得达湖州。则李将军方贵重用事，威焰赫奕[17]。生伫立门墙，踌躇窥俟，将进而未能，欲言而不敢。阍者怪而问焉。生曰："仆淮安人也，丧乱以来，闻有一妹在于贵府，是以不远千里至此，欲求一见耳。"阍者曰："然则，汝何姓名？汝妹年貌若干？愿得详言，以审其实。"生曰："仆姓刘，名金定，妹名翠翠，识字能文。当失去之时，年始十七，以岁月计之，今则二十有四矣。"阍者闻之，曰："府中果有刘氏者，淮安人，其齿如汝所言[18]，识字善为诗，性又通慧，本使宠之专房。汝信不妄，吾将告于内，汝且止此以待。"遂奔趋入告。须臾，复出，领生入见。将军坐于厅上，生再拜而起，具述厥由[19]。将军武人也，信之不疑，即命内竖告于翠翠曰[20]："汝兄自乡中来此，当出见之。"翠翠承命而出，以兄妹之礼见于厅前，动问父母外，不能措一辞，但相对悲咽而已。将军曰："汝既远来，道途跋涉，心力疲困，可且于吾门下休息，吾当徐为之所。"即出衣裳一袭，令服之，并以帷帐衾席之属，设于门西小斋，令生处焉。翌日，谓生曰："汝妹能识字，汝亦通书否？"生曰："仆在乡中，以儒为业，以书为本，凡经史子集，涉猎尽矣，盖素所习也，又何疑焉。"将军喜曰："吾自少失学，乘乱崛起。方响用于时，趋从者众，宾客盈门，无人延款[21]，书启堆案，无人裁答。汝便处吾门下，足充一记室矣[22]。"生，聪敏者也，性既温和，才又秀发，处于其门，益自检束，承上接下，咸得其欢，代书回简，曲尽其意。将军大以为得人，待之甚厚。然生本为求妻而来，自厅前一见之后，不可再得，闺阁深邃，内外隔绝，但欲一达其意，而终无便可乘。荏苒数月，时及授衣，西风夕起，白露为霜，独处空斋，终夜不寐，乃成一诗曰：

好花移入玉阑干，春色无缘再得看，乐处岂知愁处苦，别时虽易见时难！何年塞上重归马？此夜庭中独舞鸾！雾阁云窗深几许？可怜辜负月团圆！

诗成，书于片纸，折布裘之领而缝之，以百钱纳于小竖而告曰："天气已寒，吾衣甚薄，乞持入付吾妹，令浣濯而缝纴之，将以御寒耳。"小竖如言持入。翠翠解其意，折衣而诗见，大加伤感，吞声而泣，别为一诗，亦缝于内以付生。诗曰：

一自乡关动战锋，旧愁新恨几重重！肠虽已断情难断，生不相从死亦从。长使德言藏破镜㉓，终教子建赋游龙㉔。绿珠碧玉心中事㉕，今日谁知也到侬！

生得诗，知其以死许之，无复致望，愈加抑郁，遂感沉痼㉖。翠翠请于将军，始得一到床前问候，而生病已亟矣。翠翠以臂扶生而起，生引首侧视，凝泪满眶，长吁一声，奄然命尽。将军怜之，葬于道场山麓。翠翠送殡而归，是夜得疾，不复饮药，展转衾席，将及两月。一旦，告于将军曰："妾弃家相从，已得八载；流离外境，举目无亲，止有一兄，今又死矣。妾病必不起，乞埋骨兄侧，黄泉之下，庶有依托，免于他乡作孤魂也。"言尽而卒。将军不违其志，竟附葬于生之坟左，宛然东西二丘焉。

洪武初，张氏既灭，翠翠家有一旧仆，以商贩为业，路经湖州，过道场山下，见朱门华屋，槐柳掩映，翠翠与金生方凭肩而立[27]。遽呼之入,访问父母存殁,及乡井旧事。仆曰:"娘子与郎安得在此?"翠翠曰:"始因兵乱,我为李将军所掳。郎君远来寻访,将军不阻,以我归焉,因遂侨居于此耳。"仆曰:"予今还淮安,娘子可修一书以报父母也。"翠翠留之宿,饭吴兴之香糯,羹苕溪之鲜鲫[28],以乌程酒出饮之[29]。明旦,遂修启以上父母曰:

伏以父生母育,难酬罔极之恩[30];夫唱妇随[31],夙著三从之义[32]。在人伦而已定,何时事之多艰!曩者汉日将颓,楚氛甚恶[33];倒持太阿之柄[34],擅弄潢池之兵[35]。封豕长蛇[36],互相吞并;雄蜂雌蝶,各自逃生。不能玉碎于乱离,乃至瓦全于仓卒[37]。驱驰战马,随逐征鞍。望高天而八翼莫飞[38],思故国而三魂屡散。良辰易迈,伤青鸾之伴木鸡[39];怨偶为仇,惧乌鸦之打丹凤。虽应酬而为乐,终感激而生悲。夜月杜鹃之啼,春风蝴蝶之梦[40]。时移事往,苦尽甘来。今则杨素览镜而归妻[41],王敦开阁而放妓[42],蓬岛践当时之约[43],潇湘有故人之逢[44]。自怜赋命之屯[45],不恨寻春之晚。章台之柳,虽已折于他人[46];玄都之花,尚不改于前度[47]。将谓瓶沉而簪折,岂期璧返而珠还[48]。殆同玉箫女两世因缘[49],难比红拂妓一时配合[50]。天与其便,事非偶然。煎鸾胶而续断弦[51],重谐缱绻;托鱼腹而传尺素[52],谨致丁宁。未奉甘旨[53],先此申复。

父母得之,甚喜。其父即赁舟与仆自淮徂浙,径奔吴兴。至道场山下畴昔留宿之处[54],则荒烟野草,狐兔之迹交道,前所见屋宇,乃东西两坟耳。方疑访间,适有野僧扶锡而过[55],叩而问焉,则曰:"此故李将军所葬金生与翠娘之坟耳,岂有人居乎?"大惊。取其书而视之,则白纸一幅也。时李将军为国朝所戮,无从诘问其详。父哭于坟下曰:"汝以书赚我,令我千里至此,本欲与我一见也。今我至此,而汝藏踪秘迹,匿影潜形，我与汝生为父子，死何间焉？汝如有灵，毋吝一见，以释我疑虑也。”是夜，宿于坟。以三更后，翠翠与金生拜跪于前，悲号宛转。父泣而抚问之，乃具述其始末曰：“往者，祸起萧墙[56]，兵兴属郡[57]。不能效窦氏女之烈[58]，乃致为沙吒利之驱[59]。忍耻偷生，离乡去国。恨以蕙兰之弱质[60]，配兹驵侩之下材[61]。惟知夺石家买笑之姬[62]，岂暇怜息国不言之妇[63]。叫九阍而无路[64]，度一日如三秋。良人不弃旧恩[65]，特勤远访。托兄妹之名，而仅获一见；隔伉俪之情[66]，而终遂不通。彼感疾而先殂[67]，妾含冤而继殒。欲求袝葬[68]，幸得同归。大略如斯，微言莫尽。”父曰：“我之来此，本欲取汝还家，以奉我耳。今汝已矣，将取汝骨迁于先垅，亦不虚行一遭也。”复泣而言曰：“妾生而不幸，不得视膳庭闱[69]；殁且无缘，不得首丘茔垅[70]。然而地道尚静，神理宜安，若更迁移，反成劳扰。况溪山秀丽，草木荣华，既已安焉，非所愿也。”因抱持其父而大哭。父遂惊觉，乃一梦也。明日，以牲酒奠于坟下，与仆返棹而归。至今过者，指为金、翠墓云。

上海古籍出版社版周楞伽校注《剪灯新话》卷三

①本篇被凌濛初改成话本《李将军错认舅，刘氏女诡从夫》，列于《二刻拍案惊奇》卷六。清代人袁声的《领头书》、叶宪祖的《金翠寒衣记》都以此为题材。文中写元明之际一对青年的悲剧，揭示战乱中普通百姓追求幸福的愿望破灭。行文有模仿唐人传奇的痕迹，但刻画人物心理深婉真实，不乏新意。
②淮安：今江苏淮安县。　③祝英台：民间故事“梁祝”中的女主人公。
④敌：相当。　⑤蓬荜：分别为两种草名，喻贫者之所居。　⑥夷虏：古代对少数民族的贬称。这里指野蛮。　⑦涓日：择取吉日。涓，选择。
⑧羔雁：小羊和雁。古代卿大夫相见时的礼物，后来作为聘妇订婚的礼物。
⑨殢(tì替)雨尤云：形容男女相爱欢合，恋昵不离。　⑩武陵春：本为词调

名，这里意同“武陵源”。陶渊明《桃花源记》记武陵郡人曾误入人间乐土桃花源。后遂用武陵源称神仙境界，或惬意快乐的境界。　⑪紫府：道家指仙人的居所。《抱朴子·祛惑》：“及到天上，先过紫府，金床玉几，晃晃昱昱，真贵处也。”　⑫孔翠之在赤霄：孔雀和翠鸟翱翔于高空。《晋书·张华传》引《鹪鹩赋》云：“鹍鸡窜于幽险，孔翠生乎遐裔。”　⑬通款：与敌人通好言和。⑭正朔：本指正月初一。封建时代，每逢朝代更易，就改定元旦。后用来指正统的君主和朝廷。　⑮守御：地方的带兵官，负责一个区域的防御。⑯安丰：今安徽寿县。　⑰赫奕：显要，贵盛。　⑱齿：年龄。　⑲厥由：其原由。厥，其。　⑳内竖：负责内外通令的僮仆。竖，童子。㉑延款：接纳款待。　㉒记室：书记。负责文书工作的人。　㉓“长使”句：孟棨《本事诗·情感》载，南朝陈太子舍人徐德言娶后主妹乐昌公主，国破时，夫妻各执半镜，冀得相见，终因镜而圆。后以破镜重圆比喻夫妇离散后又完聚。　㉔“终教”句：子建，曹植的字。曹植曾作《洛神赋》，相传是抒写他与已故甄氏的一段恋情，其中形容洛神云：“其形也，翩若惊鸿，婉若游龙。”游龙，形容动作柔和。　㉕绿珠：晋朝石崇的爱妾，孙秀向石崇索要，石崇不肯。后孙秀捉拿石崇，绿珠跳楼自尽。碧玉：唐代乔知之的婢窈娘，小名碧玉，美貌善歌舞。后为武承嗣夺去，乔知之作《绿珠怨》讽示，碧玉投井死，武承嗣因害乔知之。　㉖沉痼（gù 固）：积久难治的病。　㉗凭肩：并肩。㉘苕溪：水名。有二源，出自浙江天目山，到吴兴县城中，二水合流。㉙乌程：即浙江吴兴县。　㉚罔极：无边。《诗经·小雅·蓼莪》：“父兮鞠我，母兮育我”，“欲报之德，昊天罔极。”形容父母之恩像天地一样无边。㉛夫唱妇随：语本《关尹子》：“夫者倡，妇者随。”唱与倡通。　㉜夙著：平素恪守。三从：封建社会束缚妇女的道德规范。在家从父，出嫁从夫，夫死从子。　㉝“曩者”二句：汉，指汉族。日，封建皇朝的比喻。汉日将颓，说汉族的皇朝就要崩溃。楚氛甚恶，语本《左传·襄公二十七年》，晋大夫伯夙对赵孟说此语，谓楚国要袭击晋国。这里比喻天下大乱。　㉞倒持太阿：授人以柄，自己反受害。太阿，古宝剑名。相传春秋时楚王曾命欧冶子、干将铸龙渊、太阿、工布三剑。　㉟“擅弄”句：语本《汉书·龚遂传》：“其民困于饥寒而吏不恤，故使陛下赤子盗弄陛下之兵于潢池中耳。”谓海滨人民被迫为盗，犹如小儿偷窃兵器，戏弄于池塘边一样。后遂以“潢池弄兵”指叛乱、造反。潢（huáng 黄）池，池塘。　㊱封豕长蛇：比喻贪暴的首恶分子。封豕，即大家。这里指元末的割据势力。 ㊲“不能”二句：表示在乱世中损节苟活。 ㊳八翼：《晋书·陶侃传》：“（侃）又梦生八翼，飞而上天，见天门九重，已登其八，唯一门不得入。阍者以杖击之，因坠地，折其左翼。”后用来形容意愿不遂。 ㊴青鸾：镜名。南朝宋刘敬叔《异苑》载，罽宾国王买得一鸾，欲其鸣，不可致，精心装饰、饲养，三年不鸣。夫人告知鸾见同类则鸣，何不悬镜照之。王从其言，鸾睹影悲鸣，冲霄一奋而绝。后因称镜为青鸾镜。木鸡：语本《庄子·达生》：“望之似木鸡矣，其德全矣。异鸡无敢应者，反走矣。”成玄英疏云：“神识安闲，形容审定……其犹木鸡不动不惊，其德全具，他人之鸡，见之反走。”后用木鸡形容修养深淳，以镇定取胜的人。此形容翠翠被掠后呆滞痴愣的神态。 ㊵“夜月”二句：表现翠翠的悲伤和绝望。杜鹃之啼，杜鹃亦名催归。相传为古蜀王望帝杜宇所化。白居易《琵琶行》：“其间旦暮闻何物，杜鹃啼血猿哀鸣。”蝴蝶之梦，《庄子·齐物论》说庄子曾梦为蝴蝶，后用来形容梦幻非真之意。 ㊶杨素览镜而归妻：用徐德言与乐昌公主破镜重圆的故事。乱离中，乐昌公主入杨素府，杨素知情后，把乐昌公主还给徐德言。参看注㉓。 ㊷王敦开阁而放妓：《世说新语·豪爽》载，王敦荒恣于色，体为之敝。左右谏之，王敦曰：如此，甚易。遂开后阁，驱诸婢妾数十人出，任其所之。 ㊸蓬岛：即蓬莱，传说为仙人所居。 ㊹潇湘：湘水。传说舜死后，二妃娥皇、女英化而为湘水神，出没于潇湘之间。 ㊺赋命之屯（zhūn谆）：命运艰难。屯，艰难。 ㊻“章台”二句：孟棨《本事诗·情感》载，安史乱中，韩翃有姬柳氏离散，出家为尼。韩使人寄柳诗曰：“章台柳，章台柳，昔日青青今在否？纵使长条似旧垂，亦应攀折他人手。”事别见《太平广记》四八五卷许尧佐《柳氏传》。 ㊼“玄都”二句：唐代诗人刘禹锡因写《戏赠看花诸君子》一诗，讽刺权贵，被外放十四年，回京后又写了《再游玄都观》。前诗云：“玄都观里桃千树。”后诗云：“前度刘郎今又来。”这里指桃花。 ㊽“将谓”二句：“瓶沉而簪折”，语本白居易《井底引银瓶》诗：“井底引银瓶，银瓶额上丝绳绝。石上磨玉簪，玉簪欲成中央折。瓶沉簪折知奈何，似妾今朝与君别。”璧返，用“完璧归赵”的典故。珠还，比喻失而复得。后汉孟尝为合浦太守，海出珠宝，孟尝不事采求，珍珠之远徙者皆还故处。故有成语“合浦还珠”。见《后汉书·孟尝传》。 ㊾“殆同”句：小说家言唐韦皋游江夏，馆姜氏，与侍婢玉箫有情。韦别时，送一枚玉指环给玉箫。一别七年，玉箫绝食而死。后韦皋做西川节度使，与再世玉箫相会，玉箫为韦皋侍妾。见唐范摅《云溪友议》。元代乔吉有《玉箫女两世姻缘》杂剧。　⑤红拂妓一时配合:相传隋末李靖以布衣谒越国公杨素,杨侍婢罗列,中一执红拂者貌美,瞩目于李。李归逆旅,五更,红拂妓来投,两人奔投太原。见《太平广记》卷一九三《虬髯客》引杜光庭《虬髯传》。　⑤¹"煎鸾胶"句:《汉武帝外传》云:"西海献鸾胶,武帝弦断,以胶续之,弦两头遂相续,终日射,不断。"古人用琴瑟喻夫妇,用续弦喻妻死再娶。这里指重理旧弦。　⑤²托鱼腹而传尺素:意谓寄递信函。古乐府《饮马长城窟行》:"客从远方来,遗我双鲤鱼,呼童烹鲤鱼,中有尺素书。"又有诗云:"尺素如残雪,结成双鲤鱼,要知心里事,看取腹中书。"　⑤³甘旨:美味。多用来作奉养父母之词。　⑤⁴畴昔:往日。畴,助词,无义。《左传·宣公二年》:"畴昔之举,子为政;今日之事,我为政。"注:"畴昔,犹昔日也。"　⑤⁵锡:即锡杖,僧人所持。　⑤⁶萧墙:喻极近的地方。《论语·季氏》:"吾恐季孙之忧,不在颛臾,而在萧墙之内也。"　⑤⁷属郡:邻近的郡邑。　⑤⁸窦氏女:唐代宗时,奉天县(今陕西乾县)窦氏二女伯娘、仲娘被盗贼所获,二女相继跳谷自尽。　⑤⁹为沙吒利之驱:韩翃婢柳氏曾被蕃将沙吒利所得,此用其典。参看注㊻。　⑥⁰蕙兰:兰的一种,形瘐。常用来形容弱质女子。　⑥¹驵侩:做生意的居间人,过去叫掮客。这里形容李将军之粗俗。　⑥²石家买笑之姬:指绿珠。　⑥³息国不言之妇:指息妫,后世称息夫人。春秋时楚文王灭了息国,纳息夫人。曾为生二子,但终不开口说话。　⑥⁴九阍:九门。传说天帝住的地方。　⑥⁵良人:指丈夫。　⑥⁶伉俪(kànglì 抗丽):本指妻子。后用作夫妻的通称。　⑥⁷殂(cú 徂):死亡。　⑥⁸祔(fù 付)葬:合葬。　⑥⁹视膳:指旧时子媳养亲,视寒暖,问膳食。　⑦⁰首丘:归葬故乡。《礼·檀弓上》:"礼,不忘其本。古之人有言曰:狐死正丘首,仁也。"孔颖达疏:"丘是狐窟穴根本之处,虽狼狈而死,意犹向此丘。"屈原《九章·哀郢》:"鸟飞返故乡,狐死必首丘。"

修文舍人传

夏颜,字希贤,吴之震泽人也[1]。博学多闻,性气英迈,幅巾布裘,游于东西两浙间。喜慷慨论事,亹亹不厌[2],人每倾下之。然而命分甚薄，日不暇给，尝喟然长叹曰：“夏颜，汝修身谨行，奈何不能润其家乎？”则又自解曰：“颜渊困于陋巷[3]，岂道义之不足也？贾谊屈于长沙[4]，岂文章之不赡也[5]？校尉封拜而李广不侯[6]，岂智勇之不逮也？侏儒饱死而方朔苦饥[7]，岂才艺之不敏也？盖有命焉，不可幸而致。吾知顺受而已，岂敢非理妄求哉！”至正初，客死润州[8]，葬于北固山下[9]。友人有与之契厚者[10]，忽遇之于途，见颜驱高车，拥大盖，峨冠曳珮，如侯伯状，从者各执其物，呵殿而随护，风采扬扬，非复往日，投北而去。友人不敢呼之。一日，早作，复遇之于里门，颜遽搴帷下车而施揖曰[11]：“故人安否？”友人遂与叙旧，执手款语，不异平生。乃问之曰：“与君隔别未久，而能自致青云[12]，立身要路[13]。车马仆从，如此之盛；衣服冠带，如此之华，可谓大丈夫得志之秋矣！不胜健羡之至[14]！颜曰：“吾今隶职冥司，颇极清要[15]。故人下问，何敢有隐，但途路之次，未暇备述，如不相弃，可于后夕会于甘露寺多景楼[16]，庶得从容时顷，少叙间阔[17]，不知可乎？望勿以幽冥为讶，而负此诚约也。”友人许之。告别而去。是夕，携酒而往，则颜已先在，见其至，喜甚，迎谓曰：“故人真信士，可谓死生之交矣！”乃言曰：“地下之乐，不减人间，吾今为修文舍人[18]，颜渊、卜商旧职也[19]。冥司用人，选擢甚精，必当其才，必称其职，然后官位可居，爵禄可致，非若人间可以贿赂而通，可以门第而进，可以外貌而滥充，可以虚名而躐取也。试与君论之：今夫人世之上，仕路之间，秉笔中书者[20]，岂尽萧、曹、丙、魏之徒乎[21]？提兵阃外者[22]，岂尽韩、彭、卫、霍之流乎[23]？馆阁摛文者[24]，岂皆班、扬、董、马之辈乎[25]？郡邑牧民者，岂皆龚、黄、召、杜之俦乎[26]？骐骥服盐车而驽骀厌刍豆[27]，凤凰栖枳棘而鸱鸮鸣户庭[28]，贤者槁项黄馘而死于下[29]，不贤者比肩接迹而显于世，故治日常少，乱日常多，正坐此也。冥司则不然，黜陟必明[30]，赏罚必公，昔日负君之贼，败国之臣，受穹爵而享厚禄者[31]，至此必受其殃；昔日积善之家，修德之士，阨下位而困穷途者[32]，至此必蒙其福。盖轮回之数，报应之条，至此则莫逃矣。”遂引满而饮，连举数觥[33]，凭栏观眺，口占律诗二章，吟赠友人曰：

笑日阑干扣玉壶[34]，林鸦惊散渚禽呼。一江流水三更月，两岸青山六代都。富贵不来吾老矣，幽明无间子知乎？旁人若问前程事，积善行仁是坦途。

满身风露夜茫茫，一片山光与水光。铁瓮城边人玩月[35]，鬼门关外客还乡。功名不博诗千首，生死何殊梦一场！赖有故人知此意，清谈终夕据藤床。

吟讫，搔首而言曰：“太上立德，其次立功，其次立言[36]。仆在世之日，无德可称，无功可述，然而著成集录，不下数百卷；作为文章，将及千馀篇，皆极深研几，尽意而为之者。奄忽以来[37]，家事零替[38]，内无应门之童，外绝知音之士，盗贼之所攘窃，虫鼠之所毁伤，十不存一，甚可惜也。伏望故人以怜才为念，恤交为心，捐季子之宝剑[39]，付尧夫之麦舟[40]，用财于当行，施德于不报，刻之桐梓[41]，传于好事，庶几不与草木同腐，此则故人之赐也。兴言及此，惭愧何胜！”友人许诺。颜大喜，捧觞拜献，以致丁宁之意[42]。已而，东方渐曙，告别而去。友人归吴中，访其家，除散亡零落外，犹得遗文数百篇，并所著《汲古录》、《通玄志》等书，亟命工锓版，鬻之于肆，以广其传。颜复到门致谢。自此往来无间，其家吉凶祸福，皆前期报之。三年之后，友人感疾，颜来访问，因谓曰：“仆备员修文府，日月已满，当得举代。冥间最重此职，得之甚难。君若不欲，则不敢强；万一欲之，当与尽力。所以汲及于此者，盖欲报君镂版之恩耳。人生会当有死，纵复强延数年，何可得居此地也？"友人欣然许之，遂处置家，不复治疗，数日而终。

上海古籍出版社版周楞伽校注《剪灯新话》卷四

①震泽：湖名，即今之太湖。今江苏震泽镇滨太湖。　②亹（wěi 伟）亹：勤勉不倦貌。《诗经·大雅·文王》："亹亹文王，令闻不已。"　③颜渊：孔子的弟子，天资聪颖，有才学，居陋巷，箪食瓢饮，早死。　④贾谊：汉洛阳人，西汉政论家。青年时就以才学著称，汉文帝召为博士，迁太中大夫，为朝中大臣排挤，贬为长沙王太傅，又为梁王太傅，卒时仅32岁。　⑤赡：富足，丰富。　⑥校尉：古代中下级武官。李广：西汉名将，善骑射，历守陇西、上谷、雁门、云中、代郡、北地、右北平，与匈奴作战七十馀次，靖边卫国，称之为"飞将军"。后随大将军卫青攻匈奴，迷失道路，幕府对簿时，愤而自杀。⑦侏儒：矮小的人。方朔：东方朔，字曼倩，西汉人。性恢谐滑稽，常在笑话中暗含讽谏。"侏儒饱欲死，臣朔饥欲死"是其讽谏中的名言。　⑧润州：今江苏镇江市。　⑨北固山：在镇江北。　⑩契厚：交情深厚。　⑪搴帷：揭开车上的帐幔。　⑫青云：比喻高的地位。《史记·范雎蔡泽列传》："不意君能自致于青云之上。"　⑬要路：显要的地位。　⑭健羡：非常羡慕。元稹《遣病》诗之三："忆作孩稚初，健羡成人列。"　⑮清要：地位显贵而政务不繁。　⑯甘露寺：在北固山第一峰，相传是三国时孙吴所建，唐朝李德裕扩建。多景楼：甘露寺中一楼。　⑰间阔：久别不见。　⑱修文舍人：冥间负责文牍的官职。修文，古代称文人死为修文。杜甫《哭李常侍峄》："一代风流尽，修文地下深。"　⑲卜商：即子夏，孔子弟子，长于文学，相传曾讲学西河，序《诗》传《易》，为魏文侯师。　⑳中书：宰相。　㉑萧曹丙魏：萧指萧何，秦末辅佐刘邦起义，起义军进入咸阳，他收取秦朝的律令图书。楚汉之争中，任丞相，在关中转输粮饷，支持战场。韩信弃楚归汉，不被重用，亡走，萧何追回，拜为大将。刘邦即位后，封酂侯。后协高祖灭异姓诸王。曹指曹参，秦末从刘邦起义，屡立战功，封平阳侯。萧何死后继任宰相。丙指丙吉，字少卿，汉宣帝时封博阳侯，代魏相为宰相。魏指魏相，字弱翁，汉宣帝时为丞相，封高平侯。　㉒阃（kǔn 捆）外：指在外常握兵权的

人。阃，国门。《史记·冯唐列传》："阃以内者，寡人制之；阃以外者，将军制之。" ㉓韩彭卫霍：韩指韩信。楚汉之争中，攻取关中，破赵取齐，消灭项羽于垓下，他都立有大功，后被吕后所杀。彭指彭越，楚汉之争中，率楚兵归汉，略定梁室，断项羽粮道，参加了垓下之战，封梁王，后被杀。卫指卫青，本为平阳公主家奴，后为汉武帝重用，官至大将军，封长平侯，前后七次出击匈奴。霍指霍去病，卫青姊的儿子，伐匈奴有功，封骠骑将军，加冠军侯。

㉔摛（chī 吃）文：撰写典章文诰。摛：舒展，铺张。 ㉕班扬董马：班指班固，东汉历史学家，《汉书》的作者。扬指扬雄，擅长词赋，东汉文学家。董指董仲舒，精于《春秋》，汉朝名儒。马指司马相如，擅词赋，汉代文学家。

㉖龚黄召杜：龚指龚遂，汉宣帝时渤海太守，劝人民种田栽桑，境内大治。黄指黄霸，汉宣帝时为颍川太守，扬州刺史，治绩称天下第一。召指召信臣，汉元帝时任零陵、南阳太守，兴修水利，溉田三万多顷。杜指杜诗，汉光武时为南阳太守，政治清平，人称"前有召父（召信臣），后有杜母"。 ㉗骐骥：良马。服盐车：拉运盐的车。贾谊《吊屈原赋》："骥垂两耳服盐车兮。"比喻才不得用。驽骀（nútái 奴台）：劣马。驽、骀都是劣马，喻庸才。厌刍豆：饱食草料。厌，同"餍"，饱食。刍豆，牲口吃的草和豆。㉘枳棘：有棘刺的灌木。鸱鸮（chīxiāo 吃消）：恶鸟，喻奸邪之人。《汉书·贾谊传》："鸾凤伏窜兮，鸱鸮翱翔。" ㉙槁项黄馘（xù 叙）：面目枯槁。语出《庄子·列御寇》：（曹商）见庄子曰："夫处穷闾阨巷，困窘织屦，槁项黄馘者，商之所短也。"项，脖子。馘，脸。

㉚黜陟（chùzhì 处置）：进退人才。黜，降级。陟，升官。 ㉛穹爵：高贵的爵位。穹，高、大。 ㉜阨（è 饿）：同"厄"。 ㉝觥（gōng 宫）：饮酒的器皿。 ㉞玉壶：计时之器，也叫宫漏。 ㉟铁瓮城：镇江的内城，三国时孙权所筑。 ㊱"太上"三句：语出《左传·襄公二十四年》："太上有立德，其次有立功，其次有立言，虽久不废，此之谓不朽。" ㊲奄忽：倏忽。这里作死去讲。 ㊳零替：凋落，残破。 ㊴捐季子之宝剑：季子即季札。吴王馀祭四年，他出使各国，到徐国，徐君爱季札的佩剑，但没有启齿。季札正在出使，不便送剑，后回到徐国，徐君已死，季札把宝剑挂在徐君坟前的树上。见刘向《新序·节士》。 ㊵付尧夫之麦舟：尧夫，范仲淹子纯仁。尧夫至姑苏运麦，到丹阳遇石曼卿，曼卿语及无资改葬亲人，尧夫以麦助葬。见惠洪《冷斋夜话》十。 ㊶刻之桐梓：即镂版印书。桐梓是适于镂版的木材。

㊷丁宁：同"叮咛"。

六　于　谦

于谦(1398—1457),字廷益,钱塘(今杭州)人。明永乐间进士,历官山西、河南、江西等地巡抚。正统十四年(1449),瓦剌南侵,英宗于土木堡被掳,他力排南迁之议,调兵勤王,迁兵部尚书。也先围攻北京,他运筹帷幄,亲自督战,论功加少保。英宗复辟后,为徐有贞、石亨谗言加害,以谋逆罪处死。生平未尝以吟咏为事,但其诗直抒胸臆,质朴刚健,非文士所能为。有《于忠肃公集》。

北　风　吹①

北风吹,吹我庭前柏树枝。树坚不怕风吹动,节操棱棱还自持②,冰霜历尽心不移。况复阳和景渐宜③,闲花野草尚葳蕤④,风吹柏树将何为?北风吹,能几时!

清康熙刻本《于肃愍文集》卷六

①诗以松柏自励,表现作者乐观向上的精神风貌。北风喻艰难困苦和恶势力。　②棱棱:高峻貌。　③“况复”句:何况冬尽春来,景色宜人。阳和,和暖的阳春。　④葳蕤(wēiruí 威锐阳平):草木纷披茂盛貌。

除夜太原寒甚[①]

寄语天涯客，轻寒底用愁[②]；春风来不远，只在屋东头。

清康熙刻本《于肃愍文集》卷六

①诗表述严冬将尽，春天将临之乐观精神，明白说出。后二句用民众语，尤有韵致。题中有"太原"一词，当作于作者为山西巡抚时。　②底用：何用。底，犹"何"，汉以来诗文中多用其义。

石　灰　吟[①]

千锤万击出深山[②]，烈火焚烧若等闲。粉身碎骨全不惜，要留清白在人间[③]。

清康熙刻本《于肃愍文集》卷七

①诗假咏物以言志，句句说石灰，又句句表高尚志节，喻体、喻本浑然一体。　②"千锤"句：描写石灰石的开采过程。　③清白：双关语。以石灰颜色喻高尚的品质节操。

七　李东阳

李东阳(1447—1516),字宾之,号西涯,湖南茶陵人。少有神童之誉,景帝曾三次召见,并准入顺天府学。十八岁中进士,授翰林院编修,入仕四十馀年,入阁十八年,官至太子太保、礼部尚书兼文渊阁大学士。以宰臣领袖文坛,奖掖后学,挽引才俊,天下翕然宗之。论诗宗法杜甫,对诗歌的声调音节、用字结构颇有体会。诗文随事抒写,浑雅劲健,法度森严。在明前期的诗文演变中,王世贞谓"长沙之于何、李,犹陈涉之启汉高"。有《怀麓堂集》。

寄彭民望①

斫地哀歌兴未阑②,归来长铗尚须弹③。秋风布褐衣犹短④,夜雨江湖梦亦寒。木叶下时惊岁晚⑤,人情阅尽见交难。长安旅食淹留地⑥,惭愧先生苜蓿盘⑦。

清刻本《怀麓堂集》卷一二

①彭民望,名泽,湖南攸县人,景泰间举人,曾任顺天通判,后失意归。还乡后,生计艰难,李东阳闻知,写此诗表示不平与同情。　②"斫地"句:化用杜甫《短歌行赠王郎司直》"王郎酒酣拔剑斫地歌莫哀"句。阑,残,尽。③"归来"句:《战国策·齐策四》载,冯谖为孟尝君食客,左右贱之,他倚柱弹剑,歌曰:"长铗归来乎,食无鱼。"铗(jiá 颊),长剑。　④布褐:粗布衣服,古代平民所穿。　⑤木叶下:树叶飘落,指秋季。屈原《楚辞·九歌·湘夫

人》:“袅袅兮秋风,洞庭波兮木叶下。” ⑥长安:汉、唐的都城,后代指京城。诗中指北京。淹留:滞留。 ⑦苜蓿(mùxù 木序)盘:形容清苦冷落的生活。《唐摭言·闽中进士》:“薛令之……累迁左庶子。时开元东宫官僚清淡,令之以诗自悼,复纪于公署,曰:‘朝旭上团团,照见先生盘。盘中何所有?苜蓿长阑干。’”苜蓿,一种多年生草木植物,可作饲草,其嫩芽人可食。

八　马中锡

马中锡(1446—1512),字天禄,号东田,故城(今河北故城)人。成化十年(1474)乡试第一,第二年中进士,授刑科给事中,历迁兵部侍郎。为人耿介,宪宗、武宗时,多次弹劾贵戚宦官,被刘瑾逮捕入狱,械送辽东。刘瑾伏诛后,起为大同巡抚。正德六年(1511),河北爆发刘六、刘七兄弟领导的起义,马中锡以右都御史、提督军务前往镇压。因其主张对义军进行招抚,并曾亲往刘营劝降,起义军至故城,戒"毋犯马中锡家",谤遂大起,朝廷以"纵贼"罪,逮捕入狱,瘐死狱中。生平有文名,李梦阳、康海、王九思曾师从于他。著有《东田集》。

中山狼传①

赵简子大猎于中山②,虞人导前③,鹰犬罗后④,骇禽鸷兽应弦而倒者不可胜数⑤。有狼当道,人立而啼⑥。简子垂手登车⑦,援乌号之弓⑧,挟肃慎之矢⑨,一发饮羽⑩,狼失声而逋⑪。简子怒,驱车逐之,惊尘蔽天,足音鸣雷,十里之外,不辨人马。

时,墨者东郭先生⑫,将北适中山以干仕⑬,策蹇驴⑭,囊图书⑮,夙行失道⑯,望尘惊悸。狼奄至⑰,引首顾曰⑱:"先生岂有志于济物哉⑲?昔毛宝放龟而得渡⑳,隋侯救蛇而获珠[21]，龟蛇固弗灵于狼也[22]。今日之事，何不使我得早处囊中，以苟延残喘乎？异时倘得脱颖而出[23]，先生之恩，生死而肉骨也[24]。敢不努力以效龟蛇之诚[25]！”先生曰：“嘻！私汝狼以犯世卿[26]，忤权贵[27]，祸且不测，敢望报乎？然墨之道[28]，兼爱为本[29]，吾终当有以活汝[30]，脱有祸[31]，固所不辞也[32]！”乃出图书，空囊橐[33]，徐徐焉实狼其中[34]，前虞跋胡，后恐疐尾[35]，三纳之而未克[36]，徘徊容与[37]，追者益近。狼请曰：“事急矣！先生果将揖逊救焚溺，而鸣銮避寇盗耶[38]？惟先生速图[39]！”乃跼蹐四足[40]，引绳而束缚之，下首至尾[41]，曲脊掩胡[42]，猥缩蠖屈[43]，蛇盘龟息[44]，以听命先生[45]。先生如其指[46]，内狼于囊[47]，遂括囊口[48]，肩举驴上[49]，引避道左[50]，以待赵人之过。

已而简子至，求狼弗得，盛怒，拔剑斩辕端示先生[51]，骂曰：“敢讳狼方向者[52]，有如此辕！”先生伏踬就地[53]，匍匐以进[54]，跽而言曰[55]：“鄙人不慧，将有志于世，奔走遐方，自迷正途[56]，又安能发狼踪以指示夫子之鹰犬也[57]！然尝闻之，大道以多歧亡羊[58]。夫羊，一童子可制之，如是其驯也，尚以多歧而亡；狼非羊比，而中山之歧，可以亡羊者何限？乃区区循大道以求之[59]，不几于守株缘木乎[60]？况田猎，虞人之所事也，君请问诸皮冠[61]。行道之人何罪哉？且鄙人虽愚，独不知夫狼乎？性贪而狠，党豺为虐[62]，君能除之，固当窥左足以效微劳[63]，又肯讳之而不言哉！”简子默然，回车就道。先生亦驱驴，兼程而进[64]。

良久，羽旄之影渐没[65]，车马之音不闻。狼度简子之去已远[66]，而作声囊中曰：“先生可留意矣[67]，出我囊，解我缚，拔矢我臂，我将逝矣[68]。”先生举手出狼。狼咆哮谓先生曰：“适为虞人逐[69]，其来甚速，幸先生生我[70]。我馁甚[71]，馁不得食，亦终必亡而已。与其饥死道路,为群兽食,毋宁毙于虞人[72],以俎豆于贵家[73]。先生既墨者,摩顶放踵[74],思一利天下,又何吝一躯啖我而全微命乎[75]?"遂鼓吻奋爪[76],以向先生。先生仓卒以手搏之,且搏且却,引蔽驴后,便旋而走[77]。狼终不得有加于先生[78],先生亦极力拒,彼此俱倦,隔驴喘息。先生曰:"狼负我!狼负我!"狼曰:"吾非固欲负汝,天生汝辈,固需吾辈食也!"相持既久,日晷渐移[79],先生窃念,天色向晚,狼复群至,吾死矣夫!因绐狼曰[80]:"民俗,事疑必询三老[81]。第行矣[82],求三老而问之。苟谓我当食即食,不可即已。"狼大喜,即与偕行。

逾时,道无行人。狼馋甚,望老木僵立路侧,谓先生曰:"可问是老!"先生曰:"草木无知,叩焉何益[83]?"狼曰:"第问之,彼当有言矣!"先生不得已,揖老木,具述始末,问曰:"若然,狼当食我邪?"木中轰轰有声,谓先生曰:"我杏也。往年老圃种我时,费一核耳。逾年华[84],再逾年实[85],三年拱把[86],十年合抱,至于今二十年矣。老圃食我,老圃之妻子食我,外至宾客、下至奴仆皆食我。又复鬻实于市[87],以规利于我[88]。其有功于老圃甚巨。今老矣,不能敛华就实[89]。贾老圃怒[90],伐我条枚[91],芟我枝叶,且将售我工师之肆取直焉[92]。噫!樗朽之材[93],桑榆之景[94],求免于斧钺之诛而不可得[95]。汝何德于狼,乃觊免乎[96]?是固当食汝[97]。"言下,狼复鼓吻奋爪,以向先生。先生曰:"狼爽盟矣[98]!矢询三老[99],今值一杏,何遽见迫耶[100]?"复与偕行。

狼愈急,望见老牸[101],曝日败垣中[102],谓先生曰:"可问是老!"先生曰:"向者草木无知,谬言害事。今牛,禽兽耳,更何问焉?"狼曰:"第问之。不问,将咥汝[103]!"先生不得已,揖老牸，再述始末以问。牛皱眉瞪眼，舐鼻张口[104]，向先生曰："老杏之言不谬矣！老牸茧栗少年时[105]，筋力颇健，老农卖一刀以易我，使我贰群牛、事南亩[106]。既壮，群牛日益老惫，凡事我都之[107]。彼将驰驱，我伏田车，择便途以急奔趋；彼将躬耕，我脱辐衡[108]，走郊坰以辟榛荆[109]。老农视我犹左右手，衣食仰我而给[110]，婚姻仰我而毕，赋税仰我而输，仓庾仰我而实[111]。我亦自谅可得帷席之敝如狗马也[112]。往年家储无担石[113]，今麦收多十斛矣[114]；往年穷居无顾藉[115]，今掉臂行村社矣[116]；往年尘卮罂[117]，涸唇吻[118]，盛酒瓦盆，半生未接[119]，今酝黍稷[120]，据樽罍[121]，骄妻妾矣[122]；往年衣短褐[123]，侣木石[124]，手不知揖，心不知学，今持《兔园册》[125]，戴笠子[126]，腰韦带[127]，衣宽博矣[128]。一丝一粟，皆我力也。顾欺我老弱[129]，逐我郊野；酸风射眸[130]，寒日吊影[131]；瘦骨如山，老泪如雨；涎垂而不可收，足挛而不可举[132]；皮毛具亡，疮痍未瘥[133]。老农之妻妒且悍，朝夕进说曰：'牛之一身，无废物也。肉可脯[134]，皮可鞟[135]，骨、角可切蹉为器[136]。'指大儿曰：'汝受业庖丁之门有年矣[137]，胡不砺刃硎以待[138]？'迹是观之，是将不利于我，我不知死所矣！夫我有功、彼无情乃若是，行将蒙祸；汝何德于狼，觊幸免乎？"言下，狼又鼓吻奋爪以向先生。先生曰："毋欲速！"

遥望老子杖藜而来[139]，须眉皓然[140]，衣冠闲雅[141]，盖有道者也[142]。先生且喜且愕，舍狼而前，拜跪啼泣，致辞曰："乞丈人一言而生。"丈人问故，先生曰："是狼为虞人所窘[143]，求救于我，我实生之。今反欲咥我，力求不免，我又当死之[144]，欲少延于片时，誓定是于三老。初逢老杏，强我问之，草木无知，几杀我。次逢老牸，强我问之，禽兽无知，又几杀我。今逢丈人，岂天之未丧斯文也[145]。敢乞一言而生。"因顿首杖下[146]，俯伏听命。丈人闻之，欷歔再三[147]，以杖叩狼曰[148]："汝误矣！夫人有恩而背之，不祥莫大焉[149]。儒谓受人恩而不忍背者，其为子必孝；又谓虎狼之父子[150]。今汝背恩如是，则并父子亦无矣[151]！"乃厉声曰："狼，速去！不然，将杖杀汝！"狼曰："丈人知其一未知其二，请愬之[152]，愿丈人垂听[153]。初，先生救我时，束缚我足，闭我囊中，压以诗书，我鞠躬不敢息；又蔓辞以说简子[154]，其意盖将死我于囊，而独窃其利也。是安可不咥？"丈人顾先生曰："果如是，是羿亦有罪焉[155]！"先生不平，具状其囊狼怜惜之意。狼亦巧辩不已以求胜。丈人曰："是皆不足以执信也[156]。试再囊之，我观其状，果困苦否。"狼欣然从之。信足先生[157]，先生复缚置囊中，肩举驴上，而狼未之知也[158]。丈人附耳谓先生曰："有匕首否？"先生曰："有。"于是出匕。丈人目先生，使引匕刺狼。先生曰："不害狼乎？"丈人笑曰："禽兽负恩如是，而犹不忍杀。子固仁者，然愚亦甚矣[159]！从井以救人[160]，解衣以活友[161]，于彼计则得，其如就死地何[162]？先生其此类乎？仁陷于愚[163]，固君子之所不与也[164]。"言已大笑，先生亦笑，遂举手助先生操刃，共殪狼[165]，弃道上而去。

《丛书集成》本《东田文集》卷三

①本文以寓言故事的形式讲对像狼一样本性凶残的坏人决不能怜悯的道理。宋代谢良曾写过一篇内容相近的文章，此文是马中锡在谢文的基础上增补润饰而成。据说此文是讽刺李梦阳对康海的忘恩负义（见何良俊《四友斋丛说》卷一五、梁维枢《玉剑尊闻》卷一〇、王士禛《池北偶谈》），实际上这个故事超越了个人恩怨，具有广泛的概括性。此外康海、王九思还据此写成了杂剧《东郭先生误救中山狼》和院本《中山狼》。万历年间，陈与郊、汪廷讷也分别创作了《中山狼》和《中山救狼》（佚）杂剧。　②赵简子：名鞅，春秋时

晋国大夫。中山:今河北定县一带。　③虞人:古代掌管山泽、苑囿、田猎的官。　④罗后:散布在后面。　⑤骇禽鸷兽:凶猛的飞禽走兽。　⑥“人立”句:像人一样立着嚎叫。　⑦唾手:往手上吐唾沫,表示将用力拉弓。一作“垂手”,手下垂,从容不迫的样子。　⑧援:拿起。乌号:古代良弓名。　⑨肃慎:古族名,其地在东北地区。周武王时,曾向朝廷进贡该地的名箭。矢:箭。　⑩一发饮羽:一箭射出,箭羽都钻进猎物肉里。饮,吞没。⑪失声:忍不住叫出声音。逋(bū 不平声):逃跑。　⑫墨者东郭先生:信奉墨学的东郭先生。东郭,复姓。　⑬北适:向北边去。干仕:谋求官职。　⑭策蹇(jiǎn 检)驴:赶着跛足的驴子。策,本指鞭子,此指用鞭子赶。蹇,跛足,行走艰难。　⑮囊:口袋,文中用作动词,即用口袋装着图书。⑯夙(sù 诉)行:清晨赶路。失道:迷路。　⑰奄(yǎn 眼)至:突然到来。⑱引首:抬起头。顾:看。　⑲岂:表示估计、揣测的语气副词。济物:接济、救助别人。　⑳“昔毛宝”句:《搜神记》载,毛宝任豫州刺史时,有军士献白龟,他放归江中。后来,他打了败仗,投江逃命,虽身披铠甲,却不沉溺,觉水下有浮物托引他前进,登岸视之,原是那只白龟。毛宝,东晋人,字贞硕,官至刺史。　㉑“隋侯”句:隋,西周时的古国名。《淮南子·览冥训》:“譬如隋侯之珠,和氏之璧,得之者富,失之者贫。”据高诱注,隋国国君曾见一条大蛇受伤,就给它敷药,后来这条蛇衔来一颗名贵的大珍珠送给他。　㉒固:本来。弗灵于狼:不若狼有灵性。　㉓异时:他日,将来。脱颖而出:这里指脱离灾难,重新出头。脱颖,显露头角。　㉔生死而肉骨:使死者复生,使枯骨长肉。　㉕效龟蛇之诚:仿效龟蛇的诚心,报答恩情。　㉖私:包庇。犯:冒犯。世卿:世代承袭的卿大夫。文中指赵简子。　㉗忤:不顺从,触怒。　㉘墨之道:墨家的学说。　㉙兼爱:指墨子提出的爱无等差的思想。　㉚有以活汝:有办法救你。　㉛脱:倘若,即使。　㉜固:本来,固然。　㉝空囊橐(tuó 陀):空出口袋。　㉞徐徐焉:慢慢地。实:装。　㉟“前虞”二句:前面担忧踩压着狼领下的垂肉,后面又怕压着狼尾巴。虞,担心。跋,踩。胡,领下的肉。疐(zhì 志),践压。《诗经·豳风·狼跋》:“狼跋其胡,载疐其尾。”毛传:“老狼有胡,进则躐其胡,退则疐其尾,进退有难。”　㊱三纳:装了多次。克:成功。　㊲徘徊容与:犹豫不决,动作迟疑。　㊳“先生”二句:先生果真打算像在救火、救溺时还打躬作揖,在逃避强盗时还摇响车铃那样慢悠悠的吗?揖逊,打恭作揖,谦虚礼让。銮,系在马勒上的铃铛。 ㊴惟:希望,但愿。图:设法。 ㊵跼蹐(jūjí 局吉):蜷缩,弯曲。 ㊶下首至尾:把头弯到下面尾巴处。 ㊷曲脊掩胡:弯着脊梁掩盖着颏下的肉。 ㊸猥缩蠖(huò 或)曲:像刺猬那样团着身体,像尺蠖那样弯曲。尺蠖,一种爬虫。 ㊹蛇盘龟息:像蛇一样盘起来,像乌龟一样缩进头项。 ㊺听命先生:听从东郭先生的摆布。 ㊻如其指:按照它的意思。 ㊼内:同“纳”。 ㊽括:扎紧。 ㊾肩举:用肩扛起。 ㊿引避道左:躲在路旁。 (51)辕端:车辕的前端。 (52)讳:隐瞒。 (53)伏踬(zhì 质):趴倒。 (54)匍匐以进:伏地而行。 (55)跽(jì 忌):长跪。 (56)自迷正途:自己都迷失了路。 (57)安能:怎能。夫子:古代对男子的尊称。 (58)“大道”句:大道因岔道多,羊容易走失。歧,岔路。亡,丢失。语本《列子·说符》第八:“杨子(指杨朱)之邻人亡羊,既率其党,又请杨子之竖追之。杨子曰:‘嘻!亡一羊,何追者之众?’邻人曰:‘多歧路。’既反,问:‘获羊乎?’曰:‘亡之矣!’曰:‘奚亡之?’曰:‘歧路之中又有歧焉。吾不知所之,所以反也。’” (59)区区:仅仅。 (60)几于:近于,差不多等于。守株:守株待兔。缘木:缘木求鱼。都是比喻不顾客观实际,违反常识行事,必然劳而无功。前者本《韩非子·五蠹》:“宋人有耕者,田中有株,兔走触株,折颈而死。因释其耒而守株,冀复得兔。兔不可复得,而身为宋国笑。”后者见《孟子·梁惠王》:“以若所为,求若所欲,犹缘木而求鱼也。” (61)皮冠:古人田猎时戴的帽子。这里指虞人。 (62)党豺为虐:与豺结伙为害。党,朋党,结党。豺,一种近似狼的恶兽。 (63)窥左足:谓举足之劳。窥,通“跬”,半步,一举足。《汉书·息夫躬传》:“京师虽有武蜂精兵,未有能窥左足而先应者也。” (64)兼程:加速赶路。 (65)羽旄(máo 毛):旗子上的装饰。 (66)度(duó 夺):估计,料想。 (67)留意:注意。 (68)逝:离去。 (69)适:刚才。 (70)幸:幸亏,多亏。生我:使我活下来。 (71)馁(něi 内上声):饥饿。 (72)毋宁:还不如。 (73)俎(zǔ 祖)豆于贵家:作为贵族之家的祭品。俎、豆,都是古代祭祀时装供品的器皿。俎用来盛牺牲脯肉,豆用以盛果酱濡汁。 (74)摩顶放踵(zhǒng 肿):从头顶到脚跟都磨伤。《孟子·尽心上》:“墨子兼爱,摩顶放踵,利天下为之。”赵岐注:“摩突其顶,下至于踵。” (75)“又何吝”句:又何必吝惜你的躯体不给我吃,以保全我这小命呢。 (76)鼓吻奋爪:张牙舞爪。吻,嘴巴。 (77)便(pián 骈)旋:团团转。 (78)有加:加害。 (79)日晷(guǐ 轨):日影。 (80)绐(dài 待):诳骗。 (81)事疑必询三老:事情疑决不定一定要请教三老。三老,三位老者。　⑧²第行矣:只管走。第,但,只。　⑧³叩焉何益:问它有什么用。叩,问。　⑧⁴逾年华:过了一年开花。华,同“花”,用作动词。　⑧⁵实:结果实。　⑧⁶拱把:两只手合拢那样粗。　⑧⁷鬻(yù 玉)实于市:把果实拿到街市上卖。　⑧⁸规利于我:从我身上谋求财利。规,谋求。　⑧⁹敛华就实:开花结果。　⑨⁰贾(gǔ 古):买。这里引申为招致,引得。　⑨¹伐我条枚:砍伐我的枝和干。　⑨²工师之肆:工匠的店铺。肆,作坊,铺子。取直,换钱。直,同“值”。　⑨³樗(chū 初)朽之材:没用的树木。樗,落叶乔木,木质粗松,俗称臭椿。　⑨⁴桑榆之景:暮年时光。日落时,残光留在桑树和榆树上,所以用桑榆之景指代傍晚,又用来比喻晚景。景,通“影”。　⑨⁵斧钺之诛:刀斧之砍伐。钺,大斧。　⑨⁶觊(jì 计):觊觎,非分地想。　⑨⁷“是固”句:这么看实在应当吃掉你。　⑨⁸爽盟:失信,背约。　⑨⁹矢:发誓,约定。　⑩⁰遽(jù 巨):急忙。见迫:相迫。　⑩¹老牸(zì 字):老母牛。　⑩²曝日:晒太阳。败垣(yuán 元):破墙。　⑩³咥(dié 迭):咬。　⑩⁴舐(shì 世):舔。　⑩⁵茧栗:牛角初生时,形状似茧、似栗,指代小牛。　⑩⁶贰群牛:协助别的牛在田地里耕作。贰,副。《礼记·少仪》:“乘贰车则式,佐车则否。”郑玄注:“贰车、佐车皆副车也。”南亩:田亩。《诗经·豳风·七月》:“馌彼南亩。”胡承珙《毛诗后笺》:“冯氏《名物疏》曰:‘古之治田者,大抵因地势水势而为之,其在南者谓之南亩。’”后泛指田地为南亩。　⑩⁷都:总领。　⑩⁸脱辐衡:卸掉车辕。脱,脱卸。辐,车辐。衡,车辕。　⑩⁹郊坰(jiōng 扃):郊野。辟榛荆:开垦荒地。榛、荆,灌木名,泛指各种野草杂树。　⑪⁰仰:仰仗,依靠。给(jǐ 挤):供给。　⑪¹仓庾:谷仓。庾,露天的积谷处。　⑪²自谅:自信。帷席之敝:用布或席子掩敝尸体。　⑪³担石:容量单位。十斗为一石,两石为一担。　⑪⁴斛(hú 胡):古代量器,方形,口小而底大,容量为十斗,后改为五斗。　⑪⁵无顾藉:无人看顾。意人不与交往。　⑪⁶掉臂:甩着臂膀,逍遥神气的样子。社:古时二十五家为一社,或以方圆六里为一社。　⑪⁷尘卮罂(zhīyīng 织英):酒杯酒坛因长年不用,覆满了灰尘。卮,酒杯。罂,酒罐。　⑪⁸涸(hé 河)唇吻:嘴唇干渴,文中形容喝不到水。涸,水干竭。　⑪⁹半生未接:半辈子也没有接触。　⑫⁰酝黍稷:酿酒。黍,黏米。稷,谷子。　⑫¹据樽罍(léi 擂):拿着酒器。樽、罍,均是盛酒的器具。　⑫²骄妻妾:向妻妾摆架子。　⑫³衣短褐(hè 贺):穿粗布短衣。　⑫⁴侣木石:以木石为伴。

⑫《兔园册》:古代村塾中学童用的浅显课本,也叫《兔园策》。《郡斋读书志》说《兔园策》十卷,为唐代虞世南所撰。《宋史·艺文志》和《困学纪闻》说是唐代杜嗣先所撰。此处指老农的家庭开始识字读书。 ⑫笠子:一种用竹篾或棕皮编织的帽子。 ⑫腰韦带:腰上系着柔软的皮带。韦,熟皮子。 ⑫衣宽博:穿着宽大的衣服。 ⑫顾:但是。 ⑬酸风射眸:冷风射痛眼睛。李贺《金铜仙人辞汉歌》:"东关酸风射眸子。" ⑬吊影:自吊其影,形容孤单。 ⑬挛(luán 栾):筋肉蜷曲,不能伸直。 ⑬疮痍未瘥(chài 拆去声):疮伤尚未痊愈。疮痍,创伤。瘥,病愈。 ⑬脯:肉干。这里谓制肉干。 ⑬鞟(kuò 阔):去毛的皮。这里言制革。 ⑬切蹉:磨治。 ⑬受业庖丁之门:在厨师那里学习屠宰烹饪技术。庖丁,厨师。 ⑬砺刃硎(xíng 形):在石上磨刀。硎,磨刀石。 ⑬老子:老先生,老头儿。杖藜:策杖。藜,一种草本植物,茎长老后可以为杖。原本作"扶藜",据别本改。 ⑭皓然:雪白的样子。 ⑭闲雅:优雅大方。 ⑭有道者:有学问有修养的人。 ⑭窘:围困。 ⑭死之:被它杀害。 ⑭"岂天"句:莫非苍天有意不叫我这个读书人死。斯文:读书人。 ⑭顿首:叩头。 ⑭欷歔(xīxū 希虚):叹息。 ⑭叩:敲打。 ⑭不祥莫大焉:没有比这更不吉利的。 ⑮之:知的音误。 ⑮"则并"句:连父子情分也不讲了。并,连。 ⑮愬:同"诉"。 ⑮垂听:指别人听自己讲话的敬词。 ⑮蔓辞:节外生枝无关紧要的废话。说(shuì 税):劝说,说服。 ⑮是羿亦有罪焉:羿是传说中一个善射的人。逢(páng 旁)蒙向他学射,学成后,认为天下只有羿的射术能胜过自己,于是把羿杀死了。孟子说:"是亦羿有罪焉。"意思是说羿不能识人,不仅把本领授给坏人,还自招其祸。见《孟子·离娄》下。 ⑮执信:作为凭据,让人相信。 ⑮信(shēn 申):同"伸"。 ⑮未之知:不知道这样做的用意。 ⑮"子固"二句:你固然是一个仁慈的人,但也太愚蠢。
⑯从井以救人:跳进井里去救人。语出《论语·雍也》:"宰我问曰:'仁者虽告之曰,井有仁焉,其从之也?'子曰:'何为其然也!君子可逝也,不可陷也。'"意思说,君子可以想办法救出在井里的人,但不能自己也跟着跳下井去。
⑯解衣以活友:脱下衣服救快要冻死的朋友。语出《列士传》,说战国时燕人左伯桃与羊角哀同往楚国,途中衣粮不足,左伯桃对羊角哀说:"吾所学不如子,子往矣!"于是把衣粮交给羊角哀,自己躲在空树中,冻饿而死。羊角哀到

楚国后,位拜上卿,备礼改葬左伯桃。　⑯“于彼”二句:这样做于对方是得计了,可自己陷于绝境又怎么办呢?　⑯仁陷于愚:讲仁义到了愚蠢的地步。　⑯与:赞同。⑯殪(yì 意):杀死。

九 唐 寅

唐寅(1470—1523),字伯虎,一字子畏,晚号六如居士,吴县(今属苏州)人。少年入乡学,敏颖力学。与张灵纵酒狂放,祝允明规之,经年闭户,举乡试第一。会试时受科场作弊案牵连,下诏狱,谪为吏,耻不受。还乡后曾被宁王朱宸濠优礼聘去,因察其有异志,佯狂而返,筑室于苏州金阊门外桃花坞,常高朋满座,饮酒作乐。自刻一图章,名曰"江南第一风流才子"。唐寅的画在"明四家"中声名最大。诗文与祝允明、文徵明、徐祯卿号称"吴中四才子"。其诗才情烂漫,天然之趣,谐俚之句,人不可及。著有《唐伯虎全集》。

桃花庵歌[①]

桃花坞里桃花庵[②],桃花庵里桃花仙;桃花仙人种桃树,又摘桃花换酒钱。酒醒只在花前坐,酒醉还来花下眠。半醉半醒日复日,花落花开年复年。但愿老死花酒间,不愿鞠躬车马前。车尘马足富者趣,酒盏花枝贫者缘。若将富贵比贫者,一在平地一在天;若将贫贱比车马,他得驱驰我得闲。别人笑我忒风颠[③],我笑他人看不穿。不见五陵豪杰墓[④],无花无酒锄作田!

上海广益书局石印本《六如居士全集》

①唐寅从南昌还家后，与家人失和，筑室桃花坞，名桃花庵。诗中表现了作者安于贫贱，彻悟富贵的人生态度，诗句流转洒落。 ②桃花坞：在苏州金阊门外。唐寅《姑苏八咏》咏《桃花坞》："花开烂漫满村坞，风烟酷似桃源古；千林映日莺乱啼，万树围春双燕舞……" ③忒(tè特)：太，过甚。④五陵：原指汉朝的长陵、安陵、阳陵、茂陵、平陵，其中分别埋葬着高帝、惠帝、景帝、武帝、昭帝，皇陵周围还环绕着富家豪族和外戚陵墓，后用来指豪门贵族。

一〇 李梦阳

李梦阳(1472—1529),字献吉,号空同子,甘肃庆阳人,后徙居河南开封。弘治六年(1493)举陕西乡试第一,明年成进士,授户部主事,迁郎中,因代人草疏弹劾刘瑾,下狱。刘瑾伏诛后,迁江西提学副使,以"陵轹同列,挟制上官"(《明史·文苑传》)罪免职。当台阁体风行之时,他抨击其庸弱,倡言"文必秦汉,诗必盛唐",与何景明、徐祯卿、边贡、康海、王九思、王廷相号称七子。创作上重在格调、气象和音节上模拟古人,七言古诗纵横排挞,七言近体开合变化,皆师法杜甫,然惟模拟过甚,有时"如婴儿之学语,如桐子之洛诵"(何景明《与李空同论诗书》)。著有《空同集》。

石将军战场歌[①]

清风店南逢父老[②],告我己巳年间事[③],店北犹存古战场,遗镞尚带勤王字[④]。忆昔蒙尘实惨怛[⑤],反覆势如风雨至[⑥]。紫荆关头昼吹角[⑦],杀气军声满幽朔[⑧]。胡儿饮马彰义门[⑨],烽火夜照燕山云[⑩]。内有于尚书[⑪],外有石将军。石家官军若雷电,天清野旷来酣战[⑫]。朝廷既失紫荆关,吾民岂保清风店[⑬]。牵爷负子无处逃,哭声震天风怒吼。儿女床头伏鼓角[⑭],野人屋上看旌旄[⑮]。将军此时挺戈出,杀敌不异草与蒿。追北归来血洗刀,白日不动苍天高。万里烟尘一剑扫,父子英雄古来少⑯。天生李晟为社稷,周之方叔今元老⑰。单于痛哭倒马关⑱,羯奴半死飞狐道⑲。处处欢声噪鼓旗,家家牛酒犒王师。休夸汉室嫖姚将⑳,岂说唐朝郭子仪㉑。沉吟此事六十春㉒,此地经过泪满巾。黄云落日古骨白,砂砾惨淡愁行人。行人来折战场柳,下马坐望居庸口㉓。却忆千官迎驾初㉔,千乘万骑下皇都。乾坤得见中兴主,日月重开再造图㉕。枭雄不数云台士,杨石齐名天下无㉖。呜呼杨石今已无,安得再生此辈西备胡㉗!

明万历刻本《空同集》卷一九

①石将军,石亨,陕西渭南人。正统十四年(1449),瓦剌军进犯大同,分兵袭扰辽东、宣府、甘肃。英宗亲征,兵败被俘。瓦剌首领也先挟英宗攻陷紫荆关,直逼北京。于谦命石亨等九将分兵扎营,石亨于德胜门外伏兵诱敌,杀伤甚众,也先退去。论功,石亨为多,封侯。后,石亨勾结宦官,迎英宗复辟,杀于谦,日益骄纵,下诏狱,以谋刺罪论斩,死于狱。(参见《明史·石亨传》)此诗是作者过清风店战场有感而作,着意表彰石亨之战功,笔力雄健,咏叹有致,格调近杜甫。 ②清风店:在今河北易县境内。 ③己巳:正统十四年。 ④遗镞(zú 族):遗留的箭头。勤王:古代地方出兵援救朝廷之举。土木堡之役后,于谦由兵部侍郎升任兵部尚书,檄调两京、河南所募新兵,以及山东、南京沿海御倭民军,急赴京畿抗敌,故称。 ⑤蒙尘:皇帝出奔或失位。指英宗被俘。《明史·英宗前纪》:八月辛酉,次土木堡。壬戌,师溃,死者数十万。英国公张辅等皆死,帝北狩。惨怛(dá 达):惨痛。怛,忧伤、悲哀。 ⑥"反覆"句:写也先掳走英宗后,一再南下。高适《燕歌行》:"胡骑凭陵杂风雨"。 ⑦紫荆关:在今河北易县西北太行山脉的紫荆岭上,为冀晋间的交通要道。这年十月也先挟英宗陷紫荆关,进逼北京。 ⑧幽朔:指今河北、山西的北部,古时为幽州、朔方之地。 ⑨彰义门:京城九门之一。也先围攻北京时,高礼守彰义门,这里曾有激战。 ⑩燕山:在今天津蓟县东南,自西而东,直至海滨,延袤数百里。这里泛指京畿地区。 ⑪于尚书:于谦,土木堡之役,任兵部尚书。事迹见前。 ⑫天清野旷:杜甫《悲

陈陶》:“野旷天清无战声。” ⑬“朝廷”二句:用清风店父老语气。吾民,我们老百姓。岂保,岂能保住。 ⑭“儿女”句:鼓角声把孩子们吓得伏在床上。 ⑮野人:乡野之人,指老百姓。旄旄(máo毛):军旗。 ⑯父子英雄:石亨子事迹不详,这里当指石亨和从子石彪。《明史·石亨传》云:石彪相貌似石亨,“骁勇敢战,善用斧,初以舍人从军”。“彪勇冠流辈,每战必捷”。 ⑰“天生”二句:李晟,唐代将领,德宗时率军讨伐蕃镇田悦、朱滔、王武俊的叛乱;朱泚叛据长安,他回师讨平,收复长安。方叔,周宣王时大臣,曾率兵车三千乘进攻楚国得胜,又曾进攻玁狁。事见《诗经·小雅·采芑》。钱谦益评此两句云:“叙事殊乏警策。以李晟、方叔比石亨父子,拟人非其伦矣。”沈德潜《明诗别裁集》删去此两句。 ⑱单于:汉代匈奴称其君主为单于,诗中指瓦剌头领也先。倒马关:即常山关,在今河北唐县西北。明时与居庸关、紫荆关合称三关。 ⑲羯奴:古匈奴族一个部落入居羯室(在今山西左权县境),故称羯族。诗中称瓦剌军。飞狐道:在今河北 涞源县北,跨蔚县界,两岸峭立,一线微通,蜿蜒百馀里。 ⑳嫖姚将:指西汉名将霍去病。因其曾任嫖姚校尉,故称。霍氏一生屡战匈奴,战功卓著。汉武帝为他修造府第,他拒绝道:“匈奴未灭,无以家为。” ㉑郭子仪:唐代名将。安禄山叛乱时,在河北击败史思明,后又配合回纥兵收复长安洛阳,对唐王朝有再造之功。《明诗别裁集》这两句起首为“应追”、“还忆”。 ㉒六十春:六十年。此诗写于正德四年(1509),又是一个己巳年。 ㉓居庸口:居庸关。在北京昌平县北,为长城重要隘口。 ㉔“却忆”句:写景泰元年(1450)迎英宗还京事。㉕“日月”句:重新恢复版图。再造,重新缔造。《新唐书·郭子仪传》:子仪破安庆绪,收东都,入朝,帝劳之曰:“国家再造,卿力也。”沈德潜《明诗别裁集》改此句为“杀伐重开载造图”。 ㉖“枭雄”二句:枭雄,专横的雄杰。云台,东汉明帝时,图画中兴功臣三十二人于云台。见《后汉书·二十八将传论》。杨石,杨,杨弘,亦明代卫国功臣。石,石亨。此处专指石。钱谦益评此两句云:“初云内于外石,至此忽举杨石,何其突兀,不相照应。”沈德潜《明诗别裁集》改为:“姓名应勒云台上,如此战功天下无。” ㉗“呜呼”二句:胡,指明朝正德年间西北的边患鞑靼。沈德潜《明诗别裁集》把第一句改为“呜呼战功今已无”。

秋　望[1]

黄河水绕汉宫墙[2]，河上秋风雁几行。客子过壕追野马[3]，将军弢箭射天狼[4]。黄尘古渡迷飞挽[5]，白月横空冷战场。闻道朔方多勇略，只今谁是郭汾阳[6]。

明万历刻本《空同集》卷三二

①这首诗的题目，钱谦益《列朝诗集》作《出使云中》，汪端《明三十家诗选》作《出塞》。此据明万历邓云霄、潘之恒校刻本《空同集》。明弘治十三年(1500)诗人为户部主事时，曾奉命犒榆林军，诗写河套地方景象，抒忧患之情。　②汉宫墙：指明代为防鞑靼侵扰而修筑的九边长城。榆林为九边之一，榆林边墙即陕西边外之长城，东北起府谷县的黄甫川堡，西至定边县的盐场堡。　③客子：作者自谓。壕：即壕沟。野马：《庄子·逍遥游》："野马也，尘埃也，生物之以息相吹也。"此指飞扬之沙尘。　④弢(tāo 涛)箭：带着弓箭。弢，弓袋。天狼：星名。旧说以天狼星出现为有外来侵略的天象。　⑤迷飞挽：尘土飞扬，运送粮草的车辆也模糊不清。飞挽，飞刍挽粟的省语，即用车船急运粮草。《汉书·主父偃传》："又使天下飞刍挽粟，起于黄、腄、琅邪负海之郡，转输北河，率三十钟而致一石。"颜师古注："运载刍藁，令其疾至，故曰飞刍也。挽谓引车船也。"　⑥"闻道"二句：人常说北方多勇武谋略兼备的将军，而今谁是郭子仪呢？郭汾阳，郭子仪。平定安史之乱后，郭子仪被进封为汾阳郡王。

一一　何景明

何景明(1483—1521),字仲默,号大复山人,河南信阳人。弘治十五年(1502)进士,官至陕西提学副使。为官耿介,尚节义,鄙荣利,敢于直论时政。与李梦阳倡导复古,谓"文靡于隋,韩力振之,然古文之法亡于韩;诗弱于陶,谢力振之,然古诗之法亦亡于谢"(《与李空同论诗书》)。其诗歌行近体,取法于李、杜及盛唐诗人,古体取法于汉魏,与李梦阳为"前七子"之领袖,人称李何。然二人才分各殊,取径稍异,景明主"舍筏登岸"之论,其诗多清新之作。有《大复集》。

鲥　鱼[①]

五月鲥鱼已至燕[②],荔枝卢橘未应先[③]。赐鲜遍及中珰第[④],荐熟谁开寝庙筵[⑤]。白日风尘驰驿骑,炎天冰雪护江船[⑥]。银鳞细骨堪怜汝,玉箸金盘敢望传[⑦]!

清刻本《何大复先生集》卷二六

①诗讽刺皇帝宠信宦官,平和中不乏愤激。鲥(shí 时)鱼,产于长江下游的一种名贵鱼类,肉味鲜美,春夏之交由东海溯江产卵。　②"五月"句:谓鲥鱼贡入京城非常及时。燕,燕京,即北京。　③卢橘:《广州记》云,卢橘,皮厚大如柑,酢多,至夏熟。"罗浮山橘夏熟,实大如柿"。　④赐鲜:皇帝把时鲜食品赏赐给朝臣。中珰(dāng 当):宦官。汉代宦官称中人、中官,以

貂珰为冠饰，后以貂珰代称宦官。　⑤"荐熟"句：谁用时鲜食品去祭献祖庙呢？荐熟，也叫荐新，以新谷或鲜果祭献国君祖庙。祖庙分庙与寝，庙在前，寝在后。　⑥"白日"二句：写江南进贡鲥鱼之艰难，驿马飞奔，冰雪护船，以防变味腐烂。　⑦"银鳞"二句：鲥鱼鲜美，却不敢有分赐到的奢望。怜，爱。玉箸金盘，指皇帝赐予臣下食物时的器皿。杜甫《野人送朱樱》："金盘玉筯无消息，此日尝新任转蓬。"

明月篇①

长安月，离离出海峤②。遥见层城隐半轮，渐看阿阁衔初照③。潋滟黄金波④，团圆白玉盘。青天流景披红蕊，白露含辉泛紫兰⑤。紫兰红蕊西风起，九衢夹道秋如水⑥。锦幌高褰香雾浓，琐闱斜映轻霞举⑦。雾沉霞落天宇开，万户千门月明里。

月明皎皎陌东西⑧，柏寝岧峣望不迷⑨。侯家台榭光先满⑩，戚里笙歌影乍低⑪。濯濯芙蓉生玉沼⑫，娟娟杨柳覆金堤⑬。凤凰楼上吹箫女⑭，蟋蟀堂中织锦妻⑮。别有深宫闭深院，年年岁岁愁相见。金屋萤流长信阶⑯，绮栊燕入昭阳殿⑰。赵女通宵侍御床⑱，班姬此夕悲团扇⑲。

秋来明月照金微⑳，榆黄沙白路逶迤㉑。征夫塞上行怜影，少妇窗前想画眉㉒。上林鸿雁书中恨㉓，北地关山笛里悲㉔。书中笛里空相忆，几见盈亏泪沾臆㉕。红闺貌减落春华，玉门肠断逢秋色㉖。春华秋实递如流，东家怨女上妆楼㉗。流苏帐卷初安镜㉘，翡翠帘开自上钩。河边织女期七夕㉙，天上嫦娥奈九秋㉚。七夕风涛还可渡，九秋霜露迥生愁。九秋七夕须臾易，盛年一去真堪惜。可怜扬彩入罗帏，可怜流素凝瑶席㉛。未作当垆卖酒人，难邀隔座援琴客㉜。

客心对此叹蹉跎㉝，乌鹊南飞可奈何㉞！江头商妇移船待㉟，湖上佳人挟瑟歌㊱。此时凭栏垂玉箸㊲，此时灭烛敛青娥㊳。玉箸青娥苦缄怨㊴，缄怨含情不能吐。丽色春妍桃李蹊㊵，迟辉晚媚菖蒲浦㊶。与君相思在二八，与君相期在三五㊷。空持夜被贴鸳鸯，空持暖玉擘鹦鹉㊸。青衫泣掩琵琶弦，银屏忍对箜篌语㊹。箜篌再弹月已微，穿廊入闼霭斜辉㊺。归心日远大刀折，极目天涯破镜飞㊻。

清刻本《何大复先生集》卷一四

①此诗作于正德六年(1511)作者复官中书舍人前后。诗前有一篇著名的序，序中谓杜甫的七言诗“陈事切实，布词沉著”，却“调失流转”，“风人之义或缺”。此诗学习唐初四子，注重风人之义，铺写夫妇之情，追求音节之流转可歌。　②离离：历历分明貌。海峤(qiáo)：海中的山。　③阿阁：四面有檐的楼阁。　④潋滟(liànyàn 练艳)：波光充溢流动貌。　⑤“青天”二句：描写月亮升起后空间色彩的变化。红蕊，指云光。紫兰，指白露在月光照射下的变色。　⑥九衢：四通八达的大路。夹道：两壁之间的小道。⑦“锦幌”二句：描写明月照射高门大户、闺闱中时的景象。锦幌，用锦缎做的幔帐。褰(qiān 牵)，撩起。琐闱，雕绘的门户。　⑧陌：道路。　⑨柏寝：春秋时齐国有柏寝台，此借指京城中的高台。岧峣(tiáoyáo 条姚)：高峻貌。　⑩榭：高台上建造的屋子。　⑪戚里：帝王外戚聚居的地方。⑫濯(zhuó)濯：明净清新貌。苏轼《记所见开元寺吴道子画佛灭度以答子由》：“初如濛濛隐山玉，渐如濯濯出水莲。”玉沼：月光照耀下的池塘。⑬娟娟：明媚美好状。金堤：洒满月光的堤岸。　⑭“凤凰”句：秦穆公女弄玉好吹箫，嫁萧史。公为筑凤凰台，夫妇止其上，一夕吹箫引凤，双双升仙而去。(参见刘向《列女传》)　⑮“蟋蟀”句：蟋蟀在堂，示深秋季节。《诗经·唐风·蟋蟀》：“蟋蟀在堂，岁聿其逝。”织锦妻，窦滔妻苏若兰。《晋书·列女传》云：“苻坚时(窦滔)为秦州刺史，被徙流沙，苏氏思之，织锦为回文旋图诗以赠滔。”　⑯“金屋”句：用汉武帝时陈皇后故事。汉武帝为太子时，长公主欲

以女配。问曰:“阿娇好否?”帝曰:“好!若得阿娇作妻,当作金屋贮之。”见班固《汉武故事》。后阿娇为皇后,专宠十馀年,失宠退居长门宫,请司马相如作《长门赋》,以悟主上。长信,汉代宫名,太后所居。　⑰“绮栊”句:用汉成帝时赵飞燕故事。绮栊,装饰华丽的门窗。燕,赵飞燕。昭阳殿,赵飞燕居住的殿名。　⑱赵女:赵飞燕和妹妹赵倢伃。　⑲班姬:汉班况之女,成帝时被选入宫,始为少使,后为倢伃,赵飞燕得宠,“恐久见危,求供养太后长信宫”(参见《汉书·外戚传》)。悲团扇:《文选》载班倢伃《怨歌行》:“新裂齐纨素,皎洁如霜雪。裁为合欢扇,团团似明月。出入君怀袖,动摇微风发。常恐秋节至,凉风夺炎热。弃捐箧笥中,恩情中道绝。”　⑳金微:我国新疆北部和蒙古国境内的阿尔泰山秦汉时称金微山。　㉑榆黄沙白:描写边塞的荒凉景色,草黄沙白。　㉒画眉:《汉书·张敞传》载,京兆尹张敞多情,常为其妻画眉,长安传“张京兆眉怃”。　㉓上林鸿雁:汉武帝时苏武以中郎将出使匈奴,被扣不屈,在北海持节牧羊十馀年。其后,匈奴与汉和亲,汉求武等,匈奴诡言武死。后汉使复至匈奴,与苏武一起被扣的常惠见到汉使,具陈其事,且教使者谓单于,言天子射上林中,得雁,足系帛书,言武等在某泽中。事见《汉书·苏武传》。　㉔北地:古地名,今甘肃东南部和宁夏南部一带。笛里悲:王之焕《凉州词》云:“羌笛何须怨杨柳,春风不度玉门关。”　㉕盈亏:月圆月缺。　㉖玉门:玉门关,在今甘肃敦煌县西北,古为通西域要道。　㉗“东家”句:王昌龄《闺怨》诗:“闺中少妇不知愁,春日凝妆上翠楼。忽见陌头杨柳色,悔教夫婿觅封侯。”　㉘流苏:用五彩的羽毛或丝线制成的穗子,常用来作车马、帷帐的垂饰。　㉙“河边”句:银河两岸的织女牵牛期盼七夕相聚。织女,星名,在银河西,与牵牛星相对。《文选·洛神赋》李善注引曹植《九咏注》:“牵牛为夫,织女为妇,牵牛织女之星各处河鼓之旁,七月七日乃得一会。”后逐渐形成牛郎织女七夕相会的民间故事。　㉚嫦娥:传说中的月中仙子,原为后羿之妻,窃不死之药以奔月。李商隐《嫦娥》诗云:“嫦娥应悔偷灵药,碧海青天夜夜心。”九秋:秋季九十天,故曰秋季为九秋。

㉛“可怜”二句:扬彩流素,形容流动而洁白的月光。瑶席,华美的席子。一说瑶通“蘨”,瑶席指用蘨草编成的席子。　㉜“未作”二句:用卓文君、司马相如故事。《汉书·司马相如传》云:司马相如在临邛,以琴挑新寡的卓文君,文君乘夜私奔相如。后二人贫,尽卖车骑,置一酒舍,文君当垆酤酒。“当垆卖酒人”指文君。“援琴客”指司马相如。　㉝蹉跎:坎坷虚度。　㉞乌鹊

南飞：曹操《短歌行》："月明星稀，乌鹊南飞，绕树三匝，何枝可依？" ㉟"江头"句：用白居易《琵琶行》中的情节。 ㊱挟瑟歌：乐府曲调名，属《乐府诗集·杂歌谣辞》。此处是双关语，也指挟瑟而歌。 ㊲垂玉箸：喻美人垂泪。玉箸，玉制的筷子，此喻泪痕。北齐魏收《挟瑟歌》云："白马金鞍去未返，红妆玉箸下成行。"㊳青娥：女子黛色的眉毛。 ㊴缄：封藏。 ㊵桃李蹊：古谚曰："桃李不言，下自成蹊。"谓桃李诱人，树下走出了一条小路。见《史记·李将军列传赞》。诗中喻美人的魅力。 ㊶菖蒲：水草名，生于百草之先，冬至后数十日生。浦：水边。 ㊷"与君"二句：二八，指十六岁。三五，指月圆之夜。 ㊸暖玉：有温度的玉石。传说唐岐王有暖玉鞍，冬日坐鞍上，自然温暖。鹦鹉：一种酒杯。何景明《艳曲》之八："共籍鸳鸯绮，双持鹦鹉杯。" ㊹银屏：银镶的屏风。箜篌语：汉相和歌辞有《箜篌引》，也叫《公无渡河》。崔豹《古今注·音乐》："箜篌引，朝鲜津卒霍里子高妻丽玉所作也。子高晨起，刺船而棹，有一白首狂夫，披发提壶，乱流而渡，其妻随呼止之，不及，遂堕河死。于是援箜篌而鼓之，作《公无渡河》之歌，声甚凄怆。曲终，自投河而死。" ㊺闼（tà 榻）：门。 ㊻"归心"二句：《玉台新咏》卷一〇云："藁砧今何在，山上复有山。何当大刀头，破镜飞上天。"吴兢《乐府古题要解·藁砧今何在》："藁砧，趺（谐夫）也，问夫何处也；重山为出字，言夫不在也；刀头有环，问夫何时当还也；'破镜飞上天'，言月半当还也。"

一二 李开先

李开先(1501—1568),字伯华,号中麓,山东章丘人。嘉靖八年(1529)进士,累官至太常寺少卿。嘉靖二十年(1541),太庙失火,上疏自请乞休,遂罢归。盛年赋闲,放浪自适,寄情于文艺,诗文而外,尤致力于戏曲、散曲、小曲,收藏极富,有“词山曲海”之称;编订元人杂剧、散曲数百卷,于戏曲、歌曲之搜集、整理、刊印卓有贡献。剧作有传奇三种、杂剧院本六种,今存《宝剑记》最著称。诗文有《闲居集》。

宝剑记[①]

夜奔

[点绛唇][②](生上唱)数尽更筹,听残银漏[③],逃秦寇[④],好教我有国难投,那搭儿相求救[⑤]!

(白)欲送登高千里目,愁云低锁衡阳路[⑥]。鱼书不至雁无凭[⑦],几番欲作悲秋赋。回首西山日又斜,天涯孤客真难度。丈夫有泪不轻弹[⑧],只因未到伤心处。念我一时忿怒,杀死奸细,幸得深夜,无人知觉,密投柴大官人庄上隐藏[⑨]。昨闻故人公孙胜使人报知,今遣指挥徐宁领兵沧州地界捉拿[⑩]。亏承柴大官人怜我孤穷,写书荐达,径往梁山逃命。日里不敢前行,今夜路经济州地界,恰才天明月朗,霎时雾暗云迷,况山路崎岖，高低不辨，教我怎生行蓦[11]！那前边黑洞洞的，想是村店，只得紧行几步。呀！原来是一座禅林[12]，夜深无人，我向伽蓝殿前[13]，暂憩片时。(生作睡介)(净扮神上，白)生前能护国，没世号伽蓝；眼观十万里，日赴九千坛[14]。吾乃本庙护法之神，今有上界武曲星受难[15]，官兵追急，恐伤他性命。兀那林冲[16]，休推睡梦，今有官兵过了黄河，咫尺赶上，急急起来逃命去罢。吾神去也！凡人心不昧，处处有灵神；但愿人行早，神天不负人。(生醒白)唬死我也！刚才合眼，忽见神像指着道："林冲急急起来，官兵到了！"想是伽蓝神圣指引迷途，我林冲若得一步之地，重修宝殿，再塑金身，撒得脚步去也！(唱)

[新水令]按龙泉血泪洒征袍[17]，恨天涯一身流落。专心投水浒，回首望天朝，急走忙逃，顾不的忠和孝。

[驻马听]良夜迢迢[18]，投宿休将门户敲。遥瞻残月，暗度重关，急步荒郊。身轻不惮路迢遥，心忙只恐人惊觉。魄散魂消，魄散魂消，红尘误了武陵年少[19]。

[水仙子]一朝谏诤触权豪[20]，百战勋名做草茅[21]，半生勤苦无功效。名不将青史标，为家国总是徒劳！再不得倒金樽杯盘欢笑，再不得歌金缕筝琶络索[22]，再不得谒金门环珮逍遥[23]。

[折桂令]封侯万里班超[24]，生逼做叛国的红巾[25]，背主的黄巢[26]。恰便似脱扣苍鹰，离笼狡兔，摘网腾蛟[27]。救急难谁诛正卯[28]，掌刑罚难得皋陶[29]。鬓发萧骚[30]，行李萧条，这一去博得个斗转天回[31]，须教他海沸山摇。

[雁儿落]望家乡去路遥，想妻母将谁靠？我这里吉凶未可知，他那里生死应难料。

[得胜令]呀！唬的我汗浸浸身上似汤浇，急煎煎心内类油调[32]。幼妻室今何在？老尊堂恐丧了[33]。劬劳[34]，父母恩难

报；悲嚎，英雄气怎消。

[沽美酒]怀揣着雪刃刀[35]，行一步哭号咷[36]。拽长裾急急蓦羊肠路，且喜这灿灿明星下照。

[太平令]忽然间昏惨惨云迷雾罩，疏喇喇风吹叶落，振山林声声虎啸，绕溪涧哀哀猿叫。吓的我魂飘，胆消，百忙里走不出山前古庙。

[收江南]呀！又只见乌鸦阵阵起松梢，数声残角断渔樵[37]，忙投村店伴寂寥。想亲帏梦杳[38]，空随风雨度良宵。

故国徒劳梦，思归未得归；
此身无所托，空有泪沾衣。

《古本戏曲丛刊初集》本《宝剑记》

①《宝剑记》演林冲被权奸迫害投奔梁山的故事，情节依《水浒传》改编。作者把林冲与高俅、高衙内的冲突写成忠奸斗争，林冲也士大夫化了，借此抒发作者对现实政治的愤慨。《夜奔》为第三十七出，写林冲火烧草料场后投奔梁山途中的悲壮情怀，为人们所激赏。　②点绛唇：原为北曲仙吕宫，常用作第一支曲的曲调，这里借作“引子”，和下面的[新水令]一套曲文没有音乐上的关系。这也是明传奇通常的用法。　③“数尽”二句：更筹，古时夜间用作报时的竹签，也叫更签。银漏，指漏壶，为古代的报时器。系在特别的铜壶中盛水，水从底部的小孔中逐渐滴出，壶中刻着度数的立箭也渐次显露，可以据此知道时间。　④秦寇：指高俅之流的奸党。古代常用秦指虐政。⑤那搭儿：口语，哪里，什么地方。　⑥衡阳路：衡阳在湖南，那里有回雁峰，据说雁南飞至此便回头。这里形容离京城路远，音讯难通。　⑦鱼书：书信。古乐府《饮马长城窟行》：“呼儿烹鲤鱼，中有尺素书。”后用“鱼书”代指书信。雁无凭：没有鸿雁传书。《汉书·苏武传》说苏武被匈奴扣留，汉使对匈奴说：皇帝射得一雁，足上系着帛书，知苏武尚在，后世遂有鸿雁传书之说。⑧“丈夫”句：说男子汉心硬，不轻易掉眼泪。弹，抹。　⑨柴大官人：柴进，《水浒传》中人物。林冲投柴进故事，见《水浒传》第九回。　⑩“昨闻”二

句:公孙胜、徐宁,均是《水浒传》中的人物,但这里的事不见于《水浒传》。⑪行蓦:急行。蓦,越、登。　⑫禅林:禅院,僧寺。《智度论》:“僧聚居处得名丛林。”禅院称禅林本此。　⑬伽(qié 茄)蓝:伽蓝神的略称。伽蓝神为佛教的护法神。《敕修清规念诵》:“伽蓝土地,护法护人。”　⑭日赴九千坛:谓每日到处享用祭坛的祭品。　⑮武曲星:古时认为主掌人间武事的人为天上星宿。这里指林冲。　⑯兀那:指点词,意即那。张相《诗词曲语辞汇释》:“那字本为指点词,冠以兀字,则指点之语气加强而益觉得劲矣。”⑰龙泉:古剑名。《晋书·张华传》载,张华见斗牛间有紫气,雷焕说:“丰城宝剑之精,上彻于天耳!”后雷焕为丰城令,果掘得双剑,一曰龙泉,一曰太阿。这里泛指剑。　⑱迢迢:形容漫长。　⑲武陵年少:应为五陵年少。五陵,汉朝每立陵墓,都把四方富家豪族和外戚迁至陵墓附近居住,最著名的是五陵。后常以五陵指豪门贵族聚居之地。林冲在剧中出生于士大夫之家,身为京城八十万禁军教头,故云。　⑳“一朝”句:指剧中林冲弹劾朱勔进花石纲媚上害民,因而遭到童贯、高俅陷害的情节。　㉑草茅:没有官职的平民。《仪礼·士相见礼》:“在野则曰草茅之臣。”这里指成了草莽之人。㉒歌金缕:唱《金缕曲》。络索:指筝、琵琶等乐器上的装饰物。这句是说不能再听伶人演唱歌曲,弹奏音乐。　㉓谒金门:进宫上朝。金门,汉朝的宫门名。这里泛指朝门。环珮逍遥,形容上朝时佩玉叮叮,安闲自得。环珮,也作环佩,衣服上的佩玉。　㉔班超:东汉名将,投笔从戎,出使西域,功勋卓著,封定远侯。这里是林冲的自许。　㉕红巾:元末农民起义军有红巾军。　㉖黄巢:唐末农民起义军领袖。　㉗“恰便似”三句:“脱扣苍鹰”、“离笼狡兔”、“摘网腾蛟”都是形容林冲挣脱奸臣对他的迫害。摘网,挣脱了罗网。　㉘“救急”句:自己危急时没有人像孔子杀少正卯那样除掉奸臣。正卯,指少正卯,春秋时鲁国人,传说被孔子所杀。　㉙“掌刑”句:难得有像皋陶那样清正的法官来为自己澄清冤狱。皋陶,虞舜时造律立狱的贤臣。㉚萧骚:这里形容头发蓬乱。　㉛斗转天回:天翻地覆。　㉜油调:油煎一样。调,取烹调之意。　㉝老尊堂:老母亲。　㉞劬(qú 渠)劳:劳苦。《诗经·小雅·蓼莪》:“哀哀父母,生我劬劳。”后来以劬劳专指父母养育子女之劳苦。　㉟雪刃刀:形容刀口明亮如雪。　㊱号咷(háotáo 豪桃):大声地哭喊。　㊲残角:远远飘来的号角声。　㊳想亲帏梦杳(yǎo 咬):想念家里的亲人,梦里也难见。杳,无影无声。

一三　谢　榛

谢榛(1499—1579),字茂秦,号四溟山人,山东临清人。家贫,自幼一目失明,有诗才,勤苦读书,特锐意于诗,闻名于乡里。嘉靖十三年(1534),赵康王朱厚煜延致府中,遂长期居彰德(今河南安阳)。河南卢柟得罪县令,受诬下狱。他入京城为之辨冤,终得昭雪。是时,李攀龙、王世贞结诗社,他以布衣居首。后李攀龙负盛名,论诗与之不尽相合,王世贞等右李,遂削其名于七子之列。因其游道日广,豫、晋诸蕃王争相延致,大河南北皆称谢榛先生。诗作工于近体,句烹字炼,声律圆稳,居七子之冠。有《四溟集》、《诗家直说》。

榆林道中咏怀[①]

秋风吹短褐[②],长啸过居庸[③]。羸马有归思[④],枯蓬无定踪。山横边色断[⑤],日没野阴重。旅鬓成衰飒,谁知阮嗣宗[⑥]?

《四库全书》本《四溟集》卷三

①榆林,榆林堡,在河北怀来县东。诗写作者在榆林道中所生的飘泊之感。　②短褐:古代平民穿的粗布衣服。短,“裋”字的假借。裋(shù 树),粗布衣服。质地粗陋,且短而狭,为劳役者所服,故谓之短褐。褐,粗麻布衣。③居庸:即居庸关,在北京以北的昌平,为长城的重要关口。　④羸(léi

雷)马:瘦马。羸,瘦弱。 ⑤边色:边塞的景色。 ⑥阮嗣宗:西晋著名诗人阮籍,字嗣宗,曾为步兵校尉,世称阮步兵。因不满司马氏的政治,纵酒谈玄,每至穷途,辄恸哭。此是自喻。

送谢武选少安犒师固原因还蜀会兄葬[1]

天书早下促星轺[2],二月关河冻欲消。白首应怜班定远[3],黄金先赐霍嫖姚[4]。秦云晓渡三川水[5],蜀道春通万里桥[6]。一对郫筒肠欲断[7],鹡鸰原上草萧萧[8]。

《四库全书》本《四溟集》卷四

①谢武选少安,谢少安,名东山,自号高泉子,射洪(今四川射洪县)人。历官贵州提学副使,累迁右副都御史。犒师,犒赏军队。固原,即今宁夏回族自治区固原县。会兄葬,正遇上亡兄安葬。诗中将题意逐层表出,出语蕴藉,一气转折,了无痕迹。 ②天书:皇帝诏书。星轺(yáo 姚):古代帝王使者称星使,星使乘车叫星轺。轺,小车。 ③班定远:即汉代名将班超。参见前李开先《宝剑记》注㉔。 ④霍嫖姚:即霍去病。参见前李梦阳《石将军战场歌》注⑳。 ⑤三川水:指陕西境内的泾水、渭水、汭水。 ⑥万里桥:桥名,在今四川成都。杜甫《狂夫》诗:“万里桥西一草堂,百花潭水即沧浪。”指此桥。诗中用以代指蜀地。 ⑦郫(pí 皮)筒:酒名,郫县所产。截大竹二尺以上,留一节为底,外边刻上花纹,绘上图案,用来盛酒。相传晋时的山涛曾为郫县令,用竹筒酿酒,香闻百步。杜甫《将赴成都草堂途中有作先寄严郑公》:“鱼知丙穴由来美,酒忆郫筒不用沽。” ⑧鹡鸰(jílíng 及伶):鸟名,大如鷃雀,巢于沙上,在水边觅食。《诗经·小雅·常棣》:“脊令在原,兄弟急难。”此用该典,以鹡鸰原指谢氏兄之葬处。

一四　唐顺之

唐顺之(1507—1560),字应德,一字应修,武进(今江苏常州)人。嘉靖八年(1529)会试第一,授庶吉士,调兵部主事,后转吏部。嘉靖十二年(1533),任翰林院编修,校对累朝实录,后罢官入阳羡山中读书十馀年。嘉靖三十三年(1554),倭寇屡犯,起用为兵部职方郎中,泛海累败倭寇,以功擢右佥都御史,巡抚凤阳。嘉靖三十九年(1560),带病泛海御倭,卒于通州(今江苏南通)。他学识渊博,于地理、历算、兵法等,均究极原委,又志在经世,喜论政谈兵,探究性理。论文强调文章要有真精神和千古不可磨灭之见识,并应直抒胸臆,信手写出。作品以议论纵横,气势洸洋纡折见称。有《荆川先生文集》。

答茅鹿门知县二①

熟观鹿门之文,及鹿门与人论文之书,门庭路径,与鄙意殊有契合②,虽中间小小异同,异日当自融释③,不待喋喋也④。至如鹿门所疑于我本是欲工文字之人,而不语人以求工文字者⑤,此则有说⑥。

鹿门所见于吾者,殆故吾也⑦,而未尝见夫槁形灰心之吾乎⑧?吾岂欺鹿门者哉!其不语人以求工文字者,非谓一切抹煞,以文字绝不足为也。盖谓学者先务⑨,有源委本末之别耳[10]！文莫犹人，躬行未得[11]，此一段公案[12]，姑不敢论。只就文章家论之，虽其绳墨布置[13]，奇正转折[14]，自有专门师法，至于中一段精神命脉骨髓[15]，则非洗涤心源[16]，独立物表[17]，具今古只眼者[18]，不足以与此。今有两人：其一人心地超然[19]，所谓具千古只眼人也，即使未尝操纸笔、呻吟学为文章[20]，但直据胸臆，信手写出，如写家书，虽或疏卤[21]，然绝无烟火酸馅习气[22]，便是宇宙间一样绝好文章；其一人犹然尘中人也[23]，虽其专专学为文章[24]，其于所谓绳墨布置，则尽是矣，然翻来覆去，不过是这几句婆子舌头语，索其所谓真精神，与千古不可磨灭之见，绝无有也，则文虽工而不免为下格[25]。此文章本色也。即如以诗为谕[26]，陶彭泽未尝较声律[27]，雕句文，但信手写出，便是宇宙间第一等好诗。何则？其本色高也。自有诗以来，其较声律、雕句文，用心最苦而立说最严者，无如沈约[28]，苦却一生精力，使人读其诗，只见其捆缚龌龊[29]，满卷累牍[30]，竟不曾道出一两句好话。何则？其本色卑也。本色卑，文不能工也，而况非其本色者哉！且夫两汉而下，文之不如古者，岂其所谓绳墨转折之精之不尽如哉？秦、汉以前，儒家者有儒家本色，至如老庄家，有老庄本色，纵横家有纵横本色，名家、墨家、阴阳家皆有本色[31]。虽其为术也驳[32]，而莫不皆有一段千古不可磨灭之见。是以老家必不肯剿儒家之说，纵横必不肯借墨家之谈，各自其本色而鸣之为言。其所言者，其本色也，是以精光注焉[33]，而其言遂不泯于世[34]。唐、宋而下，文人莫不语性命，谈治道[35]，满纸炫然[36]，一切自托于儒家。然非其涵养畜聚之素[37]，非真有一段千古不可磨灭之见，而影响剿说[38]，盖头窃尾[39]，如贫人借富人之衣，庄农作大贾之饰[40]，极力装做，丑态尽露，是以精光梠焉[41]，而其言遂不久湮废[42]。然而秦、汉而上，虽其老、墨、名、法、杂家之说而犹传，今诸子之书是也；唐、宋而下，虽其一切语性命、谈治道之说而亦不传，欧阳永叔所见唐四库书目百不存一焉者是也[43]。后之文人，欲以立言为不朽计者[44]，可以知所用心矣。

然则吾之不语人以求工文字者，乃其语人以求工文字者也，鹿门其可以信我矣。虽然，吾槁形而灰心焉久矣，而又敢与知文乎？今复纵言至此，吾过矣！吾过矣！此后鹿门更见我之文，其谓我之求工于文者耶，非求工于文者耶？鹿门当自知我矣。一笑。

鹿门东归后，正欲待使节西上时，得一面晤，倾倒十年衷曲[45]；乃乘夜过此，不已急乎？仆三年积下二十馀篇文字债，许诺在前，不可负约，欲待秋冬间病体稍苏，一切涂抹[46]，更不敢计较工拙，只是了债。此后便得烧却毛颖[47]，碎却端溪[48]，兀然作一不识字人矣[49]。而鹿门之文，方将日进，而与古人为徒未艾也[50]。异日吾倘得而观之，老耄尚能识其用意处否耶[51]？并附一笑。

清康熙刻本《唐荆川文集》卷七

①本文抨击复古派的文风，阐述自己的文学主张，对“唐宋派”而言，具有纲领性意义。用书信形式，举重若轻，行文活泼生动。茅鹿门，即茅坤，字顺甫，号鹿门，归安(今浙江湖州)人。嘉靖间进士，官至大名兵备副使。文学上属“唐宋派”，编《唐宋八大家文钞》。　②鄙意：我的意思。鄙，谦词。契合：融洽，符合。　③融释：融化消解。　④喋(dié 蝶)喋：多言。　⑤求工文字者：追求文字完美的人。　⑥此则有说：这里要有所说明。　⑦殆故吾也：大概是过去的我。殆，大概。　⑧槁(gǎo 稿)形灰心之吾：语本《庄子·齐物论》：“形固可使如槁木，而心固可使如死灰乎？”此处是说改弦

易辙的新我，与前面的“故吾”相对。　⑨先务：先着手之处。　⑩源委：即本末。《礼记·学记》：“三王之祭川也，皆先河而后海，或源也，或委也。此之谓务本。”孔颖达疏：“河为海本，源为委本。”　⑪“文莫”二句：语本《论语·述而》：“子曰：‘文，莫吾犹人也；躬行君子，则吾未之有得。’”意谓文章大概只同别人差不多，躬行实践去做一个君子，则没有什么成就。这里作者是在表示自谦。　⑫公案：待解决的疑难问题。　⑬绳墨布置：作文的规矩法度。绳墨，木工打直线用的工具。　⑭奇正：古代兵法术语。对阵交锋为正，设计袭击为奇。《孙子·势篇》：“战势不过奇正，奇正之变，不可胜穷也。”文中指写文章的变化。　⑮精神命脉骨髓：指文章中所表现的思想价值，即后文所说的“真精神与千古不可磨灭之见”。　⑯洗涤心源：消除头脑中的陈腐观念。　⑰独立物表：超脱于事物的表象之外。物表，物外。⑱具今古只眼：具有不同于古今人的独到见解。　⑲心地超然：心灵超越于物表，超越于一般人之上。　⑳呻吟：写文章时的吟哦。　㉑疏卤（lǔ鲁）：疏陋粗糙。　㉒烟火酸馅习气：粗俗迂腐窘拘之气。烟火，指人间烟火气。道家修道，辟谷绝粒，不食人间烟火。因以烟火喻俗气。宋代马令《南唐书·孙鲂传》：“（李建勋）以鲂诗诘之，（沈）彬曰：‘此非有风雅制度，但得人间烟火气多尔。’”酸馅气，僧人素食，用酸馅气讥刺僧人诗文特有的腔调和习气。苏轼《赠诗僧道通》：“气含蔬笱到公无。”自注：“谓无酸馅气也。”
㉓尘中人：世俗中人。　㉔专专：专一，用心。　㉕下格：下等。　㉖谕：同“喻”。　㉗陶彭泽：即陶渊明，曾为彭泽令，故称。
㉘沈约：南北朝时诗人，字休文。历仕宋、齐二代，后助梁武帝，官至尚书令，封建昌县侯。精通音韵，并运用于诗歌格律，提出了“四声八病”说，对格律诗的形成有一定的促进作用。　㉙捆缚龌龊（wòchuò握绰）：束缚太多而局促。　㉚累牍：累赘啰嗦重复的话。　㉛名家：战国时的一个学派，讲求名和实的关系，主要代表人物有惠施、公孙龙等。阴阳家：研究阴阳五行数术的学派，代表人物是战国时期的邹衍。　㉜驳：混杂。　㉝精光注焉：精华光彩贯注到文章中。精光，即上文所说真精神与千古不可磨灭之见。
㉞不泯于世：在世上不泯灭。　㉟“文人”二句：指宋明理学。　㊱炫然：光彩夺目的样子。　㊲涵养畜聚之素：滋育积聚的素养。　㊳影响剿说：捕风捉影，沿袭别人的学说。　㊴盖头窃尾：指摹拟剽窃。　㊵大贾（gǔ古）：大商人。　㊶枵（xiāo萧）：空心的树根，引为空虚。　㊷湮废：湮

灭，遭废弃。　⑬欧阳永叔：即宋代文学家欧阳修，《新唐书》作者之一。所见唐四库书目百不存一：语见《新唐书·艺文志序》："至唐，始分为四类，曰经、史、子、集。而藏书之盛，莫盛于开元。……今著于篇（指《新唐书·艺文志》），有其名而亡其书者，十盖五六也。可不惜哉！"　⑭立言为不朽：立言，著书立说。《左传·襄公二十四年》："太上有立德，其次有立功，其次有立言。"曹丕《典论·论文》："盖文章经国之大业，不朽之盛事。"　⑮倾倒：倾诉。衷曲：心里话，心事。　⑯一切：权且意。涂抹：乱写，作者表示自谦。　⑰毛颖：毛笔。韩愈曾写过《毛颖传》，故称。　⑱端溪：本为溪名，在广东高要，产砚石，世称端砚，为砚中上品。此处以端溪代砚台。　⑲兀（wù误）然：浑然无知的样子。　⑳未艾：未止。　㉑老耄（mào冒）：上古指八九十岁的人。《礼记·曲礼上》："八十、九十曰耄。"后泛指老年。此为作者自指。

一五　归有光

归有光（1506—1571），字熙甫，号震川，江苏昆山人。九岁能文，弱冠通五经、三史诸书，嘉靖十九年（1540）举乡试。后八次会试不第，徙居嘉定之安亭（今属上海市），授书传业，从者常数百人。嘉靖四十四年（1565）成进士，授长兴知县，有政绩，为有司构陷，改调顺德府（今河北邢台）通判。隆庆四年（1570），大学士高拱荐为南京太仆寺丞，留掌内阁制敕房，修《世宗实录》，次年病卒。生当王世贞主盟文坛，倡导复古之际，他以一老举子与之抗衡，其散文得《史记》之神理，唐宋文之情韵，叙事抒怀，不事雕饰，雅洁自然，欢愉惨恻之情，溢于言表，是“唐宋派”在创作上最受当时和后世推崇的古文家。有《震川先生集》。

项思尧文集序[①]

永嘉项思尧与余遇京师，出所为诗文若干卷，使余序之。思尧怀奇未试，而志于古之文，其为书可传诵也。

盖今世之所谓文者难言矣。未始为古人之学，而苟得一二妄庸人为之巨子[②]，争附和之，以诋排前人[③]。韩文公云[④]：“李杜文章在[⑤]，光焰万丈长。不知群儿愚，那用故谤伤！蚍蜉撼大树[⑥]，可笑不自量！”文章至于宋、元诸名家[⑦]，其力足以追数千载之上，而与之颉颃[⑧]；而世直以蚍蜉撼之，可悲也！无乃一二妄庸人为之巨子以倡道之欤[⑨]！

思尧之文，固无俟于余言[⑩]，顾今之为思尧者少，而知思尧者尤少。余谓文章，天地之元气[⑪]，得之者，其气直与天地同流。虽彼其权足以荣辱毁誉其人，而不能以与于吾文章之事[⑫]；而为文章者，亦不能自制其荣辱毁誉之权于己，两者背戾而不一也久矣[⑬]。故人知之过于吾所自知者，不能自得也；己知之过于人之所知，其为自得也，方且追古人于数千载之上。太音之声，何期于《折杨》、《皇华》之一笑[⑭]。

吾与思尧言自得之道如此。思尧果以为然，其造于古也必远矣[⑮]。

清刻本《归震川先生全集》卷二

①文章抨击复古派拟古的文风和附和“巨子”、诋排前人的士风，谓古今佳作均自足传世。识见超然，行文简洁有力。项思尧，永嘉(今浙江温州)人，事迹不详。　②苟得：苟且求得。妄庸：狂妄平庸。《史记·齐悼惠王世家》：“人谓魏勃勇，妄庸人耳，何能为乎？”巨子：领袖，大师。　③诋排：诋毁排斥。　④韩文公：唐代文学家韩愈。下引诗句见韩愈的《调张籍》。诗中针对当时扬李抑杜和谤伤前辈的情况，以李杜并尊，澄清视听。　⑤李杜：唐代大诗人李白和杜甫。　⑥蚍蜉(pífú 皮伏)：大蚂蚁。　⑦宋、元诸名家：主要指宋代的苏洵、苏轼、苏辙、王安石、曾巩等古文家。　⑧颉颃(xiéháng 谐航)：不相上下，相抗衡。　⑨无乃：岂不是，莫非。表示委婉的语气。　⑩俟(sì 饲)：等待。　⑪元气：精神，天地之间形而上的精气。　⑫与于：即参预。　⑬背戾(lì 利)：违反，乖张。　⑭“太音”二句：太音，最美妙的音乐。《折杨》、《皇华》：均为民间小调。语本《庄子·天地》：“大声不入于里耳，《折杨》、《皇华》则嗑然而笑。”　⑮造于古：到达古人的成就。

项脊轩记[1]

项脊轩，旧南阁子也[2]。室仅方丈，可容一人居。百年老屋，尘泥渗漉[3]，雨泽下注[4]；每移案，顾视无可置者[5]。又北向，不能得日，日过午已昏。余稍为修葺[6]，使不上漏。前辟四窗，垣墙周庭[7]，以当南日。日影反照，室始洞然[8]。又杂植兰桂竹木于庭，旧时栏楯[9]，亦遂增胜[10]。积书满架，偃仰啸歌，冥然兀坐[11]，万籁有声，而庭阶寂寂，小鸟时来啄食，人至不去。三五之夜，明月半墙，桂影斑驳[12]，风移影动，珊珊可爱[13]。然予居于此，多可喜，亦多可悲。

先是，庭中通南北为一，迨诸父异爨[14]，内外多置小门墙，往往而是[15]。东犬西吠，客逾庖而宴[16]，鸡栖于厅。庭中始为篱，已为墙，凡再变矣。家有老妪，尝居于此。妪，先大母婢也[17]。乳二世[18]，先妣抚之甚厚[19]。室西连于中闺[20]，先妣尝一至。妪每谓予曰："某所，而母立于兹[21]。"妪又曰："汝姊在吾怀，呱呱而泣；娘以指扣门扉[22]，曰：'儿寒乎？欲食乎？'吾从板外相为应答[23]。"语未毕，余泣，妪亦泣。

余自束发读书轩中[24]。一日，大母过余曰："吾儿，久不见若影，何竟日默默在此，大类女郎也？"比去[25]，以手阖门，自语曰："吾家读书久不效，儿之成，则可待乎？"顷之，持一象笏至[26]，曰："此吾祖太常公宣德间执此以朝[27]，他日汝当用之。"瞻顾遗迹，如在昨日，令人长号不自禁[28]。

轩东故尝为厨，人往，从轩前过。余扃牖而居[29]，久之能以足音辨人。

轩凡四遭火，得不焚，殆有神护者。

项脊生曰[30]：蜀清守丹穴，利甲天下，其后秦皇帝筑女怀清台[31]。刘玄德与曹操争天下，诸葛孔明起陇中[32]。方二人之昧昧于一隅也[33]，世何足以知之？余区区处败屋中[34]，方扬眉瞬目[35]，谓有奇景，人知之者，其谓与坮井之蛙何异[36]？

余既为此《志》[37]，后五年，吾妻来归[38]。时至轩中，从余问古事，或凭几学书。吾妻归宁[39]，述诸小妹语曰："闻姊家有阁子，且何谓阁子也？"

其后六年，妻死，室坏不修。其后二年，余久卧病无聊，乃使人复葺南阁子，其制稍异于前。然自后余多在外，不常居。

庭有枇杷树，吾妻死之年所手植也，今已亭亭如盖矣[40]。

清刻本《归震川先生全集》卷一七

①本文记述与项脊轩有关的人事变迁，流露出对家庭盛衰的感慨和对祖母、母亲、妻子的怀念。项脊轩，作者的书房。归有光祖父归隆道，曾居住太仓县之项脊泾，故以项脊名轩。记，另本作"志"。　②阁子：指小屋。③渗漉（lù 鹿）：即渗漏，水从孔隙漏下。　④雨泽下注：雨水如注而下。⑤顾视：环顾四周。　⑥修葺（qì 乞）：修补。葺，修补房屋。　⑦垣墙周庭：在庭院的四周筑起围墙。　⑧洞然：明亮的样子。　⑨栏楯（shǔn 吮）：栏杆。楯，栏杆的横木。　⑩增胜：增加美观。　⑪冥然兀坐：静静地独自坐着。冥然，静默的样子。　⑫桂影斑驳：桂树的影子错落成斑。　⑬珊珊：亦作姗姗，女子缓缓行动的样子。　⑭迨：及，到。诸父：几位伯父叔父。异爨（cuàn 窜）：各自起灶烧火做饭，指分家。　⑮往往而是：指到处都是门墙。　⑯逾庖而宴：穿过厨房去赴宴。庖，厨房。⑰先大母：已故的祖母。　⑱乳二世：喂养过两代人。　⑲先妣：已故的母亲。　⑳中闺：妇女住的内室。　㉑而：同"尔"，你。　㉒门扉：门扇。　㉓板外：门外。　㉔束发：成童。或说八岁，或说十五岁，成童时

把头发束于头顶为髻，因以为成童的代称。 ㉕比去：临走。 ㉖象笏(hù户)：象牙笏板。笏，笏板，亦称手板，古时官僚朝见皇帝时手中所持的狭长板子，用以记事。用玉或象牙制成。 ㉗吾祖太常公：归有光祖母的祖父夏昶，永乐进士，官至太常寺卿。宣德：明宣宗朱瞻基年号(1426—1435)。 ㉘长号(háo嚎)：引声长哭。 ㉙扃牖(jiōngyǒu坰友)：关着窗户。扃，门窗、箱柜上的插关。这里用作动词。 ㉚项脊生：作者自称。 ㉛"蜀清"三句：《史记·货殖列传》："巴蜀寡妇清，其先得丹穴，而擅其利数世家亦不訾。清，寡妇也，能守其业，用财自卫，不见侵犯。秦始皇以为贞妇而客之，为筑女怀清台。"丹穴，丹砂矿。客之，待以宾客之礼。 ㉜陇中：当作"隆中"，山名，在今湖北襄樊市西。诸葛亮未遇到刘备前，隐居于隆中。 ㉝方：当，正在。昧昧：不明，指不出名。一隅：一个角落。 ㉞区区：渺小的样子。这里是谦词。 ㉟扬眉瞬目：神采飞扬，形容得意。 ㊱埳(kǎn坎)井之蛙：《庄子·秋水篇》中说：埳井之蛙向东海之鳖夸耀它所处的水坑很宽广。后来比喻孤陋寡闻的人。《荀子·正论》："浅不足与测深，愚不足与谋和，坎井之蛙不可与语东海之乐。"埳井，小水洼。埳，同"坎"。 ㊲此《志》：即这篇《项脊轩志》。自此以下是补写。 ㊳吾妻：即作者妻魏氏。来归：嫁过来。 ㊴归宁：回娘家探亲。 ㊵亭亭：高高直立的样子。如盖：形容枝叶繁盛，树冠如盖。盖，伞。

一六　李攀龙

李攀龙(1514—1570),字于鳞,自号沧溟,历城(今山东济南)人。嘉靖二十三年(1544)进士,授刑部主事,晋员外郎、郎中。嘉靖三十二年(1553)出守顺德(今河北邢台市),有善政,擢陕西提学副使,谢病归。还乡后,赋闲白雪楼将十年。隆庆元年(1567),荐起浙江副使,改参政,又擢为河南按察使,以病卒。与王世贞等结诗社,号为"后七子"。其论"谓文自西京,诗自天宝而下,俱无足观,于本朝独推李梦阳"(《明史·李攀龙传》)。其文章"聱牙戟口",诗七言律绝被人称道,但重复较多,乐府、五古临摹太过。有《沧溟先生集》。

于郡城送明卿之江西①(四首选一)

青枫飒飒雨凄凄,秋色遥看入楚迷②。谁向孤舟怜逐客③?白云相送大江西④。

清刻本《沧溟先生集》卷一二

①明卿,吴国伦,字明卿,后七子之一。嘉靖三十四(1555)年,杨继盛弹劾严嵩,被严嵩构陷,处死。时任兵部主事的吴国伦倡众为杨继盛送葬,也被严嵩假他事贬谪为江西按察司知事,过顺德时,李攀龙为之送行。诗以景语写别情,含蓄深沉。　②"秋色"句:向南极目望去,一片秋色。楚,泛指长江中下游一带。迷,迷茫。　③逐客:指吴国伦。　④"白云"句:李白

《白云歌送刘十六归山》:“楚山秦山皆白云,白云处处长随君,长随君,君入楚山里,云亦随君渡湘水。”大江西,即江西。大江,长江。

初春元美席上赠谢茂秦得关字[1]

凤城杨柳又堪攀[2],谢朓西园未拟还[3]。客久高吟生白发,春来归梦满青山[4]。明时抱病风尘下[5],短褐论交天地间[6]。闻道鹿门妻子在[7],衹今词赋且燕关[8]。

清刻本《沧溟先生集》卷七

①诗以聚景写别情,出人意想;比拟恰切,擒纵自如。元美,王世贞。谢茂秦,谢榛。诗作于嘉靖二十九年(1550),在北京三人初缔交时,对谢榛之身世、心性表示赞誉和同情。 ②凤城:即京城。杜甫《夜》:“银汉遥应接凤城。”仇兆鳌注:“秦穆公女吹箫,凤降其城,因号丹凤城。其后言京城曰凤城。”杨柳又堪攀:古人有折杨柳送别的风俗。诗词中常用折杨柳写送别。 ③谢朓:字玄晖,南朝齐诗人。这里指谢榛。西园:曹操所建,为邺下文人聚会之所,在今河北临漳县古邺镇。谢榛前此在彰德(即今河南安阳)赵康王府为客。未拟还:没有打算回乡。 ④“客久”二句:说谢榛久客他乡,青春暗逝,不免有思乡之感。 ⑤明时:清明盛世。风尘下:指风尘仆仆,四处奔走。风尘也指京城中世事纷扰和居大不易。陆机《为顾彦先赠妇》:“京洛多风尘,素衣化为缁。”王维《送邱为往唐州》:“宛洛有风尘,君行多辛苦。” ⑥短褐(hè 贺):粗布短衣。诗中指谢榛从未入仕,身为布衣。论交天地间:谓谢榛交游之广。参见前作者小传。 ⑦鹿门:山名,在今湖北襄樊市东南。汉末庞德公携妻子登山,采药不返。唐代诗人孟浩然曾隐居于此。诗中借指谢榛的故里临清。 ⑧“衹今”句:只是现在还游走京师。燕关:本指山海关。此处指京畿一带。

一七　宗　臣

宗臣（1525—1560），字子相，江苏兴化人。嘉靖二十九年(1550)进士，授刑部主事，改吏部考功司主事，晋吏部稽勋司员外郎。因得罪严嵩，外调为福建参议，以御倭有功，擢福建提学副使，卒于官。在“后七子”中，散文较少模拟堆砌，较畅达流利。有《宗子相集》。

报刘一丈书[①]

数千里外，得长者时赐一书，以慰长想[②]，即亦甚幸矣，何至更辱馈遗[③]，则不才益将何以报焉？

书中情意甚殷[④]，即长者之不忘老父[⑤]，知老父之念长者深也。至以“上下相孚，才德称位”语不才[⑥]，则不才有深感焉。夫才德不称，固自知之矣；至于不孚之病，则尤不才为甚。

且今世之所谓孚者何哉？日夕策马候权者之门，门者故不入[⑦]，则甘言媚词作妇人状，袖金以私之[⑧]。即门者持刺入[⑨]，而主者又不即出见，立厩中仆马之间，恶气袭衣裾，即饥寒毒热不可忍，不去也。抵暮，则前所受赠金者出，报客曰：“相公倦[⑩]，谢客矣。客请明日来。”即明日，又不敢不来。夜披衣坐，闻鸡鸣即起盥栉，走马抵门[⑪]。门者怒曰：“为谁?”则曰:“昨日之客来。”则又怒曰:“何客之勤也!岂有相公此时出见客乎?”客心耻之,强忍而与言曰:“亡奈何矣⑫,姑容我入。”门者又得所赠金,则起而入之,又立向所立厩中。幸主者出,南面召见⑬,则惊走匍匐阶下⑭。主者曰:“进。”则再拜,故迟不起,起则上所上寿金⑮。主者故不受,则固请。主者故固不受,则又固请;然后命吏纳之。则又再拜,又故迟不起,起则五六揖始出。出揖门者曰:“官人幸顾我⑯;他日来,幸亡阻我也。”门者答揖。大喜,奔出。马上遇所交识,即扬鞭语曰:“适自相公家来,相公厚我,厚我!”且虚言状⑰。即所交识,亦心畏相公厚之矣。相公又稍稍语人曰:“某也贤,某也贤。”闻者亦心计交赞之⑱。此世所谓上下相孚也。长者谓仆能之乎?

前所谓权门者,自岁时伏腊一刺之外⑲,即经年不往也。间道经其门⑳,则亦掩耳闭目,跃马疾走过之,若有所追逐者。斯则仆之褊哉㉑。以此常不见悦于长吏㉒,仆则愈益不顾也。每大言曰:“人生有命,吾惟守分尔矣㉓。”长者闻此,得无厌其为迂乎㉔?

乡园多故㉕,不能不动客子之愁。至于长者之抱才而困㉖,则又令我怆然有感。天之与先生者甚厚,亡论长者不欲轻弃之㉗,即天意亦不欲长者之轻弃之也,幸宁心哉㉘!

明刻本《宗子相集》卷二〇

①刘一丈是宗臣父亲宗周友人,名玠,字国珍,号墀石,“一”是其排行,“丈”是对长辈的尊称。此信以叙代议,摹写朝中钻营者奔走权门,卑躬屈膝,摇尾乞怜之丑态,形神毕现于纸上。 ②长想:长久的思念。 ③馈遗(kuìwèi 溃位):赠送礼品。 ④殷:深切。 ⑤老父:宗臣父宗周,字维翰,号履庵。初仕山东金乡,官至四川马湖府太守。 ⑥“至以”句:“上下

相孚,才德称位”,当为刘一丈信中勉励作者的话。孚,信任。才德称(chèn衬)位,才干品德和职位相符。称,适合,相符。不才,对自己的谦称。 ⑦门者:看门的仆役。故不入:故意不让进去。 ⑧“袖金”句:意谓向门者行贿。古人携带小物品、少数银钱都装在袖子里,故说“袖金”。私,给门者一点好处。 ⑨即:即使。刺:名片。古代削木以书姓名,供相互拜见时投送用,称刺。明代改用红纸书写,叫名帖。 ⑩相公:旧时对人的尊称。这里指宰相严嵩。 ⑪“闻鸡鸣”二句:盥栉(guànzhì 贯质),洗面梳头。走马,骑马小跑。 ⑫亡:通“无”。 ⑬南面召见:古时以面南为尊位。 ⑭惊走:惶恐地小跑。匍匐:双手着地,膝行而前。 ⑮上寿金:以祝寿为名进献金钱。 ⑯官人:唐时称做官的人为官人,引申为有地位的人。这里称门者。幸顾:垂顾。 ⑰虚言状:虚夸地讲述进见权贵的情况。 ⑱心计交赞:心领神会地交口称赞。 ⑲岁时伏腊:逢年过节。岁时,年节。伏腊,夏伏与冬腊,古时两个节日名。 ⑳间(jiàn 见):偶或,有时。 ㉑褊(biǎn 扁):偏狭,心胸狭隘。 ㉒见悦于长吏:被上级喜欢。 ㉓守分:守本分。 ㉔得无:该不会。迂:迂腐,不通世故。 ㉕多故:多灾,多变故。 ㉖抱才而困:刘一丈少负隽才,曾多次参加科举考试,均落选,以布衣而终,故云。 ㉗亡论:不用说。 ㉘幸宁心:希望安心等待时机。

一八 王世贞

王世贞（1526—1590），字元美，号凤洲，晚号弇（yǎn 掩）州山人。太仓（今属江苏）人。嘉靖二十六年（1547）进士，授兵部主事，迁郎中，出为青州兵备副使。父王忬以兵部侍郎兼副都御史总督蓟辽军务，以滦河失守被严嵩处死。他自劾罢职。隆庆元年（1567），兄弟伏阙讼冤，使父冤得昭雪。起复为大名兵备副使，累官至南京兵部尚书。王世贞学识渊博，著述极丰。早年与李攀龙结社，倡言“文必西汉，诗必盛唐，大历以后书勿读”，同为“后七子”领袖。李攀龙死后，操文柄二十年，“一时士大夫及山人、词客、衲子、羽流，莫不奔走门下”（《明史·王世贞传》）。有《弇州山人四部稿》、《艺苑卮言》。

登太白楼①

昔闻李供奉②，长啸独登楼。此地一垂顾，高名百代留③。白云海色曙，明月天门秋④。欲觅重来者，潺湲济水流⑤。

明万历刻本《弇州山人四部稿》卷二五

①太白楼，在今山东济宁。济宁，唐为任城。李白曾客居其地，有《任城县厅壁记》、《赠任城卢主簿》诗。相传李白曾饮于楼上。唐咸通中，沈光作《李白酒楼记》，遂名于世。后世增修，历代名流过此，多有题咏。王世贞此诗

前实写,后虚写,表无限追慕之情。②李供奉:即李白。《新唐书·李白传》:"贺知章见其文,叹曰:'子谪仙人也。'言于玄宗,召见金銮殿,论当世事,奏颂一篇。帝赐食,亲为调羹。有诏供奉翰林。"③"此地"二句:此楼自经李白一登之后,遂扬名千古。垂顾,光顾,屈尊光临。④"白云"二句:以天高海阔、白云明月,喻李白心胸博大、高朗。曙,黎明色。天门,星名。属室女座。此指天空。⑤潺湲(chányuán 缠元):水缓缓流动貌。济水:古水名,源出河南王屋山,东北流经曹卫齐鲁之地入海,下游后为黄河所占,今不存。济宁为古济水流经地域,金代为济州治所,故由此得名。

钦䲹行[1]

飞来五色鸟[2],自名为凤凰,千秋不一见,见者国祚昌[3]。飨以钟鼓坐明堂[4],明堂饶梧竹[5],三日不鸣意何长[6]。晨不见凤凰,凤凰乃在东门之阴啄腐鼠[7],啾啾唧唧不得哺[8]。夕不见凤凰,凤凰乃在西门之阴媚苍鹰[9]:"愿尔肉攫分遗腥[10]。梧桐长苦寒,竹实长苦饥。"众鸟惊相顾,不知凤凰是钦䲹。

明万历刻本《弇州山人四部稿》卷一〇

①诗以钦䲹冒充凤凰讥刺严嵩。钦䲹(pí 皮),传说中的恶鸟。《山海经·西山经》载,钟山之神有子曰鼓,与钦䲹杀葆江于昆仑之阳,被天帝杀戮。钦䲹化为大鹗,其状如雕而黑文、白首、赤喙、虎爪,出现时则有兵灾。②五色鸟:相传凤凰备五色,此处指假冒凤凰的钦䲹。③见者国祚(zuò 作)昌:传说凤凰出现,天下太平,国运昌盛。国祚(zuò 作),国运。④"飨以"句:奏着鼓乐把假凤凰请到明堂上。飨,款待。明堂,周代天子明政教、朝诸侯、祭祀、选士的殿堂。⑤饶:富有。梧竹:相传凤凰栖梧桐,食竹实。⑥三日不鸣:《史记·滑稽列传》:淳于髡以隐语说曰:"国中有大鸟,止王之庭,三年不飞又不鸣,王知此鸟何也?"王曰:"此鸟不飞则已,一飞冲天;不鸣则已,一鸣惊人。"意何长:意思深长,令人不可了解。⑦啄腐鼠:《庄子·秋

水》:"鸱(恶鸟)得腐鼠,鹓鸰过之,(鸱)仰而视之曰:'吓!'" ⑧"啾啾"句:写假凤凰吃腐鼠不满足,啾啾唧唧地叫唤。 ⑨媚苍鹰:讨好苍鹰。⑩"愿尔"句:乞求你把攫取来的荤腥分一点给我。肉攫,抓捕到的禽兽。遗腥,剩馀的荤腥食物。 ⑪"梧桐"二句:栖宿在梧桐上感到苦寒,以竹实为食感到肚子空饥。

海 游 记[①]

登故枕海山[②],东门不一里,大蒐之圃在焉[③],其阳依海壖而坛[④]。余与参政姜君良翰行部登[⑤],既视事五日[⑥],乃以牍之间出游[⑦],觞于坛[⑧]。

轻云蒙笼[⑨],风师不惊[⑩],文沦若縠,容裔滉漾[⑪],与天下上。俄而,东南雄虹起[⑫],亘空若银桥[⑬],蜿蜒而下饮于海[⑭],惊流喷蹙[⑮],玑贝万斛[⑯],飞跃注射,若五金之在溶[⑰],芒颖眴烂[⑱],眦触睛眩[⑲],已徐徐缩入海既[⑳]。久之,顾见鼍矶、大小竹诸岛[㉑],云气骤变,峰屿尽改[㉒],或断或续,或方或圆,或峻或衍[㉓],或英或坯[㉔],或陟或密[㉕],或堕或陬[㉖],或浸漶波浪[㉗],或斗插入汉[㉘],或为鸱[㉙],或为伏虬、为虎豹者不一[㉚]。童子趋而前曰:"是其将市乎[㉛]?"忽大风发,吹云散,不果市[㉜]。

余慨然谓姜君曰:"於乎[㉝]!此奇衺之士所得而影响其君[㉞],为始若武者哉[㉟]!彼其惊幻变之熹微[㊱],叹光景之恍忽[㊲],以为其下若有神仙者焉,思竭天下之力以从之,而竟不可得;不知其泡沫之躯倏焉而灭[㊳],为兹海之云气久矣,夫身挟名而俱尽者何限?乃南望田横之岛[㊴],则隐隐负生色焉[㊵],然至于读鲁仲连被发蹈海之书[㊶],蝉蜕物表[㊷],视斯人未尝不惝恍俱失也[㊸]。於乎!古所谓仙不死者,是欤非耶?"

姜君不答，第趣觞觞余[44]，醉而归。

明万历刻本《弇州山人四部稿》卷七二

①本文约作于嘉靖三十七年(1558)，时作者任青州兵备副使。明世宗朱厚熜信奉道教，方士道徒以秘方妖言而获取高官厚禄，上行下效，朝臣们也争相效法。作者在变幻莫测的景色描写中寓有借古讽今之意。 ②登：登州，即今山东蓬莱县，明属青州府。枕海山：临海靠山。 ③大蒐(sōu 搜)之圃：指校兵场。大蒐，大检阅。《公羊传·桓公六年》："大阅者何？简(检)车徒(徒是步兵)也。"徐彦疏："比年简徒谓之蒐，三年简车谓之大阅，五年大简车徒谓之大蒐。" ④海壖(ruán 软阳平)：海边地。坛：在平坦的地上，用土筑的高台。古代设坛祭天神或远祖。遇大事如朝会、盟誓、封拜都立坛以示郑重。此处名词用作动词，指立坛。 ⑤参政：官职名，明时为各省布政使之副职。姜良翰：事迹不详。行部登：到登州视察。行部，视察属下各地官吏的政绩。 ⑥视事：办公事。 ⑦牍之间(jiàn 见)：文牍事务的空暇。 ⑧觞：饮酒。 ⑨蒙笼：覆盖，笼罩。 ⑩风师不惊：谓风不大。风师，即风伯，传说中的风神。 ⑪"文沦"二句：海面如同飘浮的绢纱，水波浩瀚起伏。沦，波纹。縠(hú 胡)，有皱纹的纱。容裔，恣肆貌。 ⑫雄虹：即虹。《尔雅·释天》邢昺疏："虹双出，色鲜盛者为雄，雄曰虹；暗者为雌，雌曰霓。" ⑬亘空：横贯空中。 ⑭饮于海：形容虹之一端至海天相接处。 ⑮惊流：急流。喷蹙：喷涌的样子。蹙，急促。 ⑯玑贝：犹玑珠，此处比喻水波闪烁，犹如无数玑珠。斛(hú 胡)：古代量器名。 ⑰"若五金"句：好像金属在镕化。溶，应作"镕"。 ⑱芒颖：光芒。眴(xuàn 炫)烂：即炫烂、绚烂，光彩耀目貌。 ⑲眦触睛眩(xuàn 炫)：眼睛一看便眼花缭乱。眦，眼眶。眩，眼睛昏花看不清。 ⑳已：已而。既：尽。这里指虹完全消灭。 ㉑鼍(tuó 驼)矶：岛名，在蓬莱西北海中。大小竹：大小竹岛，在蓬莱东北海中。 ㉒峰屿尽改：随着云气的变化，看上去海中岛屿的形状都改变了。 ㉓峻：高大。衍：低而平坦。 ㉔或英或坯(pēi 胚)：形容山峦或高或低。《尔雅·释山》："山再成，英。""山一成，坯。"一成，即一重；再成，即两重。 ㉕陟(zhì 至)：《尔雅·释山》："山三袭，陟。"邢昺疏："山之形若三山重累者名陟。"密：《尔雅·释山》："山如堂者，密。"郭璞注："山形如堂室者曰密。"

㉖堕：通"隋（duò 堕）"，山形狭长者。《尔雅·释山》："峦山，隋。"郭璞注："谓山型狭长者，荆州谓之峦。《诗》曰：'隋山乔岳。'"隒（yǎn 眼）：《说文》："隒，崖也。"《尔雅·释山》："重甗（yǎn），隒。"郭璞注："谓山形如累两甗（古炊器）。"即重叠的山崖。 ㉗浸漶（huàn 涣）：为波浪所淹没。 ㉘斗：通"陡"，高耸貌。汉：天汉，指天空。 ㉙鸱：鹞鹰。 ㉚伏虬（qiú 求）：伏着的虬龙。虬，传说中的无角龙。 ㉛是其将市：这种景象是将要出现海市蜃楼。 ㉜不果：犹言未能。 ㉝於乎：叹辞，同"呜呼"。 ㉞奇衺（xié 斜）：蛊惑欺诈。《周礼·天官》："禁其奇衺。"郑玄注："奇衺，若今媚道。"君：君主。 ㉟为始若武：造成了秦始皇和汉武帝那样地相信神仙方士。为，造成。若，和。 ㊱熹微：光线淡弱。此指不明。 ㊲光景：景象。恍忽：即恍惚，变化莫测，不易捉摸。 ㊳泡沫之躯：指人的生命短暂。倏（shū 疏）焉：极快地。 ㊴田横之岛：据《寰宇记》，在今山东即墨市东北。这里是虚指。田横，原为齐王田荣弟，后自立齐王。汉灭楚，他带着五百人逃到海岛。刘邦恐其为后患，招降。他在赴洛阳途中自刎，岛上五百人闻讯自尽。事见《史记·田儋列传》。 ㊵生色：颜色鲜明。李贺《秦宫诗》："内屋深屏生色画。" ㊶鲁仲连被发蹈海：鲁仲连，战国齐人，游赵，正值秦兵围赵。魏使新垣衍入赵，请尊秦为帝，以求罢兵。鲁仲连说："彼即肆然而为帝，过而为政于天下，则连有蹈东海而死耳，吾不忍为之民也。"见《史记·鲁仲连列传》。鲁仲连后为燕军围聊城致书燕将。此处作者把二事混在了一起。

㊷蝉蜕物表：犹言超脱世俗。蝉蜕，比喻解脱。《史记·屈原贾生列传》："蝉蜕于浊秽，以浮游于尘埃之外。" ㊸惝恍（tǎnghuǎng 倘谎）：恍忽貌。

㊹第：只是。趣：催促。

一九　王　磐

王磐(1455？—1530)，字鸿渐，号西楼，江苏高邮人。少有俊才，好读书，秉性洒脱，厌弃科举考试，一生纵情于山水诗画度曲之间。有《王西楼乐府》一卷，存长短散曲七十馀首，多抒写闲适的生活，部分取材于社会现实，抨击黑暗腐败的现象。

北中吕·朝天子

咏喇叭[①]

喇叭，锁哪[②]，曲儿小腔儿大[③]，官船来往乱如麻，全仗你抬身价。军听了军愁，民听了民怕。哪里去辨什么真共假[④]？眼见的吹翻了这家，吹伤了那家，只吹的水尽鹅飞罢[⑤]！

《散曲丛刊》本《王西楼乐府》

①蒋一葵《尧山堂外纪》："正德间，阉寺当权，往来河下者无虚日。每到，辄吹号头，齐丁夫，民不堪命。"此曲以喇叭为题，讽刺宦官装腔作势，横行扰民，取象、寓意、选声三者浑然天成，饶有韵致。　②锁哪：即唢呐，木管铜口管乐器。　③"曲儿"句：喇叭、唢呐吹奏的音乐很简短，但声响却很大。讽刺宦官倚仗帝王的宠信狐假虎威。　④"那里"句：无法辨别是皇帝旨意，还是宦官巧立名目，搜刮民财。　⑤水尽鹅飞：大家都倾家荡产。

北南吕·一枝花

村　　居[1]

[一枝花]不登冰雪堂[2],不会风云路[3];不干丞相府[4],不谒帝王都。乐矣村居,门巷都栽树,池塘尽养鱼。有心去与白鹭为邻,特意来与黄花做主。

[梁州]我是个不登科逃名进士[5],我是个不耕田识字农夫,我是个上天漏籍神仙户[6]。清风不管,明月无拘;孤云懒出,野鸟难呼。只俺这牛背上稳似他千里龙驹[7],只俺这花篷下近似他方丈蓬壶[8]。兴来时画一幅烟雨耕图,静来时著一部冰霜菊谱,闲来时撰一卷水旱农书。茶炉,酒炉,杏花深处桃花坞[9]。水绕着门,云遮着屋,端的是隔断红尘一点无,那里有官吏催租?

[尾声]我向这暖茸茸白云被底闲伸足,我向这锦片片红叶庄前醉坦腹[10],一任这流光眼前度。者么您能飞的白乌,快奔的乌兔[11],总不如俺慢慢腾腾傲今古。

《散曲丛刊》本《王西楼乐府》

①此曲写闲居生活之高洁、潇洒。　②冰雪堂:本指破漏的房屋。元金仁杰《追韩信》第一折:"冰雪堂冻倒苏秦,漏星堂颜子难熬。"此处疑指科场、文会之所。古时常用冰雪形容文章的高妙。孟郊《送窦庐策归别墅》:"一卷冰雪文,避俗常自携。"　③不会风云路,不去追求功名权势。风云会:指君臣遇合。用"风云"比喻高位。《文选》班固《答宾戏》:"振拔洿(wū 乌)涂,跨腾风云。"吕延济注:"言当须去卑贱以升高位,亦如龙出于浅水以游于风云

之中也。”　④干(gān 肝):拜求。　⑤逃名:逃避名声。《后汉书·法真传》:“友人郭正称之曰:法真名可得闻,身难得而见,逃名而名我随,避名而名我追,可谓百世之师者矣。”　⑥漏籍:没有登记在籍。　⑦龙驹:骏马。⑧方丈:传说中的仙山。《史记·秦始皇本纪》:“齐人徐市等上书,言海中有三神山,名曰蓬莱、方丈、瀛州,仙人居之。”蓬壶:即蓬莱,古代传说中海上仙山。王嘉《拾遗记·高辛》:“三壶则海中三山也。一曰方壶,则方丈也;二曰蓬壶,则蓬莱也;三曰瀛壶,则瀛州也。形如壶器。”　⑨坞(wù 误):四面如屏的花木深处。　⑩坦腹:坦露着肚皮。　⑪乌兔:指日月。

二〇 陈 铎

陈铎(约 1460—约 1521),字大声,号秋碧、七一居士,下邳(今江苏邳县)人,后徙居南京。其曾祖父陈文辅佐朱元璋开国,封睢宁伯。他于正德初年世袭济州卫指挥。倜傥豪爽,淹贯经传子史,百家九流,工诗画,精通音律,擅长制曲,并以散曲名世。散曲集有《梨云寄傲》、《秋碧乐府》、《月香亭稿》、《滑稽馀韵》,另有戏曲三种。作品题材广泛,特别是《滑稽馀韵》描写社会上各个行业以及不同的生活方式,体贴人情,描写物态,发前人所未发。艺术上集散曲诸格于一身,雅俗各臻其极。

北双调·雁儿落带过得胜令

机 匠[①]

[雁儿落]双臀坐不安,两腿登不办[②]。半身入地牢[③],间口味荤饭[④]。　[得胜令]逢节暂松闲,折耗要赔还。络纬常通夜[⑤],抛梭直到晚。捋一样花扳[⑥],出一阵馊酸汗[⑦]。熬一盏油灯,闭一回瞌睡眼。

《饮虹簃所刻曲》本《滑稽馀韵》

①机匠,指作坊机织工匠。此曲写其辛苦。　②登不办:不停地蹬。

登，同“蹬”。不办，方言，不休，不停。 ③“半身”句：形容织工坐在织机里操作，极不自如，犹如坐地牢。 ④间口：本意是闲话。间，闲。此处指机匠全身都忙，只有嘴是空闲的。咮（chuáng 床）：“噇”字的俗写，谓吞食。⑤络纬：把纬线绕在线架上。 ⑥捋（lǚ 吕）：整理。花扳（bān 班）：织花纹的扳机。 ⑦馊酸：汗的酸臭味。

北双调·沉醉东风

溪　　隐[①]

铺水面辉辉晚霞[②]，点船头细细芦花[③]。缸中酒似渑[④]，天外山如画，占秋江一片鸥沙[⑤]。若问谁是俺家，红树里柴门那答[⑥]。

《饮虹簃所刻曲》本《梨云寄傲》

①此曲撷取溪内外数景，用白描手法，情景如画，作者闲适情趣也在其中。 ②辉辉：光辉貌。 ③点：轻轻碰触。 ④酒似渑（shéng 绳）：语出《左传·昭公十二年》“有酒如渑，有肉如陵”，谓酒极多。渑，古水名，在山东临淄附近。 ⑤鸥沙：鸥鸟栖息的沙渚。 ⑥那答（dā 搭）：那里。

二一 冯惟敏

冯惟敏(1511—1580),字汝行,号海浮山人,青州临朐(今山东临朐县)人。父冯裕家居讲学,好吟诗。受其影响,他与兄冯惟健、弟冯惟讷俱以诗文名。嘉靖十六年(1537)中举,后屡试不第,营别墅于临朐海浮山下,有终焉之志。嘉靖四十一年(1562)慨于家居多受纠缠,遂入京谒选,得涞水知县。为官清廉介直,抑豪扶贫,豪族嫉恨之,谤诟四起,谪迁镇江府学教授,五年后调保定通判,六十二岁时辞官归乡。冯惟敏"聪颖博学,诗文雅丽,尤善乐府"(《山东通志》),著有《海浮山堂辑稿》、《海浮山堂词稿》、《击节馀音》、《石门集》等,还有杂剧《梁状元不伏老》、《僧尼共犯》两种行世。现存散曲四百馀首,有浓郁的生活气息,贯注着耿介之怀抱,和对自由真情的追恋,才气横溢,笔锋爽利。

北双调·胡十八

刈麦有感[①](四首选三)

八十岁老庄稼,几曾见今年麦,又无颗粒又无柴。三百日旱灾,二千里放开[②]。偏俺这卧牛城[③],四下里忒毒害[④]。

穿和吃不索愁[⑤],愁的是遭官棒。五月半间便开仓[⑥],里正哥过堂[⑦]。花户每比粮[⑧]，卖田宅无买的，典儿女陪不上[⑨]。

往常时收麦年，麦罢了是一俭[⑩]。今年无麦又无钱，哭哀哀告天，那答儿叫冤[⑪]。但撞着里正哥[⑫]，一万声可怜见[⑬]。

《散曲丛刊》本《海浮山堂词稿》卷二

①万历元年(1573)山东大旱，时作者辞官居家。组曲即写天灾小麦歉收，农民犹受官府追比租税的社会现实。刈(yì义)麦，割麦。 ②放开：指旱灾到处蔓延。 ③卧牛城：地名。 ④忒(tuī推)：太。毒害：指灾害严重。 ⑤索：须。 ⑥"五月"句：谓官府提前开仓纳粮。 ⑦里正：唐代百户为一里，设里正。这里指乡村头目。过堂：指里正被上级官吏弄到衙门大堂去受审问。 ⑧花户：古代称户口册上的人家为花户。指老百姓。每：同"们"。比粮：追征拖欠的租粮。 ⑨典：抵押。陪不上：谓不够交官府所征的粮食数额。 ⑩"往常"二句：谓年景正常时，麦收后也有缺粮时。俭，俭岁，庄稼欠收，此谓粮食不丰足。 ⑪那答儿：哪里。 ⑫但：只。 ⑬可怜见：谓可怜可怜吧。"见"用在动词后表示动作持续。

南正宫·玉芙蓉

喜　　雨[①]

初添野水涯[②]，细滴茅檐下，喜芃芃遍地桑麻[③]。消灾不数千金价[④]，救苦重生八口家。都开罢，荞花、豆花[⑤]，眼见的葫芦棚结了个赤金瓜。

《散曲丛刊》本《海浮山堂词稿》卷二

①此曲写农村雨足之可喜景象，表达喜雨之快感，意境鲜活，声调传情。②野水涯：雨水积成的水洼。　③芃（péng 朋）芃：形容草木茂盛。④不数：不亚于。　⑤荞花：荞麦花。

北中吕·朝天子

自　遣[①]

海翁[②]，命穷，百不会千无用。知书识字总成空，浮世干和哄[③]。笑俺奔波，从他盘弄[④]，你乖滑俺懵懂[⑤]。就中[⑥]，不同，谁认的鸡和凤！

海浮[⑦]，命毒，方的俺无钱物[⑧]。半床图画半床书，这便是安身处。论地谈天，知今道古，一时人全不数。念吾，寡徒，有句话和谁诉！

汝行[⑨]，此生，天赋与烟霞性[⑩]。世间名利两无成，落得山中静。鸟径禅关[⑪]，龙溪钓艇[⑫]，绿蓑衣披一领[⑬]。子平，五星，不问卜知前定[⑭]。

万缘[⑮]，听天，不富贵安贫贱。老妻稚子种山田，骨肉相依恋。家世耕读，时常过遣[⑯]，又何须姓名显？向前，有年，便足平生愿。

《散曲丛刊》本《海浮山堂词稿》卷二

①这一组曲俯仰平生，感慨世情，凸现了作者刚直的气节和傲岸的人格。四支曲子以自己的字、号蝉联而下，从不同角度反省一生，构想出奇。自遣，自我排遣。　②海翁：冯惟敏号海浮山人，也自称“海翁”。　③干和哄（hòng 讧）：白白地起哄。干，徒然。和哄，赶热闹，凑趣，消磨时光。关汉卿《青杏子·离情》：“与怪友狂朋寻花柳，时复间和哄消愁。”　④盘弄：玩弄，摆布。　⑤乖滑：乖巧滑头。懵（méng 蒙）懂：不明了，糊涂。　⑥就中：其中，就里。　⑦海浮：冯惟敏号。　⑧方：同“妨”，迷信中所说的犯克。马致远《荐福碑·楔子》：“自从你昨日下了书呈，将俺员外急心疼一夜妨杀了。”　⑨汝行：冯惟敏字。　⑩烟霞性：流连山水的性情。烟霞，山水胜景。《北史·徐则传》：“餐松饵术，栖息烟霞。”　⑪禅关：佛教中的禅门。⑫龙溪：水名。钓艇：小渔船。陆游《立春后三日作》诗：“千古事终输钓艇，一毫忧不到禅房。”　⑬蓑衣：用草或棕毛制成的雨衣。　⑭“子平”三句：不用算卦，早知命定。子平，传说宋有徐子平精于星命之学，后世术士宗之，因以“子平”指星命之学。是一种根据星象或生辰八字推算人命运的迷信方法。五星，指金、木、水、火、土五大行星。古代星命术士以五星的位置推算禄命。元代无名氏《冻苏秦》第一折：“偏则是我五星，直恁般时乖运蹇不通亨。”⑮万缘：万事随缘。　⑯“时常”句：像平常人那样过日子。过遣，过活，打发日子。元刘君锡《来生债》第二折：“居士，你将这家私弃舍了呵，也思量着久后孩儿每怎生过遣那！”

二二　薛论道

薛论道(约 1531—1600),字谭德,号莲溪居士,保定定兴(今河北易县)人。家贫,早年丧父,一足残废,发愤读书,尤喜读兵书,都下公卿称为“刖先生”。中年从军,军旅三十多年,官至参将。后受人排挤,解甲归田。所作散曲,多达千首,描写边塞风光,讽时嫉俗,慷慨豪放。存有《林石逸兴》。

南商调·黄莺儿

塞上重阳[①]

荏苒又重阳[②],拥旌旄[③],倚太行,登临疑是青霄上。天长地长,云茫水茫,胡尘静扫山河壮[④]。望遐荒[⑤],王庭何处[⑥],万里尽秋霜。

《全明散曲》本《林石逸兴》

①此曲写在重阳佳节,作者随军征行,登高远望,生发“匈奴未灭,何以家为”的豪情壮怀。　②荏苒(rěnrǎn 忍染):时间渐渐过去。　③旌旄(jīngmáo 京毛):军中的大旗。　④胡尘:指北地边关少数民族政权的侵扰。　⑤遐荒:广远的地方。　⑥王庭:指少数民族设幕立朝的地方。《后汉书·匈奴传》:“是后匈奴远遁,而漠南无王庭。”

北双调·水仙子

卖狗悬羊[1]

从来浊妇贯撇清[2],又爱吃鱼又道腥,说来心口全不应。貌衣冠,行市井[3],且只图屋闰身荣[4]。张布被诚何意,饭脱粟岂本情[5],尽都是钓誉沽名。

《全明散曲》本《林石逸兴》

①此曲抨击口是心非、沽名钓誉的虚伪世情,一针见血。卖狗悬羊,即挂羊头卖狗肉。 ②撇清:装作清白。李文蔚《燕青博鱼》杂剧第三折:"你这个养汉精,假撇清。" ③"貌衣冠"二句:貌似士大夫,干的是市侩行径。衣冠,古代士戴冠。衣冠连称,指士以上的服装,指代士绅。市井,市井中人。这里指市侩。 ④屋闰:闰应作"润"。《礼记·大学》有"富润屋"之语。《广雅·释诂》:"润,饰也。"屋润,指房屋修筑、装饰得很讲究。 ⑤"张布被"二句:汉公孙弘在武帝时为御史大夫,食俸甚多,却用布被,食"脱粟之饭",人称其诈,他自己也承认:"诚饰诈,欲以钓名。"见《史记·平津侯主父列传》。这里用其意。脱粟,粗粮、糙米,指粮食才脱壳,没有细碾。

二三 时调小曲

明代自宣德、正统以后，民间流行时调小曲，先后有《锁南枝》、《傍妆台》、《山坡羊》、《耍孩儿》、《寄生草》、《银绞丝》、《挂枝儿》、《闹五更》、《罗江怨》、《哭皇天》、《干荷叶》、《粉红莲》、《桐城歌》、《醉太平》、《驻云飞》等曲调。内容多是情歌，一些曲调因用于妓院歌唱，有不少秽亵淫词，但也有朴素自然、刚健清新的优秀作品。这些民歌曾受到当时文学家的注目，被称为可与唐诗、宋词、元曲媲美的"我明一绝"。留传下来的时调小曲集，有《新编四季五更驻云飞》，冯梦龙选辑的《挂枝儿》、《山歌》等。

南双调·锁南枝

风　情[①]

傻俊角[②]，我的哥！和块黄泥儿捏咱俩个。捏一个儿你，捏一个儿我，捏的来一似活托[③]，捏的来同在床上歇卧。将泥人儿摔破，着水儿重和过，再捏一个你，再捏一个我，哥哥身上也有妹妹，妹妹身上也有哥哥。

陈所闻编《南宫词纪》卷六

①此曲假女子的天真想象写爱恋之情，新颖生动，富有十足的民间风味。

②傻俊角:女子对所爱的男子俏皮亲昵的称呼。　③一似:很像。活托:即活脱儿,活像真的。

桐城时兴歌[①]

不写情词不写诗,一方素帕寄心知[②]。心知接了颠倒看,横也丝来竖也丝[③]。这般心事有谁知?

陈所闻编《南宫词纪》卷六

①此曲用谐音双关语,表达作者深曲的相思之情,巧妙新颖。　②心知:知心人,心上人。　③丝:谐"思"字。

挂枝儿

荷[①]

露水荷叶珠儿现,是奴家痴心肠把线来穿。谁知你性儿多更变,这边分散了,又向那边圆。没真心的冤家也,随着风儿转。

冯梦龙《挂枝儿》

①这首民歌用荷上露珠比喻所爱男子,表现了女主人公因捉摸不透对方而生的苦恼,读来朴素、清新。

挂　枝　儿

山　　人[①]

问山人,并不在山中住,止无过老着脸,写几句歪诗,带方巾[②],称治民[③],到处去投刺[④]。京中某老先[⑤],近有书到治民处;乡中某老先,他与治民最相知;临别有舍亲一事干求也[⑥],只说为公道,没银子。

冯梦龙《挂枝儿》

①此曲嘲讽市井泼皮文人无赖之状。山人,本指隐居山林的隐士。后来一些学者文人也自称山人,或为雅号。　②方巾:明代有秀才以上功名的戴方形软帽,也称四方平定巾。　③治民:旧时士民对地方官自称治民,意即治下之民。　④投刺:拜访人时投递名片。　⑤老先:即老先生的省称。古代官场上的称呼。明代三司见督抚称老先生,见巡抚称先生大人。冯惟敏《新水令·送李阁老石鹿归田》套曲:"呀,老先生去国,方显的元臣出处得其宜。"这里即指京中的大官。　⑥舍亲:对自己亲戚的谦称。干求:请求。

二四 徐 渭

徐渭(1521—1593),字文清,改字文长,号天池山人、青藤道士,山阴(今浙江绍兴)人。少颖异,十九岁成诸生,有盛名。后屡应乡试不中。嘉靖三十七年(1558),胡宗宪总督浙江,慕名招致幕府。督府势重,将吏莫敢仰视,徐渭角巾布衣,长揖纵谈,时出奇计。胡宗宪被捕,惧祸发狂,数次自杀未果。后因杀继妻入狱,论死,张元忭力救得免。出狱后纵游诸边厄塞。晚年穷困潦倒,抑郁而死。他天才超轶,诗、书、画均有成就,自言“吾书第一,诗次之,文次之,画又次之”(《明史·文苑传》)。此外戏曲创作也相当出色,其杂剧《四声猿》被剧论家王骥德称为“天地间一种奇绝文字”。有《徐渭集》。

狂鼓史渔阳三弄[1]

(外扮判官引鬼上)咱这里算子忒明白[2],善恶到头来撒不得赖,就如那少债的,会躲也躲不得几多时,却从来没有不还的债。咱家姓察名幽,字能平,别号火珠道人。平生以善断持公,在第五殿阎罗天子殿下,做一个明白洒落的好判官[3]。当日,祢正平先生与曹操老瞒对讦[4],那一宗案卷是咱家所掌。俺殿主向来以祢先生气概超群,才华出众,凡一应文字,皆属他起草,待以上宾。昨日晚衙[5],殿主对咱家说:“上帝旧用一伙修文郎[6],并皆迁次别用[7],今拟召劫满应补之人[8],祢生亦在数中。汝可预备装送之资,万一来召,不得有误时刻。"我想起来,当时曹瞒召客,令祢生奏鼓为欢,却被他横睛裸体[9],掉板掀槌,翻古调作《渔阳三弄》,借狂发愤,推哑装聋,数落得他一个有地皮没躲闪[10]。此乃岂不是踢弄乾坤[11],提大傀儡的一场奇观[12]。他如今不久要上天去了,俺待要请将他来,一并放出曹瞒,把旧日骂座的情状,两下里演述一番,留在阴司中做个千古的话靶[13],又见得善恶到头就是少债还债一般,有何不可!手下,与我请过祢先生,就一面放出曹操,并他旧使唤的一两个人,在左壁厢伺候指挥。(鬼)领台旨[14]。(下)(引生扮祢,净扮曹从二人上)(曹从留左边[15])(鬼)禀上爷:祢先生请到了。(相见介。祢上座,判下陪云)先生当日借打鼓骂曹操,此乃天下大奇。下官虽从鞫问时左证得闻一二[16],终以未曾亲睹为歉。(判立云)又一件,而今恭喜先生为上帝所知,有请召修文的消息,不久当行,而此事缺然,终为一生耿耿。这一件尚是小事。阴司僚属,并那些诸鬼众,传流激劝,更是少此一桩不得。下官斗胆[17],敢请先生权做旧日行径,把曹操也扮作旧日规模,演述那旧日骂座的光景,了此夙愿。先生意下如何?(祢)这个有何不可!只是一件,小生骂座之时,那曹瞒罪恶尚未如此之多,骂将来冷淡寂寥,不甚好听。今日要骂呵,须直捣到铜雀台分香卖履[18],方痛快人心。(判)更妙,更妙!手下,带曹操与他的从人过来。曹操,今日要你仍旧扮做丞相,与祢先生演述旧日打鼓骂座那一桩事。你若是乔做那等小心畏惧[19],藏过了那狠恶的模样,手下就与他一百铁鞭,再从头做起。(曹众扮介)(祢)判翁大人,你一向谦厚,必不肯坐观,就不成一场戏耍。当日骂座,原有宾客在座。今日就权屈大人,为曹瞒之宾,坐以观之,方成一个体面[20]。(判)这也见教得是。(揖云)先生告罪,却斗胆了也。(判左曹右,举酒坐,祢以常衣进前将鼓)(曹喝云)野生!你为鼓史,自有本等服色，怎么不穿？快换！（校喝云）还不快换！（祢脱旧衣，裸体向曹立）（校喝云）禽兽！丞相跟前，可是你裸体赤身的所在？却不道驴膝子朝东㉑，马膝子朝西！（祢）你那颓丞相膝子朝南，我的膝子朝北。（校喝云）还不换上衣服，买什么嘴㉒！（祢换锦巾绣服扁绦介）

［点绛唇］俺本是避乱辞家，遨游许下㉓，登楼罢㉔。回首天涯，不想到屈身躯扒出他们胯㉕。

［混江龙］他那里开筵下塌，教俺操槌按板把鼓来挝。正好俺借槌来打落，又合着鸣鼓攻他。俺这骂一句句锋芒飞剑戟，俺这鼓一声声霹雳卷风沙。曹操！这皮是你身儿上躯壳，这槌是你肘儿下肋巴㉖，这钉孔儿是你心窝里毛窍，这板仗儿是你嘴儿上獠牙，两头蒙总打得你泼皮穿，一时间也酹不尽你亏心大㉗。且从头数起，洗耳听咱。

（鼓一通）（曹）狂生！我教你打鼓，你怎么指东话西，将人比畜？我这里铜槌铁刃，好不利害！你仔细你那舌头和那牙齿！（判）这生果是无礼！（祢）

［油葫芦］第一来逼献帝迁都㉘，又将伏后来杀，使郗虑去拿㉙。唉！可怜那九重天子，救不得一浑家㉚。帝道：后，少不得你先行，咱也只在目下。更有那两个儿，又不是别树上花，都总是姓刘的亲骨血，在宫中长大，却怎生把龙雏凤种做一瓮鲊鱼虾㉛！

（鼓一通）（曹）说着我那一桩事了。（祢）

［天下乐］有一个董贵人㉜，是汉天子第二位美娇娃。他该甚么刑罚？你差也不差？他肚子里又怀着两三月小娃娃，既杀了他的爷㉝，又连着胞一搭，把娘儿们两口砍做血虾蟆。

（鼓一通）（曹）狂生！自古道："风来树动。""人害虎，虎也要害人。"伏后与董承等阴谋害俺，我故有此举。终不然是俺先怀歹意害他[34]?(判)丞相说得是。(祢)你也想着,他们要害你为着什么来?你把汉天子逼迁来许昌,禁得就是这里的鬼一般,要穿没有,要吃没有,要使用的没有,要传三指大一块纸条儿,鬼也没得理他。你又先杀了董贵人,他们急了,不谋你待几时?你且说,就是天子无故要杀一个臣下,那臣下可好就当面一把手采将他妈妈过来,一刀就砍做两段,世上可有这等事么?(判)这又是狂生说得有理,且请一杯解嘲!(祢)

[哪吒令]他若讨吃么,你与他几块歪剌[35]。他若讨穿么,你与他一匹苘麻[36]。他有时传旨么,教鬼来与拿。是石人也动心,总痴人也害怕,羊也咬人家。

(鼓一通)(判)丞相,这却说他不过。(曹)说得他过,我倒不到这田地了。(祢)

[鹊踏枝]袁公那两家[37],不留他片甲。刘琮那一答[38],又逼他来献纳。那孙权呵[39],几遍几乎[40],玄德呵两遍价抢他妈妈[41]。是处儿城空战马[42],递年来尸满啼鸦[43]。

(鼓一通)(曹)大人,那时节乱纷纷,非只我曹操一人如此。(判)这个,俺阴司各衙门也都有案卷。(祢)

[寄生草]仗威风只自假,进官爵不由他。一个女孩儿竟坐中宫驾[44],骑中郎直做了侯王霸[45],铜雀台直把那云烟架[46],僭车旗直按倒朝廷胯[47]。在当时险夺了玉皇尊[48],到如今还使得阎罗怕。

(鼓一通)(判低声吩咐小鬼,令扮女乐鼓吹介)(判)丞相女儿嫁作皇后,造房子大了些,这还较不妨。打鼓的且停了鼓。俺闻得丞相有好女乐,请出来劳一劳。(曹)这是往事,如今那里讨!(判)你莫管,叫就有,只要你好生纵放着使用他。(曹)领台命,吩咐手下叫我那女乐出来。(二女持乌悲词乐

器上[49])(曹)你两人今日却要自造一个小令[50],好生弹唱着,劝俺们三杯酒。(祢对曹踢地坐介)(女唱)

那里一个大鹈鹕[51],呀一个低都,呀一个低都;变一个花猪低打都,打低都,唱《鹧鸪》[52]。呀一个低都,呀一个低都。唱得好时犹自可,呀一个低都,呀一个低都;不好之时低打都,打低都,唤王屠。呀一个低都,呀一个低都。

(曹)怎说唤王屠?(女)王屠杀猪。(进判酒)(又一女唱)

丞相做事太心欺[53],呀一个跷蹊[54],呀一个跷蹊;引惹得旁人跷打蹊,打跷蹊,说是非。呀一个跷蹊,呀一个跷蹊。雪隐鹭鸶飞始见,呀一个跷蹊,呀一个跷蹊;柳藏鹦鹉跷打蹊,打跷蹊,语方知。呀一个跷蹊,呀一个跷蹊。

(曹)这两句是旧话。(女)虽是旧话,却贴题。(曹)这妮子朝外叫。(女)也是道其实,我先首免罪[55]。(进曹酒)(一女又唱)

抹粉搽脂只一会而红,呀一个冬烘[56],呀一个冬烘;(又一女唱)报恩结怨烘打冬,打冬烘,落花的风。呀一个冬烘,呀一个冬烘。(二女合唱)万事不由人计较,呀一个冬烘,呀一个冬烘;算来都是烘打冬,打冬烘,一场空。呀一个冬烘,呀一个冬烘。

(二女各进酒)(判)这一曲才妙,合着咱们天机。(曹)女乐且退。我倦了。(判笑介)(祢起立云)你倦了,我的鼓儿骂儿可还不了。

[六幺序]哄他人口似蜜,害贤良只当要。把一个杨德祖,立断在辕门下[57],碜可可血唬零喇[58]。孔先生是丹鼎灵砂[59],月邸金蟆[60],仙观琼花[61]。《易》奇而法,《诗》正而葩[62]。他两人嫌隙,于你只有针尖大,不过是口唠噪[63],有甚争差[64]!一个为忒聪明,参透了"鸡肋"话;一个则是一言不洽,都双双命掩

黄沙[65]。

(鼓一通)(判)丞相这一桩却去不得。(曹)俺醉了,要睡了。(打顿介)(判)手下采将下去,与他一百铁鞭,再从头做起。(曹慌介。云)我醒我醒。(判)你才省得哩。(祢)

[幺]哎!我的根芽也没大兜搭[66],都则为文字儿奇拔,气概儿豪达,拜贴儿常拿,没处儿投纳。绣斧金挝,东阁西华,世不曾挂齿沾牙[67]。唉!那孔北海没来由也。说有些缘法,送在他家[68],井底虾蟆也,一言不洽,怒气相加。早难道投机少话,因此上暗藏刀,把我送与黄江夏[69]。又逢着鹦鹉撩咱,彩毫端满纸高声价,竞躬身持觞劝酒,俺掷笔还未了杯茶[70]。

(鼓一通)(判)这祸从这上头起。唉!仔细《鹦鹉赋》害事。(祢)

[青哥儿]日影移窗棂,窗棂一罅[71]。赋草掷金声[72],金声一下。黄祖的心肠忒狠辣,陡起鳞甲[73],放出槎枒[74]。香怕风刮,粉怪娼搽,士忌才华,女妒娇娃。昨日菩萨,顷刻罗刹[75]。哎!可怜俺祢衡的头呵,似秋尽壶瓜[76],断藤无计再生发,霜簷挂[77]。

(鼓一通)(判)这贼原来这每巧弄了这生[78]!(曹)大人,这也听他不得。俺前日也是屈招的。(判)这般说,这生的头也是自家掉下来的?(曹)祢的爷饶了罢么!(判)还要这等虚小心。手下!铁鞭在那里?(曹慌作怒介)狂生!俺也有好处来。俺下令求贤[79],让还三州县[80],也埋没了俺?(祢)

[寄生草]你狠求贤为自家,让三州直什么大!缸中去几粒芝麻罢,馋猫哭一会慈悲诈,饥鹰饶半截肝肠挂,凶屠放片刻猪羊假。你如今还要哄谁人?就还魂改不过精油滑。

(鼓一通)(判)痛快!痛快!大杯来一杯,先生尽着说。(祢)

[葫芦草混]你害生灵呵,有百万来的还添上七八,杀公卿呵,

那里查！借廒仓的大斗来斛芝麻[81]，恶心肝生就在刀枪上挂，狠规模描不出丹青的画[82]，狡机关我也拈不尽仓猝里骂[83]。曹操，你怎生不再来牵犬上东门[84]，闲听唳鹤华亭坝[85]？却出乖弄丑，带锁披枷。

(鼓一通)(判)老瞒，就叫你自家处此，也饶自家不过了。先生尽着说。(祢)

[赚煞]你造铜雀要锁二乔[86]，谁想到梦巫峡羞杀[87]，靠赤壁那火烧一把[88]。你临死时和些歪剌们活离别[89]，又卖履分香待怎样！亏你不害羞，初一十五，教望着西陵，月月的哭他[90]。不想这些歪剌们呵，带衣麻就搂别家[91]。曹操，你自说么！且休提你一世的贤达，只临了这一桩呵，也该几管笔题跋[92]。咳，俺且饶你罢，争奈我渔阳三弄的鼓槌儿乏！

(末扮阎罗鬼使上)(判)手下！快把曹操等收监。(鬼)禀上老爹，玉帝差人召祢先生。殿主爷说，刻限甚急，教老爹这里径自厚赀远饯，记在殿主爷的支应簿上。爷呵，会勘事忙，不得亲送，教老爹多上覆先生，他日朝天，自当谢过。(判)知道了。你自去回话。(鬼应下)(判)叫掌簿的，快备第一号的金帛与饯送果酒伺候。(内应介)(小生扮童，旦扮女，捧书节上云)汉阳江草摇春日，天帝亲闻鹦鹉笔[93]。可知昨夜玉楼成，不用陇西李长吉[94]。咱俩人奉玉帝符命[95]，到此召请祢衡，不免径入宣旨。那一个是第五殿判官？(判跪介)玉帝有旨，召祢衡先生。你请他过来，待俺好宣旨。(祢同判跪，二使付书介)祢先生，上帝有旨召你，你可受了这符册自看[96]，临到却要拜还。就此起行，不得有违时刻。(童唱)

[耍孩儿]文章自古真无价，动天廷玉皇亲迓[97]，飞凫降鹤踏红霞[98]。请先生即便登遐[99]。修葺了旧衔螭首黄金阁[100]，准办着新鲊麟羔白玉叉[101]。倒琼浆三奏钧天罢[102]，校书郎侍玉京香

案[103]，支机女倚银汉仙槎[104]。

(内作细乐)(女唱)

[三煞]祢先生，你挟鸿名懒去投[105]，赋鹦哥点不加，文光直透俺三台下[106]。奇禽瑞兽虽嘉兆，倚马雕龙却祸芽[107]。祢先生，谁似你这般前凶后吉？这好花样谁能搨[108]？待枣儿甜口，已橄榄酸牙！(祢)

[二煞]向天门渐不远，辞地主痛愈加，几时再得陪清话[109]！叹风波满狱君为主，已后呵，倘裘马朝天我即家[110]。小生有一句说话。(判)愿闻。(祢)大包容，饶了曹瞒罢！(判)这个可凭下官不得。(祢)我想眼前业景[111]，尽雨后春花。(判)

[一煞]谅先生本泰山，如电目一似瞎[112]。俺此后呵，扫清斋[113]，图一幅尊容挂。你那里飞仙作队游春圃，俺这里押鬼成群闹晚衙，怎再得邀文驾[114]？又一件，倘三彭诬枉[115]，望一笔涂抹。

这里已到阴阳交界之处，下官不敢越境再送。(祢)就请回。(判)俺殿主有薄赆[116]，令下官奉上，伏望俯纳。下官自有一个小果酒，也要仰屈三杯，表一向侍教的薄意。(祢)小生叨向天廷[117]，要赆物何用，仰烦带回，多多拜上殿主；携榼该领[118]，却不敢稽留天使[119]。(判)这等就此拜别了。(各磕头共唱)

[尾]自古道：胜读十年书，与君一夕话。提醒人多因指驴说马[120]，方信道曼倩诙谐不是耍[121]。(祢下)

判曰：看了这祢正平渔阳三弄，
笑得我察判官眼睛一缝。
若没有狠阎罗刑法千条，
都只道曹丞相神仙八洞[122]。(下)

《盛明杂剧》本《四声猿》

①本剧是《四声猿》中的第一种。《四声猿》由四种单折子戏组成，它们是《狂鼓史渔阳三弄》、《玉禅师翠乡一梦》、《雌木兰替父从军》、《女状元辞凰得凤》。四声猿，语本《水经注·江水》："巴东三峡巫峡长，猿鸣三声泪沾裳。"四声，言其过甚。清顾公燮《消夏闲记》解释："盖猿丧子，啼四声而肠断，文长有感而发焉，皆不得意于时之所为也。"《狂鼓史渔阳三弄》以冥间为背景，重新搬演祢衡击鼓骂曹的场面，抒发作者对黑暗政治的愤慨。狂鼓史，掌鼓的官吏，此指祢衡。渔阳三弄，即渔阳参挝(cànzhuā 灿抓)，鼓曲名。《后汉书·文苑传》："(曹操)闻衡善击鼓，乃召为鼓史，因大会宾客，阅试音节……次至衡，衡方为《渔阳参挝》，蹀躞而前，容态有异，声节悲壮，听者莫不慷慨。"李贤注："参挝是击鼓之法。" ②算子：计算用的筹，这里作计算解。忒：特，很。③明白洒落：是非分明，潇洒坦率。 ④祢正平：即祢衡，字正平，平原般(今山东临邑东)人。少有才辩，文采出众，刚傲尚气。曹操召他为鼓史，本想当众羞辱他，结果他裸身辱操。操曰："本欲辱衡，衡反辱孤。"遂把他送给荆州刘表，刘表又转送黄祖，终被黄祖所杀。事见《后汉书·文苑传》。老瞒：曹操的小名阿瞒。老瞒是对他的蔑称。对讦(jié 劫)：互相对质，辨明是非。⑤晚衙：古代官府早晚两次坐衙理事，下午的一次叫晚衙。 ⑥修文郎：传说在天上或阴司起草文书典章的官员。 ⑦迁次：升迁调动。 ⑧劫满应补：厄运已满期，等待递补缺任。 ⑨横睛：横眉怒目意。 ⑩数落：责备。 ⑪踢弄：摆弄。 ⑫提大傀儡：即演傀儡戏。因演木偶戏时要用手来提线，故云。 ⑬话靶：话柄，谈话的资料。 ⑭台旨：领旨的敬称。台，汉有御史台，晋宋朝廷禁省为台，明有藩台、臬台。 ⑮从：随从。⑯鞫(jū 拘)问：审讯，查问。 ⑰斗胆：胆气大。此为谦辞。语本《三国志·姜维传》："魏将士愤发，杀会及维。"裴骃注引《魏晋世语》："(姜)维死时见剖，胆如斗大。" ⑱铜雀台：古台名，曹操于建安十五年冬建，故址在今河北临漳县西南。分香卖履：曹操临终时写下《遗令》："馀香可分与诸夫人。诸舍中无所为，可学作组履卖也。"见陆机《吊魏武帝文》序。诸舍中，指众妾。组履，做鞋。 ⑲乔：装模作样。 ⑳体面：体统，场面。 ㉑膫子：即阴茎。骂人的粗话。 ㉒买嘴：即卖嘴，耍嘴皮子。元曾瑞《喜春来·闺怨》曲："世间你是负心贼。休卖嘴，暗有鬼神知。"徐渭《女状元》："倒也不是我春桃卖嘴，春桃若肯改妆一战，管倩取唾手魁名。" ㉓许下：即许昌。 ㉔登楼：用王粲《登楼赋》典故。东汉末年，天下大乱，王粲依荆州刘表，不为重用，

偶登当阳县(在今湖北)城楼,作《登楼赋》,抒发他乱离飘零的惆怅和渴望建功立业的抱负。　㉕"不想到"句:用韩信少年时受胯下之辱的典故。　㉖肋巴:肋骨。　㉗酹(lèi 累):以酒洒地表示祭奠。这里反其意而用之,表示数落、讥讽。　㉘献帝:东汉皇帝刘协。建安元年(196)被曹操挟持,迁都于许昌,成为号令诸侯的傀儡。曹丕代汉称帝,被废为山阳公。　㉙"又将"二句:伏后,汉献帝的皇后,名寿。曹操杀董贵人后,她写密信给父伏完,要伏完密谋对策,事泄,伏后及其二子被曹操派郗虑等人杀害。事见《后汉书·皇后纪下》。　㉚浑家:妻子。　㉛龙雏凤种:古代用龙凤喻帝王。帝王的子孙叫龙雏凤种。鲊(zhǎ 眨):用盐和其他作料腌制的鱼。　㉜董贵人:汉献帝的嫔妃,董承之女。她在怀孕期间被曹操杀害。　㉝爷:指董贵人的父亲董承。其他本子作"娘"。　㉞终不然:难道。　㉟歪剌:牛角中的臭肉。　㊱苘(qǐng 顷)麻:麻类植物。这里指粗麻布。　㊲袁公那两家:指袁绍、袁术兄弟两家,都是东汉末年割据集团首领,先后被曹操消灭。　㊳刘琮:荆州太守刘表的儿子。他继任荆州太守时,被曹操所逼,投降了曹操。　㊴孙权:东汉末年江东割据势力首领。　㊵几乎:差点遭到危险。　㊶玄德:刘备的字。妈妈:对年长已婚妇女的称呼。此指刘备的两位夫人。　㊷是处儿:到处。　㊸递年来:连年。　㊹"一个"句:曹操杀了伏皇后,把自己的女儿嫁给汉献帝做了皇后。中宫驾,皇后坐的车子。　㊺骑中郎:侍卫。曹操在汉灵帝时为典军校尉。后连年混战,曹操青云直上,官至丞相,封魏公,在汉末割据中,势力最强大。　㊻云烟架:形容铜雀台之崇高宏丽。左思《魏都赋》云:"周轩中天,丹墀临猋,增构峨峨,清尘飘飘,云雀踶甍而矫首,壮翼摛镂于青霄。"铺叙铜雀台的高峻峥嵘。

㊼"僭(jiàn 箭)车旗"句:说曹操的车旗仪仗超过了本分,压倒了皇帝。僭,超越本分。　㊽玉皇尊:汉皇的尊崇。　㊾乌悲词:疑指琴曲名《乌啼引》。　㊿小令:小曲。　51鹈鹕(tíhú 提胡):水鸟名。《诗经·曹风·候人》以鹈鹕在梁比喻小人在朝,后用之喻用不正当手段谋得官位。　52《鹧鸪》:小曲名。　53太心欺:太违背良心。　54跷蹊(qiāoqī 敲七):奇怪,可疑。也可作蹊跷。　55先首:先行出首,率先承认。　56冬烘:糊涂。五代王定保《唐摭言》记载,唐代郑薰主持考试,误认颜标为鲁公(颜真卿)的后代,把他取为状元,时人嘲笑云:"主司头脑太冬烘,错认颜标作鲁公。"　57"把一个"二句:杨修,德祖其字,有俊才,曾任曹操的主簿,后被曹操杀害。立断,杀

头。辕门，军营的营门。　⑱碜(chěn 趁上声)可可：悲惨可怕的样子。元王伯成《哨遍·项羽自刎》曲："子见红飘飘光的的绛缨先偏侧了金盔顶，碜可可湿浸浸鲜血早淋漓了战袍领。"　⑲孔先生：指孔融。建安七子之一，字文举，山东曲阜人，孔子二十世孙。有清才高名，性宽少忌，望重于时，因触怒曹操而被杀。丹鼎：道士炼丹的器具。灵砂：旧传为不死药。这里喻孔融有仙才。　⑳月邸金蟆：月宫中的金蛤蟆。　㉑仙观：指扬州的蕃厘观。《扬州府志》和朱显祖《琼花志》载，扬州后土祠有一株琼花，世传为唐人所植，故又称琼花观。后土祠在宋代改为蕃厘观。琼花：泛指仙界珍贵的花。

㉒"《易》奇"二句：语出韩愈《进学解》，这里用来形容杨修和孔融的品质和才学。　㉓唠噪：多嘴，噜嗦。　㉔争差：差错。元张国宾《合汗衫》："倘或间有些儿争差，儿也，将您这一双老爹娘可便看个甚么？"　㉕"一个"四句：曹操与刘备相拒于汉中，久而无功，欲还，出令曰"鸡肋"。杨修由此窥到了曹操的心理，即"食之无味，弃之可惜"，不想继续相持下去。曹操借口他扰乱军心，把他杀死。见《三国志·武帝纪》裴骃注。东汉末年，曹操拥有废立大权，孔融以名士派领袖的地位对曹操的行径多次进行抨击。曹操唆使路粹罗织罪名，弹劾孔融，终被杀害。　㉖根芽：原由，原委。兜搭：曲折。元马致远《青衫泪》："还乡去长安，避甚水路兜搭。"　㉗"都则为"七句：叙述祢衡游许昌的经历。《后汉书·文苑传》云：祢衡"少有才辩，而尚气刚傲，好矫时慢物。……建安初，来游许下，始达颖川，乃阴怀一刺，既而无所之适，至于刺字漫灭。"拜贴儿，即指祢衡带的推荐书函。绣斧，指皇帝特遣的执法大吏。《汉书·武帝纪》：天汉二年，遣直指使暴胜之等衣绣衣、杖斧至各地巡捕群盗。金挝(zhuā 抓)，执法者用的杖、鞭。东阁，皇帝款待宾客的地方。《汉书·公孙弘传》："于是起宾馆，开东阁，以延贤人。"西华，京师紫禁城的西门。"绣斧金挝"、"东阁西华"二句指京城中显赫的权贵们。　㉘他家：指曹操府上。

㉙黄江夏：即黄祖，时任江夏太守。　㉚"又逢着"四句：《后汉书·文苑传》载，黄祖的儿子黄射善于祢衡。射大会宾客，有献鹦鹉者，射举杯劝衡作赋娱宾。祢衡"揽笔而作，文无加点，辞采甚丽"，成《鹦鹉赋》。　㉛罅(xià 下)：缝隙。这里形容时间过得很快。　㉜金声：晋孙绰作《天台山赋》成，示友人范荣期，云："卿试掷地，当作金石声也。"后形容文辞精美。　㉝鳞甲：喻心机峻深。《三国志·陈震传》："诸葛亮与长史蒋琬、侍中董允书曰：'孝起(陈震字)前临至吴，为吾说正方(李严字)腹中有鳞甲，乡党以为不可近。'"

⑭槎枒(cháyá 查牙):树枝横出貌,这里指露出杀机。 ⑮罗刹:梵文音译,泛指恶人恶事,此指吃人的恶鬼。 ⑯壶瓜:葫芦。壶,通“瓠”。 ⑰簷:同“檐”。 ⑱这每:这么。 ⑲下令求贤:曹操于建安十五、十九、二十二年三次颁布求贤令,下令“唯才是举”。 ⑳让还三州县:天下三分后,汉献帝赏封曹操四县。曹操作《让县自明本志令》,奉还三县,只享一县。 ㉑廒仓:秦汉魏时,在敖山(今河南荥阳)修谷仓,名敖仓。后世称国家的粮库为敖仓。斛(hú 胡):古量器名,这里用作动词。 ㉒狠规模:凶狠的模样。 ㉓狡机关:狡诈的心机。 ㉔牵犬上东门:《史记·李斯列传》:“(李斯)与其中子俱执,顾谓其中子曰:‘吾欲与若,复牵黄犬,俱出上蔡东门逐狡兔,岂可得乎?’” ㉕唳鹤华亭:《晋书·陆机传》载,陆机被陷有异志,处斩。遇害前说:“华亭鹤唳,岂可复闻乎!”陆机华亭人。以上二句说曹操在地狱受罪,再也不能恣意妄为。 ㉖二乔:指东汉末年桥公的两个女儿,有国色。大桥嫁给了孙策,小桥嫁给了周瑜。见《三国志·周瑜传》。杜牧《赤壁》诗:“东风不与周郎便,铜雀春深锁二乔。”乔通“桥”。后《三国演义》诸葛亮舌战群儒也持是说,认为曹操攻打江南的目的是为了夺取二乔。实前者为假设之语,后者为小说家言。 ㉗梦巫峡:楚襄王游高唐,昼寝,梦中与巫山神女幽会。见宋玉《高唐赋》。 ㉘赤壁那火:指赤壁之战打破了曹操“锁二乔”的美梦。因赤壁之战靠的是火攻,故云。 ㉙歪剌:本是牛角中的臭肉,旧时常用作对妇女的贱称。这里指曹操的妻妾。 ㉚“初一十五”三句:据《乐府诗集·相和歌辞》六引《邺都故事》:曹操临死时遗命诸子把他的遗体埋在邺之西岗,妾伎住在铜雀台上,早晚供食,初一、十五在灵帐前奏乐歌唱,诸子时时瞻望西陵墓田。 ㉛带衣麻:穿着丧服。 ㉜题跋:这里指评论。 ㉝鹦鹉笔:祢衡作《鹦鹉赋》,下笔立成,文不加点。故以鹦鹉笔指祢衡的才情。 ㉞“可知”二句:李商隐《李贺小传》载,李贺将死时,昼见一绯衣人相请,曰:“帝成白玉楼,立召君为记。”遂卒。长吉,李贺字。 ㉟符命:玉帝旨意的凭证。 ㊱符册:犹符命。 ㊲迓(yà 轧):迎接。 ㊳飞舄:飞翔的舄鸟。传说东汉时叶县令王乔有神术,常自县至京师,而不见车骑,临至,必有双舄飞来,人用网得之,则是王乔所穿的鞋。事见《后汉书·方术列传》。这里指仙人。降鹤:意谓仙人降落。鹤,古时道教的仙鸟。 ㊴登遐:犹言仙去。《墨子·节葬下》:“其亲戚死,聚柴薪而焚之,熏上,谓之登遐。” ⑩⓪修葺(qì 乞):修缮。螭(chī 痴)首:龙首。此指殿柱、殿阶、屋脊上所刻的龙

形图饰。　⑩准办：备办，准备。新鲊麟羔：新做好的嫩麟。麟，传说中的动物，即麒麟。这里形容玉皇招待祢衡的宴席，尽为奇珍美馔。白玉叉：用白玉做成的叉筷之类。　⑩琼浆：美酒。钧天：即钧天广乐，传说中天上的仙乐。　⑩校书郎：掌管校勘书籍、订正讹误的官。玉京：天阙。《魏书·释老志》："道家之原，出于老子……上处玉京，为神王之宗；下在紫微，为飞仙之主。"道家称三十二帝之都，在无为之天。香案：朝堂上置放的几案，上有香炉。元稹《以州宅夸于乐天》诗："我是玉皇香案吏，谪居犹得住蓬莱。"⑩"支机"句：晋张华《博物志》、南朝梁宗懔《荆楚岁时记》均载，汉张骞奉命出使西域探河源，乘槎经月，到一城市，见一女在室内织布，一男子牵牛饮河，因带回织女送他的支机石。后以其事问严君平，君平说："某年月日有客星犯牵牛宿"，正相合。支机女，即织女，仙女。银汉，天河，传说天河与海通。仙槎，进入天河的仙船。　⑩鸿名：高名，大名。　⑩三台：汉代称尚书为中台，御史为宪台，谒者为外台，合称"三台"。此处指天廷。　⑩倚马雕龙：形容文思敏捷，文章华美。倚马，语本《世说新语·文学》："桓宣武北征，袁虎时从，被责免官。会须露布文，唤袁倚马前令作。手不辍笔，俄得七纸，殊可观。"后因以"倚马"比喻文思快捷。雕龙，语本《史记·孟子荀卿列传》裴骃集解引刘向《别录》："饰若雕镂龙文。"后以之喻善为文辞。南朝刘勰取其义名其文论为《文心雕龙》。　⑩搨（tà 沓）：用纸墨从铸刻器物上捶印出文字或图画。　⑩清话：高雅的言谈。陶渊明《与殷晋安别》诗："信宿酬清话，益复知为亲。"　⑩"倘裘马"句：意为判官如盛服上天朝见玉帝时，就以我处为家。　⑪业景：所作所为。　⑪"如电目"句：如电光一样明亮的眼睛也看不透先生，如同瞎子一样。说自己有眼不识泰山。　⑪清斋：本指清心素食，此处指清静的斋房。　⑪遨文驾：追随您的大驾遨游。　⑪三彭：即三尸。道家认为在人体内的神，上尸为彭倨，在头中；中尸名彭质，在腹中；下尸名彭矫，在足中。三尸伺人隐微失误，即向天帝报告。　⑪薄赆（jìn 尽）：微薄的礼物。赆，离别时赠的礼物。　⑪叨：叨光。　⑪榼（kē 苛）：古代盛酒的器皿。　⑪稽留：延滞。　⑫指驴说马：用比喻的手法来教育人。　⑫曼倩：西汉文学家东方朔，字曼倩，性诙谐滑稽，常以比喻寓言讽谏汉武帝。事见《史记·滑稽列传》。　⑫神仙八洞：指传说中吕洞宾等八洞神仙。此句意为人们误以为曹操死后像神仙般快活。

二五　李　贽

李贽(1527—1602),号卓吾,别号温陵居士,泉州晋江(今福建晋江)人。二十六岁中举,谒选除河南共城县(今辉县)教谕,游宦二十五年,历任南京国子监教官、北京国子监博士、礼部司务、南京刑部主事、云南姚安知府。五十四岁坚求去职,先后寓居湖北黄安、麻城、武昌等地,讲学著书。万历二十八年(1600)湖广签事冯应京驱逐李贽出境,弟子马经纶迎至北京通州。万历三十年(1602)被诬以“敢倡乱道,惑世诬民”罪,逮捕下狱,以剃头刀自刭死。

李贽受王阳明心学影响,潜心研究性理之学,以“异端”自命,提出“是非”相对的观点,反对以孔子之是非为是非,认为儒家的经典不是“万世之至论”,已成为“道学之口实,假人之渊薮”(《童心说》),尤抨击“口谈道德,而志在穿窬”的假道学(《又与焦弱侯》)。文学上,提倡抒写真性情,反对贵古贱今,肯定戏曲小说的地位。对晚明公安派文学理论有直接影响,对清中叶、近代的文学启蒙也有相当影响。著有《焚书》、《续焚书》、《藏书》、《续藏书》、《李温陵集》等。

童　心　说[1]

龙洞山农叙《西厢》[2],末语云:“知者勿谓我尚有童心可也。”夫童心者,真心也。若以童心为不可,是以真心为不可也。夫童心者，绝假纯真[3]，最初一念之本心也[4]。若失却童心，便失却真心；失却真心，便失却真人。人而非真，全不复有初矣[5]。

童子者，人之初也；童心者，心之初也。夫心之初，曷可失也！然童心胡然而遽失也[6]？盖方其始也，有闻见从耳目而入，而以为主于其内而童心失[7]。其长也，有道理从闻见而入，而以为主于其内而童心失。其久也，道理闻见日以益多，则所知所觉日以益广，于是焉又知美名之可好也，而务欲以扬之而童心失；知不美之名之可丑也，而务欲以掩之而童心失。夫道理闻见，皆自多读书识义理而来也。古之圣人，曷尝不读书哉！然纵不读书，童心固自在也；纵多读书，亦以护此童心而使之勿失焉耳，非若学者反以多读书识义理而反障之也。夫学者既以多读书识义理障其童心矣，圣人又何用多著书立言以障学人为耶？童心既障，于是发而为言语，则言语不由衷；见而为政事[8]，则政事无根柢[9]；著而为文辞，则文辞不能达。非内含于章美也[10]，非笃实生辉光也[11]，欲求一句有德之言，卒不可得。所以者何？以童心既障，而以从外入者闻见道理为之心也。

夫既以闻见道理为心矣，则所言者皆闻见道理之言，非童心自出之言也。言虽工，于我何与？岂非以假人言假言、而事假事、文假文乎？盖其人既假，则无所不假矣。由是而以假言与假人言，则假人喜；以假事与假人道，则假人喜；以假文与假人谈，则假人喜。无所不假，则无所不喜。满场是假，矮人何辩也[12]？然则虽有天下之至文，其湮灭于假人而不尽见于后世者，又岂少哉！何也？天下之至文，未有不出于童心焉者也。苟童心常存，则道理不行，闻见不立，无时不文，无人不文，无一样创制体格文字而非文者[13]。诗何必古选[14]，文何必先秦。降而为六朝，变而为近体[15]，又变而为传奇[16]，变而为院本[17]，为杂剧，为《西厢曲》，为《水浒传》，为今之举子业[18]，皆古今至文，不可得而时势先后论也。故吾因是而有感于童心者之自文也，更说什么六经[19]，更说什么《语》、《孟》乎[20]？

夫六经、《语》、《孟》，非其史官过为褒崇之词，则其臣子极为赞美之语。又不然，则其迂阔门徒[21]，懵懂弟子[22]，记忆师说，有头无尾，得后遗前，随其所见，笔之于书。后学不察，便谓出自圣人之口也，决定目之为经矣，孰知其大半非圣人之言乎。纵出自圣人，要亦有为而发，不过因病发药，随时处方，以救此一等懵懂弟子，迂阔门徒云耳。医药假病，方难定执[23]，是岂可遽以为万世之至论乎？然则六经、《语》、《孟》，乃道学之口实[24]，假人之渊薮也，断断乎其不可以语于童心之言明矣。呜呼！吾又安得真正大圣人童心未曾失者而与之一言文哉[25]！

中华书局点校本《焚书》卷三

①本文论述童心在为人做文中的重要地位，抨击虚伪的道学和贵古贱今的复古派。全文汪洋恣肆，论辩深邃。　②龙洞山农：李贽的别号，也有人说是颜钧，字山农。　③绝假：与假隔绝。　④一念：指极短促的时间。《翻译名义集·时分》："一念中有九十刹那。"本心：天性。　⑤初：指人的自然本性。　⑥胡然：为什么。遽：突然。　⑦内：人的内心。　⑧见：通"现"，表现。　⑨根柢：草木的根，引申为事业、学问的基础。　⑩章：同"彰"，表现。　⑪笃实：实在、厚实。《周易·大畜》："大畜刚健，笃实辉光，日新其德。"　⑫矮人何辩：这里以演戏为喻，说矮人根本看不到，无法分辨真假。　⑬创制体格：指文学的体裁风格。　⑭古选：指萧统编的

《文选》,又叫《昭明文选》。 ⑮近体:指近体诗,包括律诗绝句。 ⑯传奇:指唐宋传奇小说。 ⑰院本:金代戏剧艺人演出的底本。 ⑱举子业:指科举考试的文章,也就是八股文。 ⑲六经:儒家的六种经典著作,有《诗》、《书》、《礼》、《乐》、《易》、《春秋》。 ⑳《语》、《孟》:指《论语》、《孟子》。 ㉑迂阔:迂腐不切实际。 ㉒懵懂:糊涂。 ㉓"医药"二句:根据病症开出药方,药方难以固定。假,依凭,根据。方,药方。定执,固定。 ㉔道学:道学家。口实:谈话讲学的资料、根据。 ㉕安得:怎样得到。

题孔子像于芝佛院①

人皆以孔子为大圣,吾亦以为大圣;皆以老、佛为异端②,吾亦以为异端。人人非真知大圣与异端也,以所闻于父师之教者熟也;父师非真知大圣与异端也,以所闻于儒先之教者熟也③;儒先亦非真知大圣与异端也,以孔子有是言也。其曰"圣则吾不能"④,是居谦也⑤。其曰"攻乎异端"⑥,是必为老与佛也。

儒先臆度而言之⑦,父师沿袭而诵之,小子蒙聋而听之⑧。万口一词,不可破也;千年一律,不自知也。不曰"徒诵其言",而曰"已知其人";不曰"强不知以为知",而曰"知之为知之"⑨。至今日,虽有目,无所用矣。

余何人也,敢谓有目?亦"从众"耳⑩。既从众而圣之⑪,亦从众而事之⑫,是故吾从众事孔子于芝佛之院。

中华书局点校本《续焚书》卷四

①芝佛院,湖北麻城龙湖北岸的一座寺院,李贽辞官后,曾在此著书讲学。此文抨击儒学传统中知"从众",而不知用目用脑的风气。题小意深,发人深省。 ②老:指老聃,俗称老子,春秋时期道家学说的创始人,后世道

教也尊为始祖。　③儒先:儒家的先辈。　④圣则吾不能:圣人,我做不到。语见《孟子·公孙丑上》:"昔者子贡问于孔子曰:'夫子圣矣乎?'孔子曰:'圣则吾不能,我学不厌而教不倦也。'"　⑤居谦:表示自己谦虚。⑥攻乎异端:批评抨击不合正道的思想。语见《论语·为政》:"子曰:'攻乎异端,斯害也已。'"　⑦臆度:主观猜测。　⑧小子:后生晚辈。蒙聋:糊糊涂涂。蒙,指看不见。　⑨知之为知之:语见《论语·为政》:"子曰:'由,诲女知之乎?知之为知之,不知为不知,是知也。'"　⑩从众:语见《论语·子罕》:"俭,吾从众。"　⑪圣之:以之为圣。　⑫事之:敬奉。

二六　汤显祖

汤显祖(1550—1616),字义仍,号若士、海若,晚年署清远道人,江西临川人。少负才名,二十一岁中举,因拒绝张居正的结纳,直到万历十一年(1583)才中进士,又因不受新要张四维、申时行的笼络,而仕居下僚,曾任南京太常博士、南京詹事府主簿、南京礼部祠祭司主事。万历十九年(1591)因上疏抨击朝廷,贬广东徐闻典史,后迁转浙江遂昌县令。万历二十六年(1598)自动去官还乡,归隐于临川玉茗堂中。汤显祖以戏剧名世,先后作有《牡丹亭》、《南柯记》、《邯郸记》和以前创作的《紫钗记》,合称"临川四梦",以《牡丹亭》最为著名。诗文有《玉茗堂诗文集》。

牡　丹　亭[1]

闺　塾

(末上)"吟馀改抹前春句,饭后寻思午晌茶。蚁上案头沿砚水,蜂穿窗眼咂瓶花。"我陈最良杜衙设帐[2],杜小姐家传《毛诗》[3],极承老夫人管待;今日早膳已过,我且把《毛诗》潜玩一遍。(念介)"关关雎鸠,在河之洲;窈窕淑女,君子好逑。"好者,好也。逑者,求也。(看介)这早晚了,还不见女学生进馆,却也娇养的凶。待我敲三声云板[4]。(敲云板介)春香,请小姐解书。

[绕地游](旦引贴捧书上)素妆才罢,缓步书堂下,对净几明窗潇洒。(贴)《昔氏贤文》[5],把人禁杀,恁时节则好教鹦哥唤茶[6]。

(见介)(旦)先生万福。(贴)先生少怪。(末)凡为女子,鸡初鸣,咸盥漱栉笄[7],问安于父母;日出之后,各供其事。如今女学生以读书为事,须要早起!(旦)以后不敢了。(贴)知道了。今夜不睡,三更时分,请先生上书。(末)昨日上的《毛诗》可温习?(旦)温习了,则待讲解。(末)你念来。(旦念书介)"关关雎鸠,在河之洲;窈窕淑女,君子好逑。"(末)听讲:"关关雎鸠","雎鸠"是个鸟,"关关"鸟声也。(贴)怎样声儿?(末作鸠声)(贴学鸠声诨介[8])(末)此鸟性喜幽静,在河之洲。(贴)是了。不是昨日是前日,不是今年是去年,俺衙内关着个斑鸠儿,被小姐放去,一去去在何知州家[9]。(末)胡说!这是兴[10]。(贴)兴个甚的那?(末)兴者,起也。起那下头"窈窕淑女",是幽闲女子;有那等君子,好好的来求他。(贴)为甚好好的求他?(末)多嘴哩!(旦)师父,依注解书,学生自会。但把《诗经》大意,敷演一番[11]。

[掉角儿](末)论《六经》,《诗经》最葩[12],闺门内许多风雅。有指证,姜嫄产哇[13];不嫉妒,后妃贤达[14]。更有那咏鸡鸣,伤燕羽,泣江皋,思汉广[15],洗净铅华[16],有风有化[17],宜室宜家[18]。(旦)这经文偌多!(末)《诗》三百[19],一言以蔽之,没多些,只"无邪"两字[20],付与儿家。

书讲了,春香取文房四宝来模字[21]。(贴下取上)纸、笔、墨、砚在此。(末)这甚么墨?(旦)丫头错拿了,这是螺子黛[22],画眉的。(末)这甚么笔?(旦作笑介)这便是画眉细笔。(末)俺从不曾见,拿去,拿去!这是甚么纸?(旦)薛涛笺[23]。(末)拿去,拿去!只拿那蔡伦造的来[24]。这是甚么砚?是一个是两个？（旦）鸳鸯砚。（末）许多眼[25]？（旦）泪眼[26]。（末）哭甚么子，一发换了来。（贴背介）好个标老儿[27]！待换去。（下换上）这可好？（末看介）着。（旦）学生自会临书，春香还劳把笔[28]。（末）看你临！（旦写字介）（末看惊介）我从不曾见这样好字！这甚么格？（旦）是卫夫人传下"美女簪花"之格[29]。（贴）待俺写个奴婢学夫人[30]。（旦）还早哩！（贴）先生，学生领出恭牌[31]。（下）（旦）敢问师母尊年？（末）目下平头六十[32]。（旦）学生待绣对鞋儿上寿，请个样儿。（末）生受了[33]！依《孟子》上样儿，做个"不知足而为屦"罢了[34]。（旦）还不见春香来？（末）要唤他么？（末叫三度介）（贴上）害淋的！（旦作恼介）劣丫头那里来？（贴笑介）溺尿去来。原来有座大花园，花明柳绿，好耍子哩！（末）哎也！不攻书，花园去，待俺取荆条来。（贴）荆条做甚么？

［前腔］女郎行[35]，那里应文科判衙[36]，止不过识字儿书涂嫩鸦[37]。（起介）（末）古人读书，有囊萤的[38]，趁月亮的[39]。（贴）待映月，耀蟾蜍眼花[40]；待囊萤，把虫蚁儿活支煞[41]。（末）悬梁刺股呢[42]？（贴）比似你悬了梁，损头发；刺了股，添疤痆[43]，有甚光华[44]！（内叫卖花介）（贴）小姐，你听一声声卖花，把读书声差。（末）又引逗小姐哩！待俺当真打一下。（末做打介）（贴闪介）你待打、打这哇哇[45]，桃李门墙[46]，崄把负荆人唬煞[47]。

（贴抢荆条投地介）（旦）死丫头，唐突了师父[48]，快跪下！（贴跪介）（旦）师父看他初犯，容学生责认一遭儿。

［前腔］手不许把秋千索拿！脚不许把花园路踏！（贴）则瞧罢。（旦）还嘴！这招风嘴，把香头来绰疤[49]，招花眼，把绣针儿签瞎。[50]（贴）瞎了中甚用？（旦）则要你守砚台，跟书案，伴"诗云"，陪"子曰"[51]，没的争差[52]。（贴）争差些罢。（旦挦贴发介[53]）则问你几丝儿头发？几条背花[54]？敢也怕些些夫人堂上那些

家法[55]。

(贴)再不敢了。(旦)可知道!(末)也罢!松这一遭儿,起来。(贴起介)

[尾声](末)女弟子则争个不求闻达[56],和男学生一般儿教法。你们工课完了,方可回衙。咱和公相陪话去[57]。(合)怎辜负的这一弄明窗新绛纱[58]。

(末下)(贴做背后指末骂介)村老牛[59],痴老狗!一些趣也不知。(旦作扯介)死丫头!一日为师,终身为父,他打不得你?俺且问你那花园在那里?(贴做不说、旦做笑问介)(贴指介)兀那不是!(旦)可有什么景致?(贴)景致么,有亭台六七座,秋千一两架,绕的流觞曲水[60],面着太湖山石[61]。名花异草,委实华丽。(旦)原来有这等一个所在,且回衙去。

(旦)也曾飞絮谢家庭(李山甫),

(贴)欲化西园蝶未成(张泌)。

(旦)无限春愁莫相问(赵嘏),

(合)绿荫终借暂时行(张祜)。

①《牡丹亭》是我国戏剧史上一部浪漫主义杰作。主人公杜丽娘挣脱封建理学在形体和精神上为青年男女设置的樊篱,与柳梦梅在梦中相爱,因情而死;死后又在冥中与柳梦梅相会,为情而复生,历经波折,终成眷属。全剧五十五出,《闺塾》为第七出,俗称《春香闹学》。 ②陈最良:剧中的腐儒形象,杜丽娘的家庭教师。杜衙:杜丽娘的父亲杜宝是南安太守,杜家住在衙署。设帐:授徒。《后汉书·马融传》记马融讲学时,"施绛纱帐,前授生徒,后列女乐"。 ③《毛诗》:战国时解释《诗经》的有鲁人申培、齐人辕固、燕人韩婴,三家诗先后亡佚,只有毛亨所著的《毛诗故训传》存,后来《毛诗》被作为《诗经》的代称。 ④云板:古乐器,形状如云。旧时官署和贵族官僚家庭以敲云板为报事的信号。 ⑤《昔氏贤文》:一种格言体的女子初学读本。 ⑥恁时节:这时候。 ⑦盥(guàn 贯)漱栉(zhì 至)笄(jī 鸡):洗手漱口梳头

和把头发挽起。笄,用簪子把头发挽住。为《礼记·内则》所规定的女子鸡鸣起床后首先要做的事情。　⑧诨:打诨。　⑨知州:州的地方行政长官。何知州与“河之洲”谐音,用来打趣。　⑩兴:风、雅、颂、赋、比、兴被称为《诗》的六义。前三者指《诗》的体制,后三者指《诗》的作法。兴,即物起兴,引出下文。　⑪敷演:讲述,概括。　⑫《诗经》最葩:《诗经》最有文采。葩,本义是花,也作华丽、美好讲。韩愈《进学解》:“诗正而葩。”也有称《诗经》为“葩经”。　⑬姜嫄产哇:《诗经·大雅·生民》第一章写帝喾妃姜嫄因踩天帝的足迹而怀孕生后稷的传说。哇,小儿啼声,指代小儿。　⑭“不嫉妒”二句:《诗经·周南》中的《樛木》、《螽斯》等篇,诗序、朱熹都认为它们是写后妃的贤达不妒的。　⑮“更有”四句:咏鸡鸣,指《诗经·齐风·鸡鸣》。伤燕羽,指《诗经·邶风·燕燕》。泣江皋,指《诗经·召南·江有汜》。思汉广,指《诗经·周南·汉广》。旧说这四篇诗都是写女子美德的。　⑯铅华:铅粉,女子的化妆用品。　⑰有风有化:有关风化,指有教育意义。　⑱宜室宜家:语出《诗经·周南·桃夭》:“之子于归,宜其室家。”室,夫妻之室。家,整个家庭。⑲《诗》三百:《诗经》有诗三百零五首,三百篇是约数。　⑳“一言”三句:语本《论语·为政》:“《诗》三百,一言以蔽之,曰思无邪。”　㉑文房四宝:即下文所说的纸、墨、笔、砚。模字:临贴写字。　㉒螺子黛:即螺黛,古代妇女画眉用的颜料。《南部烟花记》:“炀帝宫中争画长蛾,司宫吏日给螺子黛五斛,出波斯国。”　㉓薛涛笺:唐代蜀中名妓薛涛,自制红色彩笺,世称薛涛笺。　㉔蔡伦:东汉人,纸的发明者。《后汉书》有传。　㉕眼:砚眼。砚石经过加工出现的天然石纹,圆晕如眼。砚眼有白、赤、黄等不同颜色。㉖泪眼:广东高要县端溪出产的砚叫端砚,端砚上的眼有活眼、泪眼、死眼之分,眼不明朗清润的叫泪眼。　㉗标老儿:俗语,意谓老顽固、老土儿。㉘把笔:指初学写字,不会运笔,老师把着初学者的手教写。　㉙卫夫人:卫铄,字茂猗,晋代著名的书法家,嫁李矩,亦称李夫人。美女簪花之格:书法中字迹娟秀的一种。格,范本、式样。　㉚奴婢学夫人:《说郛》卷二三引《宾退录》:“羊欣书似婢作夫人,不堪位置,而举止羞涩,终不似真。”本意是学不像,这里是春香借来小姐的字学着写。　㉛出恭牌:请假上厕所。明代科场中考生不准擅离坐位,设有出恭入敬的牌子,考生上厕所要凭牌出入。旧时私塾中也多设置这种牌子。　㉜平头:凡计数逢十,俗谓齐头或平头。如白居易《除夜》诗:“火销灯尽天明后,便是平头六十人。”　㉝生受:犹说麻烦，对他人表示感谢的意思。 ㉞不知足而为屦：语本《孟子·告子》，意思是不知脚大小便去做鞋。屦，鞋。 ㉟女郎行：女儿家、女辈。行，用在人称词后，有"辈"、"类"的意思。 ㊱应文科判衙：应科考试，做官办事。判衙，指做官的坐衙理事。 ㊲书涂嫩鸦：即涂鸦，信笔而写，字不成体的意思。 ㊳囊萤：晋人车胤好学家贫，夏夜用练囊盛萤火虫数十个，借以照书。事见《晋书·车胤传》。 ㊴趁月亮：南齐江泌，家贫不能点灯，夜间映月光读书，月光斜，则握卷爬到屋顶上去读。事见《南齐书·江泌传》。 ㊵蟾蜍(chánchú 蝉除)：指月亮。传说月亮里有蟾蜍，常以蟾蜍指代月亮。 ㊶虫蚁儿：指昆虫。这里指萤火虫。活支煞：元明戏曲中常用口语，意为活活地弄杀。 ㊷悬梁刺股：指孙敬、苏秦刻苦读书的故事。《太平御览》卷六一一《楚国先贤传》："(汉)孙敬好学，时欲寝寐，悬头至屋梁以自课。"《战国策·秦一》：苏秦游说秦王，上书十次，不为所用，归里发愤读书，"读书欲睡，引锥自刺其股"。 ㊸疤痆(nà 纳)：即疮疤。 ㊹光华：光彩。 ㊺哇哇：即娃娃。 ㊻桃李门墙：意谓学生在老师门下。桃李，喻学生。门墙，师门。语本《论语·子张》："夫子之墙数仞，不得其门而入。" ㊼崄：同"险"。负荆人：负荆请罪的人。语本《史记·廉颇蔺相如列传》："廉颇闻之，肉袒负荆，因宾客至蔺相如门谢罪。"这里是春香自指。唬煞：吓死。 ㊽唐突：冒犯、冲撞。 ㊾"这招风"二句：招风嘴，招惹是非的嘴。绰疤，戳个疤，烫个疤。 ㊿"招花"二句：招花眼，招惹是非的眼。签，用针刺。

(51)"伴诗云"二句：诗云、子曰，《论语》、《孟子》中引《诗经》中的诗句，每冠以"诗云"二字。《论语》中记孔子的话，每冠以"子曰"二字。后用"诗云子曰"指代四书。 (52)争差：差错。元张国宾《合汗衫》第二折："倘或间有些儿争差，儿也，将您这一双老爹娘，可便看个甚么？" (53)挦(xián 咸)：扯，拔。 (54)背花：背上被鞭打的痕迹。 (55)家法：指封建家长惩罚家人的刑具。 (56)"女弟子"句：女学生不求做官显名。不求闻达，语本诸葛亮《出师表》："不求闻达于诸侯。"意思是不求做官显达，扬名于世。 (57)公相：对封建官僚的尊称。这里指杜丽娘的父亲杜宝。 (58)一弄：一派。王安石《渔家傲》词："一弄松声悲急管，惊梦断。" (59)村：蠢，土气。 (60)流觞曲水：晋王羲之《兰亭集序》："又有清流急湍，映带左右，引以为流觞曲水。"古时人们于三月上旬的巳日，在曲水林边聚会，把酒杯放在水上流转，停在谁面前，谁就取杯饮酒。这种活动叫流觞。 (61)太湖山石：用太湖石垒的假山。太湖产的石，多孔穴，形状多样，常用以点缀园林，堆成假山。

游　园[1]

［绕池游］（旦上）梦回莺啭，乱煞年光遍[2]。人立小庭深院。（贴）炷尽沉烟[3]，抛残绣线，恁今春关情似去年[4]。

〔乌夜啼〕（旦）晓来望断梅关[5]，宿妆残[6]。（贴）你侧着宜春髻子恰凭栏[7]。（旦）剪不断，理还乱[8]，闷无端。（贴）已分付催花莺燕借春看。（旦）春香，可曾叫人扫除花径？（贴）分付了。（旦）取镜台衣服来。（贴取镜台衣服上）"云髻罢梳还对镜，罗衣欲换更添香[9]。"镜台衣服在此。

［步步娇］（旦）袅晴丝吹来闲庭院[10]，摇漾春如线。停半晌，整花钿[11]，没揣菱花，偷人半面[12]，迤逗的彩云偏[13]。（行介）步香闺怎便把全身现。

（贴）今日穿插的好！

［醉扶归］（旦）你道翠生生出落的裙衫儿茜[14]，艳晶晶花簪八宝填[15]，可知我常一生儿爱好是天然[16]。恰三春好处无人见[17]。不提防沉鱼落雁鸟惊喧，则怕的羞花闭月花愁颤[18]。

（贴）早茶时了，请行。（行介）你看："画廊金粉半零星，池馆苍苔一片青；踏草怕泥新绣袜，惜花疼煞小金铃[19]。"（旦）不到园林，怎知春色如许！

［皂罗袍］原来姹紫嫣红开遍[20]，似这般都付与断井颓垣[21]。良辰美景奈何天，赏心乐事谁家院！[22]恁般景致，我老爷和奶奶再不提起。（合）朝飞暮卷，云霞翠轩[23]，雨丝风片，烟波画船。锦屏人忒看的这韶光贱[24]。

（贴）是花都放了[25]，那牡丹还早。

[好姐姐](旦)遍青山啼红了杜鹃[26],荼蘼外烟丝醉软[27]。春香呵,牡丹虽好,他春归怎占的先[28]!(贴)成对儿莺燕呵。(合)闲凝眄[29],生生燕语明如翦[30],呖呖莺歌溜的圆[31]。

(旦)去罢!(贴)这园子委是观之不足也[32]。(旦)提他怎的。(行介)

[隔尾]观之不足由他缱[33],便赏遍了十二亭台是枉然。到不如兴尽回家闲过遣[34]。

(作到介)(贴)开我西阁门,展我东阁床[35];瓶插映山紫[36],炉添沉水香。小姐,你歇息片时,俺瞧老夫人去也。(下)

人民文学出版社版徐朔方、杨笑梅校注《牡丹亭》

①《牡丹亭》第十出《惊梦》由"游园"和"惊梦"两段组成,这里选的是前半部分。这出戏写杜丽娘久闭深闺,一旦游园,大好春光引发了她青春的觉醒,小憩时梦中与男青年柳梦梅相会,非常深刻细腻地表现了封建礼教禁锢下青春少女的苦闷和对爱情的渴望。 ②乱煞年光遍:令人眼花缭乱的春光到处都是。乱煞,乱甚。 ③炷(zhù 住)尽:烧尽。沉烟:沉香,也叫沉水香,一种薰香的香料。 ④恁:恁的,如此,这样。关情:牵动情怀。 ⑤梅关:在广东、江西交界的大庾岭上。杜丽娘住在江西南安府(府治在今大庾县),地处梅关之北,而她将在梦中与之相爱的柳梦梅,则居于岭南。 ⑥宿妆:隔夜的妆饰。此句言清晨起来尚未梳洗打扮。 ⑦宜春髻子:《荆楚岁时记》载,古时立春日,妇女剪彩作燕子形,戴在发髻上,并贴上"宜春"二字。 ⑧"剪不断"二句:语出李煜《相见欢》词。 ⑨"云髻"二句:借用唐人薛逢《宫词》"十二楼中尽晓妆"中的五、六句。见《全唐诗》卷二〇。 ⑩袅(niǎo 鸟)晴丝:春日空中飘动的游丝、飞丝,于晴朗的日子里最容易看到。袅,细长柔软,飘动的样子。闲庭院:寂静的庭院。 ⑪花钿(diàn 电):指嵌有金花珠宝的妇女首饰。 ⑫"没揣"二句:没揣,不料,不意,含突然的意思,元杂剧中常用。菱花,古时因铜镜背面常铸有菱花花纹而称镜子为菱花镜,所以也用"菱花"作镜子的代称。偷人半面,谓镜子偷偷摄入了人的面孔。 ⑬迤逗:挑逗,撩拨。彩云:形容美丽的发卷。偏:歪到一边。

意思是说由于看到自己镜子中的面庞，感到不好意思，把发卷也弄歪了。

⑭翠生生：形容色彩鲜艳、明亮。出落：常用来赞美人容貌长得比以前更好。茜(qiàn欠)：茜草。因茜草根可作红色染料，故常用以指称红色。如唐李群玉《黄陵庙》诗："黄陵女儿茜裙新。" ⑮艳晶晶：光彩闪烁。花簪八宝填：镶着多种宝石的簪子。填，嵌饰。 ⑯爱好：爱美。天然：天性使然，犹本性如此。作者《紫箫记》第十一出李十郎曾云："小生从来带一种爱好的性子。" ⑰三春好处：比喻自己正当妙龄，容颜美丽。 ⑱"不堤防"二句：形容自己的美貌。沉鱼落雁，《庄子·齐物论》："毛嫱、丽姬，人之所美也，鱼见之深入，鸟见之高飞，麋鹿见之决骤，四者孰知天下之正色哉！"羞花闭月，形容女子美貌使花儿自惭，月儿躲避。 ⑲惜花疼煞小金铃：《开元天宝遗事》："天宝初，宁王至春日，于后园中纫红丝为绳，密缀金铃，系于花梢之上，每有鸟鹊翔集，则令园吏掣铃索以惊之。盖惜花之故也。"疼煞，言小金铃常常被拉响，致使疼煞。 ⑳姹(chà岔)紫嫣红：形容各色鲜花灿烂美丽。

㉑付与：支付与。断井颓垣：指破败的园林。杜丽娘家之后花园已荒芜，本剧第十一出《慈戒》中杜夫人曾云："后花园窣静无边阔，亭台半倒落。"

㉒"良辰美景"二句：语本谢灵运《拟魏太子邺中集诗序》："天下良辰、美景、赏心、乐事，四者难并。"这里是说徒有良辰美景，却没有赏心乐事。 ㉓"朝飞"二句：用唐王勃《滕王阁》诗："画栋朝飞南浦云，珠帘暮卷西山雨。"描写楼台亭阁的高耸壮丽。 ㉔锦屏人：指幽居深闺，不能领略自然风光的人。忒(tè特)：太。韶光：好时光，春光。 ㉕是：凡是。放：开放。 ㉖啼红了杜鹃：言杜鹃花开得十分艳丽。古代有杜鹃啼血的故事。这里是双关语，既写花，也写鸟。 ㉗荼蘼：落叶灌木，晚春开重瓣白花。烟丝：晴丝，游丝。 ㉘"牡丹虽好"二句：牡丹虽美，但开花太迟，怎能占春花中的第一呢？这里杜丽娘表达自己的青春被耽误的忧伤。 ㉙凝眄(miàn面)：凝视。 ㉚生生：形容燕子叫声清脆动听。明如翦：也是形容燕子的叫声清脆。 ㉛呖呖：莺声。溜的圆：形容莺声非常婉转。 ㉜委是：实在是。观之不足：看不够。 ㉝缱：留恋，牵连。 ㉞遣：消遣，遣怀。

㉟"开我"二句：用《木兰词》"开我东阁门，坐我西阁床"两句。 ㊱映山紫：映山红的别名。

二七　袁宏道

袁宏道(1568—1610),字中郎,号石公,湖北公安人。万历二十年(1592)进士,三年后选为吴县知县,一年馀告病回家。万历二十六年起为顺天府教授,迁国子监助教,补礼部主事,数月,借口有病告假回家。万历三十四年(1606)由于老父督迫,入京补吏部封验司主事,转吏部考功员外郎,升吏部稽勋郎中。与长兄宗道、弟中道并称“三袁”,为“公安派”的中坚,他的成就最突出。袁宏道反对前后七子的拟古主义,其散文清新活泼,秀逸洁净,抒情写景,不拘一格;其诗轻巧本色,不事雕饰。但由于主张信手信口,不避俚俗,诗作有时戏谑嘲笑,间杂俚语,又生弊端。有《袁中郎集》。

戏题斋壁[①]

一作刀笔吏[②],通身埋故纸[③]。鞭笞惨容颜[④],簿领枯心髓[⑤]。奔走疲马牛,跪拜羞奴婢[⑥]。复衣炎日中,赤面霜风里[⑦]。心若捕鼠猫,身似近膻蚁[⑧]。举眼尽无欢,垂头私自鄙。南山一顷豆,可以没馀齿[⑨]。千钟曲与糟[⑩],百城经若史[⑪]。结庐甑箄峰,系艇车台水[⑫]。至理本无非,从心即为是[⑬]。岂不爱热官,思之烂熟尔[⑭]。

上海古籍出版社版钱伯城《袁宏道集笺校》卷三

①诗作于万历二十三年(1595)吴县令任上。其中抒写做官大违其志趣的苦恼。作者致沈凤翔书曰:“人生作吏甚苦,而作令为尤苦,若作吴令则其苦万万倍,直牛马不若矣。何哉?上官如云,过客如雨,簿书如山,钱谷如海,朝夕趋承检点,尚恐不及,苦哉,苦哉!”斋壁,江苏吴县衙署书斋之壁。

②刀笔吏:指主办文案的官吏。古代记事最早用刀刻于龟甲或竹木简上,有笔以后,又用笔写在简帛上,故刀笔合称。　③通身:全身心。故纸:指文牍。《北齐书·韩轨传》:“朝廷处之贵要之地,必以疾辞,告人云:‘废人饮美酒、对名胜,安能作刀笔吏返披故纸乎?’”　④鞭笞(chī 吃):鞭打。这里指县衙鞭打百姓。　⑤簿领:官衙的文簿。魏刘桢《杂诗》:“沉迷簿领书,回回自昏乱。”《文选》李善注:“簿领,谓文簿而记录之。”　⑥“跪拜”句:跪拜上司时奴颜婢膝,让人羞惭。　⑦“复衣”二句:形容小官吏在炎炎夏日要穿着庄重的官服,寒冷的冬天也要奔走在霜风里。复衣,两层布做成的夹衣。此处指穿外衣。　⑧“心若”二句:描写小官吏身心的劳累,像捕鼠猫一样小心紧张,像虫蚁围着腥膻一样团团转。膻,荤腥的气味。　⑨“南山”二句:在乡间种上一些田地,足可以养我以终生。陶渊明《归园田居》诗:“种豆南山下,草盛豆苗稀。”没馀齿,指度过馀生。　⑩千钟:即千盅。曲:酒曲。糟:酒滓。此处都是指酒。《晋书·刘伶传》:“先生于是……枕曲藉糟,无思无虑,其乐陶陶。”　⑪百城:《魏书·李谧传》:“丈夫拥书万卷,何假南面百城?”后因以百城书或百城喻指丰富的藏书。　⑫结庐:构筑居室。陶渊明《饮酒》诗:“结庐在人境,而无车马喧。”甑箄(zèngbēi 憎卑)峰、车台水:山名与水名,不详。　⑬“至理”二句:至理,根本的道理。从心,任性。

⑭“岂不”二句:语见《北齐书·王昕传》:“帝欲以晞为侍中,苦辞不受。或劝晞勿自疏。晞曰:‘……且性实疏缓,不堪时务,人主恩私,何由可保,万一披猖,求退无地。非不爱作热官,但思之烂熟耳。’”热官,有权势的官。烂熟,极其熟悉、熟练;或精神不振、令人沮丧。此处二意兼有。

显灵宫集诸公以城市山林为韵[①](四首选一)

野花遮眼酒沾涕[②],塞耳愁听新朝事[③]。邸报束作一筐灰[4]，朝衣典与栽花市。新诗日日千馀言，诗中无一忧民字。旁人道我真聩聩[5]，口不能答指山翠。自从老杜得诗名[6]，忧君爱国成儿戏。言既无庸默不可[7]，阮家那得不沉醉[8]？眼底浓浓一杯春，恸于洛阳年少泪[9]。

上海古籍出版社版钱伯城《袁宏道集笺校》卷一六

①万历二十七年(1599)作者官国子监助教，常偕友郊游。本题诗共四首，这是其中的第二首。诗人假以忘怀世情与醉酒，排解对朝政的忧虑。显灵宫，在北京皇城西，在明代为名胜之地。　②酒沾涕：酒水和泪水混在一起。③新朝事：朝中新发生的事。　④邸报：汉唐时地方长官在京设邸舍，传抄诏令章奏，以报于诸藩，因称之为邸报。后世称朝廷的官报为邸抄。一筐灰：因无人翻看，落了很厚的灰土。　⑤聩(kuì溃)聩：昏聩，耳聋。　⑥老杜：即杜甫。　⑦无庸：即无用。　⑧"阮家"句：用阮籍事。阮籍为了全身远害，又不愿与司马氏集团合作，遁迹酒中，常大醉不醒。　⑨洛阳年少：贾谊，洛阳人，年少时以文章闻于世。曾上《治安策》，以为当时的政治"可为痛哭者一，可为流涕者二"。见《汉书·贾谊传》。

徐文长传[1]

余一夕坐陶太史楼[2]，随意抽架上书，得《阙编》诗一帙[3]，恶楮毛书[4]，烟煤败黑[5]，微有字形。稍就灯间读之，读未数首，不觉惊跃，急呼周望："《阙编》何人作者，今邪古邪？"周望曰："此余乡徐文长先生书也。"两人跃起，灯影下读复叫，叫复读，僮仆睡者皆惊起。盖不佞生三十年[6]，而始知海内有文长先生。噫，是何相识之晚也！因以所闻于越人士者[7]，略为次第[8]，为徐文长传。

徐渭，字文长，为山阴诸生[9]，声名藉甚[10]。薛公蕙校越时[11]，奇其才，有国士之目[12]。然数奇[13]，屡试辄蹶[14]。中丞胡公宗宪闻之[15]，客诸幕[16]。文长每见，则葛衣乌巾[17]，纵谈天下事，胡公大喜。是时公督数边兵[18]，威振东南，介胄之士[19]，膝语蛇行[20]，不敢举头，而文长以部下一诸生傲之，议者方之刘真长、杜少陵云[21]。会得白鹿[22]，属文长作表[23]。表上，永陵喜[24]。公以是益奇之，一切疏记[25]，皆出其手。

文长自负才略，好奇计，谈兵多中，视一世士无可当意者，然竟不偶[26]。文长既已不得志于有司[27]，遂乃放浪曲糵[28]，恣情山水，走齐鲁燕赵之地，穷览朔漠[29]。其所见山奔海立，沙起云行，风鸣树偃，幽谷大都，人物鱼鸟，一切可惊可愕之状，一一皆达之于诗。其胸中又有勃然不可磨灭之气，英雄失路、托足无门之悲。故其为诗，如嗔如笑[30]，如水鸣峡，如种出土，如寡妇之夜哭，羁人之寒起[31]；虽其体格时有卑者，然匠心独出，有王者气[32]，非彼巾帼而事人者所敢望也[33]。文有卓识，气沉而法严，不以模拟损才，不以议论伤格，韩曾之流亚也[34]。文长既雅不与时调合[35]，当时所谓骚坛主盟者[36]，文长皆叱而奴之，故其名不出于越。悲夫！喜作书，笔意奔放如其诗，苍劲中姿媚跃出，欧阳公所谓"妖韶女老，自有馀态"者也[37]。间以其馀[38]，旁溢为花鸟，皆超逸有致。

卒以疑杀其继室[39]，下狱论死。张太史元忭力解[40]，乃得出。晚年愤益深[41]，佯狂益甚[42]，显者至门，或拒不纳。时携钱至酒肆，呼下隶与饮[43]。或自持斧击破其头，血流被面，头骨皆折，揉之有声。或以利锥锥其两耳，深入寸馀，竟不得死。周望言晚岁诗文益奇[44]，无刻本，集藏于家。余同年有官越者[45]，托以钞录，今未至。余所见者，《徐文长集》、《阙编》二种而已。然文长竟以不得志于时，抱愤而卒。

石公曰[46]：先生数奇不已，遂为狂疾；狂疾不已，遂为囹圄[47]。古今文人牢骚困苦，未有若先生者也。虽然，胡公间世豪杰[48]，永陵英主。幕中礼数异等，是胡公知有先生矣；表上，人主悦，是人主知有先生矣，独身未贵耳。先生诗文崛起，一扫近代芜秽之习[49]，百世而下，自有定论，胡为不遇哉？梅客生尝寄余书曰[50]："文长吾老友，病奇于人，人奇于诗。"余谓文长无之而不奇者也。无之而不奇，斯无之而不奇也，悲夫！

上海古籍出版社版钱伯城《袁宏道集笺校》卷一九

①徐渭"无之而不奇"，一生不得志于时，抱愤而卒；死后，其名又渐被湮没。袁宏道发现了他，为之刊布文集，立传彰扬，显名后世，本是一件奇事，而作者此文又是一篇奇文。全文以"奇"字作骨，传写徐渭的悲愤人生，感慨淋漓，文如其人。徐文长，徐渭。　②一夕：指万历二十五(1597)年三月作者游绍兴时的一天晚上。陶太史：陶望龄，字周望，号石篑，绍兴人。万历十七年(1589)会试第一，廷试第三，初授翰林院编修，官至国子监祭酒。明代史馆事多以翰林任之，故称翰林为太史。　③帙(zhì)：书册。　④恶楮(chǔ)毛书：粗糙的纸质，拙劣的书写。楮即榖树，树皮可造纸。　⑤烟煤败黑：形容印书的墨质不好。　⑥不佞：自谦词，意同"不才"、"小可"之类。⑦越：古国名，地域大致相当于现在浙江东部。　⑧次第：编排。　⑨诸生：明代经过省内各级考试，录取入府、州、县学者，称生员。生员有增生、附生、廪生、例生等名目，统称诸生。　⑩声名藉甚：名声很大。藉甚，盛大，很多。　⑪薛公蕙：薛蕙，字君采，亳州(今安徽亳县)人。正德九年(1514)进士，授刑部主事，嘉靖中为给事中。曾任绍兴府乡试官，所以称"校越"。⑫国士之目：对杰出人物的评价。国士，国中才能出众的人。　⑬数奇(jī鸡)：命运坎坷，遭遇不顺。　⑭辄蹶(jué决)：总是失败。　⑮中丞胡公宗宪：胡宗宪，字汝贞，绩溪(今属安徽)人。嘉靖进士，任浙江巡抚，总督军务，以平倭功，加右都御史、太子太保。因投靠严嵩，严嵩倒台后，他也下狱

死。　⑯客诸幕:作为幕宾。“客”用作动词,谓“使做幕客”。　⑰葛衣乌巾:身着布衣,头戴黑巾。此为布衣装束。　⑱督数边兵:胡宗宪总督南直隶、浙、闽军务。　⑲介胄之士:披甲戴盔之士,指将官们。　⑳膝语蛇行:跪着说话,爬着走路,形容极其恭敬惶恐。　㉑刘真长:晋朝刘惔,字真长,著名清谈家,曾为简文帝幕中上宾。杜少陵:杜甫,在蜀时曾作剑南节度使严武的幕僚。　㉒会得白鹿:《徐文长自著畸谱》:“三十八岁,孟春之三日,幕再招,时获白鹿二……令草两表以献。”　㉓表:一种臣下呈于君主的文体,一般用来陈述衷情,颂贺谢圣。　㉔永陵:明世宗嘉靖皇帝的陵墓,此用来代指嘉靖皇帝本人。　㉕疏记:两种文体。疏,即臣下给皇帝的奏疏。记,书牍、札子。　㉖不偶:不遇。　㉗有司:主管部门的官员。　㉘曲蘖(niè 涅):酒母,代指酒。　㉙朔漠:北方沙漠地带。　㉚嗔:生气。　㉛羁人:旅客。　㉜王者气:称雄文坛的气派。　㉝巾帼事人:像妇人似的跟随顺从于人。帼,妇女的头巾,用巾帼代指妇女。　㉞韩曾:唐朝的韩愈、宋朝的曾巩。流亚:匹配的人物。　㉟雅:平素,向来。时调:指当时盛行于文坛的拟古风气。　㊱骚坛:文坛。主盟者:指嘉靖时后七子的代表人物王世贞、李攀龙等。　㊲“欧阳公”句:欧阳修《水谷夜行寄子美圣俞》有句云:“譬如妖韶女,老自有馀态。”妖韶,美艳。　㊳间:有时。馀:馀力。　㊴卒以疑:最终由于疑心。继室:续娶的妻子。　㊵张太史元忭:张元忭,字子荩,山阴人。隆庆五年(1571)廷试第一,授翰林修撰,故称太史。　㊶晚年愤益深:胡宗宪被处死后,徐渭更加愤激。　㊷佯狂:装疯。　㊸下隶:衙门差役。　㊹周望:陶望龄字。　㊺同年:同科考中的人,互称同年。　㊻石公:作者的号。　㊼囹圄(líng yǔ 铃雨):监狱。这里指身陷囹圄。　㊽间世:间隔几世。古称三十年为一世。形容不常有的。　㊾芜秽:杂乱、繁冗。　㊿梅客生:梅国桢,字客生。万历进士,官兵部右侍郎。

虎　丘①

虎丘去城可七八里②,其山无高岩邃壑③,独以近城故,箫鼓楼船[4],无日无之。凡月之夜,花之晨,雪之夕,游人往来,纷错如织[5],而中秋为尤胜。

每至是日,倾城阖户[6],连臂而至。衣冠士女[7],下迨蔀屋[8],莫不靓妆丽服[9],重茵累席[10],置酒交衢间[11]。从千人石上至山门[12],栉比如鳞[13],檀板丘积[14],樽罍云泻[15]。远而望之,如雁落平沙,霞铺江上,雷辊电霍[16],无得而状[17]。

布席之初[18],唱者千百,声若聚蚊,不可辨识。分曹部署[19],竞以歌喉相斗,雅俗既陈,妍媸自别[20]。未几而摇头顿足者[21],得数十人而已。已而明月浮空,石光如练[22],一切瓦釜[23],寂然停声,属而和者[24],才三四辈。一箫,一寸管,一人缓板而歌[25],竹肉相发[26],清声亮彻,听者魂销。比至夜深,月影横斜,荇藻凌乱[27],则箫板亦不复用。一夫登场,四座屏息,音若细发,响彻云际,每度一字[28],几尽一刻[29],飞鸟为之徘徊,壮士听而下泪矣。

剑泉深不可测[30],飞岩如削。千顷云得天池诸山作案[31],峦壑竞秀[32],最可觞客[33]。但过午则日光射人,不堪久坐耳。文昌阁亦佳[34],晚树尤可观。面北为平远堂旧址[35],空旷无际,仅虞山一点在望[36]。堂废已久,余与江进之谋所以复之[37],欲祠韦苏州、白乐天诸公于其中[38];而病寻作[39],余既乞归,恐进之兴亦阑矣[40]。山川兴废,信有时哉!

吏吴两载,登虎丘者六。最后与江进之、方子公同登[41],迟月生公石上[42],歌者闻令来[43],皆避匿去。余因谓进之曰:"甚矣,乌纱之横[44],皂隶之俗哉[45]!他日去官,有不听曲此石上者,如月[46]!"今余幸得解官称吴客矣,虎丘之月,不知尚识余言否耶?

上海古籍出版社版钱伯城《袁宏道集笺校》卷四

①万历二十三年(1595)作者曾任吴县令,期间六次游览虎丘。万历二十四年,解职离吴前,留连虎丘胜景,写下这篇描写吴中民俗的散文。虎丘,苏州名胜之一。相传春秋时吴王阖闾葬在这里,三日有虎来踞其上,故名。 ②可:约。 ③邃壑:幽深的山谷。 ④箫鼓楼船:配有音乐弹唱的游船。 ⑤纷错如织:形容游人很多,杂乱纷扰。纷错,杂乱。 ⑥阖户:指全家。阖,通"合"。 ⑦衣冠士女:指上层社会的男男女女。 ⑧迨:至、到。蔀(bù部)屋:草席盖顶的屋子,指贫者之居,此代指穷人。 ⑨靓(jìng敬)妆:化妆。 ⑩重茵累席:游人席地而坐,铺着一层又一层席褥。茵,席子,垫子。 ⑪交衢:四通八达的大路。 ⑫千人石:虎丘山中一块大磐石。传说唐代高僧生公在此说法,石上坐千人听讲,故称。 ⑬栉比如鳞:即鳞次栉比,像鱼鳞梳齿一样紧密排列。 ⑭檀板:唱歌时伴奏用的拍板,用檀木制成。丘积:堆积如小土丘。 ⑮樽罍(léi雷):酒杯与酒壶。云泻:像云雾一样倾泻。 ⑯雷辊(gǔn滚):雷鸣。辊,车轮声。电霍:闪电的光亮。 ⑰无得而状:不能加以描述。 ⑱布席:安排座位。 ⑲分曹部署:分批安排演出。 ⑳妍媸(chī吃):美丑。此指优劣。 ㉑摇头顿足:形容歌者按节拍点头顿足。 ㉒练:洁白的绢纱。 ㉓瓦釜:比喻粗俗的音乐。《楚辞·卜居》:"黄钟(高雅的乐声)毁弃,瓦釜雷鸣。" ㉔属(zhǔ主):跟着。 ㉕缓板:慢慢地击着歌板。 ㉖竹肉:管乐声和歌唱声。语见《晋书·孟嘉传》:"丝(弦)不如竹(箫),竹不如肉(歌喉)。" ㉗荇(xìng杏)藻:水草。此处形容月下的树影。苏轼《记承天寺夜游》:"庭下如积水空明,水中藻荇交横,盖竹柏影也。" ㉘度:按谱歌唱。 ㉙一刻:形容歌声的曼长。 ㉚剑泉:又名剑池,在千人石北。传说为吴王洗剑之处。 ㉛千顷云:山名,在虎丘山上。天池:又叫华山,在苏州城西六十里。案:几案。 ㉜峦壑竞秀:山峰和峡谷逞奇斗秀。 ㉝最可觞客:言如此美景最适合邀客饮酒共赏。觞,原指酒杯,这里指请客饮酒。 ㉞文昌阁:供奉主持文运的星神。文昌星共六星,传说第四星即大熊星座中的小星,主文运。 ㉟平远堂:古迹名。初建于宋代,取"平林远野"之意,元代改建。 ㊱虞山:在江苏常熟西北。 ㊲江进之:江盈科,字进之,湖南桃源人,公安派作家。万历二十年(1592)进士,时任长洲知县,与吴县相邻。

㊳祠:祭祀,供奉。韦苏州、白乐天:唐代诗人韦应物、白居易,他们均曾任苏州刺史。　㊴寻:不久。　㊵阑:尽,消失。　㊶方子公:方文僎,字子公,新安(今安徽歙县)人,为袁宏道文友。　㊷迟月:等待月亮出来。生公石:在千人石北,曾为生公讲坛。　㊸令:县令,作者自称。　㊹乌纱:古代官员的帽子用黑纱绸制成。横:蛮横。　㊺皂隶:衙门差役,着黑衣,故称。皂,黑色。　㊻如月:有月为证。

二八 钟 惺

钟惺(1574—1624),字伯敬,竟陵(今湖北天门)人。万历三十八年(1610)进士,授行人司行人,迁工部主事,改南京礼部主事,进郎中。天启初年,升任福建提学签事,以父忧归,卒于家。他在前后七子和公安派之后,想矫正复古派的肤熟格套和公安派的俚俗莽荡,另辟"幽深孤峭"之径。为此和同邑谭元春编选《诗归》五十一卷,风行于明末三十年间。其诗文流于冷僻晦涩,文气支离,词句险怪,当时称"钟谭体"或"竟陵体"。作为一时文坛名流,诗文也有一些佳作。著有《隐秀轩集》。

浣花溪记①

出成都南门,左为万里桥②。西折,纤秀长曲,所见如连环,如玦③,如带,如规④,如钩;色如鉴⑤,如琅玕⑥,如绿沉瓜⑦,窈然深碧⑧,潆回城下者⑨,皆浣花溪委也⑩。然必至草堂⑪,而后浣花有专名,则以少陵浣花居在焉耳⑫。

行三四里为青羊宫⑬,溪时远时近,竹柏苍然,隔岸阴森者尽溪⑭,平望如荠⑮,水木清华⑯,神肤洞达⑰。自宫以西,流汇而桥者三,相距各不半里。舁夫云通灌县⑱,或所云"江从灌口来"是也⑲。

人家住溪左,则溪蔽不时见,稍断,则复见溪,如是者数处。缚柴编竹,颇有次第[20]。桥尽,一亭树道左[21],署曰“缘江路”。过此则武侯祠[22],祠前跨溪为板桥一,覆以水槛[23],乃睹“浣花溪”题榜[24]。过桥,一小洲横斜插水间,如梭;溪周之[25],非桥不通,置亭其上,题曰:“百花潭水”。由此亭还,度桥,过梵安寺[26],始为杜工部祠[27]。像颇清古[28],不必求肖[29],想当尔尔[30]。石刻像一,附以本传[31],何仁仲别驾署华阳时所为也[32]。碑皆不堪读。

钟子曰:杜老二居[33],浣花清远,东屯险奥[34],各不相袭。严公不死[35],浣溪可老[36],患难之于朋友大矣哉!然天遣此翁增夔门一段奇耳[37]。穷愁奔走,犹能择胜[38],胸中暇整[39],可以应世,如孔子微服主司城贞子时也[40]。

时万历辛亥十月十七日[41],出城欲雨,顷之霁[42]。使客游者[43],多由监司郡邑招饮[44],冠盖稠浊[45],磬折喧溢[46],迫暮趣归[47]。是日清晨,偶然独往。楚人钟惺记[48]。

上海古籍出版社版李光耕、崔重庆点校《隐秀轩集》卷二〇

①浣花溪,在四川成都西南郊区,又名百花潭。此文沿溪绘景,移步换形,杜工部祠摇曳而出;又由杜甫生发感慨,僻景曲境与幽人寂怀浑为一体。 ②万里桥:在成都南锦江上。《元和郡县图志》:“蜀使费祎聘吴,诸葛祖(饯)之。祎叹曰:‘万里之路,始于此行。’”因名。杜甫诗中多次提及。如《狂夫》:“万里桥西一草堂,百花潭水即沧浪。” ③玦(jué 决):环形有缺口的佩玉。 ④规:圆形。 ⑤鉴:镜。 ⑥琅玕(lánggān 郎干):美石,似玉,呈青绿色。 ⑦绿沉瓜:一种颜色深绿的瓜。 ⑧窈然:幽深的样子。 ⑨潆回:水流回旋曲折。 ⑩委:水流聚汇处。 ⑪草堂:指杜甫旧居浣花溪草堂。 ⑫“则以少陵”句:因为杜甫的居所在浣花溪。 ⑬青羊宫:又名青羊观,道观名。传说老子与关尹喜作别时,相约说:“千日后寻我于成都青羊肆。”(见《寰宇记》) ⑭尽溪:到溪尽头。 ⑮荠(jì 计):荠菜。此句形容草木丛生。 ⑯水木清华:即水清木华。华,繁茂。⑰神肤洞达:

身心都感通达清爽。 ⑱舁(yú 余)夫:轿夫。灌县:四川灌县,古代为灌口镇。 ⑲江从灌口来:杜甫《野望因过常少仙》中的诗句。江,指锦江。锦江是岷江的支流,从灌口流来,流经成都城南。浣花溪又是锦江的支流,故如此说。 ⑳次第:次序。 ㉑树:建立。 ㉒武侯祠:诸葛亮祠。因其生前为武乡侯,故称。 ㉓水槛(jiàn 见):临水的栏杆。㉔榜:木牌。㉕溪周之:溪水环绕着小洲。 ㉖梵安寺:本名浣花寺,宋改梵安寺,因与杜甫草堂相近,俗称草堂寺。 ㉗杜工部祠:宋人吕大防就杜甫草堂故址建祠,因杜甫曾任工部员外郎,称杜工部祠。 ㉘清古:清瘦古朴。 ㉙肖:像。 ㉚想当尔尔:谓想象中的杜甫大概是这个样子。尔尔,如此。㉛本传:指《唐书》的《杜甫传》。 ㉜别驾:官名。别驾从事的简称,唐以前为刺史的佐吏。宋代于诸州置通判,类别驾之职,后因称通判为别驾。署:代理。华阳:今四川华阳县。 ㉝二居:两处居所。 ㉞东屯:在四川夔州(今奉节县)东白帝城附近。《舆地纪胜》:"西汉末,公孙述于东瀼水滨垦稻田,因号东屯。"唐代宗大历元年(766),杜甫滞留夔州,次年由瀼西移居东屯,住到第二年离开夔州时,其间有《东屯北崦》、《东屯月夜》等诗。东屯一带山川阻塞,比较荒僻,所以说"东屯险奥"。 ㉟严公:指严武。杜甫漂泊四川,依镇守成都的严武,在浣花溪构筑草堂,安居了几年。代宗永泰元年(765)四月,严武死,杜甫离开成都,准备出川。 ㊱可老:可以终老。㊲"然天遣"句:但天意让此翁经历夔门一段不平凡的经历,并写下了不平凡的作品。 ㊳择胜:选择名胜地居住。 ㊴暇整:即"好整以暇",形容遇事从容不迫。《左传·成公十六年》:"日臣之使于楚也,子重问晋国之勇,臣对曰:'好以众整。'曰:'又何如?'臣对曰:'好以暇。'" ㊵"如孔子"句:孔子至宋国,宋司马桓魋欲杀他。弟子让他快逃走,孔子说:"天生德于予,桓魋其如予何?"孔子到了郑国,郑人形容他"若丧家之狗",他不介意。到了陈国,住大夫司城贞子家。事见《史记·孔子世家》。 ㊶万历辛亥:万历三十九年(1611)。 ㊷顷之霁(jì 济):一会儿天晴了。霁,天放晴。 ㊸使客:朝廷派的使臣。 ㊹监司:监察州郡的官。郡邑:指郡县的地方官。㊺冠盖:冠服和车盖。稠浊:繁乱,汇聚。 ㊻磬折:鞠躬作揖,弯腰如磬之背。喧溢:喧嚣声四处洋溢。 ㊼趣:同"促",急速。 ㊽楚人:竟陵战国时为楚地,因此钟惺自称楚人。

二九　徐宏祖

徐宏祖(1586—1641),字振之,号霞客,江苏江阴人。自幼喜读古今史籍、地理方志和山海图经等书,立志朝碧海而暮苍梧。从二十一岁起开始漫游,历时三十馀年,足迹遍及现在的江苏、浙江、山东、河北、山西、陕西、河南、安徽、江西、福建、广东、湖南、湖北、广西、贵州、云南等十六省和北京、上海、天津等地。除艰苦的实地考察外,他坚持写日记,常走上百里路后,晚上“燃松拾穗,走笔为记”(钱谦益《徐霞客传》)。这些游记在兵灾战乱中散佚不少,经后人整理,编辑为《徐霞客游记》。此书在地理学上有重要的价值,英国学者李约瑟在《中国科学技术史》中称赞其“并不像是十七世纪的学者所写的东西,倒像是一位二十世纪的野外勘测家所写的考察记录”。在文学上,此书继承古代山水记游文学的优良传统,又有开拓发展,钱谦益称之为“古今游记之最”(同上)。

游黄山后记[①]

戊午九月初三日[②],出白岳榔梅庵[③],至桃源桥,从小桥右下,陡甚,即旧向黄山路也[④]。七十里,宿江村[⑤]。

初四日,十五里至汤口[⑥]。五里至汤寺[⑦],浴于汤池[⑧]。扶杖望朱砂庵而登[⑨]。十里上黄泥冈,向时云里诸峰,渐渐透出,亦渐渐落吾杖底。转入石门[⑩],越天都之胁而下[⑪],则天都、莲花二顶[12]，俱秀出天半[13]。路旁一歧东上，乃昔所未至者，遂前趋直上，几达天都侧。复北上，行石罅中[14]，石峰片片夹起，路宛转石间，塞者凿之，陡者级之[15]，断者架木通之，悬者植梯接之[16]。下瞰峭壑阴森，枫松相间，五色纷披，烂若图绣。因念黄山当生平奇览，而有奇若此，前未一探，兹游快且愧矣。时夫仆俱阻险行后，余亦停弗上。乃一路奇景，不觉引余独往。既登峰头，一庵翼然[17]，为文殊院[18]，亦余昔年欲登未登者。左天都，右莲花，背倚玉屏风[19]，两峰秀色，俱可手揽。四顾奇峰错列，众壑纵横，真黄山绝胜处。非再至，焉知其奇若此！遇游僧澄源至[20]，兴甚勇。时已过午，奴辈适至。立庵前，指点两峰，庵僧谓天都虽近而无路，莲花可登而路遥，祗宜近盼天都，明日登莲顶。余不从，决意游天都。挟澄源、奴子[21]，仍下峡路，至天都侧，从流石蛇行而上[22]，攀草牵棘，石块丛起则历块[23]，石崖侧削则援崖，每至手足无可着处，澄源必先登垂接[24]。每念上既如此，下何以堪？终亦不顾。历险数次，遂达峰顶。惟一石顶壁起犹数十丈[25]，澄源寻视其侧，得级，挟予以登。万峰无不下伏，独莲花与抗耳。时浓雾半作半止，每一阵至，则对面不见。眺莲花诸峰，多在雾中。独上天都，予至其前，则雾徙于后；予越其右[26]，则雾出于左。其松犹有曲挺纵横者。柏虽大干如臂，无不平贴石上如苔藓然。山高风巨，雾气去来无定，下盼诸峰，时出为碧峤[27]，时没为银海。再眺山下，则日光晶晶，别一区宇也。日渐暮，遂前其足，手向后据地，坐而下脱[28]。至险绝处，澄源并肩手相接[29]。度险，下至山坳[30]，暝色已合，复从峡度栈以上[31]，止文殊院。

初五日，平明[32]，从天都峰坳中北下二里，石壁岈然[33]，其下莲花洞[34]，正与前坑石笋对峙[35]，一坞幽然[36]。别澄源，下山至前歧路侧，向莲花峰而趋。一路沿危壁西行，凡再降升，将下百步云梯，有路可直跻莲花峰[37]，既陟而磴绝[38]，疑而复下。隔峰一僧高呼曰："此正莲花道也！"乃从石坡侧度石隙，径小而峻，峰顶皆巨石鼎峙[39]，中空如室。从其中迭级直上，级穷洞转，屈曲奇诡，如下上楼阁中，忘其峻出天表也[40]。一里，得茅庐，倚石罅中。方徘徊欲升，则前呼道之僧至矣。僧号凌虚，结茅于此者，遂与把臂陟顶[41]。顶上一石，悬隔二丈，僧取梯以度，其巅廓然[42]。四望空碧，即天都亦俯首矣。盖是峰居黄山之中，独出诸峰上，四面岩壁环耸，遇朝阳霁色，鲜映层发，令人狂叫欲舞。久之，返茅庵，凌虚出粥相饷[43]，啜一盂乃下[44]。至歧路侧，过大悲顶[45]，上天门[46]，三里，至炼丹台[47]，循台嘴而下[48]。观玉屏风、三海门诸峰[49]，悉从深坞中壁立起。其丹台一冈中垂，颇无奇峻，惟瞰翠微之背[50]。坞中峰峦错耸，上下周映，非此不尽瞻眺之奇耳。还过平天矼[51]，下后海[52]，入智空庵，别焉[53]。三里，下狮子林[54]，趋石笋矼[55]，至向年所登尖峰上，倚松而坐。瞰坞中峰石回攒[56]，藻缋满眼[57]，始觉匡庐、石门[58]，或具一体，或缺一面，不若此之闳博富丽也。久之，上接引崖[59]，下眺坞中，阴阴觉有异。复至冈上尖峰侧，践流石，援棘草，随坑而下，愈下愈深，诸峰自相掩蔽，不能一目尽也。日暮，返狮子林。

初六日，别霞光[60]，从山坑向丞相原[61]。下七里，至白沙岭[62]，霞光复至。因余欲观牌楼石[63]，恐白沙庵无指者[64]，追来为导。遂同上岭，指岭右隔坡，有石丛立，下分上并，即牌楼石也。余欲逾坑溯涧，直造其下。僧谓："棘迷路绝，必不能行。若从坑直下丞相原，不必复上此岭；若欲从仙灯而往[65]，不若即由此岭东向。”余从之，循岭脊行。岭横亘天都、莲花之北，狭甚，旁不容足。南北皆崇峰夹映。岭尽北下，仰瞻右峰罗汉石[66]，圆头秃顶，俨然二僧也。下至坑中，逾涧以上。共四里，登仙灯洞。洞南向，正对天都之阴，僧架阁连板于外[67]，而内犹穹然[68]，天趣未尽刊也[69]。复南下三里，过丞相原，山间一夹地耳。其庵颇整，四顾无奇，竟不入。复南向循山腰行五里，渐下，涧中泉声沸然，从石涧九级下泻，每级一下，有潭渊碧，所谓九龙潭也[70]。黄山无悬流飞瀑，惟此耳。又下五里，过苦竹滩[71]，转循太平县路[72]，向东北行。

上海古籍出版社版褚绍唐、吴应寿整理《徐霞客游记》卷一上

①黄山在安徽歙(shè社)县境内，是我国著名的风景胜地之一。徐霞客曾两次游历黄山，都写有日记。本文是他第二次游黄山时所写。　②戊午：明万历四十六年(1618)，时作者三十二岁。　③白岳：白岳山，位于黄山西南休宁县境。　④旧向黄山路：指二年前作者第一次游黄山时所走的路。　⑤江村：镇名，位于黄山东北。　⑥汤口：汤口镇，在黄山脚下，为上山必经之路。　⑦汤寺：原名祥符寺，创建于唐开元十八年(730)，因靠近汤泉，故又称为汤寺。　⑧汤池：即汤泉，为温泉，时有水泡喷出，蒸气大发，故名。　⑨朱砂庵：又名慈光寺，创建于明嘉靖年间，位于朱砂峰下，右为天都诸峰，左为莲花诸峰。　⑩石门：峰名。两面山岩壁立如门，故名。⑪天都：黄山的主峰名。胁：山侧。　⑫莲花：莲花峰，与天都并为黄山两大峰，因山岩形如莲花，故名。　⑬秀出天半：神奇地挺立于半空中。秀，特异、突出。　⑭石罅(xià下)：石头的裂缝。　⑮“塞者”二句：阻塞不通处就凿通，陡峭处就凿出石阶。级，此处用作动词，意为凿出石级。⑯“悬者”句：悬空的地方树立木梯接通。植，树起。　⑰翼然：形容寺宇房檐的姿态。　⑱文殊院：寺名，明代普门大师建立。在天都、莲花两峰间，背倚玉屏峰。　⑲玉屏风：即玉屏峰。　⑳游僧：游历各方的和尚，也叫云游僧。　㉑奴子：僮仆。　㉒流石：滑溜的石头。蛇行：伏地爬行。㉓历：越过。　㉔垂接：探身垂臂来接引。　㉕壁起：耸立如壁。

㉖越:度过。一作越(dī 低),趋。 ㉗碧峤(qiáo 乔):碧绿色的山峦。峤,高而尖的山。 ㉘下脱:下滑。 ㉙并肩手相接:同时用肩和手接应。 ㉚山坳(ào 傲):山间的低洼处。 ㉛栈:栈道。指山中用木头架成的通道。 ㉜平明:天亮时。 ㉝岈(xiā 虾)然:山谷深邃的样子。 ㉞莲花洞:在莲花峰下。 ㉟石笋:山峰名,形状似笋。 ㊱坞:四面高、中间低的谷地。 ㊲跻(jì 迹):登,升。 ㊳陟(zhì 智):登上。磴绝:石级没有了。 ㊴鼎峙:形容巨石凑集,直立对峙。 ㊵天表:天外,高空。 ㊶把臂:抓住对方的手臂,表示亲密。这里是携手挽臂的意思。 ㊷廓然:宽阔貌。 ㊸相饷:指用饮食款待。 ㊹啜(chuò 辍):喝、吃。盂:盛食物的器皿。 ㊺大悲顶:山峰名。 ㊻天门:在天都峰下。 ㊼炼丹台:在炼丹峰上。相传容成子与浮丘公在此炼丹,黄帝服用七粒,升空而去。 ㊽台嘴:炼丹台缺口处。 ㊾三海门:峰名,在石门峰和炼丹台之间。 ㊿翠微:峰名。 51平天矼(gōng 弓):在炼丹峰侧,状如石桥。矼,石桥。 52后海:峰名。 53别焉:谓与凌虚作别。 54狮子林:在炼丹峰左,形如狮子。 55石笋矼:在始信峰上。 56回攒(cuán 窜阳平):环绕簇集。 57藻缋(huì 惠):即藻绘,形容色彩绚烂。 58匡庐:即庐山,在江西。石门:石门山,在浙江青田县。都是我国风景名山。 59接引崖:山崖名。 60霞光:僧名。 61丞相原:在石门峰与钵盂峰之间。相传宋理宗时丞相程元凤曾在此读书。 62白沙岭:在皮篷岭和丞相原之间。 63牌楼石:即天牌石,在散花坞。乱石中矗立一石,俗称仙人榜。 64白沙庵:在白沙岭下。无指者:没有指引导游者。 65仙灯:仙灯洞,在钵盂峰下。 66罗汉石:山石名,因其形似僧人,故称。 67"僧架阁"句:说僧人在仙灯洞架起木楼并将板子延伸到洞外,供游人眺望。 68穹然:大而幽深的样子。 69天趣:自然的趣味。刊:削,失掉。 70九龙潭:清张佩芳《黄山志》卷二云:"九龙潭,丞相原道中可望,百丈飞泉,从岩巅下注深潭,潭迭为九,或方或圆,水色深碧。" 71苦竹滩:即苦竹溪,在九龙潭下。 72太平县:位于黄山东北

游雁宕山日记[1]

自初九日别台山[2],初十日抵黄岩[3],日已西,出南门三

十里，宿于八岙[4]。

十一日，二十里，登盘山岭[5]，望雁山诸峰，芙蓉插天[6]，片片扑人眉宇。又二十里，饭大荆驿[7]。南涉一溪，见西峰上缀圆石[8]，奴辈指为两头陀[9]，余疑即老僧岩[10]，但不甚肖。五里，过章家楼[11]，始见老僧真面目：袈衣秃顶，宛然兀立，高可百尺。侧又一小童，伛偻于后[12]，向为老僧所掩耳[13]。自章楼二里，山半得石梁洞[14]。洞门东向，门口一梁，自顶斜插于地，如飞虹下垂。由梁侧隙中层级而上，高敞空豁。坐顷之，下山。由右麓逾谢公岭[15]，渡一涧，循涧西行，即灵峰道也[16]。一转，山腋两壁[17]，峭立亘天[18]，危峰乱叠，如削如攒[19]，如骈笋[20]，如挺芝[21]，如笔之卓[22]，如幞之欹[23]。洞有口如卷幕者[24]，潭有碧如澄靛者[25]。双鸾、五老[26]，接翼联肩。如此里许，抵灵峰寺[27]。循寺侧登灵峰洞。峰中空，特立寺后，侧有隙可入。由隙历磴数十级[28]，直至窝顶，则窅然平台圆敞[29]，中有罗汉诸像[30]。坐玩至暝色[31]，返寺。

十二日，饭后，从灵峰右趾觅碧霄洞[32]。返旧路，抵谢公岭下。南过响岩，五里至净名寺路口[33]。入觅水帘谷，乃两崖相夹，水从崖顶飘下也。出谷五里，至灵岩寺[34]。绝壁四合，摩天劈地。曲折而入，如另辟一寰界[35]。寺居其中，南向，背为屏霞嶂[36]。嶂顶齐而色紫，高数百丈，阔亦称之[37]。嶂之最南，左为展旗峰[38]，右为天柱峰[39]。嶂之右胁，介于天柱者，先为龙鼻水。龙鼻之穴[40]，从石罅直上[41]，似灵峰洞而小。穴内石色俱黄紫，独罅口石纹一缕，青绀润泽[42]，颇有鳞爪之状，自顶贯入洞底，垂下一端，如鼻，鼻端孔可容指，水自内滴下，注石盆，此嶂山第一奇也。西南为独秀峰[43]，小于天柱，而高锐不相下。独秀之下为卓笔峰[44]，高半独秀[45]，锐亦如之。两峰南坳，轰然下泻者，小龙湫也[46]。隔龙湫与独秀相对者，玉女峰也。顶有春花，宛然插髻。自此过双鸾，即极于天柱。双鸾止两峰并起[47]，峰际有僧拜石，袈裟伛偻，肖矣。由嶂之左胁，介于展旗者，先为安禅谷[48]，谷即屏霞之下岩。东南为石屏风[49]，形如屏霞，高阔各得其半，正插屏霞尽处。屏风顶有蟾蜍石[50]，与嶂侧玉龟相向。屏风南去，展旗侧褶中[51]，有径直上。磴级尽处，石阈限之[52]。俯阈而窥，下临无地，山嵌崆峒[53]。外有二圆穴，侧有一长穴，光自穴中射入，别有一境，是为天聪洞[54]，则嶂左第一奇也。锐峰迭嶂，左右环向，奇巧百出，真天下奇观！而小龙湫下流，经天柱、展旗，桥跨其上，山门临之[55]。桥外，含珠岩在天柱之麓[56]，顶珠峰在展旗之上[57]，此又灵岩之外观也。

十三日，出山门，循麓而右。一路崖壁参差，流霞映彩。高而展者，为板嶂岩[58]。岩下危立而尖夹者，为小剪刀峰。更前，重岩之上，一峰亭亭插天，为观音岩[59]。岩侧则马鞍岭横亘于前[60]。鸟道盘折，逾坳右转，溪流汤汤[61]，涧底石平如砥[62]。沿涧深入，约去灵岩十馀里，过常云峰[63]，则大剪刀峰介立涧旁[64]。剪刀之北，重岩陡起，是名连云峰[65]。从此环绕回合，岩穷矣。龙湫之瀑[66]，轰然下捣潭中。岩势开张峭削，水无所着，腾空飘荡，顿令心目眩怖。潭上有堂，相传为诺讵那观泉之所[67]。堂后层级直上，有亭翼然面瀑。踞坐久之，下饭庵中。雨廉纤不止[68]，然余已神飞雁湖山顶[69]，遂冒雨至常云峰。由峰半道松洞外，攀绝蹬三里[70]，趋白云庵。人空庵圮[71]，一道人在草莽中，见客至，望望去。再入一里，有云静庵，乃投宿焉。道人清隐，卧床数十年，尚能与客谈笑。余见四山云雨凄凄，不能不为明晨忧也。

十四日，天忽晴朗，乃强清隐徒为导[72]。清隐谓湖中草满，已成芜田，徒复有他行[73]，但可送至峰顶。余意至顶，湖可坐得[74]。于是人捉一杖[75]，跻攀深草中[76]，一步一喘，数里始历高巅。四望白云，迷漫一色，平铺峰下。诸峰朵朵，仅露一顶，日光映之，如冰壶瑶界[77]，不辨海陆。然海中玉环一抹[78]，若可俯而拾也。北瞰山坳壁立内，石笋森森，参差不一，三面翠崖环绕，更胜灵岩。但谷幽境绝，惟闻水声潺潺，莫辨何地。望四面峰峦，累累下伏如丘垤[79]，惟东峰昂然独上，最东之常云，犹堪比肩[80]。导者告退，指湖在西腋一峰，尚须越三尖[81]。余从之。及越一尖，路已绝，再越一尖，而所登顶已在天半。自念《志》云[82]："宕在山顶，龙湫之水即自宕来。"今山势渐下，而上湫之涧，却自东高峰发脉[83]，去此已隔二谷。遂返辙而东[84]，望东峰之高者趋之。莲舟疲不能从[85]，由旧路下。余与二奴，东越二岭，人迹绝矣。已而山愈高，脊愈狭，两边夹立，如行刀背。又石片棱棱怒起[86]，每过一脊，即一峭峰，皆从刀剑隙中攀援而上[87]，如是者三。但见境不容足，安能容湖？既而高峰尽处，一石如劈；向惧石峰撩人[88]，至是且无峰置足矣。踌躇崖上，不敢复向故道。俯瞰南面石壁下有一级，遂脱奴足布四条，悬崖垂空，先下一奴，余次从之，意可得攀援之路[89]。及下，仅容足，无馀地。望岩下，斗深百丈[90]，欲谋复上，而上岩亦嵌空三丈馀，不能飞陟[91]。持布上试，布为突石所勒，忽中断。复续悬之，竭力腾挽[92]，得复登上岩。出险，还云静庵，日已渐西。主仆衣履俱敝[93]，寻湖之兴衰矣。遂别而下，复至龙湫，则积雨之后，怒涛倾注，变幻极势[94]，轰雷喷雪，大倍于昨。坐至暝始出，南行四里，宿能仁寺[95]。

十五日，寺后觅方竹数握[95]，细如枝。林中新条，大可径寸[97]，柔不中杖[98]，老柯斩伐殆尽矣[99]。遂从岐度四十九盘[100]，一路遵海而南[101]，逾窑岙岭[102]，往乐清[103]。

上海古籍出版社版褚绍唐、吴应寿整理《徐霞客游记》卷一上

①雁宕(通"荡")山在浙江乐清县东北，山顶有湖(亦称"荡")。旧说湖水常年不干，春雁归时，多宿于此，所以叫雁荡山。雁荡山是我国著名的风景区，有一百零二峰、六十一岩、四十六洞、十三瀑布，其中尤以灵岩、灵峰、观音洞、大小龙湫最为著名。徐弘祖从万历四十一年(1613)四月起，曾先后三次游览此山。本文是第一次游山时所写，但这次作者未能登上雁湖。二十年后，即崇祯五年(1632)五月，第三次游山，登临雁湖，纠正了旧志"龙湫之水即自宕来"的说法。　②初九日：即明万历四十一年(1613)四月初九日。台山：天台山，位于浙江天台县境内。　③黄岩：浙江黄岩。　④八岙(ào 傲)：地名，位于黄岩县南。浙、闽一带称山间平地为"岙"。　⑤盘山岭：又名秀山、盘山，位于浙江乐清县山门乡。　⑥芙蓉插天：形容群峰秀立，如出水莲花，高耸入云。芙蓉，荷花的别称。　⑦大荆驿：大荆山驿站，位于乐清县东北约九十里处。　⑧缀：点缀。　⑨头陀：梵语音译，指僧人，后常以称行脚化缘的和尚。　⑩老僧岩：又叫接客僧，位于雁荡山东外谷，下有高约五十馀丈的石佛峰。从东西两侧看去，状若老僧，因而得名。　⑪章家楼：在大荆驿南，明人章巘所建，又名章义楼。　⑫伛偻(yǔlǚ 雨吕)：弯腰曲背。　⑬向：刚才。　⑭石梁洞：在石佛峰西二里处，洞门东向，门前有一突出巨石，长约二十馀丈，沿洞下垂，其状如桥，故名。　⑮谢公岭：位于乐清县东八十里处，上有落屐亭。相传东晋诗人谢灵运曾到此游览，故名。　⑯灵峰：雁荡山著名景点之一，与灵岩寺并称"二灵"。　⑰山腋：山腰。　⑱亘天：形容山峰与天相接。　⑲攒(cuán 窜阳平)：聚集。　⑳骈笋：并头的竹笋。　㉑挺芝：挺立的灵芝。　㉒卓：直立。　㉓幞(fú 扶)：古代男子的一种头巾。攲(qī 欺)：歪向一边。　㉔卷幕：卷起的帘幕。　㉕靛(diàn 电)：蓝色染料。　㉖双鸾、五老：雁荡山东内谷的两座山峰。双鸾峰在天柱峰之西，状若一双青鸾起舞。五老峰在双鸾峰近侧。　㉗灵峰寺：在东内谷灵峰下，宋天圣元年(1023)文吉和尚创建，康定二年

(1041)御赐匾额。 ㉘蹬:石阶。 ㉙窅(yǎo 咬)然:深远的样子。 ㉚罗汉:梵文音译,也译作阿罗汉,佛祖释迦牟尼的弟子。 ㉛暝色:夜色。 ㉜右趾:此处指灵峰右边的山脚。碧霄洞:在碧霄峰下。 ㉝净名寺:在灵峰南面,建于宋太平兴国二年(977)。 ㉞灵岩寺:在灵峰前,宋太平兴国年间建立。 ㉟寰界:世界。 ㊱屏霞嶂:位于灵岩寺后方,形如屏障。 ㊲称(chèn 趁):相称,相当。 ㊳展旗峰:位于灵岩寺右侧,高二百六十米。 ㊴天柱峰:位于灵岩寺右侧,高二百六十米。 ㊵龙鼻之穴:即龙鼻洞,位于插龙峰下。 ㊶石罅(xià 下):石缝。 ㊷青绀(gàn 干):黑紫色。绀,青中透红。 ㊸独秀峰:位于雁荡山东谷,又名倚天峰。 ㊹卓笔峰:位于独秀峰下,高约四十馀丈,状如倒置的毛笔尖。 ㊺高半独秀:高度为独秀峰的一半。 ㊻小龙湫(qiū 秋):瀑布名,位于龙岩寺后卷图峰下,与大龙湫并为雁宕胜景。 ㊼止:同"趾",此处指山脚。 ㊽安禅谷:位于灵岩,宋代高僧行亮、神昭曾居于此。 ㊾石屏风:位于东谷,又名石碑峰。 ㊿蟾蜍(chánchú 蝉除)石:状如虾蟆的石头。 51褶(zhě 者):折皱重复处。 52石阈(yù 域):石门槛。 53崆峒(kōngtóng 空同):山洞。 54天聪洞:位于雁荡山西谷,又名天窗洞。 55山门:指雁荡山的南天门,在展旗峰与天柱峰之间。 56含珠岩:位于雁荡山西谷。两石壁峙立,中夹一大圆石,故名。 57顶珠峰:在灵岩寺左上方,峰顶有一白色圆石。 58板嶂岩:位于灵岩寺右上方。 59观音岩:位于雁荡山东谷,形如观音菩萨。 60马鞍岭:在观音岩近侧,状如马鞍。 61汤(shāng 伤)汤:水大流急。 62砥(dǐ 底):磨刀石。 63常云峰:在灵岩寺南四里处,峰上常有云气,故名。也叫灵府山。 64大剪刀峰:又名一帆峰、小天柱峰。此峰由侧面看,状如分开的剪刀;由后看,状如船帆;由谷中看,状如石柱。 65连云峰:又名连云嶂,位于天冠峰之南。 66龙湫之瀑:指大龙湫,在西内谷。 67诺讵那:也译为"诺矩罗",是佛教十八罗汉中的第五尊罗汉。这里指晋代高僧罗尧运。他于东晋穆帝永和年间率弟子三百游雁荡山,在大龙湫观瀑时坐化。 68廉纤:细微,细小。 69雁湖:在雁荡山顶峰,又名平湖。 70绝蹬:极陡的石阶。 71圮(pǐ 痞):倒塌。 72强:勉强。 73复有他行:还要去别的地方。 74坐得:很容易就能看到。 75人捉一杖:每人拿一根手杖。 76跻(jī 机)攀:向上攀登。 77冰壶:指月光皎洁。瑶界:仙界。 78玉环一抹:玉环岛望去犹如画图中轻轻地涂抹的一笔。玉环,雁荡山东一个岛屿名,今浙江一个县名。 ⑲丘垤(dié 蝶):小土堆。 ⑳犹堪比肩:还可以相比。 ㉑三尖:三座尖尖的山峰。 ㉒《志》:指《雁荡山志》。 ㉓发脉:发源。 ㉔返辙:掉转车头。这里指返身。 ㉕莲舟:与作者同游的僧人名。 ㉖棱棱怒起:锋芒立起。 ㉗刀剑隙中:喻指棱角凌厉的石缝中。 ㉘向:刚才。撩人:扰乱人。 ㉙意:以为。 ⑳斗:同"陡"。 ㉑陟(zhì 至):登高。 ㉒腾挽:腾跃拉紧。 ㉓衣履俱敝:衣服鞋子都坏了。 ㉔变幻极势:极尽变化之态。 ㉕能仁寺:在西内谷丹芳岭下,宋真宗咸平二年(999)全了和尚创建。 ㉖方竹:竹之一种,节茎呈四棱形,质坚劲,可作手杖。数握:几把。 ㉗大可径寸:直径大约有一寸。 ㉘中(zhòng 众):符合。 ㉙老柯:老枝。 ⑩歧:叉路。四十九盘:即丹芳岭,岭上道路弯曲。 ⑩遵海:沿着海岸。 ⑩窑岙岭:又名丫髻山,距乐清县城约五十里。 ⑩乐清:指乐清县城。

三〇 冯梦龙

冯梦龙(1574—1646),字犹龙,别号龙子犹、墨憨斋主人、姑苏词奴等,长洲(今江苏苏州)人。早年屡试不中,直到崇祯三年(1630)才考取贡生,任丹徒县训导。崇祯七年(1634)擢福建寿宁县知县,政简刑清,《寿宁府志》列为“循吏”。崇祯十一年(1638)离任还乡。明亡后参加过反清斗争。他搜集、整理、出版了话本小说集《喻世明言》、《警世通言》、《醒世恒言》,民歌集《挂枝儿》和《山歌》,散曲集《太霞新奏》,笔记小说《古今谭概》等,对通俗文学的保存、整理有很大的贡献。

“三言”共有白话短篇小说一百二十篇,有的是宋元话本,有的是明代拟话本,其中还有冯梦龙自己创作的小说,比较广泛地反映了市民阶层的生活和思想,艺术上代表了白话短篇小说的最高成就。

金玉奴棒打薄情郎[①]

话说故宋绍兴年间[②],临安虽然是个建都之地[③],富庶之乡,其中乞丐的依然不少。那丐户中有个为头的,名曰“团头”,管着众丐。众丐叫化得东西来时,团头要收他日头钱;若是雨雪时,没处叫化,团头却熬些稀粥,养活这伙丐户;破衣破袄,也是团头照管。所以这伙丐户,小心低气,服着团头，如奴一般，不敢触犯。那团头见成收些常例钱[4]，一般在众丐户中放债盘利，若不嫖不赌，依然做起大家事来。他靠此为生，一时也不想改业。只是一件，“团头”的名儿不好，随你挣得有田有地，几代发迹，终是个叫化头儿，比不得平等百姓人家[5]，出外没人恭敬，只好闭着门，自屋里做大[6]。虽然如此，若数着“良贱”二字，只说娼、优、隶、卒四般为贱流[7]，到数不着那乞丐。看来乞丐只是没钱，身上却无疤瘢[8]。假如春秋时伍子胥逃难[9]，也曾吹箫于吴市中乞食；唐时郑元和做歌郎唱莲花落[10]，后来富贵发达，一床锦被遮盖。这都是叫化中出色的。可见此辈虽然被人轻贱，到不比娼优隶卒。

闲话休题。如今且说杭州城中一个团头姓金，名老大，祖上到他，做了七代团头了，挣得个完完全全的家事[11]，住的有好房子，种的有好田园，穿的有好衣，吃的有好食，真个廒多积粟[12]，囊有馀钱，放债使婢。虽不是顶富，也是数得着的富家了。那金老大有志气，把这团头让与族人金癞子做了，自己见成受用，不与这伙丐户歪缠[13]。然虽如此，里中口顺，还只叫他是团头家，其名不改。金老大五十馀，丧妻无子，止存一女，名唤玉奴。那玉奴生得十分美貌。怎见得？有诗为证：

> 无瑕堪比玉，有态欲羞花。
> 只少宫妆扮，分明张丽华[14]。

金老大爱此女如同珍宝，从小教他读书识字，到十五六岁时，诗赋俱通，一写一作，信手而成。更兼女工精巧，亦能调筝弄管，事事伶俐。金老大倚着女儿才貌，立心要将他嫁个士人。论来就名门旧族中，急切要这一女子，亦是少的；可恨生于团头之家,没人相求。若是平常经纪人家[15],没前程的,金老大又不肯扳他了[16],因此高低不就,把女儿直挨到一十八岁,尚未许人。

偶然有个邻翁来说:“太平桥下有个书生,姓莫名稽,年二十岁,一表人才,读书饱学,只为父母双亡,家贫未娶。近日考中,补上太学生,情愿入赘人家。此人正与令爱相宜,何不招之为婿?”金老大道:“就烦老翁作伐何如[17]?”邻翁领命,径到太平桥下寻那莫秀才,对他说了:“实不相瞒,祖宗曾做过团头的,如今久不做了,只贪他好个女儿;又且家道富足。秀才若不弃嫌,老汉即当玉成其事。”莫稽口虽不语,心下想道:“我今衣食不周,无力婚娶,何不俯就他家,一举两得?也顾不得耻笑。”乃对邻翁说道:“大伯所言甚妙。但我家贫乏聘,如何是好?”邻翁道:“秀才但是允从,纸也不费一张,都在老汉身上。”邻翁回复了金老大,择个吉日,金家倒送一套新衣穿着,莫秀才过门成亲。莫稽见玉奴才貌,喜出望外,不费一钱,白白的得了个美妻,又且丰衣足食,事事称怀。就是朋友辈中,晓得莫稽贫苦,无不相谅,倒也没人去笑他。

到了满月,金老大备下盛席,教女婿请他同学会友饮酒,荣耀自家门户,一连吃了六七日酒。何期恼了族人金癞子[18]。那癞子也是一班正理,他道:“你也是团头,我也是团头,只你多做了几代,挣得钱钞在手;论起祖宗一脉,彼此无二,侄女玉奴招婿,也该请我吃杯喜酒。如今请人做满月,开宴六七日,并无三寸长、一寸阔的请帖儿到我。你女婿做秀才,难道就做尚书宰相?我就不是亲叔公,坐不起凳头?直恁不觑人在眼里[19]!我且去蒿恼他一场[20],教他大家没趣!”叫起五六十个丐户,一齐奔到金老大家里来。但见:

开花帽子，打结衫儿。旧席片对着破毡条；短竹根配着缺糙碗[21]。叫爹叫娘叫财主，门前只见喧哗；弄蛇弄狗弄猢狲，口内各呈伎俩。敲板唱杨花[22]，恶声聒耳；打砖搽粉脸，丑态逼人。一班泼鬼聚成群，便是钟馗收不得[23]。

金老大听得闹吵，开门看时，那金癞子领着众丐户，一拥而来，嚷做一堂。癞子径奔席上，拣好酒好食，只顾吃，口里叫道："快教侄婿夫妻来拜见叔公！"唬得众秀才站脚不住，都逃席去了。连莫稽也随着众朋友躲避。金老大无可奈何，只得再三央告道："今日是我女婿请客，不干我事，改日专治一杯，与你陪话。"又将许多钱钞，分赏众丐户；又抬出两瓮好酒和些活鸡、活鹅之类，教众丐户送去癞子家，当个折席[24]。直乱到黑夜，方才散去。玉奴在房中气得两泪交流。这一夜，莫稽在朋友家借宿，次早方回。金老大见了女婿，自觉出丑，满面含羞。莫稽心中未免也有三分不乐。只是大家都不说出来。正是：

哑子尝黄柏[25]，苦味自家知。

却说金玉奴只恨自己门风不好，要挣个出头，乃劝丈夫刻苦读书。凡古今书籍，不惜价钱，买来与丈夫看；又不吝供给之费，请人会文会讲；又出赀财，教丈夫结交延誉。莫稽由此才学日进，名誉日起，二十三岁发解，连科及第[26]。这日琼林宴罢[27]，乌帽宫袍，马上迎归。将到丈人家里，只见街坊上一群小儿争先来看，指道："金团头家女婿做了官也。"莫稽在马上听得此言，又不好揽事，只得忍耐；见了丈人，虽然外面尽礼，却包着一肚子忿气，想道："早知有今日富贵，怕没王侯贵戚招赘为婚；却拜个团头做岳丈，可不是终身之玷！养出儿女来，还是团头的外孙，被人传作话柄！如今事已如此，妻又贤慧，不犯七出之条[28]，不好决绝得。正是事不三思，终有后悔。”为此心中怏怏，只是不乐。玉奴几遍问而不答，正不知甚么意故。好笑那莫稽，只想着今日富贵，却忘了贫贱的时节，把老婆资助成名一段功劳，化为春水，这是他心术不端处。

不一日，莫稽谒选[29]，得授无为军司户[30]，丈人治酒送行。此时众丐户，料也不敢登门闹吵了。喜得临安到无为军是一水之地，莫稽领了妻子，登舟赴任。行了数日，到了采石江边[31]，维舟北岸[32]。其夜月明如昼，莫稽睡不能寐，穿衣而起，坐于船头玩月，四顾无人，又想起团头之事，闷闷不悦。忽然动一个恶念，除非此妇身死，另娶一人，方免得终身之耻。心生一计，走进船舱，哄玉奴起来看月华。玉奴已睡了，莫稽再三逼他起身。玉奴难逆丈夫之意，只得披衣，走至马门口[33]，舒头望月，被莫稽出其不意，牵出船头，推堕江中。悄悄唤起舟人，分付快开船前去，重重有赏，不可迟慢。舟子不知明白，慌忙撑篙荡桨，移舟于十里之外。住泊停当，方才说：“适间奶奶因玩月堕水，捞救不及了。”却将三两银子赏与舟人为酒钱。舟人会意，谁敢开口？船中虽跟得有几个蠢婢子，只道主母真个堕水，悲泣了一场，丢开了手，不在话下。有诗为证：

只为“团头”号不香，忍因得意弃糟糠[34]。
天缘结发终难解，赢得人呼薄幸郎[35]。

你说事有凑巧，莫稽移船去后，刚刚有个淮西转运使许德厚，也是新上任的，泊舟于采石北岸，正是莫稽先前推妻坠水处。许德厚和夫人推窗看月，开怀饮酒，尚未曾睡，忽闻岸上啼哭，乃是妇人声音，其声哀怨，好生不忍，忙呼水手找看，果然是个单身妇人，坐于江岸。便教唤上船来，审其来历。原来此妇正是无为军司户之妻金玉奴。初坠水时，魂飞魄荡，已拚得必死；忽觉水中有物托起两足，随波而行，近于江岸。玉奴挣扎上岸，举目看时，江水茫茫，已不见了司户之船，才悟道丈夫贵而忘贱，故意欲溺死故妻，别图良配，如今虽得了性命，无处依栖，转思苦楚，以此痛哭。见许公盘问，不免从头至尾，细说一遍。说罢，哭之不已。连许公夫妇都感伤堕泪，劝道："汝休得悲啼，肯为我义女，再作道理。"玉奴拜谢。许公分付夫人，取干衣替他通身换了，安排他后舱独宿，教手下男女都称他小姐；又分付舟人不许泄漏其事。

不一日，到淮西上任。那无为军正是他所属地方，许公是莫司户的上司，未免随班参谒。许公见了莫司户，心中想道："可惜一表人才，干恁般薄幸之事！"约过数月，许公对僚属说道："下官有一女，颇有才貌，年已及笄[36]，欲择一佳婿赘之。诸君意中，有其人否？"众僚属都闻得莫司户青年丧偶，齐声荐他才品非凡，堪作东床之选[37]。许公道："此子我亦属意久矣。但少年登第，心高望厚，未必肯赘吾家。"众僚属道："彼出身寒门，得公收拔，如蒹葭倚玉树[38]，何幸如之？岂以入赘为嫌乎？"许公道："诸君既酌量可行，可与莫司户言之。但云出自诸君之意，以探其情，莫说下官，恐有妨碍。"众人领命，遂与莫稽说知此事，要替他做媒。莫稽正要攀高，况且联姻上司，求之不得，便欣然应道："此事全仗玉成，当效衔结之报[39]。"众人道："当得，当得。"随即将言回复许公。许公道："虽承司户不弃，但下官夫妇钟爱此女，娇养成性，所以不舍得出嫁。只怕司户少年气概，不相饶让，或致小有嫌隙，有伤下官夫妇之心。须是预先讲过，凡事容耐些，方敢赘入。"众人领命,又到司户处传话,司户无不依允。此时司户不比做秀才时节,一般用金花彩币为纳聘之仪。选了吉期,皮松骨痒,整备做转运使的女婿。

却说许公先教夫人与玉奴说:“老相公怜你寡居,欲重赘一少年进士,你不可推阻。”玉奴答道:“奴家虽出寒门,颇知礼数。既与莫郎结发,从一而终。虽然莫郎嫌贫弃贱,忍心害理,奴家各尽其道,岂肯改嫁,以伤妇节!”言毕,泪如雨下。夫人察他志诚,乃实说道:“老相公所说少年进士,就是莫郎。老相公恨其薄幸,务要你夫妻再合,只说有个亲生女儿,要招赘一婿,却教众僚属与莫郎议亲。莫郎欣然听命,只今晚入赘吾家。等他进房之时,须是如此如此,与你出这口呕气[40]。”玉奴方才收泪,重匀粉面,再整新妆,打点结亲之事。

到晚,莫司户冠带齐整,帽插金花,身披红锦,跨着雕鞍骏马,两班鼓乐前导,众僚属都来送亲,一路行来,谁不喝采!正是:

> 鼓乐喧阗白马来[41],风流佳婿实奇哉。
> 团头喜换高门眷,采石江边未足哀!

是夜,转运司铺毡结彩,大吹大擂,等候新女婿上门。莫司户到门下马,许公冠带出迎。众官僚都别去。莫司户直入私宅,新人用红帕覆首,两个养娘扶将出来。掌礼人在槛外喝礼,双双拜了天地,又拜了丈人、丈母,然后交拜,礼毕,送归洞房做花烛筵席。

莫司户此时心中,如登九霄云里,欢喜不可形容,仰着脸昂然而入。才跨进房门,忽然两边门侧里走出七八个老妪、丫鬟,一个个手执篱竹细棒,劈头劈脑打将下来,把纱帽都打脱了,肩背上棒如雨下,打得叫喊不迭,正没想一头处[42]。莫司户被打,慌做一堆蹭倒[43],只得叫声:“丈人丈母救命!”只听房中娇声宛转分付道:“休打杀薄情郎,且唤来相见。”众人方才住手。七八个老妪、丫鬟,扯耳朵、拽胳膊,好似六贼戏弥陀一般[44],脚不点地,拥到新人面前。司户口中还说道:“下官何罪?”开眼看时,花烛辉煌,照见上边端端正正坐着个新人,不是别人,正是故妻金玉奴。莫稽此时魂不附体,乱嚷道:“有鬼!有鬼!”众人都笑起来。只见许公自外而入,叫道:“贤婿休疑。此乃吾采石江头所认之义女,非鬼也。”莫稽心头方才住了跳,慌忙跪下,拱手道:“我莫稽知罪了!望大人包容之。”许公道:“此事与下官无干,只吾女没说话就罢了。”玉奴唾其面,骂道:“薄幸贼!你不记宋弘有言:‘贫贱之交不可忘,糟糠之妻不下堂。’当初你空手赘入吾门,亏得我家资财,读书延誉,以致成名,侥幸今日。奴家亦望夫荣妻贵,何期你忘恩负本,就不念结发之情,恩将仇报,将奴推堕江心。幸然上天可怜,得遇恩爹提救,收为义女。倘然葬江鱼之腹,你别娶新人,于心何忍!今日有何颜面再与你完聚?”说罢,放声而哭,千薄幸,万薄幸,骂不住口。莫稽满面羞惭,闭口无言,只顾磕头求恕。

许公见骂得够了,方才把莫稽扶起,劝玉奴道:“我儿息怒。如今贤婿悔罪,料然不敢轻慢你了。你两个虽是旧日夫妻,在我家只算新婚花烛。凡事看我之面,闲言闲语,一笔都勾罢。”又对莫稽说道:“贤婿,你自家不是,休怪别人。今宵只索忍耐,待我教你丈母来解劝。”说罢出房。少刻夫人来到,又调停了许多说话,两个方才和睦。

次日,许公设宴,管待新女婿,将前日所下金花彩币,依旧送还,道:“一女不受二聘。贤婿前番在金家已费过了,今番下官不敢重叠收受。"莫稽低头无语。许公又道:"贤婿常恨令岳翁卑贱,以致夫妇失爱,几乎不终。今下官备员如何?只恐爵位不高,尚未满贤婿之意。"莫稽涨得面皮红紫,只是离席谢罪。有诗为证:

痴心指望缔高姻,谁料新人是旧人;

打骂一场羞满面,问他何取岳翁新?

自此莫稽与玉奴夫妇和好,比前加倍。许公共夫人待玉奴如真女,待莫稽如真婿。玉奴待许公夫妇,亦与真爹妈无异。连莫稽都感动了,迎接团头金老大在任所,奉养送终。后来许公夫妇之死,金玉奴皆制重服㊺,以报其恩。莫氏与许氏世世为通家兄弟,往来不绝。诗云:

宋弘守义称高节,黄允休妻骂薄情㊻。

试看莫生婚再合,姻缘前定枉劳争。

上海古籍出版社影印天许斋刊《古今小说》

①本篇选自《古今小说》卷二七,删掉了正文前的"入话"。这个故事久已流传,既见于田汝成《西湖游览志馀》卷二三《委巷丛谈》,亦见于冯梦龙所编《情史》。这篇小说写一场互相迁就、取长补短的婚姻,当境过事迁,短处得到弥补后,婚姻就出现了问题。小说从生活实际出发,又按照生活逻辑展开情节,有浓厚的生活气息。最后的"棒打",惩罚了负心汉,令人感到快意。大团圆的结局既是现实的无奈,也落入了戏曲小说的俗套。 ②故宋:即宋朝,这是元明间的口气。绍兴:南宋高宗赵构的年号。 ③临安:杭州,南宋建都时的名称。 ④见成:即现成。"见"与"现"通。常例:定例。 ⑤平等:这里是平常、一般的意思。 ⑥做大:摆架子,充体面人。 ⑦娼优隶卒:分别指娼伎、优伶、奴仆、隶卒。 ⑧疤瘢(bābān 巴班):本义是指生疮或创伤后皮肤上落下疤痕,引申为短处、缺陷。 ⑨伍子胥:伍员,春秋时楚人。父兄被楚平王杀害,逃到吴国,曾在吴市吹箫乞食,后辅佐吴王成就霸业。事见《史记·伍子胥列传》。 ⑩郑元和:元杂剧《李亚仙花

酒曲江池》里的主要人物，故事及人物原型本于唐传奇《李娃传》。他曾沦落市井，靠唱莲花落和丧歌为生。莲花落：民间的一种曲调，乞丐唱之行乞。⑪家事：家私，家业。⑫廒(ào 遨)：粮仓。⑬歪缠：纠缠，搅和。⑭张丽华：南朝陈后主妃，容颜艳丽，宠冠后庭。陈亡，为隋军所杀。⑮经纪：经营买卖。⑯扳(pān 攀)：攀亲，议婚。⑰作伐：做媒。《诗经·豳风·伐柯》："伐柯如何？匪斧不克。取妻如何？匪媒不得。"后称做媒为"作伐"、"伐柯"、"执柯"。⑱何期：岂料，不料。⑲直恁：元明时口语，意为竟然如此。⑳蒿恼：找麻烦，打扰。㉑缺糙碗：没有经过糙漆加工的碗。制作瓷器，先用生漆涂浆，然后才可加漆釉。这里指粗糙的碗。㉒杨花：疑即"莲花"，即"莲花落"。㉓钟馗(kuí 奎)：相传唐代捉鬼除邪的人物。见沈括《梦溪笔谈·补笔谈》。小说《捉鬼传》专写他的故事。㉔折席：用钱物抵充酒席。多借此向人赠送礼品。《水浒传》第八十回："再设筵宴送行，抬出金银彩缎之类，约数千金，专送太尉为折席之礼。"㉕黄柏：即黄檗，木名，可入药，味苦。㉖"二十三岁"二句：发解，唐宋时，应贡举合格者由州郡送至京师参与礼部会试，称发解。明代在各省举行乡试，中试者称为举人，考中举人第一名称发解。连科及第，指在科试、殿试中连续考中。㉗琼林宴：北宋都城汴京有琼林苑，常在那里设宴款待新进士，后世因称殿试放榜后赐宴新进士为琼林宴。㉘七出之条：古代男子休妻的七条理由：无子、淫佚、不事公婆、犯口舌、盗窃、妒忌、有恶疾。见《仪礼·丧服》贾公彦疏。㉙谒选：为得到官职去吏部应选。㉚无为军：宋代行政区划，路下有州、府、军、监等。无为军，在今安徽无为县。司户：掌管户籍、钱粮的官。㉛采石：采石矶，在今安徽当涂县境长江边上。㉜维舟：系舟，即停泊。㉝马门：船舱之门。宋曾三异《因话录·马门》："舟之设屋开门而入者，其门谓之马门。必先闯首而后能入，因其字义，析而称之也。"(见《说郛》一九)㉞糟糠：即糟糠妻，贫贱时的结发妻子。东汉时，阳湖公主新寡，光武帝欲让她嫁给宋弘。宋弘拒绝说："贫贱之交不可忘，糟糠之妻不下堂。"见《后汉书·宋弘传》。㉟薄幸：薄情，负心。杜牧《遣怀》诗："十年一觉扬州梦，赢得青楼薄倖名。"幸，通"倖"。㊱及笄(jī 击)：指女子到了结婚年龄。笄是绾头发的簪子。《仪礼·士婚礼》："女子许嫁，笄而醴之，称字。"㊲东床之选：候选女婿。语本《晋书·王羲之传》：太尉"郗鉴使门生求女婿于(王)导，导令就东厢遍观子弟。门生归，谓鉴曰：'王氏诸少并佳，然闻信至,咸自矜持,唯一人在东床坦腹食,独若不闻。'鉴曰:'此正佳婿邪。'访之,乃羲之也。遂以女妻之。"后世因称女婿为东床。 ㊳蒹葭(jiānjiā 兼家)倚玉树:《世说新语·容止》:"魏明帝使后弟毛曾与夏侯玄共坐,时人谓蒹葭倚玉树。"意即平庸之辈依结有才之士。这里指出身寒微的人依附富贵者。蒹葭,芦苇之类,比喻平庸之辈或出身寒微的人。玉树,比喻美才或富贵者。㊴衔结之报:衔环结草之省称。衔环,相传东汉杨宝救了一只黄雀,夜梦黄衣童子赠予白环四只,谓当使其子孙洁白显贵。后果如此。事见《后汉书·杨震传》李贤注引《续齐谐记》。结草,春秋时,晋大夫魏武子临死命其子魏颗以妾殉葬,颗不从命而嫁妾。后颗与力士杜回战,见一老人结草使回仆地,遂获之。颗夜梦老人曰:"余,而所嫁妇人之父也。"事见《左传·宣公十五年》。后以衔结表达报恩。 ㊵呕气:这里指怒气、恶气。 ㊶阗(tián 田):盛,满。 ㊷正没想一头处:正感到莫名其妙,不知为什么。 ㊸蹭(cèng 层去声)倒:跌倒。 ㊹六贼戏弥陀:佛家谓色、声、香、味、触、法为六尘。《涅槃经》:"菩萨摩诃萨观比六尘如六贼。"弥陀,即阿弥陀佛。此句本谓尘世的快乐诱惑了阿弥陀佛,这里比喻莫稽被婆子丫头纠缠戏弄。 ㊺制重服:按制着最重的孝服。 ㊻黄允休妻:黄允,东汉人。他听说袁隗要将侄女嫁给他,便休了原来的妻子。他妻子临走时,在众亲友面前揭发他的隐私,黄允因此罢官。

卖油郎独占花魁[①]

话说大宋自太祖开基,太宗嗣位,历传真、仁、英、神、哲,共是七代帝王,都则偃武修文,民安国泰。到了徽宗道君皇帝,信任蔡京、高俅、杨戬、朱勔之徒,大兴苑囿,专务游乐,不以朝政为事。以致万民嗟怨,金虏乘之而起,把花锦般一个世界,弄得七零八落。直至二帝蒙尘[②],高宗泥马渡江[③],偏安一隅,天下分为南北,方得休息。其中数十年,百姓受了多少苦楚。正是:

甲马丛中立命,刀枪队里为家。

杀戮如同戏耍，抢夺便是生涯。

内中单表一人，乃汴梁城外安乐村居住，姓莘名善，浑家阮氏。夫妻两口，开个六陈铺儿[④]，虽则粜米为生[⑤]，一应麦、豆、茶、酒、油、盐、杂货，无所不备，家道颇颇得过。年过四旬，止生一女，小名叫做瑶琴。自小生得清秀，更且资性聪明。七岁上，送在村学中读书，日诵千言。十岁时，便能吟诗作赋。曾有《闺情》一绝，为人传诵。诗云：

朱帘寂寂下金钩，香鸭沉沉冷画楼[⑥]。

移枕怕惊鸳并宿，挑灯偏惜蕊双头。

到十二岁，琴棋书画，无所不通。若题起女工一事，飞针走线，出人意表。此乃天生伶俐，非教习之所能也。莘善因为自家无子，要寻个养女婿，来家靠老，只因女儿灵巧多能，难乎其配，所以求亲者颇多，都不曾许。不幸遇了金虏猖獗，把汴梁城围困，四方勤王之师虽多，宰相主了和议，不许厮杀，以致虏势愈甚，打破了京城，劫迁了二帝。那时城外百姓，一个个亡魂丧胆，携老扶幼，弃家逃命。

却说莘善领着浑家阮氏和十二岁的女儿，同一般逃难的，背着包裹，结队而走。

忙忙如丧家之犬，急急如漏网之鱼，担渴担饥担劳苦，此行谁是家乡；叫天叫地叫祖宗，惟愿不逢鞑虏。正是：宁为太平犬，莫作乱离人。

正行之间，谁想鞑子到不曾遇见，却逢着一阵败残的官兵。他看见许多逃难的百姓，多背得有包裹，假意呐喊道："鞑子来了！"沿路放起一把火来，此时天色将晚，吓得众百姓落荒乱窜，你我不相顾。他就乘机抢掠，若不肯与他，就杀害了。这是乱中生乱，苦上加苦。

却说莘氏瑶琴，被乱军冲突，跌了一交，爬起来，不见了爹娘。不敢叫唤，躲在道傍古墓之中，过了一夜。到天明，出外看时，但见满目风沙，死尸横路。昨日同时避难之人，都不知所往。瑶琴思念父母，痛哭不已。欲待寻访，又不认得路径。只得望南而行，哭一步，捱一步。约摸走了二里之程，心上又苦，腹中又饥。望见土房一所，想必其中有人，欲待求乞些汤饮。及至向前，却是破败的空屋，人口俱逃难去了。瑶琴坐于土墙之下，哀哀而哭。自古道：无巧不成话。恰好有一人从墙下而过。那人姓卜名乔，正是莘善的近邻，平昔是个游手游食，不守本分，惯吃白食，用白钱的主儿，人都称他是卜大郎。也是被官军冲散了同伙，今日独自而行。听得啼哭之声，慌忙来看。瑶琴自小相认，今日患难之际，举目无亲，见了近邻，分明见了亲人一般，即忙收泪，起身相见，问道："卜大叔，可曾见我爹妈么？"卜乔心中暗想："昨日被官军抢去包裹，正没盘缠。天生这碗衣饭，送来与我，正是奇货可居。"便扯个谎，道："你爹和妈，寻你不见，好生痛苦，如今前面去了。吩咐我道：'倘或见我女儿，千万带了他来，送还了我。'许我厚谢。"瑶琴虽是聪明，正当无可奈何之际，君子可欺以其方，遂全然不疑，随着卜乔便走。正是：

情知不是伴，事急且相随。

卜乔将随身带的干粮，把些与他吃了，吩咐道："你爹妈连夜走的，若路上不能相遇，直要过江到建康府⑦，方可相会。一路上同行，我权把你当女儿，你权叫我做爹。不然，只道我收留迷失子女，不当稳便。"瑶琴依允。从此陆路同步，水路同舟，爹女相称。到了建康府，路上又闻得金兀朮四太子⑧，引兵渡江，眼见得建康府不得宁息。又闻得康王即位⑨，已在杭州驻跸⑩，改名临安。遂趁船到润州，过了苏、常、嘉、湖，直到临安地面，暂且饭店中居住。也亏卜乔，自汴京至临安，三千馀里，带那莘瑶琴下来，身边藏下些散碎银两，都用尽了，连身上外盖衣服，脱下准了店钱[11]，止剩得莘瑶琴一件活货，欲行出脱。访得西湖上烟花王九妈家要讨养女，遂引九妈到店中，看货还钱。九妈见瑶琴生得标致，讲了财礼五十两。卜乔兑足了银子，将瑶琴送到王家。原来卜乔有智，在王九妈前只说："瑶琴是我亲生之女，不幸到你门户人家[12]，须是款款的教训[13]，他自然从愿，不要性急。"在瑶琴面前又只说："九妈是我至亲，权时把你寄顿他家。待我从容访知你爹妈下落，再来领你。"以此，瑶琴欣然而去。

可怜绝世聪明女，堕落烟花罗网中。

王九妈新讨了瑶琴，将他浑身衣服，换个新鲜，藏于曲楼深处[14]，终日好茶好饭，去将息他；好言好语，去温暖他。瑶琴既来之，则安之。住了几日，不见卜乔回信，思量爹妈，噙着两行珠泪，问九妈道："卜大叔怎不来看我？"九妈道："那个卜大叔？"瑶琴道："便是引我到你家的那个卜大郎。"九妈道："他说是你的亲爹。"瑶琴道："他姓卜，我姓莘。"遂把汴梁逃难，失散了爹妈，中途遇见了卜乔，引到临安，并卜乔哄他的说话，细述一遍。九妈道："原来恁地[15]，你是个孤身女儿，无脚蟹[16]。我索性与你说明罢：那姓卜的把你卖在我家，得银五十两去了。我们是门户人家，靠着粉头过活[17]。家中虽有三四个养女，并没个出色的。爱你生得齐整，把做个亲女相待，待你长成之时，包你穿好吃好，一生受用。"瑶琴听说，方知被卜乔所骗，放声大哭。九妈劝解，良久方止。

自此九妈将瑶琴改做王美，一家都称为美娘，教他吹弹歌舞，无不尽善。长成一十四岁，妖艳非常。临安城中，这些富豪公子，慕其容貌，都备着厚礼求见。也有爱清标的[18]，闻得他写作俱高，求诗求字的，日不离门。弄出天大的名声出来，不叫他美娘，叫他做“花魁娘子”。西湖上子弟，编出一只《挂枝儿》，单道那花魁娘子的好处：

小娘中，谁似得王美儿的标致。又会写，又会画，又会做诗，吹弹歌舞都馀事。常把西湖比西子，就是西子比他也还不如。那个有福的汤着他身儿[19]，也情愿一个死。

只因王美有了个盛名，十四岁上就有人来讲梳弄[20]。一来王美不肯，二来王九妈把女儿做金子看成，见他心中不允，分明奉了一道圣旨，并不敢违拗。又过了一年，王美年方十五。原来门户中梳弄，也有个规矩，十三岁太早，谓之“试花”。皆因鸨儿爱财，不顾痛苦，那子弟也只博个虚名，不得十分畅快取乐。十四岁，谓之“开花”。此时天癸已至[21]，男施女受，也算当时了。到十五，谓之“摘花”。在平常人家，还算年小，惟有门户人家，以为过时。王美此时未曾梳弄，西湖上子弟，又编出一只《挂枝儿》来：

王美儿，似木瓜，空好看。十五岁还不曾与人汤一汤，有名无实成何干！便不是石女[22]，也是二行子的娘[23]。若还有个好好的，羞羞也如何熬得这些时痒？

王九妈听得这些风声，怕坏了门面，来劝女儿接客。王美执意不肯，说道：“要我会客时，除非见了亲生爹妈。他肯做主时，方才使得。”王九妈心里又恼他，又不舍得难为他。捱了好些时，偶然有个金二员外，大富之家，情愿出三百两银子梳弄美娘。九妈得了这主大财，心生一计，与金二员外商议，若要他成就，除非如此如此。金二员外意会了。其日八月十五日，只说请王美湖上看潮。请至舟中，三四个帮闲，俱是会中之人，猜拳行令，做好做歉，将美娘灌得烂醉如泥。扶到王九妈家楼中，卧于床上，不省人事。此时天气和暖，又没几层衣服。妈儿亲手伏侍，剥得他赤条条，任凭金二员外行事[24]。直待绿暗红飞，方始雨收云散。正是：

雨中花蕊方开罢，镜里娥眉不似前。

五鼓时，美娘酒醒，已知鸨儿用计，破了身子。自怜红颜命薄，遭此强横，起来解手，穿了衣服，自在床边一个斑竹榻上，朝着里壁睡了，暗暗垂泪。金二员外来亲近他时，被他劈头劈脸，抓有几个血痕。金二员外好生没趣，捱得天明，对妈儿说声："我去也。"妈儿要留他时，已自出门去了。从来梳弄的子弟，早起时，妈儿进房贺喜，行户中都来称庆[25]，还要吃几日喜酒。那子弟多则住一二月，最少也住半月二十日。只有金二员外侵早出门，是从来未有之事。王九妈连叫诧异，披衣起身上楼。只见美娘卧于榻上，满眼流泪。九妈要哄他上行，连声招许多不是，美娘只不开口。九妈只得下楼去了。美娘哭了一日，茶饭不沾。从此托病，不肯下楼，连客也不肯会面了。

九妈心下焦燥，欲待把他凌虐，又恐他烈性不从，反冷了他的心肠；欲待繇他，本是要他赚钱，若不接客时，就养到一百岁也没用。踌躇数日，无计可施。忽然想起，有个结义妹子。叫做刘四妈，时常往来。他能言快语，与美娘甚说得着。何不接取他来，下个说词？若得他回心转意，大大的烧个利市[26]。当下，叫保儿去请刘四妈到前楼坐下，诉以衷情。刘四妈道："老身是个女随何[27]，雌陆贾[28]，说得罗汉思情[29]，嫦娥想嫁。这件事都在老身身上。"九妈道："若得如此，做姐的情愿与你磕头。你多吃杯茶去，免得说话时口干。"刘四妈道："老身天生这副海口，便说到明日，还不干哩。"

刘四妈吃了几杯茶,转到后楼,只见楼门紧闭。刘四妈轻轻的叩了一下,叫声:“侄女!”美娘听得是四妈声音,便来开门,两个相见了。四妈靠桌朝下而坐,美娘傍坐相陪。四妈看他桌上铺着一幅细绢,才画得个美人的脸儿,还未曾着色。四妈称赞道:“画得好!真是巧手!九阿姐不知怎生样造化,偏生遇着你这一个伶俐女儿,又好人物,又好技艺,就是堆上几千两黄金,满临安走遍,可寻出个对儿么?”美娘道:“休得见笑。今日甚风吹得姨娘到来?”刘四妈道:“老身时常要来看你,只为家务在身,不得空闲。闻得你恭喜梳弄了,今日偷空而来,特特与九阿姐叫喜。”美儿听得提起“梳弄”二字,满脸通红,低着头不来答应。刘四妈知他害羞,便把椅儿掇上一步,将美娘的手儿牵着,叫声:“我儿,做小娘的[30],不是个软壳鸡蛋,怎的这般嫩得紧?似你恁地怕羞,如何赚得大主银子?”美娘道:“我要银子做甚?”四妈道:“我儿,你便不要银子,做娘的,看得你长大成人,难道不要出本?自古道:‘靠山吃山,靠水吃水。’九阿姐家有几个粉头,那一个赶得上你的脚跟来?一园瓜,只看得你是个瓜种。九阿姐待你也不比其他。你是聪明伶俐的人,也须识些轻重。闻得你自梳弄之后,一个客也不肯相接,是什么意儿?都像你的意时,一家人口,似蚕一般,那个把桑叶喂他?做娘的抬举你一分,你也要与他争口气儿,莫要反讨众丫头们批点。”美娘道:“繇他批点,怕怎的!”刘四妈道:“阿呀!批点是个小事,你可晓得门户中的行径么?”美娘道:“行径便怎的?”刘四妈道:“我们门户人家,吃着女儿,穿着女儿,侥幸讨得一个像样的,分明是大户人家置了一所良田美产。年纪幼小时,巴不得风吹得大。到得梳弄过后,便是田产成熟,日日指望花利到手受用,前门迎新，后门送旧，张郎送米，李郎送柴，往来热闹，才是个出名的姊妹行家。”美娘道：“羞答答，我不做这样事。”刘四妈掩着口，格的笑了一声，道：“不做这样的事，可是繇得你的？一家之中，有妈妈做主。做小娘的若不依他教训，动不动一顿皮鞭，打得你不生不死，那时不怕你不走他的路儿。九阿姐一向不难为你，只可惜你聪明标致，从小娇养的，要惜你的廉耻，存你的体面。方才告诉我许多话，说你不识好歹，放着鹅毛不知轻，顶着磨子不知重，心下好生不悦，教老身来劝你。你若执意不从，惹他性起，一时翻过脸来，骂一顿，打一顿，你待走上天去？凡事只怕个起头，若打破了头时，朝一顿，暮一顿，那时熬这些痛苦不过，只得接客，却不把千金声价弄得低微了！还要被姊妹中笑话。依我说，吊桶已自落在他井里，挣不起了。不如千欢万喜，倒在娘的怀里，落得自己快活。”

美娘道：“奴是好人家儿女，误落风尘，倘得姨娘主张从良，胜造九级浮图㉛。若要我倚门献笑，送旧迎新，宁甘一死，决不情愿。”刘四妈道：“我儿，从良是个有志气的事，怎么说道不该？只是从良也有几等不同。”美娘道：“从良有甚不同之处？”刘四妈道：“有个真从良，有个假从良，有个苦从良，有个乐从良，有个趁好的从良，有个没奈何的从良，有个了从良，有个不了的从良。我儿，耐心听我分说。如何叫做真从良？大凡才子必须佳人，佳人必须才子，方成佳配。然而好事多磨，往往求之不得。幸然两下相逢，你贪我爱，割舍不下，一个愿讨，一个愿嫁，好像捉对的蚕蛾，死也不放，这个谓之真从良。怎么叫做假从良？有等子弟爱着小娘，小娘却不爱那子弟，本心不愿嫁他，只把个嫁字儿哄他心热，撒漫使钱[32]。比及成交，却又推故不就。又有一等痴心的子弟，明晓得小娘心肠不对他，偏要娶他回去。拚着一主大钱，动了妈儿的火，不怕小娘不肯。勉强进门，心中不顺，故意不守家规，小则撒泼放肆，大则公然偷汉。人家容留不得，多则一年，少则半载，依旧放他出来为娼接客。把从良二字，只当个撰钱的题目[33]。这个谓之假从良。如何叫做苦从良？一般样子弟爱小娘，小娘不爱那子弟，却被他以势凌之，妈儿惧祸，已自许了。做小娘的，身不繇主，含泪而行。一入侯门，如海之深，家法又严，抬头不得。半妾半婢，忍死度日，这个谓之苦从良。如何叫做乐从良？做小娘的，正当择人之际，偶然相交个子弟，见他情性温和，家道富足，又且大娘子乐善，无男无女，指望他日过门，与他生育，就有主母之分。以此嫁他，图个日前安逸，日后出身。这个谓之乐从良。如何叫做趁好的从良？做小娘的，风花雪月，受用已勾，趁这盛名之下，求之者众，任我拣择个十分满意的嫁他，急流勇退，及早回头，不致受人怠慢，这个谓之趁好的从良。如何叫做没奈何的从良？做小娘的，原无从良之意。或因官司逼迫，或因强横欺瞒，又或因债负太多，将来赔偿不起，弩口气[34]，不论好歹，得嫁便嫁，买静求安，藏身之法。这谓之没奈何的从良。如何叫做了从良？小娘半老之际，风波历尽，刚好遇个老成的孤老[35]，两下志同道合，收绳卷索，白头到老。这个谓之了从良。如何叫做不了的从良？一般你贪我爱，火热的跟他，却是一时之兴，没有个长算。或者尊长不容，或者大娘妒忌，闹了几场，发回妈家，追取原价。又有个家道凋零，养他不活，苦守不过，依旧出来赶趁[36]。这谓之不了的从良。”美娘道：“如今奴家要从良，还是怎地好？”刘四妈道：“我儿，老身教你个万全之策。”美娘道:“若蒙教导,死不忘恩。”刘四妈道:“从良一事,入门为净。况且你身子已被人捉弄过了,就是今夜嫁人,叫不得个黄花女儿。千错万错,不该落于此地,这就是你命中所招了。做娘的费了一片心机,若不帮他几年,趁过千把银子,怎肯放你出门?还有一件,你便要从良,也须拣个好主儿。这些臭嘴臭脸的,难道就跟他不成?你如今一个客也不接,晓得那个该从,那个不该从?假如你执意不肯接客,做娘的没奈何,寻个肯出钱的主儿,卖你去做妾,这也叫做从良。那主儿或是年老的,或是貌丑的,或是一字不识的村牛,你却不肮脏了一世!比着把你料在水里,还有扑通的一声响,讨得傍人叫一声可惜。依着老身愚见,还是俯从人愿,凭着做娘的接客。似你恁般才貌,等闲的料也不敢相扳㊲。无非是王孙公子,贵客豪门,也不辱莫了你。一来风花雪月,趁着年少受用;二来作成妈儿起个家事;三来使自己也积攒些私房,免得日后求人。过了十年五载,遇个知心着意的,说得来,话得着,那时老身与你做媒,好模好样的嫁去,做娘的也放得你下了。可不两得其便?”美娘听说,微笑而不言。刘四妈已知美娘心中活动了,便道:“老身句句是好话,你依着老身的话时,后来还要感激我哩!”说罢,起身。王九妈伏于楼门之外,一句句都听得的。美娘送刘四妈出房,劈面撞着了九妈,满面羞惭,缩身进去。

王九妈随着刘四妈,再到前楼坐下。刘四妈道:“侄女十分执意,被老身左说右说,一块硬铁看看溶做热汁。你如今快快寻个覆帐的主儿㊳,他必然肯就,那时做妹子的再来贺喜。”王九妈连连称谢。是日备饭相待,尽醉而别。后来,西湖上子弟们,又有只《挂枝儿》,单说那刘四妈说词一节:

刘四妈，你的嘴舌儿好不利害！便是女随何、雌陆贾，不信有这大才！说着长，道着短，全没些破败。就是醉梦中，被你说得醒；就是聪明的，被你说得呆。好个烈性的姑姑，也被你说得他心地改。

再说王美娘自听了刘四妈一席话儿，思之有理，以后有客求见，欣然相接。覆帐之后，宾客如市，捱三顶五，不得空闲，声价愈重。每一晚白银十两，兀自你争我夺[39]。王九妈趁了若干钱钞，欢喜无限。美娘也留心要拣个心满意足的，急切难得。正是：

易求无价宝，难得有情郎。

话分两头。再说临安城清波门里，有个开油店的朱十老，三年前过继一个小厮，也是汴京逃难来的，姓秦名重，母亲早丧，父亲秦良，十三岁上将他卖了，自己在上天竺去做香火[40]。朱十老因年老无嗣，又新死了妈妈，把秦重做亲子看成，改名朱重，在店中学做卖油生理。初时父子坐店甚好，后因十老得了腰痛的病，十眠九坐，劳碌不得，另招个伙计，叫做邢权，在店相帮。光阴似箭，不觉四年有馀。朱重长成一十七岁，生得一表人才，虽然已冠[41]，尚未娶妻。那朱十老家有个使女，叫做兰花，年已二十之外，有心看上了朱小官人，几遍的倒下钩子去勾搭他。谁知朱重是个老实人，又且兰花龌龊丑陋，朱重也看不上眼，以此落花有意，流水无情。那兰花见勾搭朱小官人不上，别寻主顾，就去勾搭那伙计邢权。邢权是望四之人[42]，没有老婆，一拍就上。两个暗地偷情，不止一次。反怪朱小官人碍眼，思量寻事赶他出门。邢权与兰花两个，里应外合，使心设计。兰花便在朱十老面前，假意撇清[43]，说："小官人几番调戏，好不老实！"朱十老平时与兰花也有一手,未免有拈酸之意[44]。邢权又将店中卖下的银子藏过,在朱十老面前说道:“朱小官在外赌博,不长进。柜里银子,几次短少,都是他偷去了。”初次朱十老还不信,接连几次,朱十老年老糊涂,没有主意,就唤朱重过来,责骂了一场。朱重是个聪明的孩子,已知邢权与兰花的计较,欲待分辨,惹起是非不小,万一老者不听,枉做恶人。心生一计,对朱十老说道:“店中生意淡薄,不消得二人。如今让邢主管坐店,孩儿情愿挑担子出去卖油。卖得多少,每日纳还,可不是两重生意?”朱十老心下也有许可之意。又被邢权说道:“他不是要挑担出去,几年上偷银子做私房,身边积趱有馀了,又怪你不与他定亲,心下怨怅,不愿在此相帮,要讨个出场,自去娶老婆,做人家哩。”朱十老叹气道:“我把他做亲儿子看成,他却如此歹意。皇天不佑!罢,罢!不是自身骨血,到底粘连不上,繇他去罢。”遂将三两银子,把与朱重,打发出门。寒夏衣服和被窝都教他拿去。这也是朱十老好处。朱重料他不肯收留,拜了四拜,大哭而别。正是:

孝己杀身因谤语,申生丧命为谗言[45]。

亲生儿子犹如此,何怪螟蛉受枉冤[46]。

原来秦良上天竺做香火,不曾对儿子说知。朱重出了朱十老之门,在众安桥下赁了一间小小房儿,放下被窝等件,买巨锁儿锁了门,便往长街短巷,访求父亲。连走几日,全没消息,没奈何,只得放下。在朱十老家四年,赤心忠良,并无一毫私蓄。只有临时打发这三两银子,不勾本钱,做什么生意好?左思右量,只有油行买卖是熟间。这些油坊,多曾与他识熟,还去挑个卖油担子,是个稳足的道路。当下置办了油担家火,剩下的银两,都交付与油坊取油。那油坊里认得朱小官是个老实好人,况且小小年纪,当初坐店,今朝挑担上街,都因邢伙计挑拨他出来,心中甚是不平,有心扶持他,只拣窨清的上好净油与他[47],签子上又明让他些[48]。朱重得了这些便宜,自己转卖与人,也放些宽,所以他的油比别人分外容易出脱,每日尽有些利息。又且俭吃俭用,积下东西来,置办些日用家业,及身上衣服之类,并无妄废。心中只有一件事未了,牵挂着父亲,思想:"向来叫做朱重,谁知我是姓秦?倘或父亲来寻访之时,也没有个因由。"遂复姓为秦。说话的,假如上一等人,有前程的,要复本姓,或具札子奏过朝廷,或关白礼部、太学、国学等衙门[49],将册籍改正,众所共知。一个卖油的,复姓之时,谁人晓得?他有个道理,把盛油的桶儿,一面大大写个"秦"字,一面写"汴梁"二字,将此桶做个标识,使人一览而知。以此临安市上,晓得他本姓,都呼他为"秦卖油"。

时值二月天气,不暖不寒。秦重闻知昭庆寺僧人,要起个九昼夜功德,用油必多,遂挑了油担,来寺中卖油。那些和尚们,也闻知秦卖油之名,他的油比别人又好又贱,单单作成他。所以一连九日,秦重只在昭庆寺走动。正是:

刻薄不赚钱,忠厚不折本。

这一日是第九日了,秦重在寺出脱了油,挑了空担出寺。其日天气晴明,游人如蚁。秦重绕河而行,遥望十景塘桃红柳绿,湖内画船箫鼓,往来游动,观之不足,玩之有馀。走了一回,身子困倦,转到昭庆寺右边,望个宽处,将担儿放下,坐在一块石上歇脚。近侧有个人家,面湖而住,金漆篱门,里面朱栏内,一丛细竹。未知堂室何如,先见门庭清整。只见里面三四个戴巾的从内而出,一个女娘,后面相送。到了门首,两下把手一拱，说声“请了”，那女娘竟进去了。秦重定睛觑之，此女容颜娇丽，体态轻盈，目所未睹，准准的呆了半晌，身子都酥麻了。他原是个老实小官，不知有烟花行径，心中疑惑，正不知是什么人家。方在凝思之际，只见门内又走出个中年的妈妈，同着一个垂髫的丫鬟，倚门闲看。那妈妈一眼瞧着油担，便道：“阿呀！方才要去买油，正好有油担子在这里，何不与他买些。”那丫鬟取了油瓶出来，走到油担子边，叫声：“卖油的！”秦重方才知觉，回言道：“没有油了。妈妈要用油时，明日送来。”那丫鬟也识得几个字，看见油桶上写个“秦”字，就对妈妈道：“那卖油的姓秦。”妈妈也听得人闲讲，有个“秦卖油”，做生意甚是忠厚，遂吩咐秦重道：“我家每日要油用，你肯挑来时，与你做个主顾。”秦重道：“承妈妈作成，不敢有误。”那妈妈与丫鬟进去了。秦重心中想道：“这妈妈不知是那女娘的什么人？我每日到他家卖油，莫说赚他利息，图个饱看那女娘一回，也是前生福分。”正欲挑担起身，只见两个轿夫，抬着一顶青绢幔的轿子，后边跟着两个小厮，飞也似跑来。到了其家门首，歇下轿子，那小厮走进里面去了。秦重道：“却又作怪，看他接什么人。”少顷之间，只见两个丫鬟，一个捧着猩红的毡包，一个拿着湘妃竹攒花的拜匣，都交付与轿夫，放在轿座之下。那两个小厮手中，一个抱着琴囊，一个捧着几个手卷，腕上挂碧玉箫一枝，跟着起初的女娘出来。女娘上了轿，轿夫抬起，望旧路而去。丫鬟小厮，俱随轿步行。

秦重又得亲炙一番[50]，心中愈加疑惑。挑了油担子，洋洋的去。不过几步，只见临河有一个酒馆。秦重每常不吃酒，今日见了这女娘，心下又欢喜，又气闷，将担子放下，走进酒馆,拣个小座头坐了。酒保问道:“客人还是请客,还是独酌?”秦重道:“有上好的酒拿来,独饮三杯。时新果子一两碟,不用荤菜。”酒保斟酒时,秦重问道:“那边金漆篱门内,是什么人家?”酒保道:“这是齐衙内的花园,如今王九妈住下。”秦重道:“方才看见有个小娘子上轿,是什么人?”酒保道:“这是有名的粉头,叫做王美娘,人都称花魁娘子。他原是汴京人,流落在此。吹弹歌舞,琴棋书画,件件皆精。来往的都是大头儿,要十两放光,才宿一夜哩。可知小可的也近他不得。当初住在涌金门外,因楼房狭窄,齐舍人与他相厚,半载之前,把这花园借与他住。”秦重听得说是汴京人,触了个乡里之念,心中更有一倍光景。吃了数杯,还了酒钱,挑了担子,一路走,一路的肚中打稿道:“世间有这样美貌的女子,落于娼家,岂不可惜!”又自家暗笑道:“若不落于娼家,我卖油的怎生得见?”又想一回,越发痴呆起来了,道:“人生一世,草生一秋。若得这等美人搂抱了睡一夜,死也甘心。”又想一回道:“呸!我终日挑这油担子,不过日进分文,怎么想这等非分之事!正是癞虾蟆在阴沟里想着天鹅肉吃,如何到口!”又想一回道:“他相交的都是公子王孙,我卖油的纵有了银子,料他也不肯接我。”又想一回道:“我闻得做老鸨的,专要钱钞。就是乞儿,有了银子,他也就肯接了。何况我做生意的,青青白白之人,若有了银子,怕他不接!只是那里来这几两银子?”一路上胡思乱想,自言自语。

你道天地间有这等痴人,一个做小经纪的,本钱只有三两,却要把十两银子去嫖那名妓,可不是个春梦?自古道:“有志者事竟成。”被他千思万想,想出一个计策来。他道:“从明日为始,逐日将本钱扣出,馀下的积攒上去,一日积得一分，一年也有三两六钱之数。只消三年，这事便成了。若一日积得二分，只消得年半。若再多得些，一年也差不多了。”想来想去，不觉走到家里，开锁进门。只因一路上想着许多闲事，回来看了自家的床铺，惨然无欢，连夜饭也不要吃，便上了床。这一夜翻来覆去，牵挂着美人，那里睡得着。

只因月貌花容，引起心猿意马[51]。

捱到天明，爬起来，就装了油担，煮早饭吃了，锁了门，挑着担子，一径走到王九妈家去。进了门，却不敢直入，舒着头，往里面张望。王九妈恰才起床，还蓬着头，正吩咐保儿买饭菜。秦重认得声音，叫声：“王妈妈。”九妈往外一张，见是秦卖油，笑道：“好忠厚人！果然不失信。”便叫他挑担进来，称了一瓶，约有五斤多重，公道还钱，秦重并不争论。王九妈甚是欢喜，道：“这瓶油只勾我家两日用，但隔一日，你便送来，我不往别处去买了。”秦重应诺，挑担而出。只恨不曾遇见花魁娘子。“且喜扳下主顾，少不得一次不见二次见，二次不见三次见。只是一件，特为王九妈一家挑这许多路来，不是做生意的勾当。这昭庆寺是顺路，今日寺中虽然不做功德，难道寻常不用油的？我且挑担去问他，若扳得各房头做个主顾，只消走钱塘门这一路，那一担油尽勾出脱了。”秦重挑担到寺内问时，原来各房和尚也正想着秦卖油。来得正好，多少不等，各各买他的油。秦重与各房约定，也是间一日送油来用。这一日是个双日，自此日为始，但是单日，秦重别街道上做买卖；但是双日，就走钱塘门这一路。一出钱塘门，先到王九妈家里，以卖油为名，去看花魁娘子。有一日会见，也有一日不会见。不见时，费了场思想；便见时，也只添了一层思想。正是：

天长地久有时尽，此恨此情无尽期。

再说秦重到了王九妈家多次，家中大大小小，没一个不认得是秦卖油。时光迅速，不觉一年有馀。日大日小，只拣足色细丝，或积三分，或积二分，再少也积下一分。凑得几钱，又打换大块头。日积月累，有了一大包银子，零星凑集，连自己也不知多少。其日是单日，又值大雨，秦重不出去做买卖。看了这一大包银子，心中也自喜欢。“趁今日空闲，我把他上一上天平，见个数目。”打个油伞，走到对门倾银铺里，借天平兑银。那银匠好不轻薄，想着：“卖油的多少银子，要架天平？只把个五两头等子与他[52]，还怕用不着头纽哩[53]。”秦重把银包解开，都是散碎银两，大凡成锭的见少，散碎的就见多。银匠是小辈，眼孔极浅，见了许多银子，别是一番面目，想道：“人不可貌相，海水不可斗量。”慌忙架起天平，搬出若大若小许多法马。秦重尽包而兑，一厘不多，一厘不少，刚刚一十六两之数，上秤便是一斤。秦重心下想道：“除去了三两本钱，馀下的做一夜花柳之费，还是有馀。”又想道：“这样散碎银子，怎好出手！拿出来也被人看低了。现成倾银店中方便，何不倾成锭儿，还觉冠冕[54]。”当下兑足十两，倾成一个足色大锭，再把一两八钱，倾成水丝一小锭[55]。剩下四两二钱之数，拈一小块，还了火钱。又将几钱银子，置下镶鞋净袜，新褶了一顶万字头巾。回到家中，把衣服浆洗得干干净净，买几根安息香，薰了又薰。拣个晴明好日，侵早打扮起来。

虽非富贵豪华客，也是风流好后生。

秦重打扮得齐齐整整，取银两藏于袖中，把房门锁了，一径望王九妈家而来。那一时好不高兴 。及至到了门首，愧心复萌，想道：“时常挑了担子在他家卖油，今日忽地去做嫖客，如何开口？”正在踌躇之际，只听得呀的一声门响，王九妈走将出来，见了秦重，便道：“秦小官，今日怎的不做生意，打扮得恁般齐楚，往那里去贵干？”事到其间，秦重只得老着脸，上前作揖。妈妈也不免还礼。秦重道：“小可并无别事，专来拜望妈妈。”那鸨儿是老积年，见貌辨色，见秦重恁般装束，又说拜望，“一定是看上了我家那个丫头，要嫖一夜，或是会一个房。虽然不是个大势主菩萨[56]，搭在篮里便是菜，捉在篮里便是蟹，赚他钱把银子买葱菜，也是好的。”便满脸堆下笑来，道：“秦小官拜望老身，必有好处。”秦重道：“小可有句不识进退的言语，只是不好启齿。”王九妈道：“但说何妨。且请到里面客坐里细讲。”

秦重为卖油，虽曾到王家整百次，这客坐里交椅，还不曾与他屁股做个相识，今日是个会面之始。王九妈到了客坐，不免分宾而坐，对着内里唤茶。少顷，丫鬟托出茶来，看时却是秦卖油，正不知什么缘故，妈妈恁般相待，格格低了头只管笑。王九妈看见，喝道：“有甚好笑！对客全没些规矩！”丫鬟止住笑，收了茶杯自去。王九妈方才开言问道：“秦小官有甚话要对老身说？”秦重道：“没有别话，要在妈妈宅上请一位姐姐吃一杯酒儿。”九妈道：“难道吃寡酒？一定要嫖了。你是个老实人，几时动这风流之兴？”秦重道：“小可的积诚，也非止一日。”九妈道：“我家这几个姐姐，都是你认得的，不知你中意那一位？”秦重道：“别个都不要，单单要与花魁娘子相处一宵。”九妈只道取笑他，就变了脸道：“你出言无度，莫非奚落老娘么？”秦重道：“小可是个老实人，岂有虚情？”九妈道：“粪桶也有两个耳朵，你岂不晓得我家美儿的身价！倒了你卖油的灶,还不勾半夜歇钱哩。不如将就拣一个适兴罢。”秦重把头一缩,舌头一伸,道:“恁的好卖弄!不敢动问,你家花魁娘子一夜歇钱要几千两?”九妈见他说要话,却又回嗔作喜,带笑而言道:“那要许多!只要得十两敲丝[57]。其他东道杂费,不在其内。”秦重道:“原来如此,不为大事。”袖中摸出这秃秃里一大锭放光细丝银子,递与鸨儿,道:“这一锭十两重,足色足数,请妈妈收着。”又摸出一小锭来,也递与鸨儿,又道:“这一小锭,重有二两,相烦备个小东。望妈妈成就小可这件好事,生死不忘,日后再有孝顺。”

九妈见了这锭大银,已自不忍释手;又恐怕他一时高兴,日后没了本钱,心中懊悔,也要尽他一句才好。便道:“这十两银子,你做经纪的人,积趱不易,还要三思而行。”秦重道:“小可主意已定,不要你老人家费心。”九妈把这两锭银子收于袖中,道:“是便是了,还有许多烦难哩。”秦重道:“妈妈是一家之主,有甚烦难?”九妈道:“我家美儿,往来的都是王孙公子,富室豪家,真个是‘谈笑有鸿儒,往来无白丁’[58]。他岂不认得你是做经纪的秦小官,如何肯接你?”秦重道:“但凭妈妈怎的委曲宛转,成全其事,大恩不敢有忘!”九妈见他十分坚心,眉头一皱,计上心来,扯开笑口道:“老身已替你排下计策,只看你缘法如何。做得成,不要喜;做不成,不要怪。美儿昨日在李学士家陪酒,还未曾回。今日是黄衙内约下游湖;明日是张山人一班清客邀他做诗社;后日是韩尚书的公子,数日前送下东道在这里。你且到大后日来看。还有句话,这几日你且不要来我家卖油,预先留下个体面。又有句话,你穿着一身的布衣布裳,不像个上等嫖客。再来时换件绸缎衣服,教这些丫头们认不出你是秦小官,老娘也好与你装谎。"秦重道:"小可一一理会得。"说罢,作别出门。且歇这三日生理,不去卖油。到典铺里买了一件现成半新不旧的绸衣,穿在身上,到街坊闲走,演习斯文模样。正是:

未识花院行藏,先习孔门规矩。

丢过那三日不题。到第四日,起个清早,便到王九妈家去。去得太早,门还未开,意欲转一转再来。这番装扮希奇,不敢到昭庆寺去,恐怕和尚们批点,且到十景塘散步。良久,又踅转来,王九妈家门已开了。那门前却安顿得有轿马,门内有许多仆从,在那里闲坐。秦重虽然老实,心下到也乖巧,且不进门,悄悄的招那马夫问道:"这轿马是谁家的?"马夫道:"韩府里来接公子的。"秦重已知韩公子夜来留宿,此时还未曾别。重复转身,到一个饭店之中,吃了些现成茶饭,又坐了一回,方才到王家探信。只见门前轿马已自去了。进得门时,王九妈迎着,便道:"老身得罪,今日又不得工夫了,恰才韩公子拉去东庄赏早梅。他是个长嫖,老身不好违拗。闻得说,来日还要到灵隐寺,访个棋师赌棋哩。齐衙内又来约过两三次了。这是我家房主,又是辞不得的。他来时,或三日五日的住了去,连老身也定不得个日子。秦小官,你真个要嫖,只索耐心再等几时。不然,前日的尊赐,分毫不动,要便奉还。"秦重道:"只怕妈妈不作成。若还迟,终无失。就是一万年,小可也情愿等着。"九妈道:"恁地时,老身便好张主。"秦重作别,方欲起身,九妈又道:"秦小官人,老身还有句话,你下次若来讨信,不要早了。约莫申牌时分[59],有客没客,老身把个实信与你。到是越晏些越好[60],这是老身的妙用,你休错怪。"秦重连声道:"不敢,不敢!"这一日秦重不曾做买卖。次日,整理油担,挑往别处去生理,不走钱塘门一路。每日生意做完，傍晚时分，就打扮齐整，到王九妈家探信。只是不得工夫，又空走了一月有馀。

那一日，是十二月十五，大雪方霁，西风过后，积雪成冰，好不寒冷，却喜地下干燥。秦重做了大半日买卖，如前妆扮，又去探信。王九妈笑容可掬，迎着道："今日你造化，已是九分九厘了。"秦重道："这一厘是欠着什么？"九妈道："这一厘么，正主儿还不在家。"秦重道："可回来么？"九妈道："今日是俞太尉家赏雪筵席，就备在湖船之内。俞太尉是七十岁的老人家，风月之事，已自没分，原说过黄昏送来。你且到新人房里，吃杯烫风酒[61]，慢慢的等他。"秦重道："烦妈妈引路。"王九妈引着秦重，弯弯曲曲，走过许多房头，到一个所在，不是楼房，却是个平屋三间，甚是高爽。左一开是丫鬟的空房，一般有床榻桌椅之类，却是备官铺的。右一间是花魁娘子卧室，锁着在那里。两旁又有耳房。中间客座上面，挂一幅名人山水，香几上博山古铜炉，烧着龙涎香饼[62]。两旁书桌，摆设些古玩，壁上贴许多诗稿。秦重愧非文人，不敢细看。心下想道："外房如此整齐，内室铺陈，必然华丽。今夜尽我受用，十两一夜，也不为多。"九妈让秦小官坐于客位，自己主位相陪。少顷之间，丫鬟掌灯过来，抬下一张八仙桌儿，六碗时新果子，一架攒盒佳肴美酝，未曾到口，香气扑人。九妈执盏相劝道："今日众小女都有客，老身只得自陪，请开怀畅饮几杯。"秦重酒量不高，况兼正事在心，只吃半杯。吃了一会，便推不饮。九妈道："秦小官想饿了，且用些饭，再吃酒。"丫鬟捧着雪花白米饭，一吃一添，放于秦重面前，就是一盏杂和汤。鸨儿量高，不用饭，以酒相陪。秦重吃了一碗，就放箸。九妈道："夜长哩，再请些。"秦重又添了半碗。丫鬟提个行灯来，说："浴汤热了，请客官洗浴。"秦重原是洗过澡来的，不敢推托，只得又到浴堂，肥皂香汤，洗了一遍，重复穿衣入座。九妈命撤去肴盒，用暖锅下酒。此时黄昏已绝，昭庆寺里的钟都撞过了，美娘尚未回来。

玉人何处贪欢耍？等得情郎望眼穿！

常言道：等人心急。秦重不见婊子回家，好生气闷，却被鸨儿夹七夹八，说些风话劝酒，不觉又过了一更天气。只听外面热闹闹的，却是花魁娘子回家。丫鬟先来报了，九妈连忙起身出迎，秦重也离座而立。只见美娘吃得大醉，侍女扶将进来。到于门首，醉眼朦胧，看见房中灯烛辉煌，杯盘狼籍，立住脚问道："谁在这里吃酒？"九妈道："我儿，便是我向日与你说的那秦小官人。他心中慕你，多时的送过礼来，因你不得工夫，担阁他一月有馀了。你今日幸而得空，做娘的留他在此伴你。"美娘道："临安郡中，并不闻说起有什么秦小官人，我不去接他。"转身便走。九妈双手托开，即忙拦住道："他是个至诚好人，娘不误你。"美娘只得转身，才跨进房门，抬头一看那人，有些面善，一时醉了，急切叫不出来，便道："娘，这个人我认得他的，不是有名称的子弟，接了他，被人笑话。"九妈道："我儿，这是涌金门内开缎铺的秦小官人。当初我们住在涌金门时，想你也曾会过，故此面善，你莫识认错了。做娘的见他来意志诚，一时许了他，不好失信。你看做娘的面上，胡乱留他一晚。做娘的晓得不是了，明日却与你陪礼。"一头说，一头推着美娘的肩头向前。美娘拗妈妈不过，只得进房相见。正是：

千般难出虔婆口，万般难脱虔婆手。
饶君纵有万千般，不如跟着虔婆走。

这些言语，秦重一句句都听得，佯为不闻。美娘万福过了，坐了侧首，仔细看着秦重，好生疑惑，心里甚是不悦，嘿嘿无言。唤丫鬟将热酒来，斟着大钟。鸨儿只道他敬客，却自家一饮而尽。九妈道："我儿醉了，少吃些么！"美儿那里依他，答应道："我不醉。"一连吃上十来杯。这是酒后之酒，醉中之醉，自觉立脚不住，唤丫鬟开了卧房，点上银缸[63]，也不卸头，也不解带，踹脱了绣鞋[64]，和衣上床，倒身而卧。鸨儿见女儿如此做作，甚不过意，对秦重道："小女平日惯了，他专会使性。今日他心中不知为什么有些不自在，却不干你事，休得见怪！"秦重道："小可岂敢！"鸨儿又劝了秦重几杯酒，秦重再三告止。鸨儿送入卧房，向耳傍吩咐道："那人醉了，放温存些。"又叫道："我儿起来，脱了衣服，好好的睡。"美娘已在梦中，全不答应，鸨儿只得去了。丫鬟收拾了杯盘之类，抹了桌子，叫声："秦小官人，安置罢。"秦重道："有热茶要一壶。"丫鬟泡了一壶浓茶，送进房里，带转房门，自去耳房中安歇。

秦重看美娘时，面对里床，睡得正熟，把锦被压在身下。秦重想："酒醉之人，必然怕冷。"又不敢惊醒他。忽见阑干上又放着一床大红纻丝的锦被，轻轻的取下，盖在美儿身上。把银灯挑得亮亮的，取了这壶热茶，脱鞋上床，捱在美娘身边，左手抱着茶壶在怀，右手搭在美娘身上，眼也不敢闭一闭。正是：

未曾握雨携云，也算偎香倚玉。

却说美娘睡到半夜，醒将转来，自觉酒力不胜，胸中似有满溢之状。爬起来，坐在被窝中，垂着头，只管打干哕[65]。秦重慌忙也坐起来，知他要吐，放下茶壶，用手抚摩其背。良久，美娘喉间忍不住了，说时迟，那时快，美娘放开喉咙便吐。秦重怕污了被窝，把自己道袍的袖子张开，罩在他嘴上。美娘不知所以，尽情一呕，呕毕，还闭着眼，讨茶漱口。秦重下床，将道袍轻轻脱下，放在地平之上。摸茶壶还是暖的，斟上一瓯香喷喷的浓茶，递与美娘。美娘连吃了二碗，胸中虽然略觉豪燥[66]，身子兀自倦怠，仍旧倒下，向里睡去了。秦重脱下道袍，将吐下一袖的腌臜，重重裹着，放于床侧，依然上床，拥抱似初。美娘那一觉直睡到天明方醒，覆身转来，见傍边睡着一人，问道："你是那个？"秦重答道："小可姓秦。"美娘想起夜来之事，恍恍惚惚，不甚记得真了，便道："我夜来好醉。"秦重道："也不甚醉。"又问："可曾吐么？"秦重道："不曾。"美娘道："这样还好。"又想一想道："我记得曾吐过的，又记得曾吃过茶来，难道做梦不成？"秦重方才说道："是曾吐来。小可见小娘子多了杯酒，也防着要吐，把茶壶暖在怀里。小娘子果然吐后讨茶，小可斟上，蒙小娘子不弃，饮了两瓯。"美娘大惊道："脏巴巴的，吐在那里？"秦重道："恐怕小娘子污了被褥，是小可把袖子盛了。"美娘道："如今在那里？"秦重道："连衣服裹着，藏过在那里。"美娘道："可惜坏了你一件衣服。"秦重道："这是小可的衣服，有幸得沾小娘子的馀沥[67]。"美娘听说，心下想道："有这般识趣的人！"心里已有四五分欢喜了。

此时天色大明，美娘起身下床小解。看着秦重，猛然想起是秦卖油，遂问道："你实对我说，是什么样人？为何昨夜在此？"秦重道："承花魁娘子下问，小子怎敢妄言。小可实是常来宅上卖油的秦重。"遂将初次看见送客，又看见上轿，心下想慕之极，及积趱嫖钱之事，备细述了一遍。"夜来得亲近小娘子一夜，三生有幸，心满意足。"美娘听说，愈加可怜道：

"我昨夜酒醉,不曾招接得你,你干折了许多银子,莫不懊悔?"秦重道:"小娘子天上神仙,小可惟恐伏侍不周,但不见责,已为万幸,况敢有非意之望!"美娘道:"你做经纪的人,积下些银两,何不留下养家?此地不是你来往的。"秦重道:"小可单只一身,并无妻小。"美娘顿了一顿,便道:"你今日去了,他日还来么?"秦重道:"只这昨宵相亲一夜,已慰生平,岂敢又作痴想?"美娘想道:"难得这好人,又忠厚,又老实,又且知情识趣,隐恶扬善,千百中难遇此一人。可惜是市井之辈,若是衣冠子弟,情愿委身事之。"正在沉吟之际,丫鬟捧洗脸水进来,又是两碗姜汤。秦重洗了脸,因夜来未曾脱帻[68],不用梳头,呷了几口姜汤,便要告别。美娘道:"少住不妨,还有话说。"秦重道:"小可仰慕花魁娘子,在傍多站一刻,也是好的。但为人岂不自揣!夜来在此,实是大胆。惟恐他人知道,有玷芳名,还是早些去了安稳。"美娘点了一点头,打发丫鬟出房,忙忙的开了减妆[69],取出二十两银子,送与秦重道:"昨夜难为了你,这银两权奉为资本,莫对人说。"秦重那里肯受。美娘道:"我的银子,来路容易。这些须酬你一宵之情,休得固逊。若本钱缺少,异日还有助你之处。那件污秽的衣服,我叫丫鬟湔洗干净了还你罢[70]。"秦重道:"粗衣不烦小娘子费心,小可自会湔洗。只是领赐不当。"美娘道:"说那里话。"将银子𢭃在秦重袖内,推他转身。秦重料难推却,只得受了,深深作揖,卷了脱下这件龌龊道袍,走出房门。打从鸨儿房前经过,保儿看见,叫声:"妈妈,秦小官去了。"王九妈正在净桶上解手,口中叫道:"秦小官,如何去得恁早?"秦重道:"有些贱事,改日特来称谢。"

不说秦重去了。且说美娘,与秦重虽然没点相干,见他一片诚心，去后好不过意。这一日因害酒，辞了客，在家将息。千个万个孤老都不想，倒把秦重整整的想了一日。有《挂枝儿》为证：

俏冤家，须不是串花家的子弟。你是个做经纪本分人儿，那匡你会温存[71]，能软款，知心知意。料你不是个使性的，料你不是个薄情的。几番待放下思量也，又不觉思量起。

话分两头。再说邢权在朱十老家，与兰花情熟，见朱十老病废在床，全无顾忌。十老发作了几场，两个商量出一条计策来，俟夜静更深，将店中资本席卷，双双的逃之夭夭，不知去向。次日天明，十老方知，央及邻里，出了个失单，寻访数日，并无动静。深悔当日不合为邢权所惑，逐了朱重。如今日久见人心，闻说朱重赁居众安桥下，挑担卖油，不如仍旧收拾他回来，老死有靠。只怕他记恨在心，教邻舍好生劝他回家，但记好，莫记恶。秦重一闻此言，即日收拾家火，搬回十老家里。相见之间，痛哭了一场。十老将所存囊橐[72]，尽数交付秦重。秦重自家又有二十馀两本钱，重整店面，坐柜卖油。因在朱家，仍称朱重，不用秦字。不上一月，十老病重，医治不痊，呜呼哀哉。朱重捶胸大恸，如亲父一般，殡殓成服，七七做了些好事。朱家祖坟在清波门外，朱重举丧安葬，事事成礼，邻里皆称其厚德。事定之后，仍先开铺。

原来这油铺是个老店，从来生意原好，却被邢权刻剥存私，将主顾弄断了多少。今见朱小官在店，谁家不来作成？所以生理比前越盛。朱重单身独自，急切要寻个老成帮手。有个惯做中人的，叫做金中，忽一日引着一个五十馀岁的人来。原来那人正是莘善，在汴梁城外安乐村居住。因那年避乱南奔，被官兵冲散了女儿瑶琴，夫妻两口凄凄惶惶，东逃西窜，胡乱的过了几年。今日闻临安兴旺，南渡人民，大半安插在彼，诚恐女儿流落此地，特来寻访，又没消息。身边盘缠用尽，欠了饭钱，被饭店终日赶逐，无可奈何。偶然听见金中说起朱家油铺要寻个卖油帮手，自己曾开过六陈铺子，卖油之事，都则在行，况朱小官原是汴京人，又是乡里，故此央金中引荐到来。朱重问了备细，乡人见乡人，不觉感伤。“既然没处投奔，你老夫妻两口，只住在我身边，只当个乡亲相处，慢慢的访着令爱消息，再作区处。”当下取两贯钱把与莘善，去还了饭钱，连浑家阮氏也领将来，与朱重相见了，收拾一间空房，安顿他老夫妻在内。两口儿也尽心竭力，内外相帮。朱重甚是欢喜。光阴似箭，不觉一年有馀。多有人见朱小官年长未娶，家道又好，做人又志诚，情愿白白把女儿送他为妻。朱重因见了花魁娘子十分容貌，等闲的不看在眼，立心要访求个出色的女子，方才肯成亲。以此日复一日，担阁下去。正是：

曾观沧海难为水，除却巫山不是云。

再说王美娘在九妈家，盛名之下，朝欢暮乐，真个口厌肥甘，身嫌锦绣。然虽如此，每遇不如意之处，或是子弟们任情使性，吃醋挑槽，或自己病中醉后，半夜三更，没人疼热，就想起秦小官人的好处来，只恨无缘再会。也是他桃花运尽，合当变更，一年之后，生出一段事端来。

却说临安城中，有个吴八公子，父亲吴岳，现为福州太守。这吴八公子，新从父亲任上回来，广有金银。平昔间也喜赌钱吃酒，三瓦两舍走动[73]。闻得花魁娘子之名，未曾识面，屡屡遣人来约，欲要嫖他。美娘闻他气质不好，不愿相接，托故推辞，非止一次。那吴八公子也曾和着闲汉们亲到王九妈家几番，都不曾会。其时清明节届，家家扫墓，处处踏青。美娘因连日游春困倦，且是积下许多诗画之债，未曾完得，吩咐家中："一应客来，都与我辞去。"闭了房门，焚起一炉好香，摆设文房四宝。方欲举笔，只听得外面沸腾，却是吴八公子领着十馀个狠仆，来接美娘游湖。因见鸨儿每次回他，在中堂行凶，打家打火。直闹到美娘房前，只见房门锁闭。原来妓家有个回客法儿，小娘躲在房内，却把房门反锁，支吾客人，只推不在，那老实的就被他哄过了。吴公子是惯家，这些套子，怎地瞒得？吩咐家人扭断了锁，把房门一脚踢开。美娘躲身不迭，被公子看见，不由分说，教两个家人左右牵手，从房内直拖出房外来，口中兀自乱嚷乱骂。王九妈欲待上前陪礼解劝，看见势头不好，只得闪过。家中大小，躲得没半个影儿。

吴家狠仆牵着美娘，出了王家大门，不管他弓鞋窄小，望街上飞跑。八公子在后，扬扬得意，直到西湖口，将美娘㧐下了湖船[74]，方才放手。美娘十二岁到王家，锦绣中养成，珍宝般供养，何曾受恁般凌贱？下了船，对着船头，掩面大哭。吴八公子全不放下面皮，气忿忿的像关云长单刀赴会，一把交椅，朝外而坐，狠仆侍立于傍。一面吩咐开船，一面数一数二的发作一个不住："小贱人，小娼根！不受人抬举，再哭时，就讨打了！"美娘那里怕他，哭之不已。船至湖心亭，吴八公子吩咐摆盒在亭子内，自己先上去了，却吩咐家人："叫那小贱人来陪酒。"美娘抱住了栏杆，那里肯去，只是嚎哭。吴八公子也觉没兴，自己吃了几杯淡酒，收拾下船，自来扯美娘。美娘双脚乱跳，哭声愈高。八公子大怒，教狠仆拨去簪珥。美娘蓬着头，跑到船头上，就要投水，被家童们扶住。公子道："你撒赖，便怕你不成！就是死了，也只费得我几两银子，不为大事。只是送你一条性命，也是罪过。你住了啼哭时，我就放你回去，不难为你。"美娘听说放他回去，真个住了哭。八公子吩咐，移船到清波门外僻静之处，将美娘绣鞋脱下，去其裹脚，露出一对金莲，如两条玉笋相似。教狠仆扶他上岸，骂道："小贱人，你有本事，自走回家，我却没人相送！"说罢，一篙子撑开，再向湖中而去。正是：

焚琴煮鹤从来有[75]，惜香怜玉几个知！

美娘赤了脚，寸步难行。思想："自己才貌两全，只为落于风尘，受此轻贱。平昔枉自结识许多王孙贵客，急切用他不着，受了这般凌辱，就是回去，如何做人？到不如一死为高，只是死得没些名目，枉自享个盛名。到此地位，看着村庄妇人，也胜我十二分。这都是刘四妈这个花嘴，哄我落坑堕堑，致有今日。自古红颜薄命，亦未必如我之甚！"越思越苦，放声大哭。事有偶然，却好朱重那日到清波门外朱十老的坟上，祭扫过了，打发祭物下船，自己步回，从此经过。闻得哭声，上前看时，虽然蓬头垢面，那玉貌花容，从来无两，如何不认得！吃了一惊，道："花魁娘子，如何这般模样？"美娘哀哭之际，听得声音厮熟，止啼而看，原来正是知情识趣的秦小官。美娘当此之际，如见亲人，不觉倾心吐胆，告诉他一番。朱重心中十分疼痛，亦为之流泪。袖中带得有白绫汗巾一条，约有五尺多长，取出劈半扯开，奉与美娘裹脚。亲手与他拭泪，又与他挽起青丝，再三把好言宽解。等待美娘哭定，忙去唤个暖轿，请美娘坐了，自己步送，直到王九妈家。九妈不得女儿消息，在四处打探，慌迫之际，见秦小官送女儿回来，分明送一颗夜明珠还他，如何不喜！况且鸨儿一向不见秦重挑油上门，多曾听得人说，他承受了朱家的店业，手头活动，体面又比前不同，自然刮目相待。又见女儿这等模样，问其缘故，已知女儿吃了大苦，全亏了秦小官，深深拜谢，设酒相待。日已向晡，秦重略饮数杯，起身作别。美娘如何肯放，道："我一向有心于你，恨不得你见面，今日定然不放你空去。"鸨儿也来扳留。秦重喜出望外。是夜，美娘吹弹歌舞，曲尽生平之技，奉承秦重。秦重如做了一个游仙好梦，喜得魄荡魂消，手舞足蹈。夜深酒阑，二人相挽就寝，云雨之事，其美满更不必言。

一个是足力后生，一个是惯情女子。这边说三年怀想，费几多役梦劳魂；那边说一载相思，喜侥幸粘皮贴肉。一个谢前番帮衬，合今番恩上加恩；一个谢今夜总成，比前夜爱中添爱。红粉妓倾翻粉盒，罗帕留痕；卖油郎打泼油瓶，被窝沾湿。可笑村儿干折本，作成小子弄风流。

云雨已罢，美娘道："我有句心腹之言与你说，你休得推托。"秦重道："小娘子若用得着小可时，就赴汤蹈火，亦所不辞，岂有推托之理！"美娘道："我要嫁你。"秦重笑道："小娘子就嫁一万个，也还数不到小可头上，休得取笑，枉自折了小可的食料。"美娘道："这话实是真心，怎说'取笑'二字！我自十四岁被妈妈灌醉，梳弄过了，此时便要从良。只为未曾相处得人，不辨好歹，恐误了终身大事。以后相处的虽多，都是豪华之辈，酒色之徒，但知买笑追欢的乐意，那有怜香惜玉的真心。看来看去，只有你是个志诚君子。况闻你尚未娶亲，若不嫌我烟花贱质，情愿举案齐眉，白头奉侍。你若不允之时，我就将三尺白罗，死于君前，表白我这片诚心，也强如昨日死于村郎之手,没名没目,惹人笑话。”说罢,呜呜的哭将起来。秦重道:“小娘子休得悲伤!小可承小娘子错爱,将天就地,求之不得,岂敢推托!只是小娘子千金声价,小可家贫力薄,如何摆布?也是力不从心了。”美娘道:“这却不妨。不瞒你说,我只为从良一事,预先积趱些东西,寄顿在外。赎身之费,一毫不费你心力。”秦重道:“就是小娘子自己赎身,平昔住贯了高堂大厦,享用了锦衣玉食,在小可家,如何过活?”美娘道:“布衣蔬食,死而无怨。”秦重道:“小娘子虽然,只怕妈妈不从。”美娘道:“我自有道理。”如此如此,这般这般,两个直说到天明。

原来黄翰林的衙内,韩尚书的公子,齐太尉的舍人,这几个相知的人家,美娘都寄顿得有箱笼。美娘只推要用,陆续取到,密地约下秦重,教他收置在家。然后一乘轿子,抬到刘四妈家,诉以从良之事。刘四妈道:“此事老身前日原说过的,只是年纪还早,又不知你要从那一个?”美娘道:“姨娘,你莫管是甚人,少不得依着姨娘的言语,是个真从良、乐从良、了从良,不是那不真、不乐、不了、不绝的勾当。只要姨娘肯开口时,不愁妈妈不允。做侄女的别没孝顺,只有十两金子,奉与姨娘,胡乱打些钗子,是必在妈妈前做个方便。事成之时,媒礼在外。”刘四妈看见这金子,笑得眼儿没缝,便道:“自家儿女,又是美事,如何要你的东西?这金子权时领下,只当与你收藏。此事都在老身身上。只是你的娘,把你当个摇钱之树,等闲也不轻放你出去,怕不要千把银子。那主儿可是肯出手的么?也得老身见他一见,与他讲通方好。”美娘道:“姨娘莫管闲事,只当侄女自家赎身便了。”刘四妈道:“妈妈可晓得你到我家来?”美娘道:“不晓得。”四妈道:“你且在我家便饭，待老身先到你家，与妈妈讲。讲得通时，然后来报你。”

刘四妈雇乘轿子，抬到王九妈家，九妈相迎入内。刘四妈问起吴八公子之事，九妈告诉了一遍。四妈道：“我们行户人家，到是养成个半低不高的丫头，尽可赚钱，又且安稳。不论什么客就接了，倒是日日不空的。侄女只为声名大了，好似一块鲞鱼落地[76]，马蚁儿都要钻他，虽然热闹，却也不得自在。说便许多一夜，也只是个虚名。那些王孙公子，来一遍，动不动有几个帮闲，连宵达旦，好不费事。跟随的人又不少，个个要奉承得他到，一些不到之处，口里就出粗，哩哇啰哇的骂人，还要暗损你家火，又不好告诉他家主，受了若干闷气。况且山人墨客，诗社棋社，少不得一月之内，又有几日官身[77]。这些富贵子弟，你争我夺，依了张家，违了李家，一边喜，少不得一边怪了。就是吴八公子这一个风波，吓杀人的。万一失差，却不连本送了！官宦人家，与他打官司不成？只索忍气吞声。今日还亏着你家香烟高，太平没事，一个霹雳空中过去了。倘然山高水低，悔之无及。妹子闻得吴八公子不怀好意，还要到你家索闹。侄女的性气又不好，不肯奉承人。第一这一件，乃是个惹祸之本。”九妈道：“便是这件，老身好不担忧。就是这八公子，也是有名有称的人，又不是下贱之人，这丫头抵死不肯接他，惹出这场寡气。当初他年纪小时，还听人教训；如今有了个虚名，被这些富贵子弟夸他奖他，惯了他性情，骄了他气质，动不动自作自主。逢着客来，他要接便接，他若不情愿时，便是九牛也休想牵得他转。”刘四妈道：“做小娘的略有些身份，都则如此。”王九妈道：“我如今与你商议，倘若有个肯出钱的，不如卖了他去，到得干净，省得终身担着鬼胎过日。”刘四妈道：“此言甚妙。卖了他一个，就讨得五六个。若凑巧撞得着相应的，十来个也讨得的。这等便宜事，如何不做？”王九妈道：“老身也曾算计过来，那些有势有力的不肯出钱，专要讨人便宜。及至肯出几两银子的，女儿又嫌好道歉，做张做智的不肯[78]。若有好主儿，妹子做媒，作成则个。倘若这丫头不肯时节，还求你撺掇[79]。这丫头做娘的话也不听，只你说得他信，话得他转。”刘四妈呵呵大笑道：“做妹子的此来，正为与侄女做媒。你要许多银子，便肯放他出门？”九妈道：“妹子，你是明理的人。我们这行户中，只有贱买，那有贱卖！况且美儿数年盛名满临安，谁不知他是花魁娘子，难道三百四百，就容他走动？少不得要他千金。”刘四妈道：“待妹子去讲，若肯出这个数目，做妹子的便来多口；若合不着时，就不来了。”临行时，又故意问道：“侄女今日在那里？”王九妈道：“不要说起。自从那日吃了吴八公子的亏，怕他还来淘气，终日里抬个轿子，各宅去分诉。前日在齐太尉家，昨日在黄翰林家，今日又不知在那家去了。”刘四妈道：“有了你老人家做主，按定了坐盘星[80]，也不容侄女不肯。万一不肯时，做妹子自会劝他。只是寻得主顾来，你却莫要捉班做势[81]。”九妈道：“一言既出，并无他说。”九妈送至门首。刘四妈叫声“聒噪”[82]，上轿去了。这才是：

数黑论黄雌陆贾，说长话短女随何。
若还都像虔婆口，尺水能兴万丈波。

刘四妈回到家中，与美娘说道：“我对你妈妈如此说，这般讲，你妈妈已自肯了。只要银子见面，这事立地便成。”美娘道：“银子已曾办下，明日姨娘千万到我家来，玉成其事。不要冷了场，改日又费讲。”四妈道：“既然约定，老身自然到宅。”美娘别了刘四妈，回家一字不题。

次日，午牌时分，刘四妈果然来了。王九妈问道：“所事如何？”四妈道：“十有八九，只不曾与侄女说过。”四妈来到美娘房中，两下相叫了，讲了一回说话。四妈道：“你的主儿到了不曾？那话儿在那里？”美娘指着床头道：“在这几只皮箱里。”美娘把五六只皮箱，一时都开了，五十两一封，搬出十三四封来。又把些金珠宝玉算价，足勾千金之数。把个刘四妈惊得眼中出火，口内流涎，想道：“小小年纪，这等有肚肠！不知如何设法，积下许多东西？我家这几个粉头，一般接客，赶得着他那里！不要说不会生发，就是有几文钱在荷包里，闲时买瓜子磕，买糖儿吃，两条脚带破了，还要做妈的与他买布哩。偏生九阿姐造化，讨得着，年时赚了若干钱钞，临出门还有这一主大财，又是取诸宫中[83]，不劳馀力。”这是心中暗想之语，却不曾说出来。美娘见刘四妈沉吟，只道他作难索谢，慌忙又取出四匹潞绸、两股宝钗、一对凤头玉簪，放在桌上，道：“这几件东西，奉与姨娘为伐柯之敬。”刘四妈欢天喜地，对王九妈说道：“侄女情愿自家赎身，一般身价，并不短少分毫，比着孤老赎身更好。省得闲汉们从中说合，费酒费浆，还要加一加二的谢他。”王九妈听得说女儿皮箱内有许多东西，到有个咈然之色[84]。你道却是为何？世间只有鸨儿最狠，做小娘的设法些东西，都送到他手里，才是快活。也有做些私房在箱笼内，鸨儿晓得些风声，专等女儿出门，捵开锁钥[85]，翻箱倒笼，取个罄空[86]。只为美娘盛名之下，相交都是大头儿，替做娘的挣得钱钞，又且性格有些古怪，等闲不敢触他，故此卧房里面，鸨儿的脚也不搠进去。谁知他如此有钱。刘四妈见九妈颜色不善，便猜着了，连忙道：“九阿姐，你休得三心两意。这些东西,就是侄女自家积下的,也不是你本分之钱。他若肯花费时,也花费了。或是他不长进,把来津贴了得意的孤老,你也那里知道?这还是他做家的好处。况且小娘自己手中没有钱钞,临到从良之际,难道赤身赶他出门?少不得头上脚下,都要收拾得光鲜,等他好去别人家做人。如今他自家拿得出这些东西,料然一丝一线,不费你的心。这一主银子,是你完完全全鳖在腰跨里的。他就赎身出去,怕不是你女儿?倘然他挣得好时,时朝月节,怕他不来孝顺你!就是嫁了人时,他又没有亲爹亲娘,你也还去做得着他的外婆,受用处正有哩。"只这一套话,说得王九妈心中爽然,当下应允。

刘四妈就去搬出银子,一封封兑过,交付与九妈。又把这些金珠宝玉,逐件指物作价,对九妈说道:"这都是做妹子的故意估下他些价钱,若换与人,还便宜得几十两银子。"王九妈虽同是个鸨儿,到是个老实头,但凭刘四妈说话,无有不纳。刘四妈见王九妈收了这主东西,便叫亡八写了婚书[87],交付与美儿。美儿道:"趁姨娘在此,奴家就拜别了爹妈出门,借姨娘家住一两日,择吉从良,未知姨娘允否?"刘四妈得了美娘许多谢礼,生怕九妈翻悔,巴不得美娘出了他门,完成一事,便道:"正该如此。"当下美娘收拾了房中自己的梳台拜匣、皮箱铺盖之类,但是鸨儿家中之物,一毫不动。收拾已完,随着四妈出房,拜别了假爹假妈,和那姨娘行中,都相叫了。王九妈一般哭了几声。美娘唤人挑了行李,欣然上轿,同刘四妈到刘家去。四妈出一间幽静的好房,顿下美娘行李。众小娘都来与美娘叫喜。是晚,朱重差莘善到刘四妈家讨信,已知美娘赎身出来。择了吉日,笙箫鼓乐娶亲。

刘四妈就做大媒送亲。朱重与花魁娘子花烛洞房,欢喜无限。

虽然旧事风流,不减新婚佳趣。

次日,莘善老夫妇请新人相见,各各相认,吃了一惊。问起根由,至亲三口,抱头而哭。朱重方才认得是丈人丈母,请他上坐。夫妻二人,重新拜见。亲邻闻知,无不骇然。是日,整备筵席,庆贺两重之喜,饮酒尽欢而散。三朝之后,美娘教丈夫备下几副厚礼,分送旧相知各宅,以酬其寄顿箱笼之恩,并报他从良信息。此是美娘有始有终处。王九妈、刘四妈家,各有礼物相送,无不感激。满月之后,美娘将箱笼打开,内中都是黄白之资,吴绫蜀锦,何止百计,共有三千馀金。都将匙钥交付丈夫,慢慢的买房置产,整顿家当。油铺生理,都是丈人莘公管理。不上一年,把家业挣得花锦般相似,驱奴使婢,甚有气象。

朱重感谢天地神明保佑之德,发心于各寺庙喜舍合殿油烛一套[88],供琉璃灯油三个月,斋戒沐浴,亲往拈香礼拜。先从昭庆寺起,其他灵隐、法相、净慈、天竺等寺,以次而行。就中单说天竺寺,是观音大士的香火[89],有上天竺、中天竺、下天竺,三处香火俱盛,却是山路,不通舟楫。朱重叫从人挑了一担香烛、三担清油,自己乘轿而往,先到上天竺来。寺僧迎接上殿,老香火秦公点烛添香。此时朱重,居移气,养移体[90],仪容魁岸,非复幼时面目,秦公那里认得他是儿子?只因为油桶上有个大大的"秦"字,又有"汴梁"二字,心中甚以为奇。也是天然凑巧,刚刚到上天竺,偏用着这两只油桶。朱重拈香已毕,秦公托出茶盘,主僧奉茶。秦公问道:"不敢动问施主,这油桶上为何有此三字?"朱重听得问声带着汴梁人的土音,忙问道:“老香火,你问他怎么?莫非也是汴梁人么?”秦公道:“正是。”朱重道:“你姓甚名谁?为何在此出家?共有几年了?”秦公把自己姓名乡里,细细告诉:“某年上避兵来此,因无活计,将十三岁的儿子秦重,过继与朱家。如今有八年之远,一向为年老多病,不曾下山问得信息。”朱重一把抱住,放声大哭道:“孩儿便是秦重!向在朱家挑油买卖,正为要访求父亲下落,故此于油桶上写‘汴梁秦’三字,做个标识。谁知此地相逢,真乃天与其便!”众僧见他父子别了八年,今朝重会,各各称奇。朱重这一日,就歇在上天竺,与父亲同宿,各叙情节。次日,取出中天竺、下天竺两个疏头换过[91],内中朱重,仍改做秦重,复了本姓。两处烧香礼拜已毕,转到上天竺,要请父亲回家,安乐供养。秦公出家已久,吃素持斋,不愿随儿子回家。秦重道:“父亲别了八年,孩儿有缺侍奉。况孩儿新娶媳妇,也得他拜见公公方是。”秦公只得依允。

秦重将轿子让与父亲乘坐,自己步行,直到家中。秦重取出一套新衣,与父亲换了,中堂设坐,同妻莘氏双双参拜。亲家莘公、亲母阮氏,齐来见礼。此日大排筵席,秦公不肯开荤,素酒素食。次日,邻里敛财称贺:一则新婚,二则新娘子家眷团圆,三则父子重逢,四则秦小官归宗复姓,共是四重大喜。一连又吃了几日喜酒。秦公不愿家居,思想上天竺故处,清净出家。秦重不敢违亲之志,将银二百两,于上天竺另造净室一所,送父亲到彼居住。其日用供给,按月送去。每十日亲往候问一次,每一季同莘氏往候一次。那秦公活到八十馀,端坐而化,遗命葬于本山。此是后话。

却说秦重和莘氏,夫妻偕老,生下两个孩儿,俱读书成名。至今风月中市语,凡夸人善于帮衬[92],都叫做“秦小官”,

又叫“卖油郎”。有诗为证：

春来处处百花新，蜂蝶纷纷竞采春。
堪爱豪家多子弟，风流不及卖油人。

上海古籍出版社影印叶敬池刊本《醒世恒言》

①故事叙述卖油郎秦重与妓女莘瑶琴结合始末，委婉细致，结局顺理成章，道出城市下层人的辛酸、梦想。叙述背景为宋代，但篇中时时插入明代特有的《挂枝儿》小曲，当为明人所作。明末清初李玉有《占花魁》传奇，即本于此。本书选收时删去了前面一段入话。 ②二帝：指宋徽宗赵佶和宋钦宗赵桓。蒙尘：指帝王流亡或失位，遭受垢辱。宋靖康二年（1127），金兵南下，攻破汴京，徽、钦二宗被俘，北宋亡。二帝后来死于五国城（今黑龙江依兰）。 ③高宗：宋高宗赵构。泥马渡江：相传靖康之变，赵构假寐于崔府君庙中，梦神人曰：“金人追及，速去之。已备马于门首。”康王惊觉，马已在侧，跃马南驰。既渡河而马不复动，下视之，则泥马也。事见辛弃疾《南渡录》。 ④六陈铺：旧时称粮食店。六陈，指大米、大麦、小麦、大豆、小豆、芝麻六种粮食，因其可以久藏，称作“六陈”。 ⑤粜（tiào跳）米：卖粮食。 ⑥香鸭：鸭形的香炉。⑦建康府：即今南京市，南宋建炎三年（1129）设江宁府，治所在南京。 ⑧金兀术（zhú烛）四太子：即完颜宗弼，金大将，金太祖阿骨打第四子。天会七年（1129）任统帅，渡长江，追宋高宗入海。 ⑨康王：即宋高宗赵构，即位前为康王。 ⑩驻跸（bì闭）：帝王出行，中途暂住。跸，帝王车驾。 ⑪准：抵押，折价。 ⑫门户人家：妓院。 ⑬款款：慢慢地。 ⑭曲楼：即青楼，因其多弯曲相连的楼阁，故称。 ⑮恁地：如此。 ⑯无脚蟹：喻指无依无靠，不能自主的人。 ⑰粉头：妓女。马致远《青衫泪》：“经板似粉头排日唤，落叶似官身吊名差。” ⑱清标：文采俊逸。 ⑲汤：碰着，挨着。 ⑳梳弄：即梳栊，又作梳拢。旧时指妓女第一次接客伴宿。前此梳辫，此后即当梳髻，故称。 ㉑天癸：指女子月经和男子精液。《素问·古天真论》云：女子十四、男子十六天癸至。后专指女子月经。 ㉒石女：指阴道构造不完全，不通人道的女子。 ㉓二行子的娘：指不是处女。行子，东西，家伙。对人或物的蔑称。 ㉔本句后删去数句。 ㉕行户：即行院。对妓院的隐称。 ㉖烧个利市：旧时称烧纸祭神，以图吉

利，故称。　㉗随何：汉初人，善于言辞，曾为刘邦说淮南王黥布叛楚归汉。㉘陆贾：汉初楚人，有辩才，曾两度出使南越，招谕尉佗，劝丞相陈平深结太尉周勃，合谋诛诸吕，立文帝。　㉙罗汉：释迦牟尼的弟子中称阿罗汉的有十六人，其名字见于《法宛珠林·罗汉部》，后增至五百之数。这些人都修成正果，六根清净。　㉚小娘：指歌女或妓女。李贺《洛姝真珠》曾云："真珠小娘下青廊，洛苑香风飞绰绰。"元稹《筝》亦云："急挥舞破催飞燕，慢逐歌词弄小娘。"　㉛浮图：即浮屠，梵语音译。佛教建筑物，即塔。　㉜撒漫：也作撒镘（màn 漫）。任意用钱，挥霍。镘，指钱背。杨显之《酷寒亭》第一折："头顶军资库，脚踏万年仓；若将来撒镘，不勾几时光。"　㉝撰钱：即赚钱。㉞訾：同"憋"。　㉟孤老：非正式夫妻关系中的男子。这里指嫖客。㊱赶趁：指商贩、歌妓及杂耍艺人出来谋利献艺。宋周密《武林旧事·酒楼》："又有吹箫、弹阮、息气、锣板、歌唱、散耍等人，谓之赶趁。"　㊲扳：结攀。　㊳覆帐：妓女被梳栊后第一次与嫖客同宿。　㊴兀自：还，尚。㊵香火：指在寺庙里烧香、点火的杂役。　㊶已冠：指已满二十岁。古代男子二十岁行成人礼，结发戴冠。　㊷望四：将近四十。　㊸撇清：表示清白。　㊹拈酸：吃醋，忌妒。　㊺申生：春秋时晋献公长子，曾被立为太子，后为骊姬设计谮害，因自杀。　㊻螟蛉：虫名。《诗经·小雅·小宛》："螟蛉有子，蜾蠃负之。"毛传："螟蛉，桑虫也。蜾蠃，蒲卢也。"因蒲卢取桑虫之子而养育之，后人遂以螟蛉为养子的代称。　㊼窨（yìn 印）清：经贮藏而澄清。　㊽签子：指秤。　㊾关白：禀报。　㊿亲炙：本指亲承教化。这里指亲眼观看。51心猿意马：比喻心神不定，如猿马之难以控制。　52等子：即戥子，一种用来称金银药品的小型量器。　53头纽：指戥子上的第一个量数。　54冠冕：体面。　55水丝：成色低的银子。　56大势主菩萨：当为大势至菩萨的讹称。《观无量寿经》云："以智慧光普照一切，令离三途，得无上力，是故号此菩萨名大势至。"此处指出手阔绰的嫖客。　57敲丝：指银锭。古代银锭上都敲印圆丝纹，故称。　58"谈笑"二句，语出刘禹锡《陋室铭》。　59申牌：下午三时至五时。古代于衙门和驿站前设时辰台，每移一时辰，则换一指示时间的牌子。　60晏：晚。　61烫风酒：即暖身酒。　62龙涎：珍贵香料，抹香鲸病胃的一种分泌物，因得之于海上，故称。63银缸：银灯。萧绎《草名》诗云："金钱买含笑，银缸影梳头。"　64跣（xǐ 洗）：指蹬脱了鞋。　65干哕（yuě 曰）：要吐而吐不出来。　66豪燥：烦燥憋闷。 ⑥⑦馀沥:本指剩酒。这里指王美娘吐的秽物。 ⑥⑧帻(zé 责):包头巾。 ⑥⑨减妆:古代妇女的梳妆匣子。冯梦龙《挂枝儿·变》:“你变针,我变线,与你到底牵连,再变个减妆儿与你朝朝见。” ⑦⑩湔(jiān 尖)洗:洗涤。 ⑦①匡:料想。元无名氏《打韩通》第四折:“兄弟,你不知道,这韩通是个为头的好汉,不匡还出不了你的手。” ⑦②囊橐:囊和橐都是盛东西的口袋,这里指积蓄。 ⑦③三瓦两舍:指妓院、酒楼等娱乐场所。瓦舍,即瓦子,宋元以来招集伎乐的游艺场所。 ⑦④拟(sǒng 耸):推,搡。 ⑦⑤焚琴煮鹤:比喻杀风景的事。宋胡仔《苕溪渔隐丛话》引蔡絛《西清诗话》云:“其一曰杀风景:谓清泉濯足,花上晒裈,背山起楼,烧琴煮鹤,对花啜茶,松下喝道。” ⑦⑥鲞(xiǎng 响)鱼:干腊鱼。 ⑦⑦官身:官伎支应官差。 ⑦⑧做张做智:装腔作势。 ⑦⑨撺掇(cuànduō 蹿多):怂恿,劝诱。 ⑧⓪坐盘星:即定盘星。戥子或秤上定为零位的星。戥锤悬于此点时,正好平衡,故称。比喻作事的准则。 ⑧①捉班做势:与“做张做智”意思相同。 ⑧②聒噪:犹言烦扰了,吵闹了。 ⑧③取诸宫中:意谓取之于自家。宫,房屋、居室。 ⑧④咈(fú 扶)然:不悦貌。咈,同“怫”。 ⑧⑤捵(tiǎn 舔):拨。 ⑧⑥罄(qìng 庆):尽,空。 ⑧⑦亡八:旧时指妓院里的男管事。 ⑧⑧发心:起了个心愿。喜舍:行善施舍。 ⑧⑨大士:菩萨的通称。《法华文句记》:“大士者,《大论》称菩萨为大士,亦曰开士。” ⑨⓪“居移气”二句:语出《孟子·尽心上》:“孟子自范之齐,望见齐王之子,喟然叹曰:‘居移气,养移体,大哉居乎!夫非尽人之子与?’”意谓地位改变气度,供养改变体质。 ⑨①疏头:寺庙募捐的册子。 ⑨②帮衬:体贴,凑趣。元高文秀《啄木儿》曲:“为你,殷勤帮衬。虽然梦寐间,风流当尽。”

三一　张　岱

张岱(1597—1684 或 1689),字宗子,又字石公,号陶庵,又号蝶庵。浙江山阴(今绍兴)人。出身于仕宦家庭,青年时生活豪奢,自云:"好精舍,好美婢,好娈童,好鲜衣,好美食,好骏马,好华灯,好烟火,好梨园,好鼓吹,好古董,好花鸟,兼以茶淫桔疟,书蠹诗魔。"(《自为墓志铭》)明亡,携家人逃难,居嵊县西白山中,生活艰难,布衣蔬食,常至断炊。以气节自重,发愤著述,著有《石匮书》、《石匮书后集》、《三不朽图赞》等。能诗善文,兼通戏曲、音乐、书画、篆刻等,尤以小品文著名。明亡后所著《陶庵梦忆》、《西湖梦寻》,追寻前朝风俗人情,寄寓故国之思,行文灵巧,极富情韵。

湖心亭看雪①

崇祯五年十二月②,余住西湖。大雪三日,湖中人鸟声俱绝。

是日,更定矣③,余拏一小舟④,拥毳衣炉火⑤,独往湖心亭看雪。雾凇沆砀⑥,天与云与山与水,上下一白。湖上影子,惟长堤一痕⑦、湖心亭一点,与余舟一芥、舟中人两三粒而已。

到亭上,有两人铺毡对坐,一童子烧酒炉正沸。见余大喜,曰:"湖中焉得更有此人?"拉余同饮。余强饮三大白而别[8]。问其姓氏,是金陵人,客此。

及下船,舟子喃喃曰[9]:“莫说相公痴[10],更有痴似相公者。”

作家出版社版立人校订《陶庵梦忆》卷三

①此文描写西湖雪景,如诗如画,情趣盎然。湖心亭,位于杭州西湖中。②崇祯五年:即 1632 年。 ③更定:人夜人静后。古人把一夜分为五更,一更约为两小时。 ④拏(ráo 饶):通“桡”,船桨。此指用桨划。 ⑤毳(cuì 翠)衣:皮毛衣。 ⑥雾凇:寒冷天雾在树上凝结成如雪一样的松散水晶,也叫树挂。沆砀(hàngdàng 杭去声荡):天地间白茫茫的水气。 ⑦长堤:西湖中的苏堤。 ⑧大白:大酒杯。 ⑨喃喃:小声念叨。 ⑩相公:原本是对宰相的尊称,宋元以后成了对人的尊称。

西湖七月半[1]

西湖七月半,一无可看,只可看看七月半之人。看七月半之人,以五类看之。其一,楼船箫鼓[2],峨冠盛筵[3],灯火优傒[4],声光相乱,名为看月而实不见月者,看之。其一,亦船亦楼,名娃闺秀[5],携及童娈[6],笑啼杂之,环坐露台[7],左右盼望,身在月下而实不看月者,看之。其一,亦船亦声歌,名妓闲僧,浅斟低唱[8],弱管轻丝[9],竹肉相发[10],亦在月下,亦看月,而欲人看其看月者,看之。其一,不舟不车,不衫不帻[11],酒醉饭饱,呼群三五,跻入人丛[12],昭庆、断桥[13],嘄呼嘈杂[14],装假醉,唱无腔曲,月亦看,看月者亦看,不看月者亦看,而实无一看者,看之。其一,小船轻幌[15],净几暖炉,茶铛旋煮[16],素瓷静递,好友佳人,邀月同坐,或匿影树下,或逃嚣里湖[17]，看月而人不见其看月之态，亦不作意看月者[18]，看之。

杭人游湖，巳出酉归[19]，避月如仇。是夕好名，逐队争出，多犒门军酒钱[20]，轿夫擎燎[21]，列俟岸上。一入舟，速舟子急放断桥[22]，赶入胜会。以故二鼓以前[23]，人声鼓吹，如沸如撼，如魇如呓[24]，如聋如哑，大船小船一齐凑岸，一无所见，止见篙击篙，舟触舟，肩摩肩，面看面而已。少刻兴尽，官府席散，皂隶喝道去[25]。轿夫叫船上人，怖以关门[26]，灯笼火把如列星，一一簇拥而去。岸上人亦逐队赶门，渐稀渐薄，顷刻散尽矣。

吾辈始舣舟近岸[27]。断桥石磴始凉[28]，席其上，呼客纵饮。此时月如镜新磨，山复整妆，湖复颓面[29]，向之浅斟低唱者出，匿影树下者亦出，吾辈往通声气，拉与同坐。韵友来[30]，名妓至，杯箸安，竹肉发。月色苍凉，东方将白，客方散去。吾辈纵舟，酣睡于十里荷花之中，香气拍人，清梦甚惬[31]。

作家出版社版立人校订《陶庵梦忆》卷七

①本文描述七月半杭州人游湖赏月的盛况，分类述之，雅俗并陈，让人如置其境。语言清新别致，如珍珠错落。　②楼船箫鼓：配有声乐的游船。③峨冠：高耸的帽子，指高官。刘基《卖柑者言》："峨大冠，拖长绅者，昂昂乎庙堂之器也。"　④优傒：歌妓和婢仆。优，优伶。傒，随身仆人。　⑤名娃闺秀：指大家闺秀。名娃，美女。　⑥童娈(luán 峦)：即娈童，漂亮的男童。　⑦露台：楼船上的平台。　⑧浅斟低唱：慢慢斟酒，轻声地歌唱。⑨管：管乐。丝：弦乐。　⑩竹肉相发：箫笛声伴着歌唱声。竹，指管乐器。肉，指歌喉。　⑪帻(zé 责)：头巾。　⑫跻(jī 机)：此处通"挤"。⑬昭庆：昭庆寺，在杭州西湖东北角岸上，为宋明以来的著名僧寺。断桥：西湖名胜之一，在苏堤上。　⑭嘄(jiāo 交)呼：大声叫喊。　⑮轻幌：轻薄的帷幔。　⑯茶铛：煮茶的器具。旋：频繁地。　⑰逃嚣：逃避喧嚣。里

湖:西湖苏堤以北的部分。 ⑱作意:着意,特意。 ⑲巳出酉归:巳,巳时,约指上午九点到十一点。酉,酉时,约指下午五点到七点。 ⑳犒门军酒钱:犒赏守城门的军士酒钱。 ㉑擎燎:举着火把。 ㉒速:催促。 ㉓二鼓:二更,约指夜晚九到十点。 ㉔如魇(yǎn 演)如呓:好像人在梦中的惊叫、梦话。 ㉕皂隶:官署中的差役,因穿黑衣,称皂隶。喝道:呼喝着让人肃静让路。 ㉖怖以关门:用要关城门了来吓唬游人。 ㉗舣(yǐ 乙)舟:停船靠岸。 ㉘石磴:石阶。 ㉙颒(huì 会)面:洗面。此处形容湖面恢复了明净。 ㉚韵友:气味相投的朋友。 ㉛惬:快意。

陶庵梦忆自序[①]

陶庵国破家亡,无所归止,披发入山[②],駴駴为野人[③]。故旧见之,如毒药猛兽,愕窒不敢与接[④]。作自挽诗,每欲引决[⑤]。因《石匮书》未成[⑥],尚视息人世[⑦],然瓶粟屡罄[⑧],不能举火。始知首阳二老,直头饿死,不食周粟[⑨],还是后人妆点语也。

饥饿之馀,好弄笔墨。因思昔人生长王、谢[⑩],颇事豪华,今日罹此果报。以笠报颅,以蒉报踵,仇簪履也[⑪];以衲报裘,以苎报絺,仇轻暖也[⑫];以藿报肉,以粝报粻,仇甘旨也[⑬];以荐报床,以石报枕,仇温柔也[⑭];以绳报枢,以瓮报牖,仇爽垲也[⑮];以烟报目,以粪报鼻,仇香艳也[⑯];以途报足,以囊报肩,仇舆从也[⑰]。种种罪案,从种种果报中见之。

鸡鸣枕上,夜气方回,因想余生平繁华靡丽,过眼皆空,五十年来,总成一梦。今当黍熟黄粱[⑱],车旅蚁穴[⑲],当作如何消受?遥思往事,忆即书之,持向佛前,一一忏悔。不次岁月[⑳],异年谱也;不分门类,别《志林》也[㉑]。偶拈一则,如游旧径,如见故人,城郭人民,翻用自喜[㉒],真所谓“痴人前不得说梦"矣[23]。

昔有西陵脚夫[24],为人担酒,失足破其瓮,念无所偿,痴坐伫想曰[25]:"得是梦便好。"一寒士乡试中式[26],方赴鹿鸣宴[27],恍然犹意非真,自啮其臂曰[28]:"莫是梦否?"一梦耳,惟恐其非梦,又惟恐其是梦,其为痴人则一也。余今大梦将寤,犹事雕虫[29],又是一番梦呓[30]。因叹慧业文人[31],名心难化,正如邯郸梦断,漏尽钟鸣,卢生遗表,犹思摹拓二王,以流传后世[32]。则其名根一点[33],坚固如佛家舍利[34],劫火猛烈[35],犹烧之不失也。

作家出版社版立人校订《陶庵梦忆》卷首

①《陶庵梦忆》:张岱入清后作,全以追忆笔调,零散叙写在明末所经历闻见诸般人事、名胜景物,简约清新,蕴含"靡丽繁华,过眼皆空"的怀旧情绪。此序文自述国破家亡后的生存状态和写作心态,托出其心灵之无限苦痛。 ②披发入山:谓入山隐居。 ③骇(hài 害)骇:惊骇貌。骇同"骇"。 ④愕窒:惊愕得不敢呼吸。窒,气塞。接:接触。 ⑤引决:自杀。 ⑥《石匮书》:作者当时正在写的一部南明史。 ⑦视息:活着。 ⑧瓶粟屡罄:米缸里经常无米。瓶,盛米器具。罄,尽。 ⑨"始知"三句:用伯夷、叔齐故事。周武王灭商后,伯夷、叔齐兄弟二人逃到首阳山,采薇而食,后饿死。事见《孟子·万章下》、《史记·伯夷列传》。直头,竟然。 ⑩王、谢:晋朝的两大世家,后用以指世代豪门显贵之家。 ⑪"以笠报颅"三句:从前头上插簪,现在戴个竹笠;从前穿着华美舒适的鞋,现在穿的是草鞋。现在的竹笠和草鞋,是对从前簪履的报复。篑(kuì 愧),盛土的竹器。这里指草鞋。 ⑫"以衲报裘"三句:说在穿衣方面的报应。衲,打补钉的旧衣。裘,皮毛外衣。苎,粗麻布衣。絺(chī 吃),细葛布。 ⑬"以藿报肉"三句:说在吃食上的报应。藿(huò 祸),豆叶。此处指野菜。粝(lì 历),粗米。粻(zhāng 张),米粮。此处指精粮。甘旨,美味。 ⑭"以荐报床"三句:说卧具上的报应。荐,草席。 ⑮"以绳报枢"三句:说住所方面的报应。枢,门臼,即门上的转轴。爽垲(kǎi 凯),明亮干燥。 ⑯"以烟报目"三句:说在

色味上的报应。烟,烟熏色。⑰"以途报足"三句:说在行动上的报应。舆,车马、轿子。从,随从的仆人。⑱黍熟黄粱:用唐沈既济《枕中记》黄粱梦故事,说富贵奢华终成虚幻。⑲车旅蚁穴:指车轮轧过蚁穴。亦喻黄粱梦终之意。⑳不次:不排列。㉑《志林》:指《东坡志林》,为南宋人编辑的有关苏轼的故事的一部书。㉒翻:反而。㉓痴人前不得说梦:言对痴人不能说梦,恐其信以为真。语本《五灯会元》卷二〇《道行禅师》:"佛说三乘十二分顿渐偏圆,痴人前不得说梦。"㉔西陵:即西兴,渡口。在浙江萧山县西。㉕伫想:呆想,长时间地想。㉖乡试:一省秀才在省城会考举人为乡试。中式:考中。㉗鹿鸣宴:考试后的庆祝宴会。用《诗经·小雅·鹿鸣》典故。㉘啮(niè 孽):咬。㉙雕虫:写文章。汉代扬雄《法言·吾子》:"或问:'吾子少而好赋?'曰:'然,童子雕虫篆刻。'俄而曰:'壮夫不为也。'"㉚梦呓:睡梦中说话。㉛慧业文人:语出《宋书·谢灵运传》:"太守孟𫖮事佛精恳,而为灵运所轻,尝谓𫖮曰:'得道应须慧业文人,生天当在灵运前,成佛必在灵运后。'𫖮深恨此言。"慧业,佛教指生来赋有智慧的业缘。《维摩诘经·菩萨品》四:"知一切法,不取不舍,入一相门,起于慧业。"㉜"正如"五句:用汤显祖《邯郸记》故事。剧中卢生享尽人间荣华富贵,临死前还写一个遗表给皇帝,表示他有心摹写王羲之父子的书法,以流传后世。漏尽钟鸣,指夜尽天明,此喻生命的尽头。漏尽,漏刻已尽。汉蔡邕《独断》:"夜漏尽,鼓鸣则起;昼漏尽,钟鸣则息。"㉝名根:好名的本性、根性。㉞舍利:佛教高僧骨。《魏书·释老志》:"佛既谢世,香木焚尸。灵骨分碎,大小如粒,击之不坏,焚亦不燋,或有光明神验,胡言谓之舍利。"㉟劫火:佛家语,指世界毁灭时的大火。《新译仁王经》:"劫火洞然,大千俱坏。"这里指明亡。

柳敬亭说书①

南京柳麻子②,黧黑③,满面疤瘤④,悠悠忽忽,土木形骸⑤,善说书。一日说书一回,定价一两。十日前先送书帕下定⑥,常不得空。南京一时有两行情人⑦,王月生、柳麻子是也[⑧]。

余听其说"景阳冈武松打虎"白文[⑨]，与本传大异[⑩]。其描写刻画，微入毫发，然又找截干净[⑪]，并不唠叨，哱夬声如巨钟[⑫]。说至筋节处[⑬]，叱咤叫喊，汹汹崩屋。武松到酒店沽酒，店内无人，謈地一吼[⑭]，店中空缸空甏[⑮]，皆瓮瓮有声[⑯]。闲中著色[⑰]，细微至此。

主人必屏息静坐，倾耳听之，彼方掉舌[⑱]；稍见下人呫哔耳语[⑲]，听者欠伸有倦色[⑳]，辄不言，故不得强。每至丙夜[㉑]，拭桌剪灯，素瓷静递[㉒]，款款言之[㉓]。其疾徐轻重，吞吐抑扬，入情入理，入筋入骨，摘世上说书之耳，而使之谛听，不怕其不齰舌死也[㉔]。

柳麻子貌奇丑，然其口角波俏[㉕]，眼目流利，衣服恬静，直与王月生同其婉娈[㉖]，故其行情正等。

作家出版社版立人校订《陶庵梦忆》卷五

①柳敬亭，本名曹逢春，江苏泰州人，明末清初著名说书艺人。曾以其才识为左良玉所赏识，留置幕中。明亡，仍以说书为生，晚年贫困。当时的钱谦益、黄宗羲、吴伟业等人都为其写过文章。　②柳麻子：即柳敬亭，面黑而麻，故称。　③黧（lí 离）黑：黑中带黄的颜色。　④疤癗（lěi 磊）：天花疤痕。癗，皮肤上的小疙瘩。　⑤"悠悠"二句：形容随便，不受拘束，不肯修饰。《世说新语·容止》："刘伶身长六尺，貌甚丑顇，而悠悠忽忽，土木形骸。"刘孝标注引《魏国统》云："刘伶，字伯伦，形貌丑陋，身长六尺，然肆意放荡，悠焉独畅，自得一时，常以宇宙为狭。"　⑥书帕：请柬和聘金。用帕子包裹聘金和礼物，连带聘书送去，叫送书帕。下定：约定。　⑦行情：商业用语，市价。此指有行市。　⑧王月生：与柳敬亭同时的名妓。《陶庵梦忆》卷八《王月生》写其身价之贵："富商权胥得其主席半晌，先一日送书帕，非十金则五金。"　⑨白文：南方说书分"大书"、"小书"。"大书"全是白文，只说无唱；"小书"则唱白兼有。　⑩本传：指《水浒传》。　⑪找截干净：补充照

应，删繁就简，干净利落。找，指插叙补述。截，停止，引而不发。　⑫嗷夬（guài 怪）：指昂扬果绝处。嗷，气势昂扬貌。夬，果绝貌。《周易·夬》："君子夬夬。"王弼注："君子处之，必能弃夫情累，决之不疑，故曰夬夬。"　⑬筋节：关键的地方。　⑭謈（pó 婆）：痛极喊叫。疑为"蓦"字之误。　⑮甓（pì 辟）：陶瓷类容器。　⑯瓮瓮：即嗡嗡。　⑰闲中著色：在不紧张处从容加以渲染。　⑱掉舌：动舌，指开始说书。　⑲呫哔（chèbì 彻毕）：小声说话。　⑳欠伸：打哈欠的样子。　㉑丙夜：夜晚三更时，即半夜。　㉒素瓷：白色的茶碗。　㉓款款：从容缓慢地。　㉔齰（zé 责）舌：咬舌，自愧的样子。　㉕波俏：形容口齿流利。　㉖婉娈（luán 銮）：美好。《诗经·齐风·甫田》："婉兮娈兮，总角丱兮。"

三二　张　溥

张溥(1602—1641),字天如,号西铭,江苏太仓人。崇祯四年(1631)进士,改庶吉士,辞未就。归家养亲,不再出仕。与同里张采以复兴古学相号召,组织复社,崇祯五年的虎丘大会,车船攒集,达数千人之多,四方噉名者也奔走附丽,声气通朝右,成为继"东林"之后与朝中阉党馀孽进行斗争的清流政治社团。张溥文思敏捷,文名甚高,著有《七录斋诗文合集》,并辑有《汉魏六朝百三名家集》。

五人墓碑记[①]

五人者,盖当蓼洲周公之被逮[②],激于义而死焉者也。至于今,郡之贤士大夫请于当道[③],即除魏阉废祠之址以葬之[④];且立石于其墓之门,以旌其所为[⑤]。呜呼,亦盛矣哉!

夫五人之死,去今之墓而葬焉[⑥],其为时止十有一月耳。夫十有一月之中,凡富贵之子,慷慨得志之徒,其疾病而死,死而湮没不足道者,亦已众矣,况草野之无闻者欤!独五人之皦皦[⑦],何也?

予犹记周公之被逮,在丁卯三月之望[⑧]。吾社之行为士先者[⑨],为之声义[⑩],敛赀财以送其行,哭声震动天地。缇骑按剑而前[⑪],问"谁为哀者?"众不能堪[⑫],抶而仆之[⑬]。是时以大中丞抚吴者为魏之私人[14]，周公之逮所由使也；吴之民方痛心焉，于是乘其厉声以呵[15]，则噪而相逐[16]，中丞匿于溷藩以免[17]。既而以吴民之乱请于朝，按诛五人[18]，曰颜佩韦、杨念如、马杰、沈扬、周文元，即今之傫然在墓者也[19]。

然五人之当刑也，意气扬扬，呼中丞之名而詈之[20]，谈笑以死。断头置城上，颜色不少变。有贤士大夫发五十金买五人之脰而函之[21]，卒与尸合。故今之墓中，全乎为五人也。

嗟夫！大阉之乱[22]，缙绅而能不易其志者[23]，四海之大，有几人欤？而五人生于编伍之间[24]，素不闻诗书之训，激昂大义，蹈死不顾，亦曷故哉[25]？且矫诏纷出[26]，钩党之捕遍于天下[27]，卒以吾郡之发愤一击，不敢复有株治[28]；大阉亦逡巡畏义[29]，非常之谋，难于猝发[30]，待圣人之出而投缳道路[31]，不可谓非五人之力也。

由是观之，则今之高爵显位，一旦抵罪[32]，或脱身以逃，不能容于远近，而又有剪发杜门，佯狂不知所之者[33]，其辱人贱行[34]，视五人之死，轻重固何如哉？是以蓼洲周公，忠义暴于朝廷[35]，赠谥美显[36]，荣于身后；而五人亦得以加其土封[37]，列其姓名于大堤之上，凡四方之士，无有不过而拜且泣者，斯固百世之遇也[38]。不然，令五人者保其首领以老于户牖之下[39]，则尽其天年，人皆得以隶使之[40]，安能屈豪杰之流[41]，扼腕墓道[42]，发其志士之悲哉！故予与同社诸君子，哀斯墓之徒有其石也，而为之记，亦以明死生之大[43]，匹夫之有重于社稷也[44]。

贤士大夫者，冏卿因之吴公[45]，太史文起文公[46]，孟长姚公也[47]。

明刻本《七录斋诗文合集》卷三

①本文作于明崇祯元年(1628)。天启年间,宦官魏忠贤专权,网罗遍天下,以残暴手段镇压东林党人。天启七年(1627),派人到苏州逮捕曾任吏部主事、文选员外郎的周顺昌,激起苏州市民的义愤,爆发了反抗宦官统治的斗争。本文是为这次斗争中被阉党杀害的五位义士而写的碑文。文章议论随叙事而人,感慨淋漓,激昂尽致,题外有情,题外有旨,开人心胸。 ②蓼(liǎo 了)洲周公:周顺昌,字景文,号蓼洲,吴县(今苏州)人。万历年间进士,曾官福州推官、吏部主事、文选员外郎等职,因不满朝政,辞职归家。东林党人魏大中被逮,途经吴县时,周顺昌不避株连,曾招待过他。后周顺昌被捕遇害。崇祯年间,谥忠介。 ③郡:指吴郡,即今苏州市。当道:当权的人。④除魏阉废祠之址:谓清除魏忠贤生祠的旧址。除,清除,整理。魏阉,对魏忠贤的贬称。魏忠贤专权时,其党羽在各地为他建立生祠,事败后,这些祠堂均被废弃。 ⑤旌(jīng 经):表彰。 ⑥去:距离。墓:用作动词,即修墓。 ⑦皦(jiǎo 狡)皦:光洁,明亮。这里指显赫。 ⑧丁卯三月之望:天启七年(1627)农历三月十五日。 ⑨吾社:指复社。行为士先者:行为能够成为士人表率的人。 ⑩声义:声张正义。 ⑪缇骑(tíjì 提寄):穿桔红色衣服的朝廷护卫马队。明清逮治犯人也用缇骑,故后世用以称呼捕役。 ⑫堪:忍受。 ⑬抶(chì 斥)而仆之:谓将其打倒在地。抶,击。仆,使仆倒。 ⑭“是时”句:这时做苏州巡抚的人是魏忠贤的党羽。按,即毛一鹭。大中丞,官职名。抚吴,做吴地的巡抚。魏之私人,魏忠贤的党徒。⑮其:指毛一鹭。呵:呵叱。 ⑯噪而相逐:大声吵嚷着追逐。 ⑰匿于溷(hùn 混)藩:藏在厕所。溷藩,厕所。 ⑱按诛:追究案情判定死罪。按,审查。 ⑲傫(lěi 垒)然:重叠相连的样子。 ⑳詈(lì 立):骂。㉑脰(dòu 豆):颈项,头颅。函:匣子。意为把头颅装在木匣里。 ㉒大阉:指魏忠贤。 ㉓缙绅:古代称士大夫为缙绅。 ㉔编伍:民间。明代户口编制以五户为一“伍”。 ㉕曷:同“何”。 ㉖矫诏:伪托皇帝的命令。 ㉗钩党之捕:这里指搜捕东林党人。钩党,相互牵引钩连为同党。㉘株治:株连治罪。 ㉙逡(qūn 群阴平)巡:有所顾忌而徘徊。 ㉚“非常”二句:非常之谋,指篡夺帝位的阴谋。猝(cù 促)发,突然发动。 ㉛圣人:指崇祯皇帝朱由检。投缳(huán 环)道路:天启七年,崇祯即位,将魏忠贤

放逐到凤阳去守陵,不久又派人去逮捕他。他得知消息后,畏罪吊死在路上。投缳,上吊。 ㉜抵罪:犯罪受惩罚。 ㉝"而又有"二句:还有剃发为僧,闭门索居,假装疯颠而不知下落的。 ㉞辱人贱行:人格受辱,行为卑贱。 ㉟暴(pù 铺):显露。 ㊱赠谥(shì 视)美显:指崇祯追赠周顺昌"忠介"的谥号。美显,美好荣耀。 ㊲加其土封:扩大坟墓,这里指重修坟墓。 ㊳百世之遇:百代的幸遇。 ㊴户牖(yǒu 有):指家里。户,门。牖,窗子。㊵隶使之:当作仆隶一样差使他们。 ㊶屈:使之折腰钦佩。㊷扼腕墓道:在墓前表示悲愤。扼腕,感情激动时用力握持自己的手腕。㊸明死生之大:说明生和死的关系之重大。 ㊹匹夫:老百姓。社稷:国家。 ㊺冏(jǒng 炯)卿:太仆卿,官职名。因之吴公:吴默,字因之。㊻太史:指翰林院修撰。文起文公:文震孟,字文起。 ㊼孟长姚公:姚希孟,字孟长。

三三　陈子龙

陈子龙(1608—1647),字卧子,号大樽,松江华亭(今属上海市)人,崇祯十年(1637)进士,任绍兴推官,擢兵科给事中。明亡后,结纳反清义师,在松江起兵,事败后,遁迹嘉兴水月庵为僧。清顺治三年(1646),与钱栴、夏完淳再谋倡义,事泄被逮,在押往南京途中,赴水而死。陈子龙生活于明王朝风雨飘摇之际,讲求经世致用之学,与夏允彝等以复兴古学相号召,组织几社——"几者,绝学有再兴之几,而得几其神之义也"(杜登春《社事始末》),并编选《皇明经世文编》五百馀卷。文学上,主张与前后七子相近,但忧时念乱,使其诗作苍凉遒劲,慷慨悲壮。词也有相当成就,开启清词中兴的帷幕。有《陈忠裕公全集》。

渡易水[1]

并刀昨夜匣中鸣[2],燕赵悲歌最不平[3]。易水潺湲云草碧[4],可怜无处送荆卿[5]。

上海古籍出版社版施蛰存、马祖熙点校本《陈子龙诗集》卷一七

①崇祯十三年(1640),作者入都途中,触景生情,写下了这首怀古伤时之作。易水,在今河北省易县。　②并刀:相传并州(今内蒙古、山西大部及河北部分)产的刀以锋利著称,后常以之指快刀。　③燕赵悲歌:韩愈《送董邵南序》:"燕赵古称多感慨悲歌之士。"燕、赵,二古国名,其地在今河北、北

京、山西北部。　④潺湲(chányuán 缠援)：水流貌。　⑤荆卿：即荆轲，战国卫人，为燕太子丹的门客，受命赴秦刺秦王，不中，被杀。事见《史记·刺客列传》。

秋日杂感[①](十首选一)

行吟坐啸独悲秋[②]，海雾江云引暮愁[③]。不信有天常似醉[④]，最怜无地可埋忧[⑤]。荒荒葵井多新鬼[⑥]，寂寂瓜田识故侯[⑦]。见说五湖供饮马[⑧]，沧浪何处着渔舟[⑨]？

上海古籍出版社版施蛰存、马祖熙点校本《陈子龙诗集》卷一五

①诗约作于顺治三年(1646)，时作者抗清兵败，避居在嘉兴武塘一带。诗共十首，这里选的是第四首。写其抵抗失败无所归依的哀愁。　②行吟：边走边吟咏。《楚辞·渔父》："屈原既放，游于江潭，行吟泽畔。"坐啸：闲坐清吟。悲秋：宋玉《九辩》："悲哉！秋之为气也，萧瑟兮，草木摇落而变衰。"　③海雾江云：暗指福建的唐王朱聿键和浙东鲁王朱以海的抗清政权。　④"不信"句：不相信天帝会长久昏聩如醉下去。语本张衡《西京赋》，赋写春秋时代，秦穆公梦朝天帝，天帝沉醉，赐鹑首之地(今湖北襄阳、安陆诸地)予秦。　⑤无地可埋忧：仲长统《述志》诗："寄愁天上，无地埋忧。"这里用其意，说清朝已占领了明朝的大片土地。　⑥"荒荒"句：言抗清义士们惨遭杀害，故云"多新鬼"。葵井，生满野葵的井，表现景象之荒凉。古诗《十五从军征》："井上生旅葵。"梁何逊《行经范仆射故宅》诗："旅葵生蔓井。"　⑦"寂寂"句：写明朝的公侯们在新朝沦落为农夫。瓜田故侯，秦亡后，秦东陵侯邵平沦为庶民，曾在长安城东种瓜为生。事见《三辅皇图》。　⑧见说：据说。五湖：指太湖。供饮马：指被清兵占领。　⑨"沧浪"句：没有江湖可去泛舟隐居。沧浪，水青色。《孟子·离娄上》："沧浪之水清兮，可以濯我缨；沧浪之水浊兮，可以濯我足。"

三四　夏完淳

夏完淳(1631—1647),字存古,号玉樊,华亭(今属上海)人,夏允彝子。生而早慧,五岁读五经,七岁能诗文,十二岁时,已“博极群书,为文千言立就,如风发泉涌;谈军国事,凿凿奇中”(王弘撰《夏孝子传》)。明亡,夏允彝起兵抗清,兵败投水殉难。他与其师陈子龙、岳父钱栴再度倡义,顺治四年(1647)被捕,解往南京,英勇就义。他是明末有成就的作家,只就诗文而言,亦可睥睨一代,辉耀千秋。有《夏完淳集》。

细林野哭[1]

细林山上夜乌啼,细林山下秋草齐。有客扁舟不系缆[2],乘风直下松江西[3]。却忆当年细林客[4],孟公四海文章伯[5]。昔日曾来访白云,落叶满山寻不得。始知孟公湖海人[6],荒台古月水粼粼。相逢对哭天下事,酒酣睥睨意气亲[7]。去岁平陵鼓声死,与公同渡吴江水[8]。今年梦断九峰云,旌旗犹映暮山紫。潇洒秦庭泪已挥,仿佛聊城矢更飞[9]。黄鹄欲举六翮折[10],茫茫四海将安归[11]!天地跼蹐日月促[12],气如长虹葬鱼腹[13]。肠断当年国士恩[14],剪纸招魂为公哭[15]。烈皇乘云御六龙[16],攀髯控驭先文忠[17]。君臣地下会相见,泪洒阊阖生悲风[18]。我欲归来振羽翼,谁知一举入罗弋[19]!家世堪怜赵氏孤[20],到今竟作田横客[21]。呜呼！抚膺一声江云开[22],身在罗网且莫哀。公乎,公乎！为我筑室傍夜台[23],霜寒月苦行当来[24]！

上海古籍出版社版白坚笺校本《夏完淳集》卷四

①细林,山名,在今上海青浦南二十里,为松江九峰之一。明亡后,陈子龙避居于西泖,往来于细林、佘山之间。顺治四年,陈子龙抗清事败殉国。不久,作者也被逮,在押往南京的途中,经过细林山,以诗致哀,表尽节相从之心。　②有客:指作者自己。不系缆:夏完淳被押,船只不能停留。③松江:吴淞江。　④细林客:指陈子龙。　⑤孟公:陈子龙晚号於陵孟公。文章伯:谓文坛领袖。　⑥湖海人:意气豪迈的人。《三国志·陈登传》:"陈元龙湖海之士,豪气不除。"陈贞慧《山阳录·陈给谏子龙》:"卧子湖海人豪,云间名秀。"　⑦睥睨(pìnì 辟逆):斜视,目空一切。　⑧"去岁"二句:指顺治三年,吴易等人起兵太湖,利用太湖水域和四通八达的水上航路,数次攻入吴江县,给清兵以沉重的打击。陈子龙、夏完淳亦参预其事。平陵,即乐府曲名《平陵东》。相传王莽罢权,翟义起兵,事败被杀,义门客为作哀歌。　⑨"今年"四句:指顺治四年吴胜兆反正事。吴胜兆提督松江,长洲诸生戴之儁说服其反正,并暗中联络舟山黄斌卿策应,订于顺治四年四月十五、十六两日起事。事泄,吴被杀。九峰,指松江九峰。即:凤凰山、陆宝山、佘山、细林山、薛山、机山、横云山、干山、昆山,皆位于城之西北。暮山紫,语本王勃《滕王阁序》:"烟光凝而暮山紫。"秦庭泪,春秋时吴破楚,申包胥入秦乞师,哀哭七日。这里喻联络舟山水师配合松江起兵之事。聊城矢,战国时燕攻齐,齐城几尽降。田单破燕复齐,唯聊城久不下。鲁仲连附书箭上射入城中,晓喻燕将,燕将果弃城去。事见《战国策·齐策》。这里指策反吴胜兆反正归明事。　⑩黄鹄:传说中的大鸟,一举千里。六翮:鸟类双翅中的正羽,代指鸟的双翼。　⑪"茫茫"句:吴易兵败后,陈子龙曾慨叹:"茫茫天地,将安之乎?"(见王澐撰《年谱》)　⑫天地跼蹐(jújí 局极):形容环境恶劣。《诗经·小雅·正月》:"谓天盖高,不敢不局;谓地盖厚,不敢不蹐。"跼,也作局,曲身、弯腰。蹐,小步行走。形容小心戒惧。　⑬葬鱼腹:指陈子龙赴水自尽事。　⑭国士恩:陈子龙对作者的称许。国士,国中才能出众的

人。《战国策·赵策一》:豫让为智伯刺赵襄子,说:"智伯国士遇我,臣故国士报之。" ⑮剪纸招魂:语本杜甫《彭衙行》:"剪纸招我魂。"招魂,召唤死者的灵魂。 ⑯烈皇:崇祯皇帝朱由检谥庄烈愍皇帝。乘云御六龙:《史记·封禅书》载有黄帝乘龙升天的传说。《周易·乾卦·彖辞》:"时乘六龙以御天。"这里指崇祯之死。 ⑰攀髯控驭:黄帝乘龙升天,小臣则攀持龙髯。见《史记·封禅书》。先文忠:指作者父夏允彝。"文忠"是南明唐王朱聿键加给他的谥号。 ⑱阊阖:天门。 ⑲罗弋:捕鸟用具。 ⑳赵氏孤:春秋时,晋屠岸贾陷害忠良,杀害赵盾全家,程婴、公孙杵臼救抚孤儿赵武成人。事见《史记·赵世家》。这里以赵氏孤儿自比。 ㉑田横客:田横,秦末人,自立为齐王。汉高祖即位,田横率五百壮士逃亡入海。高祖招降,田横赴死,属下也自杀。 ㉒抚膺:捶胸,表示慨叹、愤恨。 ㉓室:墓室。《诗经·唐风·葛生》:"百岁之后,归于其室。"夜台:指坟墓。陆机《挽歌》:"按辔遵长薄,送子长夜台。" ㉔行当:即将,将要。

狱中上母书[①]

不孝完淳,今日死矣!以身殉父,不得以身报母矣!

痛自严君见背[②],两易春秋[③]。冤酷日深[④],艰辛历尽。本图复见天日[⑤],以报大仇,恤死荣生[⑥],告成黄土[⑦]。奈天不佑我[⑧],钟虐明朝[⑨],一旅才兴[⑩],便成齑粉[⑪]。去年之举[⑫],淳已自分必死[⑬],谁知不死,死于今日也!斤斤延此二年之命[⑭],菽水之养[⑮],无一日焉。致慈君托迹于空门[⑯],生母寄生于别姓[⑰]。一门漂泊,生不得相依,死不得相问。淳今日又溘然先从九京[⑱],不孝之罪,上通于天。呜呼!双慈在堂[⑲],下有妹女,门祚衰薄,终鲜兄弟[⑳]。淳一死不足惜,哀哀八口,何以为生?虽然,已矣!淳之身,父之所遗;淳之身,君之所用。为父为君,死亦何负于双慈?但慈君推干就湿[㉑],

教礼习诗,十五年如一日;嫡母慈惠,千古所难。大恩未酬,令人痛绝。

慈君托之义融女兄㉒,生母托之昭南女弟㉓。淳死之后,新妇遗腹得雄㉔,便以为家门之幸;如其不然,万勿置后㉕。会稽大望㉖,至今而零极矣㉗。节义文章,如我父子者几人哉!立一不肖后如西铭先生㉘,为人所诟笑,何如不立之为愈耶㉙?呜呼!大造茫茫㉚,总归无后,有一日中兴再造,则庙食千秋㉛,岂止麦饭豚蹄㉜,不为馁鬼而已哉㉝!若有妄言立后者,淳且与先文忠在冥冥诛殛顽嚚㉞,决不肯舍!兵戈天地,淳死后,乱且未有定期。双慈善保玉体,无以淳为念。二十年后,淳且与先文忠为北塞之举矣㉟。勿悲,勿悲。相托之言,慎勿相负。武功甥将来大器㊱,家事尽以委之。寒食盂兰㊲,一杯清酒,一盏寒灯,不至作若敖之鬼㊳,则吾愿毕矣。新妇结褵二年㊴,贤孝素著,武功甥好为我善待之。亦武功渭阳情也㊵。

语无伦次,将死言善㊶。痛哉,痛哉!人生孰无死,贵得死所耳。父得为忠臣,子得为孝子,含笑归太虚㊷,了我分内事。大道本无生㊸,视身若敝屣㊹。但为气所激㊺,缘悟天人理㊻。恶梦十七年,报仇在来世。神游天地间,可以无愧矣!

上海古籍出版社版白坚笺校本《夏完淳集》卷九

①此文为作者在清顺治四年(1647)被捕后于南京狱中写给生母陆氏与嫡母盛氏的绝笔书。信中就尽义与亲情两者申述,思周情深,缠绵中寓浩然正气。　　②严君:对父亲的敬称。见背:去世。夏完淳父夏允彝,为几社创始人之一,崇祯十年(1637)进士,官福建长乐县知县,后丁母忧归家。南都失守,与陈子龙等起兵松江,兵败沉水死。　　③两易春秋:过了两年。④冤酷:残酷无道。《韩诗外传》卷五:“纣之为主,戮无辜,劳民力,冤酷之令,

加于百姓。”这里指清朝的惨无人道。 ⑤复见天日:指驱逐满清,恢复明朝。 ⑥恤死荣生:使死难的人得到抚恤,使活着的人得到荣封。 ⑦告成黄土:把恢复明室的消息告祭于先人。黄土,指父墓。 ⑧佑:帮助。 ⑨钟虐明朝:降祸于明朝。钟虐,汇聚灾祸。 ⑩一旅才兴:指顺治三年,夏完淳与陈子龙、钱栴在太湖起兵。 ⑪齑(jī 机)粉:粉末,喻失败。 ⑫去年之举:指作者于前一年入吴易军抗清,兵败后,只身流亡,历尽艰危。 ⑬自分:自料。 ⑭斤斤:仅仅。 ⑮菽水之养:指对父母的供养。《礼记·檀弓下》:“啜菽饮水尽其欢,斯之谓孝。” ⑯慈君:作者的嫡母盛氏。夏允彝死后,盛氏削发为尼。空门:佛门。 ⑰生母:作者的生母陆氏(夏允彝妾)。夏允彝死后,陆氏寄居在亲戚家。 ⑱溘(kè 课)然:忽然。先从:先追随。九京:即九泉,地下。 ⑲双慈:生母与嫡母。 ⑳“门祚(zuò 坐)”二句:语出晋李密《陈情表》:“既无伯叔,终鲜兄弟,门祚衰薄,晚有儿息。”意思说家门衰落,福泽浅薄,又无同胞兄弟。祚,运气。鲜(xiǎn 险),少。 ㉑推干就湿:把干燥处让给幼儿,自己睡在幼儿便溺后的湿处。形容母亲养育子女的辛劳。语出《孝经援神契》:“母之于子也,鞠养殷勤,推燥居湿,绝少分甘。” ㉒义融女兄:夏完淳的姐姐夏淑吉,字美南,别号义融,嫁与嘉定侯洵。 ㉓昭南女弟:夏完淳妹妹夏惠吉,字昭南。家亡后奉母陆氏寄居亲戚家。 ㉔新妇:作者的新婚妻子。雄:男孩。 ㉕置后:抱养别家的孩子为后嗣。 ㉖会稽大望:会稽的望族。会稽,古郡名。大望,指夏姓大族。传说夏禹曾会诸侯于会稽,于是会稽姓夏的人都以禹为其祖。 ㉗零极:零落到极点。 ㉘西铭先生:即张溥。张溥无子,死后钱谦益等为他立嗣子,名永锡。此子未能继承张溥的遗风,为人诟笑。 ㉙愈:好。 ㉚大造:造化,指天。 ㉛庙食:享受庙祭。 ㉜麦饭豚蹄:指祭祀死者的食品。麦饭,面食。豚蹄,猪蹄。 ㉝馁鬼:饿鬼。人死后无子孙,则无人祭祀而会成为饿鬼。 ㉞先文忠:指作者的父亲夏允彝。参见《细林夜哭》注。诛殛(jí 极)顽嚚(yín 银):诛杀顽钝之人。诛殛,诛杀。顽嚚,顽钝愚蠢之人。 ㉟北塞之举:出师北伐,驱逐满清。这句话说死后再度转世为人,仍与其父在北方起兵反清。 ㊱武功甥:夏完淳的姐姐淑吉的儿子侯若檠,字武功,小完淳六岁,少负文才,有神童之称。大器:大材。夏完淳曾于狱中寄诗给他,其中有“大仇俱未报,赖尔后生贤”之句,对他寄予了极大的期望。 ㊲寒食:指清明节,是上坟祭鬼的节日。盂兰:旧俗七月十五日中元节延僧尼结盂兰盆会，诵经施食，解脱饿鬼倒悬之苦。　㊳若敖之鬼：无子孙祭祀的饿鬼。若敖，楚国公族名。这一族的子文为楚国令尹，看到族人子越椒行止不正，将会给整个家族带来灾难。临终前，对族人哭着说："鬼犹求食，若敖氏之鬼，不其馁而。"后来，若敖氏终于因为越椒叛楚而被灭了全族。事见《左传·宣公四年》。　㊴新妇结褵：顺治二年夏，夏完淳与钱栴女儿钱秦篆结婚。结褵：指女子出嫁，代指结婚。　㊵渭阳情：甥舅之间的情谊。《诗经·秦风·渭阳》："我送舅氏，曰至渭阳。"据说此诗是写晋公子重耳出亡，辗转到了秦国，后来他的姐夫秦穆公护送他返国即位，外甥秦康公时为太子，送他至渭阳，作诗赠别。后世因用渭阳比喻甥舅。渭阳，渭水之北。㊶将死言善：语出《论语·泰伯》："鸟之将死，其鸣也哀；人之将死，其言也善。"言善，指说话真诚不欺。　㊷含笑归太虚：含笑而死。太虚，天。　㊸大道本无生：大道，天道。无生，佛教认为，生命本无所谓生死，是一个虚幻的过程。　㊹敝屣（xǐ 徙）：破鞋子。　㊺气：正义之气。激：激发。㊻"缘悟"句：缘此明白了天道和人事的道理。天，天道。人，人事。

附　录：

参考书目

《宋诗钞》

[清]吴之振、吕留良、吴自牧选　[清]管庭芬、蒋光煦补　中华书局 1986 年排印本

《宋诗选注》

钱钟书选注　人民文学出版社 1958 年排印本

《小畜集》

[宋]王禹偁撰　《四部丛刊》本

《林和靖诗集》

[宋]林逋撰　沈幼征校注　浙江古籍出版社 1986 年排印本

《珠玉词》

[宋]晏殊撰　胡士明点校　上海古籍出版社 1988 年排印本

《乐章集校注》

[宋]柳永撰　薛瑞生校注　中华书局 1994 年排印本

《梅尧臣集编年校注》

[宋]梅尧臣撰　朱东润编年校注　上海古籍出版社 1980 年排印本

《苏舜钦集编年校注》

[宋]苏舜钦撰　傅平骧、胡问陶校注　巴蜀书社 1991 年排印本

《欧阳文忠公集》

［宋］欧阳修撰　《四部丛刊》本
《六一词》
［宋］欧阳修撰　李伟国校点　上海古籍出版社 1989 年排印本
《张子野词》
［宋］张先撰　吴熊和校点　上海古籍出版社 1989 年排印本
《曾巩集》
［宋］曾巩撰　陈杏珍、晁继周点校　中华书局 1984 年排印本
《临川先生文集》
［宋］王安石撰　中华书局上海编辑所 1959 年排印本
《王荆文公诗李壁注》
［宋］王安石撰　［宋］李壁注　上海古籍出版社 1993 年排印本
《苏轼文集》
［宋］苏轼撰　孔凡礼点校　中华书局 1986 年排印本
《苏轼诗集》
［宋］苏轼撰　孔凡礼点校　中华书局 1982 年排印本
《东坡乐府编年笺注》
［宋］苏轼撰　石声淮、唐玲玲笺注　华中师范大学出版社 1990 年排印本
《山谷内集诗注》
［宋］黄庭坚撰　［宋］任渊、史容、史季温注　［清］谢启昆辑　《丛书集成初编》本
《豫章黄先生词》
［宋］黄庭坚撰　龙榆生校点　中华书局 1957 年排印本
《小山词》
［宋］晏几道撰　王根林点校　上海古籍出版社 1989 年排印本
《淮海居士长短句》
［宋］秦观撰　徐培均校注　上海古籍出版社 1985 年排印本
《后山诗注补笺》

[宋]陈师道撰　[宋]任渊注　吕广生补笺　昌怀辛整理　中华书局 1995 年排印本
《东山词》
[宋]贺铸撰　钟振振校注　上海古籍出版社 1989 年排印本
《清真集》
[宋]周邦彦撰　吴则虞点校　中华书局 1981 年排印本
《樵歌》
[宋]朱敦儒撰　邓子勉校注　上海古籍出版社 1998 年排印本
《李清照集校注》
[宋]李清照撰　王仲闻校注　人民文学出版社 1979 年排印本
《陈与义集校笺》
[宋]陈与义撰　白敦仁校笺　上海古籍出版社 1990 年排印本
《芦川词》
[宋]张元干撰　曹济平校注　上海古籍出版社 1991 年排印本
《张孝祥词笺校》
[宋]张孝祥撰　宛敏灏校笺　黄山书社 1993 年排印本
《诚斋集》
[宋]杨万里撰　《四部丛刊》本
《范石湖集》
[宋]范成大撰　上海古籍出版社 1981 年排印本
《陆游集》
[宋]陆游撰　中华书局 1976 年排印本
《剑南诗稿校注》
[宋]陆游撰　钱仲联校注　上海古籍出版社 1985 年排印本
《放翁词编年笺注》
[宋]陆游撰　夏承焘、吴熊和笺注　上海古籍出版社 1981 年排印本
《辛稼轩诗文笺注》

[宋]辛弃疾撰　邓广铭辑校审订　辛更儒笺注　上海古籍出版社 1995 年排印本

《稼轩词编年笺注》

[宋]辛弃疾撰　邓广铭笺注　上海古籍出版社 1993 年排印本

《陈亮龙川词笺注》

[宋]陈亮撰　姜书阁笺注　人民文学出版社 1980 年排印本

《龙洲词》

[宋]刘过撰　王从仁点校　上海古籍出版社 1989 年排印本

《姜白石词编年笺校》

[宋]姜夔撰　夏承焘笺校　上海古籍出版社 1981 年排印本

《梅溪词》

[宋]史达祖撰　雷履平、罗焕章校注　上海古籍出版社 1988 年排印本

《梦窗词》

[宋]吴文英撰　陈邦炎点校　上海古籍出版社 1989 年排印本

《吴梦窗词笺释》

[宋]吴文英撰　杨铁夫笺释　陈邦炎、张奇慧点校　广东人民出版社 1992 年排印本

《后村词笺注》四卷

[宋]刘克庄撰　钱仲联笺注　上海古籍出版社 1980 年排印本

《文天祥全集》

[宋]文天祥撰　熊飞、漆身起点校　江西人民出版社 1987 年排印本

《增订湖山类稿》

[宋]汪元量撰　孔凡礼辑校　中华书局 1984 年排印本

《谢叠山全集校注》

[宋]谢枋得撰　熊飞、漆身起、黄顺强校注　华东师范大学出版社 1994 年排印本

《须溪词》

[宋]刘辰翁撰　萧逸校点　上海古籍出版社1989年排印本

《花外集》

[宋]王沂孙撰　杨海明校点　上海古籍出版社1989年排印本

《竹山词》

[宋]蒋捷撰　黄明校点　上海古籍出版社1989年排印本

《山中白云词》

[宋]张炎撰　吴则虞校辑　中华书局1983年排印本

《董解元西厢记校注》

[金]董解元撰　凌景埏校注　人民文学出版社1962年排印本

《集评校注西厢记》

[元]王实甫撰　王季思校注　张人和集评　上海古籍出版社1987年排印本

《元遗山诗集笺注》

[宋]元好问撰　[清]施国祁注　麦朝枢校　人民文学出版社1959年排印本

《元好问论诗绝句三十首小笺》

[金]元好问撰　郭绍虞笺　人民文学出版社1978年排印本

《元曲选》

[明]臧晋叔编　中华书局1958年排印本

《元曲选外编》

隋树森编　中华书局1959年排印本

《全元散曲》

隋树森编　中华书局1964年排印本

《元诗选》初集、二集、三集

[清]顾嗣立编　中华书局1987年排印本

《道园学古录》

[元]虞集撰　《四部丛刊》本

《翰林杨仲弘诗》
[元]杨载撰 《四部丛刊》本
《范德机诗集》
[元]范梈撰 《四部丛刊》本
《揭傒斯全集》
[元]揭傒斯撰 李梦生标校 上海古籍出版社 1985 年排印本
《竹斋集》
[元]王冕撰 《四库全书》本
《铁崖先生古乐府》《铁崖先生复古诗集》
[元]杨维桢撰 《四部丛刊》本
《雁门集》
[元]萨都剌撰 殷孟伦、朱广祁点校 上海古籍出版社 1982 年排印本
《元本琵琶记校注》
[元]高明撰 钱南扬校注 上海古籍出版社 1980 年排印本
《宋元小说家话本集》
程毅中辑注 齐鲁书社 2000 年排印本
《明诗综》
[清]朱彝尊编 上海古籍出版社 1993 年排印本
《明诗别裁集》
[清]沈德潜、周准编 上海古籍出版社 1979 年排印本
《明文海》
[清]黄宗羲编 中华书局 1987 年影印本
《宋学士文集》
[明]宋濂撰 商务印书馆 1936 年影印《四部丛刊》本
《诚意伯文集》
[明]刘基撰 商务印书馆 1936 年影印《四部丛刊》本
《郁离子》

[明]刘基撰　魏建猷、萧善芗点校，上海古籍出版社 1981 年排印本

《高青丘集》

[明]高启撰　[清]金檀辑注　徐澄宇、沈北宗校点　上海古籍出版社 1985 年排印本

《李东阳集》

[明]李东阳撰　周寅宾点校　岳麓书社 1984 年、1985 年排印本

《空同集》

[明]李梦阳撰　上海古籍出版社 1991 年排印本

《大复集》

[明]何景明撰　上海古籍出版社 1987 年影印《四库全书》本

《谢榛全集》

[明]谢榛撰　朱其铠等校点　齐鲁书社 2000 年排印本

《震川先生集》

[明]归有光撰　周本淳校点　上海古籍出版社 1981 年排印本

《沧溟先生集》

[明]李攀龙撰　包敬第标校　上海古籍出版社 1992 年排印本

《弇州山人四部稿》

[明]王世贞撰　上海古籍出版社 1987 年影印《四库全书》本

《西楼乐府》

[明]王磐撰　李庆点校　上海古籍出版社 1989 年排印本

《陈铎散曲》

[明]陈铎撰　杨权长点校　上海古籍出版社 1989 年排印本

《海浮山堂词稿》

[明]冯惟敏撰　汪贤度点校　上海古籍出版社 1989 年排印本

《挂枝儿·山歌》

[明]冯梦龙编述　上海古籍出版社 1987 年 9 月《明清民歌时调

集》排印本

《焚书》、《续焚书》

[明]李贽撰　中华书局1975年排印本

《四声猿》

[明]徐渭著　周中明校注　上海古籍出版社1984年排印本

《汤显祖诗文集》

[明]汤显祖撰　徐朔方笺校　上海古籍出版社1982年排印本

《汤显祖戏曲集》

[明]汤显祖撰　钱南扬校点　上海古籍出版社1978年排印本

《牡丹亭》

[明]汤显祖撰　徐朔方、杨笑梅校注　人民文学出版社1982年排印本

《袁宏道集笺校》

[明]袁宏道撰　钱伯城笺校　上海古籍出版社1981年排印本

《白苏斋类集》

[明]袁宗道撰　钱伯城点校　上海古籍出版社1989年排印本

《珂雪斋集》

[明]袁中道撰　钱伯城点校　上海古籍出版社1989年排印本

《隐秀轩集》

[明]钟惺撰　李先耕、崔重庆标校　上海古籍出版社1992年排印本

《谭友夏合集》

[明]谭友夏撰　上海杂志公司1935年排印本

《张岱诗文集》

[明]张岱撰　夏咸淳校点　上海古籍出版社1991年排印本

《陈子龙诗集》

[明]陈子龙撰　施蛰存、马祖熙标校　上海古籍出版社1983年排印本

《夏完淳集笺校》

[明]夏完淳撰　白坚笺校　上海古籍出版社 1991 年排印本

《古今小说》(《喻世明言》)

[明]冯梦龙编著　上海古籍出版社 1987 年 11 月影印天许斋刊本　　许政扬校注　人民文学出版社 1985 年排印本

《警世通言》

[明]冯梦龙编著　上海古籍出版社 1987 年 11 月影印明兼善堂刊本　　严敦易校注　人民文学出版社 1956 年排印本

《醒世恒言》

[明]冯梦龙编著　上海古籍出版社 1987 年 11 月影印明叶敬池刊本　　顾学颉校注　人民文学出版社 1956 年排印本

《水浒传》

[元]施耐庵撰　人民文学出版社 1997 年排印本

《三国演义》

[元明]罗贯中撰　人民文学出版社 1973 年排印本

《西游记》

[明]吴承恩撰　人民文学出版社 1980 年排印本